READER'S DIGEST

AUSWAHL BÜCHER

Die Kurzfassungen in diesem Buch erscheinen
mit Genehmigung der Autoren und Verleger

4103 (290)
Printed in Germany
ISBN: 978-3-89915-590-7

www.readersdigest.de

READER'S DIGEST

AUSWAHL BÜCHER

Reader's Digest

Deutschland · Schweiz · Österreich

INHALT

Zwanzig Jahre ist es her, dass vier Jugendliche im Wald in der Nähe ihres Ferienlagers einem Mörder in die Hände fielen. Doch nur zwei der Opfer wurden gefunden, die beiden anderen blieben spurlos verschwunden – darunter die Schwester des mittlerweile als Staatsanwalt tätigen Paul Copeland. Als er nun von der Polizei zu einem unbekannten Toten befragt wird, holen ihn nicht nur die grausame Vergangenheit, sondern auch die eigene Schuld wieder ein.

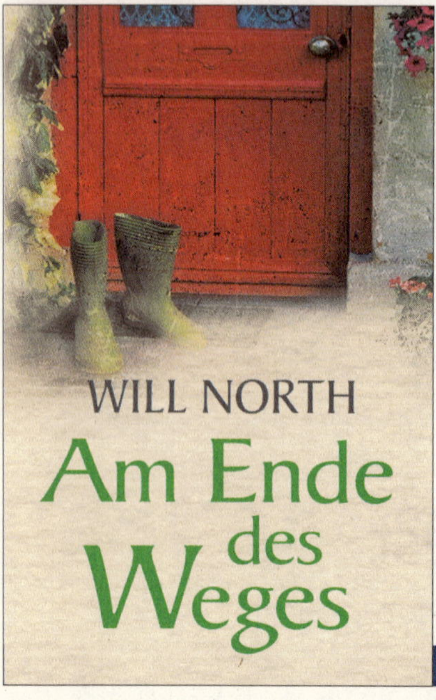

Der Amerikaner Alec möchte seiner verstorbenen Frau ihren letzten Wunsch erfüllen und ihre Asche auf dem Berg Cadair Idris in Wales verstreuen. Er kommt in einer kleinen Pension am Fuß des Berges unter, die von der lebhaften Fiona betrieben wird; ihr schwer kranker Mann leitet die dazugehörige Schaffarm. Während Alec auf eine Wetterbesserung wartet, um den Berg zu besteigen, kommen er und Fiona sich näher. Es geschieht, was nicht geschehen darf: Sie verlieben sich ineinander.

Im Jahre 1782 begegnet der Bauchredner Julius Klingenthal auf dem Weg nach Steinfurth der geheimnisvollen Alena – und um Julius ist es geschehen. In Steinfurth angekommen, finden die beiden die kleine Stadt von einer furchtbaren Tat aufgeschreckt: Der Ratsherr Angerstein wurde mit einem Armbrustpfeil getötet. Bald passiert ein zweiter Mord – und Julius gerät unter Verdacht. Um ihn zu entkräften, beginnt Julius den Mörder auf eigene Faust zu suchen …

Seite 314

Judith Summers muss innerhalb weniger Tage zwei schwere Schicksalsschläge hinnehmen. Das Haus, in dem sie mit ihrem achtjährigen Sohn Joshua allein zurückbleibt, ist jetzt gespenstisch still. Doch dann kommt George, ein liebenswerter, eigensinniger Spaniel, den sich Joshua sehnlichst gewünscht hat. George krempelt das Leben von Mutter und Sohn im Handumdrehen um und lehrt seine Familie wieder das Lachen. Eine heitere wahre Geschichte – nicht nur für Hundefreunde.

Seite 468

Harlan Coben
Das Grab im Wald

Staatsanwalt Paul Copeland erweist sich im Vergewaltigungsprozess gegen zwei junge Männer aus reichem Hause als absolut unbestechlich. Seinen mächtigen Widersachern kommt es deshalb mehr als gelegen, als neue Spuren in einem Mordfall auftauchen, in den einst Copelands ganze Familie verwickelt war.

PROLOG

Ich sehe meinen Vater mit dem Spaten vor mir.

Tränen laufen ihm übers Gesicht. Ein heiseres, gequältes Schluchzen bahnt sich einen Weg aus der Brust über seine Lippen. Er hebt den Spaten und stößt ihn in den Boden. Das Blatt fährt in die Erde, als wäre sie weiches, saftiges Fleisch.

Dies ist die lebhafteste Erinnerung an meinen Vater: Ich bin 18 Jahre alt und sehe ihn mit dem Spaten im Wald. Er weiß nicht, dass ich ihn beobachte. Ich stehe hinter einem Baum versteckt. Er gräbt voller Wut, als wolle er sich dafür rächen, dass die Erde ihn persönlich erzürnt hat.

Nie zuvor habe ich meinen Vater weinen sehen – weder als sein eigener Vater starb noch als meine Mutter uns verließ, nicht einmal als er das über meine Schwester Camille zum ersten Mal hörte. Aber jetzt weint er. Er weint hemmungslos und ohne jede Scham. Die Tränen strömen ihm über die Wangen. Das Schluchzen verhallt zwischen den Bäumen.

Es ist das erste Mal, dass ich ihn so bespitzle. Fast jeden Samstag behauptet er, angeln zu gehen, aber das habe ich ihm nie ernsthaft geglaubt. Ich habe wohl immer geahnt, dass dieser furchtbare Ort das Ziel seiner heimlichen Ausflüge ist. Denn manchmal ist es auch meines.

Ich stehe hinter dem Baum und beobachte ihn. Das werde ich noch achtmal tun. Ich unterbreche ihn nie. Ich zeige mich nie. Er weiß nicht, dass ich anwesend bin, da bin ich mir sicher. Doch eines Tages, als er zum Wagen geht, sieht mein Vater mich mit leerem Blick an und sagt: „Heute nicht, Paul. Heute fahre ich allein."

Ich sehe ihm hinterher. Er fährt zum letzten Mal in den Wald.

Fast zwanzig Jahre später liegt mein Vater auf seinem Sterbebett und ergreift meine Hand. Er bekommt starke Schmerzmittel. Er leidet ungeheure Schmerzen, aber er weint nicht. Er schließt nur die Augen und wartet, dass die Schmerzen nachlassen.

Ich sehe ihn an, wie er da vor mir im Bett liegt. Ich denke an jene Tage im

Wald zurück. Ich denke daran, wie er damals gegraben hat und schließlich damit aufhörte, nachdem meine Mutter uns verlassen hatte.

Plötzlich ist er ganz aufgeregt.

„Schon gut, Dad", beruhige ich ihn. „Das wird schon wieder."

Er will sich aufsetzen. Ich versuche ihm zu helfen, doch er stößt meine Hand weg. Er sieht mir tief in die Augen, und ich meine Klarheit in seinem Blick zu erkennen. Aber vielleicht redet man sich so etwas am Ende auch nur ein und gestattet sich damit einen letzten, falschen Trost.

Eine Träne quillt ihm aus dem Augenwinkel. Ich schaue zu, wie sie langsam seine Wange hinabläuft.

„Paul", ächzt mein Vater mit dem breiten russischen Akzent, den er nie abgelegt hat, „du weißt, dass wir sie immer noch finden müssen."

„Das werden wir auch, Dad."

Er sieht mich noch einmal an. Ich nicke ihm bestätigend zu. Doch wahrscheinlich geht es ihm gar nicht um Bestätigung. Ich glaube, er sucht zum ersten Mal nach einem Anzeichen von Schuld.

„Hast du es gewusst?", fragt er fast unhörbar.

Ich spüre, wie ein Schauer meinen ganzen Körper erfasst, aber ich zucke nicht mit der Wimper und wende den Blick nicht ab. Ich frage mich, was er in mir sieht, was er glaubt. Aber das werde ich nie erfahren.

Denn genau in diesem Moment schließt mein Vater die Augen und stirbt.

EINS

Drei Monate später

Ich stand in der Turnhalle der Grundschule und sah meiner sechsjährigen Tochter Cara dabei zu, wie sie vorsichtig auf einem Schwebebalken balancierte, der sich gerade mal zehn Zentimeter über dem Boden befand. In nicht einmal einer Stunde würde ich einem Mann ins Gesicht sehen, der ermordet worden war.

Das dürfte eigentlich niemanden schockieren.

Im Laufe der Jahre habe ich gelernt – auf die schrecklichste Art, die sich vorstellen lässt –, dass die Grenze zwischen Leben und Tod, zwischen einer absolut harmlosen Szene und einem fürchterlichen Blutbad außergewöhnlich durchlässig sein kann. Es dauert keine Sekunde, dann hat man diesen schmalen Grat überschritten. Gerade ist das Leben noch die reinste Idylle. Man befindet sich an einem so unschuldigen Ort wie einer Schulturnhalle. Die kleine Tochter macht gerade eine Pirouette. Ihre Augen sind geschlossen.

Man sieht ihre Mutter in ihr, weil sie genauso lächelt und dabei die Augen zusammenkneift – und in diesem Moment fällt einem wieder ein, wie schmal dieser Grat eigentlich ist.

„Cope?“

Meine Schwägerin Greta musterte mich mit ihrem üblichen besorgten Gesichtsausdruck. Ich lächelte dagegen an.

„Woran denkst du gerade?“, flüsterte sie.

Sie wusste es ganz genau. Aber ich belog sie trotzdem.

„An Videokameras“, antwortete ich.

„Was?“

Die anderen Eltern saßen alle auf den zur Verfügung stehenden Klappstühlen. Mit verschränkten Armen lehnte ich hinter ihnen an der Betonwand.

Ich deutete auf die Eltern. „Hier sind mehr Videokameras als Kinder in der Halle. Was machen sie mit den ganzen Videos? Guckt sich die wirklich noch mal jemand von Anfang bis Ende an?“

„Tust du das nicht?“

„Lieber würde ich ein Kind gebären.“

Sie lächelte. „Nein, würdest du nicht.“

„Also gut, das vielleicht nicht, aber so etwas einfach abzufilmen und diese Bilder dann nichtsahnenden Verwandten oder Freunden vorzuführen, das grenzt doch an …“

Die Tür ging auf. Den beiden Männern, die die Turnhalle betraten, sah ich sofort an, dass sie Polizisten waren. Selbst ohne meine Erfahrung – ich war der Bezirksstaatsanwalt von Essex County, zu dem auch die recht gewalttätige Stadt Newark zählte – wäre mir das aufgefallen. Denn manchmal zeigt das Fernsehen doch die Wahrheit, zum Beispiel die Vorlieben vieler Polizisten bei der Wahl ihrer Kleidung. Die Väter im grünen, wohlhabenden Vorort Ridgewood zogen sich einfach anders an. Wir trugen Cordhosen oder Jeans und einen Pullunder über dem T-Shirt, wenn wir unseren Kindern beim Pseudoturnen zuguckten. Die beiden Männer hingegen steckten in schlecht sitzenden Anzügen, die einen Braunton aufwiesen, der mich an nasse Holzspäne nach einem Gewitter erinnerte.

Sie lächelten nicht. Ihre Blicke streiften durch die Halle. Ich kannte die meisten Polizisten aus dieser Gegend, die beiden hatte ich jedoch noch nie gesehen. Das beunruhigte mich. Irgendetwas stimmte nicht.

Bei solchen Veranstaltungen mitten am Tag hatten nur wenige Väter Zeit. Und die Mütter himmelten mich an. Das lag natürlich nicht an mir, sondern an meiner Vorgeschichte. Meine Frau Jane war fünf Jahre zuvor gestorben, und ich erzog meine Tochter allein. Hier in Ridgewood gab es eine ganze

Menge alleinerziehender Eltern, vor allem geschiedener Mütter, aber mir ließ man fast alles durchgehen. Wenn ich vergaß, eine Nachricht zu schreiben, meine Tochter zu spät abholte oder ihr Mittagessen auf dem Küchentisch stehen ließ, sprangen die anderen Mütter oder die Schulsekretärinnen ein und halfen ihr. Meine männliche Hilflosigkeit fanden sie niedlich. Wäre das einer alleinstehenden Mutter passiert, hätten sie ihr vorgeworfen, dass sie ihr Kind vernachlässige, und wären übel über sie hergezogen.

Meine Schwägerin Greta und ihr Mann Bob hatten drei Kinder. Madison, die Jüngste, ging mit Cara in eine Klasse. Greta und Bob hatten mir nach dem Tod meiner Frau Jane – Gretas Schwester – sehr geholfen. Ich war mir nicht sicher, ob ich es ohne sie geschafft hätte.

Je nach Sichtweise kullerten oder stolperten die Kinder weiter eifrig herum. Ich beobachtete Cara. Sie konnte sich sehr gut konzentrieren und machte ihre Sache gut, trotzdem konnte ich mich des Verdachts nicht ganz erwehren, dass sie etwas von den Koordinationsproblemen ihres Vaters geerbt hatte. Ein paar Mädchen aus der Turnriege der Highschool gaben Hilfestellung. Sie erinnerten mich an meine Schwester Camille. Sie war getötet worden, als sie etwa so alt gewesen war wie diese Mädchen jetzt.

Mittlerweile wäre sie Ende dreißig gewesen, also mindestens so alt, wie all die Mütter hier waren. Das war ein seltsamer Gedanke. Ich sah Camille immer als Teenager. Es fiel mir schwer, mir nicht vorzustellen, was sie jetzt getan hätte – eigentlich hätte sie mit diesem debil-glücklich-besorgten „Zuerst einmal bin ich Mutter"-Lächeln auf einem der Stühle sitzen und ihren Nachwuchs filmen müssen. Ich fragte mich, wie sie jetzt wohl aussehen würde.

Es macht vielleicht den Eindruck, dass ich vom Tod besessen war, aber zwischen der Ermordung meiner Schwester und dem verfrühten Ableben meiner Frau bestand ein riesiger Unterschied. Erstere hatte meine Berufswahl bestimmt und mir meine juristische Karriere beschert. Im Gerichtssaal konnte ich solches Unrecht bekämpfen. Und das tat ich auch. Ich versuchte, die Welt sicherer zu machen, indem ich jene, die ihren Mitmenschen Schaden zufügten, hinter Gitter brachte, um dadurch anderen Familien das zu geben, was meiner eigenen nie vergönnt war – einen Schlusspunkt.

Beim zweiten Tod, dem meiner Frau, war ich hilflos gewesen und hatte Mist gebaut, und das würde ich – ganz egal was ich jetzt oder in der Zukunft noch tat – nie wiedergutmachen können.

Die Schulleiterin, die viel zu viel Lippenstift aufgelegt hatte, setzte ein Lächeln auf und ging zum Eingang. Sie sprach die Polizisten an, die sie aber kaum beachteten. Ich folgte ihren Blicken. Als der größere Polizist mich sah, zögerte er kurz. Dann forderte er mich mit einem fast unmerklichen Nicken auf, ihm nach draußen zu folgen. Ich bestätigte mit einem ebenso knappen Nicken, dass ich ihn verstanden hatte.

„Wo gehst du hin?", fragte Greta.

„Weiß ich selbst nicht genau."

„Arbeit?"

„Möglich."

Sie blickte kurz zu den beiden Polizisten hinüber und sah mich dann wieder an. „Soll ich Cara nach der Schule abholen?"

„Das wäre eine große Hilfe."

Ich machte mich auf den Weg. Lautes Kinderlachen begleitete mich. Die beiden Polizisten folgten mir auf den Flur hinaus.

„Sind Sie Paul Copeland?", erkundigte sich der Größere.

„Ja."

Sein kleinerer Partner war fleischig und hatte keinen Hals. Sein Kopf war geformt wie ein Betonstein, ein Eindruck, der durch die grobporige Haut noch verstärkt wurde.

Ein paar Viertklässler kamen um die Ecke. Ihre abgekämpfte Lehrerin folgte ihnen.

„Am besten unterhalten wir uns draußen", schlug der Größere vor.

Ich zuckte die Achseln. Ich hatte keine Ahnung, worum es ging. Offenbar handelte es sich aber nicht um den großen, schlagzeilenträchtigen Fall, an dem ich momentan arbeitete. Sonst hätten sie bei mir im Büro angerufen, und ich hätte eine Nachricht aufs Handy oder meinen BlackBerry bekommen.

Nein, es ging um etwas anderes – etwas Persönliches.

Wir traten vor das Schulgebäude. Die Sonne brannte auf uns herab. Der Größere kniff die Augen zusammen und schirmte sie mit der Hand vor der Sonne ab.

„Ich bin Detective Tucker York." Er zog seine Polizeimarke heraus und deutete auf Betonstein. „Und das ist Detective Don Dillon."

„Was kann ich für Sie tun?"

„Würden Sie uns erzählen, wo Sie gestern Nacht waren?"

Bei einer solchen Frage hätten sofort die Alarmsirenen losgehen müssen. Ich hätte die Beamten unverzüglich darauf hinweisen müssen, dass ich ohne meinen Anwalt keine Fragen beantwortete. Aber ich war selbst Anwalt. Ein verdammt guter sogar.

„Ich war zu Hause."

„Kann das jemand bestätigen?"

„Meine Tochter."

„Sonst noch jemand?"

„Ich glaube nicht. Worum geht's?"

York hatte das Reden übernommen. Er ignorierte meine Frage. „Kennen Sie einen Mann namens Manolo Santiago?"

„Nein."

„Sind Sie sicher?"

„Ziemlich sicher."

„Warum nur ‚ziemlich sicher'?"

„Wissen Sie, wer ich bin?"

„Ja. Sollen wir deshalb vielleicht Ihren Ring küssen oder so was?"

„Das meinte ich nicht." Ich mochte Yorks Verhalten nicht, ließ es ihm aber durchgehen.

„Also, warum sind Sie nur ‚ziemlich sicher', dass Sie Manolo Santiago nicht kennen?"

„Ich meinte damit, dass mir der Name nicht bekannt vorkommt. Ich glaube nicht, dass ich ihn kenne."

York nickte. „Hätten Sie was dagegen, uns zu begleiten?"

„Wohin?"

„Es dauert nicht lange."

„Dauert nicht lange", wiederholte ich. „Wo liegt das denn ungefähr?"

Die beiden Polizisten sahen sich kurz an.

„Ein Mann namens Manolo Santiago wurde gestern Nacht ermordet", erklärte York. „Seine Leiche wurde im Norden von Manhattan gefunden. Im Stadtteil Washington Heights. Wir hoffen, dass Sie uns helfen können."

„Wieso sollte ich Ihnen helfen können? Ich habe Ihnen doch schon gesagt, dass ich den Mann nicht kenne."

„Mr Santiago …", York zögerte, als müsse er über jedes Wort genau nachdenken, „hatte gewisse Gegenstände bei sich, die auf Sie hinweisen."

„Inwiefern weisen die auf mich hin?"

„He, Herr Staatsanwalt?" Betonstein Dillon beteiligte sich nun endlich am Gespräch.

„Ich bin Bezirksstaatsanwalt", verbesserte ich ihn.

„Egal." Dillon reckte den Hals und deutete auf meine Brust. „Langsam geh'n Sie mir echt auf die Eier." Er trat extrem nah an mich heran. „Sehen wir so aus, als ob wir Lust auf Ihre Wortklauberei hätten?"

Ich hielt das für eine rhetorische Frage, aber er wartete auf eine Antwort.

„Nein", erwiderte ich schließlich.

„Dann hören Sie mir gut zu. Wir haben eine Leiche. Es gibt eindeutige

Hinweise auf eine Verbindung zu Ihnen. Wollen Sie jetzt was zur Aufklärung beitragen oder lieber noch ein paar Worte verdrehen, womit Sie sich aber immer verdächtiger machen?"

„Was glauben Sie eigentlich, mit wem Sie hier reden, Detective?"

„Mit einem Mann, der eine Wahl gewinnen will und hofft, dass wir mit unserem Verdacht nicht direkt an die Presse gehen."

„Wollen Sie mir drohen?"

York ging dazwischen. „Hier droht keiner niemandem."

Dillon hatte jedoch einen Volltreffer gelandet. Es stimmte, meine Berufung war noch befristet. Mein Freund, der Gouverneur von New Jersey, hatte mich zum geschäftsführenden Bezirksstaatsanwalt ernannt. Es gab auch ernst zu nehmende Überlegungen, ob ich als Kongressabgeordneter kandidieren sollte. Ich müsste lügen, wenn ich behaupten wollte, dass ich keine politischen Ambitionen hatte. Ein Skandal oder auch nur der Anflug eines – selbst künstlich aufgebauschten – Skandals wäre absolut ungelegen gekommen.

„Ich wüsste nicht, wie ich Ihnen helfen könnte", meinte ich.

„Vielleicht können Sie's, vielleicht auch nicht", ließ Dillon sich vernehmen. „Aber Sie wollen uns doch sicher helfen, wo Sie nur können, oder?"

„Selbstverständlich. Jedenfalls möchte ich nicht, dass Ihre Eier mehr unter Druck geraten als unbedingt nötig."

Fast hätte er gelächelt. „Dann steigen Sie mal mit ein."

„Heute Nachmittag habe ich einen wichtigen Termin."

„Bis dahin sind Sie wieder zurück."

Ich hatte mit einem verbeulten Chevrolet gerechnet, aber sie fuhren einen sauberen Ford. Ich setzte mich nach hinten. Meine beiden neuen Freunde nahmen vorn Platz. Auf der Fahrt schwiegen wir, bis wir die George-Washington-Brücke nach Manhattan überquert hatten.

„Das muss schon eigenartig für Sie sein", sagte York. „Auf der anderen Seite zu stehen. Normalerweise sind Sie derjenige, der die Fragen stellt, nicht der, der sie beantwortet." Er lächelte mir durch den Rückspiegel zu.

„Haben Sie ein Programmheft dabei, Detective?"

„Ein was?"

„Ein Programmheft", wiederholte ich. „Damit ich mich über Ihren künstlerischen Werdegang und die alten Kritiken informieren kann – Sie wissen schon, bevor Sie die begehrte Rolle als guter Bulle gekriegt haben."

York gluckste. „Ich hab ja nur gesagt, dass es seltsam sein muss, weiter nichts. Ich meine, sind Sie vorher schon mal von der Polizei vernommen worden?"

Eine Fangfrage. Das mussten sie wissen. Mit achtzehn hatte ich als Betreuer in einem Sommerferienlager gejobbt. Eines Abends hatten sich vier Jugendliche – Gil Perez und seine Freundin Margot Green sowie Douglas Billingham und dessen Freundin Camille Copeland (also meine Schwester) – aus dem Camp in den Wald geschlichen.

Sie wurden nie wieder lebend gesehen.

Nur zwei der Leichen wurden gefunden. Die 17-jährige Margot lag mit durchschnittener Kehle nicht einmal hundert Meter vom Lager entfernt. Den ebenfalls 17 Jahre alten Doug fand man knapp einen Kilometer vom Camp entfernt. Er wies mehrere Schnittwunden auf, die Todesursache war jedoch auch bei ihm eine durchtrennte Kehle. Die Leichen der beiden anderen – die von Gil Perez und meiner Schwester Camille – blieben verschwunden.

Der Fall machte Schlagzeilen. Zwei Jahre später wurde der aus gutem Hause stammende Wayne Steubens, der auch einer der jungen Betreuer im Ferienlager gewesen war, verhaftet – allerdings erst nach dem dritten Sommer des Schreckens. Denn bis dahin hatte er noch mindestens vier weitere Jugendliche ermordet. Man nannte ihn den Sommer-Schlitzer. Waynes nächste beide Opfer waren in der Nähe eines Pfadfinderlagers bei Muncie in Indiana gefunden worden, auf ein weiteres Opfer war man bei einem Sommerlager in Vienna, Virginia, gestoßen. Sein letztes Opfer hatte er bei einem Sportcamp in den Pocono Mountains in Pennsylvania erwischt. Den meisten hatte er die Kehle durchgeschnitten. Und alle hatte er im Wald vergraben, manche, noch bevor sie tot gewesen waren. Ja genau, er hatte sie lebendig begraben. Und die meisten Fachleute glaubten, dass auch noch andere Vermisste tief in den Wäldern verscharrt lagen. So wie meine Schwester.

Wayne hatte nie ein Geständnis abgelegt, und obwohl er seit 18 Jahren in einem Hochsicherheitsgefängnis saß, beharrte er darauf, mit den ersten vier Morden nichts zu tun zu haben.

Ich glaubte ihm nicht. Die Tatsache, dass irgendwo da draußen noch mindestens zwei Leichen lagen, hatte Spekulationen Tür und Tor geöffnet. Dadurch war Wayne stärker ins Blickfeld der Öffentlichkeit geraten. Das gefiel ihm vermutlich. Aber die Ungewissheit – dieser kleine Hoffnungsschimmer – brannte immer noch in mir wie eine offene Wunde.

Ich hatte meine Schwester geliebt. Das hatten wir alle. Die meisten denken, der Tod eines geliebten Menschen wäre das Schlimmste, was einem widerfahren kann. Das ist nicht wahr. Nach einer Weile ist die Hoffnung eine sehr viel grausamere Gefährtin. Wenn man so lange damit lebte wie ich inzwischen, wenn der Hals dauernd auf dem Hackklotz lag, sehnte man sich schließlich danach, dass die Axt endlich fiel und einem den Kopf abtrennte.

Ich wünschte mir, Wayne Steubens würde endlich erzählen, was er mit meiner Schwester gemacht hatte. Nicht damit noch eine richtige Trauerfeier hätte stattfinden können. Das wäre zwar schön gewesen, aber darum ging es mir nicht. Der Tod hat die Zerstörungskraft einer Abrissbirne. Wenn er einen traf, war man am Boden zerstört, fing dann aber bald wieder an, etwas Neues aufzubauen. Aber die Ungewissheit – der Zweifel, dieser winzige Hoffnungsschimmer – zerfraß einen von innen heraus. Man konnte nicht mit dem Neuaufbau beginnen, weil die Zweifel immer wieder alles wegnagten.

Erschwerend kam hinzu, dass ich in jener Nacht selbst dort im Wald gewesen war. Ich war damals auch von der Polizei vernommen worden. Eine Zeit lang hatte ich sogar zu den Verdächtigen gehört. Also mussten York und Dillon es wissen.

Ich zog es vor, die Frage nicht zu beantworten. Die beiden Polizisten hakten nicht weiter nach.

Im Leichenschauhaus führten sie mich dann einen langen Flur entlang an ein Fenster. Man betrat den Raum nicht, in dem die Toten aufgebahrt waren, sondern blieb vor einer Glasscheibe stehen. Bis auf eine waren die Rollbahren leer. Der Leichnam, der darauf lag, war mit einem Laken bedeckt.

Eine Frau mit einer Mundmaske schob die Bahre näher ans Fenster heran und klappte den oberen Teil des Lakens zurück.

Ich betrachtete das Gesicht des Mannes. Alle sahen mich an, dessen war ich mir bewusst. Sie prüften meine Reaktion. Der Tote war ungefähr in meinem Alter. Ende dreißig. Er trug einen Bart. Sein Kopf schien rasiert zu sein. Er trug eine Duschhaube. Ich wusste warum.

„Kopfschuss?“, fragte ich York.

„Ja.“

„Kaliber?“

Er räusperte sich, als wolle er mich daran erinnern, dass dies nicht mein Fall war. „Kennen Sie ihn?“

Ich sah den Toten noch einmal an. „Nein.“

„Sind Sie sicher?“

Ich wollte nicken, aber etwas hielt mich davon ab. „Warum bin ich hier?“

„Der Mann hatte einen Führerschein auf den Namen Manolo Santiago bei sich. Wir haben das überprüft. Es scheint nicht sein richtiger Name zu sein.“

„Schön und gut, aber wie kommen Sie nur drauf, dass ich ihn kennen könnte?“

York und Dillon wechselten einen Blick.

„Er hatte Ihre Adresse in der Tasche", erklärte York dann. „Und ein paar Zeitungsausschnitte, in denen Sie erwähnt werden. Und Ihre Schwester. Und das, was damals im Wald passiert ist."

Schlagartig war es im Flur um fünf Grad kälter – aber schließlich waren wir hier im Leichenschauhaus.

Ich versuchte gleichgültig zu klingen. „Vielleicht war er jemand, der sich als Hobby mit echten Verbrechen beschäftigte. Von diesen Spinnern gibt's jede Menge."

York zögerte. Die beiden Polizisten sahen sich wieder an.

„Was hatte er noch bei sich?", erkundigte ich mich.

Ein Mitarbeiter, dessen Anwesenheit mir überhaupt noch nicht aufgefallen war, brachte einen roten Beweismittelbeutel mit den persönlichen Gegenständen des Toten. Die Polizisten leerten den Beutel auf einem Tisch aus. Ein Portemonnaie. Ein Handy.

„Haben Sie das Telefon überprüft?", fragte ich.

„Ja. Ist ein Wegwerfhandy. Die Ruflisten sind leer."

Mit weichen Knien trat ich an den Tisch, auf dem auch mehrere zusammengefaltete Zettel lagen. Ich nahm einen und faltete ihn vorsichtig auseinander. Es war ein alter *Newsweek*-Artikel. Mit den Bildern der vier toten Teenager, der ersten Opfer des Sommer-Schlitzers. Das erste zeigte – wie es bei anderen Zeitungen auch immer der Fall gewesen war – Margot Green, da man ihre Leiche sofort gefunden hatte. Dann kam Doug Billingham, weil er erst einen Tag später entdeckt worden war. Das eigentliche Interesse galt jedoch den anderen beiden. Von Gil Perez und meiner Schwester hatte man blutverschmierte, zerrissene Kleidungsstücke gefunden – aber nicht die Leichen. Und wieso nicht?

Ganz einfach. Der Wald war riesig. Wayne Steubens hatte sie gut versteckt. Aber manche Leute, besonders jene, die guten Verschwörungstheorien nicht abgeneigt waren, wollten davon nichts wissen. Warum waren gerade die beiden nicht gefunden worden? Wie hätte Steubens die Leichen so schnell wegschaffen und vergraben sollen? Hatte er vielleicht einen Komplizen gehabt?

Selbst heute, achtzehn Jahre nach Waynes Verhaftung, sprachen die Menschen in der Umgebung des Tatorts noch über „Geister" in diesem Wald. Sie behaupteten, nachts manchmal das Heulen und die Schreie der Opfer zu hören. Ich hatte viele Abende allein in diesem Wald verbracht. Ich hatte nie jemanden heulen oder schreien hören.

Mein Blick glitt über die Fotos von Margot und Doug. Dann kam das meiner Schwester. Ich hatte es schon tausendmal gesehen. Die Medien mochten es, weil sie darauf so wunderbar normal wirkte. Camille sah aus wie das Mädchen von nebenan, der nette Teenager, der unten an der Straße wohnte. Doch das Bild passte überhaupt nicht zu ihr. Sie war schelmisch gewesen, hatte lebhafte Augen gehabt und Jungs mit einem schrägen „Scher dich zum Teufel"-Grinsen auf Distanz halten können. Und genau das hatte sie vielleicht das Leben gekostet.

Gerade wollte ich mir das letzte Foto angucken, das von Gil Perez, aber plötzlich zuckte ich zusammen.

Mir blieb das Herz stehen.

Ich weiß, das klingt dramatisch, aber so fühlte es sich an: Ich musterte den Stapel Münzen aus Manolo Santiagos Tasche, und da sah ich ihn. Ich hatte das Gefühl, als hätte mir eine Hand in die Brust gegriffen und mein Herz so fest zusammengepresst, dass es nicht mehr schlagen konnte.

Meine Hand bewegte sich wie von selbst. Ich sah, wie meine Finger ihn hochnahmen und vor meine Augen führten. Es war ein Ring. Ein Frauenring.

Ich betrachtete nun das Foto von Gil Perez, der zusammen mit meiner Schwester und den anderen im Wald ermordet worden war, dessen Leiche aber wie die Camilles nie aufgetaucht war. Ich versetzte mich zwanzig Jahre zurück. Da fiel mir die Narbe wieder ein.

„Zeigen Sie mir seinen Arm", bat ich die Polizisten.

„Bitte?"

Ich drehte mich zum Fenster um und deutete auf die Leiche. „Seinen Arm."

Dillon drückte auf den Knopf der Gegensprechanlage. „Er will den Arm des Toten sehen."

„Welchen?", fragte die Frau in der Leichenhalle.

„Ich weiß nicht", erwiderte ich. „Am besten beide."

Sie blickten überrascht, aber dann kam die Frau meinem Wunsch nach. Das Laken wurde weiter zurückgezogen.

Die Brust des Mannes war jetzt behaart. Er war schwerer, wog mindestens fünfzehn Kilo mehr als damals, aber das war nicht überraschend. Wir hatten uns alle verändert. Doch das interessierte mich nicht. Ich suchte nach der gezackten Narbe.

Da war sie. Oben am linken Arm. Ich schnappte nicht nach Luft oder dergleichen. Ich stand einfach nur reglos da.

„Ich kenne ihn", verkündete ich. „Das ist Gil Perez."

FRÜHER EINMAL hatte Professorin Lucy Gold, die über zwei Doktortitel – in Englisch und Psychologie – verfügte, ihre Sprechzeiten geliebt.

Man hatte dabei die Gelegenheit, sich von Angesicht zu Angesicht mit den Studenten zu unterhalten und sie richtig kennen zu lernen. Es freute Lucy, wenn die stillen Typen, die immer mit gesenktem Kopf hinten im Seminarraum saßen und mitschrieben wie beim Diktat, bei ihr vor der Tür standen, den Blick hoben und ihr erzählten, was sie auf dem Herzen hatten.

Aber meistens – so wie jetzt gerade – kamen nur noch die Schleimer, diejenigen, die glaubten, dass ihre Zensur lediglich von dem öffentlich zur Schau gestellten Enthusiasmus abhing und sich direkt proportional dazu verbesserte, wie sehr sie sich im Seminar und in der Sprechstunde produzierten.

„Professorin Gold", flötete das Mädchen, das Sylvia Potter hieß, „als Sie vorhin im Seminar diese Stelle von Yeats vorgelesen haben, da war ich ja so was von ergriffen. Die Worte und die Art, wie Sie Ihre Stimme eingesetzt haben, das klang wie eine richtig ausgebildete Schauspielerin. Und diesen Bericht zu schreiben, hat mir auch Spaß gemacht."

Lucy überlegte, ob sie Sylvia unterbrechen sollte *(Tun Sie mir einen Gefallen und backen Sie mir einfach ein paar Kekse!)*, aber sie lächelte einfach weiter und erwiderte: „Das freut mich."

„In meinem Bericht ging's um … na ja, mein erstes Mal, wenn Sie wissen, was ich meine …"

Lucy nickte. „Das soll aber doch vertraulich und anonym bleiben, erinnern Sie sich?"

„Oh, klar." Sylvia blickte zu Boden.

Das überraschte Lucy. Die Studentin sah sonst nie nach unten.

„Wenn Sie möchten, können wir uns noch einmal über Ihren Bericht unterhalten, nachdem ich alle anderen gelesen habe. Ganz persönlich, meine ich."

Das Mädchen hielt den Kopf immer noch gesenkt. „Okay", antwortete sie leise.

Die Sprechstunde war eigentlich zu Ende. Lucy wollte nach Hause. Sie versuchte, nicht halbherzig zu klingen, als sie fragte: „Oder möchten Sie jetzt darüber sprechen?"

„Nein." Sylvia sah immer noch zu Boden.

„Na denn." Demonstrativ schaute Lucy auf die Uhr. „In zehn Minuten muss ich bei einer Konferenz sein."

Die Studentin erhob sich. „Danke, dass Sie sich die Zeit für mich genommen haben."

„War mir ein Vergnügen."

Sylvia sah aus, als wollte sie noch etwas sagen. Aber sie tat es nicht.

Fünf Minuten später stand Lucy am Fenster ihres Büros und schaute auf den Innenhof hinunter. Sylvia kam aus der Tür, wischte sich übers Gesicht, hob den Kopf und zwang sich zu lächeln. Lucy sah zu, wie sie anderen Studenten zuwinkte und sich zu der Gruppe gesellte.

Lucy wandte sich ab. War das nicht ein Hilfeschrei gewesen? *Wahrscheinlich, Luce, und du hast ihn geflissentlich überhört. Gute Arbeit!*

Sie setzte sich an den Schreibtisch und öffnete das untere Fach. Da stand der Wodka. Wodka war gut. Den konnte man im Atem nicht riechen.

Ihre Bürotür wurde geöffnet. Der Mann, der eintrat, hatte seine langen schwarzen Haare hinter die Ohren geklemmt und trug mehrere Ohrringe. Er war modisch unrasiert, hatte ein Piercing am Kinn und war auf eine Art attraktiv, die an einen alternden Popstar erinnerte.

„Du siehst echt rattenscharf aus." Er lächelte Lucy an.

„Danke, Lonnie."

„Nee, ist mein Ernst. Echt rattenscharf."

Lonnie Berger war ihr wissenschaftlicher Mitarbeiter, obwohl sie gleich alt waren. Er war dauerhaft in der Fortbildungsfalle gefangen und machte immer wieder neue Abschlüsse. Doch an der Augenpartie sah man ihm sein Alter an. Er hatte genug vom politisch korrekten Umgang der Geschlechter auf dem Campus, daher hatte er beschlossen, die Grenzen auszuweiten, indem er jede Frau anbaggerte.

„Also jetzt mal ehrlich, Boss", fuhr er fort, „wann hast du's zum letzten Mal getrieben?"

„Das muss jetzt acht Monate, sechs Tage und so etwa", Lucy sah auf die Uhr, „vier Stunden her sein."

Er lachte. „Ich hab die Berichte ausgedruckt."

Die vertraulichen, anonymen Berichte.

Lucy hielt ein Seminar ab, das die Universität „Kreative Vernunft" genannt hatte und in dem neueste Erkenntnisse der psychologischen Traumaforschung mit kreativem Schreiben und Philosophie kombiniert werden sollten. Lucy fand das Konzept großartig. Die aktuelle Aufgabe bestand darin, dass jeder Student schriftlich über ein traumatisches Ereignis in seinem Leben berichtete – etwas, worüber normalerweise mit niemandem gesprochen wurde. Namen wurden nicht genannt. Noten gab es keine.

„Hast du schon angefangen, sie zu lesen, Lonnie?"

Er nickte, setzte sich auf den Stuhl, auf dem Sylvia vor Kurzem gesessen hatte, und legte die Füße auf den Schreibtisch. „Das Übliche", seufzte er.

„Schlechte erotische Literatur?"

„Ich würde eher sagen, schlechter Softporno."

Er reichte ihr ein paar Berichte. Sie vertieften sich in die Texte. Nach etwa fünf Minuten schüttelte Lonnie den Kopf.

„Was ist?", fragte Lucy.

„Wie alt sind die Kids so im Schnitt?", fragte er zurück. „So um die zwanzig, stimmt's?"

„Stimmt."

„Und ihre sexuellen Eskapaden dauern immer um die zwei Stunden?"

Lucy lächelte. „Aktive Fantasie."

Sie lasen weiter.

Eine halbe Stunde später beugte Lonnie sich vor. „Schau dir das mal an."

Lucy legte den Bericht zur Seite, den sie gerade gelesen hatte – noch eine Geschichte eines Mädchens, das sich zusammen mit ihrem neuen Freund betrunken und am Ende in einem flotten Dreier wiedergefunden hatte. Lucy waren schon viele Berichte über flotte Dreier untergekommen.

Aber kurz darauf hatte sie das alles vergessen. Sie hatte vergessen, dass sie allein lebte, dass sie Professorin war und dass Lonnie ihr gegenübersaß. Lucy Gold war verschwunden. An ihrem Platz saß ein Mädchen, das einen anderen Namen trug und kurz davor war, erwachsen zu werden – aber es war eben immer noch ein Mädchen.

> Was ich jetzt erzähle, passierte, als ich 17 Jahre alt war. Ich hatte in einem Sommerlager einen Ferienjob als Betreuerin. Das Lager gehörte meinem Vater.

Lucy unterbrach die Lektüre und sah sich das Deckblatt an. Natürlich stand da kein Name. Die Studenten hatten die Berichte per E-Mail geschickt, und es sollte keine Möglichkeit geben zurückzuverfolgen, wer welchen Bericht geschickt hatte. Es war eine vertrauensbildende Maßnahme. Die Studenten klickten einfach nur auf die anonyme SENDEN-Taste.

> Das war der beste Sommer meines Lebens. Wenigstens bis zu jener letzten Nacht. Eigenartig, was? Trotzdem bin ich mir absolut sicher. Ich weiß, dass ich nie wieder so glücklich sein werde wie damals. Nie.
>
> In jenem Sommer habe ich einen Jungen geliebt. Ich werde ihn für diese Geschichte P. nennen. Er war ein Jahr älter als ich und auch als Betreuer beschäftigt. Seine ganze Familie war im Sommerlager. Seine Schwester war ebenfalls Betreuerin, und sein Vater war der Arzt des Camps. Ich nahm aber kaum Notiz von ihnen, denn als ich P. begegnete, hatte ich gleich dieses Gefühl im Bauch.
>
> Ich weiß, was Sie denken: Es war nur eine Sommerromanze unter Jugendlichen. Aber das stimmt nicht. Und ich habe immer noch Angst, dass ich nie

mehr jemanden so lieben werde, wie ich P. geliebt habe. Ich fürchte, dass ich einmal im Leben die Chance auf Glück und Zufriedenheit hatte und sie habe verstreichen lassen.

In Lucys Herz bildete sich ein Loch, das von Satz zu Satz größer wurde.

Einmal gingen wir nachts in den Wald. Das durften wir nicht. Es gab strenge Regeln. P. hatte „Nachtwache" und wollte erst nicht mitkommen, sondern seine Pflicht tun, aber ich wusste schon, wie ich ihn da wegbekam. Jetzt bedaure ich das natürlich. Aber damals lockte ich ihn weg. Also gingen wir in den Wald. Nur wir beide. Ganz allein. Ich kannte den Weg. P. hielt meine Hand. Es war sehr dunkel im Wald. Man konnte kaum drei Meter weit sehen. Dann hörten wir ein Rascheln und bemerkten, dass noch jemand im Wald war. Ich blieb stehen, aber ich weiß noch, dass P. in der Dunkelheit lächelte und den Kopf schüttelte. Wissen Sie, der einzige Grund, warum die Camp-Teilnehmer in den Wald gingen, war … Na ja, es war eben ein gemischtes Lager mit Jungen und Mädchen. Den Rest kann man sich denken.

P. seufzte. „Lass uns lieber nachgucken", sagte er. Oder so was Ähnliches. Aber ich wollte das nicht tun. Ich wollte mit ihm allein sein.

Die Batterien in meiner Taschenlampe waren inzwischen leer. Ich weiß noch, wie schnell mein Herz schlug, als wir zwischen die Bäume traten. Ich war allein in der Dunkelheit, Hand in Hand mit dem Jungen, den ich liebte. Sobald er mich berührte, schmolz ich förmlich dahin. Kennen Sie dieses Gefühl? Wenn man nicht einmal fünf Minuten lang von einem Mann fernbleiben kann? Ein verrücktes Gefühl. Es ist wunderbar, aber es schmerzt auch.

„Psst", flüsterte er. „Bleib stehen." Das taten wir. Wir blieben stehen.

P. zog mich hinter einen Baum. Er nahm mein Gesicht in beide Hände. Seine Hände waren groß und fühlten sich toll an. Ganz sanft führte er mein Gesicht an seines heran – und dann küsste er mich. Ich spürte es im ganzen Körper, ein Zittern, das im Herzen anfing und sich von da aus in alle Richtungen ausbreitete. P. nahm eine Hand von meinem Gesicht. Er legte sie direkt neben meinen Busen. Meine Ungeduld wuchs. Ich stöhnte laut.

Wir küssten uns weiter. Es war so leidenschaftlich. Jede Faser meines Körpers loderte. Das Rascheln hatte ich vollkommen vergessen. Ich war so hin und weg, so verloren in unserem Tun, dass ich die Schreie anfangs gar nicht wahrnahm. Und P. ging es wahrscheinlich genauso.

Aber es folgten noch weitere Schreie. Und wissen Sie, wie Menschen, die dem Tod sehr nahe waren, ihre Erfahrungen beschreiben? Bei mir war es ganz ähnlich, nur umgekehrt. Es war so, als ob wir gemeinsam auf ein wunderbares Strahlen zusteuerten, aber die Schreie waren wie ein Seil, das uns immer wieder zurückzog, obwohl wir gar nicht zurückwollten.

P. hörte auf, mich zu küssen. Und jetzt kommt das Furchtbare.

Er hat mich nie wieder geküsst.

Lucy blätterte um, aber das war das Ende. Ihr Kopf schnellte hoch. „Wo ist der Rest?“

„Das ist alles. Du hast doch gesagt, dass sie den Bericht auch in einzelnen Abschnitten schicken können, weißt du das nicht mehr?“ Lonnie musterte sie. „Alles in Ordnung, Luce?“

„Du kannst doch gut mit Computern umgehen, stimmt's?“

„Ja, ich kann gut mit Computern umgehen. Wieso?“

„Ich muss rauskriegen, wer das geschrieben hat.“

„Aber ...“ Er sah ihr in die Augen und betrachtete sie nachdenklich.

Sie wusste, was er einwenden wollte. Es war ein Betrug an allem, worum es in diesem Seminar ging. Sie hatten einige wirklich schreckliche Geschichten gelesen, eine sogar über den sexuellen Missbrauch eines Vaters an seiner Tochter, aber selbst da hatten sie nicht versucht, die Verfasserin ausfindig zu machen.

„Verrätst du mir, worum es hier geht?“, fragte Lonnie.

„Nein.“

„Ist es so schlimm?“

Sie sah ihn nur an.

„Ach, was soll's?“, seufzte er. „Ich schau mal, was sich machen lässt.“

„ICH SAG es Ihnen doch“, wiederholte ich, „das ist Gil Perez.“

„Der Junge, der vor zwanzig Jahren zusammen mit Ihrer Schwester und den beiden anderen ermordet wurde?“

„Ganz offensichtlich wurde er damals nicht getötet.“

Sie glaubten mir wohl nicht.

„Es könnte vielleicht sein Bruder sein“, bot York mir eine Lösung an.

„Und der hatte den Ring meiner Schwester dabei?“

„So ungewöhnlich sind diese Ringe auch wieder nicht“, wandte Dillon ein. „Vor zwanzig Jahren waren die absolut modern. Wir wissen also nicht genau, ob es der Ihrer Schwester ist.“

Viel mehr gab es im Moment nicht zu sagen. Sie meinten, sie würden sich melden. Sie wollten mit Gils Familie reden und versuchen, eine offizielle Identifikation zu bekommen. Ich war verwirrt und benommen.

Mein BlackBerry und mein Handy liefen derweil Amok. Im bisher wichtigsten Fall meiner Karriere würde ich zu spät zu einem Termin mit der Verteidigung kommen. Zwei wohlhabende Studenten aus dem noblen Vorort Short Hills wurden beschuldigt, eine 16-jährige Afroamerikanerin aus Irvington namens Chamique Johnson vergewaltigt zu haben. Die Verhandlung hatte schon begonnen, aber dann war es zu einer Verzögerung gekommen, und jetzt hoffte ich auf eine Einigung über die Dauer der Haftstrafe, bevor wir noch einmal anfangen mussten.

Die Polizisten fuhren mich zu meinem Büro in Newark. Mir war bewusst, dass die Gegenpartei meine Unpünktlichkeit für einen Trick halten würde, aber daran ließ sich jetzt nichts mehr ändern. Als ich mein Büro betrat, waren die beiden Hauptverteidiger natürlich schon anwesend.

Der eine, Mort Pubin, stand sofort auf und fing an zu krakeelen: „Sie Mistkerl, wir sitzen hier schon seit einer Stunde!"

Der andere Verteidiger, Flair Hickory, saß einfach nur mit übergeschlagenen Beinen da. Als könnte er kein Wässerchen trüben. Er ließ seinen Kollegen noch ein oder zwei Minuten lang toben. Dann hob er die Hand und brachte ihn mit einer kurzen Geste zum Schweigen.

„Das reicht jetzt, Mort."

Flair trug einen lilafarbenen Anzug. Das Hemd hatte dieselbe Farbe. Die Krawatte auch. Und – großer Gott! – die Schuhe auch.

Flair entging nicht, dass ich ihn musterte. „Gefällt es Ihnen?", fragte er.

„So einen Anblick kannte ich bisher nur aus der Schokoladenwerbung", antwortete ich.

Stirnrunzelnd sah Flair mich an. „Sind Sie sicher, dass Ihnen nicht noch ein paar bessere Frechheiten einfallen?" Er verschränkte die Arme und seufzte. „Wo wir also nun alle versammelt sind, können wir uns jetzt vielleicht endlich darauf einigen, dass unsere Mandanten freikommen und wir die ganze Sache zu den Akten legen?"

Ich sah ihm in die Augen. „Die beiden haben es getan, Flair."

Er stritt es nicht ab. „Wollen Sie diese derangierte Stripperin und Prostituierte wirklich in den Zeugenstand rufen?"

„Ja, das will ich."

Flair versuchte, nicht zu lächeln. „Ich werde sie vernichten."

Das würde er. Ich wusste es. Flair fürchtete ich wie kaum einen anderen Verteidiger. Er widersprach allen Erwartungen. Erstens war er schwul. Gut, das war keine große Sache. Viele Anwälte sind schwul, aber Flair war eine Tunte, wie sie im Buch steht. Nun sollte man meinen, dass zumindest einige Geschworene ihn schon allein deshalb nicht leiden konnten oder Angst vor ihm hatten. Aber so lief das bei Flair nicht. Die weiblichen Geschworenen wollten mit ihm zum Einkaufsbummel gehen und sich über die Unzulänglichkeiten ihrer Ehemänner ausweinen. Und die Männer fanden ihn so harmlos, dass sie glaubten, dieser Bursche könne ihnen bestimmt kein X für ein U vormachen. Insgesamt verfügte Flair damit über eine nahezu unüberwindbare Verteidigungsstrategie.

„Was wollen Sie?“, fragte ich.

Er grinste. „Sie sind nervös, oder?“

In diesem Moment wurde die Tür geöffnet und meine Chefermittlerin Loren Muse kam herein. Sie war so alt wie ich, Ende dreißig, und schon unter meinem Vorgänger Ermittlerin der Mordkommission gewesen. Ohne ein Wort zu sagen oder uns auch nur zuzunicken, setzte sie sich.

Ich wandte mich wieder an Flair. „Was wollen Sie?“, wiederholte ich.

„Für den Anfang“, erwiderte er, „wäre es ganz schön, wenn Ms Chamique Johnson sich dafür entschuldigen würde, den Ruf von zwei aufrechten und anständigen Jungs zerstört zu haben.“

Ich sah ihn nur an.

„Aber wir würden uns auch damit zufriedengeben, dass sofort sämtliche Klagen fallen gelassen werden.“

„Träumen Sie weiter.“

„Cope, Cope, Cope.“ Flair schüttelte den Kopf und schnalzte missbilligend mit der Zunge.

„Ich habe Nein gesagt.“

„Einfach entzückend, wenn Sie den Macho geben, aber das wissen Sie bestimmt, oder?“ Flair sah zu Loren hinüber. Ein gepeinigter Ausdruck breitete sich auf seinem Gesicht aus. „Meine Güte, was tragen Sie denn da?“

Sie richtete sich auf. „Was?“

„Ihre Garderobe. Die sieht ja aus wie aus einer furchtbaren neuen Reality-Show: *Wenn Polizistinnen sich selbst anziehen.* Du meine Güte! Und dann diese Schuhe …“

„Sie sind sehr praktisch“, stotterte Loren.

„Schätzchen, Moderegel Nummer eins: Die Wörter *Schuhe* und *praktisch* dürfen nie im selben Satz vorkommen.“ Ohne zu blinzeln, wandte Flair sich wieder an mich. „Unsere Mandanten bekennen sich eines minderschweren Vergehens schuldig, und Sie beantragen eine Bewährungsstrafe.“

„Nein.“

„Darf ich Ihnen dann noch zwei Wörter sagen? Sie lauten Cal und Jim.“

Er wartete. Ich sah zu Loren. Sie rutschte auf ihrem Stuhl hin und her.

„Diese zwei netten kleinen Namen“, fuhr Flair fast fröhlich fort, „sind Musik in meinen Ohren. Cal und Jim. Haben Sie das gehört, Cope?“

Ich schnappte nicht nach dem Köder.

„Ihr vermeintliches Opfer hat ausgesagt, dass die Namen seiner Vergewaltiger Cal und Jim lauteten. Unsere Mandanten heißen aber Barry Marantz und Edward Jenrette.“

„Das hat nichts zu bedeuten“, erwiderte ich endlich. „In ihrer Vagina wurde Sperma von Barry Marantz gefunden.“

„In der Tat. Aber der junge Barry – übrigens ein hübscher Bursche, und wir wissen beide, wie wichtig das in einer Verhandlung ist – gibt zu, dass er früher an besagtem Abend einvernehmlichen Sex mit Ihrer willigen jungen Ms Johnson hatte. Wir alle wissen, dass Chamique bei meinen Mandanten im Verbindungshaus war – das ist doch unstrittig, oder?“

Mir gefiel das nicht, trotzdem bestätigte ich: „Ja, das ist unstrittig.“

„Und sie war dort bereits eine Woche vorher als Stripperin aufgetreten. Richtig?“

„Falsch. Als Erotiktänzerin“, korrigierte ich Flair.

Er sah mich nur an. „Und dann kam sie wieder. Ohne dass diesmal Geld den Besitzer wechselte. Auch darin stimmen wir doch überein, oder?“ Er wartete nicht auf eine Antwort. „Ich kann Ihnen fünf oder sechs Studenten herbeibringen, die bestätigen, dass sie sehr nett zu Barry war. Ach, kommen Sie, Cope! Sie machen das doch auch nicht zum ersten Mal. Chamique Johnson ist Stripperin. Sie ist minderjährig. Sie hat mit einem hübschen, reichen Jungen geschlafen. Und hinterher hat er sie, was weiß ich, nicht angerufen oder ignoriert oder sonst was. Und da wurde sie dann sauer.“

„Und hat sich jede Menge blauer Flecken zugelegt“, ergänzte ich.

Unvermittelt schlug Mort mit der Faust auf den Tisch. „Die will doch nur groß abkassieren! Sie hat sich auch schon einen Anwalt besorgt. Sie will die Jungs ausnehmen. Und Sie haben nur deshalb Klage erhoben, weil die Beschuldigten reich sind. Sie brauchen mir gar nichts anderes zu erzählen. Aber wissen Sie, was mich daran so ankotzt? Es ist gesellschaftlich akzeptiert, die Reichen zu hassen. Wenn ich jetzt sagen würde: He, ich hasse die Armen, dann würde man mich am nächsten Baum aufknüpfen. Aber die Reichen beschimpfen? Das steht jedem frei. Die Reichen hassen darf jeder.“

„Sie könnten vielleicht einen Förderverein für sie gründen.“

„Sie können mich mal, Cope!“

„Nein, ehrlich. Die Welt war einfach nicht fair zu ihnen. Ein Förderverein. Die brauchen das. Und vielleicht kann man im Fernsehen Spenden sammeln oder so.“

Flair erhob sich theatralisch. „Ich glaube, hier gibt es heute nichts mehr zu besprechen. Wir sehen uns morgen, mein Hübscher. Und Sie …“ Er blickte zu Loren und erschauerte.

„Flair?“

Er sah wieder zu mir.

„Die Sache mit Cal und Jim beweist nur, dass sie die Wahrheit sagt", betonte ich.

Flair lächelte. „Wie kommen Sie denn darauf?"

„Ihre Jungs waren clever. Sie nannten sich Cal und Jim, damit Chamique das später so aussagt. Ich meine, wenn sie Ihre Mandanten reinreißen wollte, warum hätte sie dann nicht deren richtigen Namen angeben sollen? Warum sollte sie sich diese beiden Namen ausdenken? Ich finde das unlogisch."

Mort übernahm die Antwort. „Weil sie eine geldgierige Schlampe und dümmer als Brot ist."

Aber ich merkte, dass ich zumindest Flair ins Grübeln gebracht hatte.

Er beugte sich zu mir herüber. „Vielleicht haben Sie Recht, Cope. Vielleicht ist es wirklich unlogisch. Aber eins ist klar, es sorgt für Verwirrung. Und mein Helfer, der von mir hochverehrte ‚berechtigte Zweifel', mag Verwirrung." Er lächelte wieder. „Vielleicht haben Sie ein paar physische Beweise, aber wenn Sie dieses Mädchen in den Zeugenstand rufen, werde ich mich nicht zurückhalten. Das wird Spiel, Satz und Sieg für uns. Und das wissen Sie genauso gut wie ich."

Die beiden Anwälte gingen zur Tür.

„Adieu, mein Freund", säuselte Flair. „Wir sehen uns im Gericht."

Loren und ich sagten eine Weile nichts.

Cal und Jim. An den beiden Namen hatten wir schwer zu knabbern.

Normalerweise war der Chefermittler der Bezirksstaatsanwaltschaft ein Mann. Seine Aufgabe bestand darin, den arglosen Bezirksstaatsanwalt, der so wie ich aus rein politischen Gründen berufen worden war, sicher durch die Stolperdrähte und Fußangeln des Strafverfolgungssystems im Bezirk zu lotsen.

Loren war gerade mal eins fünfzig groß und ungefähr so schwer wie ein durchschnittlicher Viertklässler. Meine Entscheidung für sie hatte unter den Veteranen für große Aufregung gesorgt. Aber aufgrund meiner bisherigen Erfahrungen bevorzugte ich alleinstehende, kinderlose Frauen eines gewissen Alters. Sie arbeiteten härter und waren wesentlich loyaler. Mit der Karriere als einzigem Lebensinhalt steckten sie alle Zeit und Energie in die Arbeit. Doch Loren war auch einfach eine unglaublich begabte Ermittlerin. Ich sprach gern mit ihr über die anfallenden Probleme.

Momentan starrte sie nachdenklich zu Boden.

„Was denken Sie?", fragte ich sie.

„Sind die Schuhe wirklich so hässlich?"

Ich rollte die Augen und wartete.

„Um es auf den Punkt zu bringen“, sagte sie schließlich, „wenn wir nicht irgendeine plausible Erklärung für die Cal-und-Jim-Sache finden, sind wir im Eimer.“

„Haben Sie Chamique noch mal befragt?“

„Hab ich. Ihre Geschichte ist schon fast erschreckend stimmig. Wahrscheinlich haben Sie Recht, und das war von den beiden Kerlen einfach ein Täuschungsmanöver, damit Chamiques Geschichte bescheuert klingt.“

„Aber wie sind sie gerade auf diese Namen gekommen?“, fragte ich nicht zum ersten Mal. „Wir übersehen da irgendwas, Loren.“

Sie nickte. „Ich weiß.“

Schon immer konnte ich gut Dinge ausblenden. Bis zu einem gewissen Grad können wir das alle, aber ich beherrsche es besonders gut. Ich kann mich mit einem Aspekt meines Lebens befassen und alle anderen vollkommen ausblenden. Bei einem Mafia-Film fragen sich viele Zuschauer, wie der Killer bei der Ausführung seines Auftrags so gewalttätig und danach zu Hause so liebevoll sein kann. Ich habe damit kein Problem. Ich kann das auch. Es ist keine unbedingt erstrebenswerte Eigenschaft. Sie bietet zwar einen gewissen Schutz, aber ich habe auch schon erlebt, was für Ungeheuerlichkeiten damit gerechtfertigt werden.

Und so hatte ich die letzte halbe Stunde ein paar unvermeidliche Fragen ignoriert: Wenn Gil Perez die ganze Zeit gelebt hatte, wo war er dann gewesen? Und wenn Gil Perez die schreckliche Nacht überlebt hatte …

Hatte meine Schwester sie womöglich auch überlebt?

„Cope, was ist los?“

Ich wollte es Loren erzählen. Aber dies war nicht der richtige Zeitpunkt. Ich musste meine Gedanken selbst erst mal ein bisschen ordnen.

„Cal und Jim“, sagte ich. „Wir müssen rausbekommen, worum es dabei geht – und zwar schnell.“

ZWEI

Die Familie meiner Schwägerin Greta lebte in einer Art Haus von der Stange in einer neu gebauten Sackgasse, die fast genauso aussah wie jede andere neue Sackgasse in den USA. Die Grundstücke waren zu klein für die elefantösen Backsteinbauten, die sie fast vollständig einnahmen. Die Häuser hatten zwar unterschiedliche Formen und Grundrisse, sahen aber trotzdem irgendwie gleich aus.

Ich will nicht herzlos klingen, aber Greta war nicht nur die Schwester meiner Frau, sie war auch die Hässliche der beiden. Zwar sah sie meiner Jane durchaus ähnlich, doch die Merkmale, die deren Schönheit nur noch erhöht hatten, wirkten sich bei Greta gegenteilig aus. Jane hatte eine markante Nase gehabt, die irgendwie sexy gewesen war. Greta hatte eine markante Nase, die, na ja, irgendwie groß war. Die weit auseinanderliegenden Augen hatten meiner Frau eine exotische Ausstrahlung verliehen. Greta sah mit diesem großen Augenabstand reptilienhaft aus.

Bemerkenswerterweise hatte ich sie noch vor meiner zukünftigen Frau kennen gelernt. Ich war siebzehn gewesen, und wir gehörten zu den Ärmsten in dem ziemlich durchmischten Ort, in dem wir zu jener Zeit wohnten. Wir waren aus der damaligen Sowjetunion ausgewandert, als ich vier Jahre alt gewesen war. Am Anfang war es noch ganz gut gelaufen, doch das hatte sich schon bald und ziemlich schnell geändert. Mein Vater Wladimir Kopinski (er hatte den Namen zu Copeland „amerikanisieren" lassen) war früher in Leningrad Arzt gewesen, bekam aber in der neuen Heimat keine Zulassung und konnte daher nicht praktizieren. Am Ende verdingte er sich als Anstreicher. Meine Mutter, eine zerbrechliche Schönheit namens Natascha, die gebildete Tochter eines aristokratischen Professors, nahm diverse Putzjobs bei wohlhabenderen Familien in Short Hills und Livingston an, konnte aber keinen davon lange halten.

Eines Tages kam meine Schwester Camille aus der Schule nach Hause und verkündete spöttisch, dass die Tochter einer der reichsten Familien der Umgebung in mich verknallt sei.

Meine Mutter war sofort begeistert, aber ich zog eine Grimasse. „Hast du die schon mal gesehen? Sie ist ein echtes Monster."

„Es gibt ein altes russisches Sprichwort", erwiderte meine Mutter. „Eine reiche Frau ist schön, wenn sie auf ihrem Geld steht."

Das war also der erste Gedanke, der mir in den Sinn kam, als ich Greta begegnete. Ihre Eltern – meine ehemaligen Schwiegereltern und natürlich nach wie vor Caras Großeltern – waren steinreich. Meine Frau war in Reichtum aufgewachsen. Ihr Erbe lag jetzt im Treuhandvermögen für Cara. Ich war der Treuhänder.

Als ich bei Greta eintraf, um meine Tochter abzuholen, spielten Cara und meine Nichte Madison in der Einfahrt. Die Tage wurden jetzt merklich länger. Madison saß auf dem Asphalt und malte mit Kreidestücken darauf. Meine Tochter fuhr auf einem dieser langsamen motorisierten Mini-Autos, auf die Drei- bis Sechsjährige heutzutage so versessen sind. Die Kinder, denen sie gehören, spielen nie damit. Das tun nur Besucher und Spielkameraden.

Ich stieg aus dem Wagen und rief: „Hallo, meine Lieben!“

Ich wartete, dass die beiden sechsjährigen Mädchen ihr Spiel beendeten, zu mir herübergerannt kamen und mich umarmten. So hatte ich mir das jedenfalls gedacht. Madison sah zwar zu mir herüber, hätte aber nicht gelangweilter dreinblicken können. Und meine Tochter tat sogar so, als hätte sie mich nicht gehört.

Greta stieß die Fliegentür auf. „Hallo Cope.“

„Wie war der Rest der Turnvorführung?“, erkundigte ich mich.

„Da brauchst du dir keine Sorgen zu machen. Ich hab alles auf Video. Und was war mit den beiden Polizisten?“

Ich zuckte die Achseln. „Bloß Arbeit.“

Sie glaubte mir nicht, hakte aber nicht nach. „Caras Rucksack ist noch im Haus.“ Sie ging wieder hinein und ließ die Tür hinter sich zufallen.

Zwei Arbeiter kamen hinten aus dem Garten. Bob und Greta ließen einen Swimmingpool bauen und bei der Gelegenheit gleich noch den Garten umgestalten. Das hatten sie schon seit Jahren geplant, dann aber gewartet, bis Madison alt genug war und schwimmen konnte.

„Komm“, sagte ich zu meiner Tochter. „Wir müssen los.“

Wieder ignorierte Cara mich, indem sie vorgab, über dem Surren des rosafarbenen Jeeps nichts hören zu können.

Ich runzelte die Stirn und starrte auf sie hinab. Cara war unglaublich dickköpfig. Gern würde ich sagen: *Genau wie ihre Mutter*, aber Jane war die geduldigste und verständnisvollste Frau, die man sich nur vorstellen konnte. Es war faszinierend. All ihre negativen Eigenschaften schien Cara von ihrem Vater geerbt zu haben.

Greta kam mit dem Rucksack aus dem Haus. „Die Hausaufgaben sind schon erledigt“, teilte sie mir mit.

„Danke.“

Sie winkte ab. „Cara, mein Schatz? Dein Vater wartet auf dich.“

Cara ignorierte auch sie. Ich wusste, dass ein Trotzanfall bevorstand. Ich bereitete mich innerlich auf den Streit vor, aber zum Glück waren die Götter auf meiner Seite. Die Batterie des Jeeps gab ihren Geist auf. Der rosafarbene Wagen blieb stehen. Cara versuchte ihn durch kräftiges Rucken noch ein paar Zentimeter vorwärtszubewegen, doch er rührte sich nicht mehr. Meine Tochter seufzte, stieg aus dem Jeep und ging zum Auto.

„Sag Tante Greta und deiner Cousine Auf Wiedersehen.“

Sie erledigte es in einem so verdrossenen Tonfall, dass sie damit den Neid jedes Teenagers erregt hätte.

Als wir zu Hause waren, schaltete Cara sofort und ohne um Erlaubnis zu fragen den Fernseher an und sah sich die Folge einer Zeichentrickserie an. Ich wollte sie zunächst zurechtweisen, ließ es ihr dann aber doch durchgehen. Im Moment war ich froh, dass sie etwas zu tun hatte. Meine Gedanken wanderten immer noch zwischen der Chamique-Johnson-Vergewaltigung und der Ermordung Gil Perez' hin und her. Ich musste zugeben, dass mein großer Fall dabei deutlich zu kurz kam.

Ich machte Abendbrot. Meine Haushälterin, die auch Caras Kindermädchen war, hatte heute ihren freien Tag. Das Klingeln des Telefons unterbrach mich. Ich ging ran.

„Mr Copeland? Hier spricht Detective Tucker York."

„Ja, was kann ich für Sie tun?"

„Wir haben die Eltern von Gil Perez ausfindig gemacht. Wir haben sie für morgen Vormittag herbestellt und wollen mal schauen, ob sie ihn eindeutig identifizieren. Vielleicht sollten Sie morgen auch vorbeischauen. Falls sich noch weitere Fragen ergeben."

„Ich werde kommen."

EIN PAAR STUNDEN SPÄTER deckte ich meine Tochter zu.

Beim Zubettgehen machte sie nie irgendwelche Probleme. Wir hatten ein wunderbares Ritual entwickelt: Ich las ihr etwas vor, ihr gefiel es.

Als ich mit dem Lesen fertig war, gab ich Cara einen Kuss auf die Wange. Sie roch nach Babyshampoo.

„Gute Nacht, Daddy."

„Gute Nacht, mein Schatz."

Kinder. Gerade haben sie sich noch wie eine übellaunige Medea benommen, schon sind sie wieder allerliebst und die reinsten Engel.

Ich schaltete das Licht aus, ging in mein Arbeitszimmer und stellte meinen Computer an. Von zu Hause aus hatte ich direkten Zugriff auf die Dateien auf meinem Arbeitscomputer. Ich öffnete den Chamique-Johnson-Ordner und fing an zu grübeln.

Cal und Jim.

Mein Opfer taugte nicht zum Liebling der Geschworenen. Chamique war 16 Jahre alt und hatte ein uneheliches Kind. Sie war dreimal festgenommen worden, zweimal wegen Prostitution und einmal wegen Marihuanabesitz. Sie verdiente ihr Geld als Erotiktänzerin auf Partys – und ja, selbstverständlich ist das die freundliche Umschreibung für Stripperin. So etwas konnte mich allerdings nicht schrecken. Es stärkte allenfalls meine Kampfbereitschaft. Nicht weil ich politisch korrekt sein wollte, sondern weil ich ein Anhänger – ein großer Anhänger – von Gerechtigkeit bin.

Chamique war ein Mensch. Und als solcher hatte sie das, was Barry Marantz und Edward Jenrette ihr angetan hatten, nicht verdient.

Ich dachte an die Aussage meines Opfers – ich brauchte nicht nachzulesen. Sie war abscheulich und ziemlich detailliert. Die beiden Jungs hatten Chamique gezwungen, verschiedene Stellungen einzunehmen und diverse sexuelle Handlungen zu vollführen. Dabei hatten sie die ganze Zeit geredet und gelacht. Aber irgendetwas daran, wie sie das Mädchen herumgeschoben und positioniert hatten …

Was hatte ich übersehen? Ich war ganz kurz davor. Man kennt ja dieses Gefühl, wenn etwas fast zum Greifen nah ist, so wie der Name eines Schauspielers, der in einem bestimmten Film gespielt hat. Die Antwort war hier irgendwo versteckt, sie verbarg sich direkt hinter irgendeiner Hirnwindung.

Am nächsten Morgen führte Detective York Mr und Mrs Perez den Flur des Leichenschauhauses entlang.

Ich folgte ihnen in angemessenem Abstand. Dillon begleitete mich. Mrs Perez schritt mit hoch erhobenem Kopf voran. Sie hatte ihre Handtasche fest an sich gepresst und ging einen Schritt vor ihrem Mann, der mit jedem Schritt weiter in sich zusammensackte.

Ich hatte Mrs Perez seit der Tragödie im Wald nur einmal gesehen. Die Familien der Opfer – die reichen Greens, die noch reicheren Billinghams, die armen Copelands und die noch ärmeren Perez – hatten sich in einem großen, noblen Anwaltsbüro getroffen. Es hatte eine Gemeinschaftsklage der vier Familien gegen den Besitzer des Ferienlagers gegeben. Damals hatten die Perez kaum etwas gesagt. Sie hatten nur dagesessen und zugehört und den anderen das Wort überlassen.

Der ausgetretene Linoleumfußboden und die rauen Betonwände gaben dem Flur einen ausgesprochenen Behördencharakter. Die Schritte hallten zwischen den kahlen Wänden wider. Mrs Perez trug schwere Goldarmbänder. Sie klimperten im Takt der Schritte.

Als das Ehepaar vor dem Fenster, an dem ich gestern gestanden hatte, angekommen war, hielt Dillon mir die Hand vor die Brust, als wolle er mich schützen. Wir waren gut zehn Meter von York und den Perez entfernt, sodass wir uns nicht direkt in ihrem Blickfeld befanden.

Mr und Mrs Perez standen nebeneinander. Von ihren Gesichtern konnte ich so gut wie nichts sehen. Sie berührten sich nicht. Mr Perez senkte den Kopf. Er trug einen blauen Blazer. Mrs Perez hatte eine dunkle Bluse an, deren Farbe mich an getrocknetes Blut erinnerte.

Ein Mann schob die Bahre zum Fenster. Als sie richtig stand, schlug er vorsichtig das Laken zurück, als ob etwas Zerbrechliches darunterläge. Ich wollte kein Geräusch machen, lehnte mich aber trotzdem etwas weiter nach links. Ich wollte etwas von Mrs Perez' Gesicht sehen, wenigstens im Profil.

Sie steckte den Schlag mit einem kleinen Schaudern weg, mehr sah man ihr nicht an. Mr Perez starrte weiterhin zu Boden. Seine Lippen bebten.

Ohne den Blick abzuwenden, sagte Mrs Perez: „Das ist nicht unser Sohn."

Schweigen. Das hatte ich nicht erwartet.

„Sind Sie sicher, Mrs Perez?", fragte York. „Als Sie ihn das letzte Mal gesehen haben, war er noch ein Teenager. Es ist lange her. Lassen Sie sich bitte Zeit."

Endlich gelang es Mrs Perez, den Blick von der Leiche abzuwenden. „Das ist nicht Gil", wiederholte sie.

York schluckte und sah den Vater an. „Mr Perez?"

Er rang sich ein Nicken ab und räusperte sich. „Er sieht ihm nicht mal sehr ähnlich." Er schloss die Augen und erzitterte. „Er ist nur …"

„Er ist nur im gleichen Alter", vollendete Mrs Perez den Satz.

„Ich verstehe nicht, was Sie meinen", sagte York.

„Wenn man auf die Weise, wie es uns geschehen ist, ein Kind verliert, denkt man immer wieder daran. Für uns wird Gil immer ein Teenager bleiben. Aber wenn er weitergelebt hätte, na ja, dann wäre er jetzt ungefähr so alt wie dieser stämmige Mann. Also überlegt man, wie er ausgesehen hätte."

„Sind Sie ganz sicher, dass dieser Mann nicht Ihr Sohn ist?"

Sie lächelte das traurigste Lächeln, das ich je gesehen hatte. „Ja, Detective, ich bin ganz sicher."

York nickte. „Tut mir leid, dass ich Sie hier rausgebracht habe."

Sie waren gerade dabei, sich abzuwenden, als ich einwarf: „Zeigen Sie ihnen den Arm."

Alle sahen mich an. Mrs Perez' laserscharfer Blick erfasste mich. Es lag etwas darin, vielleicht eine Herausforderung. Mr Perez sprach als Erster.

„Wer sind Sie?", fragte er.

Ich sah Mrs Perez an. Ihr trauriges Lächeln kehrte zurück. „Sie sind der Copeland-Junge, stimmt's?"

„Ja, Ma'am, Camille Copelands Bruder."

„Haben Sie die Leiche identifiziert?"

Ich wollte ihr von den Zeitungsausschnitten und dem Ring erzählen, hatte aber das Gefühl, dass uns die Zeit davonlief. „Der Arm. Gil hatte doch diese schreckliche Narbe am Arm."

Mrs Perez nickte. „Ein Nachbar hat Lamas gezüchtet. Die Wiese war mit Stacheldraht eingezäunt. Gil konnte schon immer gut klettern. Mit acht

Jahren versuchte er, ins Gehege zu klettern. Er rutschte ab, und der Draht riss eine lange Wunde in seinen Oberarm."

„Ich erinnere mich noch aus dem Lager daran." Mit einem Nicken in Richtung des Fensters bat ich: „Sehen Sie sich den Arm an."

Mr Perez schüttelte den Kopf. „Aber wir haben doch schon gesagt ..."

Seine Frau hob die Hand und brachte ihn so zum Schweigen.

„Zeigen Sie mir die Narbe." Sie drehte sich wieder zum Fenster um.

Ihr Mann sah sie verwirrt an, stellte sich dann aber neben sie. Dieses Mal nahm sie seine Hand und hielt sie fest.

York drückte den Knopf der Gegensprechanlage. „Bitte zeigen Sie uns seine Arme."

Der Mann zog das Laken weiter zurück. Der gezackte Riss war deutlich zu sehen. Mrs Perez lächelte wieder, aber auf welche Art – traurig, glücklich, verwirrt, verlogen, wissend, spontan –, konnte ich nicht erkennen.

Sie schaute zu mir herüber. „Die Narbe ist am linken Arm. Die von Gil war am rechten. Sie war auch nicht so lang." Mrs Perez trat zu mir und legte mir die Hand auf den Arm. „Er ist es nicht, Mr Copeland. Ich verstehe sehr gut, warum Sie sich wünschen, dass es Gil ist. Aber er ist es nicht. Er kommt nicht zu uns zurück. Und Ihre Schwester auch nicht."

ALS ICH bei meinem Haus ankam, ging Loren Muse davor auf und ab, wie ein Löwe um eine verwundete Gazelle herumstreicht. Cara war beim Tanzunterricht. Ihr Kindermädchen Estelle hatte sie hingebracht.

Ich bog in die Einfahrt. Das Haus hatte mehrere Ebenen, drei Schlafzimmer und in etwa den Charme des Flurs im Leichenschauhaus. Ursprünglich hatte es nur etwas für den Einstieg sein sollen. Jane hatte sich später verbessern wollen. Mir war es nicht so wichtig, wo wir wohnten. Ich hatte Jane in solchen Dingen ihren Willen gelassen.

Ich vermisste meine Frau.

Als ich ausstieg, zeigte mir Lorens Grinsen, dass etwas an ihr nagte. Beim Poker hätte sie keinen Stich gemacht, das war mal sicher. „Ich hab alle Rechnungen aus dem Johnson-Fall dabei. Und die Computerdaten auch. Das ganze Drum und Dran."

Im Haus angekommen, verteilten wir sämtliche Papiere auf dem Fußboden im Wohnzimmer – Zeugenaussagen, Polizeiberichte, die Telefonlisten und sämtliche Rechnungen der Studentenverbindung und ihrer Mitglieder. Wir fingen mit den Rechnungen an – einem Riesenberg – und begutachteten jede Handyrechnung, jede Bierlieferung und jede Internetbestellung.

„Und, wonach suchen wir eigentlich?", fragte Loren.

„Was weiß denn ich. Das ist nur so ein Gefühl."

„Jetzt erzählen Sie mir nicht, dass Sie eine Intuition haben."

„So würde ich das nicht ausdrücken. Aber die Antwort liegt hier vor uns. Ich spüre es."

„Aha." Es gelang ihr, nicht mit den Augen zu rollen.

Also suchten wir weiter. Die Verbindung hatte fast jeden Abend Pizza bestellt, meistens acht Familienpizzen. Sie war Mitglied bei Netflix, wo man normale DVDs ausleihen konnte, die dann jeweils mit der Post zugestellt wurden, und auch bei HotFlixxx, was im Prinzip genauso funktionierte, außer dass dort Pornos verliehen wurden. Sie hatten sich Golfhemden mit dem Verbindungsabzeichen bestellt und das Abzeichen auch in Golfbälle prägen lassen, die sie in Unmengen geordert hatten.

Ich zeigte Loren die HotFlixxx-Rechnung. „Ziemlich billig."

„Das Internet macht Pornos auch für die Massen bezahlbar."

„Gut zu wissen."

„Aber vielleicht erwischen wir sie über diese Schiene. Junge Burschen, heiße Frauen. Oder in diesem Fall eine heiße Frau."

„Was wollen Sie damit sagen?", fragte ich.

„Ich will jemanden von außen mit reinholen. Cingle Shaker. Eine Privatdetektivin. Ihr Körper bringt nicht nur den Verkehr zum Stillstand, da wird gleich die Straße mitsamt den Leitplanken weggerissen. Außerdem ist sie sehr gut. Wenn irgendjemand Burschenschaftler aus der Reserve locken kann, die sich hinter Anwälten verschanzt haben, ist es Cingle."

„Genehmigt", stimmte ich zu.

Ein paar Stunden später – ich kann nicht einmal sagen, wie viele; Estelle war mit Cara jedenfalls längst zurück – stand Loren auf. „Hier gibt's nichts, Cope."

„Sieht wohl so aus, was?"

„Chamiques Aussage im Zeugenstand, ist die gleich morgen früh?"

„Ja."

Sie reckte sich. „Vielleicht sollten Sie sich dann lieber noch ein wenig darauf vorbereiten."

Ich salutierte spöttisch.

„Ich werd tun, was ich kann", versprach Loren. In bester „Wir schaffen das schon"-Manier stapfte sie aus der Tür.

ESTELLE machte uns Abendessen – Spaghetti mit Fleischklößchen. Estelle war keine gute Köchin, aber man kriegte es runter.

Hinterher fuhr ich mit Cara ein Eis essen. Zur Belohnung. Ich betrachtete sie im Rückspiegel, wie sie im Kindersitz angeschnallt saß. Als ich klein gewesen war, hatten wir noch vorn sitzen dürfen. Jetzt musste man fast schon so alt sein, dass man Alkohol trinken durfte, bis das erlaubt war.

Ich versuchte zuzuhören, was Cara erzählte, aber sie plapperte einfach nur Unsinn vor sich hin, wie Kinder das häufig machen. Offenbar war Brittany gemein zu Morgan gewesen, also hatte Kylie ein Radiergummi geworfen. Und wieso wollte Kylie – nicht Kylie G., sondern Kylie N. – in der Pause nicht auf die Schaukel, bis Kiera nicht auch auf einer saß?

Wieder schaute ich im Spiegel auf ihr lebhaftes Gesicht, das einen leicht zerknirschten Ausdruck angenommen hatte, als ob sie einen Erwachsenen nachahmen wollte. Überwältigende Gefühle überkamen mich. Das passiert Eltern gelegentlich. Man sieht dem eigenen Kind zu – ich meine jetzt in einer ganz normalen Alltagssituation, nicht wenn es irgendwo auf der Bühne oder dem Sportplatz steht, sondern während es einfach nur dasitzt –, und plötzlich weiß man, dass dieses Kind der einzige wahre Grund zu leben ist. Bei dieser Erkenntnis schmilzt man dahin, bekommt es mit der Angst zu tun und möchte die Zeit anhalten.

Ich hatte meine Schwester und meine Frau verloren. Und es war gar nicht lange her, dass ich auch meinen Vater verloren hatte. In allen drei Fällen war ich wieder auf die Beine gekommen. Aber als ich Cara jetzt ansah, wusste ich, dass es einen Schlag gäbe, von dem ich mich niemals erholen würde.

Ich dachte an meinen Vater. Im Wald. Mit dem Spaten. Mit gebrochenem Herzen. Auf der Suche nach seiner kleinen Tochter. Ich dachte an meine Mutter. Sie hatte uns verlassen. Ich wusste nicht, wo sie war. Manchmal überlegte ich immer noch, ob ich sie suchen sollte. Aber nicht mehr so oft. Ich hatte sie jahrelang gehasst. Womöglich hasste ich sie immer noch. Aber vielleicht verstand ich jetzt auch besser, seit ich ein eigenes Kind hatte, welche Schmerzen sie empfunden haben musste.

Als wir wieder zu Hause ankamen, klingelte das Telefon. Estelle nahm mir Cara ab. Ich griff zum Hörer und meldete mich.

„Wir haben ein Problem, Cope."

Es war mein Schwager Bob, Gretas Mann. Er war Vorsitzender der Stiftung JaneCare. Nach dem Tod meiner Frau hatte ich sie mit Greta und Bob zusammen gegründet. Sie war mein Denkmal für meine liebevolle, sanfte und schöne Frau.

„Was ist los?", fragte ich.

„Dein Vergewaltigungsfall kostet uns viel Geld. Edward Jenrettes Vater hat ein paar seiner Freunde dazu gebracht, ihre Zahlungen zu stornieren."

Ich schloss die Augen. „Nobel."

„Und es kommt noch besser. Er behauptet, wir hätten Stiftungsgelder unterschlagen. EJ Jenrette ist ein riesengroßes Schwein mit allerbesten Verbindungen. Ich habe schon jede Menge Anrufe gekriegt."

„Dann öffnen wir die Bücher. Sie werden nichts finden."

„Sei nicht so naiv, Cope. Wenn es auch nur den Hauch eines Skandals gibt, sind wir erledigt."

„Ansonsten können wir nicht viel machen, Bob."

„Ich weiß. Es ist bloß … wir tun viel Gutes, Cope."

„Und was schlägst du vor?"

„Nichts." Bob zögerte; es war offensichtlich, dass er noch mehr dazu sagen wollte. Also wartete ich. „Aber hör zu, Cope, es werden doch dauernd irgendwelche Absprachen zwischen Staatsanwaltschaft und Verteidigung getroffen, oder?"

„Wenn's sein muss."

„Pass auf, ich sag ja nicht, dass diese Jungs die Strafe nicht verdient haben, aber manchmal muss man die Dinge eben gegeneinander abwägen und sich für das höhere Gut entscheiden. Es läuft ziemlich gut bei JaneCare. Das könnte wichtiger sein. Mehr will ich damit gar nicht sagen."

„Gute Nacht, Bob."

„Nimm's mir nicht übel, Cope. Ich wollte nur helfen."

„Ich weiß. Gute Nacht, Bob."

Ich legte auf. Mir zitterten die Hände. Jenrette, dieser Dreckskerl, war nicht auf mich losgegangen. Er war auf das Vermächtnis meiner Frau losgegangen. Ich stieg die Treppe hinauf. Wut erfasste mich. Ich würde diese Wut kanalisieren. Ich setzte mich an den Schreibtisch.

Ich hatte nur zwei Bilder darauf stehen. Eines war das aktuelle Schulfoto Caras. Es hatte einen Ehrenplatz in der Mitte. Das zweite Foto war ein grobkörniges Bild von Noni und Popi, meinen Großeltern mütterlicherseits, aus der alten Heimat Russland. Als sie im Gulag gestorben waren, war ich noch sehr jung gewesen. Zu jener Zeit hatten wir noch in Leningrad gewohnt.

Warum, fragte ich mich oft, steht dieses Bild immer noch auf meinem Schreibtisch? Hatte ihre Tochter, meine Mutter, mich nicht verlassen? Aber irgendwie fand ich das Foto eigenartig bedeutsam, trotz der Schmerzen, die damit verbunden waren. Wenn ich meine Noni und meinen Popi ansah, dachte ich oft über die Höhen und Tiefen des Lebens nach und sinnierte auch manchmal darüber, ob vielleicht ein Fluch auf der Familie lag und wo das Ganze seinen Anfang genommen hatte.

Schließlich erlaubte ich meinen Gedanken endlich, dahin abzuschweifen, wohin sie schon die ganze Zeit wollten – zu meiner Schwester Camille, Gil Perez und dem traumhaften und schrecklichen Sommer. Ich dachte an das Ferienlager. Ich dachte an Camille. Ich dachte an jene Nacht. Und zum ersten Mal seit vielen Jahren gestattete ich mir auch, an Lucy zu denken.

Ein trauriges Lächeln huschte mir übers Gesicht. Lucy Silverstein, meine erste richtige Freundin. Es war so schön gewesen, eine märchenhafte Sommerromanze – bis zu jener Nacht. Wir hatten gar nicht die Gelegenheit gehabt, uns zu trennen – wir wurden durch die blutigen Morde auseinandergerissen. Unsere Beziehung wurde zerschlagen, als wir noch mittendrin steckten und unsere Liebe, so töricht und unreif sie auch gewesen sein mochte, noch wuchs und gedieh.

Doch Lucy war Vergangenheit. Ich hatte sie ausgeblendet. Vermutlich war sie verheiratet – so wie ich es ja auch gewesen war – und lebte in einer glücklichen Ehe. Ich wünschte es ihr.

Ich schob diese Überlegungen beiseite. Ich musste über Gil Perez nachdenken. Ich schloss die Augen und konzentrierte mich auf die Vergangenheit. Ich dachte an unsere gemeinsame Zeit im Sommerlager, daran, wie wir herumgetobt hatten, wie ich ihm aus Spaß in den Arm geboxt hatte, wie er mich gefrotzelt hatte: „Schwächling, ich hab das gar nicht gemerkt“ … Ich sah ihn vor mir, seinen hageren Körper in den viel zu weiten Hosen, sein Lächeln, das nach einer größeren Kieferoperation verlangt hatte, seine …

Ich öffnete die Augen. Irgendetwas stimmte nicht.

Ich ging in den Keller. Der Pappkarton stand da, wo er hingehörte, der Karton mit den Fotos aus diesem längst vergangenen Sommer.

Von Lucy waren keine dabei. Die hatte ich klugerweise schon vor Jahren weggeworfen. Ich blätterte den Stapel Bilder durch. Auf vielen war meine Schwester zu sehen. Eines war drei Tage vor ihrem Tod entstanden. Doug Billingham, ihr damaliger Freund, stand neben ihr. Er war aus einer reichen Familie gekommen. Im Camp war eine seltsame Mischung aus privilegierten und armen Kindern aufeinandergetroffen. Und genau das war Iras Absicht gewesen, genau das hatte Lucys Hippie-Dad, der Eigentümer des Lagers, gewollt.

Margot Green, noch ein Kind aus gutem Hause, stand auf dem Foto genau in der Mitte. Sie war ohnehin stets der Mittelpunkt gewesen. Der heiße Feger des Camps, blond und vollbusig. Sie hatte das auch weidlich ausgenutzt und einzusetzen gewusst. Sie war immer mit älteren Jungs ausgegangen, zumindest bis sie Gil begegnet war.

Gil war auch auf dem Foto. Und deshalb war ich hier unten im Keller.

Ich hielt das Foto ins Licht und sah es mir genauer an.

Oben war mir etwas eingefallen. Ich bin Rechtshänder, aber wenn ich Gil aus Spaß in den Arm geboxt hatte, hatte ich das mit links getan, um die schreckliche Narbe nicht zu berühren. Vielleicht hatte ich gefürchtet, sie könnte wieder aufreißen.

Ich kniff die Augen zusammen und hielt das Foto näher davor. Unter Gils T-Shirt sah man die Narbe hervorschauen.

Der Raum fing an, sich zu drehen. Mrs Perez hatte behauptet, die Narbe ihres Sohnes sei am rechten Arm gewesen. Aber in diesem Fall hätte ich Gil damals mit rechts geboxt und folgerichtig seinen linken Arm getroffen. Wegen der Narbe hatte ich ihn allerdings mit links geschlagen … auf den rechten Arm. Und das Foto bewies es: Gils Narbe war am linken Arm.

Mrs Perez hatte gelogen.

ALS ICH am nächsten Morgen ins Büro kam, hatte ich noch eine halbe Stunde Zeit, bis Chamique Johnson im Zeugenstand erscheinen musste. Ich rief Detective York an.

„Mrs Perez hat gelogen“, verkündete ich.

York hörte sich meine Erklärung an.

„Gelogen?“, wiederholte er, als ich fertig war. „Finden Sie den Begriff nicht etwas hart? Vielleicht hat sie sich einfach geirrt?“

Das konnte ich mir nicht vorstellen. „Haben Sie was Neues in dem Fall?“

„Wir glauben, dass Santiago in New Jersey gewohnt hat.“

„Haben Sie seine Adresse?“

„Nein, aber seine Freundin. Zumindest glauben wir, dass sie seine Freundin war.“

„Wie haben Sie die gefunden?“

„Über das Wegwerfhandy. Sie rief an und wollte ihn sprechen. Sie kannte ihn aber nur unter dem Namen Santiago. Ach, da wäre noch was: Seine Leiche wurde bewegt. Unser Gerichtsmediziner sagt, dass er etwa eine Stunde tot war, als seine Leiche da ausgeladen wurde, wo wir sie fanden. Der Pathologe hat auch noch ein paar Textilfasern entdeckt. Nach den ersten Ermittlungen von einem Autoteppich.“

„Gibt es Hinweise auf den Autohersteller?“

„Noch nicht. Aber die Spurensicherung arbeitet dran. Unser Verbindungsmann dort meinte, es muss ein altes Modell sein.“

„Diese Freundin. Kennen Sie ihren Namen?“

„Raya Singh.“

„Und die Adresse?“

„Wollen Sie mit ihr sprechen?“

„Haben Sie irgendwelche Einwände?"

„Solange Sie mir meinen Fall nicht verpfuschen, können Sie machen, was Sie wollen. Aber einen wohlgemeinten Rat möchte ich Ihnen doch geben."

„Nur zu."

„Dieser Verrückte. Der Sommer-Schlitzer. Wayne Steubens. Er versucht immer noch, das Urteil von damals aufheben zu lassen."

„Für die ersten vier Morde wurde er gar nicht verurteilt."

„Ich weiß. Trotzdem. Wenn Santiago wirklich Gil Perez ist und Steubens das mitkriegt, na ja, das wäre schon ein wichtiger Aspekt. Verstehen Sie, was ich meine?"

Ich sollte den Mund halten, bis ich absolut sicher war. Das leuchtete mir ein. Wayne Steubens wollte ich nun wirklich nicht helfen.

Wir legten auf. Loren Muse steckte den Kopf in mein Büro. „Sind Sie bereit für Ihre große Befragung?"

„Bin ich."

„Dann los. *Showtime.*"

DREI

Das Gericht ruft Chamique Johnson in den Zeugenstand."

Sie war ein wenig, aber nicht übertrieben konservativ gekleidet. Man sah ihr noch an, dass sie auf der Straße aufgewachsen war. Man sah auch ihre Kurven noch. Ich hatte sogar darauf bestanden, dass sic Stöckelschuhe anzog. In Fällen wie diesem hat man nur dann eine Chance, wenn die Jury das ganze Bild sieht, die reine, ungeschminkte Wahrheit. Wenn schon verlieren, so dachte ich mir, dann wenigstens auf ehrliche Art und Weise.

Chamique nannte ihren vollständigen Namen, schwor auf die Bibel und setzte sich. Lächelnd sah ich ihr in die Augen. Sie nickte kurz und zeigte mir damit, dass ich anfangen konnte.

„Sie arbeiten als Stripperin, stimmt das?"

Die Zuschauer waren überrascht, dass ich – ohne jedes Vorgeplänkel – mit einer solchen Frage einstieg. Ein paar schnappten hörbar nach Luft.

Chamique blinzelte. „Manchmal."

Die Antwort gefiel mir nicht. Sie war mir zu zurückhaltend.

„Aber Sie ziehen sich für Geld aus, stimmt's?"

„Ja."

Das war besser. Kein Zögern.

„Strippen Sie in Klubs oder bei Privatfeiern?"

„Beides.“

„Wie alt sind Sie?“

„Sechzehn.“

„Muss man nicht achtzehn sein, um als Stripperin arbeiten zu dürfen?“

„Ja.“

„Und wie haben Sie das umgangen?“

Chamique zuckte die Achseln. „Ich hab mir einen falschen Ausweis besorgt. Da steht drin, dass ich einundzwanzig bin.“

„Also verstoßen Sie gegen das Gesetz.“

„Ja, ich glaub schon.“

Ich sah kurz zu den Verteidigern hinüber. Mort Pubin starrte mich an, als hätte ich den Verstand verloren. Flair Hickory presste die Handflächen zusammen und hatte die Zeigefinger über die Lippen gelegt. Ihre beiden Mandanten, Barry Marantz und Edward Jenrette, saßen in blauen Blazern und mit blassen Gesichtern neben ihnen. Sie wirkten zerknirscht und verängstigt. Ein Zyniker hätte wohl behauptet, das sei Absicht, ihre Anwälte hätten ihnen gesagt, mit welcher Miene sie dasitzen sollten. Aber ich wusste es besser.

Ich lächelte meiner Zeugin zu. „Da sind Sie nicht die Einzige, Chamique. Im Verbindungshaus Ihrer Vergewaltiger haben wir einen Stapel falscher Ausweise gefunden – mit denen sie wohl auf Partys gingen, bei denen Alkohol ausgeschenkt wurde und für die man laut Gesetz mindestens einundzwanzig Jahre alt sein muss. *Sie* haben diesen Gesetzesverstoß wenigstens für die Sicherung Ihres Lebensunterhalts begangen.“

Mort sprang auf. „Einspruch!“

„Stattgegeben.“

Aber die Geschworenen hatten es gehört. Wie heißt es so schön? Wenn eine Glocke erst einmal geschlagen ist, kann man nicht mehr verhindern, dass ihr Klang auch gehört wird.

„Ms Johnson“, fuhr ich fort, „Sie sind keine Jungfrau mehr, oder?“

„Nein.“

„Sie haben sogar einen unehelichen Sohn, der fünfzehn Monate alt ist.“

„Ja.“

„Sagen Sie mir eins, Ms Johnson. Macht die Tatsache, dass Sie keine Jungfrau mehr sind und einen unehelichen Sohn haben, Sie zu einem minderwertigen Menschen?“

„Einspruch!“

„Stattgegeben.“ Richter Arnold Pierce sah mich missbilligend an.

„Ich möchte nur ein paar Dinge verdeutlichen, Euer Ehren. Wenn Ms Johnson eine Blondine aus einer der besseren Familien in Short Hills oder Livingston wäre …“

„Das können Sie sich für Ihr Plädoyer aufheben, Mr Copeland.“

Das tat ich natürlich. Doch jetzt hatte ich es in der Eröffnung auch schon einmal angesprochen.

Ich wandte mich wieder an die Zeugin. „In der Nacht, in der Sie vergewaltigt wurden, hatten Sie gar nicht gestrippt, ist das richtig?“

„Einspruch!“

„*Angeblich* vergewaltigt wurden“, korrigierte ich mich.

„Nein“, antwortete Chamique. „Ich war eingeladen.“

„Sie waren zu einer Party auf dem Verbindungshaus eingeladen, in dem Mr Marantz und Mr Jenrette wohnen?“

„Ja.“

„Wer hatte Sie eingeladen?“

„Ein anderer Student, der da wohnt. Jerry Flynn.“

„Verstehe. Woher kennen Sie Mr Flynn?“

„Ich hab eine Woche vorher im Verbindungshaus gearbeitet.“

„Wenn Sie sagen, dass Sie da gearbeitet haben …“

„Dann mein ich, dass ich da gestrippt hab“, beendete Chamique den Satz für mich. Das gefiel mir. Langsam fanden wir in einen Rhythmus.

„Und Mr Flynn hat Sie gesehen?“

„Das haben die alle.“

„Und mit ‚die alle‘ meinen Sie wen genau?“

Sie deutete auf die beiden Angeklagten. „Die waren auch da. Und noch zwanzig oder fünfundzwanzig andere Jungs.“

„Gut, aber Mr Flynn hat Sie zu der Party in der darauffolgenden Woche eingeladen?“

„Ja.“

„Warum haben Sie seine Einladung angenommen?“

„Es war so, als ob ein Milliardär einen auf seine Jacht einlädt.“

„Sie waren beeindruckt von ihnen?“

„Ja. Natürlich.“

„Und von ihrem Geld?“

„Davon auch.“

Für diese Antwort hätte ich sie knutschen können.

„Außerdem“, fuhr sie fort, „war Jerry nett, als ich gestrippt hab.“

„Mr Flynn hat Sie freundlich behandelt?“

„Ja.“

Ich nickte. Langsam betraten wir schwierigeres Gelände, aber ich machte weiter. „Übrigens, Chamique, wo wir gerade bei dem Abend sind, an dem Sie im Verbindungshaus strippten … Haben Sie irgendeinem der damals Anwesenden noch andere Dienste erwiesen?“

Ich sah ihr in die Augen. Sie schluckte, behielt sich aber unter Kontrolle.

„Ja“, antwortete sie leise.

„Waren es Dienste sexueller Natur?“

„Ja.“ Sie senkte den Kopf.

„Sie brauchen sich nicht zu schämen“, sagte ich. „Sie brauchten das Geld. Welche Rechtfertigung haben *die* für ihr Verhalten?“

Mort Pubin wurde rot. „Einspruch!“

„Stattgegeben“, entschied der Richter.

Ich hob die flache Hand und bedeutete ihm damit, dass ich mich zurücknehmen würde. Ich hielt es für besser, wenn die schlechten Neuigkeiten schon herauskamen, solange die Gesprächsführung noch in meinen Händen lag.

„Haben Sie in Mr Flynn einen möglichen Freund gesehen?“

Wieder Mort: „Einspruch! Irrelevant.“

„Mr Copeland?“

„Selbstverständlich ist es relevant, Euer Ehren. Die Verteidigung wird behaupten, dass sich Ms Johnson diese Anschuldigungen nur ausgedacht hat, um von ihren Mandanten eine finanzielle Entschädigung zu bekommen. Ich möchte zeigen, in welchem Gemütszustand sie sich an jenem Abend befand.“

„Ich lasse die Frage zu“, sagte Richter Pierce.

Ich wiederholte sie.

Chamique wand sich ein bisschen, wobei man sah, wie jung sie noch war. „Jerry war für mich unerreichbar. Aber ich hab so einen wie ihn noch nie gekannt. Er hat mir die Tür aufgehalten. Und er war nett zu mir. Das bin ich nicht gewohnt.“

„Und er ist reich. Spielte das für Sie eine Rolle?“

„Klar.“ Chamique sah die Geschworenen an. Die herausfordernde Miene war wieder da. „Ich hab auch meine Träume.“

Ich ließ das kurz im Raum stehen, bevor ich mit der nächsten Frage fortfuhr. „Und wovon haben Sie an jenem Abend geträumt, Chamique?“

Mort wollte wieder Einspruch einlegen, aber Flair Hickory legte ihm die Hand auf den Arm. Im Allgemeinen mögen die Geschworenen Einsprüche nicht. Sie denken, dass man etwas vor ihnen zu verbergen hat. Flair wollte, dass die Geschworenen ihn mochten.

Chamique zuckte die Achseln. „Das ist ziemlich albern gewesen.“

„Verraten Sie es mir trotzdem.“

„Ich dachte, dass er vielleicht … ich hab eben gedacht, dass er mich ja vielleicht auch mag, verstehen Sie?“

„Ja, das verstehe ich. Und als Sie am Verbindungshaus ankamen, war Mr Flynn immer noch nett?“

„Am Anfang schon.“ Eine Träne lief ihre Wange hinab. „Er war sehr freundlich. Das war …“ Sie brach ab.

„Was war es, Chamique?“

„Am Anfang …“, wieder lief ihr eine Träne über die Wange, „… war das der schönste Abend, den ich je erlebt hab.“

Ich ließ auch diese Worte so stehen. Eine dritte Träne rann herunter.

„Ist alles in Ordnung?“, fragte ich.

Chamique wischte die Träne weg. „Mir geht's gut.“ Ihre Stimme war wieder fest. „Stellen Sie Ihre nächste Frage, Mr Copeland.“

Sie war wunderbar. Alle Geschworenen hatten den Kopf gehoben, hörten aufmerksam zu.

„Wann hat sich Mr Flynns Verhalten Ihnen gegenüber verändert?“

„Ich hab gesehen, wie er mit dem da geflüstert hat.“ Sie deutete auf Edward Jenrette.

„Mr Jenrette?“

„Ja. Der.“

Jenrette versuchte, Chamiques Blick standzuhalten. Es gelang ihm halbwegs.

„Und was passierte dann?“

„Jerry hat mich gefragt, ob ich spazieren gehen will. Wir sind dann raus. Sie hatten da ein Fass. Er hat mich gefragt, ob ich ein Bier will. Ich hab Nein gesagt. Er war plötzlich ganz nervös und so, irgendwie ganz anders. Er hat sich ein Bier gezapft und die ganze Zeit draufgestarrt. Mich hat er jedenfalls nicht mehr angeguckt. Ich hab gefragt, ob es ihm gut geht. Klar, hat er gesagt, alles prima. Und dann …“, sie stockte nicht, war aber nah dran, „hat er gesagt, dass ich einen echt scharfen Körper hab und dass er mir gern zugeguckt hat, als ich mich ausgezogen hab.“

„Hat Sie das überrascht?“

„Ja, ich mein, weil er vorher nicht so mit mir geredet hat. Seine Stimme klang jetzt belegt.“ Sie schluckte. „So wie bei den anderen sonst auch.“

„Erzählen Sie weiter.“

„Er hat gefragt: ‚Soll ich dir mein Zimmer oben zeigen?‘“

„Was antworteten Sie?“

„Ich hab Okay gesagt.“

„Wollten Sie mit ihm auf sein Zimmer gehen?“

Chamique schloss die Augen. Wieder quoll eine Träne heraus. „Nein."

„Warum sind Sie dann mitgegangen?"

„Ich wollte, dass er mich mag."

„Und Sie dachten, er mag Sie, wenn Sie mit ihm auf sein Zimmer gehen?"

„Ich war mir sicher, dass er mich nicht mag, wenn ich Nein sag", entgegnete sie leise.

Ich ging zurück zu meinem Tisch. Ich tat so, als suchte ich etwas in den Akten, wollte aber eigentlich nur den Geschworenen ein wenig Zeit geben, um das Gesagte zu verdauen. Chamique saß aufrecht und mit erhobenem Kopf auf ihrem Stuhl. Sie versuchte, sich nichts anmerken zu lassen, aber man sah, wie verletzt sie war.

Ich wandte mich wieder ihr zu. „Was passierte, als Sie mit ihm nach oben gingen?"

„Ich kam an einer Tür vorbei." Wieder sah sie Jenrette an. „Und dann hat der mich gepackt."

Ein weiteres Mal ließ ich sie auf Edward Jenrette zeigen und seinen Namen nennen.

„War noch jemand im Zimmer?"

„Ja. Der." Sie deutete auf Barry Marantz.

Ich sah die beiden Familien hinter den Angeklagten. Die Gesichter der Eltern sahen aus wie Totenmasken. Sie waren ganz eingefallen, sodass die Wangenknochen zu weit hervortraten und die Augen mit dem leidenden Blick tief in den Höhlen lagen. Sie waren am Boden zerstört. Ich hatte Mitleid mit ihnen. Aber das war Pech. Edward Jenrette und Barry Marantz hatten wenigstens Menschen, die ihnen zur Seite standen. Chamique Johnson hatte niemanden.

„Okay", sagte ich, „was passierte dann?"

„Er hat die Tür zugemacht." Sie deutete auf Marantz.

„Chamique, zur Erleichterung des Verfahrens, könnten Sie ihn Mr Marantz und den anderen Mr Jenrette nennen?"

Sie nickte.

„Mr Marantz schloss also die Tür. Wo war Mr Flynn zu diesem Zeitpunkt?"

„Weiß ich nicht. Er ist nicht mit ins Zimmer gekommen."

Ich fragte Chamique, was als Nächstes geschehen sei, und führte sie durch die Einzelheiten der Vergewaltigung. Was die beiden gesagt hatten, wie sie gelacht hatten, was sie mit ihr gemacht hatten. Sie musste so detailliert wie möglich werden, alle Einzelheiten berichten.

Alle waren wie betäubt.

Als wir mit der Aussage über die Vergewaltigung fertig waren, ließ ich ein paar Sekunden verstreichen, dann ging ich unser Hauptproblem an. „In Ihrer Aussage erzählten Sie, dass die Vergewaltiger sich mit den Namen Cal und Jim angesprochen haben."

„Einspruch, Euer Ehren."

Flair beteiligte sich zum ersten Mal aktiv an der Verhandlung. „Die Zeugin hat nicht ausgesagt, dass sie sich mit den Namen Cal und Jim *angesprochen* haben. Sie hat sowohl in ihrer Aussage als auch in der Voruntersuchung gesagt, dass sie Cal und Jim *waren*."

„Ich werde die Frage umformulieren", entgegnete ich mit überdrüssiger Stimme. „Wer von beiden *war* Cal, und wer *war* Jim?"

Chamique identifizierte Barry Marantz als Cal und Edward Jenrette als Jim.

„Woher kannten Sie ihre Namen? Haben sie sich Ihnen so vorgestellt?"

„Sie haben sich gegenseitig so genannt."

„Ihnen ist bekannt, dass keiner der Angeklagten Cal oder Jim heißt?"

„Ich weiß. Ich sag nur, wie sie geredet haben."

Sie zögerte keine Sekunde und suchte auch nicht nach Ausflüchten – das war eine gute Antwort. Ich ließ sie unkommentiert stehen.

„Was passierte, nachdem die beiden Sie vergewaltigt hatten?"

„Sie haben mich in eine Dusche gestellt und ich musste mich waschen. Dann haben sie mir meine Sachen weggenommen. Sie sagten, dass sie sie verbrennen wollen. Dann gaben sie mir ein T-Shirt und Shorts, die ich anziehen sollte."

„Und was geschah danach?"

„Jerry hat mich zur Bushaltestelle gebracht."

„Haben Sie auf dem Weg etwas zu ihm gesagt?"

„Nein."

Ich gab mich überrascht. „Sie haben ihm nicht erzählt, dass Sie vergewaltigt wurden?"

Zum ersten Mal lächelte sie. „Glauben Sie, er hat das nicht gewusst?"

Auch diese Antwort ließ ich einfach stehen. Ich wollte das Tempo wieder anziehen. „Haben Sie sich einen Anwalt genommen, Chamique?"

„Ja, Horace Foley. Sie sollen dafür bezahlen."

„Aber geht es in diesem Prozess nicht genau darum? Suchen wir hier nicht nach einer Möglichkeit, sie zu bestrafen?"

„Schon, aber bei der anderen Klage geht's um Geld."

Ich sah sie an, als verstünde ich ihre Antwort nicht. „Aber die Verteidigung wird behaupten, dass Sie diese Beschuldigungen erheben, um Geld zu erpressen. Sie wird sagen, die Schmerzensgeldklage zeigt, dass Sie sich nur für Geld interessieren."

„Dagegen kann ich nichts machen. Wissen Sie, wenn ich sagen würde, dass ich mich nicht für Geld interessiere, dann wär das eine Lüge." Sie sah zu den Geschworenen. „Wenn ich jetzt sag, dass Geld mir nichts bedeutet, würden Sie mir das dann glauben? Natürlich nicht. Die haben mich vergewaltigt. Ich will, dass sie dafür ins Gefängnis kommen. Und wenn ich dabei noch ein bisschen Geld von ihnen kriegen kann, wieso nicht? Ich kann's brauchen."

Ich trat zurück. Aufrichtigkeit – echte Aufrichtigkeit – ist einfach durch nichts zu ersetzen.

„Ich habe keine weiteren Fragen", verkündete ich.

VIER

Die Verhandlung wurde über Mittag unterbrochen.

Beim Mittagessen spreche ich normalerweise mit meinen Mitarbeitern über die Verhandlungsstrategie. Aber heute wollte ich allein sein. Ich wollte mir die Befragung noch einmal durch den Kopf gehen lassen, überlegen, was ich vergessen hatte, und darüber nachdenken, wie Flair jetzt vorgehen würde.

Ich bestellte mir einen Cheeseburger und ein Bier.

Die Kellnerin stellte den Burger vor mich hin. Ich beäugte ihn. Er war so fettig, dass ich fast einen Bypass zum Nachtisch bestellt hätte. Aber wenn ich ehrlich war, hatte ich genau das gewollt. Ich nahm ihn in beide Hände und spürte, wie meine Finger im Brötchen versanken.

„Mr Copeland?"

Ich kannte den jungen Mann nicht, der an mich herangetreten war.

„Das ist für Sie."

Er legte einen Zettel auf den Tisch und ging. Ich faltete das Stück Papier auseinander. Darauf stand: *Bitte leisten Sie mir in der Nische rechts hinter Ihnen Gesellschaft. EJ Jenrette*

Er war von Edwards Vater. Ich sah meinen Burger an. Ich hasse kaltes Essen. Also verspeiste ich ihn. Ich war am Verhungern. Das Bier dazu schmeckte verdammt gut.

Als ich fertig war, stand ich auf und ging nach rechts hinten in die Nische. EJ Jenrette war noch da. Vor ihm stand ein Glas, dessen Inhalt wie Scotch aussah. Wenn ihn meine Verspätung ärgerte, konnte er diesen Ärger sehr gut verbergen.

„Sie wollten mich sprechen.“ Ich setzte mich an den Tisch.

Jenrette nickte. Er war ein kräftig gebauter Mann, ein ehemaliger Sportler. Ich wartete.

„Sie haben ein Kind“, begann er. „Was würden Sie unternehmen, um Ihre Tochter zu schützen?“

„Erst einmal würde ich sie nie auf eine Party im Verbindungshaus Ihres Sohnes lassen.“

„Das ist nicht komisch. Wollen Sie wirklich, dass mein Sohn die nächsten zehn Jahre im Gefängnis sitzt?“

„Ja. Aber wie hoch das Urteil ausfällt, muss der Richter entscheiden.“

„Er ist noch ein Kind. Man kann ihm allenfalls vorwerfen, dass er sich nicht unter Kontrolle hatte.“

„Sie haben auch eine Tochter, stimmt’s, Mr Jenrette? Wenn ein paar schwarze Jungs aus Irvington ihr das angetan hätten, wären Sie dann auch damit einverstanden, dass die Sache unter den Teppich gekehrt wird?“

„Meine Tochter ist keine Stripperin.“

Ich zog die Augenbrauen hoch. „Was Chamique Johnson tut oder nicht tut, spielt für die Vergewaltigung überhaupt keine Rolle. Die Tatsache, dass sie gezwungen war, zu strippen und ihren Körper zu verkaufen, mindert Edwards Schuld in keiner Weise.“

„Ich kann Ihnen das Leben schwer machen.“

„Offensichtlich haben Sie schon damit angefangen.“

„Der Spendenstopp?“ Er zuckte die Achseln. „Das war noch gar nichts. Da habe ich nur mal kurz die Muskeln spielen lassen.“

Er sah mir in die Augen und hielt meinem Blick stand. Jetzt reichte es.

„Auf Wiedersehen, Mr Jenrette.“

Er ergriff meinen Unterarm. „Mein Sohn und der Marantz-Junge werden sich in allen Anklagepunkten schuldig bekennen, sofern sie nicht ins Gefängnis müssen. Sie können Ihnen strenge Bewährungsauflagen für so lange geben, wie Sie wollen. Außerdem werde ich diese hilfsbedürftige Frau unterstützen. Das ist eine Situation, bei der alle gewinnen.“

„Nein“, erwiderte ich.

„Glauben Sie wirklich, dass die Jungs so was noch mal machen?“

„Wenn ich ehrlich bin, halte ich das für sehr unwahrscheinlich. Aber ich glaube an Gerechtigkeit.“

„Haben Sie noch nie einen Fehler gemacht, Mr Copeland? Ich werde mich nämlich auf die Suche danach machen. Ich werde so lange suchen, bis ich jeden Fehler gefunden habe, den Sie je gemacht haben. Und ich werde meine Entdeckungen gegen Sie verwenden. Irgendwo haben auch Sie Ihre

Leichen im Keller, und ich werde sie ans Licht der Öffentlichkeit zerren." Sein Selbstbewusstsein schien mit jeder Sekunde zu wachsen. Das gefiel mir nicht. „Mein Sohn hat vielleicht einen großen Fehler gemacht. Wir versuchen den Schaden, den er angerichtet hat, wiedergutzumachen, ohne sein Leben dabei zu zerstören. Verstehen Sie das?"

„Ich habe Ihnen nichts mehr zu sagen."

Er ließ meinen Arm nicht los. „Das ist die letzte Warnung, Mr Copeland. Ich werde alles tun, um meinen Sohn zu schützen."

DIE FORTSETZUNG der Verhandlung wurde auf den nächsten Morgen vertagt.

Manche Prozessbeobachter behaupten, dass so etwas einen großen Unterschied macht – die Geschworenen schlafen eine Nacht darüber, sodass die Fakten sich setzen und so weiter. Aber solche Überlegungen sind Unsinn. Selbst wenn es in diesem Fall durch die Vertagung positive Aspekte gab, wurden diese doch dadurch wieder wettgemacht, dass Flair nun mehr Zeit für die Vorbereitung seines Kreuzverhörs hatte. So läuft das bei Gerichtsverhandlungen. Am Ende gleicht sich doch alles wieder aus.

Von meinem Handy rief ich Loren Muse an. „Haben Sie schon was?"

„Wir arbeiten noch dran."

Ich legte auf und sah, dass ich eine Nachricht von Detective York bekommen hatte. Ich rief zurück.

„Sie wollten wissen, wo Sie Raya Singh, die Freundin des Opfers, finden. Sie arbeitet in einem indischen Restaurant." Er nannte den Namen und die Adresse. „Angeblich ist sie heute den ganzen Tag da. Und wenn Sie Santiagos richtigen Namen erfahren, melden Sie sich."

Ich ging raus zum Wagen, aber als ich mich hineinsetzen wollte, fiel mir auf, dass etwas nicht stimmte. Ein brauner Umschlag lag auf dem Fahrersitz. Ich hatte ihn da nicht hingelegt. Außerdem hatte ich die Autotüren abgeschlossen.

Irgendjemand musste meinen Wagen aufgebrochen haben.

Ich bückte mich und nahm den Umschlag vom Sitz. Die Vorderseite war leer. Keine Adresse, kein Porto. Ich setzte mich auf den Fahrersitz und schloss die Tür. Schlitzte den Umschlag mit dem Zeigefinger auf. Dann griff ich hinein und zog den Inhalt heraus.

Mein Blut schien zu gefrieren, als ich sah, was es war: ein Foto meines Vaters. Unten auf dem weißen Rand standen in ordentlichen Druckbuchstaben sein Name und das Jahr. Das war alles.

Einen Moment lang saß ich einfach nur da. Ich starrte das Foto meines geliebten Vaters an. Ich dachte daran, dass er als junger Arzt in Leningrad gelebt hatte, dass man ihm so viel genommen hatte und dass seine letzten Lebensjahre eine nicht enden wollende Serie von Tragödien und Enttäuschungen gewesen war. Ich erinnerte mich daran, wie er mit meiner Mutter gestritten hatte, dass beide ihre Verletzungen erlitten und sonst niemanden gehabt hatten, an dem sie ihren Frust hatten auslassen können.

Ich verstand es nicht. Was wollte man mir mit diesem Foto …?

Da war noch etwas im Umschlag. Ich steckte die Hand tief hinein. Es fühlte sich an wie eine Karteikarte. Ich zog die Hand heraus. Ja, eine Karteikarte. Auf die unlinierte Rückseite hatte jemand in Großbuchstaben geschrieben: *DIE ERSTE LEICHE*.

„WEISST DU schon, wer den Bericht geschickt hat?“, fragte Lucy.

„Noch nicht“, antwortete Lonnie. „Aber das krieg ich raus.“

Er stand ihr mit gesenktem Kopf gegenüber. Seine Großspurigkeit war verschwunden. Lucy fühlte sich schlecht deshalb. Ihm gefiel nicht, was sie von ihm verlangte. Ihr gefiel es auch nicht. Aber sie hatte keine Wahl. Sie hatte hart daran gearbeitet, ihre Vergangenheit zu verbergen. Sie hatte ihren Namen geändert. Sie hatte ihre naturblonden Haare gefärbt – ach, wie viele Frauen in ihrem Alter hatten noch naturblonde Haare? – und sie durch ein braunes Durcheinander ersetzt.

„Na denn. Bist du hier, wenn ich zurückkomme?“

Lonnie nickte. Lucy ging die Treppe hinunter zu ihrem Wagen.

Ihr Vater Ira Silverstein war in einem Rehabilitationszentrum untergebracht, das fünfzehn Kilometer von der Reston University entfernt lag. Die umgebaute Villa mit dem großen Grundstück war erheblich angenehmer als die meisten vergleichbaren Einrichtungen. Für das Zentrum ging der größte Teil von Lucys Gehalt drauf.

Sie parkte in der Nähe des alten Autos ihres Vaters, eines verrosteten gelben VW Käfers. Sie bezweifelte, dass der Wagen im letzten Jahr überhaupt gefahren worden war. Ihr Vater war freiwillig hier. Er konnte jederzeit kommen und gehen. Traurige Tatsache war jedoch, dass er sein Zimmer so gut wie nie verließ. Lucy hatte einen Zweitschlüssel für den VW und ließ ihn gelegentlich etwas laufen, damit sich die Batterie nicht ganz entleerte.

Lucy trug sich an der Rezeption ein. Die Einrichtung hatte sich mehr oder weniger auf ältere Bewohner mit mentalen Problemen spezialisiert, die meistens auf lebenslangen Drogenmissbrauch zurückzuführen waren. Die Bandbreite im Haus war riesig – von jenen, die absolut „normal“ erschienen, bis zu denen, die als Statisten in „Einer flog über das Kuckucksnest“

hätten mitwirken können, jenem oscarprämierten Kinofilm, der in einer psychiatrischen Anstalt spielt.

Ira hatte von beiden Gruppen etwas.

Der Zeitpunkt, zu dem er angefangen hatte, dement zu werden, war nicht genau festzulegen. So sahen das zumindest die Ärzte. Aber Lucy wusste, dass der Anstoß, der Auslöser für diesen Prozess jener Sommer gewesen war. Ira war ein Großteil der Schuld an den Vorgängen im Ferienlager zugeschrieben worden. Schließlich war es sein Camp gewesen. Also hätte er mehr für den Schutz der Teilnehmer tun müssen. Die Medien hatten sich auf ihn gestürzt, viel schlimmer waren allerdings die Familien der Opfer gewesen. Ira war viel zu nett, um damit zurechtzukommen. Am Ende war er daran zerbrochen.

Die Ärzte hatten erklärt, seine Demenz werde mit den Jahren nicht besser. Darum sollte der Patient so glücklich und stressfrei wie möglich leben, selbst wenn er sich dazu weit in seine Fantasie zurückzog. Und so war Ira der Hippie-Sache treu geblieben, lange nachdem alle anderen sich von Flower-Power verabschiedet, ihre Batikhemden und Perlenketten weggepackt und sich die Haare hatten schneiden lassen. Oft glaubte er, es wäre immer noch 1968. In diesem Jahr war er am glücklichsten gewesen. Warum sollte man also dagegen ankämpfen?

Lucy blieb in der Tür seines Zimmers stehen. Ira saß mit dem Rücken zu ihr. Er trug seinen alten Hanfponcho. Sein grauer Haarschopf stand in alle Richtungen ab. Ein Rocksong von 1967 dröhnte aus dem, was ihr Vater immer noch als seine Hi-Fi-Anlage bezeichnete.

„Hallo Ira." Er hatte nie gewollt, dass sie ihn Dad nannte.

Er drehte sich zu ihr um und winkte ihr zu. „He Luce."

Sie blinzelte kurz, um die Tränen zu verbergen. Er erkannte sie immer, wusste stets, wer sie war.

„Ich bin so froh, dass du hier bist." Mit wackligen Schritten kam er auf sie zu.

Sie trat ins Zimmer und umarmte ihn. „Wie geht's dir, Ira?"

„Prima. Ist mir nie besser gegangen."

Er öffnete ein Röhrchen und nahm eine Vitamintablette. Das machte er oft. Trotz seiner antikapitalistischen Haltung hatte er in den frühen Siebzigerjahren ein kleines Vermögen mit Vitaminpräparaten gemacht. Durch den Verkauf der Firma war er dann zu dem Geld für das Grundstück an der Grenze zwischen New Jersey und Pennsylvania gekommen. Eine Zeit lang hatte er dort eine Kommune aufgezogen, doch das war nicht von Dauer gewesen. Also hatte er sie in ein Ferienlager umgewandelt.

„Und wie läuft's so?"

„Es ist mir noch nie so gut gegangen, Luce."

Und dann fing er an zu weinen. Sie setzten sich, und Lucy nahm seine Hand. Er weinte, lachte, weinte wieder. Sagte ihr ein ums andere Mal, wie sehr er sie liebte.

„Du bist mein Leben, Luce."

„Ich liebe dich auch, Ira."

Sie hatte nicht viel Zeit. Sie musste zurück ins Büro und schauen, was Lonnie herausbekommen hatte. Ira lehnte den Kopf an ihre Schulter. Als eine Schwester ins Zimmer kam, nutzte Lucy die Störung und löste sich von ihm. Sie hasste sich dafür.

„Ich komme nächste Woche wieder, okay?"

Ira nickte. Als sie ging, lächelte er.

Im Flur wartete Lucy, bis die Schwester wieder herauskam. „Wie ging es ihm die letzten Tage?"

Normalerweise antwortete die Schwester: „Ach, den Umständen entsprechend ziemlich gut", aber dieses Mal sagte sie: „Ihr Vater war in den letzten Tagen sehr aufgeregt."

„Inwiefern?"

„Normalerweise ist Ira der netteste und freundlichste Mensch auf der Welt. Aber jetzt hat er plötzlich diese Stimmungsschwankungen …"

„Die hatte er schon immer."

„Aber nicht solche. Er redet sehr viel über ein Ferienlager. Und dann verliert er sofort die Nerven. Er fängt an zu toben und erzählt etwas von Blut, Wald, Dunkelheit und so. Dann bricht er plötzlich ab und spricht überhaupt kein Wort mehr. Das ist ziemlich unheimlich."

Am Ende des Flurs erschien eine andere Schwester und rief: „Rebecca?"

„Ich muss los", entschuldigte sich die erste Schwester.

Lucy warf noch einen Blick ins Zimmer. Ihr Vater saß wieder mit dem Rücken zur Tür. Er starrte die Wand an. Sie fragte sich, was in seinem Kopf vorging. Was wusste er wirklich über jene Nacht?

Sie riss sich los und ging zur Rezeption neben dem Ausgang, um sich abzumelden. Im Gästebuch hatte jeder Patient eine eigene Seite; die Rezeptionistin schlug die von Ira auf.

Lucy hatte schon einen Stift in der Hand und wollte genauso abwesend unterschreiben, wie sie es beim Hereinkommen getan hatte, als sie stockte. Da stand noch ein Name. Ira hatte in der letzten Woche einen Besucher gehabt. Außer Lucy selbst musste das sein erster Besuch überhaupt in dieser Einrichtung gewesen sein. Sie runzelte die Stirn und las den Namen. Er war ihr vollkommen unbekannt.

Wer um alles in der Welt war Manolo Santiago?

Jetzt musste ich auf dem Weg zu Raya Singh einen Umweg machen. Es gab nur einen Menschen, der mir helfen konnte, wenn es um Dad und die Leichen ging, die er womöglich im Keller gehabt hatte. Ich zog mein Handy aus der Tasche und wählte.

Schon nach dem ersten Klingeln meldete er sich mit seiner tiefen, rauchigen Stimme. „Paul." Selbst bei diesem einen Wort war sein starker Akzent deutlich zu vernehmen.

„Hallo Onkel Sosch."

Er war kein richtiger Onkel von mir. Sosch war ein enger Freund der Familie aus der alten Heimat. Zum letzten Mal hatte ich ihn vor drei Monaten bei der Beerdigung meines Vaters gesehen, aber sobald ich seine Stimme hörte, hatte ich diesen Bären von einem Mann vor Augen. Mein Vater hatte erzählt, Onkel Sosch sei der mächtigste und gefürchtetste Mann in Pulkovo gewesen, dem Vorort von Leningrad, in dem sie beide aufgewachsen waren.

„Ich habe mir schon gedacht, dass du heute anrufst."

Das überraschte mich. „Wieso?"

„Weil wir reden müssen, mein junger Neffe."

„Worüber?"

„Ich bespreche nie etwas am Telefon. Wann kannst du hier sein?"

Sosch hatte ein weitläufiges Penthouse in der 36. Straße in Manhattan.

„In einer halben Stunde, falls ich nicht im Stau stecken bleibe."

Doch die Straßen waren ziemlich leer; so dauerte die Fahrt zu Onkel Sosch nur 25 Minuten. Der Portier wusste, dass ich kam. Denn er öffnete nicht, wenn er nicht vorab informiert worden war. In diesem Fall kam man einfach nicht hinein. Doch nun hielt er mir sogar die Fahrstuhltür auf.

Ich trat direkt vom Fahrstuhl in das riesige Penthouse. Onkel Soschs Miene hellte sich auf, als er mich sah. Er breitete die Arme aus. Zu einer meiner lebhaftesten Kindheitserinnerungen gehört die Größe seiner Hände. Sie kamen mir immer noch riesig vor. Sosch war im Lauf der Jahre grau geworden, aber selbst jetzt mit Anfang siebzig wirkte er noch so groß und stark, dass ich eine gewisse Ehrfurcht empfand. Als er mich an sich zog, hatte ich das Gefühl, dass er mir ohne Weiteres die Wirbelsäule hätte brechen können, wenn er stärker zugedrückt hätte.

Nach ein paar Sekunden ergriff er meine Oberarme und schob mich so weit zurück, dass er mich in Ruhe angucken konnte. „Wie dein Vater", sagte er, und jetzt hörte man nicht nur den Akzent, sondern die ganze russische Seele in seiner Stimme. „Du siehst genauso aus wie dein Vater."

Sosch war kurz nach uns aus der Sowjetunion in die Vereinigten Staaten gekommen. Er hatte für Intourist gearbeitet, das sowjetische Reiseunternehmen. In dessen Manhattaner Büro hatte er amerikanische Touristen beraten, die Leningrad besuchen wollten. Seit dem Zerfall des sowjetischen Imperiums betätigte er sich auf dem undurchsichtigen Geschäftsfeld, das sich Import-Export nannte. Mir war nie ganz klar geworden, was genau sich dahinter verbarg – immerhin hatte es ihm aber so viel eingebracht, dass er sich davon das Penthouse leisten konnte.

Onkel Sosch war kein Mann für Geplauder. Er sah mir direkt in die Augen. „Ich habe Anrufe von Freunden aus der alten Heimat bekommen."

„Ich kann dir nicht folgen."

„Da sind Leute in Russland. Amerikaner. Sie werfen mit viel Geld um sich und stellen Fragen über deinen Vater."

„Und was wollen sie über ihn wissen?"

„Erinnerst du dich noch an die alten Gerüchte?"

„Das soll doch wohl ein Witz sein!"

Sollte es aber nicht. Und es war auch plausibel. *Die erste Leiche.* Darauf hätte ich auch gleich kommen können.

Natürlich erinnerte ich mich an die Gerüchte. Schließlich hätten sie fast meine Familie zerstört.

Meine Schwester und ich waren während des Kalten Krieges geboren worden. Mein Vater war Arzt gewesen, doch dann hatte man ihm die Approbation entzogen, nachdem falsche Beschuldigungen über einen Behandlungsfehler in Umlauf gebracht worden waren, weil er Jude war. So war das damals. Gleichzeitig hatte sich eine Reform-Synagoge hier in den Vereinigten Staaten – in Skokie, Illinois, um genau zu sein – stark für die Belange der Juden in der Sowjetunion eingesetzt. Wir hatten Glück gehabt. Sie hatten uns herausbekommen.

Eine ganze Weile wurden wir in unserer neuen Heimat als Helden gefeiert. Mein Vater sprach am Freitagabend im Gottesdienst leidenschaftlich über die Notlage der sowjetischen Juden. Es wurde Geld gesammelt. Aber ungefähr ein Jahr nach unserer Einreise gerieten mein Vater und der Großrabbiner in Streit, und plötzlich hieß es hinter vorgehaltener Hand, mein Vater habe die Ausreiseerlaubnis nur deshalb bekommen, weil er Mitglied des KGB sei. Er sei angeblich gar kein Jude, und das Ganze sei nur ein Trick gewesen, um ihn in die Staaten zu schleusen. Die Beschuldigungen waren erbärmlich, widersprüchlich und falsch gewesen.

Ich schüttelte den Kopf. „Also versuchen sie zu beweisen, dass mein Vater doch beim KGB war?"

„Ja."

Langsam begriff ich. Dieser verfluchte Jenrette. Ich war inzwischen so etwas wie eine Person des öffentlichen Lebens. Die Beschuldigungen würden mir auf jeden Fall schaden, selbst wenn sie sich irgendwann als falsch herausstellten. Ich hätte es wissen müssen. Vor 25 Jahren hatte meine Familie aufgrund dieser Beschuldigungen fast alles verloren. Wir hatten Skokie verlassen und waren an die Ostküste nach Newark gezogen. Doch hinterher war die Familie nie wieder ganz die Alte gewesen.

Ich blickte auf. „Am Telefon hast du gesagt, du hättest damit gerechnet, dass ich dich anrufe."

„Wenn du dich nicht gemeldet hättest, hätte ich dich im Laufe des Tages angerufen."

„Um mich zu warnen?"

„Ja."

„Das heißt also, dass sie irgendwas gefunden haben."

Der große Mann antwortete nicht. Ich musterte sein Gesicht, und es war, als geriete meine ganze Welt, alles, an das ich bisher geglaubt hatte, ins Wanken.

„War er beim KGB, Sosch?"

„Das ist lange her."

„Heißt das: ja?"

Er lächelte bedächtig. „Weißt du noch, wie ich in dieses Land gekommen bin?"

„Du hast für ein Reiseunternehmen gearbeitet."

„Das war die Sowjetunion, Pavel." Er sprach mich mit meinem russischen Namen an. „Es gab keine Unternehmen. Intourist war eine Regierungsorganisation. Wenn die Regierung der Sowjetunion also die Möglichkeit hatte, jemanden langfristig nach New York zu schicken, glaubst du, sie hätte dann einen Mann ausgewählt, der am besten Ferienreisen buchen konnte? Oder hätte sie eher jemanden ausgewählt, der ihr anderweitig von Nutzen sein konnte?"

Ich dachte an die Größe seiner Hände. Ich dachte an seine Kraft. „Also warst *du* beim KGB?"

„Ich war Oberst beim Militär. Wir nannten es nicht KGB. Aber ja, man hätte mich als Spion bezeichnen können. Ich habe mich mit führenden amerikanischen Beamten getroffen und versucht, sie zu bestechen. Aber wir haben nichts Wichtiges erfahren. Nie. Und die amerikanischen Spione haben auch nie wirklich Wichtiges von uns erfahren. Wir haben Unsinn von einer Seite zur nächsten weitergegeben. Es war ein albernes Spiel."

„Und mein Vater?"

„Die sowjetische Regierung hat ihn rausgelassen. Eure jüdischen Freunde dachten, es lag daran, dass sie so viel Druck gemacht hatten. Aber ich bitte dich! Wie konnten ein paar Juden ernsthaft glauben, dass sie in der Lage waren, genug Druck auf ein ausländisches Regime auszuüben, das sonst auf niemanden hörte? Das ist ja schon fast lächerlich, wenn man in Ruhe darüber nachdenkt."

„Und was willst du mir damit sagen?"

„Ich will dir nur erzählen, wie es damals war. Hat dein Vater versprochen, dass er der Regierung hilft? Natürlich. Aber er tat das nur, weil er das Land verlassen wollte. Du kannst dir nicht vorstellen, wie es für ihn zu jener Zeit war. Er war ein guter Arzt und ein noch besserer Mensch. Doch die Regierung entzog ihm die Approbation. Dann wurden deine Großmutter und dein Großvater … Aber du bist zu jung, um dich an sie zu erinnern …"

„Ich erinnere mich an sie", widersprach ich.

Doch ich überlegte, ob das wirklich stimmte. Ich war erst drei Jahre alt gewesen, als die beiden abgeholt worden waren. Erinnerte ich mich wirklich an sie, oder hatte das alte Foto mit der Zeit ein Eigenleben entwickelt?

„Deine Großeltern waren Intellektuelle – Professoren. Dein Großvater war der Dekan der historischen Fakultät, deine Großmutter eine brillante Mathematikerin. Die besten Akademiker scharten sich um die beiden. Aber natürlich weckte das die Aufmerksamkeit der Regierung. Sie wurden als Radikale abgestempelt. Als gefährliche Revisionisten. Erinnerst du dich noch daran, wie sie verhaftet wurden? Ein Verräter hat sie angezeigt, nachdem sie eine Menschenrechtsgruppe gegründet hatten."

„Ich erinnere mich vor allem an die Folgen."

Er schloss einen Moment lang die Augen. „Da war er also, dein Vater. Er hatte so viel verloren – seinen Beruf, seine Reputation, seine Approbation und jetzt auch noch seine Schwiegereltern. Und plötzlich zeigte die Regierung ihm einen Ausweg auf. Die Chance auf einen Neuanfang in den USA."

„Und im Gegenzug musste er nur ein bisschen für sie spionieren?"

Sosch winkte ab. „Was hätte ein Mann wie dein Vater schon herausfinden sollen? Selbst wenn er es versucht hätte – was er nicht getan hat."

„Und meine Mutter?"

„Für die Regierung war Natascha nur eine Frau. An Frauen hatte sie kein Interesse. Dein Vater hat sie damals angebetet. Sie war so schön. Aber nachdem ihre Eltern verhaftet worden waren, verfiel sie oft der Melancholie. Deine Großeltern wurden in ein Arbeitslager geschickt. Die Bedingungen waren furchtbar. Dein Großvater hatte ein schwaches Herz. Sie verweigerten ihm die Behandlung. Er bekam noch nicht einmal seine Medikamente. Er hat keine drei Monate überlebt."

„Das ist mir bekannt.“ Ich wartete. „Was verschweigst du mir, Sosch?“

„Weißt du auch, was mit deiner Großmutter passiert ist?“

„Ich weiß nur, was meine Mutter mir erzählt hat: Nach dem Tod ihres Mannes hat auch Nonis Herz nicht mehr mitgespielt.“

„In gewisser Weise ist das wohl wahr. Deine Großmutter beging Selbstmord. Sie hat sich mit einem Bettlaken erhängt.“

Ich erstarrte. Dann schüttelte ich langsam den Kopf. Ich dachte an das Foto. An das wissende Lächeln meiner Noni. An die Geschichten, die meine Mutter mir von ihr erzählt hatte, über ihren messerscharfen Verstand und ihre Schlagfertigkeit. Selbstmord.

„Hat meine Mutter das gewusst?“

„Ja.“

„Das hat sie mir nie erzählt.“

„Und vielleicht hätte ich das auch nicht tun sollen. Aber ich wollte, dass du begreifst, wie es damals war. Für deine Mutter. Du musst doch gespürt haben, dass sie schon vor dem Tod deiner Schwester nicht mehr die Alte war. Vielleicht begreifst du jetzt mehr.“

Sosch wandte sich ab und ging zum Fenster. Er hatte einen fantastischen Blick über den Hudson. Im Hafen lagen zwei riesige Kreuzfahrtschiffe.

„Weißt du, wo meine Mutter ist?“

Der kräftige Mann sagte lange nichts.

„Sosch?“

„Sie ist damals zurück nach Russland.“

„Warum?“

„Das kannst du ihr nicht vorwerfen, Pavel. Man hasst die Regierung, aber nicht die Menschen. Die Heimat bleibt die Heimat. Und zwar für immer.“

Er wandte sich wieder zu mir um. Unsere Blicke trafen sich.

„Das war ihre Begründung? Weil die Heimat immer die Heimat bleibt?“ Ich schrie beinahe. Mein Blut geriet in Wallung. „Und was ist mit ‚Deine Familie bleibt immer deine Familie‘? Oder – um es auf den Punkt zu bringen – ‚Dein Sohn bleibt immer dein Sohn‘? Was war mit mir und Dad?“

„Das kann ich dir nicht beantworten, Pavel.“

„Weißt du, wo sie jetzt ist?“

„Nein.“

„Aber du könntest es herausbekommen, oder? Du könntest sie für mich suchen.“

Er nickte nicht, schüttelte aber auch nicht den Kopf. „Die Vergangenheit gehört den Toten, Pavel. Man erweckt die Toten nicht wieder zum Leben. Man begräbt sie und lebt weiter.“

„Meine Mutter ist nicht tot. Oder doch?“

„Das weiß ich nicht.“

„Warum sprichst du dann von den Toten? Und wo wir gerade dabei sind, hier ist noch was, worüber du mal nachdenken kannst.“ Ich konnte nicht an mich halten, also platzte ich einfach damit heraus: „Ich bin mir nicht mal mehr sicher, ob meine Schwester wirklich tot ist.“

Ich hatte mit einem erschrockenen Blick gerechnet. Aber Sosch erschrak nicht. Er wirkte nicht einmal besonders überrascht.

„Für dich“, erwiderte er, „sollten sie beide tot sein.“

FÜNF

Ich versuchte Soschs Worte abzuschütteln, als ich zurück nach New Jersey fuhr. Ich musste mich auf zwei Dinge – und nur darauf – konzentrieren. Erstens: die Verurteilung der beiden Schweine, die Chamique Johnson vergewaltigt hatten. Zweitens: Ich musste herauskriegen, wo Gil Perez in den letzten zwanzig Jahren gesteckt hatte.

Als ich vor dem indischen Restaurant ankam, in dem Raya Singh arbeitete, stellte ich den Motor ab und rief Loren Muse an.

Als sie sich meldete, sagte ich: „Cope hier. Wie es aussieht, könnte ich wohl ein kleines Problem bekommen.“

„Und das wäre?“, fragte sie.

„Jenrettes Vater hat es auf mich abgesehen. Er durchforstet meine Vergangenheit.“

„Wird er was finden?“

„Wenn man die Vergangenheit eines Menschen gründlich genug durchforstet, findet man immer was.“

„Bei mir nicht.“ Sie schwieg kurz. „Also sagen Sie schon, was Sie von mir wollen.“

„Sie sind doch mit ein paar Privatdetektiven aus der Gegend befreundet, stimmt’s? Rufen Sie sie an. Versuchen Sie herauszubekommen, wen die auf mich angesetzt haben.“

„Bin schon dabei.“

„Und wie fanden Sie heute unseren Auftritt im Gericht, Loren?“

„Es war ein guter Tag für die Guten. Aber womöglich nicht gut genug.“

„Cal und Jim?“

„Ich bin drauf und dran, jeden abzuknallen, der einen dieser Namen trägt.“

„Kümmern Sie sich darum.“ Ich beendete die Verbindung.

Die Inneneinrichtung des Restaurants war sehr farbenfroh und orientierte sich an Hindutempeln. Die Kellnerinnen trugen bauchfreie aquamarinfarbene Zweiteiler.

Als ich eintrat, fragte die Restaurantchefin: „Wie viele?“

„Ich will nichts essen“, erwiderte ich. „Ist Raya Singh da?“

„Wer?“

Ich wiederholte den Namen.

„Ich kenne … ach, warten Sie, die Neue. Und wer will das wissen?“

Ich gab ihr eine Visitenkarte. Sie las sie und rief dann laut: „Raya!“

Eine junge Frau kam herbei, und ich wich einen Schritt zurück. Sie war jünger, als ich gedacht hatte, Anfang zwanzig, und absolut atemberaubend. Als Erstes fiel einem auf, dass sie mehr Kurven hatte, als es anatomisch möglich zu sein schien. Ihre Haut war eher golden als braun, und sie hatte Mandelaugen, in die ein Mann eintauchen und nie wieder herausfinden konnte.

„Raya Singh?“

„Ja.“

„Mein Name ist Paul Copeland. Ich bin der Bezirksstaatsanwalt von Essex County, New Jersey. Können wir uns einen Moment unterhalten?“

„Geht es um den Mord?“

„Ja.“

„Dann selbstverständlich.“

Sie sprach geschliffenes Englisch mit dem Hauch eines neuenglischen Internatsakzents, der ihre geografische Herkunft mit Vornehmheit überdeckte. Ich versuchte, sie nicht anzustarren. Sie merkte es und lächelte kurz.

Wir gingen hinaus auf die Straße, weil es da ruhiger war. Sie legte die Arme um den Körper, als ob ihr kalt wäre. Ich wollte ihr schon meine Jacke anbieten, aber es war überhaupt nicht kalt. Na ja, und außerdem trug ich keine Jacke.

„Kennen Sie einen Mann namens Manolo Santiago?“, fragte ich.

„Natürlich. Er war es doch, der ermordet wurde.“ Sie sprach in einem seltsamen Tonfall, als würde sie eine Film- oder Theaterrolle vortragen.

„War er Ihr Liebhaber?“

„Noch nicht. Unsere Beziehung war rein platonisch.“

„Wissen Sie, wo Mr Santiago gewohnt hat?“

„Nein, tut mir leid, das weiß ich nicht.“

„Wie haben Sie sich kennen gelernt?“

„Er hat mich auf der Straße angesprochen und mich gefragt, ob er mich zu einer Tasse Kaffee einladen kann.“

„Und Sie haben die Einladung angenommen?“

„Ja.“

„Machen Sie das immer so? Dass Sie sich von Fremden auf einen Kaffee einladen lassen?“

Die Frage schien sie zu amüsieren. „Muss ich mich bei Ihnen für mein Verhalten rechtfertigen, Mr Copeland?“

„Nein. Manolo Santiago war ein Deckname. Also versuche ich herauszubekommen, wie er wirklich hieß.“

„Was ich aber auch nicht weiß.“

„Auch wenn ich das Risiko eingehe, meine Grenzen zu überschreiten, aber eines verstehe ich nicht. Sie müssen doch dauernd von Männern angesprochen werden. Warum haben Sie sich gerade von ihm einladen lassen?“

„Ist das wichtig?“

„Vielleicht erfahre ich durch Ihre Antwort etwas über ihn.“

„Wenn ich Ihnen sagen würde, dass ich ihn attraktiv fand, hilft Ihnen das weiter?“

„Haben Sie das denn?“

Wieder ein Lächeln. „Das klingt fast, als ob Sie ein bisschen eifersüchtig wären.“

„Ms Singh, ich untersuche einen Mordfall. Könnten wir also aufhören mit den Spielchen?“

„In Ordnung. Schon gut.“

„Haben Sie eine Idee, wie wir herausfinden können, wie er wirklich hieß?“

Sie überlegte. „Vielleicht über die Handytelefonate?“

„Die Gespräche von dem Handy, das er bei sich hatte, haben wir überprüft. Ihr Anruf war der einzige. Fällt Ihnen sonst noch was ein?“

„Im Moment nicht.“

Ich zog eine Visitenkarte aus dem Portemonnaie und schrieb meine Handynummer darauf. „Rufen Sie mich an, wenn Ihnen noch was einfällt?“

„Selbstverständlich.“

Ich gab ihr die Karte. Sie sah mich mit diesen Augen an und lächelte schon wieder.

„Warum laden Sie mich nicht ein?“, fragte sie.

„Wie bitte?“

„Ich weiß, dass Sie mich schön finden. Warum laden Sie mich nicht zu einer Tasse Kaffee ein?“

„Ich versuche, Arbeit und Privatleben getrennt zu halten.“

„Ich bin aus Kalkutta hergekommen. Waren Sie da schon mal?“

Der Themenwechsel verunsicherte mich einen Moment lang. Ich antwortete, dass ich nie dort gewesen sei, aber natürlich viel davon gehört hätte.

„Es ist viel schlimmer als alles, was man darüber hört“, erwiderte sie.

Ich schwieg und fragte mich, worauf sie hinauswollte.

„Ich habe einen Lebensplan“, fuhr sie fort. „Der erste Teil bestand darin herzukommen. Hierher, in die Vereinigten Staaten.“

„Und der zweite Teil?“

„Ich weiß, was ich zu bieten habe. Ich bin schön. Außerdem bin ich eine angenehme Person und habe gelernt …“, sie dachte über die Formulierung nach, „… wie ich gut zu einem Mann sein kann. Ich kann einen Mann unglaublich glücklich machen. Ich werde mich ihm hingeben, wann immer er will und wie immer er will. Und ich werde es mit Freuden tun.“

Mein Mund war mittlerweile extrem trocken. „Manolo Santiago“, sagte ich mit einer Stimme, die mir sehr fremd vorkam. „Glaubten Sie von ihm, dass er dieser Mann sein könnte?“

„Ja, ich glaubte, dass er es sein *könnte*. Aber er war es nicht. Sie machen einen netten Eindruck. Als ob Sie eine Frau gut behandeln würden.“ Vielleicht war Raya Singh etwas näher an mich herangetreten, ganz genau wusste ich das nicht. Auf jeden Fall schien sie mir plötzlich ziemlich nah zu sein. „Woher wollen Sie wissen, Mr Copeland, dass ich nicht die Richtige bin? Dass ich nicht diejenige bin, die Sie in einen Glückstaumel versetzt?“

Holla. „Ich weiß es nicht“, entgegnete ich.

Sie sah mich bloß an. Mir war klar, dass sie mit mir spielte. Und trotzdem übte sie einen seltsamen Reiz auf mich aus. Aber vielleicht war ich einfach nur geblendet von ihrer Schönheit.

„Ich muss los. Meine Telefonnummer haben Sie?“

„Auf Wiedersehen, Mr Copeland.“ Sie lächelte mir noch einmal zu, worauf ich mir vorkam wie ein Fisch, der auf dem Anlegesteg gelandet ist. „Ich hoffe, Sie finden, wonach Sie suchen.“

LUCY hatte vorgehabt, den Namen Manolo Santiago in eine Internetsuchmaschine einzugeben – wahrscheinlich handelte es sich um einen Reporter irgendeines Sensationsblattes, in dem mal wieder ein Artikel über Wayne Steubens erscheinen sollte. Doch in ihrem Büro wartete Lonnie auf sie. Er sah sie nicht an, als sie hereinkam.

„Hast du inzwischen rausgekriegt, wer die Berichte geschickt hat?“

„Ganz sicher bin ich mir nicht.“

„Aber?“

Lonnie holte tief Luft; wie sie hoffte, um sich auf den Sprung ins kalte

Wasser vorzubereiten. „Natürlich gibt's Möglichkeiten, eine E-Mail anonym zu schicken. Aber selbst dann bleiben normalerweise ein paar Spuren hängen."

„Toll, Lonnie, super." Er versuchte, Zeit zu schinden. „Dann darf ich also davon ausgehen, dass du ein paar von diesen Spuren in der E-Mail mit dem Bericht gefunden hast?"

„Stimmt." Lonnie blickte auf und lächelte sogar kurz. „Ich werde dich nicht noch mal fragen, warum du den Absender wissen willst. Ich kenne dich nämlich, Luce. Und du kannst, genau wie die meisten anderen heißen Bräute, eine echte Nervensäge sein. Aber du bist auch ein fürchterlich moralischer Mensch. Wenn du meinst, das Vertrauen deiner Studenten hintergehen zu müssen, muss es einen guten Grund dafür geben."

„Sag mir einfach, von wem die Mail ist, Lonnie."

„Sie kam aus einem Computer in der Frost-Bibliothek."

„Die müssen da so an die fünfzig Computer haben. Also kriegen wir nie raus, wer sie geschickt hat."

Abwägend neigte Lonnie den Kopf. „Wir wissen, wann sie abgeschickt wurde. Vorgestern um 18.42 Uhr. Die Studenten müssen sich anmelden, wenn sie da einen Computer benutzen wollen. Also bin ich in die Bibliothek gegangen und habe mir die Liste der Studenten geholt, die das getan hatten. Und dann habe ich die, die vorgestern zwischen sechs und sieben einen Computer reserviert hatten, mit den Studenten aus deinem Seminar abgeglichen. Es gab nur eine Übereinstimmung."

„Wen?"

Lonnie ging zum Fenster und sah in den Innenhof hinunter. „Ich gebe dir einen Tipp."

„Lonnie, ich bin wirklich nicht in der Stimmung …"

„Sie neigt dazu, in unangenehme Löcher zu kriechen."

Lucy erstarrte. „Sylvia Potter?"

Er wandte ihr immer noch den Rücken zu. „Ja."

AM NÄCHSTEN MORGEN war ich wieder im Gericht. Flair Hickory sollte in ein paar Minuten mit seinem Kreuzverhör anfangen.

„Sie sehen ja echt übel aus, Cope", begrüßte Loren Muse mich. „Machen Sie sich Sorgen wegen dieses Kreuzverhörs?"

„Klar."

„Chamique schafft das schon. Sie haben tolle Vorarbeit geleistet."

Ich nickte und versuchte, mich wieder ausschließlich auf diesen Fall zu konzentrieren.

„Ach“, fuhr Loren fort, während sie neben mir herging, „haben Sie schon mal von MVD gehört?“

„Most Valuable Detection.“

„Genau. Die größte Privatschnüffleragentur in New Jersey. Cingle Shaker, die ich auf die Verbindungsjungs angesetzt habe, hat da früher gearbeitet. Gerüchte besagen, dass MVD den Auftrag bekommen hat, ohne Rücksicht auf die Kosten irgendwas gegen Sie auszugraben, um Sie beruflich fertigzumachen.“

„Na super.“

Wir betraten den Gerichtssaal, dann gab ich ihr ein altes Foto von Gil Perez.

Sie sah es an. „Was soll ich damit?“

„Macht Farrell Lynch immer noch die Computerarbeit für uns?“

„Ja.“

„Bitten Sie ihn, das Foto durch ein Alterungsprogramm zu schicken. Der Mann soll zwanzig Jahre älter werden. Und er soll eine Glatze bekommen.“

Loren wollte weitere Fragen stellen, aber irgendetwas in meinem Gesicht hielt sie davon ab. Sie zuckte die Achseln und verschwand.

Ich setzte mich. Richter Pierce kam herein. Alle erhoben sich. Dann trat Chamique Johnson in den Zeugenstand.

Flair stand auf und knöpfte sich sorgfältig das Jackett zu. Einen himmelblauen Anzug in diesem Farbton hatte ich zum letzten Mal 1978 gesehen.

Lächelnd blickte er Chamique an. „Guten Morgen, Ms Johnson.“

Sie wirkte verängstigt. „Morgen“, bekam sie heraus.

Er stellte sich vor, als hätten sie sich gerade auf einer Cocktailparty kennen gelernt. Er ging Chamiques Vorstrafenregister durch. Sie sei wegen Prostitution festgenommen worden, korrekt? Sie sei wegen Drogenbesitz festgenommen worden, korrekt?

Ich legte keinen Einspruch ein. Vieles davon hatte ich in meiner Zeugenbefragung selbst schon angesprochen.

Nach zwanzig Minuten fing Flair an, Ernst zu machen. „Sie haben Marihuana geraucht, ist das richtig?“

Chamique bestätigte es.

„Haben Sie auch an dem Abend, an dem Sie angeblich angegriffen wurden, Marihuana konsumiert?“

„Nein.“

„Nein?“ Flair legte die Hand auf die Brust, als wäre er von dieser Antwort zutiefst erschüttert. „Hmm. Haben Sie sich Alkohol zugeführt? Vielleicht Bier oder Wein getrunken?“

„Nein."

„Also nichts. Hmm. Und alkoholfreie Getränke? Vielleicht eine Cola oder so etwas?"

Ich wollte Einspruch erheben, aber meine Strategie war darauf ausgelegt, dass Chamique so viel wie möglich allein machte.

„Ich hab ein bisschen Punsch getrunken", antwortete sie.

„Punsch, verstehe. Und der war alkoholfrei?"

„Das haben die Jungs mir gesagt."

„Welche Jungs?"

Sie zögerte. „Jerry."

„Jerry Flynn?"

„Ja."

„Und wie viele Gläser haben Sie getrunken?"

„Weiß ich nicht."

„Mehr als eins?"

„Ich glaub schon."

„Sie sollen hier nicht raten, Ms Johnson. War es mehr als ein Glas?"

„Ja, wahrscheinlich."

„Mehr als zwei Gläser?"

„Das glaub ich nicht. Wahrscheinlich waren es zwei. Vielleicht aber auch weniger."

„Und der Einzige, der Ihnen gesagt hat, dass der Punsch alkoholfrei ist, war Jerry Flynn, ist das korrekt?"

„Ich glaube."

„Vorhin haben Sie ‚Jungs' gesagt, also die Mehrzahl benutzt, aber jetzt sagen Sie, dass es nur eine Person war. Wollen Sie Ihre Aussage ändern?"

Ich stand auf. „Einspruch!"

Flair winkte ab. „Er hat Recht, das ist Kleinkram, machen wir einfach weiter." Er räusperte sich. „Haben Sie an dem Abend irgendwelche Drogen konsumiert?"

„Nein."

„Und wann haben Sie dann zum letzten Mal irgendwelche Drogen genommen?"

„Das weiß ich nicht mehr."

„Dann versuchen wir doch einmal, einen Zeitplan zu erstellen. Haben Sie seit der Geburt Ihres Sohnes illegale Drogen konsumiert?"

Ihre Stimme war ganz ruhig. „Ja."

„Können Sie uns sagen, welche Art Drogen Sie genommen haben?"

Ich stand wieder auf. „Einspruch! Wir haben es verstanden. Ms Johnson hat in der Vergangenheit Drogen genommen. Das bestreitet niemand. Was soll das ändern?“

Der Richter sah Flair an. „Mr Hickory?“

„Wir glauben, dass Ms Johnson gewohnheitsmäßig Drogen konsumiert. Wir glauben, dass sie an jenem Abend high war, und das müssen die Geschworenen wissen, wenn sie die Aufrichtigkeit und die Genauigkeit ihrer Aussage beurteilen wollen.“

„Ms Johnson hat schon ausgesagt, dass sie an dem Abend keine Drogen genommen und sich auch keinen Alkohol zugeführt hat“, hielt ich dagegen.

„Und ich“, erwiderte Flair, „habe das Recht, ihre Ausführungen anzuzweifeln. Der Punsch war mit Alkohol versetzt. Wenn ich Mr Flynn in den Zeugenstand rufe, wird er aussagen, dass die Angeklagte darüber informiert war, als sie etwas davon getrunken hat. Ich will auch deutlich machen, dass wir es mit einer Frau zu tun haben, die selbst dann nicht davor zurückschreckte, Drogen zu konsumieren, als sie ein Baby bekommen hatte, für das sie verantwortlich war …“

„Euer Ehren!“, rief ich.

„Okay, das reicht.“ Der Richter knallte den Hammer aufs Pult. „Können wir jetzt fortfahren, Mr Hickory?“

Ich setzte mich wieder. Es war dumm von mir gewesen, Einspruch einzulegen. Die Geschworenen mussten denken, dass ich ihnen etwas verheimlichen wollte, und – was noch schlimmer war – ich hatte Flair die Chance gegeben, noch mehr zu reden. Meine Strategie bestand darin zu schweigen. Ich war nicht diszipliniert genug gewesen, und dafür hatten wir bezahlen müssen.

„Ms Johnson, Sie beschuldigen diese Jungs, sie hätten Sie vergewaltigt, ist das korrekt?“

„Ja.“

„Mhm. Und dann erzählen Sie mir doch bitte auch, Ms Johnson, ob Sie irgendwelche Vergewaltiger kennen?“

Ich stand schon wieder. „Sie meinen außer Ihren Mandanten?“

Flair sah mich nur an und wandte sich dann an die Geschworenen, als wolle er sagen: *Gott, war das nicht der billigste Tiefschlag überhaupt?* Und wenn ich ehrlich bin, hatte er Recht.

Chamique kam auch endlich zu ihrer Antwort. „Ich versteh nicht, was Sie meinen.“

„Ist ja auch egal, meine Liebe“, entgegnete Flair, als hätte ihre Antwort ihn sowieso gelangweilt. „Ich komme später noch einmal darauf zurück.“

Ich hasste es, wenn er so etwas sagte.

„Während des angeblichen Übergriffs haben meine Mandanten, Mr Jenrette und Mr Marantz, da Masken getragen oder ihre Gesichter versteckt?“

„Nein.“

Flair schüttelte den Kopf, als wäre das das Verwunderlichste, was er je gehört hatte. „Ihre Aussage lautet also, dass zwei Männer Sie vergewaltigt haben, die keine Masken trugen oder sonst irgendetwas taten, um ihre Identität zu verbergen, dass sie das in einem Zimmer machten, in das Sie unter Einsatz körperlicher Gewalt hineingezogen worden waren, was wiederum mindestens ein Zeuge mitbekommen hatte. Ist das korrekt?“

„Das ist richtig, ja.“

„Und aus irgendeinem Grund …“, wieder schien Flair unglaublich verwundert zu sein, „… benutzten die beiden Männer dann Decknamen? Die vermeintlichen Angreifer verwendeten die Namen Cal und Jim statt ihrer eigenen. Das ist Ihre Aussage, nicht wahr, Ms Johnson?“

„Das ist sie.“

„Erscheint Ihnen das plausibel?“

„Einspruch!“, ging ich dazwischen. „Nichts an diesem brutalen Verbrechen erscheint ihr plausibel.“

„Oh, das verstehe ich“, erwiderte Flair. „Ich hatte bloß gehofft, weil sie ja vor Ort war, hätte sie vielleicht eine Theorie, warum sie ihre Gesichter zeigten und trotzdem Decknamen benutzten.“ Er lächelte zuckersüß. „Haben Sie eine, Ms Johnson?“

„Nein.“

Flair ging zu seinem Tisch zurück. „Ich habe Sie vorhin gefragt, ob Sie einen Vergewaltiger kennen. Erinnern Sie sich?“

„Ja.“

„Gut. Kennen Sie einen?“

„Ich glaub nicht.“

Flair nickte und nahm einen Zettel vom Tisch. „Wie ist es mit einem Mann, der zurzeit wegen sexueller Misshandlung in Rahway einsitzt, namens – und bitte passen Sie auf, Ms Johnson – *Jim* Broodway.“

Chamiques Augen weiteten sich. „Meinen Sie James?“

„Ich meine Jim – oder James, wenn Sie seinen offiziellen Namen bevorzugen – Broodway aus Newark, New Jersey. Kennen Sie ihn?“

„Ja.“ Sie sprach leise. „Ich kannte ihn.“

„Hatten Sie je Sex mit Jim Broodway?“

„Er heißt James!“, wiederholte Chamique noch einmal.

„Nennen wir ihn doch Mr Broodway, damit wir das Gespräch fortsetzen können, ja? Hatten Sie mit Mr Broodway Sex?“

Das konnte ich nicht durchgehen lassen. „Einspruch! Ihr Sexualleben ist für diesen Fall irrelevant. Die Rechtsprechung ist in diesem Punkt ganz eindeutig."

Richter Pierce sah Flair an. „Mr Hickory?"

„Ich versuche nicht, Ms Johnsons Reputation zu schädigen oder anzudeuten, dass sie ein unmoralisches Leben geführt hat. Die Vertreter der Gegenpartei haben schon sehr deutlich gemacht, dass Ms Johnson als Prostituierte tätig war und die unterschiedlichsten sexuellen Aktivitäten mit diversen Männern ausübte."

Wann lernte ich endlich, den Mund zu halten?

„Ich will auf eine ganz andere Sache hinaus. Chamique Johnson hat ausgesagt, dass sie unter anderem von einem Mann namens Jim vergewaltigt wurde. Und ich möchte hier nur die Frage stellen, ob sie je Sex mit Mr Jim – oder meinetwegen auch James – Broodway hatte, der derzeit wegen eines Sexualvergehens im Gefängnis sitzt."

Jetzt merkte ich, worauf er hinauswollte. Und es gefiel mir gar nicht.

„Ich lasse die Frage zu", entschied der Richter.

„Ms Johnson, hatten Sie je sexuellen Kontakt mit Mr Broodway?"

Eine Träne rollte ihre Wange hinab. „Ja."

„Mehr als einmal?"

„Ja." Sie weinte stärker.

„War bei Ihren sexuellen Kontakten mit Jim Broodway je ein weiterer Mann beteiligt?"

Der Gerichtssaal explodierte.

„Euer Ehren!", rief ich.

„Ruhe!" Der Richter benutzte seinen Hammer. „Ruhe!"

Es wurde schnell wieder still im Saal.

Richter Pierce sah mich an. „Ich weiß, dass es schwer ist, sich das anzuhören, aber ich lasse die Frage zu." Er wandte sich an Chamique. „Bitte antworten Sie."

Der Protokollführer las die Frage noch einmal vor. Chamique saß jetzt mit tränenüberströmtem Gesicht im Zeugenstand. Als der Protokollführer fertig war, sagte sie: „Nein."

„Mr Broodway wird aussagen, dass …"

„Er hat einen von seinen Freunden zugucken lassen!", rief Chamique aus. „Das war alles. Der andere hat mich nie angefasst! Hören Sie? Kein einziges Mal!"

Ich versuchte, den Kopf aufrecht zu halten und nicht die Augen zu schließen.

„Also“, fasste Flair zusammen, „Sie hatten Sex mit einem Mann namens Jim …“

„James! Er heißt James!“

„… wobei noch ein weiterer Mann im Zimmer zugegen war. Und da wissen Sie nicht, wie Sie auf die Namen Jim und Cal gekommen sind?“

„Ich kenne keinen Cal. Und er heißt James.“

Flair trat näher an sie heran. Er sah jetzt besorgt aus. „Ich will ja gar nicht behaupten, dass Sie lügen. Aber besteht nicht vielleicht die Möglichkeit, dass Sie zu viel Punsch getrunken hatten – was natürlich nicht Ihre Schuld war, da Sie ja dachten, er wäre alkoholfrei –, daraufhin einvernehmlichem Geschlechtsverkehr zustimmten und dann einen Flashback zu einem früheren Zeitpunkt hatten? Wäre das nicht eine Erklärung für Ihre Behauptung, dass die beiden Männer, die Sie vergewaltigt haben, Jim und Cal hießen?“

Ich war aufgesprungen und wollte protestieren, dass dies zwei Fragen seien, aber wieder wusste Flair ganz genau, was er tat.

„Ich ziehe die Frage zurück“, sagte er, als wäre die ganze Geschichte einfach nur ein Trauerspiel für alle beteiligten Parteien. „Ich habe keine weiteren Fragen.“

SECHS

Lucy rief in Sylvia Potters Zimmer an. Es ging niemand an den Apparat. Sie sah im Telefonverzeichnis der Universität nach, doch da waren keine Handynummern angegeben.

Lucy erinnerte sich, dass sie Sylvia mit einem BlackBerry gesehen hatte, also schrieb sie ihr eine kurze Mail, dass sie so bald wie möglich bei ihr anrufen solle.

Während sie auf Sylvias Rückruf wartete, suchte sie den Namen aus Iras Besucherliste im Internet: Manolo Santiago. Es gab viele Treffer, aber keinen, der sie irgendwie weiterbrachte. Wer war er also? Sie konnte natürlich Ira fragen. Falls der sich an ihn erinnerte.

Zwei Stunden vergingen. Lucy rief wieder in Sylvias Zimmer an und schickte noch eine E-Mail. Keine Antwort.

Lucy sah im Studentenverzeichnis nach. Sylvia wohnte in einem Studentenheim an der Universitätsplaza. Lucy beschloss, hinüberzugehen und nachzusehen, was dort los war.

Als sie das Wohnheim betrat, wurde sie mit ein paar überraschten Blicken bedacht, allzu viele waren es allerdings nicht. Sie stieg die Haupttreppe hinauf. Sylvia wohnte im ersten Stock in einem Einzelzimmer.

Lucy klopfte an die Tür. Keine Antwort. Sie drehte den Knauf. Verschlossen. Sie überlegte, ob sie eine Nachricht hinterlassen sollte – dafür war eine abwischbare Tafel da –, aber sie befürchtete, dass ihr Verhalten dann sehr verzweifelt gewirkt hätte.

Sie war bereits wieder auf dem Weg die Treppe hinunter, als die Haustür des Wohnheims geöffnet wurde und Sylvia hereinkam.

„Oh, hallo, Professorin Gold. Wollten Sie zu mir?"

„Ja. Haben Sie jetzt Zeit? Es geht um Ihren Bericht."

„Meinen …?" Das Mädchen schüttelte den Kopf. „Aber den hab ich doch anonym geschickt. Woher wollen Sie wissen, welcher meiner ist?"

„Bitte, Sylvia …"

„Sie haben versprochen, dass die anonym sind. Das haben Sie gesagt!"

„Ich weiß, was ich gesagt habe. Aber es ist wirklich wichtig."

„Nein, ist es nicht. Ich will nicht mit Ihnen reden. Sie können mich nicht dazu zwingen. Und wenn Sie irgendwas davon verraten, geh ich zum Dekan und erzähl ihm, was Sie gemacht haben. Lassen Sie mich in Ruhe!"

Sylvia drehte sich um, riss die Tür auf und rannte davon.

NACHDEM Flair Hickory mit Chamique fertig war, vertagte der Richter die Sitzung. Ich traf mich mit Loren Muse in meinem Büro.

„Na toll", seufzte sie. „Das ist ja echt mistig gelaufen."

„Kümmern Sie sich um die Sache mit dem Namen", trug ich ihr auf. „Stellen Sie fest, ob Broodway auch Jim genannt wird."

Sie runzelte die Stirn. „Glauben Sie, das nützt was?"

„Es kann nicht schaden. Hat Ihre Freundin Cingle irgendwas erfahren?"

„Noch nicht."

Mein Handy klingelte. Ich sah aufs Display. Ich kannte die Nummer nicht. Ich hielt das Gerät ans Ohr. „Hallo?"

„Hier ist Raya Singh."

Die hübsche indische Kellnerin. Meine Kehle war plötzlich trocken. „Wie geht es Ihnen?"

„Gut."

„Ist Ihnen noch was eingefallen?"

Loren sah mich an. Ich versuchte, ihr durch meinen Blick zu verstehen zu geben, dass es sich um ein Privatgespräch handelte. Für eine Polizistin war Loren manchmal ziemlich schwer von Begriff. Aber vielleicht war das auch Absicht.

„Wahrscheinlich hätte ich Ihnen das schon früher erzählen sollen“, antwortete Raya. „Aber ich war ziemlich überrascht, als Sie einfach so aufgetaucht sind.“

„Ich habe keine Ahnung, wovon Sie reden.“

„Er hat Ihren Namen erwähnt.“

„Manolo Santiago hat meinen Namen erwähnt? Und Sie hielten es nicht für nötig, mir das schon vorher zu sagen?“

„Ich wusste doch nicht, ob ich Ihnen trauen kann.“

„Und warum haben Sie es sich jetzt anders überlegt?“

„Ich habe über Sie im Internet recherchiert. Sie sind wirklich der Bezirksstaatsanwalt.“

„Was hat Santiago über mich gesagt?“

„Er erwähnte, Sie hätten über irgendwas gelogen.“

„Und worüber?“

„Weiß ich nicht mehr.“

Ich hakte weiter nach. „Und wem hat er das gesagt?“

„Einem Mann. Seinen Namen kenne ich nicht. Außerdem hatte Manolo Zeitungsartikel über Sie in seiner Wohnung.“

„In seiner Wohnung? Sie sagten doch, Sie wissen nicht, wo er wohnt.“

„Das war, als ich Ihnen noch nicht vertraute.“

„Und jetzt vertrauen Sie mir?“

Sie gab mir keine direkte Antwort. „Holen Sie mich in einer Stunde am Restaurant ab. Dann zeige ich Ihnen, wo Manolo gewohnt hat.“

ALS LUCY zurück in ihr Büro kam, saß Lonnie am Schreibtisch und hatte ein paar Papiere in der Hand.

„Was ist das?“, erkundigte sie sich.

„Die nächsten Seiten dieses Berichts.“

Sie musste sich zusammennehmen, um ihm die Blätter nicht aus der Hand zu reißen.

„Hast du Sylvia getroffen?“, fragte er.

„Ja. Sie ist ausgeflippt und will nicht mit mir reden. Hast du das schon gelesen?“

„Ja.“ Er reichte ihr die Seiten.

Sie nickte und fing selbst zu lesen an.

> P. löste sich aus unserer Umarmung und lief in die Richtung, aus der der Schrei gekommen war.
>
> Ich rief hinter ihm her, aber er blieb nicht stehen. Keine zwei Sekunden

später war es, als hätte die Nacht ihn verschluckt. Ich versuchte, ihm zu folgen. Aber es war dunkel. Den Schrei hatte ein Mädchen ausgestoßen. Das hatte man deutlich gehört. Ich hatte Angst.

Der Mond schien. Bei Mondschein verändern sich die Farben im Wald. Als ich P. endlich fand und die komische Farbe auf seinem Hemd sah, erkannte ich also zuerst gar nicht, was das war. Ich erkannte nicht einmal, dass es dunkelrot war, sondern hielt es am Anfang eher für ein strahlendes Blau. Er sah mich an. Mit weit aufgerissenen Augen.

„Wir müssen hier weg", stammelte er. „ Und wir dürfen niemandem erzählen, dass wir hier draußen gewesen sind."

Das war alles. Lucy legte den Bericht zur Seite. Lonnie beobachtete sie.

„Also", sagte er gedehnt, „ich darf wohl davon ausgehen, dass du die Erzählerin in dieser kleinen Geschichte bist."

„Was?"

„Ich habe versucht, die ganze Sache zu begreifen, und bin auf genau eine einzige Erklärung für dein Verhalten gekommen. Du bist das Mädchen in der Geschichte. Da schreibt jemand über dich."

„Das ist ja lächerlich!"

„Komm schon, Luce. Wir haben da im Stapel Erlebnisberichte über Inzest liegen. Und selbst da haben wir nicht versucht rauszukriegen, von wem die sind. Und trotzdem regst du dich völlig über diese ‚Der Schrei im Wald'-Geschichte auf."

„Lass gut sein, Lonnie."

Er schüttelte den Kopf. „Tut mir leid, Süße, das ist nicht meine Art. Ich würde dir gern helfen, wenn ich kann."

„Das kannst du nicht."

„Ich weiß mehr, als du glaubst."

Lucy sah ihn an und wartete.

„Irgendwie ist mir der Bericht nicht mehr aus dem Kopf gegangen", fuhr er fort. „Und dann fiel mir die Sache mit dem Lager wieder ein. Ich war zwar noch ziemlich jung, aber ich kann mich an diese Sache mit dem Sommer-Schlitzer erinnern. Da habe ich ein paar Nachforschungen angestellt." Er versuchte, ihr mal wieder großspurig zuzulächeln. „Lucy Gold ist nicht dein richtiger Name."

„Es war eine schwierige Zeit in meinem Leben. Deshalb habe ich meinen Namen geändert."

„Das kann ich mir vorstellen. Das muss ein schwerer Schlag für deine Familie gewesen sein. Und du wolltest das Ganze hinter dir lassen."

„Ja."

„Und jetzt holt es dich aus irgendeinem seltsamen Grund wieder ein."

Sie nickte.

„Dieser P., das ist Paul Copeland, stimmt's? Weißt du, dass er jetzt Bezirksstaatsanwalt ist? Irgendwo in New Jersey?"

Sie schüttelte den Kopf.

„Du machst es mir aber echt nicht leicht, Luce."

Sie schwieg.

„Okay." Lonnie erhob sich. „Ich werde dir trotzdem helfen. Ich bring Sylvia Potter zum Reden."

„Wie das?"

Er ging zur Tür. „Ich hab da meine Mittel und Wege."

Auf der Fahrt zu dem indischen Restaurant machte ich einen Umweg und besuchte Janes Grab. Ich wusste nicht genau, warum ich das tat. Ich kam nicht oft her.

Ich setzte mich auf eine Betonbank. Ich sprach nicht mit Jane. Ich spürte die Gegenwart meiner Frau hier nicht.

Am Ende war es so furchtbar gewesen. Jane hatte gelitten. Ich hatte zugesehen. Zumindest eine Weile. Wir hatten uns von einem Hospiz unterstützen lassen – eigentlich hatte Jane zu Hause sterben wollen, aber ihr Gewichtsverlust, der Geruch und das Stöhnen hatten das unmöglich gemacht. Das Geräusch, an das ich mich am häufigsten erinnerte, war dieses grässliche Husten oder eher Würgen, wenn Jane den Schleim nicht aus der Luftröhre bekam. Sie hatte unerträgliche Schmerzen dabei, und das über viele Monate. Ich versuchte, stark zu sein, aber ich war nicht so stark wie Jane, und das wusste sie auch.

Am Anfang unserer Beziehung war ich eine Zeit lang unsicher gewesen. Schließlich hatte ich eine Schwester verloren, meine Mutter hatte mich verlassen, und nun ließ ich zum ersten Mal seit langer Zeit eine Frau an meinem Leben teilhaben.

„Ich bin nicht sie", hatte Jane eines Tages leise gesagt, als hätte sie meine Gedanken lesen können. „Ich werde dich nie verlassen."

Aber dann hatte sie es doch getan.

Seit sie tot war, war ich ein paarmal mit Frauen ausgegangen. Manchmal waren sogar ziemlich starke Gefühle im Spiel gewesen. Ich hoffte, eines Tages eine neue Frau zu finden und wieder zu heiraten. Aber in diesem Moment, als ich an Janes Worte zurückdachte, wurde mir klar, dass es dazu wahrscheinlich nicht kommen würde. *Ich bin nicht sie*, hatte meine Frau gesagt. Natürlich hatte sie meine Mutter gemeint.

Ich betrachtete den Grabstein. „Du fehlst uns“, sagte ich. „Cara und ich vermissen dich sehr.“

Dann stand ich auf und ging zurück zum Wagen.

RAYA SINGH wartete auf dem Parkplatz des Restaurants auf mich. Sie hatte das aquamarinfarbene Kostüm gegen Jeans und eine dunkelblaue Bluse getauscht. Die Haare waren zu einem Pferdeschwanz nach hinten gebunden. Die Wirkung war nicht weniger betörend.

Sie setzte sich auf den Beifahrersitz. Und duftete dabei fantastisch.

„Wohin?“, fragte ich.

„Kennen Sie die Route 17?“

„Ja.“

„Darauf und dann nach Norden.“

Ich bog vom Parkplatz auf die Straße. „Sagen Sie mir jetzt die Wahrheit?“

„Ich habe Sie nicht belogen“, erwiderte sie. „Ich hatte nur beschlossen, Ihnen bestimmte Dinge erst mal vorzuenthalten.“

„Erzählen Sie mir, in welchem Zusammenhang Santiago meinen Namen erwähnt hat.“

Sie holte tief Luft. „Manolo sagte, dass Sie gelogen haben über etwas …“, sie zögerte, „… wo es um einen Wald ging oder so.“

Mein Herz fing an zu rasen. „Wie war der genaue Wortlaut?“

„Das weiß ich nicht mehr.“

„Versuchen Sie, sich zu erinnern.“

„‚Paul Copeland hat über das, was da im Wald passiert ist, gelogen.‘“ Sie legte den Kopf schräg. „Ach, Moment, da war noch was.“

Ich wartete.

„Er nannte noch einen anderen Namen. Er sagte: ‚Genau wie Lucy.‘ Paul, wer ist diese Lucy?“, fragte Raya.

Doch es hatte mir die Sprache verschlagen. Für den Rest der Fahrt schwiegen wir.

Meine Gedanken kreisten um Lucy. Ich versuchte, mich zu erinnern, wie es sich damals angefühlt hatte, wenn ich ihr über die blonden Haare gestrichen hatte, und wie sie geduftet hatten. Aber es funktionierte nicht. Die Erinnerungen waren so verschwommen, dass ich nicht wusste, was echt war und was meiner Fantasie entsprang. Ich konnte mich nur noch des Staunens entsinnen, in das die Situation mich damals versetzt hatte. Und an die Lust. Es war für uns beide das erste Mal gewesen, wir waren unerfahren und ungeschickt gewesen, aber diese Lust! Und wann war aus der Lust so etwas wie Liebe geworden?

Sommerromanzen enden mit dem herannahenden Herbst. Das liegt in ihrer Natur. Ich hatte damals gedacht, bei Luce und mir würde das anders sein. Das war es dann auch, aber nicht so, wie ich es mir vorgestellt hatte. Ich hatte wirklich geglaubt, wir würden ewig zusammenbleiben.

SANTIAGOS EINZIMMERWOHNUNG lag in Ramsey, New Jersey. Raya hatte einen Schlüssel und öffnete damit die Tür zu einem Raum im zweiten Stock. Ich könnte die Einrichtung beschreiben, sie war aber so unscheinbar, dass sie keinen bleibenden Eindruck hinterließ.

Als wir eintraten, schnappte Raya hörbar nach Luft.

„Was ist?", fragte ich.

Sie ließ den Blick durch den ganzen Raum gleiten. „Da lag ein großer Haufen Papiere auf dem Tisch."

Wir durchsuchten das Zimmer. Alles war verschwunden – es gab weder Kleidung noch andere persönliche Gegenstände, nichts.

„Es muss jemand hier gewesen sein, der alles mitgenommen hat."

„Wann waren Sie zum letzten Mal hier, Raya?"

„Vor drei Tagen."

Ich ging zur Tür. „Kommen Sie. Ich will mit jemandem am Empfang reden."

Aber da saß nur ein Jugendlicher. Er konnte uns praktisch nichts sagen. Der Bewohner hatte sich als Manolo Santiago angemeldet und das Zimmer bis zum Monatsende bar bezahlt. Nein, der Junge konnte sich nicht daran erinnern, wie Mr Santiago ausgesehen hatte, und wusste auch sonst nichts über ihn.

Raya und ich gingen zurück in Santiagos Zimmer.

„Sie sagten, dass er Papiere hatte? Was stand drin?", fragte ich.

„Ich habe nicht in seinen Sachen rumgeschnüffelt."

„Um ehrlich zu sein, ich nehme Ihnen dieses Dummstellen nicht ganz ab."

Sie sah mich mit ihren verflixten Augen an. „Warum sollte ich Ihnen vertrauen? Als wir uns kennen lernten, sagten Sie, dass Sie den Mord an ihm untersuchen. Wie ein richtiger Polizist. Aber das stimmte nicht, oder?"

Ich blieb stumm.

„Manolo hat Ihnen nicht vertraut", fuhr sie fort. „Ich habe diese Artikel gelesen. Ich weiß, dass da im Wald vor zwanzig Jahren irgendwas passiert ist, in das auch Sie verwickelt waren. Manolo dachte, dass Sie in diesem Zusammenhang damals gelogen haben. Wenn Sie an meiner Stelle wären, würden Sie alles erzählen, was Sie wissen?"

Es dauerte ein paar Sekunden, bis ich meine Gedanken geordnet hatte. Sie hatte Recht. „Wenn Sie die Artikel gelesen haben, dann wissen Sie, dass damals auch meine Schwester verschwunden ist. Deshalb bin ich hier."

„Sie wollen Ihre Schwester rächen?"

„Nein. Ich will sie finden."

„Aber ich dachte, sie ist tot. Wayne Steubens hat sie ermordet."

„Das dachte ich bis vor Kurzem auch."

Raya wandte sich einen Moment lang ab. Dann sah sie direkt durch mich hindurch. „Wer ist Lucy? Was hat sie mit der Geschichte zu tun?"

„Ihrem Vater gehörte das Ferienlager. Außerdem war sie meine Freundin."

„Und in welchem Punkt haben Sie beide gelogen?"

„Wir haben nicht gelogen."

„Und wieso hat Manolo das dann behauptet?"

„Woher soll ich das wissen? Genau das will ich ja rauskriegen."

„Das verstehe ich nicht. Warum sind Sie davon überzeugt, dass Ihre Schwester noch lebt?"

„Ich bin nicht davon überzeugt. Aber ich glaube, es besteht eine große Wahrscheinlichkeit."

„Wieso?"

„Wegen Manolo."

„Was ist mit ihm?"

Ich sah ihr ins Gesicht und fragte mich, ob sie mich an der Nase herumführte. „Wissen Sie, warum Manolo sich dafür interessierte, was damals passiert ist? Sie waren nicht neugierig?"

Sie zuckte die Achseln. „Er sagte, es gehe um Geschäfte."

„Raya, Manolo Santiago war nicht sein richtiger Name. Sein richtiger Name lautete Gil Perez."

Sie brauchte einen Moment, um das zu verarbeiten. „Der eine Junge aus dem Wald? Sie behaupten also, dass er die ganze Zeit am Leben war."

Ich nickte.

„Und wenn er am Leben war …" Raya verstummte.

Also beendete ich den Satz für sie. „Dann kann meine Schwester vielleicht auch noch am Leben sein."

„Oder Manolo – oder Gil, oder wie auch immer er heißt – hat sie alle umgebracht."

Seltsam, auf diesen Gedanken war ich noch überhaupt nicht gekommen. Dabei war er gar nicht so unlogisch. Gil bringt sie alle um und platziert ein paar falsche Hinweise am Tatort, die suggerieren, dass er auch zu den Opfern gehört. Aber was war dann mit Wayne Steubens?

„Wenn dem so ist, kriege ich das raus."

Raya runzelte die Stirn. „Aber wenn er die anderen umgebracht hat, warum versuchte er dann rauszukriegen, was passiert ist?"

Sie kam auf mich zu und blieb direkt vor mir stehen. Sie war so verteufelt schön. Ich wollte sie tatsächlich küssen.

„Was verschweigen Sie mir?", fragte sie.

Mein Handy klingelte. Ich sah aufs Display. Loren Muse. Ich drückte die Annahmetaste. „Was gibt's?"

„Wir haben ein Problem", teilte Loren mir mit. „Es geht um Chamique. Sie will widerrufen."

CHAMIQUE saß mir im Büro gegenüber. Sie war noch so verdammt jung, aber man sah ihr das Leid im Gesicht an. Dieses Mädchen hatte kein leichtes Leben gehabt.

Ihr Anwalt Horace Foley hatte zu viel Rasierwasser aufgetragen, und seine Augen standen zu weit auseinander. Ich bin selbst Anwalt, daher mag ich die Vorurteile nicht, die gegen meinen Berufsstand vorgebracht werden. Aber ich war mir ziemlich sicher, wenn unten ein Krankenwagen vorbeigefahren wäre, hätte sich dieser Typ aus dem Fenster im zweiten Stock gestürzt und versucht, ihn anzuhalten, um den Patienten als Mandanten zu gewinnen.

„Wir würden es begrüßen, wenn Sie die Anklage gegen Mr Jenrette und Mr Marantz zurückziehen", sagte Foley.

„Ist nicht drin." Ich sah Chamique an. Sie hatte den Kopf zwar nicht gesenkt, wich meinem Blick aber aus. „Haben Sie gestern im Zeugenstand gelogen?", fragte ich sie.

„Meine Mandantin würde niemals lügen", empörte sich Foley.

Ich beachtete ihn nicht und sah Chamique in die Augen.

„Die können Sie sowieso nicht verurteilen", erwiderte sie.

„Woher wollen Sie das wissen?"

Chamique lächelte mich an, als wäre ich das naivste Wesen, das Gott je erschaffen hatte. „Sie verstehn es wirklich nicht, was?"

„O doch, ich verstehe das schon. Die Eltern haben Ihnen Geld geboten, wenn Sie Ihre Aussage widerrufen. Inzwischen hat die Summe ein Niveau erreicht, bei der Mr ‚Wer braucht schon eine Dusche, wenn es doch Rasierwasser gibt' der Ansicht ist, dass man annehmen sollte."

„Wie haben Sie mich genannt?", kläffte Foley.

Ich schaute zu Loren. „Könnten Sie bitte ein Fenster aufmachen?"

„Geht klar, Cope."

„He, wie haben Sie mich genannt?"

„Das Fenster ist offen. Sie können jederzeit rausspringen, falls Ihnen danach ist, Mr Foley.“ Ich wandte mich wieder an Chamique. „Wenn Sie Ihre Aussage jetzt widerrufen, bedeutet das, dass Sie gestern und heute gelogen haben. Dann hätten Sie einen Meineid geleistet, und das ist ein Verbrechen. Dafür würden Sie ins Gefängnis gehen.“

„Reden Sie mit mir, Mr Copeland, nicht mit meiner Mandantin“, forderte Foley.

„Widerrufen Sie Ihre Aussage nicht“, beschwor ich sie.

„Ich muss.“

„Dann erhebe ich Anklage gegen Sie.“

Ihr Anwalt wollte weiterzetern, doch Chamique legte ihm eine Hand auf den Arm. „Das werden Sie nicht tun, Mr Copeland.“

„Doch, das tue ich.“

Aber sie wusste es besser. Ich bluffte nur. Sie war ein armes, verängstigtes Vergewaltigungsopfer, das die Chance hatte, groß Kasse zu machen – sie konnte in diesem Prozess mehr Geld abräumen, als sie in ihrem ganzen Leben verdienen würde. Wer war ich, dass ich ihr etwas über Grundwerte und Gerechtigkeit erklären wollte?

Chamique und ihr Anwalt erhoben sich. „Morgen Vormittag wird die Vereinbarung unterschrieben“, verkündete Foley.

Ich schwieg. Ich fühlte mich sogar ein bisschen erleichtert – und schämte mich dafür. JaneCare würde überleben. Der Ruf meines Vaters – na gut, auch meine politische Laufbahn – würde keinen Rückschlag erleiden. Und das Beste daran war, dass ich auch moralisch aus dem Schneider war. Nicht ich hatte die Klage zurückgezogen, sondern Chamique ihre Aussage.

Das Mädchen reichte mir die Hand. Ich schüttelte sie.

„Danke“, sagte Chamique.

NACHDEM ich nach Hause gekommen war, aß ich mit Cara zu Abend.

Danach musste sie noch eine „Hausaufgabe“ machen, die darin bestand, rote Gegenstände aus Zeitschriften herauszusuchen und auszuschneiden. Beim Herumschnippeln sang sie ein Lied. Es stammte aus der Zeichentrickserie „Dora, die Entdeckerin“ und bestand im Prinzip darin, dass man so lange das Wort Rucksack sang, bis der Kopf des nächstsitzenden Erwachsenen in tausend Stücke zersprang.

Vor zwei Monaten hatte ich den Fehler begangen, Cara einen sprechenden Dora-Rucksack („Rucksack, Rucksack, Rucksack“ und so weiter) samt passender Landkarte („Ich bin die Landkarte, ich bin die Landkarte, ich bin die Landkarte“ und so weiter) zu kaufen. Wenn ihre Cousine Madison vorbeikam, spielten die beiden oft „Dora, die Entdeckerin“. Eine übernahm die Rolle der Dora. Die andere spielte Doras Affen, der Boots hieß.

Ich dachte gerade daran, wie Cara und ihre Cousine immer darüber stritten, wer Dora und wer Boots sein durfte, als es mich wie der sprichwörtliche Blitz traf.

Ich erstarrte. Ich rührte mich wirklich nicht mehr, sondern saß einfach nur regungslos da. Das fiel selbst Cara auf.

„Daddy?“

„Einen Moment, mein Mäuschen.“

Ich rannte nach oben. Wo zum Teufel waren diese Rechnungen aus dem Verbindungshaus? Ich fing an, das Zimmer auseinanderzunehmen. Es dauerte ein paar Minuten, bis ich sie fand – nach dem Treffen mit Chamique und ihrem Anwalt hatte ich sie schon wegwerfen wollen. Ah, da waren sie. Ich blätterte sie durch. Der Internetprovider. Die monatlichen Abbuchungen. Ich griff zum Telefon und wählte Lorens Nummer.

Sie meldete sich nach dem ersten Klingeln. „Was gibt's?“

„Ich habe eine Idee, aber ich weiß nicht, ob die Zeit noch reicht.“

„Über die Zeit machen Sie sich mal keine Sorgen, Cope. Worum geht's denn?“

„Es betrifft unsere alten Freunde Cal und Jim.“

Ich suchte die Privatnummer von Anwalt Rasierwasser heraus und weckte ihn. „Unterschreiben Sie die Papiere nicht vor morgen Nachmittag“, verlangte ich von ihm.

„Wieso?“

„Weil ich sonst dafür sorgen werde, dass meine Behörde Ihnen aufs Dach steigt. Ich werde verbreiten lassen, dass wir mit Horace Foley keine Vergleiche schließen und immer darauf bedacht sind, dass seine Mandanten mit der ganzen Härte des Gesetzes bestraft werden.“

„Das können Sie nicht machen. Außerdem bin ich verpflichtet, im Sinne meiner Mandantin zu handeln.“

„Sagen Sie ihr, dass ich um einen Aufschub gebeten habe und dass es in ihrem eigenen Interesse ist.“

„Und was soll ich der Gegenpartei erzählen?“

„Ach, was weiß ich, Foley, finden Sie irgendeinen Fehler in der Vereinbarung oder so.“

„Und inwiefern ist das Ganze im Interesse meiner Mandantin?“

„Wenn ich Glück habe und einen Treffer lande, können Sie neu verhandeln. Bringt Ihnen mehr Knete.“

Er schwieg einen Moment. Dann sagte er ruhig: „Die ist schon ein bisschen merkwürdig. Chamique, meine ich. Bis Flair sie gestern mit dieser Jim/James-Geschichte in die Ecke getrieben hat, war sie viel mehr darauf aus, die beiden ins Gefängnis zu bringen, als das Geld zu kassieren. Sie wollte wirklich Gerechtigkeit."

„Und das überrascht Sie?"

„Ja, ich war verdammt überrascht. Ich mache das seit siebenundzwanzig Jahren, da wird man zum Zyniker. Die meisten Mädchen in ihrer Situation hätten das Geld sofort genommen. Und ich mache das, weil ich ein Drittel des Schmerzensgelds will. Bei Chamique ist das was anderes. Das Geld kann ihr Leben verändern. Also, was Sie auch machen, Herr Staatsanwalt, versauen Sie ihr das nicht."

LUCY trank allein.

Es war Nacht. Sie wohnte in einer der universitätseigenen Wohnungen auf dem Campus. Die Unterkünfte waren mehr als deprimierend. Vor ihr hatte eine Englisch-Professorin drei altjüngferliche Jahrzehnte in diesem speziellen Apartment verbracht. Dann war sie mit achtundfünfzig an Lungenkrebs gestorben. Ihr Vermächtnis hatte sie in Form eines rauchigen Dufts hinterlassen. Obwohl Lucy die Teppichböden herausgerissen und die ganze Wohnung frisch gestrichen hatte, war sie den Zigarettengeruch nicht losgeworden. Manchmal kam es ihr vor, als wohnte sie in einem Aschenbecher.

Lucy war Wodkatrinkerin. Sie sah aus dem Fenster. Es regnete. In der Ferne lief irgendwo Musik. Lucy schaute auf die Uhr. Mitternacht.

Sie schaltete ihre iPod-Anlage an und rief die Titelliste auf, die sie „Balladen" genannt hatte. Die Stücke waren nicht nur langsam, sondern auch absolut herzzerreißend. Sie schloss die Augen.

Plötzlich kam die Vergangenheit wieder hoch. Seit sie erwachsen war, hatte Lucy versucht, dem verdammten Wald hinter dem Ferienlager ihres Vaters zu entkommen. Sie war durch das ganze Land bis nach Kalifornien geflohen, dann hatte sie kehrtgemacht und war den ganzen Weg wieder zurückgeflohen. Doch am Ende hatte die schreckliche Nacht sie immer wieder eingeholt.

Aber dieses Mal … Wie? Woher stammte der Erlebnisbericht? Warum gab es ihn überhaupt? Als der Sommer-Schlitzer sein Unwesen getrieben hatte, war Sylvia Potter gerade erst geboren worden. Woher sollte sie etwas darüber wissen? Natürlich könnte sie genau wie Lonnie im Internet ein paar Nachforschungen angestellt und dabei etwas über Lucys Vergangenheit erfahren haben. Vielleicht hatte ihr auch jemand etwas davon erzählt? Aber trotzdem. Nur ein einziger Mensch wusste, dass Lucy über das, was in der Nacht wirklich geschehen war, gelogen hatte.

Und natürlich würde Paul nichts verraten.

Sie starrte auf die klare Flüssigkeit in ihrem Glas. Paul Copeland. Sie sah ihn immer noch vor sich. Den schlanken Körper mit den schlaksigen Armen und Beinen, die langen Haare, das umwerfende Lächeln. Interessanterweise hatten sie sich über ihre Väter kennen gelernt. Pauls alter Herr, der früher in seiner Heimat Gynäkologe gewesen war, war der Unterdrückung in der Sowjetunion nur entkommen, um sie hier, in den guten alten USA, wieder zu erleben. Einer solchen Leidensgeschichte hatte Lucys gutherziger Vater noch nie widerstehen können. Also hatte Ira Wladimir Copeland als Arzt im Ferienlager eingestellt.

Lucy hatte die Bilder noch vor Augen – wie die Copelands mit ihrem Wagen, einem kaputten Oldsmobile, die unbefestigte Straße heraufkamen und schließlich anhielten. Wie alle vier Türen sich anscheinend im gleichen Moment öffneten und die vier Familienmitglieder synchron ausstiegen. Lucy war schon in dem Moment, als sie Paul zum ersten Mal gesehen hatte und ihre Blicke sich begegnet waren, wie vom Donner gerührt gewesen. Dabei war ihr aufgefallen, dass es ihm genauso gegangen war. Es gab diese seltenen Momente im Leben. Man spürte einen Blitzschlag, und plötzlich strahlte der Himmel blauer und die Vögel sangen schöner. Man dachte jede Sekunde an den geliebten Menschen und wusste ganz genau, dass es ihm ebenso ging.

Vor sechs Jahren hatte Lucy im Internet nachgesehen, was Paul so machte. Was sie gefunden hatte, war sowohl ernüchternd als auch wenig überraschend gewesen. Paul arbeitete als Anwalt. Er war verheiratet und hatte eine Tochter. Lucy hatte sogar ein Foto seiner Frau gefunden, das auf einer Wohltätigkeitsveranstaltung aufgenommen worden war. Natürlich konnte sich das in den letzten sechs Jahren geändert haben, aber damals hatte Paul in Ridgewood, New Jersey, gewohnt, also nicht einmal dreißig Kilometer von Lucys aktuellem Aufenthaltsort entfernt.

Er musste doch von diesem Bericht erfahren, oder?

Und es war auch kein Problem, seinen Namen schnell noch mal im Internet zu suchen. Nur damit sie seine Telefonnummer hatte.

Sie stellte den Wodka ab. Ihr Computer war sowieso eingeschaltet.

Sie wollte gerade zu tippen anfangen, als es an der Tür klopfte. Lucy sah auf die Uhr. 0.17 Uhr. Verdammt spät für einen Besucher.

„Wer ist da?"

„Sylvia Potter."

Eine tränenerstickte Stimme. Lucy stand auf, torkelte in die Küche und goss den Rest ihres Wodkas in die Spüle. Wodka roch nicht, zumindest nicht besonders stark, in der Beziehung war also alles in Ordnung.

„Ich komme."

Sie öffnete, und Sylvia stürzte fast in die Wohnung, als hätte sie an der Tür gelehnt. Das Mädchen war pitschnass.

„Tut mir leid, dass ich so spät noch vorbeikomme", entschuldigte sie sich.

„Kein Problem. Ich war noch nicht im Bett."

Sylvia blieb mitten im Zimmer stehen. „Ich muss mich noch wegen vorhin entschuldigen."

„Ist schon gut." Mit einer Geste forderte Lucy sie auf, sich zu setzen.

„Wie haben Sie rausgekriegt, dass der Bericht von mir ist?", fragte Sylvia.

„Das ist nicht so wichtig."

„Sie haben gesagt, dass er vertraulich ist."

„Ich weiß. Tut mir leid."

Sylvia wischte sich die Nase ab. Ihre Haare tropften immer noch. Sie schwieg eine lange Zeit. Lucy erinnerte sich, dass Lonnie angekündigt hatte, er werde ihr helfen, Sylvia zum Reden zu bringen.

„War Lonnie heute bei Ihnen?"

„Lonnie Berger? Was soll der bei mir?"

„Spielt jetzt auch keine Rolle. Also sind Sie von sich aus gekommen?"

Sylvia schluckte und sah Lucy unsicher an. „War das falsch?"

„Nein, ganz und gar nicht. Ich bin froh, dass Sie hier sind."

„Was soll ich Ihrer Meinung nach tun?"

„Erzählen Sie mir alles, okay?"

„Das habe ich doch eigentlich schon. Wenigstens das meiste."

Lucy fragte sich, wie sie weiter vorgehen sollte. „Wer ist P.?"

Sylvia runzelte die Stirn. „Was?"

„In Ihrem Bericht schreiben Sie über einen Jungen namens P. Wer ist das?"

Jetzt wirkte Sylvia völlig verwirrt. „Ich habe niemanden P. genannt. Ich habe ganz offen geschrieben, dass es …" Die Worte blieben ihr im Hals stecken. Sie schloss die Augen und flüsterte: „… mein Vater war."

Der Damm brach. Tränen strömten ihr über die Wangen.

Lucy schloss die Augen. Der Inzest-Bericht, der sie und Lonnie so schockiert hatte. Verdammt! Lonnie hatte einen Fehler gemacht.

„Ihr Vater hat Sie missbraucht, als Sie zwölf waren." Lucy streckte die Hand aus und nahm das arme Mädchen fest in den Arm.

SIEBEN

Als der Richter den Saal um Ruhe bat, rief ich einen – huch! – Überraschungszeugen auf.

„Das Gericht ruft Gerald Flynn in den Zeugenstand."

Flynn war der „nette" Junge, der Chamique zu der Party eingeladen hatte. Sein Aussehen entsprach diesem Image – die zu glatte Haut, ordentlich gescheitelte blonde Locken, große blaue Augen, die die ganze Welt voll Neugier und Naivität zu betrachten schienen. Die Verteidigung hatte Flynn – ihren eigenen wichtigsten Entlastungszeugen, der seine Verbindungsbrüder die ganze Zeit unterstützt hatte – gebeten, sich bereitzuhalten.

Ich ersuchte ihn, fürs Protokoll seinen Namen zu nennen.

„Gerald Flynn."

„Sie werden Jerry genannt, ist das richtig?"

„Ja."

„Gut, fangen wir ganz vorn an, in Ordnung? Wann haben Sie die Zeugin, Ms Chamique Johnson, kennen gelernt?"

Das Mädchen war gekommen. Sie saß neben Horace Foley in der vorletzten Reihe. Den Familien Jenrette und Marantz hatten die kurzfristigen Änderungen in Chamiques Widerruf nicht gefallen. Für den Gerichtssaal hatten sie aber wieder ihre Verhandlungsmienen aufgesetzt: besorgt, ernst, engagiert. Sie gingen davon aus, dass die Einigung nur verschoben war.

„Am zwölften Oktober, als sie im Verbindungshaus war", antwortete Flynn.

„Warum war Ms Johnson an diesem Tag bei Ihnen im Verbindungshaus?"

„Sie sollte als erotische Tänzerin auftreten."

„Und Sie haben sich diesen Tanz angesehen?"

„Ja."

„Wie hat er Ihnen gefallen?"

Mort Pubin sprang auf. „Einspruch!"

Der Richter musterte mich schon mit finsterem Blick. „Mr Copeland?"

„Laut Aussage von Ms Johnson hat Mr Flynn die Einladung zu der Party ausgesprochen, bei der sie dann vergewaltigt wurde. Ich möchte verstehen, warum er das tat."

„Dann fragen Sie ihn das!", raunzte Richter Pierce.

Ich wandte mich wieder an Flynn. „Hat Ihnen Ms Johnsons Aussehen gefallen?"

„Ja, also, irgendwie schon."

„Ja oder nein."

„Einspruch!“ Wieder Pubin. „Vielleicht fand er, dass sie ziemlich gut aussah. Man kann so eine Frage nicht immer mit Ja oder Nein beantworten.“

„Ich muss Ihnen zustimmen, Mort“, erwiderte ich zu seiner Überraschung. „Lassen Sie mich die Frage etwas umformulieren, Mr Flynn – wie attraktiv fanden Sie Ms Johnson?“

„Auf einer Skala von eins bis zehn?“

„Das wäre großartig, Mr Flynn. Auf einer Skala von eins bis zehn.“

Er überlegte kurz. „So sieben, vielleicht acht.“

„Gut, danke. Und haben Sie sich im Lauf des Abends mit ihr unterhalten?“

„Ja.“

„Worüber haben Sie gesprochen?“

„Ich fragte sie, wo sie wohnt. Ob sie zur Uni geht oder einen Freund hat. So was in der Art eben. Sie erzählte mir, dass sie ein Kind hat. Dann fragte sie, was ich studiere. Ich sagte, dass ich mit Medizin begonnen habe.“

„Haben Sie Ms Johnson nach ihrer Telefonnummer gefragt?“

„Ja.“

„Warum?“

„Ich dachte, ich rufe sie vielleicht an.“

„Haben Sie Ms Johnson dann irgendwann angerufen?“

„Ja. Ich rief sie zehn Tage nach diesem Abend an und fragte, ob sie zu einer Party im Verbindungshaus kommen wolle.“

„Sollte sie wieder einen erotischen Tanz aufführen?“

„Nein.“ Flynn schluckte. „Ich habe sie als Gast eingeladen.“

Ich sah ihn an. Gab den Geschworenen Zeit, ihn anzusehen. Da war etwas in seinem Gesicht. Hatte er Chamique gemocht? Ich wartete, zögerte den Moment noch etwas länger hinaus. Weil ich verwirrt war. Ich war davon ausgegangen, dass Flynn mit hinter der Sache steckte – dass er Chamique angerufen hatte, um sie ins Haus zu locken. Ich überlegte noch einmal.

„Hat Ms Johnson Ihre Einladung angenommen?“

„Ja.“

Ich leitete ihn durch das Treffen bis zu dem Zeitpunkt, wo er ihr Punsch geholt hatte.

„Haben Sie ihr gesagt, dass der Punsch Alkohol enthält?“

„Ja.“

Das war eine Lüge. Das merkte man auch, trotzdem wollte ich die Unsinnigkeit dieser Behauptung deutlich herausstellen.

„Erzählen Sie uns doch bitte, in welcher Form Sie ihr das mitgeteilt haben“, forderte ich ihn auf.

„Ich verstehe Ihre Frage nicht.“

„Haben Sie Ms Johnson gefragt, ob sie etwas trinken will?"

„Ja. Ich fragte sie, ob ich ihr etwas Punsch holen soll."

„Und was antwortete sie?"

„Sie sagte Ja."

„Und was dann?"

Er rutschte auf dem Stuhl nach vorn. „Dann sagte ich ihr, dass Alkohol drin ist."

Ich zog eine Augenbraue hoch. „Einfach so?"

„Einspruch!" Pubin stand auf. „Er hat ihr mitgeteilt, dass Alkohol drin ist. Die Frage wurde gestellt und beantwortet."

Er hatte Recht. Es war wirklich am besten, wenn ich diese für jeden erkennbare Lüge so stehen ließ. Ich signalisierte dem Richter, dass ich fortfahren würde. Ich ging mit Flynn den weiteren Verlauf des Abends durch. Er hielt sich an die Geschichte, die er schon der Polizei erzählt hatte: Chamique habe sich betrunken und dann mit Edward Jenrette geflirtet.

„Wie reagierten Sie darauf?"

Er zuckte die Achseln. „Edward ist im letzten Studienjahr, ich bin im ersten. Da kommt so was schon mal vor."

„Also glauben Sie, Chamique war beeindruckt, weil Mr Jenrette älter und reifer ist als Sie?"

„Ich weiß nicht. Schon möglich."

Flynn spann seine Geschichte weiter. Er habe mit seinen Freunden gefeiert. Er habe gesehen, wie Chamique und Jenrette Händchen gehalten hätten und die Treppe hinaufgegangen seien. Natürlich habe er keine Ahnung, was danach passiert sei. Später am Abend habe er Chamique dann wieder getroffen und sie zur Bushaltestelle begleitet.

„Wirkte sie aufgelöst?", fragte ich.

Nein, ganz im Gegenteil, behauptete Flynn. Chamique habe „gelächelt", sei „fröhlich" gewesen und habe „sorglos" gewirkt. Er trug das Bild einer heilen Welt viel zu dick auf.

„Als Chamique Johnson vor dem Gericht aussagte, dass sie mit Ihnen raus zum Bierfass und im Anschluss nach oben gegangen ist, wo sie dann im Flur gepackt wurde, war das also alles gelogen?"

Flynn war klug genug, den Köder nicht zu schlucken. „Ich kann Ihnen nur das sagen, was ich gesehen habe."

„Ist Ihnen bekannt, dass Ms Johnson behauptet, dass die Männer, die sie vergewaltigt haben, Cal und Jim hießen?"

Flynn überlegte, wie er damit umgehen sollte. Er entschied sich für die Wahrheit. „Ich habe es gehört."

„War auf der Party jemand, der Cal oder Jim hieß?"

„Nicht dass ich wüsste."

„Verstehe. Und Sie kennen auch keinen Grund, warum Mr Jenrette und Mr Marantz sich so ansprechen sollten?"

„Nein."

„Haben Sie diese beiden Namen je zusammen gehört? Ich meine vor der angeblichen Vergewaltigung?"

„Soweit ich mich erinnern kann, nicht."

Ich schaute zu Loren Muse. Sie hatte den Kopf gesenkt und hantierte mit ihrem BlackBerry. Dann blickte sie auf, sah mich an und nickte kurz.

„Euer Ehren", sagte ich, „ich habe noch weitere Fragen an diesen Zeugen, halte dies aber für einen guten Zeitpunkt für eine Mittagspause."

Richter Pierce willigte ein.

Es gelang mir, nicht zu Loren hinüberzusprinten.

„Wir haben es", verkündete sie grinsend. „Das Fax liegt bei Ihnen im Büro."

LUCY hatte am Vormittag kein Seminar gehabt und bis Mittag im Bett gelegen. Dann hatte sie Katherine Lucas angerufen, eine der psychologischen Beraterinnen der Universität, von der sie eine hohe Meinung hatte, und ihr Sylvia Potters Situation erläutert. Katherine wusste sicher besser, was man in solchen Situationen machen konnte.

Sie dachte an den Bericht, mit dem das Ganze angefangen hatte. Der Wald. Die Schreie. Das Blut. Sylvia hatte ihn also nicht geschickt. Aber wer war es dann gewesen?

Keine Ahnung.

Gestern Nacht hatte sie noch beschlossen, Paul anzurufen. Weil er darüber einfach Bescheid wissen musste. Sie hatte sich seine Büronummer aus dem Internet herausgesucht. Er war jetzt der Bezirksstaatsanwalt von Essex County – und Witwer. Lucy fragte sich, was sie bei dieser Neuigkeit empfand, aber im Moment kam sie nicht dazu, ihre Gedanken zu ordnen.

Mit zitternder Hand tippte sie die Nummer ein. Als sich die Vermittlung der Bezirksverwaltung meldete, fragte sie nach Paul Copeland und wurde mit seinem Vorzimmer verbunden.

„Ich würde gern mit Paul Copeland sprechen."

„Darf ich fragen, mit wem ich spreche?"

„Ich heiße Lucy. Sagen Sie es ihm einfach so, ja? Eine Freundin von vor zwanzig Jahren."

„Bezirksstaatsanwalt Copeland ist im Moment nicht im Büro. Möchten Sie eine Nummer hinterlassen, damit er Sie zurückrufen kann?"

Lucy gab der Sekretärin die Privat-, die Büro- und die Handynummer.

„Könnten Sie mir sagen, worum es geht?“

„Teilen Sie ihm einfach mit, dass Lucy angerufen hat. Und dass es wichtig ist.“

LOREN MUSE und ich saßen in meinem Büro. Wir hatten uns ein paar Sandwiches zum Mittagessen bestellt. Ich aß Hähnchen und Salat auf Weizenvollkornbrot, Loren ein Baguette mit Fleischbällchen, das fast so groß wie ein Surfbrett war.

Ich hielt das Fax in der Hand. „Wo bleibt Ihre Privatdetektivin denn? Wie hieß sie noch? Cingle irgendwas?“

„Shaker. Cingle Shaker. Sie muss jeden Moment hier sein.“

Loren griff nach ihrem Sandwich. Ich war überrascht, dass sie es ohne Hilfe eines Baukrans hochbekam.

„Ich sag's ja nur ungern, Cope, weil Sie doch mein Boss sind, aber Sie sind ein verfluchtes Genie.“ Sie biss in das Sandwich.

„Ja, das bin ich wohl.“ Ich wandte mich meinen Notizen zu.

Loren kaute und schluckte. „Stört es Sie, wenn ich ein anderes Thema anspreche? Eines, das nichts mit diesem Fall zu tun hat?“

Ich sah auf. „Ein bisschen Abwechslung kann eigentlich nicht schaden. Worum geht's?“

„Ein paar Freunde von mir arbeiten bei der Mordkommission in Manhattan.“

Ich konnte mir denken, worauf sie hinauswollte. „Lassen Sie mich raten. Einer Ihrer Kollegen aus Manhattan hat Ihnen was vom Mord an Manolo Santiago erzählt?“

„Genau.“

„Hat er Ihnen auch erzählt, wie meine Theorie aussieht? Dass der Tote Gil Perez ist – von dem man bislang annahm, er sei vor zwanzig Jahren eines der vier Wayne-Steubens-Opfer gewesen –, obwohl seine Eltern behaupten, dass er es nicht ist?“

„Ja, das hat er mir auch erzählt“, erwiderte Loren. „Und ich habe beschlossen, dass ich mit reinwill.“

Ich nahm einen Bissen von meinem Sandwich. „Wo rein?“

„Sie wissen ganz genau, was ich meine. Sie wollen ermitteln, stimmt's? Sie wollen rausbekommen, was damals im Wald passiert ist.“

„Ich kann es nicht zulassen, dass wir hier die Angelegenheiten der County mit meinen Privatangelegenheiten vermischen.“

„Ich werde für vierzig Stunden in der Woche bezahlt. Ich arbeite aber eher achtzig. Das wissen Sie. Also ist es meine Sache, was ich außerhalb dieser vierzig Stunden tue. Und bevor Sie fragen – nein, ich will nicht nur meinem Boss einen Gefallen tun. Sehen Sie es doch mal von der Seite: Ich bin Ermittlerin. Wenn ich den Fall löse, wäre das ein Riesenerfolg für mich. Also, was halten Sie davon?"

Ich zuckte die Achseln. „Was soll's."

„Ich bin drin?"

„Sie sind drin."

Sie sah sehr zufrieden aus. „Und womit fangen wir jetzt an?"

Ich dachte darüber nach. Ich musste noch etwas erledigen. Bis jetzt hatte ich es vermeiden können. Aber das ging jetzt beim besten Willen nicht mehr.

„Wayne Steubens", sagte ich. „Ich muss mit ihm reden."

„Ich meine, ich habe mal gelesen, dass er keine Besucher empfängt."

„Dann müssen wir dafür sorgen, dass er sich das anders überlegt."

„Er sitzt in Hochsicherheitsverwahrung in Virginia. Ich könnte ein paar Telefonate führen."

Loren wusste schon, wo Steubens einsaß. Unglaublich.

„Tun Sie das", stimmte ich zu.

Es klopfte. Meine Sekretärin Jocelyn Durels öffnete die Tür und steckte den Kopf ins Zimmer. „Anrufnotizen."

Ich winkte, dass sie mir die Zettel geben solle. „Irgendwas Wichtiges dabei?"

„Eigentlich nicht. Jede Menge Anfragen von Reportern."

Ich nahm die Nachrichten entgegen und blätterte sie durch, als mir eine Notiz ins Auge fiel: *Lucy??*

Ich starrte den Namen einen Moment lang an. Lucy. Das war unmöglich.

Sie hatte eine Büro-, eine Privat- und eine Handynummer hinterlassen. Alle Nummern hatten Vorwahlen von New Jersey. Ich griff zum Telefon und drückte den Knopf der Gegensprechanlage.

„Jocelyn? Ich habe hier eine Nachricht von einer Lucy. Sie haben keinen Nachnamen aufgeschrieben."

„Sie wollte ihn nicht nennen. Deshalb habe ich die Fragezeichen dahintergesetzt. Haben Sie meine Notiz weiter unten auf dem Zettel gelesen?"

„Nein." Ich sah nach. *Sagt, sie wäre eine Freundin von vor zwanzig Jahren.* Ich las die Notiz noch einmal. Und dann noch einmal.

„Muse an Cope, Muse an Cope. Noch jemand zu Hause bei Ihnen?"

Ich schrak auf.

Loren deutete auf die Nachricht und zog eine Augenbraue hoch. „Wer ist diese Lucy? Eine alte Geliebte?"

Ich schwieg. Loren sah zu, wie ich nochmals die Notiz betrachtete.

„Eine Freundin von vor zwanzig Jahren", überlegte Loren laut. „Damals sind die Morde im Ferienlager geschehen."

Ich sah auf und schaute sie an.

„Es gibt eine Verbindung, oder?"

„Ich weiß es nicht", entgegnete ich. „Gut möglich."

„Wie heißt sie mit Nachnamen?"

„Silverstein. Lucy Silverstein."

„Sie war Ihre Freundin."

„Woher wissen Sie das?"

„Ich habe mich über den Fall informiert, bevor ich Ihnen sagte, dass ich mit reinwill."

Ich war nicht überrascht. „Es war nur eine Sommerromanze. Wir waren noch sehr jung."

„Wann haben Sie das letzte Mal von ihr gehört?"

„Das ist lange her."

Wir schwiegen einen Moment. Dann sah Loren an mir vorbei auf die Uhr in meinem Rücken. Ich drehte mich um. Die Mittagspause war zu Ende. Das hier musste bis nach der Verhandlung warten.

„Showtime", verkündete Loren.

Ich nickte. Mehr als das. Ich würde diese Dreckskerle ungespitzt in den Boden rammen. Und ich würde mich bemühen, das nicht allzu sehr zu genießen.

NACH DER MITTAGSPAUSE machte Jerry Flynn einen sehr gefassten Eindruck im Zeugenstand. Am Vormittag hatte ich kaum Schaden angerichtet. Und es gab keinen Grund zu der Annahme, dass es am Nachmittag anders laufen sollte.

„Mr Flynn", fing ich an, „mögen Sie Pornografie?"

Ich wartete nicht einmal auf das Unvermeidliche. Ich drehte mich zu Mort Pubin um und dirigierte mit einer ironischen Geste seinen Einsatz.

„Einspruch!"

Pubin brauchte ihn gar nicht zu begründen. Der Richter sah mich missbilligend an.

Ich zuckte die Achseln. „Beweisstück Nummer achtzehn." Ich nahm das Fax. „Dies ist eine Rechnung, die für Bestellungen aus dem Internet an das Verbindungshaus geschickt wurde. Erkennen Sie sie?"

Flynn sah sie sich an. „Ich bezahle die Rechnungen nicht. Das macht der Kassenwart."

„Ja, Mr Rich Devin, der bestätigt hat, dass es sich hierbei wirklich um eine Rechnung für das Verbindungshaus handelt." Ich deutete auf eine Zeile oben auf dem Zettel. „Sehen Sie den Schriftzug hier? Können Sie vorlesen, was da steht?"

Flynn räusperte sich. „HotFlixxx", antwortete er dann. Er sah aus, als müsste er sich gleich übergeben.

„Können Sie mir erklären, was HotFlixxx ist?"

„Ein DVD-Verleih."

„Was für Filme?"

„Äh, na ja, Sexfilme."

„Verstehe. Als ich Sie also vorhin gefragt habe, ob Sie Pornografie mögen, hätte ich vielleicht besser fragen sollen, ob Sie sich gelegentlich Pornofilme ansehen."

Er wand sich. „Manchmal."

„Dagegen ist absolut nichts einzuwenden, mein Junge. Gibt es einen Pornofilm, der Ihnen besonders gut gefällt?"

Er wurde leichenblass und sah zum Tisch der Verteidigung. „Kann ich mich auf den fünften Verfassungszusatz berufen?"

„Weshalb?", fragte ich.

Flair Hickory stand auf. „Der Zeuge hat um juristischen Beistand gebeten. Können wir eine zehnminütige Unterbrechung haben?"

„Euer Ehren", hielt ich dagegen, „in meinem Jurastudium habe ich gelernt, dass der fünfte Verfassungszusatz davor schützen soll, sich selbst zu beschuldigen, und – bitte korrigieren Sie mich, wenn ich hier falsch liege – es gibt kein Gesetz, das es verbietet, einen Lieblings-Pornofilm zu haben."

Richter Pierce ließ sich Zeit. Wenn Flair die Chance bekam, außerhalb des Zeugenstands auf Flynn einzuwirken, war ich in Schwierigkeiten. Sie würden sich etwas einfallen lassen.

„Keine Unterbrechung", entschied der Richter.

Flair sank auf seinen Stuhl zurück.

Ich ging zu Flynn zurück. „Haben Sie einen Lieblings-Pornofilm?"

„Nein."

„Haben Sie je von einem Pornofilm gehört mit dem Titel …", ich tat so, als müsste ich auf einem Zettel nachsehen, aber ich kannte ihn auswendig, „… ‚Wem der Ständer schlägt'?"

Flynn musste mit dieser Frage gerechnet haben, trotzdem warf sie ihn völlig aus der Bahn. „Äh, ich bin nicht sicher. Filmtitel kann ich mir nicht besonders gut merken."

„Na, dann wollen wir doch mal schauen, ob wir Ihrem Gedächtnis nicht ein bisschen auf die Sprünge helfen können."

Ich nahm das Fax, das Loren mir gegeben hatte, reichte der Verteidigung eine Kopie und ließ es als Beweisstück aufnehmen. Dann fuhr ich fort. „Laut Auskunft von HotFlixxx war der Film sechs Monate lang im Besitz der Verbindung und HotFlixxx hat bestätigt, dass die DVD am Tag *nach* der Anzeige wegen Vergewaltigung zurückgeschickt wurde. Erinnern Sie sich jetzt?"

„Ich weiß nicht."

„Sie wissen es nicht? Dann versuchen wir es anders."

Ich sah zum Eingang. Loren stand direkt an der Tür. Sie grinste. Ich nickte. Sie öffnete die Tür, und Privatdetektivin Cingle Shaker stolzierte wie eine Amazone aus einem zweitklassigen Kinofilm in den Gerichtssaal. Der ganze Saal schien bei ihrem Anblick die Luft anzuhalten.

Ich wandte mich wieder an Flynn. „Erkennen Sie die Frau, die gerade hereingekommen ist?"

Er antwortete nicht.

„Mr Flynn?", mahnte ihn der Richter.

„Ja." Er räusperte sich, um Zeit zu gewinnen. „Ich habe sie gestern Abend in einer Bar kennen gelernt."

„Verstehe. Und haben Sie sich mit ihr über den Film unterhalten?"

Cingle hatte sich als ehemalige Pornodarstellerin ausgegeben. Mit diesem Trick hatte sie diverse Verbindungsmitglieder prompt zum Reden gebracht.

„Wir könnten wohl kurz darauf zu sprechen gekommen sein", antwortete Flynn.

„Hmm", machte ich, als wäre das eine seltsame Entwicklung. „Jetzt, wo Ms Shaker als Gedächtnisstütze anwesend ist, erinnern Sie sich daran, Ms Shaker gesagt zu haben, dies sei der Lieblings-Pornofilm der ganzen Verbindung?"

Er zögerte.

„Ist schon gut, Jerry. Drei Ihrer Verbindungsbrüder haben Ms Shaker das Gleiche erzählt."

Wieder sah ich zu Cingle. Sie lächelte und winkte wie eine Prominente, die gerade dem Publikum vorgestellt worden war. Ich schob das Fernsehgerät mit DVD-Player nach vorn. Die fragliche DVD war schon eingelegt.

„Euer Ehren, gestern Nacht ist einer meiner Ermittler zum King David's Smut Palace in New York City gefahren." Ich sah zu den Geschworenen. „Sie müssen wissen, dass der Laden rund um die Uhr geöffnet ist, obwohl mir absolut unverständlich ist, warum jemand da um drei Uhr morgens ..."

„Mr Copeland!"

Der Richter unterbrach mich mit verärgerter Miene, aber einigen Geschworenen war ein Lächeln übers Gesicht gehuscht. Das war gut. Ich wollte diese lockere Stimmung. Das verstärkte den Kontrast – es sollte ein echter Schock sein, wenn sie sahen, was auf der DVD war.

„Jedenfalls hat mein Ermittler sämtliche Pornofilme gekauft, die die Verbindung sich in den letzten sechs Monaten bei HotFlixxx geliehen hatte, einschließlich ‚Wem der Ständer schlägt'. Ich würde jetzt gern eine Szene daraus zeigen, die ich für wichtig halte."

Es wurde mucksmäuschenstill. Alle starrten auf den Richter.

Pierce ließ sich Zeit. Er strich sich übers Kinn. Dann nickte er kurz. „Fahren Sie fort. Ich lasse es zu."

„Stopp!" Mort Pubin legte Einspruch ein, versuchte alles, was in seiner Macht stand, wollte die Eignung des Zeugen überprüfen und wer weiß was noch alles. Aber es war reine Energieverschwendung. Die Vorhänge des Gerichtssaals wurden geschlossen, damit es keine störenden Spiegelungen gab. Und dann drückte ich die START-Taste.

Man sah ein ganz normales Schlafzimmer. Mit einem großen Doppelbett. Drei Personen. Es begann ein recht rauer flotter Dreier. Zwei Männer und eine Frau.

Die beiden Männer waren weiß. Die Frau war schwarz.

Die Männer schleuderten sie herum wie ein Spielzeug. Sie höhnten und lachten und unterhielten sich die ganze Zeit. *„Dreh sie um, Cal … Ja, Jim, so ist's gut …"*

Kinderspiele. Cara und meine Nichte hatten „Dora, die Entdeckerin" gespielt. Jenrette und Marantz hatten, so krank es auch war, eine Szene aus einem Pornofilm nachgespielt. Es war totenstill im Saal. Die Mienen des Publikums, auch die der Personen, die hinter Marantz und Jenrette saßen, waren wie versteinert, als die schwarze Frau im Film schrie und die beiden weißen Männer sich mit ihren Namen ansprachen und grausam lachten. Cal und Jim. Immer weiter. Mit harten, lauten Stimmen, böse und grausam.

Ich sah nach hinten in den Saal zu Chamique. Sie erwiderte den Blick und nickte. Ich nickte zurück. Ihr liefen Tränen über die Wangen. Ich war mir nicht sicher, aber ich glaube, auch mir liefen Tränen über die Wangen.

FLAIR HICKORY tat alles, was in seiner beträchtlichen Macht stand, um mich daran zu hindern, die Geschichte zum Abschluss zu bringen. Er beantragte eine Unterbrechung der Verhandlung mit der Begründung, dass wir den Film der Verteidigung zur Verfügung hätten stellen müssen, direkt nachdem wir darauf gestoßen waren, bla, bla, bla.

Aber er hatte keinen Erfolg.

Ich sah nun, dass Flynn wohl kein übler Kerl war. Er sagte jetzt aus, dass er Chamique gemocht hatte. Die Einladung zur Party war ein ganz normales Rendezvous gewesen. Aber dann hatten die höheren Semester Wind davon bekommen und ihn getriezt und schikaniert, bis er sich einverstanden erklärt hatte, ihr perverses „Film-Remake" zu unterstützen. Das Erstsemester Flynn hatte klein beigegeben.

„Ich habe mich dafür gehasst, dass ich das mache", bekannte er. „Aber Sie müssen das verstehen."

Nein, muss ich nicht, wollte ich erwidern. Aber das verkniff ich mir. Stattdessen schaute ich ihn nur an, bis er die Augen niederschlug. Dann sah ich mit einem herausfordernden Blick zu den Geschworenen.

Schließlich wandte ich mich an Flair. „Ihr Zeuge."

Es dauerte eine Weile, bis ich in meinem Büro allein war. Während ich Flynn befragt hatte, war es mir gelungen, mein Gehirn abzuschotten und alles andere auszublenden. Ich hatte Lucy außen vor gelassen. Aber jetzt, so gern ich den Triumph zumindest ein paar Minuten lang genossen hätte, holte mich Lucys Nachricht wieder zurück auf den Boden.

Ich beschloss, mich als Amateurschnüffler zu versuchen. Im Internet suchte ich die Telefonnummern, die Lucy meiner Sekretärin gegeben hatte. Bei zweien gab es keine Treffer, aber die dritte, ihre Büronummer, war die Durchwahl zu einer Professorin an der Reston University namens Lucy Gold.

Gold. *Silver*-stein. Nett.

Ich hatte mir schon gedacht, dass es sich um „meine" Lucy handelte, war mir aber jetzt fast hundertprozentig sicher.

Ich glaubte nicht so recht an einen Zufall. Seit zwanzig Jahren hatte ich nicht ein Wort von dieser Frau gehört und jetzt rief sie plötzlich an. Es musste etwas mit Gil Perez' Tod zu tun haben. Und damit gab es natürlich eine Verbindung zu dem Vorfall im Ferienlager.

Ich hatte diese Tür zur Vergangenheit geschlossen. Lucy war verschwunden. Es hatte lange gedauert, bis ich das akzeptiert hatte. Aber irgendwann war es mir gelungen, und seitdem war diese verdammte Tür verschlossen.

Jetzt musste ich sie öffnen.

Ich nahm den Hörer ab und wählte ihre Privatnummer. Eine Frauenstimme sagte: „Ich bin nicht zu Hause, aber bitte hinterlassen Sie eine Nachricht nach dem Piepton."

Das Piepsen kam schnell. Ich war noch nicht so weit, also legte ich auf.

Mein Kopf dröhnte. Es war zwanzig Jahre her. Lucy war jetzt siebenunddreißig. Ich fragte mich, ob sie immer noch so schön war. Ihre Stimme klang genau wie früher. Es war, als hätte sich nichts verändert.

Ich atmete ein paarmal tief durch. Da klopfte es an der Tür.

„Herein!"

Loren Muse steckte den Kopf durch die Tür. „Haben Sie sie schon angerufen?"

„Ich habe es unter der Privatnummer probiert. Sie war nicht zu Hause."

„Wahrscheinlich erwischen Sie sie jetzt auch nicht. Sie hält ein Seminar."

„Und woher wissen Sie das jetzt schon wieder?"

„Weil Sie sagten, dass ich mit im Boot bin, wissen Sie noch?"

Sie kam ganz herein, setzte sich und musterte mich stumm. Ich schwieg ebenfalls. Schließlich fragte sie: „Soll ich wieder gehen?"

„Erst nachdem Sie mir erzählt haben, was Sie rausgekriegt haben."

„Sie hat vor siebzehn Jahren ihren Namen geändert. Sie heißt jetzt Lucy Gold."

Ich nickte. „So wie das Urteil ausfiel, ist das nur zu verständlich."

„Welches Urteil? Ach, halt, Sie haben das Ferienlager ja verklagt, stimmt's? Und Lucys Vater war der Besitzer."

„Genau. Das Camp hatte praktisch keine Sicherheitsvorkehrungen." Ich wand mich, als ich fortfuhr. „Der Großteil von Silversteins Vermögen, das Ferienlager, wurde den Familien der Opfer zugesprochen. Wir haben es an einen Bauunternehmer verkauft."

„Wie viel haben Sie dafür bekommen?"

„Nach Abzug der Anwaltskosten kriegte jede Familie über achthunderttausend Dollar raus."

Ihre Augen weiteten sich. „Oha."

„Ja, man kann reich werden, wenn man ein Kind verliert."

„Ich wollte nicht …"

Ich winkte ab. „Ich weiß. Ich benehme mich nur grad wie ein Arschloch."

Loren widersprach nicht. „So eine Summe verändert doch bestimmt das ganze Leben."

Ich antwortete nicht sofort. Meine Eltern hatten ein gemeinsames Konto gehabt. Meine Mutter hatte hunderttausend Dollar mitgenommen, als sie uns verlassen hatte. Den Rest hatte sie uns gelassen. Dad und ich waren aus Newark an einen anständigen Ort namens Montclair umgezogen. Ich hatte schon ein Stipendium für die Rutgers University gehabt, war dann aber doch auf die Columbia Law School in New York gegangen. Dort hatte ich dann auch Jane kennen gelernt.

„Ja“, bestätigte ich. „Das Geld hat viel verändert.“

„Wollen Sie noch mehr über Ihre alte Flamme wissen?“

Ich nickte.

„Sie ist auf die University of California in Los Angeles gegangen. Hat dort einen Abschluss in Psychologie gemacht und hinterher noch einen in Englisch in Stanford. Schließlich ist sie hier um die Ecke an der Reston University gelandet. Und, äh, sie stand in Kalifornien zweimal wegen Trunkenheit am Steuer vor Gericht.“

Alkohol am Steuer. Das klang ganz und gar nicht nach Lucy. Ihr Vater Ira war ein leidenschaftlicher Kiffer gewesen – das hatte dazu geführt, dass sie kein Interesse an irgendetwas gehabt hatte, das high machte. Und doch hatte sie zweimal wegen Trunkenheit am Steuer vor Gericht gestanden.

„Noch was.“ Loren richtete sich auf und versuchte, nonchalant zu klingen. „Lucy Silverstein, auch bekannt als Lucy Gold, ist unverheiratet und war auch nie verheiratet.“

Das erschütterte mich. Sie war eine so lebhafte Person gewesen, so klug, voller Energie und so unendlich liebenswert. Wie konnte eine solche Frau so lange ledig geblieben sein?

„Bis wann geht ihr Seminar?“, fragte ich.

„Noch zwanzig Minuten.“

„Okay. Ich rufe sie hinterher an. Sonst noch was?“

„Ich arbeite dran, dass Sie Wayne Steubens besuchen können.“

„Vielen Dank.“

Sie stand auf. „Oh, eins noch. Die Reston University hat Fotos ihrer Dozenten auf ihren Internetseiten.“ Sie hielt einen kleinen Zettel hoch. „Das ist die Internetadresse.“ Ohne eine Antwort abzuwarten, legte sie den Zettel auf den Schreibtisch und ging.

Ich hatte zwanzig Minuten. Warum also nicht? Ich tippte die Internetadresse der Universität ein, die Loren mir gegeben hatte.

Und da war sie.

Es war nicht das beste Foto von Lucy. Sie lächelte etwas angestrengt mit ansonsten versteinerter Miene. Ihre Haare waren nicht mehr blond. Ich wusste natürlich, dass Haare oft nachdunkeln oder grau werden, nahm aber fast an, dass sie sie bewusst dunkel gefärbt hatte. Doch das Braun passte nicht zu ihr. Sie war älter geworden – tolle Erkenntnis –, aber das stand ihr. Ihr Gesicht wirkte etwas schmaler, und die hohen Wangenknochen kamen stärker zur Geltung.

Und sie war immer noch verdammt schön.

Als ich ihr Gesicht betrachtete, machte sich ein Gefühl in meinem Bauch bemerkbar, das da lange geschlummert hatte. Das konnte ich jetzt allerdings überhaupt nicht brauchen. Mein Leben war schon kompliziert genug.

Ich las Lucys Kurzbiografie und erfuhr nichts. Doch die Lehrveranstaltungen von Dozenten werden heutzutage oft von den Studenten bewertet – und zwar häufig anonym und im Internet. Ich suchte danach und fand sie. Offensichtlich liebten die Studenten Lucy. Sie bekam unglaublich gute Bewertungen. Ich lächelte und empfand einen seltsamen Stolz.

Die zwanzig Minuten waren um.

Ich wartete noch fünf Minuten länger, dann wählte ich Lucys Handynummer. Nach dem dritten Klingeln hörte ich ihre Stimme: „Hallo?"

Ich war so ergriffen, dass ich kaum Luft holen konnte. Dann bekam ich aber doch noch etwas heraus. „Ich bin's, Paul."

Ein paar Sekunden später hörte ich, wie sie anfing zu weinen.

„Luce, ist alles in Ordnung?"

„Mir geht's gut. Es ist bloß … ich finde es immer noch unglaublich, dass ich das gemacht habe."

„Du hast schon damals immer sofort losgeheult."

Sie brach in Lachen aus. „Die Zeiten sind vorbei."

Schweigen.

„Tut mir leid, dass ich dir so eine kryptische Nachricht hinterlassen habe. Ich heiße nämlich nicht mehr Silverstein."

Ich wollte ihr nicht auf die Nase binden, dass ich das schon wusste. Da ich sie jedoch auch nicht belügen wollte, sagte ich unverbindlich: „Aha?"

Wieder Schweigen. Und wieder brach sie es. „Mann, läuft das zäh. Ich komme mir echt bescheuert vor. Fast wie mit sechzehn, als ich mir Sorgen wegen eines neuen Pickels gemacht habe."

Ich lächelte. „Geht mir genauso. Es ist schön, deine Stimme zu hören, Luce."

„Finde ich umgekehrt auch. Ich habe angerufen, weil …" Sie brach ab. Dann: „Ich weiß nicht mal, wie ich das sagen soll. Vielleicht stelle ich dir am besten erst mal eine Frage: Sind dir in letzter Zeit seltsame Dinge passiert?"

„Was meinst du mit ‚seltsam'?"

„Ich meine damit seltsam in Bezug auf die Nacht."

Ich hätte darauf vorbereitet sein müssen – schließlich hatte ich schon damit gerechnet –, trotzdem verschwand das Lächeln schlagartig aus meinem Gesicht, als ob sie mir eine Ohrfeige gegeben hätte. „Ja."

„Was geht hier vor, Paul?"

„Ich weiß es nicht."

„Wollen wir uns treffen? Ich glaube, wir müssen uns treffen und darüber reden, oder wie siehst du das?"

„Auf jeden Fall", bestätigte ich. „Wo sollen wir uns treffen?"

„Weißt du, wo die Reston University ist?"

„Ja."

„Ich habe heute bis halb acht Sprechstunde für die Studenten. Willst du zu mir ins Büro kommen? Das ist im Armstrong-Haus. Vielleicht so gegen acht?"

„Okay. Dann bis nachher."

ALS ICH nach Hause kam, war ich überrascht, dass die Medienleute davor Stellung bezogen hatten. Man hört ja oft davon, dass die Presse oder das Fernsehen so etwas tun, aber ich erlebte es zum ersten Mal. Lokale Polizei stand links und rechts in der Einfahrt, sodass ich unbehelligt zum Haus fahren konnte.

Greta nahm mich wie einen siegreichen Helden in Empfang. Sie umarmte mich und gratulierte mir. Ich liebte Greta. Es gibt Menschen, von denen man weiß, dass sie einfach nur gut und immer auf deiner Seite sind. Das sind nicht viele, aber Greta hätte sich für mich in die Schusslinie geworfen.

„Wo ist Cara?", fragte ich.

„Bob ist mit ihr und Madison zum Abendessen ins ‚Baumgart's' gefahren."

Estelle holte in der Küche die Wäsche aus der Maschine.

„Ich muss heute Abend noch mal weg", teilte ich ihr mit.

„Kein Problem."

Gerade als Greta mir ins Wohnzimmer folgte, ging die Haustür auf und Bob kam mit den beiden Mädchen herein. Ich nahm meine Tochter auf den Arm und gab ihr einen Kuss.

Bob schlug mir auf den Rücken. „Glückwunsch zum Prozessverlauf. Diesen Jenrette solltest du damit endlich vom Hals haben."

„Oder er schlägt noch verzweifelter um sich."

Bob wurde ein wenig blass. Wenn er in einem Film hätte mitspielen sollen, wäre er für die Rolle des bösen reichen Republikaners prädestiniert gewesen. Seine Haut war immer leicht gerötet, sein Gesicht pausbäckig, und seine Finger waren kurz und dick. Doch er war ein gutes Beispiel dafür, wie Äußerlichkeiten in die Irre führen können. Bob kam aus einer echten Arbeiterfamilie. Er hatte studiert und hart geschuftet. Nichts war ihm geschenkt oder leicht gemacht worden.

Cara kam mit einer DVD zurück ins Wohnzimmer. Als mir einfiel, welcher Wochentag war, verfluchte ich mich innerlich.

„Richtig, heute ist ja Filmabend“, sagte ich zu ihr.

Mit weit aufgerissenen Augen reckte sie die DVD hoch über den Kopf und lächelte dabei. Auf der Hülle waren irgendwelche computeranimierten Figuren mit sprechenden Autos abgebildet. Irgendwas, das ich schon mindestens hundertmal gesehen hatte.

Ich ging auf ein Knie, damit ich auf Augenhöhe mit ihr war. „Schatz, Daddy muss heute noch mal weg. Tut mir wirklich leid, meine Süße.“ Ich wartete auf die Tränen.

„Kann dann Estelle mit mir gucken?“

„Natürlich, mein Schatz.“

„Cool.“

Ein bisschen Niedergeschlagenheit hatte ich mir schon erhofft. Keine Chance. Cara hopste davon.

Ich sah zu Bob. „Innerlich“, ich deutete auf meine Tochter, „ganz tief im Innersten ist sie am Boden zerstört.“

Bob lachte, und mein Handy klingelte. Ich erkannte die Nummer sofort und war freudig überrascht. Ich drückte die Annahmetaste. „Hallo?“

„Gute Arbeit, Supermann.“

Ich lächelte. Ich hatte Dave Markie, den amtierenden Gouverneur von New Jersey, in meinem ersten Studienjahr auf der Rutgers University bei einer Party kennen gelernt. Ich war der Sohn eines Einwanderers, sein Vater war US-Senator. Aber das ist das Schöne an der Uni: Sie ermöglicht seltsame Kombinationen. Am Ende des Studiums waren wir beste Freunde.

Daves Kritiker konnten nicht umhin, diese Freundschaft ins Feld zu führen, als er mich zum Bezirksstaatsanwalt von Essex County berufen hatte. Inzwischen hatte ich mir aber in der Öffentlichkeit einen guten Ruf erworben, und der heutige Tag hatte mir auf dem Weg zu einer Bewerbung um einen Sitz im Kongress sicherlich auch nicht geschadet.

„Geiler Tag, was? *Go*, Cope, *go*! Ey, Alter, is besser als Geburtstag, was?“

„Versuchst du auf diese Art, die Teenager als künftige Wähler zu erreichen, Dave?“

„Eigentlich versuche ich nur, meine Tochter zu verstehen. Auf jeden Fall erst mal herzlichen Glückwunsch.“

„Danke.“

„Und wie geht’s dir so, Cope? Hast du eine Freundin?“

„Gelegentlich.“

„Mann, du bist Single. Du siehst gut aus. Du hast Geld. Jetzt guck dir mal an, was ich damit alles auf die Beine stelle.“

Dave war immer ein großer Playboy gewesen. Das lag nicht so sehr an seinem passablen Äußeren, sondern an seiner Gabe, Frauen aufzureißen, die man, vorsichtig ausgedrückt, nur als umwerfend bezeichnen konnte. Dave war jetzt natürlich verheiratet und hatte zwei gesittete Kinder, trotzdem hegte ich keinerlei Zweifel, dass bei ihm noch ein bisschen was nebenher lief.

„Ich komme nach Newark“, kündigte er an. „Es ist lange her, dass wir uns zum letzten Mal gesehen haben.“

„Was ist los, Dave? Dieser Fall nimmt mich noch ziemlich in Anspruch.“

„Es hat mit der Sache zu tun, über die wir schon gesprochen haben.“

Meine mögliche Kandidatur zum Kongress. „Gute Neuigkeiten?“, fragte ich.

„Nein.“

Schweigen.

„Ich glaube, es gibt da ein Problem.“ Dann wurde Daves Stimme wieder jovial. „Könnte völlig bedeutungslos sein, Cope. Wir reden darüber. Morgen bei dir im Büro. Mittags?“

„Okay.“

„Bis dann.“

DAS GEBÄUDE, in dem sich Lucys Büro befand, war der Schandfleck der ansonsten hübschen Universitätsplaza, ein „moderner“ Bau aus den Siebzigern, der futuristisch aussehen sollte, aber wohl schon drei Jahre nach seiner Fertigstellung veraltet gewirkt hatte. Die anderen Gebäude an der Plaza waren hübsche Ziegelbauten, die sogar noch mehr Efeu vertragen hätten.

Ich stellte den Wagen auf den Parkplatz an der Südwestecke. Dann drehte ich den Rückspiegel herum und sah mich darin an – sogleich wollte ich meine Kleidung, meine Frisur und mein Gesicht ändern. Ich trug ein weißes Hemd ohne Krawatte, Jeans, einen blauen Blazer und Mokassins. Mr Freizeit-Chic.

Ich stieg aus und ging über die Wiese. Als ich mich dem Gebäude näherte, merkte ich, dass ich zitterte. Ich ermahnte mich zur Ruhe. Schließlich war ich ein erwachsener Mann. Ich war Vater und Witwer. Mehr als die Hälfte meines Lebens war vergangen, seit ich diese Frau das letzte Mal gesehen hatte. Wann wachsen wir da je heraus?

Ich erreichte ihre Tür. Klopfte. Zweimal kräftig mit den Fingerknöcheln. Selbstbewusst, dachte ich. Männlich. Gott, war ich erbärmlich.

„Herein!“

Als ich ihre Stimme hörte, rutschte mir das Herz in die Hose. Ich öffnete die Tür und trat ins Büro. Sie stand am Fenster. Die Sonne stand tief am Himmel, und die zur Hälfte heruntergelassenen Jalousien warfen einen Schatten auf ihr Gesicht. Sie war auch in natura immer noch verdammt schön. Einen Augenblick lang standen wir einander einfach gegenüber und rührten uns nicht.

„Wie ist das Licht?", fragte sie.

„Wie bitte?"

„Ich habe überlegt, wo ich mich hinstellen soll. Du weißt schon, wenn du klopfen würdest. Ein Freund hat mir geholfen, den richtigen Winkel auszusuchen. Er meinte, es würde den besten Eindruck machen, wenn ich mich bei halb geschlossenen Jalousien auf die andere Zimmerseite stelle."

Ich lächelte. „Du siehst fantastisch aus."

„Du auch. Komm rein."

„Sollen wir uns umarmen oder so?"

„Noch nicht."

Lucy setzte sich auf ihren Schreibtischstuhl. Ich nahm auf dem Besucherstuhl vor dem Tisch Platz.

„Aus dem Internet habe ich das mit deiner Frau erfahren", sagte sie. „Mein Beileid."

Ich nickte. „Wie geht's deinem Vater?"

„Nicht gut. Die vielen Drogen und die freie Liebe – irgendwann fordern sie ihren Tribut. Außerdem ist Ira … er ist nie darüber hinweggekommen, verstehst du?"

Ich wusste, was sie meinte. „Tut mir leid."

„Und was ist mit deinen Eltern?", erkundigte sich Lucy.

„Mein Vater ist vor ein paar Monaten gestorben."

„Das ist schade. Ich erinnere mich aus jenem Sommer noch gut an ihn."

„Das war das letzte Mal, dass er wirklich glücklich war."

„Wegen deiner Schwester?"

„Wegen vielem. Dein Vater hatte ihm die Möglichkeit gegeben, wieder als Arzt zu arbeiten. Die Medizin war sein Leben. Er hat nie wieder eine Chance bekommen."

„Tut mir leid."

„Eigentlich wollte mein Vater sich gar nicht an dem Prozess beteiligen – er verehrte Ira –, aber meine Mutter hat ihn dazu gedrängt. Und die anderen Familien haben ja auch alle mitgemacht."

„Du brauchst dich nicht zu entschuldigen."

Ich schwieg. Sie hatte Recht.

„Und deine Mutter?“, fragte sie.

„Die Ehe hat das nicht überlebt.“

Die Antwort schien sie nicht zu überraschen. „Der Verlust eines Kindes ist eine ungeheure Belastung für eine Ehe. Versteht ihr euch gut, deine Mutter und du?“

„Ich habe sie seit achtzehn Jahren nicht mehr gesehen.“

„Du hast viele Menschen verloren, Paul.“

„Du willst mich jetzt doch wohl keiner Psychoanalyse unterziehen, oder?“

„Nein, absolut nicht.“ Sie lehnte sich zurück und schaute zur Decke.

Dieser Anblick brachte mich wieder in die Vergangenheit. Wir hatten auf dem ehemaligen Baseballfeld des Ferienlagers gesessen, das mit hohem Gras zugewachsen war, ich hatte sie im Arm gehalten, und sie hatte so in die Luft geschaut.

Sie sah mich wieder an und lächelte mir zu. „Das ist absolut schräg, oder? Dabei waren wir nur so sechs Wochen zusammen, oder? Und es war auch nur eine Sommerliebe. Du bist seitdem wahrscheinlich mit Dutzenden Frauen zusammen gewesen.“

„Dutzenden?“, wiederholte ich.

„Reicht das nicht? Eher Hunderte?“

„Mindestens“, erwiderte ich.

Schweigen. Mir wurde warm ums Herz.

„Aber du warst was Besonderes, Lucy. Du warst …“ Ich brach ab.

„Ja, ich weiß“, sagte sie. „Du auch. Deswegen ist das ja so schräg. Ich will alles über dich erfahren. Aber ich weiß nicht, ob dies der richtige Zeitpunkt dafür ist.“

Es war fast so, als ob ein Chirurg am Werk gewesen wäre, eine Art Schönheitschirurg, der Zeitfalten entfernte. Er hatte die letzten zwanzig Jahre weggeschnitten, und dabei war so gut wie keine Narbe zurückgeblieben.

„Du hast dich überhaupt nicht verändert, Luce.“

„O doch, Cope. Ich habe mich verändert. Du kannst dir gar nicht vorstellen, wie sehr ich mich verändert habe.“

Wir sahen uns zum ersten Mal richtig in die Augen, seit ich den Raum betreten hatte. Ihre Augen erzählten mir eine lange Geschichte. Und es lag viel Schmerz in dieser Geschichte. Ich wollte nicht, dass Lügen zwischen uns standen.

„Weißt du, was ich beruflich mache?“, fragte ich.

„Du bist Bezirksstaatsanwalt. Das habe ich auch im Internet gesehen.“

„Genau. Damit habe ich Zugang zu vielen Daten. Eine meiner Ermittlerinnen hat kurz deinen Hintergrund überprüft.“

„Verstehe. Dann weißt du von der Trunkenheit am Steuer."

„Das geht mich nichts an."

„Nein, tut es nicht. Aber ich bin froh, dass du es mir gesagt hast. Also erzähl mir, was passiert ist, Cope."

„Vor ein paar Tagen haben mir zwei Detectives von der Mordkommission in Manhattan ein unbekanntes männliches Mordopfer gezeigt. Ich glaube, dass dieser Mann Gil Perez war."

Ihr fiel der Kiefer herunter. „Unser Gil? Wie soll das denn gehen?"

„Ich weiß es nicht."

„Dann war er die ganze Zeit am Leben?"

„Offensichtlich."

Sie sah zu Boden und schüttelte den Kopf. „Warte. Hast du seine Eltern darüber informiert?"

„Die Polizei bat sie zu einer Identifikation. Sie behaupteten, dass es nicht Gil ist. Dass Gil vor zwanzig Jahren gestorben ist."

Sie dachte darüber nach. „Also lügen seine Eltern. Oder sie haben es verdrängt. Was von beidem?"

„Ich weiß es nicht genau. Ich vermute aber, dass sie lügen."

„Und was hat Gil die ganze Zeit über gemacht? Was weißt du noch über ihn?"

„Nicht viel." Ich beugte mich vor. „Was ist mir dir? Was ist dir passiert?"

„Meine Studenten schreiben Erlebnisberichte. Sie schicken sie anonym ein. Ich habe einen bekommen, der ziemlich genau das beschreibt, was wir damals getan und erlebt haben. Wie wir in den Wald gingen. Wie wir da rumknutschten. Wie wir den Schrei hörten."

Ich glaubte, ich hätte mich verhört. „Ein Erlebnisbericht eines deiner Studenten?"

„Ja."

„Und du hast keine Ahnung, wer ihn geschrieben hat?"

„Nein."

„Hast du diesen Bericht hier?"

„Ich habe dir eine Kopie gemacht." Sie reichte mir die Blätter über den Schreibtisch.

Ich las den Bericht. Er versetzte mich zurück in die Vergangenheit. Es tat weh, das zu lesen. Ich fragte mich, inwiefern die geschilderten Herzensangelegenheiten zutrafen, ob es stimmte, dass Lucy nie über den mysteriösen P. hinweggekommen war. Aber als ich die Seiten wieder auf den Schreibtisch legte, sagte ich als Erstes: „So war das aber nicht."

„Ich weiß. Doch es ist ziemlich nah dran."

„Vor ein paar Tagen habe ich eine junge Frau kennen gelernt, die mit Gil befreundet war. Sie sagte, sie hätte gehört, dass er von uns gesprochen hat. Er soll gesagt haben, dass wir gelogen haben."

Lucy schwieg einen Moment lang. „Das haben wir doch auch."

„Aber nicht in den wichtigen Punkten."

„Wir haben uns geliebt, als die anderen ermordet wurden."

Ich schwieg. Wieder blendete ich Teile meines Lebens aus. So überstand ich die Tage. Hätte ich das nicht getan, hätte ich mich erinnert, dass ich an jenem Abend Wachdienst gehabt hatte. Dass ich mich nicht mit meiner Freundin in den Wald hätte schleichen dürfen. Dass ich als verantwortungsbewusster Jugendlicher darüber am nächsten Morgen nicht hätte lügen dürfen.

„Wir waren noch Kinder, Cope", gab Lucy zu bedenken.

Immer noch keine Reaktion von mir.

„Sie hätten sich auch davongeschlichen, wenn wir da gewesen wären."

Wenn ich auf meinem Posten gewesen wäre, hätte ich sie aber gesehen, dachte ich. Oder mir wären bei meinem abendlichen Rundgang die leeren Betten aufgefallen. Aber ich war nicht auf dem Posten gewesen, und ich hatte auch keinen Rundgang gemacht. Ich hatte mich verdrückt und mir einen netten Abend mit meiner Freundin gemacht. Und am nächsten Morgen hatte ich gelogen. Ich hatte behauptet, ich hätte die Hütten überprüft und da hätten die vier in ihren Betten gelegen. Und weil ich Lucy schützen wollte, hatte ich auch gesagt, ich sei in der Nacht allein gewesen. Als dann aber Margot Greens Leiche entdeckt worden war, hatte ich sofort fast die ganze Wahrheit eingestanden – dass ich meine Nachtwache vernachlässigt hatte. Nur von Lucy hatte ich immer noch nichts gesagt. Nachdem ich einmal gelogen hatte, wollte ich diese Lüge nicht wieder richtigstellen. Die Polizei war mir gegenüber schon misstrauisch geworden – ich erinnerte mich noch genau an Sheriff Lowells skeptische Miene –, und wenn ich nun doch noch zugegeben hätte, dass ich mit Lucy zusammen gewesen war, hätte die Polizei sich gefragt, warum ich anfangs gelogen hatte.

Außerdem war es sowieso egal. Schließlich spielte es keine Rolle, ob ich allein oder mit jemandem zusammen gewesen war: Ich hatte meine Pflicht vernachlässigt und nicht auf die anderen aufgepasst.

In der Verhandlung hatte Ira Silversteins Verteidiger versucht, mir eine Teilschuld an den Geschehnissen zu geben. Aber ich war damals nur ein Jugendlicher gewesen. Allein im Jungenbereich des Lagers hatte es zwölf Hütten gegeben. Selbst wenn ich an meinem Platz gewesen wäre, hätte man sich leicht davonschleichen können. Die Sicherheitsmaßnahmen im

Ferienlager waren unzureichend. Das traf zu. Aus juristischer Sicht war es nicht meine Schuld.

„Mein Vater ist immer wieder in diesen Wald gegangen“, erzählte ich Lucy. „Noch zwei Jahre lang. Er grub Löcher. Er suchte meine Schwester. Er behauptete, er würde angeln gehen. Aber ich wusste, wo er hinfuhr.“

„Und wann hat er damit aufgehört?“

„Als meine Mutter uns verlassen hatte. Ich glaube, da merkte er, dass er durch seine Besessenheit schon viel zu viel verloren hatte.“

„Und was war mit deiner Mutter?“

„Sie hatte sich immer weiter von uns entfernt. Die Ehe meiner Eltern hat nie wirklich gut funktioniert. Da hatten sich schon viele Risse gebildet. Als meine Schwester gestorben war – oder was auch immer da passiert ist –, zog sich meine Mutter ganz von meinem Vater zurück.“

Wir schwiegen. Die letzten Reste des Tageslichts schwanden. Am Himmel bildete sich ein tiefroter Wirbel. Ich sah aus dem Fenster. Auch Lucy sah aus dem Fenster. Wir saßen einfach da und waren uns so nahe wie seit zwanzig Jahren nicht mehr.

Doch ich bemerkte auch, wie der Schmerz in Lucys Augen zurückkehrte. Die anhaltende Zerstörung, die meine Familie seit jener Nacht erlebt hatte, war auch bei ihr unübersehbar. Ich hatte gehofft, dass Lucy darüber hinweggekommen war, was die Tragödie ihrem Vater und ihrem eigenen Leben angetan hatte. Aber das war sie nicht. Auch für sie hatte es keinen Abschluss gegeben.

„Und was machen wir jetzt?“ Sie sah noch immer aus dem Fenster.

„Wir finden heraus, was damals im Wald wirklich passiert ist.“

ACHT

Ich erinnere mich noch daran, wie ich auf einer Italienreise Wandteppiche gesehen hatte, bei denen sich die Perspektive in Abhängigkeit vom Standort des Betrachters veränderte. Wenn man von rechts schaute, war der Tisch nach rechts ausgerichtet. Wenn man nach links ging, schien er einem zu folgen. Dave Markie war die Verkörperung dieses Phänomens. Wenn er einen Raum betrat, hatte jeder Anwesende das Gefühl, der Gouverneur sehe nur ihn an. Während des Studiums hatte er mit dieser Masche unglaublich viele Frauen abgeschleppt – eben nicht, weil er so gut aussah, sondern weil jede Frau glaubte, er habe nur Augen für sie.

So trat er auch in mein Büro. Meine Sekretärin Jocelyn kicherte. Loren

Muse wurde rot. Selbst Joan Thurston, die US-Bundesanwältin für New Jersey, lächelte auf eine Art, die mir verriet, wie sie ausgesehen haben musste, als sie in der siebten Klasse ihren ersten heimlichen Kuss bekommen hatte.

Wir umarmten uns zur Begrüßung. „Es wäre besser, wenn die Leute hier verschwinden“, flüsterte Dave mir dabei ins Ohr.

Wir lösten die Umarmung. Er lächelte weiter, aber ich hatte ihn verstanden. Ich schickte Jocelyn und Loren hinaus. Nur Joan Thurston blieb. Ich kannte sie ziemlich gut. Das Büro der Bundesanwältin lag gleich um die Ecke. Wir versuchten zusammenzuarbeiten, obwohl sie sich nur um die großen Sachen kümmerte. Im Moment waren das vor allem Terrorismus und Korruption in der Politik.

Als Jocelyn die Bürotür hinter sich geschlossen hatte und wir drei allein waren, verschwand das Lächeln von Daves Gesicht. Wir setzten uns an meinen Konferenztisch.

„Schlimm?“, fragte ich.

„Sehr.“

Dave sah Joan Thurston an. Sie räusperte sich.

„In diesem Moment durchsuchen meine Detectives die Geschäftsräume der Wohltätigkeitsorganisation JaneCare. Sie haben einen Durchsuchungsbeschluss. Ich habe versucht, das unter der Decke zu halten, aber die Medien hatten schon Wind davon bekommen.“

Mein Herz machte einen Wechselschritt. „Das ist doch Blödsinn! Das ist nur Jenrette. Er will mich unter Druck setzen, damit ich seinen Sohn laufen lasse.“

„Das ist uns klar.“ Dave blickte wieder zu Joan Thurston.

„Die Beschuldigungen treffen trotzdem zu“, ergänzte sie.

„Was erzählen Sie denn da für einen Unfug?“

„Jenrettes Schnüffler sind auf unrechtmäßige Geldbewegungen gestoßen. Sie haben einen meiner besten Männer darauf aufmerksam gemacht. Mein Mann hat weitergegraben. Ihr Schwager hat Geld unterschlagen.“

„Bob? Niemals.“

„Er hat mindestens hunderttausend Dollar abgezweigt.“

Sie reichte mir zwei Zettel. Ich überflog sie.

„Ihr Schwager baut sich einen Pool, stimmt’s? Fünfzigtausend Dollar wurden in diversen Raten an die Firma Marston Pools gezahlt. Sie sind hier als An- und Ausbauten deklariert. Dann sind noch fast fünfunddreißigtausend Dollar an Barrys Landschaftsgärtnerei geflossen. Hat JaneCare irgendwo gebaut?“

Unser Büro befand sich in einer umgebauten Doppelhaushälfte im Zentrum von Newark. Wir hatten keine Pläne für einen Ausbau oder Gartenbaumaßnahmen. Wir konzentrierten uns darauf, Geld für Behandlungs- und Heilverfahren zu sammeln. Mir war übel.

„Wir können dir keine Vorzugsbehandlung zuteil werden lassen", sagte Dave. „Das weißt du."

„Schon klar", erwiderte ich.

„Und selbst wenn wir es um unserer Freundschaft willen wollten, wäre das nicht möglich. Die Medien sind schon im Bilde. Joan wird noch heute Nachmittag eine Pressekonferenz abhalten."

„Wird er festgenommen?"

„Er ist schon in Gewahrsam", antwortete Joan Thurston. „Wir haben ihn vor einer Stunde abgeholt."

Ich dachte an Greta. Und an Madison. Ein Pool. Bob hatte die Wohltätigkeitsorganisation meiner Frau bestohlen, um sich einen verfluchten Swimmingpool zu bauen.

Dave stand auf. Joan Thurston folgte seinem Beispiel. „Besorg ihm einen guten Anwalt, Cope. Das könnte eine hässliche Geschichte werden."

Ich schaltete den Fernseher an und sah mir Bobs Spießrutenlauf an, als er dem Richter vorgeführt wurde. Nein, es lief nicht landesweit auf CNN, aber unser einheimischer Nachrichtensender war live vor Ort.

Wie so viele Täter wirkte Bob etwas benommen und kindlich. Mir wurde wieder schlecht. Ich rief Greta erst zu Hause, dann auf ihrem Handy an. Sie ging nicht dran. Ich hinterließ bei beiden Anrufen eine Nachricht.

Loren Muse saß die ganze Zeit neben mir. Als die Übertragung zu Ende war, seufzte sie: „Das ist echt kacke."

„Das ist es."

Ich dachte wieder an Greta, die liebe, nette Greta, die jetzt am Boden zerstört sein musste. Ich dachte auch an meine Jane und daran, dass die Stiftung, die ich als Denkmal für meine Frau gegründet hatte, jetzt zum Teufel ging.

„Cope, sind Sie in der Stimmung, um über Gil Perez und Ihre Schwester zu reden?"

Ich nickte.

„Farrell Lynch hat Perez' Foto durch das Alterungsprogramm laufen lassen." Loren gab mir zwei Bilder.

Das erste war das mit Manolo Santiago aus dem Leichenschauhaus. Das zweite war mit dem Alterungsprogramm erstellt worden und basierte auf dem zwanzig Jahre alten Foto von Gil, das ich Loren gegeben hatte. Sie stimmten perfekt überein.

„Wahnsinn“, murmelte ich.

„Ich habe Ihnen die Adresse von Perez’ Eltern besorgt.“ Loren reichte mir einen kleinen Zettel. „Soll ich mitkommen?“

Ich schüttelte den Kopf. Lucy hatte schon darauf bestanden, mich zu begleiten, nachdem wir beschlossen hatten, die Eltern Perez mit ihrer mutmaßlichen Lüge zu konfrontieren.

„Ich hätte da noch eine Idee“, fuhr Loren fort.

„Und die wäre?“

„Die Technologie zum Auffinden vergrabener Leichen ist heutzutage viel besser als vor zwanzig Jahren. Erinnern Sie sich noch an Andrew Barrett?“

„Dieser Typ vom Kriminallabor am John Jay College für Strafjustiz? Komischer Kauz, der viel krauses Zeug redet?“

„Und außerdem ist er ein Genie. Er ist wohl der beste Experte im Land, wenn es um dieses neue Radargerät zur Bodenuntersuchung geht. Er hat es entwickelt und ist ganz wild darauf, seine neue Erfindung zu testen. Er sagt, er braucht dringend ein paar praktische Felderfahrungen.“

„Klar. Warum nicht?“ Ich blickte wieder auf den Fernseher. Bobs Spießrutenlauf wurde schon wiederholt.

„Cope?“

Ich sah zu Loren hinüber.

„Wir müssen ins Gericht“, mahnte sie.

Ich nickte und stand schweigend auf. Sie öffnete die Tür.

MANCHMAL geht es vor Gericht nur darum, viel Wind zu machen, Schaumschlägerei, die letztlich nichts bedeutet. Heute war so ein Tag. Flair und Mort wussten, dass sie tief im Schlamassel steckten. Sie wollten die Porno-DVD als Beweismittel ausschließen lassen, weil wir sie nicht früher vorgelegt hatten. Sie versuchten, einen fehlerhaften Prozess herbeizureden. Sie probierten alles Mögliche, reichten Fundstücke und Forschungsergebnisse und Präzedenzfälle ein. Ihre Rechtsberater und sonstigen Mitarbeiter mussten die ganze Nacht durchgemacht haben.

Richter Pierce hörte sich alles mit zusammengezogenen Augenbrauen an. Er hatte die Hand am Kinn und sah extrem, nun ja, richterlich aus. Ich machte mir keine Sorgen. Die Gegenseite hatte nichts in der Hand.

Aber dann begann ein Gedanke an mir zu nagen. Sie hatten versucht, mich unter Druck zu setzen. Würden sie das nicht auch bei dem Richter versuchen?

Ich sah mir seine Augen an, suchte nach den verräterischen Anzeichen dafür, dass er nicht schlief. Ich konnte keine entdecken, aber das hatte nichts zu bedeuten.

Um drei Uhr nachmittags waren wir fertig. Ich kehrte in mein Büro zurück und ging meine Anrufnotizen durch. Nichts von Greta. Ich wählte noch einmal ihre beiden Nummern. Sie ging immer noch nicht ans Telefon.

Dann rief ich Lucy an. Sie meldete sich nach dem ersten Klingeln.

„Hallo", begrüßte sie mich. Und anders als gestern Abend lallte sie leicht.

„Na, du?", erwiderte ich.

Es entstand eine seltsame, fast fröhliche Pause.

„Ich habe die Adresse von Mr und Mrs Perez", teilte ich ihr mit. „Ich kann dich auf dem Weg abholen."

„Ich mach mich fertig."

LUCY sah großartig aus. Sie trug einen engen grünen Pullover, der sich genau so an ihren Körper schmiegte, wie es sich für einen engen Pullover gehörte. Die Haare hatte sie zu einem Pferdeschwanz zusammengebunden. Sie schob sich eine Strähne hinters Ohr, als sie in den Wagen stieg.

Die Perez lebten in einer Eigentumswohnung in Park Ridge.

„Erwarten sie uns?", erkundigte sich Lucy, als wir schließlich vor dem Haus hielten.

„Nein."

„Woher weißt du dann, ob sie daheim sind?"

„Kurz bevor ich dich aufgesammelt habe, habe ich bei ihnen angerufen. Als Mrs Perez sich meldete, habe ich meine Stimme verstellt und behauptet, ich hätte mich verwählt."

„Bist du gut in so was?"

„Ja. Aber ich bemühe mich, mir das nicht zu Kopf steigen zu lassen."

Wir stiegen aus und überquerten das Grundstück. Noch bevor ich klopfen konnte, wurde die Tür von innen geöffnet. Mrs Perez erschien. Sie sagte nicht Hallo und nickte auch nicht. Sie starrte mich nur mit verschleiertem Blick an und wartete.

„Wir müssen reden", sagte ich. „Dürfen wir reinkommen?"

Sie sah Lucy an. „Wer sind Sie?"

„Lucy Silverstein."

Mrs Perez schloss die Augen. „Iras Tochter."

„Ja."

Ihre Schultern sackten zusammen. Sie trat zur Seite und wir gingen ins Haus. Drinnen hing ein schwerer, widerlich süßlicher Duft in der Luft, fast so, als ob jemand eine Flasche billiges Shampoo verschüttet hätte. Mrs Perez schloss die Tür und führte uns zu einer Couch. Wir setzten uns.

„Ist Ihr Mann zu Hause?“

„Nein.“

Ich sah mich im Zimmer um. Alles war so aufgeräumt und ordentlich; ich hätte darauf geschworen, dass sie die Musterwohnung gekauft hatten.

Im Wohnzimmer gab es einen Kamin. Ich stand wieder auf und sah mir den Sims an, auf dem Familienfotos aufgestellt waren. Von den Eltern waren keine Bilder darunter. Von Gil auch nicht. Auf dem Kaminsims standen Fotos von Menschen, von denen ich annahm, dass es Gils beiden Brüder und seine Schwester waren. Einer der Brüder saß im Rollstuhl.

„Das ist Tomás.“ Mrs Perez erhob sich ebenfalls und deutete auf das Bild des lächelnden jungen Mannes, das ihn bei der Abschlussfeier der Kean University zeigte. „Er hat Cerebrale Parese. Bewegungsstörungen.“

„Wie alt ist er?“

„Tomás ist jetzt dreiunddreißig.“

„Und wer ist das?“

„Eduardo.“ Ihre Miene verriet mir, dass ich nicht weiterfragen sollte. Eduardo sah aus wie ein Ganove. Ich erinnerte mich daran, dass Gil mir damals erzählt hatte, sein Bruder sei Mitglied in einer Gang oder so etwas.

Ich deutete auf das Mädchen. „Gil war ganz stolz darauf, bei welchen Unis sie sich überall beworben hatte.“

„Glenda ist Anwältin“, erklärte Mrs Perez mit stolzgeschwellter Brust. „Sie war auf der Columbia Law School.“

„Wirklich? Da war ich auch.“

Sie lächelte und ging zur Couch zurück. „Tomás wohnt im Apartment nebenan. Wir haben eine Zwischenwand rausgerissen.“

„Er kann allein wohnen?“

„Ich kümmere mich um ihn. Und dann kommt noch jemand für die Pflege.“

Ich nickte und setzte mich wieder hin. Lucy war sitzen geblieben. Sie hielt sich zurück und überließ mir die Gesprächsführung. Sie nahm alles in sich auf und versuchte wohl, das Persönliche auszublenden und ganz die Rolle der Psychologin einzunehmen.

Mrs Perez sah mich an. „Was wollen Sie hier?“

„Die Leiche, die in Manhattan gefunden wurde, das ist Gil.“

„Ich habe Ihnen doch schon erklärt …“

Ich steckte die Hand in einen braunen Umschlag, den ich mitgebracht hatte, zog das alte Foto aus dem Ferienlager heraus und legte es auf den

Couchtisch. Mrs Perez starrte das Bild ihres Sohnes an. Ich betrachtete ihr Gesicht. Im ersten Moment wirkte sie vollkommen entspannt. Dann brach ihre Fassade urplötzlich zusammen, und die Zerstörungen der zurückliegenden Jahre kamen zum Vorschein.

Sie schloss die Augen. „Warum zeigen Sie mir das?“

„Sie sagten, dass Gil seine Narbe am rechten Arm gehabt hätte. Dieses Foto beweist das Gegenteil. Sie war links.“

„Mein Sohn wurde vor zwanzig Jahren von Wayne Steubens ermordet.“

„Nein.“ Ich griff wieder in den Umschlag. „Das ist Manolo Santiago, der Mann aus dem Leichenschauhaus.“

Lucy schreckte auf. „Wie heißt der?“

„Manolo Santiago.“

Perplex sah sie mich an.

„Was ist?“, fragte ich.

Aber sie schüttelte nur den Kopf.

Ich wandte mich wieder an Mrs Perez. „Und dies …“, ich zog das letzte Bild heraus, „… ist ein mit einem Alterungsprogramm bearbeitetes Foto. Das heißt, einer meiner Mitarbeiter hat das alte Foto von Gil genommen und ihn mithilfe dieses Programms zwanzig Jahre altern lassen. Dann hat er den rasierten Kopf und die Gesichtsbehaarung so gestaltet, dass sie der von Manolo Santiago entsprechen.“ Ich legte die Bilder nebeneinander. „Gucken Sie sich das an, Mrs Perez.“

Sie tat es. Schaute ihn sich lange an. „Er sieht ihm ziemlich ähnlich. Mehr aber auch nicht.“

„Mrs Perez?“ Lucy sprach Gils Mutter zum ersten Mal direkt an. „Auf dem Weg hierher haben wir das Ergebnis des DNA-Tests bekommen. Es ist Ihr Sohn.“

Mann, dachte ich, sie ist gut.

„DNA-Test?“, rief Mrs Perez. „Ich habe nicht erlaubt, dass ein DNA-Test durchgeführt wird.“

„Die Polizei braucht Ihre Genehmigung nicht“, erwiderte Lucy. „Laut Ihrer Aussage ist Manolo Santiago ja schließlich nicht Ihr Sohn.“

„Aber … aber wie sind Sie an meine DNA gekommen?“

Die Erwiderung übernahm ich. „Diese Frage darf ich Ihnen leider nicht beantworten.“

Mrs Perez lehnte sich zurück. Sie schwieg lange. Wir warteten einfach ab.

„Sie lügen“, sagte sie schließlich. „Oder die Ergebnisse des DNA-Tests stimmen nicht. Der Mann ist nicht mein Sohn. Gil wurde vor zwanzig Jahren ermordet. Genau wie Ihre Schwester, Mr Copeland. Die beiden sind im

Ferienlager Ihres Vaters gestorben, Ms Silverstein. Und aus irgendeinem Grund scheuchen Sie jetzt die Geister der Vergangenheit wieder auf."

Ich sah Lucy an und hoffte, dass sie eine Idee hatte, aber sie schüttelte den Kopf.

Mrs Perez erhob sich. „Ich möchte, dass Sie jetzt gehen. Lassen Sie mich in Ruhe trauern."

„Ich dachte, Ihr Sohn wäre schon vor zwanzig Jahren gestorben?"

„So etwas lässt einen nie ganz los." Mrs Perez führte uns zur Tür.

ALS WIR wieder in meinem Wagen saßen, fragte ich Lucy: „Und?"

„Mrs Perez lügt."

„Übrigens war das ein guter Bluff."

„Der DNA-Test?"

„Ja."

Lucy überging das. „Du hast da drinnen den Namen Manolo Santiago erwähnt."

„Das war Gils Deckname."

„Ich war gestern bei meinem Vater. In seinem Heim. Beim Austragen aus der Gästeliste habe ich gesehen, dass er noch einen Besucher hatte. Und der hieß Manolo Santiago."

„Oha! Und was wollte Gil von deinem Vater?"

„Gute Frage."

„Kannst du Ira danach fragen?"

„Ich kann es versuchen. Es geht ihm nicht gut. Er kann sich kaum mal auf irgendwas konzentrieren."

„Einen Versuch wär's aber wert."

Sie nickte.

Ich bog nach rechts ab und beschloss, das Thema zu wechseln. „Wie kommst du darauf, dass Mrs Perez lügt?"

„Erstens trauert sie. Dieser aufdringliche Geruch kommt von Kerzen. Sie war schwarz gekleidet. Ihre Augen waren gerötet. Das reicht schon fast, und dann noch die Fotos."

„Was ist damit?"

„Ich habe trauernde Eltern betreut. Es ist äußerst ungewöhnlich, dass man Familienfotos aus der Zeit in der Wohnung hat, als die Kinder noch klein waren, und das verstorbene Kind ist nicht dabei. Und sind dir die seltsamen Lücken aufgefallen? Da war viel zu viel Platz auf dem Sims. Ich vermute, dass sie die Fotos mit Gil entfernt und damit Beweise vernichtet hat."

Ich überlegte.

„Ihre Reaktion war vollkommen absurd“, bekräftigte Lucy. „Sie lügt.“

„Die Frage ist also, in welchem Punkt lügt sie.“

Lucy zuckte die Achseln. „Gil hat Wayne geholfen, die anderen zu ermorden. Das würde alles erklären. Die Polizei hat eigentlich von Anfang an vermutet, dass Wayne einen Komplizen hatte. Wayne und Gil haben alles so inszeniert, dass es so aussieht, als ob Gil auch ermordet worden wäre. Wer weiß?“

„Nach dieser Theorie wäre meine Schwester tot.“

„Das ist mir bewusst.“

Ich schwieg.

„Cope?“

„Was ist?“

„Es war nicht deine Schuld.“

Ich verstummte wieder.

„Wenn überhaupt“, fuhr Lucy fort, „war es meine. Du wolltest an dem Abend auf dem Posten bleiben und deinen Wachdienst schieben. Ich habe dich in den Wald gelockt.“

„Ich hatte meinen eigenen Kopf. Du hast mich nicht zu irgendwas überredet, was ich nicht tun wollte.“

„Du gibst dir immer noch die Schuld.“

Ich spürte, wie ich das Lenkrad fester umklammerte. „Nein, tu ich nicht.“

„Doch, Cope, das tust du. Dir muss klar sein, dass deine Schwester tot ist. Du hoffst auf eine zweite Chance. Du suchst nach Erlösung.“

„Dieser Abschluss in Psychologie macht sich wirklich bezahlt, was?“

„Ich wollte dich nicht …“

„Und was ist mit dir, Luce?“ Das klang aggressiver, als ich es beabsichtigt hatte. „Gibst du dir die Schuld? Trinkst du deshalb so viel?“

Schweigen ihrerseits.

„Tut mir leid, das hätte ich nicht sagen dürfen“, entschuldigte ich mich.

„Du weißt doch gar nichts über mein Leben“, sagte sie leise.

„Stimmt. Das geht mich auch nichts an.“

Sie wandte sich ab und starrte aus dem Fenster. Schweigend fuhren wir weiter.

„Vielleicht hast du Recht“, meinte ich schließlich.

Sie schaute weiter aus dem Fenster.

„Eines habe ich bisher noch niemandem erzählt.“ Ich spürte, wie mir Tränen in die Augen stiegen. „Mein Vater hat mich nach jener Nacht nie mehr so angeschaut wie früher.“

Sie wandte sich mir wieder zu.

„Das kann natürlich auch eine Projektion gewesen sein. Ich meine, du hast Recht. Zu einem gewissen Grad habe ich mir die Schuld daran gegeben, was damals passiert ist. Was, wenn wir nicht abgehauen wären? Was, wenn ich auf meinem Posten geblieben wäre, wo ich hingehörte? Vielleicht zeigte der Blick meines Vaters nur die innere Zerstörung, den der Verlust seiner Tochter in ihm angerichtet hatte. Aber ich hatte immer den Eindruck, dass mehr dahintersteckte. Ich las immer etwas Anklagendes darin."

Lucy legte mir die Hand auf den Arm. „Ach, Cope."

„Na ja, vielleicht will ich wirklich noch was aus der Vergangenheit wiedergutmachen. Aber wie ist das bei dir? Warum stürzt du dich da so hinein? Was erhoffst du dir davon, nach all den Jahren?"

„Soll das ein Witz sein? In jener Nacht war das Leben, das ich bis dahin kannte, mit einem Schlag beendet. Die Familien – auch deine – haben meinen Vater vor Gericht gezerrt. Ihr habt uns alles genommen, was wir hatten. Ira hat diesen Schlag nicht verkraftet."

„Das ist mir schon klar. Aber was willst du jetzt erreichen?"

Sie antwortete nicht. Wir fuhren weiter. Allmählich senkte sich der Abend herab; es wurde dunkler.

Schließlich sagte sie: „Manchmal kommt es mir vor, als ob mich damals jemand einen Hügel runtergestoßen hat und ich immer noch hinunterstolpere. Ich komme zwar zwischendurch immer mal wieder ins Gleichgewicht, aber der Hügel ist so steil, dass ich nie ganz die Balance erlange und wieder ins Stolpern gerate. Also vielleicht … ich weiß nicht … vielleicht hilft es mir, wenn ich rauskriege, was damals wirklich passiert ist, weil ich mich dann an etwas festhalten kann."

Sie war früher, als ich sie gekannt hatte, ein so tolles Mädchen gewesen. Ich wollte sie daran erinnern. Ihr sagen, dass sie ihr Leben zu sehr dramatisierte. Dass sie schließlich immer noch wunderschön war. Viel zu bieten hatte. Erfolgreich war. Ich wollte ihre Hand ergreifen, aber ich wusste, dass wir beide noch nicht so weit waren und ich mit dieser Geste gleichzeitig zu weit und nicht weit genug gehen würde.

Ich brachte Lucy zu ihrem Büro zurück. Sie musste noch einen ganzen Stapel Arbeiten korrigieren.

„Gleich morgen früh fahre ich zu Ira", kündigte sie an, „und schaue mal, ob er mir was über Manolo Santiago erzählen kann."

„Gut."

Sie stieg aus. Während ich ihr nachsah, wie sie zur Tür ging, klingelte mein Handy. Auf dem Display sah ich, dass es Loren Muse war.

„Wie ist es bei Mrs Perez gelaufen?“, fragte sie.

„Ich glaube nach wie vor, sie lügt.“

„Ich habe da noch was, das Sie interessieren dürfte. Mr Perez geht öfter in eine Bar, das ‚Smith Brothers‘. Spielt Darts und so. Trinkt auch das ein oder andere Bier. Gestern und vorgestern ließ er sich aber so richtig volllaufen. Er hat viel geweint und Streit angefangen.“

„Auch so kann Trauer aussehen“, bemerkte ich.

In der Leichenhalle war Mrs Perez die Stärkere von beiden gewesen. Mr Perez hatte sich auf sie stützen müssen, um nicht zusammenzubrechen.

„Im Moment ist Perez übrigens auch in der Bar. Wäre vielleicht einen Versuch wert, da mal ein paar Worte mit ihm zu reden.“

„Bin schon unterwegs.“

„Noch was. Wayne Steubens hat sich bereiterklärt, Sie zu empfangen.“

Mir blieb der Atem stehen. „Wann?“

„Morgen. Er sitzt im Red Onion State Prison in Virginia.“

„Das geht nicht. Morgen ist Prozesstag.“

„Doch, das geht. Den einen Tag kann auch einer Ihrer Mitarbeiter übernehmen. Ich habe Ihnen für morgen früh einen Flug gebucht.“

ALS ICH jung war, hätte man das Lokal als Yuppie-Bar bezeichnet. Die jungen Männer hatten ihre Krawatten gelockert, und die Frauen versuchten, möglichst geschäftsmäßig auszusehen. Die Männer tranken Flaschenbier und taten so, als würden sie die Zeit mit ihren Kumpels genießen, während sie die Damen abcheckten. Diese wiederum tranken Wein oder Pseudo-Martinis und beäugten die Männer weitaus verstohlener.

Eigentlich sah es nicht aus wie das Stammlokal von Jorge Perez, aber dann entdeckte ich ihn im hinteren Teil der Bar. Er saß mit vier oder fünf Kampfgefährten an der Theke – Männer, die richtig trinken konnten. Mit trüben Augen beobachteten sie von dort die Yuppies des 21. Jahrhunderts bei ihrem Treiben.

Ich trat hinter Mr Perez und legte ihm die Hand auf die Schulter. Er drehte sich langsam zu mir um. Seine Kameraden machten es genauso. Perez’ Augen waren rot unterlaufen.

„Mein Beileid“, sagte ich.

Er wirkte verwirrt. Seine Freunde, alle Endfünfziger und lateinamerikanischer Abstammung, musterten mich mit finsteren Blicken, als ob ich einer ihrer Töchter hinterhergepfiffen hätte.

„Was wollen Sie?“, fragte Perez.

„Warum lügen Sie über Gil? Der Tote im Leichenschauhaus war Ihr Sohn.“

Er drehte sich um und griff nach seinem Bier. „Machen Sie, dass Sie hier rauskommen."

„Ich gehe hier nicht weg."

Die anderen Männer starrten mich weiter an. Einer glitt von seinem Hocker.

„Setzen Sie sich wieder hin!", befahl ich ihm.

Er rührte sich nicht. Ich sah ihm in die Augen und hielt seinem Blick stand. Ein weiterer Mann stand auf.

„Wissen Sie, wer ich bin?" Ich griff in die Tasche und zog meine Staatsanwaltsmarke. „Dann hoffe ich mal, dass keiner von Ihnen illegal in dieses Land gekommen ist. Auch Ihre Familien sollten auf legalem Wege eingereist sein und Ihre Freunde selbstverständlich genauso. Und jetzt möchte ich Ihre Ausweise sehen. Alle."

Derjenige, der zuerst aufgestanden war, hob die Hände. „He, wir wollen keinen Ärger machen."

„Dann verschwinden Sie."

Sie legten ein paar Scheine auf die Theke und gingen. Normalerweise missbrauche ich meine Macht nicht auf diese Art, aber in diesem Fall hatten sie die Reaktion mehr oder weniger selbst provoziert.

Perez sah mich unglücklich an. „Haben Sie nicht schon genug Schaden angerichtet?"

Der Barhocker neben ihm war frei, also setzte ich mich. Ich winkte dem Barkeeper und bestellte ein Glas von „dem, was er hat", wobei ich auf das Getränk vor Perez zeigte.

„Was wollen Sie?", fragte er.

„Ich habe Ihre Miene in der Leichenhalle gesehen. Warum lügen Sie über Gil?"

Seine Augen verengten sich. „Wen nennen Sie hier einen Lügner?"

„Der Mann im Leichenschauhaus war Ihr Sohn. Ich könnte es Ihnen beweisen, aber das ist nicht nötig, weil wir beide das wissen."

Mein Bier kam, und mit Genuss trank ich einen kräftigen Schluck.

„Wir haben jetzt zwei Möglichkeiten", fuhr ich fort. „Sie behaupten weiter, dass er nicht Ihr Sohn ist. Der DNA-Test ist schon in Auftrag gegeben. Also wissen Sie, dass es kein Problem für uns ist zu beweisen, dass Manolo Santiago und Gil ein und dieselbe Person waren."

Perez trank einen Schluck Bier. Seine Hand zitterte.

„Die Frage ist also, was passiert, nachdem wir bewiesen haben, dass der Tote Ihr Sohn ist. Ich nehme an, Sie und Ihre Frau werden ein paarmal erstaunt nach Luft schnappen und behaupten, Sie hätten ja keine Ahnung gehabt und so weiter. Das wird Ihnen allerdings nichts nützen. Sie werden als Lügner dastehen. Und dann fangen meine Leute richtig an zu ermitteln. Wir werden Ihre Telefondaten und Bankkonten überprüfen, Erkundigungen bei Ihren Nachbarn und Freunden einholen. Wir fragen nach Ihnen, nach Ihren Kindern …"

„Lassen Sie meine Kinder aus dem Spiel. Das ist nicht richtig."

„Finden Sie es denn richtig, dass Sie Ihren Sohn verleugnen?"

Er schüttelte den Kopf. „Das verstehen Sie nicht."

„Erzählen Sie keinen Mist. Meine Schwester war damals auch im Wald."

Tränen schossen ihm in die Augen.

„Was ist passiert, Mr Perez? Hat Ihr Sohn meine Schwester ermordet? Versuchen Sie, das zu vertuschen?"

„Wir vertuschen nichts." Er starrte in sein Bier. Tränen liefen ihm über die Wangen. Er wischte sie nicht ab.

„Das sind keine leeren Drohungen, Mr Perez. Ich werde gegen Sie ermitteln. Ich werde auch gegen Ihre Kinder ermitteln."

Seine Hand bewegte sich so schnell, dass ich keine Zeit hatte zu reagieren. Er packte meine beiden Revers und zog mich zu sich heran. Er war gut zwanzig Jahre älter als ich, aber ich spürte seine Kraft.

Meine Schrecksekunde war nur kurz, dann erinnerte ich mich an einen Kampfsport-Trick, den ich in meiner Jugend gelernt hatte – ich schlug ihm von oben auf seine Unterarme.

Er ließ los und erhob sich von seinem Barhocker. Ich stellte mich vor ihn.

Der Barkeeper beobachtete uns. „Brauchen Sie Hilfe, Mr Perez?", fragte er.

Schon hatte ich meine Marke wieder in der Hand. „Melden Sie sämtliche Trinkgelder, die Sie hier kriegen, beim Finanzamt?"

Der Barkeeper wich zurück. Alle haben irgendetwas zu verbergen.

Perez und ich starrten uns an. Dann sagte Perez: „Ich werde es Ihnen leicht machen. Wenn Sie etwas gegen meine Kinder unternehmen, werde ich etwas gegen Ihre unternehmen."

Mir gefror das Blut in den Adern. „Was soll das bedeuten?"

„Es bedeutet, dass es mich nicht interessiert, was für eine Marke Sie in der Tasche haben. Man droht einem Mann nicht damit, dass man etwas gegen seine Kinder unternimmt."

Damit ging er hinaus.

Ich nahm mein Handy und rief Loren Muse an. „Durchleuchten Sie die Perez von oben bis unten", wies ich sie an.

NEUN

Endlich rief Greta zurück. Ich war noch im Wagen unterwegs und musste erst mit dem Headset kämpfen, damit sich der Bezirksstaatsanwalt von Essex County nicht eines Gesetzesbruchs schuldig machte.

„Wo bist du?“, fragte Greta. Ich hörte Tränen in ihrer Stimme.

„Auf dem Nachhauseweg.“

„Hast du was dagegen, wenn ich zu dir komme?“

„Natürlich nicht. Haben sie Bob auf Kaution entlassen?“

„Ja. Er ist oben und bringt Madison ins Bett. Dann komme ich in einer Stunde vorbei, okay?“

Bevor ich ihr eine Antwort geben konnte, hatte Greta schon aufgelegt.

Als ich nach Hause kam, war Cara noch wach. Ich freute mich darüber. Ich brachte sie ins Bett, und wir spielten ihr aktuelles Lieblingsspiel, nämlich Verstecken mit Freischlagen. Besonders albern war es, weil wir es in ihrem Bett spielten. Das begrenzte die Anzahl der Verstecke naturgemäß ungemein, und auch das Freischlagen war nicht leicht. Das Ganze war töricht und albern, und wir lachten beide, na ja, wie Kinder eben.

Greta klingelte nicht, sondern kam mit dem Schlüssel herein, den ich ihr schon vor Jahren gegeben hatte. Ich hatte nur noch Augen für die Glückseligkeit meiner Tochter gehabt und die Welt um mich herum – studentische Vergewaltiger, verschwundene Schwestern, kehleschlitzende Serienkiller – vollkommen vergessen. Aber als ich hörte, wie unten die Haustür geöffnet wurde, war alles mit einem Schlag wieder da.

„Ich muss runter, Maus. Deine Tante Greta ist gekommen. Ich muss mit ihr reden.“ Ich gab Cara einen Gutenachtkuss und ließ sie allein.

Greta war nicht blass. Ihre Augen waren trocken. Ihr Mund war ein gerader Strich.

„Ist Bob nicht mit?“, fragte ich.

„Er passt auf Madison auf. Außerdem kommt seine Anwältin noch vorbei.“

„Wen hat er genommen?“

„Hester Crimstein.“

Ich kannte sie. Sie war sehr gut.

Greta ging ins Wohnzimmer. Ich folgte ihr. Wir setzten uns auf die Couch. Ich nahm Gretas Hände und hielt sie fest. Es brach mir das Herz, als ich meine Schwägerin so vor mir sah.

„Du musst Bob helfen“, flehte sie. „Uns helfen.“

„Ich tu, was ich kann. Das weißt du doch.“

Ihre Hände waren eiskalt. Sie sah mir direkt in die Augen. Ihre Stimme war monoton. „Du musst sagen, dass du uns das Geld geliehen hast. Dass du Bescheid wusstest. Dass wir das Geld mit Zinsen zurückzahlen wollten."

Ich saß reglos da.

„Paul?"

„Ich soll lügen?"

„Gerade eben hast du gesagt, dass du tust, was du kannst."

„Willst du damit sagen …", ich musste Luft holen, „… dass Bob das Geld wirklich genommen hat? Er hat die Stiftung beklaut?"

„Er hat sich das Geld geliehen", erwiderte sie mit Bestimmtheit.

„Das ist doch ein Witz, oder?"

Greta zog ihre Hände weg. „Er kommt ins Gefängnis. Bob, mein Mann, Madisons Vater, kommt ins Gefängnis. Das würde unser Leben zerstören. Unser aller Leben."

„Daran hätte Bob denken müssen, bevor er die Stiftung beklaut hat."

„Er hat sie nicht beklaut. Er hat sich das Geld geliehen. Er hatte Probleme im Job. Wusstest du, dass er seine beiden größten Kunden verloren hat?"

„Also hielt er es für besser, das Geld zu klauen?"

„So einfach ist das nicht. Die Verträge für den Swimmingpool waren schon unterzeichnet. Wir haben einen Fehler gemacht. Wir haben uns einfach finanziell übernommen."

„Aber deine Familie hat doch Geld."

„Nach Janes Tod haben meine Eltern es für das Beste gehalten, alles auf ein Treuhandkonto zu legen. Da komme ich nicht ran."

Ich schüttelte den Kopf. „Also hat er geklaut?"

„Kannst du jetzt endlich damit aufhören? Guck dir das an." Sie gab mir ein paar Fotokopien. „Bob hat jeden Cent festgehalten, den er aus der Stiftung genommen hat. Er hätte alles zurückgezahlt, sobald er wieder auf die Beine gekommen wäre. Damit wollte er nur die Durststrecke überbrücken."

Ich überflog die Kopien. Es waren lauter handgeschriebene Zettel, die er irgendwann gemacht haben konnte. Sie bewiesen nichts. Mein Mut sank.

„Wusstest du davon?", fragte ich Greta.

„Nein. Er hat mir nicht erzählt, woher das Geld stammte. Aber hör zu, Bob ist ein guter Mensch. Er hat sich das Geld geliehen und hätte es zurückgezahlt. Solche Sachen passieren andauernd. Aber wegen deiner Position als Bezirksstaatsanwalt und dieses verdammten Vergewaltigungsfalls werden sie an ihm ein Exempel statuieren. Sie werden den Mann zerstören, den ich liebe. Und wenn sie ihn zerstören, zerstören sie auch mich und meine Familie. Ist dir das klar, Paul?"

Es war mir klar. Ich hatte so etwas schon erlebt. Sie hatte Recht. Die Polizei würde die ganze Familie in die Mangel nehmen.

„Ich wünschte, ich könnte dir helfen, Greta."

„Also lässt du uns im Stich?"

„Ich lasse euch nicht im Stich. Aber ich werde euretwegen nicht lügen."

Sie starrte mich nur an. „Ich würde es für dich tun. Das weißt du."

Ich sagte nichts.

„Du hast jeden Menschen in deinem Leben im Stich gelassen", fuhr Greta fort. „Damals im Camp hast du nicht auf deine Schwester aufgepasst. Und am Ende, als meine Schwester am meisten gelitten hat, da …" Sie brach ab.

Im Zimmer war es fünf Grad kälter geworden. Ich spürte, wie die sprichwörtlichen Leichen in meinem Keller aus ihren Gräbern stiegen.

Ich sah Greta in die Augen. „Sag's doch. Sprich weiter und sag es."

„Bei JaneCare geht es nicht um Jane. Es geht nur um dich und deine Schuld. Meine Schwester lag im Sterben. Sie hat gelitten. Ich habe am Totenbett ihre Hand gehalten. Und du warst nicht da."

Das unendliche Leiden. Tage waren zu Wochen geworden, Wochen zu Monaten. Ich hatte gesehen, wie die Frau, die ich anbetete, mein Fels in der Brandung, dahinwelkte. Ich hatte gesehen, wie das Licht in ihren Augen trüber geworden war. Und am Ende hatte ich es nicht mehr ausgehalten. Ich hatte nicht zusehen können, wie auch der letzte Funke erlosch. Meine Jane war ohne mich gestorben. Greta hatte Recht. Ich hatte meinen Posten vorzeitig verlassen. Schon wieder. Und die Schuldgefühle waren tatsächlich der Auslöser für die Gründung von JaneCare gewesen.

Greta stand auf. „Du willst uns also nicht helfen?"

„Ich helfe euch. Aber ich werde nicht lügen."

„Hättest du gelogen, wenn du Jane damit hättest retten können? Und könnte eine Lüge deine Schwester zurückbringen, würdest du dann lügen?"

„Das ist alles sehr hypothetisch."

„Nein, ist es nicht. Weil wir jetzt über mein Leben reden. Du bist nicht bereit zu lügen, um mein Leben zu retten. Das ist typisch für dich, Cope. Für die Toten würdest du alles tun. Aber mit den Lebenden hast du es nicht so."

LOREN MUSE hatte mir eine dreiseitige Zusammenfassung über Wayne Steubens gefaxt.

Auf Loren war Verlass. Sie hatte mir nicht die ganze Akte geschickt. Sie hatte sie selbst gelesen und die wichtigsten Punkte herausgesucht. Das meiste kannte ich. Ich wusste noch, dass die Leute sich bei Waynes Festnahme gefragt hatten, warum er ausgerechnet Jugendliche in Ferienlagern umgebracht hatte. Hatte er früher in einem solchen Camp etwas Schlimmes durchgemacht? Ein Psychiater glaubte, Wayne sei als Kind in einem Ferienlager missbraucht worden. Ein anderer Psychiater mutmaßte, es sei auf die Leichtigkeit des Mordens und die Gefühle, die Wayne dabei verspürt habe, zurückzuführen. Schließlich habe er seine ersten vier Opfer umgebracht und sei damit davongekommen. Er habe den Rausch und die Erregung, die er dabei empfunden habe, mit einem Feriencamp verbunden, also habe er einfach nach diesem Muster weitergemacht.

In den anderen Lagern hatte Wayne nicht als Betreuer gearbeitet. Das wäre eine zu offensichtliche Verbindung gewesen, zumal er – wie ich auch – bei den ersten vier Morden zum Kreis der Verdächtigen gehört hatte. Denn natürlich überprüfte das FBI, als die zwei Mordopfer in Indiana gefunden worden waren, zunächst alle, die zur jeweiligen Tatzeit an beiden Tatorten gewesen sein konnten. Und da war es naheliegend, mit den Betreuern aus den Lagern anzufangen.

Aber irgendwann verdichteten sich die Indizien gegen Wayne.

In Indiana hatte das FBI ursprünglich nichts gefunden, aber dann stellte man fest, dass in der Nähe der nächsten Tatorte in Virginia und Pennsylvania von Waynes Konto Geld abgehoben worden war. Das war der Durchbruch. Also verstärkte das FBI seine Ermittlungen in diese Richtung und fand heraus, dass Wayne zwar in Indiana selbst nichts abgehoben hatte, in Everett, Pennsylvania, und Columbus, Ohio, aber jeweils Geld aus dem Automaten gezogen hatte – was darauf hindeutete, dass er mit dem Wagen von seinem Wohnsitz New York aus nach Indiana unterwegs gewesen war. Wayne hatte für die Tatzeit kein Alibi, und irgendwann machte man den Besitzer eines unweit des Tatorts in Indiana gelegenen Motels ausfindig, der ihn eindeutig identifizierte. Ein Richter stellte einen Haftbefehl aus, und das FBI stieß auf „Souvenirs" der Mordopfer fünf bis acht, die in Waynes Garten vergraben waren. Dinge, die auf die ersten vier Morde hingewiesen hätten, fand man allerdings nicht.

Wayne behauptete, unschuldig zu sein; man habe ihn reingelegt.

Er wurde nur wegen der Morde in Indiana, Virginia und Pennsylvania angeklagt und verurteilt. In diesen Fällen gab es klare Beweise. Die Beweislage zu den Morden in unserem Ferienlager war allerdings zweifelhaft. Außerdem hatten sich in diesem Fall noch weitere Probleme herauskristallisiert. Der Täter hatte nur eine Rasierklinge benutzt. Wie war es ihm gelungen, damit vier Personen umzubringen? Und wie hatte er ganz allein so schnell die Leichen beseitigen können? Die möglichen Erklärungen wirkten alle etwas konstruiert. Bei den Morden von Indiana, Virginia und Pennsylvania war hingegen schon vor der Verhandlung klar, dass Wayne verurteilt werden würde.

Kurz vor Mitternacht rief Lucy an. „Wie ist es mit Jorge Perez gelaufen?"

„Der rückt auch nicht mit der Sprache raus. Aber die beiden lügen, das ist sicher."

„Und jetzt?"

„Ich treffe mich mit Wayne Steubens."

Sie wirkte überrascht. „Wann?"

„Morgen Vormittag."

Schweigen.

„An eine Sache kann ich mich bei ihm noch ganz genau erinnern", sagte Lucy schließlich.

„Woran?"

„Wayne war ein pathologischer Lügner. Das fiel mir damals schon auf, obwohl ich den Fachbegriff dafür erst seit meinem Psychologiestudium kenne. Erinnerst du dich noch daran? Er hat immer gelogen. Einfach um zu lügen. Das war seine natürliche Reaktion. Er log sogar, wenn man ihn fragte, was er zum Frühstück gegessen hatte."

Ich überlegte. „Ja, ich erinnere mich. Zum Teil gehörte Angeberei in so einem Ferienlager allerdings auch zum guten Ton. Wayne stammte aus einem wohlhabenden Elternhaus und wollte mit denen, die sich durchs Leben schlagen mussten, klarkommen. Er behauptete, Drogendealer und Mitglied einer Straßengang zu sein. Und dass eine Exfreundin von ihm im *Playboy* gewesen sei. Eigentlich hat er die ganze Zeit nur irgendwelchen Mist erzählt."

„Denk dran, wenn du mit ihm sprichst", ermahnte sie mich.

ALS SERIENMÖRDER lebte man offenbar relativ stressfrei, denn Wayne Steubens war in den zwanzig Jahren kaum gealtert. Er war damals ein attraktiver junger Mann gewesen, und so sah er immer noch aus. Er hatte jetzt zwar einen Bürstenschnitt statt der früheren Locken, der stand ihm aber gut.

Er begrüßte mich mit einem gewinnenden, fast perfekten Lächeln. „Bist du hier, weil du mich zum Jubiläumstreffen des Ferienlagers einladen willst?"

„Wir haben dafür ein Nobelrestaurant in Manhattan gemietet. Mann, ich hoffe nur, dass du Zeit hast."

Er johlte vor Lachen, als hätte ich gerade den Witz des Jahres gerissen. Eigentlich war es nicht besonders komisch, zeigte mir aber, dass diese Befragung ein ziemlich heißes Tänzchen werden würde. Er kannte jeden Trick aus dem Psychologenhandbuch für Psychopathen. Eine formale Herangehensweise brachte mich nicht weiter. Wir kannten uns von früher. Wir waren sogar so etwas wie Freunde gewesen. Diese Trümpfe musste ich ausspielen.

Sein Lachen legte sich. „Und wie geht's dir, Cope?"

„*Groovy*", antwortete ich.

„Groovy", wiederholte Wayne. „Du klingst wie Ira. Der war schon ein verrückter Typ, was?"

„Er war ziemlich durch den Wind."

„Das kann man wohl sagen." Wayne blickte zur Seite.

Ich versuchte, den Blick aus seinen himmelblauen Augen einzufangen, aber sie schossen unruhig hin und her. Er schien etwas manisch zu sein, aber ich hatte erwartet, dass er viel offenkundiger verrückt daherkommen würde. Dabei dachte ich an das Bild, das einem in den Sinn kommt, wenn man an einen Serienmörder denkt: durchdringender Blick, intensives Grübeln und Brüten, Händeringen – also lauter Anzeichen, dass die Verrücktheit direkt unter der Oberfläche lauert und jederzeit hervorbrechen kann. Wayne zeigte keines dieser Merkmale.

Ich erlebte etwas weitaus Furchteinflößenderes. Es fühlte sich ganz normal an, hier zu sitzen und mich mit diesem Mann zu unterhalten, der höchstwahrscheinlich meine Schwester und mindestens sieben andere Menschen umgebracht hatte. Es war sogar fast angenehm.

„Ich muss wissen, was damals im Wald passiert ist, Wayne."

„Warum ausgerechnet jetzt?"

„Das weiß ich selbst nicht so genau."

Er sah mir in die Augen. Rollentausch. Der Psychotiker versuchte zu erkennen, ob ich log.

„Das Timing", sagte er, „finde ich sehr interessant, weil du nicht der einzige Überraschungsgast bist, den ich in letzter Zeit hatte."

Ich nickte langsam und versuchte, nicht zu begierig zu wirken. „Wer war noch da?"

„Warum sollte ich dir das verraten?"

„Warum nicht?"

Wayne lehnte sich zurück. „Du bist immer noch ein gut aussehender Mann, Cope."

„Du auch. Aber ein Rendezvous zwischen uns kommt trotzdem nicht infrage."

„Eigentlich müsste ich sauer auf dich sein."

„Ach?"

„Du hast mir damals den Sommer verdorben."

Abschottung. Ich habe schon darüber gesprochen. Ich weiß, dass man es mir nicht anmerkte, aber es kam mir vor, als wäre Wayne mit einer Rasierklinge durch meine Eingeweide gefahren.

Ich atmete ruhig weiter. „Wieso?“

„Lucy wäre meine Freundin gewesen. Wenn du nicht da gewesen wärst, hätte ich freie Bahn gehabt.“

Ich wusste nicht, was ich sagen sollte, ließ mich aber darauf ein. „Ich dachte, du wärst an Margot Green interessiert gewesen?“

Er lächelte. „Die war aber auch scharf, was?“

„Auf jeden Fall.“ Margot war die Mega-Sahneschnitte des Ferienlagers gewesen. Und das hatte sie ganz genau gewusst.

„Die war echt der Hammer“, schwärmte Wayne. „Wusstest du, dass sie mit Gil Schluss gemacht hatte?“

„Margot?“

„Ja. Direkt vor dem Mord.“ Er zog eine Augenbraue hoch. „Da kommt man ins Grübeln, was?“

Ich rührte mich nicht, ließ ihn reden, hoffte, dass er mehr erzählte. Das tat er auch.

„Ich hatte Margot. Aber sie war nicht so gut wie Lucy.“ Er legte sich die Hand auf den Mund, als hätte er zu viel gesagt. „Du weißt doch bestimmt, dass ich mit ihr eine kurze Affäre hatte, bevor du ins Camp gekommen bist? Mit Lucy, meine ich?“

„Mhm.“

„Du bist ein bisschen grün im Gesicht, Cope. Du wirst doch nicht eifersüchtig sein, oder?“

„Das ist zwanzig Jahre her.“

„Stimmt, das ist es. Und um ehrlich zu sein, ich bin auch nur bis aufs zweite Base gekommen. Wette, du bist weitergekommen, Cope. Ich würde wetten, du hast die Süße vernascht, was?“

Er wollte mich wütend machen. Aber da spielte ich nicht mit.

„Was ist damals im Wald passiert, Wayne?“

„Da sind Menschen gestorben.“

„Fang keine Spielchen mit mir an.“

„Du bist derjenige, der hier spielen will, Cope. Wenn du die Wahrheit wissen willst, fangen wir doch bei dir an. Warum bist du hier? Heute. Das Timing ist ja wohl kein Zufall.“

Ich drehte mich um. Ich wusste, dass wir beobachtet wurden. Ich hatte allerdings verlangt, dass das Gespräch nicht abgehört wurde. Ich winkte, dass jemand hereinkommen sollte.

Ein Wärter öffnete die Tür. „Sir?“

„Können Sie mir die Namen aller Besucher geben, die Mr Steubens in den letzten, na sagen wir, zwei Wochen hatte?“

„Ja, Sir. Wenn Sie wollen, kann ich die Namen für Sie feststellen.“

„Bitte tun Sie das.“

Der Wärter ging. Ich sah Wayne an.

„Das wäre gar nicht nötig gewesen“, meinte er. „Ich hätt’s dir gesagt. Ein Mann namens Curt Smith. Er arbeitet für eine Agentur namens MVD.“

„Ein Privatdetektiv?“

„Ja.“

„Und er war hier, weil er …“ – diese verdammten Schweine, dachte ich, es war ganz offensichtlich – „… wissen wollte, ob ich ein wenig mit Dreck werfen könnte.“

Wayne tippte sich auf die Nase und zeigte dann auf mich.

„Und was hat er dir dafür geboten?“, fragte ich.

„Sein Boss soll ein großes Tier beim FBI gewesen sein. Er sagte, dieser Boss würde dafür sorgen, dass ich besser behandelt werde.“

„Hast du ihm was gesagt?“

„Nein. Und zwar aus zwei Gründen. Erstens kann ein Ex-FBIler nichts für mich tun.“

„Und zweitens?“

Wayne beugte sich vor. Er achtete darauf, dass ich ihm direkt in die Augen sah. „Ich habe in meinem Leben viele schlimme Dinge getan. Ich werde keine Einzelheiten nennen. Und die letzten achtzehn Jahre habe ich in diesem Höllenloch dafür bezahlt. Ich rede nicht über Indiana oder Virginia oder so. Die Leute, die da gestorben sind, kannte ich überhaupt nicht. Das waren Fremde. Aber ich habe keine Ahnung, was damals vor zwanzig Jahren in diesem Wald passiert ist. Weil ich nicht da war. Ich weiß nicht, was mit meinen Freunden passiert ist – ja, das waren keine *Fremden*, Cope, das waren Freunde.“

Ich schwieg.

„Du bist jetzt Staatsanwalt, stimmt’s?“

Ich nickte.

„Die Leute stochern in deiner Vergangenheit rum. Das verstehe ich. Ich hatte dem bislang keine allzu große Bedeutung beigemessen. Doch jetzt bist du bei mir. Und das heißt, dass irgendwas passiert sein muss. Da muss irgendwas Neues zum Vorschein gekommen sein. Und das hat mit der Nacht damals zu tun.“

„Worauf willst du hinaus, Wayne?“

„Irgendwas hat sich verändert. Das sehe ich dir am Gesicht an. Du denkst zum ersten Mal ernsthaft darüber nach, ob ich wirklich was mit jener Nacht zu tun hatte. Und wenn du was Neues erfahren hast, bist du dazu verpflichtet, mir das zu erzählen."

„Ich bin zu gar nichts verpflichtet, Wayne. Wegen der vier Morde in Iras Camp bist du gar nicht angeklagt worden. Du wurdest nur für die Morde verurteilt, die du in Indiana, Virginia und Pennsylvania begangen hast."

Er breitete die Arme aus. „Und was kann es dann schaden, wenn du mir erzählst, was du erfahren hast?"

Ich überlegte kurz. Er hatte nicht ganz Unrecht. Ich beschloss aber, ihm erst einmal nichts zu sagen. Bis wir Gil Perez offiziell identifiziert hatten, gab es dafür sowieso keinen Grund. Ich sah ihn an. War er ein Irrer? Ich nahm es an. Aber woher konnte ich das mit Sicherheit wissen? Heute hatte ich jedenfalls alles erfahren, was ich erfahren konnte. Also stand ich auf.

„Wiedersehen, Wayne."

„Du weißt, dass ich sie nicht umgebracht habe, oder?"

Ich antwortete nicht und ging zur Tür.

„Und wenn ich sie nicht umgebracht habe", fuhr er fort, „musst du über alles nachdenken, was in jener Nacht passiert ist – nicht nur über Margot, Doug, Gil und Camille. Sondern auch über das, was mit mir passiert ist. Und mit dir."

„IRA, GUCK mich doch mal an."

Lucy hatte gewartet, bis ihr Vater relativ klar bei Verstand zu sein schien. Sie saß ihm in seinem Zimmer gegenüber. Lächelnd betrachtete er ein altes Foto aus dem Ferienlager. Der gelbe VW Käfer war von einigen älteren Mädchen geschmückt worden. Sie hatten ihn überall mit Blumen und *Peace*-Zeichen verziert. Ira stand in der Mitte. Die Mädchen hatten sich um das Auto herumgruppiert. Lucy erinnerte sich. Es war ein schöner Tag gewesen, einer von denen, die man in eine Schachtel steckte und irgendwo ganz unten in eine Schublade legte, um ihn irgendwann wieder hervorzuholen, wenn es einem mal besonders schlecht ging.

„Ira?"

Er sah sie an. „Ich hör dir zu."

Iras Bart war frisch geschnitten. Seine Haare hingegen waren immer noch widerspenstig. Seine Hände zitterten, und Lucy überlegte, ob zu der Demenz womöglich noch ein Parkinson-Syndrom hinzukam. Sie wusste, dass Iras letzten Jahre unangenehm werden würden. Andererseits waren die vergangenen zwanzig auch kein Zuckerschlecken gewesen.

„Was ist, mein Schatz?"

Man merkte ihm seine Besorgnis deutlich an. Iras Zauber hatte in erster Linie darauf beruht, dass er sich ernsthaft um Menschen gekümmert hatte. Alle hatten Iras Einfühlungsvermögen gespürt. Und für sein einziges Kind war es wie die wärmste Decke am kältesten Tag gewesen. Er war so ein toller Vater gewesen. Und diesen Menschen vermisste Lucy entsetzlich.

„Im Gästebuch steht, dass ein Manolo Santiago dich besucht hat." Sie legte den Kopf schräg. „Erinnerst du dich an ihn, Ira?"

Sein Lächeln verschwand. „Ja. Ich erinnere mich."

„Was wollte er?"

„Reden."

„Worüber wollte er reden?"

Er schüttelte den Kopf.

„Erzähl's mir bitte."

Ira öffnete den Mund, aber es kam nichts heraus. Schließlich flüsterte er: „Du weißt, worüber er reden wollte."

„Das Ferienlager?"

Er nickte.

„Was wollte er wissen?"

Er fing an zu weinen.

„Ira?"

„Ich wollte nicht wieder dahin zurück", murmelte er. „Ich hab alle im Stich gelassen."

„Nein, das hast du nicht."

Ira vergrub sein Gesicht in den Händen und schluchzte haltlos. Lucy kniete sich vor ihn. Sie spürte, wie ihr Tränen in die Augen traten.

„Bitte, Dad, sieh mich an."

Er tat es nicht.

Die Schwester – Rebecca – erschien in der Tür. „Ich glaube, er braucht was zur Beruhigung", sagte sie.

Lucy hob eine Hand. „Nein. Das ist ein Privatgespräch. Da kommen schon mal Gefühle hoch, das ist alles."

„Ich hole die Ärztin."

Lucy wollte sie davon abhalten, da war sie aber schon verschwunden.

„Ira, hör mir bitte zu. Was hast du ihm gesagt?"

„Ich konnte nur ein paar beschützen. Verstehst du das?"

Sie verstand ihn nicht. Sie legte ihre Hände auf seine Wangen und versuchte, seinen Kopf anzuheben. Er schrie so laut, dass sie fast nach hinten umgefallen wäre. Sie ließ ihn los. Er sprang auf und der Stuhl kippte um. Ira kauerte sich in die Ecke.

„Nein …!“

„Schon gut, Daddy. Es ist …“

Rebecca kam mit zwei anderen Frauen zurück. Eine erkannte Lucy als die Ärztin Julie Contrucci. Die zweite – Lucy nahm an, dass es sich um eine weitere Schwester handelte – hatte eine Injektionsspritze in der Hand.

„Alles in Ordnung, Ira“, beruhigte Rebecca ihn.

Sie gingen auf ihn zu.

Lucy trat ihnen in den Weg. „Raus hier! Es ist alles in Ordnung. Ich brauche ihn noch ein paar Minuten klar.“

„Sie wollen behaupten, dass alles in Ordnung ist?“, fragte Dr. Contrucci.

„Ich brauche Zeit mit ihm.“

Wieder schluchzte Ira.

Dr. Contrucci sah ihn an. „Sollen wir Ihnen ein Beruhigungsmittel geben, Mr Silverstein?“

Iras Blicke schossen hin und her wie bei einem in die Ecke getriebenen Tier – zu dem er jetzt in der Tat auch geworden war.

„Mr Silverstein?“

Er blickte zu seiner Tochter. „Ich hab ihm nichts gesagt, Luce. Was hätte ich ihm auch sagen sollen?“ Er schluchzte wieder. „Ich liebe dich, Luce.“

„Ich liebe dich auch.“

Die Schwestern traten zu ihm. Ira streckte den Arm aus, und die Nadel drang in seinen Arm.

EINE STUNDE nachdem ich Wayne verlassen hatte, saß ich im Flugzeug. Die Türen waren noch nicht geschlossen, als Loren Muse mich anrief.

„Wie lief's mit Steubens?“, fragte sie.

„Das erzähle ich Ihnen später. Und wie war's im Gericht?“

„Lauter große, aber bedeutungslose Gesten, wenn ich das richtig mitgekriegt habe. Die Verteidigung hat dauernd Unterbrechungen für Beratungen beantragt. Anwalt muss ein verdammt langweiliger Job sein. Der Richter hat alle Anwälte für Donnerstagmorgen zur Beratung in sein Büro bestellt. Aber hören Sie zu, ich habe da noch was.“

„Ja?“

„Ich habe unseren besten Computer-Fuzzi darauf angesetzt, diesen Bericht zu überprüfen, den Ihre Freundin Lucy gekriegt hat. Ich habe die Informationen genommen, die er zusammengetragen hat, und dann ein wenig herumtelefoniert. Ich glaube, ich weiß jetzt, wer den Bericht geschickt hat.“

„Wer?“

„Haben Sie Ihren BlackBerry dabei? Ist vielleicht einfacher, wenn ich Ihnen die Einzelheiten eben per Mail schicke. Ich hoffe, dass Sie zu dem gleichen Ergebnis kommen wie ich.“

VIER STUNDEN nach meiner Abreise aus Virginia saß ich in dem leeren Büro, das neben dem von Lucy lag und normalerweise von einem Englisch-Professor benutzt wurde, der gerade in einem Forschungssemester war. Lucy hatte einen Schlüssel. Sie sah aus dem Fenster, als ihr wissenschaftlicher Mitarbeiter Lonnie Berger ohne anzuklopfen hereinkam.

„Was gibt's, Luce? Und warum sind wir in Professor Mitnicks Büro?“ Da sah er mich, und seine Stimme wurde immer leiser. „Wer ist das?“

Lucy sah immer noch aus dem Fenster.

„Ich heiße Paul Copeland“, stellte ich mich vor und streckte die Hand aus.

Lonnie schüttelte sie. „Sie sind der Typ aus dem Bericht, stimmt's? Dieser P. Na ja, ich habe das über den Fall im Internet nachgelesen, und …“

„Ja, Lucy hat mir von Ihrer Amateurschnüffelei erzählt. Wie Sie vermutlich wissen, habe ich ein paar sehr gute Schnüffler – professionelle Ermittler, um genau zu sein –, die für mich arbeiten.“

Er ließ meine Hand los.

„Wollen Sie uns vielleicht etwas sagen?“, fuhr ich fort.

„Wovon reden Sie?“

„Sie hatten übrigens Recht. Die E-Mail wurde wirklich um 18.42 Uhr von einem Computer in der Frost-Bibliothek abgeschickt. Aber Sylvia Potter war um diese Zeit nicht in der Bibliothek.“

Er wich langsam zurück.

„*Sie* waren da, Lonnie.“

Er lächelte gezwungen und schüttelte den Kopf. Er wollte Zeit gewinnen. „Das ist doch Schwachsinn. He, Moment mal …“ Das Lächeln verschwand, als er versuchte, den Schockierten und Gekränkten zu spielen. „Ach komm, Luce, du glaubst doch nicht, dass ich …“

Sie wandte sich vom Fenster ab und sah ihn wortlos an.

Lonnie zeigte auf mich. „Du glaubst dem doch nicht, oder? Er ist …“

„Was bin ich?“

Keine Antwort. Lucy starrte ihn nur an. Schließlich sank Lonnie auf einen Stuhl und fluchte.

„Warum haben Sie Lucy diesen Bericht geschickt?“, fragte ich.

Er zupfte an seinem Ohrring herum. „Ich muss Ihnen gar nichts sagen.“

„Doch, natürlich müssen Sie das. Ich kann Sie wegen Belästigung verhaften lassen.“

„Nein, können Sie nicht. Erstens können Sie nicht beweisen, dass ich das geschickt habe."

„Natürlich kann ich das. Sie glauben vielleicht, dass Sie sich gut mit Computern auskennen, aber die Fachleute, die für mich arbeiten, sind eben ausgebildete Profis. Wir wissen bereits, dass Sie den Bericht geschickt haben, und haben den Beweis schon in der Hand."

Er überlegte. „Na und? Selbst wenn ich das geschickt habe – wieso ist das eine Belästigung? Seit wann ist es verboten, einer Professorin für Literatur eine fiktionale Geschichte zu schicken?"

Da hatte er nicht ganz Unrecht.

„Ich werde dafür sorgen, dass du gefeuert wirst", ließ sich Lucy vernehmen.

„Kann schon sein. Aber eins ist dir dabei doch wohl klar, Luce: Du hast viel mehr zu erklären als ich. Du bist diejenige, die ihre Vergangenheit verschleiert hat."

Das Argument gefiel Lonnie. Er richtete sich auf, verschränkte die Arme und sah uns herausfordernd an. Ich hatte große Lust, ihm eine reinzuhauen.

„Soso." Ich zeigte ihm meinen BlackBerry. „Hier habe ich Ihr Vorstrafenregister. Soll ich von oben anfangen?"

Der herausfordernde Blick verabschiedete sich.

„Ich bin ein mächtiger und wütender Staatsanwalt, Lonnie. Wenn ich will, kriege ich Sie von heute bis Sonntag fünfmal dran. Also hören Sie mit dem Quatsch auf und erzählen Sie uns, warum Sie den Bericht geschickt haben."

Er linste zu Lucy. „Die Wahrheit ist, dass ich es nur für dich gemacht habe, Luce. Weil ich dich schützen wollte. Und mich auch, ja, zugegeben. Ich habe die Verhaftungen nicht angegeben, als ich mich in Reston beworben habe. Wenn die Uni das rauskriegt, bin ich weg hier. Einfach so. Das haben sie mir erzählt."

„Wer hat Ihnen das erzählt?", hakte ich nach.

„Die Namen kenne ich nicht. Sie haben sie mir nicht genannt."

„Und was haben sie gesagt?"

„Sie haben mir versprochen, dass es Lucy nicht schaden wird. Sie behaupteten, dass das, was ich mache, nur zu Lucys Bestem ist. Dass sie einen Mörder überführen wollen. Es waren Privatdetektive. Eine der Opferfamilien hat ihnen den Auftrag gegeben."

Eine der Opferfamilien. Das war gelogen. Glatt gelogen. Die Leute waren von MVD, der Privatdetektei aus Newark. Plötzlich passte alles zusammen. Die ganze Geschichte.

„Was haben sie sonst noch gesagt?"

„Sie erzählten mir, dass ihre Agentur diese vier alten Morde im Ferienlager untersucht. Sie würden nicht an die offizielle Version glauben, dass der Sommer-Schlitzer der Täter war."

Ich sah Lucy an. Ich hatte ihr von meinem Besuch bei Wayne Steubens erzählt. Wir hatten uns über jene Nacht unterhalten, über die Fehler, die wir gemacht hatten, und darüber, dass mir die Gewissheit fehlte, dass alle vier tot waren und Wayne sie umgebracht hatte.

Wir hatten keine Ahnung, was wir noch glauben sollten.

„Sonst noch was, Lonnie?"

„Das ist alles."

„Ach, kommen Sie! Diese Kerle haben Lucy den Bericht auf dem Umweg über Sie zukommen lassen, um sie zu einer Reaktion zu verleiten, stimmt's? Und Sie sollten sie im Auge behalten. Sie sollten ihr Vertrauen ausnutzen und sie langsam weichkochen. Und dann sollten Sie denen verraten, was Lucy sagt und tut. Haben die Ihnen einen Bonus angeboten, wenn Sie ihnen Dreck liefern?"

„Einen Bonus? Ich hab das nicht für Geld gemacht."

Ich schüttelte den Kopf. „Tun Sie doch nicht so, als hätten Sie es nur aus Angst vor der Enthüllung getan. Dieselben Ermittler, die alte Vorstrafenregister ausfindig machen, haben auch Zugang zu Bankkonten. Sie entdecken zum Beispiel Bareinzahlungen von fünftausend Dollar. Wie die, die Sie vor fünf Tagen bei der Chase Bank in West Orange gemacht haben."

Das verdankte ich alles Loren Muse' Fähigkeiten. Sie war einfach unglaublich.

„Ich habe nichts Illegales gemacht", bekräftigte Lonnie.

„Darüber könnte man streiten, mir ist aber jetzt nicht danach. Wer genau hat den Bericht geschrieben? Und haben die Ihnen auch gesagt, woher sie die Informationen dafür hatten?"

„Sie sagten, sie hätten ihre Quellen. Die wussten alles über Lucy. Aber eigentlich wollten sie *Sie*, Freundchen. Sie wollten alles wissen, was ich via Lucy über Paul Copeland rauskriegen kann – alles andere war ihnen nicht so wichtig. Die glauben, dass Sie ein Mörder sein könnten."

„Nein, das tun sie nicht, Lonnie. Die glauben, dass Sie ein nützlicher Idiot sind, der ihnen helfen kann, mich unter Druck zu setzen."

Angestrengt versuchte er, bestürzt auszusehen. Er blickte zu Lucy. „Tut mir wirklich leid. Ich würde niemals irgendwas tun, das dir schadet. Das weißt du doch."

„Tu mir einen Gefallen, Lonnie", erwiderte sie. „Mach, dass du mir aus den Augen kommst."

ALEXANDER „SOSCH“ SIEKIERKY stand allein in seinem Penthouse.

Der Mensch gewöhnte sich an seine Umgebung. Das war immer so. Er wurde bequem. Zu bequem für einen Mann mit Soschs Vergangenheit. Er fragte sich, ob er noch so hart war wie früher, ob er immer noch in diese Schlupfwinkel gehen und Verwüstung säen könnte, ohne dabei Angst zu empfinden. Die Antwort, da war er sich sicher, lautete Nein. Aber es lag nicht am Alter, dass er weicher geworden war, sondern am Luxus.

Als er klein gewesen war, hatte seine Familie während der fürchterlichen Belagerung in Leningrad festgesessen. Die Nazis hatten die Stadt umzingelt und unsagbares Leid verursacht. Sosch war am 21. Oktober 1941, einen Monat nach Beginn der Belagerung, fünf Jahre alt geworden. An seinem sechsten und siebten Geburtstag war die Stadt immer noch belagert worden. Im Januar 1942 waren sein zwölfjähriger Bruder Gavrel und seine achtjährige Schwester Aline verhungert. Sosch hatte überlebt, weil er streunende Tiere gegessen hatte. Vor allem Katzen. Die Leute kannten diese Geschichten, hatten aber absolut keine Vorstellung von dem Leid und dem Schrecken, die damit verbunden waren. Aber auch daran, selbst an diesen Schrecken, gewöhnte man sich. Genau wie Luxus konnte auch Leid zum Normalfall werden.

Sosch erinnerte sich noch, wie er zum ersten Mal in die USA gekommen war. Man konnte überall etwas zu essen kaufen. Es gab keine langen Schlangen. Alles war reichlich vorhanden. Er wusste noch, dass er ein Huhn gekauft und ins Gefrierfach gelegt hatte. Es war ihm einfach unglaublich vorgekommen. Ein Huhn. Er war nachts aufgewacht, zum Kühlschrank gerannt, hatte das Gefrierfach geöffnet und das Huhn einfach nur angestarrt.

Gelegentlich machte er das immer noch. Wenn man am Verhungern war, spielten Glück und Erfüllung keine Rolle. Das durfte man nie vergessen.

Viele seiner ehemaligen Kollegen aus der Sowjetunion trauerten den alten Zeiten nach. Sie vermissten die Macht, die sie einmal gehabt hatten. Ein paar waren in die alte Heimat zurückgekehrt, aber die meisten waren geblieben. Sie waren verbittert. Sosch hatte einige seiner alten Kollegen eingestellt, weil er ihnen vertraute und ihnen helfen wollte.

Und diesen Ex-Kollegen war es auch zu verdanken, dass er die Nachricht bekommen hatte. Auf seinen Computer.

So ging das heutzutage. Nicht mehr per Telefon oder gar persönlich. Computer. E-Mails. Er fragte sich, wie das alte Sowjetregime mit dem Internet umgegangen wäre. Es hatte so unglaublich viel Energie in die Kontrolle von Informationen gesteckt. Aber wie sollte man Informationen kontrollieren, wenn es so etwas wie das Internet gab? Vielleicht war der Unterschied aber auch gar nicht so groß. Im Endeffekt fand man seine Feinde, indem man undichte Stellen suchte. Die Menschen redeten. Sie verpfiffen sich gegenseitig. Manchmal schon für einen Kanten Brot. Manchmal für eine Fahrkarte in die Freiheit. Es hing immer davon ab, wie hungrig sie waren.

Sosch las die Nachricht noch einmal. WIR HABEN SIE GEFUNDEN.

Und jetzt dachte er darüber nach, wie er damit umgehen sollte.

ZWISCHENDURCH rief ich Loren Muse an. „Können Sie Cingle Shaker für mich auftreiben? Ich muss ihr ein paar Fragen über die Arbeitsmethoden von MVD stellen."

„Bin schon so gut wie dabei."

Ich legte auf und wandte mich wieder an Lucy. Sie starrte wieder aus dem Fenster.

„Alles klar bei dir?"

„Lonnie Berger war wahrscheinlich mein engster Freund. Ich habe ihm vertraut."

Ich wollte schon *Tut mir leid* oder etwas ähnlich Abgedroschenes sagen, beschloss dann aber, es lieber für mich zu behalten.

„Übrigens, was hältst du von meinem Selbstmitleid? Echt anziehend, oder?"

„Wenn ich ganz ehrlich sein soll", bekannte ich, „ja."

Sie drehte sich um und sah mich an. „Werden wir einen zweiten Versuch starten, Cope? Ich meine, wenn das alles vorbei ist und wir rausgekriegt haben, was mit deiner Schwester passiert ist? Kehren wir beide dann in unsere normalen Leben zurück – oder versuchen wir rauszufinden, was hätte sein können?"

„Ich finde es faszinierend, wenn du so um den heißen Brei herumredest."

Lucy lächelte nicht.

„Ja", setzte ich hinzu. „Ich möchte es gern versuchen."

„Gute Antwort. Sehr gut. Und wer hat jetzt Margot und Doug umgebracht?"

„Na, das war ja mal ein nahtloser Übergang."

„Klar, ist doch logisch. Je schneller wir rauskriegen, was passiert ist …" Sie zuckte die Achseln.

„Weißt du was? Es fällt mir nicht schwer, mich zu erinnern, wieso ich mich in dich verliebt hatte."

Lucy wandte sich ab. „Nein, ich werde nicht weinen, ich werde nicht weinen, ich werde nicht weinen …"

„Ich habe keine Idee mehr, wer sie umgebracht haben könnte", kam ich auf unser ursprüngliches Thema zurück.

„Okay. Was fangen wir mit Wayne Steubens an? Wir wissen nur, dass er Gil Perez nicht umgebracht hat. Ob er dir die Wahrheit gesagt hat?"

„Er behauptete, er hätte eine Affäre mit dir gehabt. Er wäre aber nur bis aufs zweite Base gekommen."

„Wenn er mitzählt, wie er beim Baseball absichtlich in mich reingerannt ist und mich betatscht hat, dann könnte man das genau genommen als Wahrheit sehen."

„Er sagte auch, dass er mit Margot geschlafen hat."

„Kann sein. Mit Margot haben viele geschlafen."

„Ich nicht."

„Aber nur weil ich dich sofort bei deiner Ankunft in Beschlag genommen habe."

„Auch wieder wahr. Wayne behauptete außerdem, dass Gil und Margot sich getrennt hätten. Glaubst du das?"

„Keine Ahnung. Aber du weißt ja, wie es damals im Camp lief. Alle gingen irgendwann miteinander, trennten sich wieder und suchten sich dann einen neuen Partner."

„Schon. Aber die gängige Theorie über die Morde beruht darauf, dass beide Paare in den Wald gegangen sind, um rumzumachen. Aber wenn Gil und Margot nicht mehr zusammen waren, warum hätten sie dann in den Wald schleichen sollen?" Ich dachte an das, was Raya Singh gesagt hatte. „Vielleicht hat Gil Margot ermordet. Vielleicht sind Camille und Doug dann einfach zufällig vorbeigekommen."

„Und Gil hat sie zum Schweigen gebracht."

„Genau. Damit steckte er dann richtig in Schwierigkeiten. Also tat er so, als wäre er auch getötet worden."

Schweigen.

„Irgendwas entgeht uns da", seufzte Lucy.

„Ich weiß."

„Aber vielleicht kommen wir der Sache langsam näher."

„Oder wir sind völlig auf dem Holzweg."

„Eins von beiden", stimmte Lucy zu.

Mann, es war toll, in ihrer Nähe zu sein.

„Da ist noch was", sagte ich. „Dieser Erlebnisbericht. Was meinen die damit, dass du mich blutverschmiert gefunden hättest und ich gesagt hätte, dass wir niemandem was davon erzählen dürfen?"

„Ich weiß es nicht."

„Fangen wir ganz vorn an – der Anfang stimmt. Wie wir uns weggeschlichen haben. Woher wissen die das?"

„Keine Ahnung."

„Und woher sollen die gewusst haben, dass du mich weggelockt hast?"

„Oder …", sie schluckte, „… was ich für dich empfand?"

„Ich versuche gerade, mich zu konzentrieren und nicht zu lächeln."

„Aber übernimm dich dabei nicht." Sie schmunzelte. „Mit dem ersten Teil des Berichts sind wir jedenfalls durch. Was ist mit dem zweiten?"

„Es folgt die Stelle mit der Beschreibung meines blutverschmierten Hemdes. Wie kommen die darauf?"

„Keine Ahnung. Aber weißt du, was ich wirklich unheimlich finde? Dass die wissen, dass wir nicht mehr zusammen waren. Dass wir uns aus den Augen verloren hatten."

Das hatte mich auch überrascht. „Wer kann das wissen? Ich habe keiner Menschenseele was davon erzählt."

„Ich auch nicht." Nach einem Moment fuhr Lucy fort: „Vielleicht hat es jemand erraten. Oder …" Sie sah mich direkt an. „Irgendjemand muss uns da gesehen haben."

Schweigen.

„Gil vielleicht", mutmaßte ich. „Oder Wayne. Das sind schließlich unsere zwei Hauptverdächtigen für den Mord."

„Allerdings. Aber wer hat dann Gil ermordet?"

„Ich habe sie gefunden", verkündete Loren Muse, als sie in mein Büro kam.

Cingle Shaker folgte ihr. Sie wusste, wie man Blicke auf sich zog, wobei ich gar nicht sicher war, ob sie das absichtlich machte. Ihre Bewegungen hatten etwas Wildes, als wolle sie der Luft bedeuten, sie solle lieber machen, dass sie aus dem Weg komme. Loren war eigentlich auch kein Mauerblümchen, neben Cingle wirkte sie aber wie eines.

Beide setzten sich. Cingle schlug die Beine übereinander.

„MVD versucht also mit allen Mitteln, Ihnen was anzuhängen", begann sie.

„Sieht so aus."

„Das ist auch so. Ich habe das überprüft. Es ist eine Taktik der verbrannten Erde. Es werden keine Kosten gescheut. Ihren Schwager haben sie schon erwischt. Sie haben einige ihrer besten Männer nach Russland geschickt. Sie haben versucht, Wayne Steubens zu bestechen. Um es kurz zu machen, MVD wird jedes noch so kleine Steinchen umdrehen, unter dem irgendwas über Sie versteckt sein könnte."

„Wissen Sie, was sie schon gefunden haben?"

„Nein, bisher nicht. Nur das, was Sie auch schon wissen."

Ich erzählte ihr von dem Bericht an Lucy. „Da stimmt einiges aber nicht. Ich bin nicht auf Blut gestoßen und hab auch nicht gesagt, dass wir das Ganze geheim halten müssen. Aber sie wissen, was wir füreinander empfunden und dass wir uns weggeschlichen haben."

„Interessant."

„Wie können die an solche Informationen rangekommen sein?"

„Schwer zu sagen."

„Irgendeine Idee?"

Sie grübelte einen Moment lang. „So gehen sie öfter vor. Sie wollen einfach irgendwelchen Dreck aufwühlen. Ob das stimmt, spielt eigentlich keine Rolle. Manchmal muss man auch die Fakten etwas beeinflussen. Ich beispielsweise wurde anfangs bei MVD eingesetzt, um Ehemänner zu überführen, die ihre Frauen betrügen. Einige Frauen wollen aber nicht die Wahrheit, sie wollen, dass ihre Männer sie betrügen."

„Das verstehe ich nicht."

„Doch, natürlich tun Sie das. Wenn eine Frau ihren Mann wegen Ehebruch drankriegen wollte, bestand mein Job darin, ihn zu verführen. So arbeitet MVD. Sie warteten, bis der Mann irgendwo in einer Bar saß, und schickten dann mich los, um ihn einem ‚Treuetest' zu unterziehen."

„Und?"

„Ich möchte ja nicht unbescheiden klingen, aber gucken Sie sich das an." Cingle breitete die Arme aus. Selbst in ihrem weiten Pullover war sie ein wahrlich beeindruckender Anblick. „Wenn das keine hinterlistige Falle ist, dann weiß ich's auch nicht."

Ich zuckte die Achseln. „Wenn der Kerl gebunden ist, dürfte es eigentlich keinen Unterschied machen, wie gut die Frau aussieht."

Cingle blickte zu Loren. „Meint der das ernst?"

Loren zuckte die Achseln.

„Dann will ich es Ihnen mal so erklären." Cingle wandte sich wieder mir zu. „Ich habe so um die dreißig oder vierzig dieser so genannten Treuetests gemacht. Raten Sie mal, wie viele verheiratete Männer nichts mit mir angefangen haben."

„Ich habe keine Ahnung."

„Zwei. Und können Sie sich vorstellen, warum die nicht darauf eingingen? Sie hatten was gemerkt. Sie hatten erkannt, dass es eine Falle war. Es geht einfach um Folgendes: MVD will Dreck finden. Wie, ist ihnen egal. Wenn in der aktuellen Realität nichts zu holen ist – wenn der Ehemann also nicht schon fremdgeht –, dann beeinflussen sie die Realität. Es wird also jemand wie ich auf den Ehemann losgelassen. Haben Sie's jetzt begriffen?"

„Ich glaube schon. Ich muss also nicht nur auf das aufpassen, was ich getan habe, sondern auch darauf, was ich vielleicht tun könnte oder wozu man mich vielleicht verleiten könnte."

„Bingo." Sie stand auf. „Kann ich Ihnen sonst noch irgendwie helfen?"

„Nein. Danke, ich glaube, das war's."

„Schön. Ach, ich habe die Rechnung für den Jenrette-Marantz-Fall dabei." Cingle reichte sie mir und lächelte. „Hat mir gefallen, wie Sie das im Gericht gemacht haben, Cope. Sie haben die richtig drangekriegt."

„Ohne Ihre Hilfe wäre mir das nicht gelungen. MVD muss Sie vermissen."

„Ich habe gehört, dass sie einen neuen männerbetörenden Vamp eingestellt haben. Aber vielleicht kann ich sie ja abwerben. Ich könnte selbst einen zweiten Vamp brauchen, und sie scheint etwas andere Geschmäcker anzusprechen als ich."

„Inwiefern?"

„Ich bin blond. Die Neue bei MVD ist dunkelhäutig."

„Afroamerikanerin?"

„Nein."

Und dann hatte ich das Gefühl, dass der Boden unter mir nachgab, als Cingle ergänzte: „Ich glaube, sie ist Inderin."

AM NÄCHSTEN MORGEN erwartete Raya Singh mich vor einem Bistro in Ho-Ho-Kus, einer Kleinstadt im Nordosten New Jerseys.

Sie trug eine dunkle Jeans und eine weiße Bluse. Der oberste Knopf war offen. Sie sah teuflisch gut aus. Die weibliche Schönheit wirkte, obwohl ich nun wusste, welches Spiel sie mit mir spielte. Ich fühlte mich trotzdem zu ihr hingezogen, und dafür hasste ich mich. Andererseits, so schön und jung sie auch war, mit Lucy konnte sie doch nicht ganz mithalten. Der Gedanke beruhigte mich. Ich hielt mich daran fest. Ich dachte weiter an Lucy, und ein seltsames Lächeln breitete sich auf meinem Gesicht aus.

„Ich bin ja so froh, dass Sie angerufen haben", begrüßte Raya mich.

Sie gab mir einen Kuss auf die Wange und verströmte dabei einen leichten Lavendelduft. Wir gingen zu einer Nische im hinteren Teil des Bistros und nahmen Platz. Raya versuchte, mich mit einem umwerfenden Lächeln zum Dahinschmelzen zu bringen. Ich dachte an Lucy. Die Wirkung des Lächelns auf mich war schlagartig verschwunden.

„Sie sind also Privatdetektivin", sagte ich, nachdem wir bestellt hatten.

Subtiles Vorgehen brachte mir hier nichts. Dafür hatte ich jetzt weder Zeit noch Geduld. Ich sprach einfach weiter, bevor Raya versuchte, das abzustreiten.

„Sie arbeiten für Most Valuable Detection in Newark, nicht als Bedienung in diesem indischen Restaurant. Das hätte ich schon merken müssen, als die Frau am Empfang Sie zuerst nicht kannte."

Sie zuckte die Achseln. „Wie sind Sie draufgekommen?"

„Das verrate ich Ihnen später. Wie viel von dem, was Sie mir erzählt haben, war gelogen?"

„Eigentlich nicht sehr viel."

„Bleiben Sie dabei, dass Sie nicht wussten, wer Manolo Santiago wirklich war?"

„Ja. Ich habe erst erfahren, dass er Gil Perez war, als Sie es mir erzählten."

Das überraschte mich. „Wie haben Sie ihn kennen gelernt?"

„Auf der Straße. Genau wie ich es Ihnen gesagt habe."

„Aber das war kein Zufall."

„Nein, Zufall war das nicht. Meine Aufgabe bestand darin, ihm näherzukommen."

„Warum ihm?"

„Er hatte behauptet, er hätte Informationen über Sie."

„Das verstehe ich nicht. Gil Perez ist einfach von sich aus an MVD herangetreten …?"

„Für uns war er Manolo Santiago."

„Stimmt, okay, Santiago hat sich also bei MVD gemeldet und behauptet, dass er dabei helfen könnte, mich in den Dreck zu ziehen?"

„‚In den Dreck ziehen' ist etwas stark, Paul."

„Nennen Sie mich Staatsanwalt Copeland", wies ich sie zurecht. „Aber genau das war doch Ihr Job, oder? Sie sollten irgendwas finden, was mich belastet. Damit ich die Finger von dem Jenrette-Marantz-Fall lasse."

Sie antwortete nicht. Das war auch nicht nötig. Ich wartete ab, bis der Kellner serviert hatte und wir wieder allein waren.

„Er sagte also, er hätte Informationen über mich. Was dann?"

„Er wollte nicht verraten, worum genau es ging. Er zierte sich. Wollte Geld. Viel Geld."

„Und Jenrette war bereit zu zahlen. Also machen wir am besten da weiter."

„Wir bestanden auf einem Beweis. Manolo erzählte, dass er die Details noch festklopfen müsste. Allerdings wussten wir inzwischen, dass Manolo Santiago nicht sein echter Name war. Wir hatten ihn überprüft. Aber wir wussten auch, dass er was Großes in der Hinterhand hatte. Vielleicht sogar was richtig Großes."

„Zum Beispiel?"

„Er behauptete, er wüsste, was damals wirklich in dieser Nacht im Wald passiert ist. Er könnte beweisen, dass Sie damals gelogen haben."

„Wie ist er an MVD geraten?"

„Was meinen Sie damit?"

Aber ich überlegte selbst noch einmal. „MVD wusste von den alten Morden und dass der Sheriff mich damals sogar vernommen hat. Also …" Jetzt hatte ich es. „Also habt ihr mit allen gesprochen, die irgendwas mit dem Fall zu tun hatten. Ich weiß, dass jemand bei Wayne Steubens war. Also wart ihr auch bei den Perez, stimmt's?"

„Keine Ahnung, klingt aber logisch."

„Dadurch hat Gil davon erfahren und das als seine Chance zum Absahnen gesehen. Also hat er sich bei euch gemeldet. Er verriet nicht, wer er war, lieferte euch aber so viele Informationen, dass ihr neugierig wurdet. Daraufhin wurden Sie losgeschickt, um ihn … ja was? Zu verführen?"

„Ich sollte ihm näherkommen. Von Verführen war nicht die Rede."

„Nennen Sie's, wie Sie wollen. Hat er den Köder geschluckt?"

„Im Allgemeinen neigen Männer dazu."

„Und was hat er Ihnen gegenüber rausgelassen?"

„So gut wie nichts. Na ja … er sagte, dass Sie in der Nacht mit einem Mädchen zusammen gewesen wären. Einer Lucy. Mehr weiß ich nicht – das habe ich Ihnen ja auch schon gesagt. Am Tag nach unserem Treffen rief ich Manolo dann auf dem Handy an. Doch es meldete sich Detective York. Den Rest wissen Sie."

„Also war Gil noch auf der Suche nach Beweisen? Damit er seinen großen Zahltag bekam?"

„Genau."

Ich überlegte. Er hatte Ira Silverstein besucht. Warum? Was hätte Ira ihm erzählen können?

„Hat Gil irgendwas über meine Schwester gesagt?"

„Nein."

„Über die anderen Opfer?"

„Nichts. Er wollte, wie gesagt, nicht mit der Sprache rausrücken. Aber es war ganz offenkundig, dass er was Großes hatte."

„Und dann war er plötzlich tot."

Sie lächelte. „Sie können sich vorstellen, was wir dachten."

Ich sparte mir die offensichtliche Antwort. „Nachdem Gil tot aufgefunden worden war, änderte sich Ihre Aufgabenstellung. Sie sollten mir ‚näherkommen'."

„Ja. Ich dachte, meine hilflose Kalkutta-Story würde Ihnen ans Herz gehen. Aber Sie riefen nicht zurück. Also musste ich Sie anrufen.“

„Dieses Apartment in Ramsey, wo Gil angeblich wohnte …“

„Das hatten wir angemietet. Ich wollte Sie da zum Reden bringen.“

„Und ich habe ja auch was erzählt.“

„Ja. Aber wir wussten nicht, ob das wahr ist. Eigentlich hat keiner geglaubt, dass Manolo Santiago wirklich Gil Perez war.“

„Ich habe Ihnen auch erzählt, dass Lucy damals meine Freundin war.“

„Das wussten wir bereits. Wir hatten sie auch schon ausfindig gemacht.“

„Wie?“

„Na ja, wir sind schließlich eine Detektei, oder? Aber laut Santiago hat auch sie irgendwie gelogen über das, was damals passiert ist. Also gingen wir davon aus, dass es nichts bringt, wenn wir sie direkt fragen.“

„Und so kam MVD auf die Idee mit dem Bericht. Und Lonnie Berger sollte Lucy ausspionieren.“

„Genau.“

„Woher stammen die Informationen?“

„Das weiß ich nicht.“ Sie hielt inne. „Ich wollte noch sagen, dass ich eigentlich ziemlich erleichtert bin, dass Sie das rausgekriegt haben. Solange ich Sie für einen Mordverdächtigen hielt, war das noch ganz okay. Danach bin ich mir nur noch schäbig vorgekommen.“

Ich stand auf. „Es wäre möglich, dass ich Ihre Aussage brauche.“

„Ich mache keine Aussage.“

„Ja, so was höre ich immer wieder.“

ZEHN

Loren Muse recherchierte den Hintergrund der Familie Perez. Ein Punkt fiel ihr sofort ins Auge: Die Bar, in der Cope Gils Vater getroffen hatte, gehörte der Familie. Das war interessant. Die Perez waren arme Einwanderer gewesen, und jetzt besaßen sie ein Gesamtvermögen von mindestens vier Millionen Dollar.

Loren fragte sich, ob das etwas zu bedeuten hatte, als das Telefon klingelte. „Muse“, meldete sie sich.

„Hallo Süße, Andrew hier.“

Andrew Barrett war der Mann mit dem neuartigen Bodenradar. Er arbeitete im Kriminallabor des John Jay College für Strafjustiz, eines Universitätsinstitutes, das sich auf die Spurensicherung in Kriminalfällen spezialisiert hatte. Loren hatte ihm den Auftrag gegeben, an diesem Morgen den Wald um das ehemalige Ferienlager nach Leichen abzusuchen.

„‚Süße'?"

„Äh, 'tschuldigung. Ich arbeite fast nur mit Maschinen. Mit Menschen hab ich's nicht so. Wobei ich natürlich keine Maschinen unterrichte. Also, die Studenten sind schließlich Menschen aus Fleisch und Blut, aber trotzdem …"

„Schon gut, Andrew. Und, gibt's irgendwelche Probleme?"

„Äh, eigentlich nicht."

„Sind Sie schon im Wald?"

„Soll das ein Witz sein? Klar sind wir schon da. Ich bin gestern Abend gleich mit ein paar Studenten losgefahren, als Sie mir das Okay gegeben hatten. Wir haben in einem Motel übernachtet und dann beim ersten Tageslicht hier draußen mit der Suche angefangen."

„Und?"

„Also, Sie erinnern sich doch noch, wie ich sagte, dass dieses Bodenradar ein echtes Wunderding ist?"

„Ja."

„Nun, ich habe Recht gehabt. Sie sollten schnell mal rauskommen. Die Gerichtsmedizinerin ist natürlich auch schon unterwegs …"

DETECTIVE YORKS Telefon klingelte. Er nahm den Hörer ab und meldete sich.

„Hier ist Max."

Max Reynolds war der Verbindungsmann zur Spurensicherung für diesen Fall. York arbeitete gern mit ihm. Er war ein cleverer Bursche.

„Was gibt's, Max?"

„Das Ergebnis von dem Teppichfasertest ist da. Sie wissen schon, von Manolo Santiagos Leiche."

Normalerweise schickte der Verbindungsmann einfach einen Bericht.

„Irgendwas Ungewöhnliches?"

„Ja. Die Fasern sind alt. Es handelt sich um einen Autoteppich. Der dazugehörige Wagen muss über dreißig Jahre alt sein, denn dieser Teppich wurde zwischen 1968 und 1974 verwendet."

„Mein lieber Mann! Sonst noch was?"

„Er stammt von einem deutschen Hersteller."

„Mercedes-Benz?"

„Nee, so was Nobles nicht", widersprach Reynolds. „Ich vermute, dass der Teppich aus einem Volkswagen stammt."

LUCY beschloss, es noch einmal bei ihrem Vater zu versuchen.

Als sie ankam, malte Ira. Rebecca war bei ihm. Als Lucy eintrat, warf ihr die Schwester einen warnenden Blick zu. Ihr Vater hatte ihr den Rücken zugewandt.

„Ira?“

Er drehte sich um, und bei seinem Anblick wäre Lucy fast einen Schritt zurückgewichen. Ira sah furchtbar aus. Sein Gesicht war leichenblass. Seine Haare waren immer widerspenstig gewesen. Doch heute sah er aus, als hätte er zu lange unter Obdachlosen gelebt.

„Wie geht's dir?“, fragte Lucy.

Schwester Rebecca sah sie weiter missbilligend an.

„Nicht so gut“, antwortete er.

„Was malst du da?“ Lucy ging zur Leinwand. Als sie das Motiv sah, zuckte sie zusammen. Wald.

Natürlich war es ihr Wald. Der vom Ferienlager. Jedes Detail stimmte. Faszinierend. Das Bild zeigte eine Nachtszene. Der Mond erleuchtete die Baumwipfel.

Lucy sah ihren Vater an. Ihr Vater sah sie an.

„Wir würden gern allein sein“, bat Lucy die Schwester.

„Das halte ich für keine gute Idee.“

Rebecca glaubte, dass es durch Reden noch schlimmer werden würde. Doch das Gegenteil war der Fall. Irgendetwas hatte sich in Iras Kopf festgesetzt. Nach all den Jahren mussten er und Lucy sich jetzt endlich damit auseinandersetzen.

„Rebecca, gehen Sie!“, ließ sich Ira plötzlich vernehmen. Einfach so. Es klang nicht kalt, aber auch nicht ausgesprochen freundlich.

Die Schwester ließ sich Zeit. „Wenn Sie mich brauchen, rufen Sie mich einfach. In Ordnung, Ira?“

Er schwieg. Rebecca verließ den Raum, ließ aber die Tür offen.

Ira schloss die Augen.

Lucy setzte sich neben ihn und nahm seine Hände. „Ich liebe dich.“

„Ich liebe dich auch. Mehr als alles andere. Schon immer. Und das wird auch immer so bleiben.“

Lucy wartete. Er hielt weiterhin die Augen geschlossen.

„Du denkst an früher, an den Sommer, nicht?“, fragte sie.

Seine Augen blieben zu.

„Und daran, dass Manolo Santiago zu dir kam.“

„Woher wusstest du, dass er bei mir war?“

„Es stand im Gästebuch.“

Endlich öffnete er die Augen. „Hat er dich auch besucht?“

„Nein.“

Das schien ihn zu überraschen. Lucy beschloss, es auf einem anderen Weg zu versuchen.

„Kannst du dich noch an Paul Copeland erinnern?“

Wieder schloss er die Augen, als hätte sie ihm mit dieser Frage einen Schlag versetzt. „Natürlich.“

„Er hat mich besucht.“

Seine Augen sprangen auf. „Was?“

„Irgendwas läuft hier, Ira. Irgendwie kommt das Ganze nach all den Jahren wieder zurück. Ich muss rauskriegen, woran das liegt. Und du musst mir dabei helfen, okay?“

„Warum …?“ Er stockte. „Warum hat Paul Copeland dich besucht?“

„Weil er wissen will, was damals wirklich passiert ist.“ Sie neigte den Kopf zur Seite. „Was hast du Manolo Santiago erzählt?“

„Nichts!“ Er schrie fast. „Absolut nichts!“ Mit jeder Sekunde wurde er aufgeregter.

„Was ist los, Ira?“, erkundigte Lucy sich mit leiser Stimme.

Er drehte sich um und starrte sein Bild an. Tränen traten ihm in die Augen. Er streckte die Hand in Richtung des gemalten Waldes aus, als ob er darin verschwinden könnte.

„Ich will mit Paul Copeland sprechen.“

„Soll ich auch mitkommen?“

Ira schüttelte den Kopf. „Sag ihm, dass er herkommen soll. Allein. Ich erzähl ihm, was er wissen muss. Vielleicht verschwinden die Geister aus der Vergangenheit dann ja wieder.“

ALS ICH in mein Büro zurückkam, wartete der nächste Schock auf mich.

„Glenda Perez erwartet Sie“, teilte Jocelyn Durels mir mit.

„Wer?“

„Sie ist Anwältin. Aber sie meinte, Sie würden sie eher als Schwester von Gil Perez kennen.“

Als ich den Wartebereich betrat, erkannte ich sie sofort. Glenda Perez sah genauso aus wie auf den Fotos, die bei ihren Eltern auf dem Kaminsims standen.

„Ms Perez?“

Sie stand auf und schüttelte mir flüchtig die Hand. „Darf ich davon ausgehen, dass Sie Zeit haben, mit mir zu sprechen?“

Sie wartete nicht, dass ich ihr den Weg zeigte, sondern ging mit hoch erhobenem Kopf voraus. Ich folgte ihr in mein Büro und schloss die Tür hinter mir.

Mit einer Geste forderte ich Glenda Perez auf, Platz zu nehmen. Sie blieb stehen. Ich ging hinter meinen Schreibtisch und setzte mich. Sie stemmte die Hände in die Hüften und starrte auf mich herab.

„Sagen Sie, Mr Copeland, macht es Ihnen Spaß, alten Leuten Angst einzuflößen?“

„Am Anfang nicht. Aber wenn man erst mal den richtigen Dreh raushat, tja, dann macht es schon irgendwie Spaß.“

Sie ließ die Hände sinken. „Finden Sie das komisch?“

„Wie wäre es, wenn Sie sich setzen, Ms Perez?“

„Haben Sie meine Eltern bedroht?“

„Nein. Ach, Moment, doch. Ihren Vater. Ich sagte ihm, wenn er mir nicht die Wahrheit verrät, mache ich ihm sein Leben zur Hölle und werde Ermittlungen gegen ihn und seine Kinder aufnehmen. Wenn Sie das eine Drohung nennen, ja, dann habe ich ihn bedroht.“

Ich lächelte sie an. Sie hatte mit Dementi, Entschuldigungen und Rechtfertigungen gerechnet. Die hatte ich nicht geliefert, also auch kein Öl ins Feuer gegossen. Sie öffnete den Mund, schloss ihn wieder und setzte sich endlich hin.

„Sparen wir uns das Vorgeplänkel“, fuhr ich fort. „Ihr Bruder hat diesen Wald vor zwanzig Jahren aus eigener Kraft verlassen. Ich muss wissen, was damals passiert ist.“

Glenda Perez trug ein graues Businesskostüm. Sie schlug die Beine übereinander und versuchte, entspannt auszusehen. Es gelang ihr nicht. Ich wartete.

„Das stimmt nicht. Mein Bruder wurde gemeinsam mit Ihrer Schwester ermordet.“

„Ich dachte, wir wollten uns das Vorgeplänkel sparen?“

Sie tippte sich mit dem Zeigefinger auf die Lippen. „Werden Sie wirklich Ermittlungen gegen meine Familie aufnehmen?“

„Wir sprechen hier über die Ermordung meiner Schwester, Ms Perez. Gerade Sie sollten das eigentlich verstehen.“

Sie tippte sich weiter an die Lippen. Ich wartete weiter.

„Wie wäre es, wenn wir anfangen, ein bisschen zu spekulieren?“, schlug sie schließlich vor.

Ich breitete die Hände aus. „Für Spekulationen bin ich immer zu haben.“

„Nehmen wir mal an, dieser Manolo Santiago wäre tatsächlich mein Bruder gewesen. Was denken Sie, was das für meine Familie bedeuten würde?“

„Dass sie mich belogen haben."

„Aber nicht nur Sie."

Ich lehnte mich zurück. „Wen noch?"

„Wie Sie wissen, haben all unsere Familien einen Prozess angestrengt. Wir erhielten Schadenersatz in Höhe von mehreren Millionen Dollar. Das wäre dann ja wohl Betrug. Wenn unsere Spekulation zutreffen sollte."

Ich blieb stumm.

„Mit dem Geld hat meine Familie ein Lokal gekauft, meine Ausbildung bezahlt und viel in die Gesundheit und Pflege meines Bruders gesteckt. Wenn wir dieses Geld nicht gehabt hätten, würde Tomás in einem Heim leben. Verstehen Sie, was ich sagen will?"

„Ja."

„Und wenn Gil jetzt aber, rein spekulativ, damals noch am Leben gewesen wäre und wir das gewusst hätten, dann hätten wir einen Schadenersatzprozess aufgrund von falschen Angaben geführt. Außerdem hätten wir die polizeiliche Untersuchung behindert, weil ja in einem *Vier*fachmord ermittelt wurde. Man würde uns strafrechtlich zur Verantwortung ziehen. Verstehen Sie, was ich meine?"

Wir sahen uns an. Jetzt war sie mit Warten an der Reihe.

„Es gibt da noch ein weiteres Problem mit Ihrer Spekulation", sagte ich nach einer Weile.

„Und das wäre?"

„Vier Personen gehen in den Wald. Eine kommt lebend wieder heraus. Diese Person verheimlicht die Tatsache, dass sie noch am Leben ist. Im Rahmen Ihrer Spekulation könnte man annehmen, dass diese Person die anderen drei ermordet hat."

Neuerliches Lippentippen. „Ich kann durchaus nachvollziehen, dass Sie auch diese Möglichkeit in Erwägung ziehen. Aber das hat er nicht."

„Und das soll ich Ihnen einfach glauben?"

„Wenn mein Bruder die anderen umgebracht hätte, wäre damit doch alles vorbei, oder? Er ist tot. Sie können ihn nicht zurückbringen und juristisch belangen."

„Da haben Sie Recht."

„Danke."

„Wer hat meine Schwester umgebracht?"

„Ich habe lange nichts davon gewusst. Im Rahmen unserer Spekulation gesprochen, wusste ich nicht, dass mein Bruder am Leben war."

„Und Ihre Eltern?"

„Ich bin nicht gekommen, um über meine Eltern zu reden."

„Ich muss wissen …"

„… wer Ihre Schwester ermordet hat. Das habe ich inzwischen verstanden. Also werde ich Ihnen noch eine Sache erzählen. Damit hat es sich dann aber auch. Und ich werde eine Bedingung stellen, bevor ich es Ihnen erzähle."

„Die wäre?"

„Dass dies für alle Zeiten eine Spekulation bleibt. Dass Sie aufhören, den Behörden gegenüber zu behaupten, dass Manolo Santiago mein Bruder war. Dass Sie versprechen, meine Eltern in Frieden zu lassen."

„Das kann ich Ihnen nicht versprechen."

„Dann kann ich Ihnen nicht sagen, was ich über Ihre Schwester weiß."

Schweigen. Jetzt war es so weit. Wir hatten eine Pattsituation.

Glenda Perez stand auf. „Ich weiß etwas darüber, was in jener Nacht mit Ihrer Schwester passiert ist. Wenn Sie das erfahren wollen, müssen Sie auf den Handel eingehen."

„Ich werde so lange nichts verraten", erwiderte ich, „wie es sich irgendwie vermeiden lässt. Ich habe kein Interesse daran, Ihrer Familie Schaden zuzufügen. Ich garantiere Ihnen, dass ich mein Bestes versuche, um mich daran zu halten. Aber wenn's hart auf hart kommt, bringt das nichts, und das wissen Sie ebenso gut wie ich."

Glenda Perez zögerte. Dann ging sie zur Tür. Sie legte die Hand auf den Knauf und drehte sich zu mir um.

„Spekulieren wir noch?", fragte sie.

„Ja."

„Falls mein Bruder den Wald aus eigener Kraft verlassen hat, dann hat er das nicht allein getan."

Mir gefror das Blut in den Adern. Ich konnte mich nicht bewegen. Ich versuchte, etwas zu sagen, bekam aber keinen Laut heraus. Ich sah Glenda Perez in die Augen. Sie nickte, und ich bemerkte, dass sie Tränen in den Augen hatte. Dann wandte sie sich ab und öffnete die Tür.

„Spielen Sie nicht mit mir, Ms Perez."

„Das tue ich nicht. Mehr weiß ich nicht. Mein Bruder hat jene Nacht überlebt. Genau wie Ihre Schwester."

DER TAG kapitulierte vor den länger werdenden Schatten, als Loren Muse am ehemaligen Ferienlager ankam.

Sie konnte Wald nicht ausstehen. Sie trieb gern Sport, hegte aber eine tiefe Abneigung gegen die angeblich so tolle Natur. Sie hasste Mücken und Dreck, Angeln, Zelten, Wandern und auch alles Übrige, was man „auf dem Lande" so machte.

Sie hielt vor dem Schild mit der Aufschrift EIGENTUMSANLAGE LAKE CHARMAINE. Sie sah ein paar Blaulichter blinken. Vermutlich parkende Polizeiwagen. Wahrscheinlich war jeder Bulle im Umkreis von mindestens fünfzig Kilometern gekommen, um sich das nicht entgehen zu lassen.

Jetzt durchfuhr auch sie ein Adrenalinschub. Sie wollte unbedingt wissen, was Andrew Barrett gefunden hatte. Der Anzahl der Blaulichter nach musste es etwas Großes sein.

Zum Beispiel eine Leiche.

Ein Mann in Uniform schlenderte auf ihren Wagen zu. Er trug einen breitkrempigen Hut und einen Sheriffstern. Auf seinem Namensschild stand LOWELL.

„Kann ich Ihnen helfen, Miss?"

Sie zeigte ihren Ausweis. „Ich bin Loren Muse, Chefermittlerin von Essex County."

Sheriff Lowell seufzte und wischte sich mit einem Papiertaschentuch die Nase ab. Diese war knollig und ziemlich lang. Wie fast alles an seiner Erscheinung – lang und schlaff, als hätte jemand eine Wachskarikatur von ihm angefertigt und sie dann in der Sonne schmelzen lassen.

Er sah sich den Ausweis an. „Parken Sie da hinten rechts. Wir müssen zu Fuß gehen. Ich führe Sie hin."

Sie stellte den Wagen ab und stieg aus. Lowell reichte ihr eine Taschenlampe.

„Da nach rechts. Kommen Sie."

Loren zählte sieben Polizeiwagen und drei weitere Einsatzfahrzeuge. Bei allen blinkte das Blaulicht. Was das sollte, wusste sie nicht. Die Bewohner der Eigentumsanlage, eine klassische Mischung aus Rentnern und jungen Familien, wurden von dem unnötigen Geblinke angelockt und gafften, obwohl es hier überhaupt nichts zu sehen gab.

„Wie weit ist es?", fragte Loren.

„Gut zwei Kilometer. Soll ich Ihnen auf dem Weg eine kleine Führung geben? Wir kommen direkt am Fundort einer der Leichen von dem vierfachen Mord vor zwanzig Jahren vorbei."

„Haben Sie damals an den Ermittlungen mitgearbeitet?"

„Peripher."

Der Pfad wurde schmaler und verschwand dann fast völlig. Sie mussten um Bäume herumgehen und über Felsen klettern. Loren war schon immer ein Wildfang gewesen. Diese Tour machte Spaß. Und – zur Hölle mit Flair Hickory! – sie hatte auch die richtigen Schuhe dafür an.

„Warten Sie", sagte Lowell plötzlich.

Die Sonne sank immer tiefer. Loren sah nur noch die Silhouette von Lowells Profil.

Der Sheriff nahm seinen Hut ab. „Hier wurde der Billingham-Junge gefunden.“ Im Gefolge seiner Worte schien es im Wald stiller zu werden, und dann flüsterte der Wind ein altes Lied.

Loren sah zu Boden. Ein Kind. Douglas Billingham war gerade siebzehn Jahre alt gewesen. Als man ihn gefunden hatte, hatte er acht Schnittwunden aufgewiesen, die meisten an Armen und Händen. Er hatte sich gegen seinen Angreifer gewehrt.

Loren musterte Lowell, der mit gesenktem Kopf und geschlossenen Augen neben ihr stand. Da fiel ihr etwas ein, was sie in der Akte gelesen hatte. Der Name. Lowell.

„‚Peripher‘, aber sicher, Sheriff! Sie haben damals die Ermittlungen geleitet, verdammt noch mal.“

Lowell antwortete nicht.

„Das verstehe ich nicht. Warum haben Sie mir das nicht gesagt?“

Er zuckte die Achseln. „Und warum haben Sie mir nicht gesagt, dass Sie meinen Fall wieder aufnehmen?“

„Das haben wir eigentlich nicht. Na ja, ich dachte, wir haben ja noch nichts in der Hand.“

„Also haben Sie Ihre Jungs auf blauen Dunst losgeschickt? Und die hatten einfach Schwein? Sie haben Leute hier in meinen Bezirk geschickt, ohne mich vorher zu informieren?“

Loren gefiel die Richtung überhaupt nicht, die das Gespräch jetzt nahm. „Wie weit sind wir hier von dem Ort entfernt, an dem Margot Green gefunden wurde?“

„Das war knapp einen Kilometer südlich von hier.“

„Sie wurde zuerst gefunden, oder?“

„Ja. Als Sie angekommen sind, haben Sie doch die Eigentumswohnungen gesehen. Da standen früher die Hütten, in denen die Mädchen wohnten. Die Jungs waren auf der anderen Seite des Waldes, weiter im Süden. Margot Green wurde in der Nähe der Jungshütten gefunden.“

„Und wie lange dauerte es danach noch, bis Sie Doug Billingham fanden?“

„Sechsunddreißig Stunden. Er war vergraben. Zwar ziemlich flach, aber es reichte, dass wir ihn beim ersten Durchgang übersehen haben. Sie kennen das ja. Wenn die Leute was über vermisste Kinder hören, kommt der anständige Bürger in ihnen zum Vorschein, und so tauchten alle hier auf und wollten uns bei der Suche helfen. Sie müssen direkt über ihn drübergelaufen sein.“

Da stand ein Kreuz – ähnlich denen, die an Straßen für Unfallopfer aufgestellt werden. Es gab kein Foto von Doug, keine persönlichen Gegenstände, keine Blumen. Nur dieses Kreuz ganz allein hier draußen im Wald. Loren schauderte kurz.

„Der Mörder – aber das wissen Sie wohl – war höchstwahrscheinlich ein gewisser Wayne Steubens", fuhr der Sheriff fort. „Nur konnte ihm juristisch nichts nachgewiesen werden. Es gibt die verschiedensten Theorien über das, was in der Nacht passiert ist, im Großen und Ganzen besteht allerdings Konsens darüber, dass Steubens die verschwundenen Jugendlichen – Perez und Copeland – zuerst erwischt und sie vergraben hat. Er war noch dabei, das Grab für Doug Billingham auszuheben, als Margot Greens Leiche entdeckt wurde. Also verscharrte er Billingham hastig und ist abgehauen."

„Haben Sie Wayne Steubens je vernommen?"

„Wir haben mit allen Personen gesprochen, die im Ferienlager waren."

Er sagte das sehr langsam und bedächtig. In Laurens Kopf klingelte eine Alarmglocke.

„Und natürlich war dieser Steubens mir unheimlich", berichtete Lowell weiter. „Vielleicht habe ich mir das aber auch erst im Nachhinein eingeredet, das kann ich nicht mehr genau sagen. Es gab keine Hinweise auf eine Verbindung zwischen Steubens und den Morden. Eigentlich gab es überhaupt keine Hinweise auf irgendjemanden. Außerdem war Steubens reich. Seine Familie hatte ihm einen Anwalt besorgt. Und wie Sie sich sicher vorstellen können, wurde das Lager sofort geräumt. Die Jugendlichen fuhren alle nach Hause."

Loren konnte ihren Blick nicht von dem Kreuz lösen.

„Gehen wir weiter?", fragte der Sheriff.

Sie nickte. Schweigend machten sie sich wieder auf den Weg.

„Haben Sie je ein Mitglied der Opferfamilien kennen gelernt?", erkundigte sich Lowell nach einer Weile.

Sie überlegte. „Einer davon ist mein Chef. Paul Copeland. Sie erinnern sich an ihn?"

„Ich habe, wie gesagt, jeden vernommen, der damals im Lager war."

Wieder läutete die Alarmglocke in Lorens Kopf.

„Hat er Ihnen den Auftrag gegeben, sich den Fall näher anzusehen?", erkundigte sich der Sheriff.

Sie antwortete nicht.

„Mord ist ungerecht", fuhr er fort. „Es ist so, als ob Gott seinen Plan gemacht und die natürliche Ordnung der Dinge geschaffen hat – und dann kommt jemand daher und haut alles zu Klump. Es hilft zwar ein bisschen, wenn man so einen Fall löst. Aber irgendwie ist es doch, als ob jemand ein Stück Alufolie zerknüllt hat. Wenn man den Mörder findet, kann man sie wieder ausbreiten, aber für die Opferfamilie sieht sie doch nie wieder so wie vorher aus."

„Sie sind wohl eine Art Philosoph, Sheriff."

„Sehen Sie Ihrem Chef gelegentlich in die Augen? Suchen Sie darin nach dem, was damals hier passiert ist? Es ist immer noch da. Ein paar von den Alten glauben, dass die Schreie der Jugendlichen hier im Wald nie ganz verklungen sind, sondern das Echo immer noch zwischen den Bäumen hin und her hallt. Das ist gar nicht so dumm, wenn man mal richtig drüber nachdenkt. Dieser Billingham-Junge hat bestimmt geschrien. Er schreit, der Schall wird immer wieder zurückgeworfen, prallt hin und her, wird dabei immer leiser, verhallt aber nie ganz. Als ob Doug immer noch schreit, selbst heute noch. Viele Morde haben einen solchen Nachhall."

„Ich weiß nicht", wandte Loren ein.

„Und ich weiß nicht, ob Sie hier sein sollten."

„Warum?"

„Weil ich Ihren Chef damals auch vernommen habe."

Sie blieb stehen. „Wollen Sie damit sagen, dass ein Interessenkonflikt besteht?"

„Ich glaube, genau das wollte ich sagen."

„Paul Copeland stand unter Verdacht?"

„Die Akte ist noch nicht geschlossen. Und trotz Ihrer Einmischung ist es immer noch mein Fall. Also werde ich die Frage nicht beantworten. Aber eins kann ich Ihnen sagen: Er hat damals gelogen."

„Er war ein Jugendlicher, der Wachdienst hatte. Er konnte damals nicht einschätzen, wie ernst die ganze Sache tatsächlich war."

„Das ist keine Entschuldigung."

„Er hat doch hinterher alles gestanden, oder?"

Lowell antwortete nicht.

„Ich habe die Akte gelesen, Sheriff. Er hat sich davongeschlichen und seine Pflicht als wachhabender Betreuer massiv vernachlässigt. Überlegen Sie doch mal, was für eine Schuld er deshalb empfinden muss! Natürlich vermisst er seine Schwester. Aber ich glaube, die Schuld nagt noch mehr an ihm."

„Interessant."

„Was?"

„Sie sagen, ‚die Schuld nagt an ihm'. Welche Schuld?"

Loren schwieg.

„Außerdem ist es schon seltsam, finden Sie nicht?“, fragte Lowell. „Dass er seinen Posten gerade in dieser Nacht verlassen hat. Na ja, überlegen Sie doch mal. Da sitzt ein sehr verantwortungsbewusster Bursche. Das haben damals alle bestätigt. Und plötzlich, gerade in der Nacht, in der die anderen Jugendlichen sich wegschleichen wollen, in der Nacht, in der Wayne Steubens plant, mehrere Morde zu begehen, beschließt Paul Copeland, es ruhig angehen zu lassen. Das waren mir immer ein paar Zufälle zu viel.“

Ohne etwas zu erwidern, lief Loren weiter.

Lowell lächelte. „Sie haben Recht, beeilen wir uns. Es wird dunkel, und Sie wollen ja noch sehen, was Ihr Freund Barrett gefunden hat.“

ALS GLENDA PEREZ gegangen war, saß ich vollkommen fassungslos in meinem Büro und wusste nicht, was ich tun, denken oder fühlen sollte. Ich zitterte am ganzen Körper. Nach einer Weile probierte ich ein paar der Dinge aus, mit denen man festzustellen versucht, ob man träumt. Sie waren alle negativ. Es war wirklich passiert. Camille lebte.

Ich rief Lucy auf ihrem Handy an. „Du wirst nicht glauben, was die Schwester von Gil Perez mir gerade enthüllt hat.“

„Was denn?“

Ich erzählte es ihr. Als ich an die Stelle kam, wonach Camille den Wald aus eigener Kraft verlassen haben sollte, schnappte Lucy hörbar nach Luft.

„Und du glaubst ihr?“, fragte sie.

„Warum sollte sie das behaupten, wenn es nicht stimmt?“

Schweigen.

„Was ist, Lucy?“

„Es ist bloß seltsam, weiter nichts. Wenn deine Schwester lebt, wo ist sie dann die ganze Zeit gewesen?“

„Ich weiß es nicht.“

„Und was hast du jetzt vor?“

Eine gute Frage. Was nun? Was sollte ich jetzt tun?

„Ich habe noch mal mit meinem Vater gesprochen“, berichtete Lucy. „Und er erinnert sich an irgendwas, was in der Nacht passiert ist. Er sagt mir aber nicht was. Er will es nur dir verraten.“

„Mir?“

„Ja. Ira will dich sprechen.“

„Jetzt?“

„So bald wie möglich.“

„Dann sofort. Soll ich dich abholen?“

Sie zögerte. „Ira hat betont, dass er mit dir allein sprechen will.“

„Okay."

„Hol mich doch trotzdem ab. Ich warte dann so lange im Wagen, während du zu ihm reingehst."

DETECTIVE YORK und Detective Dillon saßen im so genannten Technikraum und aßen Pizza. Das Zimmer war eigentlich ein Pausenraum, in den bei Bedarf Fernseher, Videorekorder und Ähnliches hineingerollt wurden.

Max Reynolds trat ein. „Wie geht's denn so?"

„Die Pizza ist furchtbar", klagte Dillon. „Wir sind in New York, verdammt noch mal. In der Heimat der US-Pizza. Und das Ding hier schmeckt, als ob es aus irgendeinem Klo gefischt worden wäre."

Reynolds rollte Fernseher und Videorekorder herein und stellte sie an. „Tut mir wirklich leid, dass die *cuisine* nicht dem Standard entspricht, den Sie sonst gewohnt sind."

„Übertreib ich etwa?" Dillon wandte sich an York.

„Das ist dein drittes Stück", bemerkte dieser. Dann wandte er sich an Reynolds. „Was haben Sie für uns?"

„Ich glaube, ich habe den Mann gefunden. Oder wenigstens seinen Wagen. An einer zwei Blocks vom Fundort der Leiche Manolo Santiagos entfernten Ecke gibt es ein Lebensmittelgeschäft. Der Besitzer hat Probleme mit Ladendieben, die ihm die Waren aus den Auslagen vor der Tür klauen. Aus diesem Grund hat er seine Überwachungskamera aus dem Laden nach vorn auf den Gehweg gerichtet. Deshalb ist auf den Aufnahmen auch ein Stück Straße zu sehen. Also haben wir uns die Bänder angeschaut und nach Autos aus dieser Zeit gesucht – also Autos, die über dreißig Jahre alt sind. Und jetzt gucken Sie mal, was wir gefunden haben."

Reynolds hatte die Kassette schon an die richtige Stelle gespult. Nach ein paar Sekunden kam ein alter VW Käfer ins Bild. Reynolds drückte die PAUSE-Taste.

„Ist das unser Wagen?", fragte York.

„Ein 71er-Käfer. Und das Interessanteste daran ist, dass er zu den Teppichfasern passt, die wir an Santiagos Kleidung gefunden haben."

„Bingo", sagte Dillon.

„Konnten Sie das Kennzeichen erkennen?", wollte York wissen.

„Nein. Wir haben ihn nur von der Seite. Auch keine Teilansicht von schräg vorn, deshalb können wir nicht mal den Bundesstaat erkennen, in dem er zugelassen wurde."

„Aber wie viele gelbe Original-VW-Käfer sind wohl noch unterwegs?", überlegte York laut. „Haben Sie sonst noch was, Max?"

Reynolds drückte eine Taste, und das Bild zoomte heran. „Hier haben wir den Fahrer."

Dillon kniff die Augen zusammen. „Sieht aus wie Jesus im Rentenalter."

„Lange graue Haare, langer grauer Bart", stimmte Reynolds zu.

„Ist das alles?"

„Das ist alles."

York wandte sich an Dillon. „Lass uns die Kfz-Zulassungsstellen überprüfen. Kann ja nicht so schwer sein, den Wagen zu finden."

LOWELLS ANSCHULDIGUNGEN schienen im Wald widerzuhallen. Der Sheriff glaubte also, dass Paul Copeland damals gelogen hatte. Hatte er das wirklich? Und wenn ja, war das wichtig?

Loren Muse dachte darüber nach. Sie mochte Cope, keine Frage. Aber dies war ein Mordfall wie jeder andere. Man musste den Spuren folgen, ganz egal wohin sie einen führten – selbst wenn es zum eigenen Chef war. Jede Form von Parteinahme war verboten.

Ein paar Minuten später erblickte sie Andrew Barrett, der etwas hinter sich herzog, das wie ein Kinderwagen aussah. Drei junge Leute trotteten neben ihm her. Vermutlich die Studenten.

„Hallo!", rief Loren.

Barrett blickte auf. Man sah ihm an, dass ihm die Störung bei seiner Arbeit nicht behagte. Als er aber Loren erkannte, hellte sich seine Miene auf.

„He, Loren, schön, Sie zu sehen."

„Mhm. Was tun Sie da?"

„Wie meinen Sie das? Ich suche nach Gräbern."

„Ich dachte, Sie hätten schon eins gefunden."

„Hab ich auch. Das ist da oben, so hundert Meter weiter. Aber es werden ja zwei Leichen vermisst, also dachte ich mir, warum soll ich mich auf meinen Lorbeeren ausruhen, wenn Sie wissen, was ich meine."

Loren schluckte. „Sie haben eine Leiche gefunden?"

„Dieses Gerät ist einfach fantastisch. Wir hatten natürlich auch Glück. Hier hat's schon länger nicht geregnet, ja, seit … ich weiß nicht … wie lange, Sheriff?"

„Seit zwei, drei Wochen", antwortete Lowell.

„Sehen Sie, und das hilft. Weil der Boden trocken ist. Haben Sie irgendeine Vorstellung davon, wie so ein Bodenradargerät funktioniert? Ich habe hier ein 800-Megahertz-Signal eingestellt. Damit komme ich zwar nur …"

„Andrew“, unterbrach Loren ihn, „sehe ich so aus, als würde es mich auch nur im Geringsten interessieren, wie Ihr neues Spielzeug funktioniert? Also, erzählen Sie mir, was Sie gefunden haben, bevor ich auf jemanden schieße.“

„Knochen“, erwiderte er lächelnd. „Wir haben Knochen gefunden.“

„Menschenknochen?“

„Definitiv. Weil wir auch zuerst den Schädel gefunden haben. Dann haben wir aufgehört zu graben, und jetzt sind die Profis da zugange.“

Loren eilte an ihm vorbei. Lowell folgte ihr. Vor ihnen hatte das Spurensicherungsteam ein paar große Scheinwerfer aufgebaut, die fast so hell strahlten wie an einem Filmset.

Lowell deutete auf eine hübsche Frau, die Latexhandschuhe trug. „Das ist Doc O’Neill“, erklärte er. „Unsere Leichenbeschauerin.“

Loren ging zu ihr hin. „Ich bin Loren Muse, Chefermittlerin von Essex County.“

Die Frau streckte ihr eine behandschuhte Hand entgegen. „Tara O’Neill.“

„Was können Sie mir über den Fund sagen?“

Tara sah Loren einen Moment lang argwöhnisch an. Als Lowell aber mit einem kurzen Nicken sein Einverständnis erklärt hatte, fragte sie: „Waren Sie das, die Mr Barrett hier rausgeschickt hat?“

„Ja, das war ich.“

„Wir arbeiten noch dran, aber soweit ich es bisher beurteilen kann, haben wir es mit einem ziemlich vollständigen Skelett zu tun. Es lag knapp einen Meter tief. Für eine eindeutige Identifikation muss ich die Knochen allerdings ins Labor bringen.“

„Und was können Sie mir jetzt dazu sagen?“

„Kommen Sie.“

Sie führte Loren auf die andere Seite der Grube. Die Knochen waren markiert und auf einer blauen Plane ausgelegt.

„Keine Kleidung?“, fragte Loren.

„Nein.“

„Ist sie verrottet, oder wurde die Leiche nackt begraben?“

„Genau kann ich es nicht sagen, aber da es weder Geldmünzen noch Schmuck, weder Knöpfe noch Reißverschlüsse noch Schuhe gibt, würde ich auf nackt tippen.“

Loren starrte den braunen Schädel an. „Todesursache?“

„Dafür ist es noch zu früh. Aber ein paar Dinge wissen wir. Die Knochen sind in einem ziemlich schlechten Zustand. Sie liegen da schon eine ganze Weile.“

„Wie lange?“

„Schwer zu sagen. Mindestens fünfzehn Jahre, würde ich schätzen. Kurz gesagt, das passt zu den Morden, die hier vor zwanzig Jahren begangen wurden.“

Loren schluckte. „Können Sie feststellen, ob das ein Männer- oder ein Frauenskelett ist?“

„Ich zeig Ihnen was.“

Tara O’Neill ging in die Hocke. Loren kauerte sich neben sie. Die Leichenbeschauerin richtete den Strahl ihrer Taschenlampe auf den Schädel.

„Ein Merkmal für den Unterschied zwischen einem Männer- und einem Frauenskelett ist die Größe und Dichte der Knochen. Erstens, diese Knochen scheinen ziemlich dünn zu sein. Zweitens, sehen Sie sich die Stelle an, über der einmal die Augenbrauen waren.“

„Okay.“

„Das ist die Augenhöhlenleiste. Sie ist bei Männern stärker ausgeprägt. Also, obwohl der Schädel ziemlich verwittert ist, erkennt man, dass die Leiste hier nicht sehr ausgeprägt war. Der eigentliche Schlüssel aber ist die Beckenhöhle.“ Sie fuhr mit der Taschenlampe nach unten. „Sehen Sie sie?“

„Ja, ich glaube schon. Und?“

„Sie ist ziemlich breit.“ Tara schaltete die Taschenlampe aus und stand wieder auf. „Das bedeutet, dass das Opfer weiß und ungefähr einen Meter siebzig groß war – so groß war Camille Copeland übrigens. Und es handelt sich um eine tote Frau.“

„Du wirst es nicht glauben“, sagte Dillon.

York blickte auf. „Was?“

„Ich habe den VW im Computer gefunden. In den drei umliegenden Staaten sind nur vierzehn Käfer zugelassen, auf die die Beschreibung passt. Und jetzt kommt’s: Einer ist auf einen gewissen Ira Silverstein zugelassen. Sagt dir der Name was?“

„Ist das nicht der Kerl, dem damals das Ferienlager gehörte?“

„Genau das ist er.“

„Willst du mir damit sagen, dass Copeland womöglich die ganze Zeit Recht hatte?“

„Ich habe die Adresse von diesem Silverstein rausgesucht. Muss wohl so eine Art Pflegeheim sein.“

„Worauf warten wir dann noch?“, fragte York. „Schnappen wir ihn uns.“

ELF

Nachdem Lucy in den Wagen gestiegen war, stellte ich eine CD an und fuhr los.

Lucy lächelte. „Den Song kenne ich. Bei dem fange ich immer an zu heulen."

„Du fängst bei jedem Song an zu heulen."

„Du kennst mich aber verdammt gut."

Ich lächelte.

„Du wirkst ziemlich ruhig für jemanden, der gerade erfahren hat, dass seine tot geglaubte Schwester noch am Leben sein könnte."

„Ich stecke die Sachen in verschiedene Schachteln. Dann kümmere ich mich nur um die eine und blende alles andere für eine Weile aus. Nur so überstehe ich diesen Wahnsinn. Ich nenne es Abschottung."

„Wir Psychologen haben dafür einen anderen Begriff. Wir nennen es Verleugnung."

„Nenn es, wie du willst. Jetzt haben wir einen Hinweis, Luce. Wir werden Camille finden. Es geht ihr gut."

Eine Weile fuhren wir dahin.

„Was könnte deinem Vater denn wieder eingefallen sein?", fragte ich schließlich.

„Keine Ahnung. Aber wir wissen doch, dass Gil Perez bei ihm war. Ich vermute, dass dieser Besuch irgendwas in Iras Kopf ausgelöst hat. Was, weiß ich auch nicht. Es kann etwas völlig Belangloses sein. Vielleicht hat er sich das auch nur eingebildet oder ausgedacht. Jedenfalls geht es ihm nicht gut."

Nach unserer Ankunft parkten wir in der Nähe von Iras VW Käfer. Es war komisch, den Wagen wiederzusehen. Er hätte mich in die Vergangenheit zurückversetzen müssen. Ira war damals im Ferienlager dauernd damit herumgefahren. Im Moment empfand ich aber nichts beim Anblick des alten Volkswagens.

Meine Abschottung drohte zu zerbrechen.

Weil ich wieder Hoffnung hatte.

Ich hoffte, dass ich meine Schwester fand.

Ich hoffte, dass ich zum ersten Mal seit Janes Tod eine echte Bindung zu einer Frau aufbauen konnte.

Ich versuchte, mich selbst zu warnen. Ich erinnerte mich mahnend daran, dass Hoffnung die grausamste Geliebte war, dass sie einen zermalmen konnte wie einen Styroporbecher. Aber ich wollte diese Hoffnung. Ich wollte sie hegen und pflegen, damit ich dieses Hochgefühl noch eine Weile genießen konnte.

Ich sah zu Lucy. Sie lächelte, und dieses Lächeln ging mir durch Mark und Bein. Es war so lange her, dass ich diesen unbändigen Rausch verspürt hatte.

„Geh jetzt lieber rein, Paul."

„Und du willst wirklich hierbleiben?"

„Ira hat das sehr deutlich gesagt – er will mit dir allein sprechen. Wahrscheinlich lass ich seinen Käfer ein bisschen laufen, damit sich die Batterie nicht ganz entlädt."

Ich stieg aus und schwebte den Weg hinauf. Das Heim lag in einer friedlichen grünen Umgebung. Es war ein nahezu rechteckiger georgianischer Backsteinbau mit weißen Säulen am Eingang.

An der Rezeption saß eine Frau. Ich nannte ihr meinen Namen. Sie forderte mich auf, mich ins Besucherbuch einzutragen. Nachdem ich das gemacht hatte, telefonierte sie und ich wartete.

Eine rothaarige Schwester kam die Treppe herunter. „Ich bin Rebecca", stellte sie sich vor. „Ich bringe Sie zu Mr Silverstein."

„Danke."

Ich hatte gedacht, sie würde mich den Flur entlangführen, aber wir gingen durch die Hintertür direkt nach draußen. Der Garten war sehr gepflegt. Eine dichte Hecke umschloss das Grundstück.

Ich erkannte Ira Silverstein sofort. Er hatte sich verändert und war dabei doch ganz der Alte geblieben. Man kennt diese Leute. Sie werden älter und dicker, sie ergrauen und ihre Haut erschlafft, trotzdem sind sie dieselben wie früher. So war das bei ihm.

„Ira?"

Er trug einen Poncho, wie ich ihn zum letzten Mal in einem Dokumentarfilm über Woodstock gesehen hatte. Seine Füße steckten in Sandalen. Ira erhob sich langsam und empfing mich mit ausgebreiteten Armen. Ich trat zu ihm. Er nahm mich fest, mit all seiner Kraft, in die Arme.

Dann ließ er mich los und sagte zur Schwester: „Lassen Sie uns allein."

Rebecca ging, und Ira führte mich zu einer Parkbank. Wir setzten uns.

„Du siehst noch genauso aus wie früher, Cope." Er erinnerte sich an meinen Spitznamen.

„Du auch."

„Und, was machst du jetzt so?"

„Ich bin Bezirksstaatsanwalt."

Er runzelte die Stirn. „Echt? Irgendwie gehörst du dann aber schon zum Establishment."

Der alte Ira.

„Ich ermittle nicht gegen Antikriegsdemonstranten", versicherte ich ihm. „Ich beschäftige mich mit Mördern und Vergewaltigern."

Er kniff die Augen zusammen. „Bist du deshalb gekommen?"

Ich wusste nicht, was ich darauf antworten sollte, also spielte ich einfach mit. „Irgendwie schon. Ich versuche rauszubekommen, was damals im Wald geschehen ist."

Ira schloss die Augen. „Du hast Lucy das Herz gebrochen, weißt du?"

„Ich habe ihr geschrieben. Ich habe versucht, sie anzurufen. Sie hat sich nicht gemeldet."

„Trotzdem. Sie hat sehr gelitten."

„Das war nicht meine Absicht."

„Und warum bist du jetzt hier?"

„Ich bin hier", antwortete ich langsam, „weil du mich sprechen wolltest."

„Nicht *hier* hier. Ich meine *hier*, zurück in unserem Leben. Warum gerade jetzt?"

„Ich will rausfinden, was mit meiner Schwester passiert ist."

„Sie wurde ermordet. Genau wie die anderen drei."

„Nein, das wurde sie nicht. Gil Perez ist in jener Nacht auch nicht gestorben. Er kam wieder zurück. Und er hat dich besucht, stimmt's?"

Iras Blick starrte ins Unendliche. Abrupt stand er auf und marschierte los.

Ich folgte ihm. „War er hier, Ira?"

„Er hat mir nicht gesagt, wer er ist. Zuerst wenigstens nicht. Er sagte, dass er Manolo Soundso heißt. Doch ich wusste, wer er war. Er sah auch ganz anders aus als früher, aber irgendwie habe ich ihn an seinem Verhalten erkannt, verstehst du?"

Er ging weiter. Ich sah, dass er hinkte. Er verzog das Gesicht vor Schmerz.

„Ist alles okay?", fragte ich.

„Ich muss laufen. Im Wald. Komm."

Der Garten des Heims war nicht eingezäunt. Ira schlüpfte durch eine Lücke in der Hecke. Ich folgte ihm. Vor uns erhob sich ein bewaldeter Hügel. Ira stapfte einen Pfad hinauf.

„Darfst du einfach so gehen?"

„Klar. Ich bin freiwillig hier. Ich kann kommen und gehen, wann ich will."

„Was wollte Gil von dir?"

„Wissen, was in jener Nacht passiert ist."

„Wusste er das denn nicht?"

„Ein bisschen was wusste er schon. Aber er wollte noch mehr wissen."

„Das verstehe ich nicht."

„Brauchst du auch nicht."

„Doch, Ira. Genau deshalb bin ich hier. Hat Gil meine Schwester erwähnt?"

Er blieb kurz stehen und lächelte traurig. „Camille. Die arme Camille."

„Ja. Camille. Hat er was über sie gesagt?"

Ira hinkte weiter den Hügel hinauf. „Das war so viel Blut damals in der Nacht."

„Bitte, du musst dich konzentrieren. Hat Gil etwas über Camille gesagt?"

„Nein. Sie sind tot, Cope. Der Mörder sitzt im Knast. Du musst die Toten ruhen lassen."

„Gil war nicht tot."

„Bis zu dem Tag, an dem er mich besucht hat, war er das. Verstehst du?"

„Nein."

„Es ist vorbei. Die Toten sind tot. Die Lebenden sind in Sicherheit."

Ich streckte die Hand aus und ergriff seinen Arm. „Ira, was hat Gil Perez dir gesagt?"

Wir blieben stehen. Ira schaute den Hügel hinab. Ich folgte seinem Blick. Ich sah nur noch das Dach des Heims. Wir befanden uns im dichten Wald.

„Du wirst dich damit nicht zufriedengeben, oder?", fragte Ira.

„Nein", bestätigte ich. „Ich werde mich damit nicht zufriedengeben."

Ira nickte. Er sah sehr traurig aus. Dann steckte er die Hand unter den Poncho, zog eine Pistole hervor, zielte auf mich und drückte ohne ein weiteres Wort ab.

„WIR HABEN hier ein Problem." Sheriff Lowell putzte sich die Nase mit einem Taschentuch, das so groß war, dass ein Clown es als Requisite hätte verwenden können.

Die Wache war moderner eingerichtet, als Loren erwartet hatte. Das Gebäude war neu, stilvoll und sauber. Alle abgetrennten Arbeitsnischen, die sie sah, waren mit Computern ausgestattet. Die Einrichtung war in Weiß- und Grautönen gehalten.

„Welches Problem haben wir Ihrer Ansicht nach?", fragte Loren.

„Wir haben gerade eine Leiche gefunden, die nach vorläufigen Schätzungen ziemlich lange im Wald gelegen hat. Wir wissen drei Dinge: weiß, weiblich, Größe circa eins siebzig. Mehr nicht. Die Vermisstenanzeigen habe ich schon durchgesehen. Im Umkreis von gut hundert Kilometern wird keine Frau vermisst, auf die diese Beschreibung passt."

„Wir wissen beide, wer das ist."

„Nein, das wissen wir nicht. Wir haben keine eindeutige Identifikation. Doc O'Neill arbeitet dran. Wir haben die Akten von Camille Copelands Zahnarzt angefordert. In ein bis zwei Tagen wissen wir mehr. Es besteht kein Grund zur Eile. Wir haben noch andere Fälle."

„Kein Grund zur Eile?"

„Genau das habe ich gesagt."

„Dann verstehe ich Sie nicht."

„Wissen Sie, welche Frage ich mir schon die ganze Zeit stelle – was sind Sie eigentlich in erster Linie? Ermittlerin oder politischer Spezi?"

„Was soll das denn heißen?"

„Nehmen Sie mal an, das wäre Ihr Fall und ich wäre da einfach so reingeplatzt und Sie wüssten, dass ich sofort nach Hause laufe und alles meinem Boss erzähle – also jemandem, der damals in diese Geschichte zumindest in irgendeiner Form involviert war –, was würden Sie da machen?"

„Okay. Was kann ich also tun, um Sie zu beruhigen?"

„Sie können mir die Zeit für die Identifizierung der Leiche geben. Copeland hat zwanzig Jahre lang gewartet. Da kommt es doch wohl auf einen Tag mehr oder weniger nicht an. Und ich erwarte sogar noch mehr von Ihnen. Sie sollen mir sagen, warum dieser Barrett mit seinem technischen Spielzeug hier draußen herumläuft und nach Leichen sucht, die schon sehr lange tot sind."

„Das habe ich Ihnen doch gesagt. Er will sein neues Gerät einem Praxistest unterziehen."

„Sie arbeiten in Newark, New Jersey. Wollen Sie mir erzählen, dass es in Ihrem Bezirk keine Orte gibt, wo Sie ihn hätten hinschicken können, weil Sie dort Leichen vermuten?"

Er hatte natürlich Recht. Sie musste mit der Wahrheit herausrücken.

„In New York wurde vor ein paar Tagen eine Leiche gefunden. Mein Chef glaubt, dass es Gil Perez ist."

Lowells Pokerface verschwand. „Wie war das?"

Lauren wollte es gerade erklären, als Tara O'Neill ins Büro stürzte. Lowell wirkte verärgert wegen der Unterbrechung, fragte aber in neutralem Tonfall: „Was gibt's, Tara?"

„Ich habe was an der Leiche entdeckt", teilte sie ihnen mit. „Und ich glaube, das ist wichtig."

Als Cope ausgestiegen war, verharrte Lucy noch gut fünf Minuten allein auf dem Beifahrersitz. Ein Lächeln lag auf ihrem Gesicht. Wie er sie angesehen hatte … Es war, als hätte ihr Herz nicht nur wieder zu schlagen angefangen, sondern als hätte es sich in die Luft geschwungen.

Es war wunderbar. Und es machte ihr Angst.

Sie sah Copes CDs durch und suchte sich eine bestimmte heraus. Traurige Musik ist besser als Alkohol, dachte sie, wenn auch nicht viel besser.

Sie überlegte, wie sie ihr Leben gelebt und welche Fehler sie gemacht hatte. Vielleicht hätte sie versuchen sollen, die Dinge, die in jener Nacht vorgefallen waren, direkt zu verarbeiten. Stattdessen hatte sie alles verdrängt. Wenn man Angst vor der Konfrontation hatte, fand man immer wieder Möglichkeiten, sich zu verstecken.

Als sie die Musik ausschaltete, sah sie einen grünen Wagen, einen Ford mit New Yorker Kennzeichen, der direkt unter dem Parkverbotsschild vor dem Eingang hielt. Zwei Männer stiegen aus – einer groß, der andere quadratisch – und schlenderten ins Heim. Lucy wusste nicht, was sie davon halten sollte. Aber wahrscheinlich hatte es nichts zu bedeuten.

Die Schlüssel für Iras Käfer waren in ihrer Handtasche. Nach kurzem Suchen fand sie sie. Sie stieg aus und ging zu dem alten VW. Das Schloss der Fahrertür war rostig, und sie brauchte etwas Kraft, aber es sprang auf.

Lucy setzte sich auf den Fahrersitz, und sofort stieg ihr der Geruch in die Nase. Sie drehte sich um und sah auf den Rücksitz.

Er war voller Blut.

Und dann hörte sie in der Ferne Schüsse.

Das Skelett war auf einem Edelstahltisch mit winzigen Löchern ausgelegt, durch die der Tisch leichter zu reinigen war – man brauchte ihn nur mit einem Schlauch abzuspülen. Lowell hatte sich auf eine Seite des Tisches gestellt, Loren und Tara O'Neill standen ihm gegenüber.

„Und was gibt's jetzt?", fragte Lowell.

„Zunächst einmal, es fehlen noch ein paar Knochen", erläuterte Tara. „Ich fahre morgen noch mal raus und suche danach. Aber das ist bei so einer Sache ganz normal. Ich wollte gerade ein paar Röntgenaufnahmen machen, die Verknöcherungen prüfen, besonders am Schlüsselbein."

„Was bringt das?"

„Eine grobe Altersangabe. Als Letztes setzen die Verknöcherungen da oben ein, wo das Schlüsselbein auf das Brustbein trifft. Mit ungefähr einundzwanzig ist dieser Prozess abgeschlossen. Aber darum geht es mir jetzt überhaupt nicht."

„Sondern? Was haben Sie so Großartiges gefunden?“

„Dies.“ Tara O’Neill deutete auf das Becken.

„Das haben Sie mir doch schon gezeigt“, meinte Loren. „Das ist der Beweis dafür, dass es sich um ein Frauenskelett handelt.“

„Ja, das auch. Ich bin fest davon überzeugt, dass es sich um die sterblichen Überreste einer Frau handelt.“

„Und was wollen Sie uns jetzt noch zeigen?“

„Das Schambein. Sehen Sie das hier? Diese Kerbe oder Vertiefung da? Die bildet sich vorn auf der Oberfläche der knorpeligen Schambeinfuge, die die beiden Schambeinknochen zusammenhält – und zwar dann, wenn die Knochen sich voneinander wegbewegen und der elastische Knorpel gedehnt wird.“ Taras Gesicht glühte.

Loren blickte Lowell an. Der zuckte die Achseln.

„Und was bedeutet das?“, fragte Loren.

„Das bedeutet, dass Ihr Opfer irgendwann einmal entbunden hat.“

Die Zeit bleibt nicht stehen, wenn eine Waffe auf einen gerichtet ist. Im Gegenteil, sie läuft schneller.

Als Ira mit der Pistole auf mich zielte, ging ich davon aus, dass ich noch Zeit zum Reagieren hatte. Ich begann, die Hände zu heben. Ich öffnete den Mund, um mich aus dieser Situation herauszureden. Ich wollte ihm versichern, dass ich tun würde, was er verlangte. Aber ich hatte für nichts davon Zeit. Ich hatte auch keine Zeit, Ira zu fragen, warum er das tat.

Weil Ira schon abdrückte.

Und dennoch – vielleicht hatte ich instinktiv an seiner Haltung oder bereits an der Bewegung, mit der er die Pistole gezogen hatte, erkannt, dass er nicht mit sich reden lassen, dass er sofort abdrücken und ich daraufhin sterben würde. Irgendetwas verriet mir jedenfalls, dass ich sofort zur Seite springen musste.

Die Kugel traf mich trotzdem.

Er hatte mitten auf meine Brust gezielt. Die Kugel traf mich in die Seite und fuhr mir wie ein heißer Speer durch die Hüfte. Ich schlug hart auf dem Boden auf und versuchte, mich hinter einen Baum zu rollen. Ira schoss noch einmal. Dieses Mal verfehlte er mich. Ich rollte weiter.

Jetzt wurde mir klar, dass Ira das die ganze Zeit geplant hatte. Deshalb hatte er mich allein sprechen wollen. Deshalb hatte er mich in den Wald geführt. Weil er mich erschießen wollte.

Ich sah mich um. Ira war nur gut zwei Meter hinter mir. Mit der Pistole. Ich spürte, wie das Blut aus mir heraustropfte. Ich würde sterben.

Wir stürzten den Hügel hinab, ich rollend, Ira hinkend und stolpernd, wobei er versuchte, ausreichend Balance zu gewinnen, damit er noch einmal schießen konnte. Ich wusste, mir blieben nur wenige Sekunden.

Meine einzige Chance bestand in einem Richtungswechsel. Ich griff in den Boden und stoppte. Ira versuchte abzubremsen. Mit beiden Händen umklammerte ich einen dünnen Baum und trat mit beiden Beinen nach Ira. Es war ein armseliger Abwehrversuch, wie ein schlechter Turner an einem Seitpferd. Aber ich traf Ira mit den Füßen am rechten Knöchel. Nicht sehr hart, aber hart genug, damit er das Gleichgewicht verlor. Er stieß einen Schrei aus und fiel zu Boden.

Die Pistole, dachte ich. Hol dir die Pistole!

So schnell ich konnte, krabbelte ich zu Ira. Ich war jünger als er und besser trainiert. Zwar steckte in seinen Armen und Beinen immer noch Kraft, aber sein Hirn war halb verdorrt. Das Alter und die Drogen mussten seine Reflexe verlangsamt haben. Ich packte ihn mit beiden Händen am rechten Arm, warf mich mit dem ganzen Körper darauf und bog den Arm nach hinten.

Die Hand war leer.

Ich hatte mich so sehr auf die rechte Hand konzentriert, dass ich die linke gar nicht kommen sah. Ira hatte in großem Bogen ausgeholt. Die Pistole musste ihm beim Sturz aus der Hand gefallen sein. Jetzt hielt er sie mit der Linken umklammert wie einen Stein. Er schmetterte mir den Griff an die Stirn.

Der Schlag traf meinen Schädel wie ein Blitz. Ich krümmte mich zusammen, ließ Iras Arm los und blickte auf. Er hatte die Pistole wieder auf mich gerichtet.

„Polizei! Keine Bewegung!"

Ich erkannte die Stimme. Es war York.

Die Luft erstarrte. Fing an zu knistern. Ich riss den Blick vom Pistolenlauf los, blickte Ira in die Augen. Und da sah ich es. Er würde abdrücken und mich töten. Die Polizei war hier. Für ihn war es gelaufen. Das wusste er. Trotzdem würde er mich erschießen.

„Dad! Nein!"

Es war Lucy. Als er ihre Stimme hörte, veränderte sich etwas in seinem Blick.

„Lassen Sie die Waffe fallen! Sofort! Tun Sie, was ich sage!", schrie York.

Ira sah mich weiter an. „Deine Schwester ist tot", sagte er.

Dann drehte er die Pistole um, steckte sie sich in den Mund und drückte ab.

ZWÖLF

„Mr Copeland?"

Ich öffnete die Augen und blinzelte. Ich lag in einem Bett. In einem Krankenhauszimmer.

„Ich bin Dr. McFadden."

Ich ließ den Blick durch den Raum wandern. York stand direkt hinter dem Arzt.

„Sie haben einen Schuss in die Seite bekommen. Wir haben Sie wieder zusammengeflickt. Das wird schon wieder, aber die Wunde braucht …"

„Doc?"

McFadden hatte nicht damit gerechnet, dass ich ihn so schnell unterbrechen würde. Er runzelte die Stirn. „Ja?"

„Können wir das später weiterbesprechen? Ich muss mich dringend mit dem Detective unterhalten."

York unterdrückte ein Lächeln. Ich erwartete einen Disput. Ärzte sind noch arroganter als Anwälte.

Aber McFadden leistete keinen Widerstand. Er zuckte nur kurz die Achseln. „Wie Sie meinen. Wenn Sie fertig sind, sagen Sie der Schwester Bescheid, dass sie mich anpiepsen soll." Er ging ohne ein weiteres Wort.

York trat näher ans Bett heran.

„Woher wussten Sie das von Ira?", fragte ich ihn.

„Die Jungs von der Spurensicherung haben an der Leiche von, äh … Also, wenn Sie wollen, können wir ihn Gil Perez nennen."

„Das wäre gut."

„In Ordnung. An seiner Leiche befanden sich jedenfalls Teppichfasern aus einem sehr alten Fahrzeug. Dann machten wir in der Nähe des Leichenfundorts eine Überwachungskamera ausfindig. Und auf dem Video aus dieser Kamera entdeckten wir einen gelben Volkswagen und ordneten ihn Ira Silverstein zu. Darum sind wir rübergekommen."

„Wo ist Lucy?"

„Dillon stellt ihr gerade ein paar Fragen."

„Ich begreife das immer noch nicht. Ira hat also Gil Perez umgebracht?"

„Ja. Wir haben auf dem Rücksitz des VW Blut gefunden. Ich vermute, dass es von Perez stammt. Außerdem hat das Personal im Heim bestätigt, dass Perez – der sich im Gästebuch als Manolo Santiago eingetragen hatte – am Tag vor dem Mord bei Silverstein zu Besuch war. Ein paar Angestellte sagten auch aus, dass sie gesehen haben, wie Silverstein am nächsten Morgen mit dem Käfer wegfuhr. Es war seit sechs Monaten das erste Mal, dass er das Heim verließ.“

„Aber warum sollte Ira Gil umbringen wollen?“

„Ich vermute, aus dem gleichen Grund, warum er auch Sie umbringen wollte. Sie haben beide noch mal genauer hingeguckt, was damals im Ferienlager wirklich passiert ist. Und das hat Mr Silverstein offensichtlich nicht gefallen.“

„Also war Ira auch der Mörder von Margot Green und Doug Billingham?“

York wartete noch einen Moment, als wollte er mir die Gelegenheit geben, auch noch meine Schwester hinzuzufügen. Als ich das nicht tat, meinte er: „Wäre möglich.“

„Und was ist mit Wayne Steubens?“

„Keine Ahnung, wahrscheinlich haben die beiden irgendwie zusammengearbeitet. Ich weiß nur, dass Ira Silverstein *mein Opfer* umgebracht hat. Die Pistole, mit der er auf Sie geschossen hat, weist das gleiche Kaliber auf wie die, mit der Gil Perez erschossen wurde. Die ballistischen Tests laufen noch, aber Sie wissen so gut wie ich, dass wir eine Übereinstimmung finden werden. Aber Silverstein ist tot, und es ist sehr schwierig, gegen einen Toten juristisch vorzugehen. Was Silverstein vor zwanzig Jahren getan oder auch nicht getan hat …“ York zuckte die Achseln. „Na ja, neugierig bin ich schon. Aber darum muss sich jemand anders kümmern.“

„Helfen Sie uns, wenn wir Hilfe brauchen?“

„Klar. Gern sogar. Und wenn Sie rausgekriegt haben, was da passiert ist, können Sie ja mal nach New York kommen, dann lade ich Sie auf ein Steak ein.“

„Wird gemacht.“

Wir schüttelten uns die Hand.

„Ich muss mich noch bei Ihnen bedanken, dass Sie mir das Leben gerettet haben“, setzte ich hinzu.

„Ja, das müssten Sie. Ich glaube aber nicht, dass es mein Verdienst war.“

Ich erinnerte mich an Iras Miene und die Entschlossenheit, die darin gelegen hatte. Er hätte mich erschossen. Nicht York und seine Pistole hatten mich gerettet, sondern Lucys Stimme.

York ging. Ich dachte an Lucy. Überlegte, wie sie jetzt litt, nachdem sie hatte zusehen müssen, wie ihr geliebter Vater sich den Kopf weggeschossen hatte. Und bestimmt zermarterte sie sich das Hirn darüber, welche Gründe es dafür gab. Ich wollte sie trösten.

Es klopfte. „Herein!“

Es war Loren Muse. Ich lächelte ihr zu und erwartete, sie würde das Lächeln erwidern. Das tat sie aber nicht.

„Sie brauchen nicht so düster zu gucken“, beruhigte ich sie. „Mir geht’s gut.“

Loren trat näher. Sie schnappte sich einen Stuhl und stellte ihn neben das Bett. „Wir müssen miteinander reden.“

Ich hatte dieses Gesicht bei ihr schon gesehen. Es war ihre Killermiene, ihr „Das Schwein schnapp ich mir“-Gesicht, ihr „Mich kannst du nicht an der Nase herumführen“-Ausdruck. Ich war dabei gewesen, wie sie Mörder, Vergewaltiger und Entführer so angesehen hatte. Und jetzt war ich an der Reihe.

„Was ist los, Loren?“

„Ich habe mich vorhin mit Sheriff Lowell unterhalten.“

Ich wusste, dass sie gründlich vorging. Für sie war es also ganz selbstverständlich, Kontakt zu dem Mann aufzunehmen, der damals die Mordermittlungen geleitet hatte.

„Lassen Sie mich raten. Er meint, dass ich über jene Nacht gelogen habe.“

Loren sagte weder Ja noch Nein. „Es ist schon komisch, dass Sie in der Mordnacht Ihren Wachposten verlassen haben, finden Sie nicht auch?“

„Sie wissen doch warum. Sie haben den Erlebnisbericht gelesen.“

„Ja. Sie haben sich mit Ihrer Freundin davongeschlichen. Und dann wollten Sie sie nicht in Schwierigkeiten bringen.“

„Genau.“

„Aber in dem Bericht stand auch, dass Sie blutverschmiert waren. Stimmt das ebenfalls?“

Ich sah sie an. „Was zum Teufel ist hier los?“

„Ich versuche, so zu tun, als wären Sie nicht mein Chef.“

Ich quälte mich ab, mich aufzusetzen. Die genähte Wunde tat höllisch weh. „Hat Lowell Ihnen erzählt, dass ich zeitweise zu den Verdächtigen gehörte?“

„Das war nicht nötig. Und diese Fragen würde ich Ihnen auch stellen, wenn Sie kein Verdächtiger gewesen wären. Versetzen Sie sich doch mal in meine Lage. Ich muss diesen Fall ohne jede Parteilichkeit oder Vorbehalte bearbeiten. Würden Sie an meiner Stelle nicht dieselben Fragen stellen?“

Ich dachte darüber nach. „Okay, ich hab’s verstanden. Sie können mich fragen, was Sie wollen.“

„War Ihre Schwester jemals schwanger?“

Die Frage traf mich wie ein linker Haken ohne Vorwarnung. Wahrscheinlich hatte sie genau das beabsichtigt.

„Ist das Ihr Ernst?“

„Bitte beantworten Sie einfach meine Frage."

„Nein, meine Schwester war nie schwanger."

„Sind Sie sicher?"

„Ich glaube, ich hätte das gewusst. Warum wollen Sie das wissen?"

Sie sezierte mich mit ihren Blicken.

„Hören Sie auf damit!", fuhr ich sie an.

„Sie müssen den Fall wegen Voreingenommenheit abgeben, Cope. Und das wissen Sie ganz genau."

„Ich muss gar nichts."

„Doch, das müssen Sie. Es ist immer noch Lowells Fall. Aber ich habe seine Zustimmung, dass ich mit Ihnen reden darf."

„Gut, spielen wir es eben auf die Art. Ich habe Glenda Perez zwar versprochen zu versuchen, ihre Familie aus der Sache rauszuhalten. Aber von mir aus erzählen Sie es Lowell. Der Schlüssel zu dem Fall ist der: Glenda Perez sagte, meine Schwester hätte den Wald aus eigener Kraft verlassen."

„Und Ira Silverstein sagte, dass sie tot ist."

Ich musterte sie streng. „Was ist los, Loren?"

Sie hielt meinem Blick stand. Ihre Miene gefiel mir nicht.

„Sie wissen doch, dass ich Andrew Barrett zum alten Ferienlager geschickt habe?"

„Natürlich."

Loren schaute mich weiter an. Mehr tat sie nicht. Ich sah, dass ihre Augen feucht wurden. Dann nickte sie. Es war das traurigste Nicken, das ich je gesehen hatte.

Meine Welt platzte mit einem lauten Knall. Die Hoffnung, die sanft mein Herz umfangen hatte, war zerstört.

„In der Nähe der beiden anderen Gräber wurden die Überreste einer Leiche gefunden", berichtete Loren.

Ich schüttelte heftig den Kopf. Nicht jetzt. Nicht nach all dem, was bisher passiert war.

„Eine Frauenleiche, eins siebzig, lag so zwischen fünfzehn und dreißig Jahren in der Erde."

Ich schüttelte weiter den Kopf und versuchte, meine Gedanken zu ordnen. Loren wartete, bis ich mich wieder etwas gefangen hatte. Und dann fiel mir etwas ein.

„Moment. Sie fragten, ob Camille schwanger gewesen sei. Wollen Sie sagen, dass die Tote … dass man erkennen konnte, dass sie mal schwanger war?"

„Nicht nur schwanger", präzisierte Loren. „Sie hatte entbunden."

Ich versuchte, das Ganze zu verarbeiten. Es gelang mir nicht. Von einer Schwangerschaft zu erfahren war eine Sache. Die wäre vielleicht noch möglich gewesen. Camille hätte eine Abtreibung haben können oder so etwas, ich konnte es nicht sagen. Aber dass sie das Kind ausgetragen und ein Baby zur Welt gebracht haben sollte – und nach all diesen neuen Entwicklungen tot war …

„Stellen Sie fest, was passiert ist, Loren."

„Das werde ich."

„Und wenn da irgendwo noch ein Kind ist …"

„Dann finde ich das auch."

AM ABEND kam Dr. McFadden herein und erzählte mir, dass ich Glück gehabt hätte, weil die Kugel seitlich durch meinen Körper gegangen sei, ohne irgendwelche inneren Organe zu treffen. „Der Schlag, den Sie an den Kopf bekommen haben, macht mir viel mehr Sorgen", fügte er hinzu.

„Aber ich kann nach Hause gehen?"

„Schlafen Sie doch lieber noch ein bisschen, ja? Und dann schauen wir mal, wie Sie sich hinterher fühlen. Mir wäre es am liebsten, wenn Sie diese Nacht noch bei uns blieben."

Ich wollte Einspruch erheben, aber es hätte auch nichts gebracht, wenn ich jetzt nach Hause gefahren wäre. Mir war schlecht, alles war wund und tat weh. Wahrscheinlich sah ich so furchtbar aus, dass ich Cara mit meinem Anblick nur erschreckt hätte.

Ich griff zum Telefon und rief zu Hause an, weil ich wissen wollte, wie es meiner Tochter ging. Ich war überrascht, als Greta sich mit einem freundlichen „Hallo?" meldete.

„Ich bin's. Cope."

Die Freundlichkeit war sofort verflogen. „Wie ich gehört habe, wirst du wieder."

„Das haben sie mir auch gesagt."

„Ich bin jetzt hier bei Cara", sagte Greta streng. „Sie kann heute Abend bei uns schlafen, wenn du nichts dagegen hast."

„Das wäre toll, danke."

Eine kurze Pause entstand.

„Paul?" Normalerweise nannte sie mich Cope. Das gefiel mir ganz und gar nicht. „Cara ist mir wichtig. Sie ist meine Nichte. Sie ist die Tochter meiner Schwester."

„Das verstehe ich."

„Du hingegen bedeutest mir nichts." Sie legte auf.

Ich lehnte mich zurück und versuchte, mit meinem schmerzenden Kopf zu begreifen, dass sie im Wald eine weitere Leiche gefunden hatten.

Loren hatte die vorläufigen Obduktionsergebnisse ins Krankenhaus gefaxt. Sie wussten noch nicht viel, aber im Prinzip sprach alles dafür, dass es sich um die Leiche meiner Schwester handelte. Loren hatte sich die Vermisstenmeldungen aus dieser Zeit noch einmal genau angesehen, um festzustellen, ob noch andere Frauen verschwunden waren, auf die diese Beschreibung passte. Sie hatte nichts gefunden – bislang war meine Schwester der einzige Treffer in der Computerdatei.

Die Gerichtsmedizinerin hatte die Todesursache noch nicht gefunden. Bei einem so alten Skelett war das nicht ungewöhnlich. Wenn der Mörder ihr die Kehle durchschnitten oder sie lebendig begraben hatte, würde man das wohl nie feststellen können.

Ich übersprang ein paar Zeilen und sah mir das bisher wichtigste Ergebnis an. Die Vertiefung an der Schambeinfuge. Das Opfer hatte ein Kind geboren. Wieder dachte ich darüber nach. Wenn es sich nun bei der Frau, die sie da im Wald ausgegraben hatten, doch nicht um meine Schwester handelte, welchen Schluss sollte ich daraus ziehen?

Irgendetwas hatte ich übersehen. Wahrscheinlich eine ganze Menge.

Ich zog mein Handy aus der Tasche. Es hatte im Krankenhaus keinen Empfang, aber ich suchte Yorks Nummer aus der Anrufliste. Dann griff ich nach dem Hörer des Zimmertelefons und rief ihn an.

„Gibt's was Neues?", fragte ich.

„Wissen Sie, wie spät es ist?"

Ich sah auf die Uhr. „Es ist fünf nach zehn. Gibt's was Neues?"

Er seufzte. „Die ballistischen Tests haben bestätigt, dass die Pistole, mit der Silverstein auf Sie geschossen hat, dieselbe ist, mit der Gil Perez getötet wurde. Und das Blut auf dem Käfer-Rücksitz hat die gleiche Blutgruppe wie Perez. Im Tennis würde ich sagen: Spiel, Satz und Sieg."

„Was hat Lucy gesagt?"

„Dillon meinte, sie wäre keine große Hilfe gewesen. Sie stand unter Schock. Ansonsten sagte sie nur, dass es ihrem Vater in letzter Zeit ziemlich schlecht gegangen sei und dass er sich vermutlich durch irgendwas bedroht gefühlt habe."

„Hat Dillon ihr das abgenommen?"

„Klar, wieso nicht? Unser Fall ist damit sowieso abgeschlossen."

„Okay, danke."

Ich legte auf und wählte Lucys Nummer. Ihr Anrufbeantworter sprang an. Ich hinterließ eine Nachricht. Dann rief ich Loren auf dem Handy an.

„Wo sind Sie?“, fragte ich.

„Auf dem Nachhauseweg, warum?“

„Ich dachte, Sie wären vielleicht auf dem Weg zur Reston University, um Lucy zu befragen.“

„Da war ich schon.“

„Und?“

„Sie hat die Tür nicht aufgemacht. Aber in der Wohnung brennt Licht. Sie ist zu Hause.“

Das gefiel mir nicht. Ihr Vater war tot, und sie saß allein in ihrer Wohnung. „Wie weit sind Sie vom Krankenhaus weg?“

„Eine Viertelstunde.“

„Wie wär’s, wenn Sie mich abholen kommen?“

„Bitten Sie mich als mein Chef, ob ich Sie zu Ihrer Freundin fahren kann?“

„Nein. Als Bezirksstaatsanwalt fordere ich Sie auf, mich zu einer wichtigen Zeugin in einem aktuellen Mordfall zu fahren.“

„Ist mir auch schnurzegal“, erwiderte Loren. „Ich bin schon so gut wie bei Ihnen.“

NIEMAND versuchte mich aufzuhalten, als ich das Krankenhaus verließ.

Ich fühlte mich nicht gut, hatte mich aber auch schon viel schlechter gefühlt. Ich machte mir Sorgen um Lucy, und langsam wuchs in mir die Gewissheit, dass es mehr als normale Sorgen waren.

Sie fehlte mir. Ich war einfach gern mit ihr zusammen. Es fühlte sich gut an. Ich war auf die Art gern mit ihr zusammen, wie man gern mit jemandem zusammen ist, in den man sich verliebt hat. So etwas musste man nicht weiter erklären.

Lorens Wagen war klein und vollgestopft. Ich war kein Autonarr und hatte keine Ahnung, was für ein Fabrikat es war, aber ich wünschte, sie würde schneller fahren.

„Schaffen Sie es morgen ins Gericht?“, fragte sie.

„Ja, ich denke schon.“

„Richter Pierce will alle Anwälte um Punkt neun Uhr in seinem Büro sehen. Soll ich Sie vorher abholen?“

„Ja.“

„Schön.“

Wir fuhren ein Stück.

„Das mit Ihrer Schwester tut mir leid.“

Ich entgegnete nichts. Ich kam noch nicht damit klar. Vielleicht brauchte ich noch die Bestätigung durch die Identifikation. Oder ich hatte schon zwanzig Jahre getrauert und konnte einfach nicht mehr. Aber wahrscheinlich hatte ich meine Gefühle einfach nur auf Sparflamme gestellt.

Die Wohngebäude für die Professoren auf dem Campus der Reston University waren deprimierend. Ein paar alte, zu eng nebeneinanderstehende Backsteinhäuser. Außerdem waren sie auch noch schlecht beleuchtet – aber das war vielleicht besser so.

„Haben Sie was dagegen, im Wagen zu warten?“, fragte ich Loren beim Aussteigen.

„Ich muss sowieso noch schnell was erledigen“, erwiderte sie. „Ich bin gleich wieder da.“

Ich ging den Weg entlang. Das Licht in Lucys Wohnung war jetzt aus, aber ich hörte Musik. Ich kannte den Song. Extrem deprimierend – aber das war Lucy. Sie liebte so schmalzige Stücke.

Ich klopfte an die Tür. Keine Reaktion.

„Luce!“

Ich klopfte weiter. Langsam ließ die Wirkung des Medikaments nach, das der Arzt mir gegeben hatte. Die Wunde in meiner Seite schmerzte.

„Komm schon, Luce, ich weiß, dass du da bist.“

Hinter mir hörte ich einen Wagen. Loren kam zurück.

Sie hielt an und stieg aus. „Hier. Der Generalschlüssel. Ich habe ihn vom Wachdienst besorgt.“ Sie warf ihn mir zu und ging wieder zum Wagen.

Ich steckte den Schlüssel ins Schloss, klopfte noch einmal, drehte ihn dann um und trat ein.

„Mach das Licht nicht an.“ Lucy. „Lass mich zufrieden, Cope, ja?“

Langsam gewöhnten meine Augen sich an die Dunkelheit. Lucy saß auf der Couch. Ich ging auf sie zu.

„Nicht“, wehrte sie ab.

Aber ich ging einfach weiter und setzte mich neben sie. Sie hatte eine halb leere Wodkaflasche in der Hand. Ich schaute mich im Zimmer um. Ich sah nichts Persönliches, nichts Neues, nicht einmal etwas Helles oder Fröhliches.

„Ira“, murmelte sie.

„Das tut mir so leid.“

„Die Cops sagen, er hat Gil umgebracht.“

„Was glaubst du?“

„Ich hab das Blut in seinem Käfer gesehen. Er hat auf dich geschossen. Natürlich glaube ich, dass er Gil umgebracht hat.“ Sie trank einen Schluck aus der Flasche.

„Gibst du mir das Ding?“, bat ich.

„So bin ich nun mal, Cope. Du kannst mich nicht retten."

Darauf hätte ich mehrere Antworten parat gehabt, die jedoch alle ziemlich klischeehaft geklungen hätten. Also verkniff ich sie mir.

„Ich liebe dich", fuhr sie fort. „Ich hab nie aufgehört, dich zu lieben. Ich war mit anderen Männern zusammen. Ich hatte Beziehungen. Aber du warst immer da. Es ist albern und dumm, und wir waren damals noch Kinder, aber so ist es nun mal."

„Das habe ich begriffen", erwiderte ich.

„Sie glauben, dass Ira vielleicht auch der Mörder von Margot und Doug ist."

„Du nicht?"

„Er wollte doch nur, dass es zu Ende ist. Verstehst du? Es tat so weh und machte so viel kaputt. Und als er sich dann Gil gegenübersah, muss das für ihn eine Art Geist gewesen sein, der ihn verfolgte."

„Tut mir so leid", wiederholte ich.

„Geh nach Hause, Cope."

„Ich würde lieber bleiben. Ich will dich hier nicht so zurücklassen."

„Aber so lebe ich. Ich trink allein im Dunkeln und hör mir diese verdammten Songs an. Ich will dich nicht bei mir haben. Das macht es nur noch schlimmer."

„Aber …"

„Bitte." Ihre Stimme klang flehentlich. „Bitte geh jetzt. Morgen können wir es wieder probieren."

DR. TARA O'NEILL war bei Sonnenaufgang um sechs Uhr morgens wieder im Wald unterwegs. Sie liebte diesen Wald – wie eigentlich jeden Wald. Allein hier draußen zwischen den Bäumen war sie am glücklichsten.

Sie hatte ihre Instrumententasche dabei, aber von all den neuen Geräten, deren Anschaffung zum Großteil die Steuerzahler finanziert hatten, fand sie das einfachste am nützlichsten: das Sieb. Sie holte es aus der Tasche und fing an, die Erde an der Fundstelle durchzusieben. Sie suchte nach Zähnen und kleinen Knöchelchen.

Sie musste sehr sorgfältig arbeiten, wie bei der archäologischen Ausgrabung, an der sie nach dem Highschool-Abschluss teilgenommen hatte. An diesem Grab arbeitete sie mit der gleichen Geduld – eine Tätigkeit, die die meisten Menschen als stumpfsinnig und langweilig empfunden hätten.

Nach einer Stunde fand sie ein kleines Knochenstück.

Ihr Puls erhöhte sich. Nach den Röntgenaufnahmen der Verknöcherungen am Brustbein war ihr diese Möglichkeit eingefallen. Aber trotzdem – das fehlende Stück jetzt in der Hand zu halten … Taras Gesichtsausdruck verwandelte sich in ein glückseliges Lächeln, und ehrfürchtig schüttelte sie den Kopf.

Es war das Zungenbein. Oder, um genau zu sein, eine Hälfte des Zungenbeins.

Tara suchte weiter. Nach fünf Minuten hatte sie die andere Hälfte gefunden. Sie hielt beide Teile aneinander. Selbst nach all den Jahren fügten sich die beiden Knochenfragmente zusammen wie eine Laubsägearbeit.

Einen Moment lang starrte Tara das Ergebnis ihrer Suche noch an, dann zog sie ihr Handy aus der Tasche und wählte Sheriff Lowells Nummer. Er meldete sich nach dem zweiten Klingeln.

„Ich habe in der Erde am Grab noch was gefunden", teilte Tara ihm mit.

„Und?"

„Das wirft sämtliche Vermutungen, die wir bisher über den Fall hatten, über den Haufen."

IRGENDEIN krankenhaustypisches Piepsen weckte mich.

Ich drehte mich langsam um, blinzelte ein paarmal und sah, dass Mrs Perez an meiner Seite saß. Sie hatte den Stuhl direkt neben das Bett gestellt. Die Handtasche lag in ihrem Schoß. Ihren Rücken hielt sie kerzengerade. Ich sah ihr in die Augen. Sie hatte geweint.

„Ich habe das von Mr Silverstein gehört", begann sie.

Ich wartete.

„Sie sagen, dass er meinen Gil umgebracht hat. Glauben Sie, dass das stimmt?"

Meinen Gil. Sie leugnete es nicht mehr. Sie versteckte sich nicht mehr hinter einer Lüge oder hinter ihrer Tochter. Wir sprachen nicht mehr über Spekulationen.

„Ja."

Sie nickte. „Manchmal dachte ich, dass Gil damals wirklich im Wald gestorben ist. Das war seine Bestimmung. So richtig ist er doch nie wieder aus diesem Wald rausgekommen."

„Erzählen Sie mir, was damals passiert ist", bat ich sie.

„Sie waren damals doch auch im Lager. Sie kennen meinen Gil."

„Ja."

„Und dieses Mädchen kannten Sie auch. Diese Margot Green."

Ich bestätigte, dass ich auch sie gekannt hatte.

„Gil war ganz furchtbar in sie verliebt. Dabei kam er aus einer armen Familie. Wir wohnten damals auf der armen Seite von Irvington. Aber Mr Silverstein hatte so ein Programm, mit dem Kinder aus Arbeiterfamilien auch ins Ferienlager kommen konnten. Ich habe damals einen Job in der Wäscherei des Lagers bekommen. Erinnern Sie sich noch?“

Ich erinnerte mich.

„Ich habe Ihre Mutter sehr gemocht. Sie war so klug. Wir haben viel geredet. Über alles Mögliche. Über Bücher, das Leben, die Enttäuschungen, die wir erlebt hatten. Natascha war, was man eine gute Seele nennt. Sie war so schön, aber auch sehr zerbrechlich. Verstehen Sie?“

„Ich glaube schon, ja.“

„Na ja, Gil war jedenfalls furchtbar in Margot Green verliebt. In seinen Augen war sie ein Model, wie er es sonst nur aus Magazinen kannte. So ist das mit den Männern. Sie werden von Lust gesteuert. Aber sie hat Gil das Herz gebrochen. Auch das ist ganz normal. Eigentlich hätte er ein paar Wochen leiden müssen, und dann hätte er sich eine neue gesucht. Genauso wäre das wahrscheinlich auch gelaufen.“

Sie hielt inne.

„Und was passierte dann?“, hakte ich nach.

„Wayne Steubens. Er hat Gil etwas eingeflüstert. Er redete ihm ein, dass er Margot nicht so davonkommen lassen dürfe. Sie stolzierte überall im Lager herum. Wayne appellierte an Gils Männlichkeit. Margot lacht dich aus, Gil, sagte er. Das musst du ihr heimzahlen, flüsterte er meinem Gil ins Ohr. Und irgendwann – ich weiß nicht, wie lange es dauerte – stimmte Gil ihm zu. Wayne hatte alles sehr sorgfältig geplant. Das hat Gil jedenfalls erzählt. Sie wollten Margot in den Wald locken. Sie wollten ihr einen Streich spielen. Viele der Kids wollten ihr einen Dämpfer geben. Mein Sohn natürlich. Und Doug Billingham auch. Vielleicht auch Ihre Schwester. Sie war damals ebenfalls dabei, vielleicht aber nur, weil Doug sie dazu überredet hatte. Ihre Schwester half den Jungs jedenfalls beim Ködern. Sie erzählte Margot, dass da im Wald ein paar hübsche Burschen warteten. Gil hatte sich eine Maske aufgesetzt. Er hielt Margot fest und fesselte sie dann. Das sollte eigentlich alles sein. Sie wollten Margot da ein paar Minuten lang liegen lassen. Wenn sie sich dann nicht selbst befreit hätte, wollten sie sie wieder losbinden. Es war ein dummer und alberner Streich, aber so was passiert.“

Das war mir bekannt. Im Ferienlager waren damals jede Menge solcher „Streiche“ gespielt worden. Eine Mega-Sahneschnitte zu fesseln und sie eine Weile im Wald liegen zu lassen … das lag durchaus im Bereich des Möglichen.

„Margot hat einfach mitgespielt“, fuhr Mrs Perez fort. „Sie ließ sich von Gil fesseln. Dann fing sie an, meinen Sohn zu verspotten. Sie machte sich über ihn lustig und meinte, dass er nicht wisse, wie man mit einer richtigen Frau umgeht. Gil hat darauf nichts gemacht. Was hätte er auch tun sollen? Und dann ist es richtig schiefgegangen."

Ich wartete. Eine Träne löste sich aus Mrs Perez' Augenwinkel. Sie griff in ihre Handtasche und holte ein Papiertaschentuch heraus. Sie tupfte sich die Augen ab und unterdrückte weitere Tränen.

„Wayne Steubens zog ein Rasiermesser."

Ich glaube, meine Augen weiteten sich ein wenig, als sie das berichtete. Ich hatte die Szene fast bildlich vor Augen. Ich sah die fünf da draußen im Wald, konnte mir die Gesichter von den vieren und die Überraschung, die darin lag, vorstellen.

„Gil dachte erst noch, dass das mit zum Spiel gehörte. Um Margot richtig Angst einzujagen. Aber dann ging Wayne zu ihr und schlitzte ihr von einem Ohr zum anderen die Kehle auf."

Ich schloss die Augen und sah das alles vor mir. Wie die Klinge die junge Haut durchtrennte, wie das Blut sprudelte, wie Margots Lebenskraft schwand. Ich musste nicht groß überlegen. Als Margot grausam abgeschlachtet worden war, hatte ich nur ein paar Hundert Meter entfernt meine Freundin geliebt.

„Im ersten Moment hat sich keiner gerührt. Sie standen alle nur da. Dann lächelte Wayne sie an und sagte: ‚Danke für die Hilfe.' Er hob die Klinge. Gil erzählte später, alle hätten gesehen, dass Wayne Spaß an dem hatte, was er getan hatte. Er war in einem Rausch. Er kam auf sie zu. Und sie sind alle geflohen. Alle in verschiedene Richtungen. Wayne verfolgte sie. Gil lief viele Kilometer weit. Ich weiß nicht, was dann genau passiert ist. Wir können nur ein paar Vermutungen anstellen. Wahrscheinlich holte Wayne Doug Billingham ein und ermordete ihn. Aber Gil kam davon. Und Ihre Schwester auch."

Mrs Perez sah sich im Zimmer um, als ob sie gerade erst gemerkt hätte, wo sie war. Ich hatte Angst, dass die Verbindung zerriss, die zwischen uns entstanden war.

„Ist schon okay", beruhigte ich sie.

Sie nickte. „Gil war natürlich völlig verängstigt. Und Ihre Schwester genauso. Sie müssen es aus ihrer Sicht sehen. Sie waren jung. Sie hatten gesehen, wie Margot Green ermordet worden war. Sie wären fast selbst getötet worden. Aber vor allem hatten sie Waynes Worte noch im Ohr. *Danke für die Hilfe.* Verstehen Sie?"

„Er hat sie zu seinen Komplizen gemacht."

„Ja."

„Und was taten sie dann?"

„Sie versteckten sich. Ihre Mutter und ich waren krank vor Sorge. Mein Mann war zu Hause in Irvington. Ihr Vater war mit den Suchtrupps unterwegs. Gil kannte die Nummer vom Münztelefon hinten in der Küche auswendig. Er rief dreimal an, legte aber immer wieder auf, als sich jemand anders meldete. Als sie schon mehr als einen Tag vermisst wurden, bin dann ich dort ans Telefon gegangen."

„Und da berichtete Gil Ihnen, was passiert war?"

„Ja."

„Und Sie erzählten es meiner Mutter?"

Sie nickte. Ich begann zu begreifen.

„Haben Sie sich dann an Wayne Steubens gewandt?", fragte ich.

„Das brauchten wir nicht. Er hatte schon mit Ihrer Mutter gesprochen und ganz deutlich gemacht, was los war. Er hatte sich für die Nacht ein Alibi besorgt. Und irgendwie wussten wir auch schon Bescheid. Mütter sind so."

„Worüber wussten Sie Bescheid?"

„Gils Bruder, mein Eduardo, saß damals im Gefängnis. Ihre Familie war arm und meine auch. Auf dem Seil, mit dem Margot gefesselt worden war, würde man Fingerabdrücke finden. Die Polizei würde sich fragen, warum Ihre Schwester Margot in den Wald gelockt hatte. Die Beweise gegen sich selbst hatte Wayne verschwinden lassen. Er war reich und konnte sich die besten Rechtsanwälte leisten. Sie sind Staatsanwalt, Mr Copeland. Sagen Sie mir, wenn Gil und Camille Anzeige gegen Wayne erstattet hätten, wer hätte ihnen geglaubt?"

Ich schloss die Augen. „Also sagten Sie ihnen, dass sie sich weiter verstecken sollten."

„Ja."

„Wer hat die Kleidung mit ihrem Blut da hingelegt?"

„Das war ich. Ich traf mich mit Gil. Er war noch im Wald."

„Haben Sie meine Schwester gesehen?"

„Nein. Gil gab mir aber ein paar ihrer Kleidungsstücke. Dann schnitt er sich und presste sein Hemd auf die Wunde. Ich sagte ihm, er solle so lange in seinem Versteck bleiben, bis wir einen Plan hätten. Ihre Mutter und ich dachten darüber nach, wie wir die Sache drehen sollten, um die Polizei auf die richtige Spur zu bringen. Aber uns fiel nichts ein. Die Tage vergingen."

Doch mir fiel etwas ein. „Und Sie hatten einen behinderten Sohn. Sie brauchten Geld. Damit Sie sich um ihn kümmern konnten. Und vielleicht noch für die Studiengebühren, damit Glenda auf eine gute Uni gehen konnte." Ich sah ihr in die Augen. „Wann haben Sie gemerkt, dass Sie durch einen Prozess reich werden können?"

„Das kam erst später – als Doug Billinghams Vater überall herumposaunte, dass Mr Silverstein seinen Sohn nicht richtig beschützt hätte. Ja, da habe ich die Chance gesehen. Genau wie Ihre Mutter."

Mir drehte sich alles im Kopf. „Wollen Sie damit sagen …" Ich brach ab. „Wollen Sie sagen, meine Eltern wussten, dass meine Schwester noch lebt?"

„Nicht Ihre *Eltern*", erwiderte sie.

Ich spürte einen kalten Hauch an meinem Herzen. „Sie hat meinem Vater nichts davon erzählt, stimmt's?"

„Nein."

„Warum nicht?"

„Weil sie ihn hasste."

Ich war vollkommen erstarrt. Ich dachte an ihre Streitereien, die Bitterkeit, den Kummer. Hatte meine Mutter meinen Vater so sehr gehasst, dass sie ihn in dem Glauben gelassen hatte, seine Tochter sei tot?

Dann prasselte alles wie dicke Tropfen auf mich herab. „Sie wartete den richtigen Moment ab, richtig? Sie versteckte meine Schwester und wartete, bis das Geld aus dem Prozess da war. Und als es da war, hat sie uns verlassen. Sie hob genug von dem Geld ab, um verschwinden zu können, und traf sich mit meiner Schwester."

„So … so hatte sie das geplant, ja."

Ich platzte mit der nächsten Frage heraus. „Warum hat sie mich nicht mitgenommen?"

Mrs Perez sah mich nur an. Ich dachte darüber nach. Warum? Und dann wurde es mir klar.

„Hätte sie mich mitgenommen, hätte mein Vater nie aufgehört zu suchen. Er hätte Onkel Sosch und dessen Freunde vom KGB auf uns angesetzt. Meine Mutter konnte er vielleicht ziehen lassen – wahrscheinlich liebte er sie auch nicht mehr. Aber mich nicht …"

Ich erinnerte mich, dass Sosch gesagt hatte, sie sei nach Russland zurückgekehrt. Waren sie beide dahin gegangen? Waren sie noch dort? Wäre das möglich?

„Gil änderte seinen Namen", fuhr Mrs Perez derweil fort. „Er reiste viel herum. Er langweilte sich sehr. Als dann die Privatdetektive bei uns waren und nach Ihnen fragten, kriegte er Wind davon. Er sah darin eine Möglichkeit, noch einmal abzukassieren. Wissen Sie, das war seltsam. Er gab auch Ihnen eine Mitschuld. Weil Sie in der Nacht nicht auf Ihrem Posten geblieben waren."

Ich schwieg.

„Und er dachte, jetzt wäre vielleicht der richtige Zeitpunkt für die Wiedergutmachung."

Es passte alles zusammen. Es stimmte mit dem überein, was Raya Singh mir erzählt hatte.

Mrs Perez stand auf. „Mehr weiß ich nicht."

„Haben Sie meine Schwester nach den Morden je selbst noch einmal gesehen, Mrs Perez?"

„Nein. Ich habe Ihre Schwester nicht gesehen."

Fünf Minuten nachdem Mrs Perez gegangen war, kam Loren Muse herein.

„Sie müssen ins Gericht."

Die Entlassung aus dem Krankenhaus vollzog sich schnell und problemlos. Im Büro bewahrte ich einen Ersatzanzug auf. Ich zog mich um und ging zum Büro von Richter Pierce. Flair Hickory und Mort Pubin waren schon da.

„Meine Herren", sagte der Richter, „ich hoffe, wir finden eine Möglichkeit, diesen Prozess hier und jetzt zu Ende zu bringen."

Ich war nicht in Stimmung. „Deswegen sind wir hier?"

„Ja."

Ich sah Pierce an. Er sah mich an. Ich schüttelte den Kopf. Logisch. Sie hatten versucht, mich unter Druck zu setzen, indem sie Schmutz ausgegraben hatten, warum sollten sie das beim Richter nicht auch gemacht haben?

„Die Staatsanwaltschaft hat kein Interesse an einem Vergleich." Ich stand auf.

„Setzen Sie sich, Mr Copeland!", befahl Pierce. „Es könnte Probleme mit der DVD geben. Womöglich kann ich sie nicht als Beweismittel zulassen."

Ich ging zur Tür.

„Mr Copeland!"

„Ich bleibe nicht", erklärte ich. „Das geht auf mich, Richter. Sie haben Ihre Aufgabe erfüllt. Geben Sie mir die Schuld."

Ich griff nach dem Türknauf.

Flair runzelte die Stirn. „Was reden Sie da?"

„Setzen Sie sich hin, Mr Copeland! Sonst werde ich Sie wegen Missachtung des Gerichts zur Verantwortung ziehen."

„Weil ich einen Vergleich ablehne?"

Ich drehte mich um und musterte Richter Pierce. Seine Unterlippe zitterte. Mit einem Nicken gab ich ihm zu verstehen, dass ich wusste, was vorging. Aber ich würde nicht nachgeben.

Ich drehte den Knauf, verließ das Zimmer und ging den Flur entlang. Meine Wunde schmerzte. Mir dröhnte der Kopf. Ich wollte mich hinsetzen und weinen. Und ich wollte in Ruhe über das nachdenken, was ich gerade über meine Mutter und meine Schwester erfahren hatte.

„Ich hatte auch nicht damit gerechnet, dass Sie mitspielen."

Ich drehte mich um. EJ Jenrette stand hinter mir. Er hatte einen braunen Aktendeckel in der Hand.

„Ich versuche nur, meinen Sohn zu retten", sagte er.

„Ihr Sohn hat ein Mädchen vergewaltigt."

„Jeder macht mal einen Fehler. Sie wissen genau, dass er es nie wieder tun wird. Er hat Mist gebaut. Er hat sich für unbesiegbar gehalten. Den Zahn haben Sie ihm gezogen."

„Wir brauchen das Ganze nicht noch mal durchzukauen."

„Ihr Kind habe ich nicht behelligt", fuhr Jenrette fort. „Ich habe mich ganz auf Sie und Ihre Vergangenheit konzentriert. Ihr Schwager ist da dann auch mit reingeraten. Aber von Ihrer Tochter habe ich mich ferngehalten. Das war die Grenze, die ich mir gesetzt hatte."

„Sie sind ein wahrer Engel. Und was haben Sie gegen Richter Pierce in der Hand?"

„Das ist nicht wichtig."

Er hatte Recht. Das brauchte ich wirklich nicht zu wissen.

Jenrette hob den Aktendeckel. „Man tut, was man kann, um seine Kinder zu schützen. Vielleicht war das auch die Entschuldigung Ihres Vaters."

„Meines Vaters?"

„Das ist ein Auszug aus seiner KGB-Akte, ins Englische übersetzt. Damit Sie sehen, wie weit ein Vater gehen kann, wenn er seinen Kindern ein besseres Leben ermöglichen will. Vielleicht verstehen Sie mich dann etwas besser."

„Ich will Sie nicht besser verstehen."

Jenrette streckte mir die Akte entgegen. Schließlich nahm ich sie. Wortlos drehte er sich um und ließ mich stehen.

Ich ging zurück in mein Büro, setzte mich an den Schreibtisch und fing an zu lesen. Und nachdem ich gedacht hatte, schlimmer könne es nicht mehr werden, hatte ich das Gefühl, die Worte würden mir bei lebendigem Leibe das Herz aus der Brust reißen.

Loren Muse kam herein, ohne zu klopfen. „Das Skelett, das beim Ferienlager im Wald gefunden wurde", verkündete sie, „ist nicht von Ihrer Schwester."

Ich bekam kein Wort heraus.

„Diese Gerichtsmedizinerin hat noch einen Knochen gefunden. Das Zungenbein. Das ist irgendwo im Hals. Es war in der Mitte zerbrochen. Das bedeutet, dass das Opfer vermutlich von Hand erwürgt wurde. Aber bei jungen Menschen ist das Zungenbein nicht spröde, sondern ziemlich elastisch, eher wie Knorpelgewebe. Um es kurz zu machen, es ist wahrscheinlich, dass es sich eher um das Skelett einer Vierzig- oder Fünfzigjährigen handelt als um das eines Mädchens in Camilles Alter."

Ich sagte immer noch nichts. Ich starrte nur auf das Papier vor mir.

„Cope? Haben Sie das verstanden? Es ist nicht Ihre Schwester."

Ich schloss die Augen. Mein Herz war schwer.

„Ich weiß", erwiderte ich nach einer Weile. „Die Tote im Wald ist nicht meine Schwester. Es ist meine Mutter."

SOSCH war nicht überrascht, mich zu sehen.

„Du hast es gewusst, stimmt's?"

Er war gerade am Telefon und legte die Hand über die Sprechmuschel. „Setz dich, Pavel."

„Ich hab dich was gefragt."

Er beendete das Telefonat und legte den Hörer auf die Gabel. Dann sah er den braunen Aktendeckel in meiner Hand. „Was ist das?"

„Ein Auszug aus der KGB-Akte meines Vaters."

Seine Schultern fielen herab. „Du darfst nicht alles glauben, was da drinsteht."

„Er hat meine Noni und meinen Popi verraten, stimmt's? Er war die Quelle, die sie ans Messer lieferte. Mein eigener Vater."

Sosch sah mich nur an.

„Antworte mir, verdammt noch mal, ja oder nein?"

„Deinem Vater wurde vorgeworfen, dass er bei einer Geburt gepfuscht hat. Ob das stimmte, weiß ich nicht. Es spielt auch keine Rolle. Die Regierung hatte es auf ihn abgesehen. Sie hätten deine ganze Familie zerstört."

„Also verkaufte er meine Großeltern, um seine eigene Haut zu retten."

„Irgendwann hätte die Regierung sie sowieso gekriegt. Aber ja, von mir aus, Wladimir hat es vorgezogen, seine Schwiegereltern zu opfern, um seine Kinder zu retten. Er dachte, die Regierung würde deine Großeltern höchstens ein paar Wochen lang einsperren. Und im Gegenzug würde deine Familie eine zweite Chance bekommen. Begreifst du das immer noch nicht?"

„Nein, tut mir leid, das begreife ich nicht. Menschen verraten ihre Verwandten nicht. Das müsstest du eigentlich wissen. Du hast die Belagerung überlebt. Die Menschen in Leningrad haben sich nicht ergeben. Egal was die Nazis auch versuchten, ihr habt es mit hocherhobenem Kopf ertragen."

„Und das hältst du für klug?", fauchte er. Seine Hände ballten sich zu

Fäusten. „Mein Gott, bist du naiv! Mein Bruder und meine Schwester sind verhungert. Wenn wir uns ergeben hätten, wären Gavrel und Aline noch am Leben. Sie hätten Kinder, Enkel, Familien haben können. Stattdessen …“ Er wandte sich ab.

„Wann hat meine Mutter erfahren, was er getan hatte?“

„Ich glaube, sie ahnte es die ganze Zeit. Wahrscheinlich hat sie ihn deshalb auch so verachtet. Aber in der Nacht, als deine Schwester verschwand, da wurde er schwach. Also hat er ihr die Wahrheit gesagt.“

Das klang logisch. Schrecklich logisch. Meine Mutter hatte erfahren, was mein Vater getan hatte. Sie hätte ihm den Verrat an ihren geliebten Eltern nie verziehen. Daher hatte sie kein Problem damit gehabt, ihn in dem Glauben leiden zu lassen, dass seine geliebte Tochter tot war.

„Also hat meine Mutter meine Schwester versteckt. Sie wartete, bis das Geld aus dem Prozess auf dem Konto war. Dann wollte sie mit Camille verschwinden.“

„Ja.“

„Ich dachte mein halbes Leben lang, meine Mutter hätte sich nicht für mich interessiert. Dass sie uns einfach verlassen hat und ihr die Vergangenheit egal war. Wie konntest du mich in diesem Glauben lassen, Sosch?“

„Meinst du, die Wahrheit wäre besser gewesen?“

Ich dachte daran, wie ich meinem Vater im Wald nachspioniert hatte. Immer wieder hatte er dort mit dem Spaten nach seiner Tochter gegraben. Und eines Tages hatte er plötzlich damit aufgehört. Weil meine Mutter uns verlassen hatte, so hatte ich geglaubt. Ich erinnerte mich noch daran, wie er zu mir gesagt hatte, dass ich ihm nicht folgen solle: *Heute nicht, Paul. Heute fahre ich allein.*

An jenem Tag hatte er sein letztes Loch gegraben. Aber nicht weil er meine Schwester gesucht, sondern weil er meine Mutter vergraben hatte.

„Dann hat Dad herausbekommen, dass sie uns verlassen wollte.“

„Ja.“

„Wie?“

„Ich hab’s ihm erzählt.“

Sosch sah mir in die Augen. Ich sagte nichts.

„Ich erfuhr, dass deine Mutter hunderttausend Dollar vom gemeinsamen Konto deiner Eltern in die Sowjetunion transferiert hatte. Es war damals übliche KGB-Praxis, sich gegenseitig im Auge zu behalten. Also habe ich deinen Vater gefragt, was da los ist.“

„Und er stellte sie zur Rede?“

„Ja.“

„Und meine Mutter …“ Meine Stimme versagte. Ich räusperte mich, blinzelte, fing noch einmal an. „Meine Mutter hatte nie vor, mich zurückzulassen. Sie wollte mich auch mitnehmen.“

Sosch hielt meinem Blick stand und nickte.

„Wusstest du, dass er sie umgebracht hat, Sosch?“

„Ja.“

„Aber du hast nichts unternommen, oder?“

„Wir arbeiteten damals noch für die Regierung. Wenn rausgekommen wäre, dass er ein Mörder ist, wäre unsere Tarnung aufgeflogen, und das hätte uns alle in Gefahr gebracht.“

„Also hast du ihn damit durchkommen lassen?“

„Er wollte sie nicht umbringen. Er ist einfach durchgedreht. Natascha wollte ihn verlassen. Sie wollte ihm seine Kinder wegnehmen und für immer verschwinden.“

Ich erinnerte mich an die letzten Worte meines Vaters auf dem Totenbett. *Paul, du weißt, dass wir sie immer noch finden müssen …* Hatte er die tote Camille gemeint? Oder Camille, die noch lebte?

„Dann hat er rausgekriegt, dass meine Schwester noch lebt. Hat meine Mutter es ihm doch gesagt?“

„Natascha? Niemals. Wenn wir über Mut reden, über den Mut, Leiden zu ertragen … Deine Mutter hätte niemals etwas verraten. Ganz egal was dein Vater ihr angetan hätte.“

„Nun, er hat ihr etwas angetan. Er hat sie erwürgt.“

Sosch erwiderte nichts.

„Wie hat er es dann erfahren?“, bohrte ich weiter.

„Nachdem er deine Mutter getötet hatte, sah er ihre Papiere durch. Da waren auch die Telefonrechnungen dabei. So reimte er sich alles zusammen – oder wurde zumindest misstrauisch.“

„Hat er Camille gesucht?“

„Du hast vorhin die Belagerung von Leningrad angesprochen. Weißt du, was ich da gelernt habe? Die Toten sind nichts. Sie sind tot. Man begräbt sie, dann lebt man weiter. Du aber hast dich auf diese Suche gemacht. Du wolltest die Toten nicht ruhen lassen. Und wohin hat es dich gebracht? Es sind noch zwei Menschen gestorben, du hast erfahren, dass dein geliebter Vater deine Mutter umgebracht hat. War es das wert, Pavel?“

„Kommt drauf an, was mit meiner Schwester passiert ist.“

Wieder gingen mir die letzten Worte meines Vaters durch den Kopf. *Hast du es gewusst?*

Ich hatte damals gedacht, er hätte mir etwas vorgeworfen, hätte die Schuld in meinem Gesicht gesehen. Aber er hatte wissen wollen, ob ich über das wahre Schicksal meiner Schwester Bescheid wusste. Oder ob ich wusste, was er getan hatte. Dass er meine Mutter ermordet und im Wald vergraben hatte.

„Was ist mit meiner Schwester passiert, Sosch?"

„Dazu musst du wissen, dass dein Vater sich nie wirklich sicher war. Das Einzige, was er genau wusste, war, dass deine Mutter mit dem Geld verschwinden und dich mitnehmen wollte. Und da bat er mich um Hilfe. Er bat mich, deine Schwester zu suchen."

„Und, hast du?"

„Ich bin den Hinweisen nachgegangen, ja." Er trat einen Schritt näher an mich heran. „Und als ich das getan hatte, sagte ich deinem Vater, dass er sich geirrt hätte und dass deine Schwester in jener Nacht im Wald gestorben wäre."

Ich war verwirrt. „Ist sie das?"

„Nein, Pavel. Sie ist in jener Nacht nicht gestorben."

Ich spürte, wie sich mein Herz in der Brust ausdehnte.

„Deine Schwester wusste, was dein Vater getan hat. Sie konnte damit aber nicht zur Polizei gehen, denn an den Gründen für ihr ursprüngliches Abtauchen hatte sich ja nichts geändert. Außerdem hatte sie natürlich Angst vor deinem Vater. Wie hätte sie zu dem Mann zurückkehren sollen, der ihre Mutter ermordet hatte?"

„Und wo ist sie jetzt?"

„Wir haben schon vor Jahren den Kontakt zueinander verloren. Camille wollte dir nicht wehtun. Anfangs überlegte sie, ob sie dich zu sich holen sollte, aber das wäre unklug gewesen. Schließlich wusste sie ja auch, wie sehr du deinen Vater geliebt hast. Und später, als du eine Person des öffentlichen Lebens geworden warst, musste sie auch noch an den Skandal denken, den ihre Rückkehr hervorgerufen hätte, und den Schaden, den sie damit angerichtet hätte. Deine Karriere wäre zu Ende gewesen."

„Das ist sie jetzt auch."

„Ja. Das ist uns inzwischen auch klar geworden."

Uns. Er hatte *uns* gesagt. Wieder keimte Hoffnung in meiner Brust.

„Wo ist Camille?", fragte ich.

„Nach all den Jahren hat es eine Weile gedauert, bis ich sie wiederfand. Aber ich hab's geschafft. Wir haben geredet. Sie wusste nicht, dass euer Vater gestorben ist. Ich habe es ihr erzählt. Und damit hat sich natürlich alles verändert."

„Halt. Du …" Ich hielt inne. „Du hast mit Camille gesprochen?"

Was ich da hörte, musste wohl meine eigene Stimme sein.

„Ja, Pavel. Sie war am Telefon, als du reingekommen bist."

Mir wurde eiskalt.

„Sie wohnt in einem Hotel zwei Straßen weiter. Ich habe ihr gesagt, dass sie rüberkommen soll." Er schaute auf die Fahrstuhlanzeige. „Das ist sie. Sie kommt hoch."

Ich drehte mich langsam um und verfolgte die Anzeige über der Fahrstuhltür. Ich konnte es nicht glauben.

Der Fahrstuhl hielt an.

Und dann, zwanzig Jahre nachdem sie im Wald verschwunden war, trat meine Schwester Camille wieder in mein Leben.

EPILOG

Einen Monat später

Lucy will nicht, dass ich dahin fliege.

„Du musst ihm nicht noch mal gegenübertreten, Cope. Es ist vorbei."

„Doch, das muss ich. Ich brauche noch ein paar letzte Antworten."

Lucy schließt die Augen. „Das ist alles noch so zerbrechlich. Ich habe Angst, dass es uns wieder etwas kaputt machen wird."

Das verstehe ich. Trotzdem muss es sein.

Eine Stunde später blicke ich aus dem Flugzeugfenster. Im letzten Monat hat wieder ein gewisses Maß an Normalität in meinem Leben Einzug gehalten. Der Jenrette-Marantz-Prozess nahm noch ein paar hektische und seltsame Wendungen, bis ich einen ziemlich glorreichen Sieg errang. Die Familien der Angeklagten übten so viel Druck auf den Richter aus, wie sie nur konnten, und Pierce brach ein. Mit der Begründung, wir hätten sie zu spät vorgelegt, ließ er die Porno-DVD nicht als Beweismittel zu. Aber die Geschworenen durchschauten das Manöver – das tun sie oft – und sprachen die Angeklagten schuldig. Flair Hickory und Mort Pubin gingen natürlich in die Berufung.

Ich würde gern Anklage gegen Richter Pierce erheben, aber ich habe nichts gegen ihn in der Hand. Ich würde gern Anklage gegen EJ Jenrette und MVD wegen Erpressung erheben, werde allerdings auch dafür kaum genug Beweise zusammenkriegen. Aber Chamiques Schmerzensgeldprozess läuft gut. Es heißt, dass die Familien der Täter diesen Störfaktor gern aus dem Weg hätten. Man munkelt von einem Vergleich in siebenstelliger Höhe.

Mein Schwager Bob ist auf Kaution frei. In diesem Punkt habe ich nachgegeben. Ich habe dem FBI mitgeteilt, dass meine Erinnerungen zwar „etwas verschwommen" seien, Bob mir aber irgendwann gesagt habe, dass er ein

Darlehen brauche, und ich es ihm gewährt hätte. Ich weiß nicht, ob das vor Gericht standhält. Ich weiß auch nicht, ob das, was ich tue, richtig oder falsch ist (wahrscheinlich ist es falsch), aber ich will nicht, dass Greta und ihre Familie daran kaputtgehen. Man kann mich ruhig als scheinheilig bezeichnen – das bin ich –, aber manchmal verschwimmt die Grenze zwischen Richtig und Falsch. Gerade im strahlenden Sonnenschein der realen Welt verschwimmt sie öfter mal, aber natürlich auch in der Dunkelheit des Waldes.

Gouverneur Markie hat bisher noch nicht verlangt, dass ich zurücktrete, und bis jetzt halte ich die Stellung.

Loren Muse bleibt Loren Muse – und dafür bin ich ihr sehr dankbar.

Raya Singh hat bei Most Valuable Detection gekündigt und sich tatsächlich mit Cingle Shaker zusammengetan. Sie suchen jetzt einen dritten Vamp, damit sie ihre neue Agentur „Drei Engel für Charlie" nennen können.

Das Flugzeug landet. Ich steige aus. Ich schaue auf meinen BlackBerry. Meine Schwester hat mir eine E-Mail geschickt:

> Hallo Bruderherz – Cara und ich fahren zum Essen und Einkaufen in die Stadt. Wir vermissen und lieben Dich, Camille

Es ist toll, dass meine Schwester wieder da ist. Unglaublich, wie schnell sie ein eigenständiger und unverzichtbarer Teil der Familie geworden ist. Trotzdem kenne ich Camilles Vergangenheit immer noch nicht vollständig. Sie lässt ein paar Details aus. Ich weiß, dass sie am Anfang unter falschem Namen in Moskau lebte, aber sie blieb nicht lange dort. Sie verbrachte zwei Jahre in Prag und eins an der spanischen Costa Brava. Dann kam sie in die Vereinigten Staaten zurück, zog hier noch etwas herum, heiratete und ließ sich in der Umgebung von Atlanta nieder. Die Ehe wurde jedoch nach drei Jahren wieder geschieden.

Sie hat keine Kinder, ist aber schon jetzt die tollste Tante der Welt. Sie liebt Cara, und das Gefühl wird mehr als erwidert. Camille wohnt bei uns. Das ist wunderbar – besser, als ich je zu hoffen gewagt hätte.

Irgendwie frage ich mich natürlich, warum sie so lange brauchte, um nach Hause zurückzukehren. Ich kann durchaus nachvollziehen, was Sosch mir dazu sagte, trotzdem glaube ich, dass noch mehr dahintersteckt. Camille hatte beschlossen, über das, was damals im Wald passierte, nicht zu reden. Ihre Entscheidung, ob richtig oder falsch, gab Wayne die Möglichkeit, weitere Menschen zu ermorden. Man könnte argumentieren, dass er trotzdem ungestraft davongekommen wäre, wenn Camille zur Polizei gegangen wäre, dass er vielleicht untergetaucht und dann bei den nächsten Morden vorsichtiger gewesen wäre. Wer weiß? Aber auf die Dauer zerfressen Lügen einen Menschen. Camille dachte, sie könne diese Lügen für immer in sich begraben. Vielleicht dachten wir alle das.

Dabei hat keiner von uns den Wald unversehrt verlassen.

Was das Liebesleben betrifft – es hat mich erwischt. Ich liebe Lucy von ganzem Herzen. Wir sind nicht vorsichtig und machen einen Schritt nach dem anderen – wir stürzen uns direkt hinein, als wollten wir die verlorene Zeit wieder aufholen. Wir sehen uns häufig, und wenn wir nicht zusammen sind, komme ich mir hilflos und verloren vor und möchte wieder in ihrer Nähe sein. Aber das ist Liebe, stimmt's? Lucy ist komisch und albern, herzlich, klug und schön, und ich bin im besten Sinne überwältigt von ihr. Wir scheinen in allen Punkten einer Meinung zu sein.

Außer natürlich darin, dass ich diese Reise mache.

Ich verstehe ihre Angst. Ich weiß selbst, wie zerbrechlich das Ganze noch ist. Aber man kann auch nicht ewig auf so dünnem Eis leben. Also bin ich jetzt wieder hier, im Red Onion State Prison in Virginia, und versuche, ein paar letzte Wahrheiten zu erfahren.

Wayne Steubens kommt herein. Wir befinden uns im selben Raum wie bei unserem ersten Treffen.

„Du meine Güte!", begrüßt er mich. „Du warst aber fleißig, Cope."

„Du hast sie ermordet", erwidere ich. „Im Endeffekt hast du sie umgebracht."

Wayne lächelt.

„Und du hattest es die ganze Zeit geplant, richtig?"

„Hört uns hier jemand zu?"

„Nein."

„Gibst du mir dein Wort darauf?"

„Ich gebe dir mein Wort darauf."

„Dann klar, wieso nicht. Ja, ich war's. Und ich hatte die Morde geplant."

Jetzt ist es heraus. Auch er hat beschlossen, sich der Vergangenheit zu stellen.

„Und du hast es genau so gemacht, wie Mrs Perez es mir erzählt hat. Du hast Margot die Kehle durchgeschnitten. Daraufhin flohen Gil, Camille und Doug. Du hast sie verfolgt, Doug eingeholt und auch ihn ermordet."

Er hebt den Zeigefinger. „Da habe ich mich vertan. Das mit Margot war ein Frühstart. Sie sollte eigentlich die Letzte sein, weil sie ja schon gefesselt war. Aber dann lag ihr Hals so frei, war so ungeschützt … Ich konnte einfach nicht widerstehen."

„Ein paar Dinge konnte ich mir anfangs einfach nicht erklären", fahre ich fort. „Dieser Bericht, den die Privatdetektive Lucy zugespielt haben –

ich fragte mich, wer uns da im Wald gesehen hatte. Aber nur eine Person konnte das alles wissen: der Mörder. Also du, Wayne. Und du hast MVD auch die Informationen gegeben, die sie für den Bericht benutzten."

Er breitet die Hände aus. „Die Bescheidenheit gebietet mir zu schweigen." Es macht ihm Spaß.

„Wie hast du Ira dazu gebracht, dir zu helfen?"

„Den lieben Ira? Diesen durchgeknallten Hippie? Er hat mir nicht groß geholfen. Ich musste nur dafür sorgen, dass er sich da raushält. Ira nahm Drogen, und ich hatte Beweise dafür. Wenn ich das öffentlich gemacht hätte, wäre das das Ende seines tollen Ferienlagers gewesen."

Er lächelt weiter.

„Und als Gil und später dann ich drohten, die ganze Sache wieder aufzurollen, kriegte Ira es mit der Angst zu tun. Wie du schon sagtest, er war damals schon ein bisschen durchgeknallt – und das war im Lauf der Zeit sehr viel schlimmer geworden. Er war so paranoid, dass er kaum noch einen klaren Gedanken fassen konnte. Also geriet er in Panik. Er brachte Gil zum Schweigen, und bei mir hat er es auch versucht."

Wieder lächelt Wayne.

Aber da liegt noch etwas anderes in seinem Lächeln.

„Du übersiehst da was, Cope", sagt er. „Eine winzige Kleinigkeit."

Ich halte die Luft an. Er lächelt nur.

„Was?", frage ich.

Er beugt sich vor. „Dich. Du vergisst deine Rolle darin, Cope."

„Ich kenne meine Rolle. Ich habe meinen Posten verlassen. Sonst hätte ich dich aufgehalten. Wolltest du das hören, Wayne? Dass ich mich mitverantwortlich fühle?"

„Nein." Er schüttelt den Kopf. „Du übersiehst den springenden Punkt."

„Welchen springenden Punkt?"

Mit den Händen formt er einen Trichter vor dem Mund und flüstert: „Woher *wusste* ich, dass du an jenem Abend nicht auf deinem Posten sein würdest?"

LUCY UND ICH fahren in den Wald.

Das ganze Land gehörte einst ihrem geliebten Ira. Damals war er hierhergekommen und hatte seinen Lebenstraum wahr gemacht: ein Camp, eine Kommune, einen Ort des Friedens und der Harmonie. Der arme Ira.

Lucy hat Blumen mitgebracht, obwohl sie es besser wissen müsste. In unserer jüdischen Tradition legen wir keine Blumen auf Gräber. Wir legen Steine auf Grabsteine. Ich weiß auch nicht, für wen die Blumen bestimmt sind – für meine Mutter oder ihren Vater? Wahrscheinlich für beide.

Wir nehmen den alten Weg – ja, er ist noch da, wenn auch ziemlich zugewachsen – zu der Stelle, wo Andrew Barrett die Knochen meiner Mutter gefunden hat. Das Loch ist jetzt leer. Ein paar Überreste des gelben Polizei-Absperrbands flattern im Wind.

Lucy kniet nieder. Ich lausche dem Wind, frage mich, ob ich die Schreie und das Heulen höre. Ich höre nichts. Nur die Leere in meinem Herzen.

„Warum sind wir in jener Nacht in den Wald gegangen, Lucy?"

Sie sieht mich nicht an.

„Ich habe nie so richtig darüber nachgedacht. Alle anderen schon. Sie fragten sich, warum ich mich plötzlich so verantwortungslos verhalten hatte. Aber für mich war es ganz offensichtlich. Ich war verliebt. Ich hatte mich mit meiner Freundin weggestohlen. Das war das Natürlichste der Welt."

Behutsam legt sie die Blumen auf den Boden, ohne mich anzusehen.

„Ira hat Wayne in jener Nacht nicht geholfen", sage ich zu der Frau, die ich liebe. „*Du* hast ihm geholfen."

Ich höre den Staatsanwalt in meiner Stimme. Ich will, dass er den Mund hält und verschwindet. Aber das tut er nicht.

„Woher wusste Wayne, dass ich nicht auf meinem Posten war? Weil du den Auftrag hattest, dafür zu sorgen, dass ich es nicht war."

Ich sehe, wie sie kleiner wird, wie sie vergeht.

„Deshalb konntest du mir nicht unter die Augen treten. Deshalb hast du immer noch das Gefühl, dass du einen Hügel hinuntertaumelst und keinen Halt findest. Es liegt nicht daran, dass deine Familie das Ferienlager und ihr ganzes Geld verloren hat. Es liegt daran, dass du Wayne geholfen hast."

Lucy verbirgt das Gesicht in den Händen. Sie schluchzt. Es bricht mir das Herz. Ich gehe einen Schritt auf sie zu. Zum Teufel damit, denke ich. Onkel Sosch hat Recht. Ich muss nicht alles aus der Vergangenheit zurückholen. Ich brauche Lucy einfach. Also mache ich diesen Schritt.

Lucy hebt die Hand, damit ich stehen bleibe. Sie sammelt sich langsam. „Er drohte, dass er Ira verhaften lässt, wenn ich ihm nicht helfe. Ich dachte … Ich dachte, er wollte Margot nur einen Schrecken einjagen. Du weißt schon, ein alberner Streich."

Ich habe einen Frosch im Hals. „Wayne wusste, dass wir uns im Wald aus den Augen verloren hatten."

Sie nickt. „Er hat mich gesehen."

„Dich. Nicht uns."

Wieder nickt sie.

„Du hast Margots Leiche gefunden, stimmt's? Das war das Blut in dem Bericht. Wayne hat nicht von mir gesprochen, sondern von dir."

„Ja."

Ich denke darüber nach, überlege, welch ungeheure Angst sie empfunden haben muss, dass sie dann vermutlich blutverschmiert zu ihrem Vater lief, worauf Ira auch in Panik geriet, weil er dachte …

„Um sich selbst zu schützen, hätte Ira Gil und mich nicht umgebracht", fahre ich fort. „Aber er war ein Vater. Im Endeffekt war er trotz seiner *Peace, Love and Understanding*-Botschaft in erster Linie ein Vater wie jeder andere. Also war er bereit zu morden, um seine Tochter zu schützen."

Wieder schluchzt sie.

Alle hatten geschwiegen. Alle hatten Angst gehabt – meine Schwester, meine Mutter, Gil, seine Familie und Lucy. Sie tragen alle einen Teil der Schuld, und sie haben alle einen hohen Preis für ihr Schweigen bezahlt. Und was ist mit mir? Ich rechtfertige mich gern mit meiner Jugend. Aber ich war damals für die Sicherheit der Jugendlichen im Ferienlager verantwortlich – und ich hatte meinen Posten verlassen.

Die Bäume scheinen uns enger zu umschließen. Ich blicke zu ihnen auf, und dann sehe ich Lucy ins Gesicht. Ich sehe die Schönheit, aber auch die Verwundungen. Ich will zu ihr gehen. Ich weiß, dass es das Richtige wäre. Aber ich kann nicht.

Stattdessen drehe ich mich um und verlasse die Frau, die ich liebe. Ich erwarte, dass sie mich zurückruft. Aber das tut sie nicht. Sie lässt mich gehen. Ich höre sie schluchzen. Ich gehe weiter. Ich gehe, bis ich den Wald verlassen habe und wieder beim Wagen bin. Ich setze mich auf den Bordstein und schließe die Augen. Irgendwann wird sie hierher zurückkommen müssen. Also sitze ich da und warte auf sie. Ich frage mich, wohin wir fahren werden, wenn sie aus dem Wald gekommen ist. Ich frage mich, ob wir zusammen wegfahren werden oder ob dieser Wald nach all den Jahren ein letztes Opfer gefordert hat.

HARLAN COBEN

Foto: Orion Publishing Group

„Jeder Roman bedeutet harte Arbeit. Aber wenn er gelingt und ich das fertige Buch im Laden sehe, bin ich glücklich.“

Für seinen sechzehnten Roman ließ sich Harlan Coben von einer Episode aus der eigenen Vergangenheit inspirieren: „Mit siebzehn war ich acht Wochen lang Betreuer in einem gemischten Ferienlager. Die Aufgabe gefiel mir, aber manchmal war sie auch erdrückend – viel zu viel Verantwortung für jemanden meines Alters. Das war die Grundidee für das Buch. Dann schoss mir ein Bild durch den Kopf, aus dem der erste Satz entstand: *Ich sehe meinen Vater mit dem Spaten vor mir.* Von dort ausgehend begann ich mit dem Schreiben.“

Wobei es für einen vierfachen Vater und Ehemann einer Kinderärztin mitunter sicherlich nicht leicht ist, die Ruhe dafür zu finden, oder? „Zu Hause ist tatsächlich nicht der beste Ort dafür, da ist meistens die Hölle los!“, erzählt der 1962 geborene Amerikaner, der nach wie vor im ländlichen New Jersey nahe New York lebt, wo er einst auch aufwuchs. „Aber ich kann überall gut schreiben. Hinzu kommt, dass ein Buch in meinem Kopf immer sehr präsent ist. Ich grüble ständig über die Handlung und ihre überraschenden Wendungen nach.“

Harlan Coben entschied sich als Autor bewusst für das Krimigenre, weil sich nach seiner Auffassung in einem Verbrechensfall „die gesellschaftlichen Entwicklungen, die Leidenschaften, Tugenden und Schwächen der Menschen besonders deutlich spiegeln“. Coben, der als erster Autor mit allen drei großen amerikanischen Krimipreisen ausgezeichnet wurde, bezieht seine Motivation vor allem aus der Wirkung, die seine Bücher beim Publikum entfalten: „Ich schätze mich glücklich, dass ich fähig bin, die Menschen zu packen, sodass sie die Seiten verschlingen und die ganze Nacht hindurch lesen. Ich möchte, dass ihr Puls schneller geht. Aber gleichzeitig möchte ich auch ihr Herz anrühren. Ich hoffe, dem *Grab im Wald* gelingt dies.“

WILL NORTH

Am Ende des Weges

Kann das Wunder
einer späten Liebe
Bestand haben,
wenn die Gefühle
anderer verletzt
werden?

PROLOG

18. Dezember 2005

Sie war im ersten Stock und putzte gerade das letzte ihrer drei Gästezimmer, als sie auf dem Kiesweg im Vorhof Autoreifen knirschen hörte. Das wunderte sie. Es war früher Sonntagnachmittag. Die Übernachtungsgäste vom Wochenende hatten sich längst verabschiedet und für Neuankömmlinge war es zu früh – sie erwartete auch gar keine; niemand hatte gebucht. So kurz vor Weihnachten, wenn die Winterstürme von der Irischen See heranbrausten, verirrte sich kaum noch jemand in ihr abgelegenes Tal im Nordwesten von Wales. Sie freute sich über die Ruhepause; im Sommer und im Herbst war viel zu tun gewesen. Sie musste zugeben, dass es in ihrem Alter (sie war an ebendiesem Tag fünfzig geworden) angenehm war, eine Zeit lang etwas weniger Arbeit zu haben. Eigentlich war das Haus auch an diesem Wochenende nur voll gewesen, weil der reiche alte Bryn Thomas, der sie seit dem Tod ihres Mannes David gedrängt hatte, die Farm zu verkaufen, selbst tot umgefallen war. Er war dreimal verheiratet gewesen, und in Dolgellau gab es nicht genug Betten für all die Verwandten, die zu seiner Beerdigung angereist waren – wohl lediglich, dachte sie zynisch, um herauszufinden, was sie erben würden. In Wahrheit war Thomas hinter mehr als nur ihrem Hof her gewesen, doch davon hatte sie genauso wenig wissen wollen. Sie brauchte Bryn Thomas' Geld nicht und seine Aufmerksamkeiten ebenfalls nicht. Sie wusste, was Liebe war, obwohl sie es erst spät gelernt hatte, und mit weniger würde sie sich nie wieder zufriedengeben.

Sie huschte durch den niedrigen oberen Flur zu dem Gästezimmer, von dem aus man den Vorhof überblicken konnte, und schaute durchs Fenster. Es war ein stürmischer Tag, und der schneidende Nordwestwind trieb Regen und Graupeln gegen die Fensterscheiben. Ein kleiner, neu aussehender silberfarbener Wagen hatte unten vor dem Haus geparkt. Die Fahrertür öffnete sich, und ein Mann in einem Kapuzenanorak stieg aus, bog den Rücken durch, als sei er steif vom Fahren, und bückte sich dann erneut in den Wagen, um einen Wanderstock herauszuholen. Durch das regenüberströmte Fenster war nicht viel zu erkennen, doch sie glaubte, einen älteren Herrn vor sich zu haben. Er schloss die Autotür, nahm den Wanderstock in die rechte Hand, zog die Schultern hoch, um sich gegen den Wind zu schützen, und ging zur Vordertür, die außerhalb ihres Blickfeldes lag.

Froh, die Zimmer schon hergerichtet zu haben, raffte sie das schmutzige Bettzeug zusammen, das sie im Flur auf einen Haufen geworfen hatte, stieg die Hintertreppe hinab, ließ die Wäsche auf dem alten Kieferntisch in der Mitte ihrer großen, warmen Küche liegen und eilte zur Haustür. Sie konnte hören, dass der Mann sich auf den Steinplatten draußen das Wasser von den Schuhen trat.

„Ach, lassen Sie das und kommen Sie aus dem Regen!", schalt sie freundlich, als sie die Tür aufriss. „Sie werden sich noch den Tod holen!"

Der Mann stand ein wenig von ihr abgewandt da und streifte sich den Regen von den Schultern. Er drehte sich zu ihr um, schob die Anorakkapuze zurück und strich sich das volle silberweiße Haar aus der Stirn.

Fiona erstarrte und blickte wie gebannt in seine klaren blauen Augen. Auf seinem wettergegerbten Gesicht erschien ein Lächeln, und eine Stimme, von der sie geglaubt hatte, sie werde sie nie wieder hören, sagte: „Herzlichen Glückwunsch zum Geburtstag, Fiona."

Ihre rechte Hand flog zum Mund, und sie wich taumelnd von der Tür zurück. Mit der linken Hand tastete sie nach der Wand hinter sich. Als sie dort Halt gefunden hatte, griff sie nach der Armlehne des alten Stuhls, den sie in den Flur gestellt hatte, damit ihre Gäste sich dort die schmutzigen Stiefel ausziehen konnten, sank darauf zusammen und schloss die Augen.

EINS

10. April 1999

In einem Leben, das lang genug dauert, gibt es seltsame Symmetrien, die man erst im Nachhinein erkennt – wenn überhaupt. Momente, in denen ein Erlebnis oder eine Wahrnehmung auf einen ähnlichen Moment in einer anderen Zeit hindeutet und eine Verbindung zur Zukunft oder auch zur Vergangenheit herstellt, Momente, in denen es sich anfühlt, als schließe sich ein Kreis, der etwas unendlich Wertvolles umfasst und vollendet.

Oftmals beginnt oder endet dieser Kreis mit einer kleinen Veränderung in der Welt der Sinne: einem Laut, einem Geruch, einem flüchtigen Blick, einem instinktiven Gefühl. Die Welt scheint in ihrem Lauf kaum merklich innezuhalten – und alles ist anders. Das sind Momente, die mit dem Verstand nicht zu fassen sind, sondern nur mit den Sinnen.

Für Fiona Edwards begann dieser Kreis folgendermaßen: Eines Samstagabends zu Beginn des Frühlings sah Fiona, die in dem Moment gerade an ihrer Küchenspüle stand, aus den Augenwinkeln unten auf der Hauptstraße, am Tor zu dem langen, gewundenen Weg, der sich den Hügel zur Tan-y-Gadair-Farm hinaufschlängelte, einen blauen Farbtupfer aufblitzen. Die Farm war vor Jahrhunderten nach dem Berg benannt worden, dessen Felsen hinter der rückwärtigen Weide emporragten: nach dem Cadair Idris – dem „Stuhl des Idris", eines Riesen aus der walisischen Sage. Das Fenster über der Spüle bot allerdings keine Sicht auf den Berg, sondern einen Panoramablick auf das idyllische Tal weit unterhalb der Farm. Da die untergehende Sonne an jenem Aprilabend schon tief im Westen stand, leuchteten die Wiesen beinahe neongrün, und die uralten Steinmauern, die Fionas Auffahrt säumten, glänzten wie mit Gold überzogen. Dies war ihre liebste Jahreszeit, das lang erwartete Ende der traurigen, nassen Wintertage, eine Zeit des Aufbruchs.

Ah, sagte sie zu sich selbst, das werden endlich die Bryce-Wetheralls sein. Die Bryce-Wetheralls, ein Ehepaar aus Manchester, hatten vor einiger Zeit angerufen, um zu sagen, dass sie sich vielleicht etwas verspäten würden. Die anderen Gäste waren bereits eingetroffen und nach dem Tee zum Abendessen in die Stadt gefahren.

Fiona ging durch das alte Haus zur Vordertür. Im Spiegel über der Anrichte im Esszimmer überprüfte sie ihr Aussehen und runzelte die Stirn. Sie war zierlich und sah mit ihren 43 Jahren noch recht gut aus, doch mittlerweile hatte sie unübersehbare Falten – insbesondere seit Davids Krankheit: zwei Sorgenfalten auf der Stirn sowie Krähenfüße um die Augen. Und in ihrem naturblonden Haar, das ihr gerade bis auf die Schultern reichte, verbargen sich da und dort schon einzelne graue Strähnen. An diesem speziellen Abend trug sie eine einfache weiße Baumwollbluse, die sie in die eng anliegende Jeans gesteckt hatte, zu deren Kauf ihre Tochter sie überredet hatte.

Im Eingangsbereich angekommen, fischte sie eine Gartenschere aus dem Korb neben dem Schirmständer und trat hinaus in das schwindende Abendlicht, um im Garten Narzissen und Traubenhyazinthen zu schneiden, während sie auf die verspäteten Gäste wartete. Der Garten war ihr ganzer Stolz. Das Haus stand auf leicht abschüssigem Grund und zeigte nach Westen. Weit entfernt, zwischen zwei Felsausläufern, konnte man einen Blick auf die Irische See erhaschen. Sie hatte den Vorhof aufschütten lassen, um eine ebene Fläche zu bekommen, damit ihre Gäste nah am Haus parken konnten. Der Hof wurde von einer niedrigen Steinmauer umrahmt, von der drei

Stufen zu dem großen Rasen und den Beeten führten, die sie auf einer ehemaligen Schafweide angelegt hatte.

Fiona brauchte nur wenige Augenblicke, um einen Strauß für den Tisch zu schneiden. Während sie im Garten auf die Bryce-Wetheralls wartete, drehte sie sich zum Haus um. Das ursprüngliche Farmhaus aus dem 16. Jahrhundert war mit massivem Eichenholz gebaut worden. Die Balken, die die Decke des Erdgeschosses trugen, waren mehr als dreißig Zentimeter dick und schwarz vor Alter. Die Außenmauern bestanden aus riesigen Blöcken des harten Vulkangesteins, das aus den Hängen des Cadair Idris gebrochen wurde. Das Obergeschoss schmiegte sich unter ein spitz zulaufendes, von drei Giebeln geziertes Schieferdach. An der Süd- und an der Nordseite des ursprünglichen Gebäudes befanden sich zwei niedrige Schornsteine aus Stein, die wie Buchstützen wirkten. Der Kamin vor der Sitzecke im Esszimmer war so groß, dass man darin stehen konnte – sie zumindest konnte es. Durch die großen Flügelfenster, die in die dicken Steinmauern eingelassen waren, flutete die Nachmittagssonne in die vorderen Räume.

Eine Bed-and-Breakfast-Pension zu eröffnen, war ihre Idee gewesen. Zunächst hatte David sich gesträubt, doch mit einer Schaffarm in den Hügeln bewegte man sich am Rande des Existenzminimums, und Fionas Geschäft warf von Anfang an Gewinn ab. Zuallererst hatte sie die Badezimmer renoviert, wobei es ihr gelungen war, das obere Stockwerk so aufzuteilen, dass die zwei Gästezimmer jeweils ein eigenes Bad erhielten. Vor einigen Jahren hatten sie an der Nordseite des Hauses einen zweistöckigen Anbau errichtet, mit dem sie Platz schufen für ein luxuriöses Schlafzimmer mit Bad im ersten Stock und ein neues Wohnzimmer für die Gäste im Erdgeschoss. Und schließlich hatte Fiona sich in einem einstöckigen kleinen Anbau, von dem aus man das Tal und die Auffahrt zum Haus überblickte, eine neue Küche bauen lassen.

Fiona hatte nun schon einige Minuten dagestanden und mit einigem Stolz ihr Haus betrachtet, doch noch war kein Wagen gekommen. Seltsam, dachte sie, wahrscheinlich hat nur jemand am Tor gewendet. Fremde, die aus Dolgellau kamen, dem kleinen Marktflecken einige Kilometer weiter unten im Tal, verfuhren sich häufig.

Der Name Dolgellau, ein typisch walisischer Zungenbrecher, verwirrte englischsprachige Menschen. „Wie spricht man das aus?“, fragten sie stets. Die Antwort lautete, ungefähr „Dol-geth-lie“, obwohl nicht einmal das ganz richtig war. Walisisch ist eine keltische Sprache voller Konsonantenpaare und -kombinationen, die vollkommen anders ausgesprochen werden, als sie sich schreiben. Während es geschrieben seltsam aussieht, ist Walisisch gesprochen sehr melodisch; es klingt ein wenig wie Wasser, das hurtig über

Steine plätschert. Fiona, die aus England stammte, hatte nach der Hochzeit mit David, der in diesem Tal geboren und aufgewachsen war, Jahre gebraucht, ehe sie die Sprache beherrschte.

Beinahe genauso verworren wie der Name der Stadt waren die engen Einbahnstraßen und Gassen zwischen ihren alten Bruchsteinhäusern, Geschäften und Hotels, die lange vor der Erfindung von Autos und Bussen gebaut worden waren. Fremde stellten oft fest, dass sie westwärts über die Cadair Road auf Fionas Farm zufuhren, während sie eigentlich ostwärts nach England wollten.

Fiona nahm die Blumen und kehrte an die Küchenspüle zurück, um sie in eine Vase zu stellen … da tauchte der blaue Farbtupfer vor dem Fenster wieder auf, nicht als Auto, sondern in Form eines riesigen königsblauen Rucksacks auf den Schultern eines hoch aufgeschossenen Mannes mittleren Alters, der gerade den Weg zur Farm heraufkam. Fiona war daran gewöhnt, Wanderer zu sehen; einer der Pfade, die auf den Berggipfel führten, ging direkt an ihrer Farm vorbei. Doch die britischen Wanderer trugen meist nicht so große Rucksäcke bei sich. Sie fragte sich, was den Mann hergetrieben hatte – insbesondere als er den Wegweiser zum Berggipfel ignorierte und direkt auf ihren Hof zusteuerte.

Fiona arrangierte die Blumen, stellte die Vase auf den Tisch im Frühstückszimmer und ging zur Haustür, die sie in dem Moment erreichte, wo der Wanderer klopfte. Als sie die Tür öffnete, erblickte sie einen Mann, der kaum unter dem Türrahmen hindurchgepasst hätte, ohne sich zu bücken. Er war weit über eins achtzig groß, schlank und sehr durchtrainiert. Das konnte sie sehen, weil er wegen des warmen Wetters nur spärlich bekleidet war: ausgetretene robuste Wanderstiefel, eine kurze kakifarbene Wanderhose und ein schwarzes T-Shirt. Das relativ lange braune Haar war von der Sonne ausgebleicht, und der Mann war sehr braungebrannt. Er sah aus, als habe er sich seit Tagen nicht rasiert. Trotzdem wirkte er äußerst anziehend.

Er beugte sich leicht vor, stützte sich auf seinen Wanderstock, lächelte scheu und sagte: „Hi. Sind Sie Mrs Edwards?"

„Ja, die bin ich …"

„Im Fenster der Touristeninformation von Dolgellau war ein Bild von Ihrer Pension, und ich habe mich gefragt, ob Sie vielleicht für heute Nacht ein Einzelzimmer frei hätten? Na ja, genau genommen für zwei Nächte."

„Nein, tut mir leid", erwiderte Fiona. Sie versuchte, den Akzent des Mannes einzuordnen. Ganz offensichtlich war er kein Brite. Ein Nordamerikaner vermutlich, aber woher genau? „Sind Sie Kanadier?", fragte sie.

„US-Amerikaner."

„Na so was! Hier draußen bekommt man nicht viele Amerikaner zu Gesicht."

„Ich war schon mal hier. Da habe ich auf der anderen Seite des Flusses gewohnt, in Ty Isaf."

„Bei Graham und Diana? Tja, die sind fortgezogen."

„Das habe ich bemerkt."

„Hören Sie, ich würde Sie gern aufnehmen, aber ich bin völlig ausgebucht. Für morgen Nacht hätte ich ein Zimmer frei, doch heute nicht."

„Ich verstehe", sagte der Wanderer. „Entschuldigen Sie die Störung."

„Aber Sie haben mich nicht gestört", erwiderte Fiona. „Sagen Sie, kann ich Ihnen wenigstens eine Tasse Tee anbieten?" Ihr wurde bewusst, dass sie die Unterhaltung in die Länge zog.

„Nein danke. Es wird spät. Ich sollte besser einen Platz für die Nacht finden." Er wandte sich ab, hielt kurz inne, drehte sich noch einmal zu ihr um und sagte mit dem gleichen scheuen Lächeln wie zuvor: „Aber es war sehr schön, Sie kennen zu lernen." Und dann war er fort.

Fiona ging zurück in die Küche und sah ihm nach, wie er den Weg hinunterging. Obwohl er ein fröhlicher Mensch zu sein schien, hatte Fiona doch gespürt, dass er hinter seinem Lächeln etwas verbarg. Traurigkeit – das war es. Eine flüchtige traurige Aura, die kaum wahrzunehmen war, ihn jedoch einhüllte wie ein Duft.

ALEC HUDSON war müde. Müde bis auf die Knochen. Er war den ganzen Tag gewandert. Genau genommen wanderte er sogar schon seit fast drei Wochen, den langen Weg vom Londoner Flughafen Heathrow bis in dieses abgelegene Tal in Nordwales.

Er betrachtete das Wandern als eine Pilgerreise; jeder Tag war wie ein Gebet, jeder Schritt eine Art Beschwörung. Es war, als wäre der Horizont, auf den er zuging, ein Ideal, das er zu erreichen strebte, allerdings nicht erreichen konnte. Vielleicht tat er auch Buße.

Er wunderte sich darüber, wie viele Landschaften man durchqueren konnte, indem man einfach einen Fuß vor den anderen setzte, Kilometer um Kilometer, Tag um Tag. Meist stand er bei Sonnenaufgang auf und brachte vor dem Mittagessen 12 bis 16 Kilometer hinter sich, und dann noch einmal 12 bis 16, manchmal auch mehr, bevor er das Nachtquartier aufschlug. Er hatte Glück gehabt; abgesehen von einigen wenigen nebligen Vormittagen war das Wetter die ganze Zeit klar und ungewöhnlich warm gewesen. Wenn der Abend nahte, mietete Alec sich entweder in einer Pension ein oder er zeltete. Oftmals hatte er gar keine Wahl. Nach zehn oder mehr Stunden Wandern hielt er einfach dort an, wo ihn die Kraft verließ. Manchmal war das ein Dorf, manchmal jedoch war weit und breit kein Ort zu sehen.

Die Menschen, die er traf, fragten ihn nach seinem Ziel. Das war einfach: Nordwales. Sie wollten auch wissen, warum er zu Fuß gehe, und diese Frage war schwerer zu beantworten. „Es schien unter den gegebenen Umständen das Richtige zu sein“, sagte er für gewöhnlich, und wenn er seine Geschichte erzählte, schienen die Leute zu verstehen.

„Ich habe hier etwas, was du lesen musst“, hatte Alecs Exfrau gesagt, als er vor einem Jahr an ihr Krankenhausbett getreten war.

Er und Gwynne waren schon seit Jahren geschieden, und jeder lebte an einer anderen Küste des Landes – er in Seattle, sie in Boston –, doch es war ihnen nie richtig gelungen, sich zu entlieben. Alec hatte es versucht, aber es hatte nicht geklappt: Gwynne Davis gehörte zu der Sorte Frau, die mit ihrem Eintreten einen Raum zum Strahlen brachte. Sie verströmte eine fast kindliche Lebensfreude. Gwynne war nicht nur lebhaft, sie sprudelte geradezu über vor Temperament.

Sie hatten sich Mitte der Siebzigerjahre kennen gelernt, in New York – der Stadt, in der er geboren und aufgewachsen war. Seine Freundin Karen, die er seit der Highschool kannte, war zu dem Schluss gekommen, dass er zu viel Zeit damit verbrachte, allein an seinem Schreibtisch zu sitzen und Bücher zu schreiben. Daher verkündete sie eines Tages, sie habe für ihn eine Verabredung organisiert. Karen hatte Gwynne kennen gelernt, als sie auf der Fifth Avenue bei Bergdorf's einkaufte, wo Miss Davis, wie sie dort genannt wurde, in der Damenmodeabteilung arbeitete. Na ja, hatte Alec düster gedacht, dann wird sie wenigstens gut angezogen sein.

Dann war der Tag gekommen, und Alec wartete, etwas verlegen, in der Abteilung für Designerunterwäsche, gleich vor der Modeabteilung. Karen hatte ihn dort stehen lassen, während sie sich auf die Suche nach seiner Verabredung machte. Alec sah gerade gelangweilt die Dessous an einem Ständer durch, als eine etwas raue weibliche Stimme hinter ihm sagte: „Glauben Sie nicht, die sind ein wenig zu klein für Sie?“

Alec drehte sich um, um etwas zu erwidern, wobei er den Blick auf die Höhe senkte, auf der sich die Gesichter von Frauen normalerweise befanden, und musste feststellen, dass er dieser Frau direkt auf den Busen starrte. Während sein Kinn nach unten klappte, hob er langsam den Kopf, bis er in die haselnussbraunen Augen der Frau schaute. Er befand sich in der für ihn untypischen Situation, sprachlos zu sein.

„Alec“, hörte er Karen sagen, „das ist Gwynne.“

Die wiederum stützte, der üblichen Frage zuvorkommend, die Hände in die Hüften und erklärte: „Die Antwort lautet, eins achtzig barfuß. Eins siebenundachtzig in Stöckelschuhen." Dann schenkte sie ihm ein strahlendes Lächeln.

Alec versuchte immer noch, sich zu fangen, und stammelte: „Es ist bloß, dass ich nie zuvor …"

„Ja, das glaube ich Ihnen", sagte sie. Dann gewährte sie einen kleinen Blick in ihr Inneres, indem sie sich vorbeugte – er konnte ihr Parfum riechen, irgendetwas Erdiges – und ihm zuflüsterte: „Entspannen Sie sich. Es ist wirklich schön, zur Abwechslung mal einen größeren Mann zu treffen, auch wenn er sprachlos ist."

Alec verliebte sich auf der Stelle in sie. Was ihn an Gwynne faszinierte, was fast alle Menschen begeisterte, die sie kennen lernten, war die Energie, die sie ausstrahlte. Sie leuchtete von innen heraus.

Und nun, fast zwanzig Jahre später, lag sie im Sterben und Alec war an ihrer Seite. Die Ärzte hatten geglaubt, sie hätten ihren Brustkrebs besiegt, doch das bösartige Geschwür hatte gestreut. Alec war an die Ostküste gekommen, um sich um Gwynne zu kümmern. Sie lag zwar im Sterben, doch schien ihre Lebenslust ungebrochen, selbst als ihr Körper dahinsiechte. Jeden Morgen, wenn sie aufwachte, sah sie Alec mit ihrem strahlenden Lächeln an und sagte: „Tja, ich schätze, ich bin noch nicht tot!"

An jenem besonderen Morgen deutete Gwynne auf einen braunen Briefumschlag auf dem Tisch neben ihrem Bett. Er trug die Aufschrift: *Mein Letzter Wille*.

„Ah", sagte Alec leichthin, so wie sie der Situation stets den Ernst nahmen, „Anweisungen, wie dein riesiges Vermögen zu verteilen ist."

„Sieh es dir gut an, Liebling", entgegnete sie. „Du bist mein Testamentsvollstrecker."

Alec las ihren Letzten Willen. Ihre bescheidenen Vermögenswerte sollten zu gleichen Teilen zwischen den Mitgliedern ihrer und seiner Familie aufgeteilt werden. Aber es gab einen Haken: Der Begünstigte durfte das Geld nur für etwas ausgeben, von dem er immer gedacht hatte, er könne es sich nicht leisten. Und es musste Spaß machen.

Alec beugte sich über das Krankenhausbett und küsste sie. „Das ist perfekt", sagte er. „Genau wie du."

„Lies weiter!", befahl sie lächelnd, als hütete sie ein Geheimnis. Einige Absätze später stand: *Ich verfüge, dass mein Exmann und Testamentsvollstrecker meine Asche auf dem Cadair Idris in Wales verstreut.*

Verblüfft schaute Alec auf. Richtig, Gwynne hatte walisische Vorfahren, und vor Jahren waren sie gemeinsam auf diesen Berg gestiegen, doch trotzdem war er erstaunt. „Warum gerade dort?“, fragte er.

„Weil“, erklärte sie, „diese Gipfelbesteigung das körperlich Anstrengendste war, was ich je getan habe, und es nichts gibt, worauf ich stolzer bin.“

Am nächsten Tag, als die Ärzte zugaben, dass sie nichts mehr für sie tun konnten, bat Gwynne Alec, sie nach Hause zu bringen, in ihr eigenes Bett. Eine Woche später starb sie friedlich in seinen Armen.

Alec hatte ein ganzes Jahr gebraucht, bis er sich dazu durchringen konnte, einen Flug nach England zu buchen, um ihren letzten Wunsch zu erfüllen. Gwynne hatte ihm nicht aufgetragen, zu Fuß zu gehen; das war seine Idee gewesen. Es erschien ihm einfach angemessen: Als sie noch verheiratet gewesen waren, hatten sie bei ihren Wanderungen durch England viele traumhafte Tage erlebt; in englischen Landschaften waren sie stets am glücklichsten gewesen. Doch Alec wusste auch, dass er diese lange Wanderung unternehmen musste, um sich selbst zu retten.

Die Scheidung war schon schwer genug gewesen – das hätten sie sich, wie sie beide später übereinkamen, besser erspart. Die Endgültigkeit von Gwynnes Tod hatte ihn fassungslos und benommen zurückgelassen. In dem Jahr seit ihrem Tod war er sich wie ein Getriebener vorgekommen. Erst durch ihre Abwesenheit erkannte er, wie sehr sie ihm im Leben Halt gegeben hatte, obwohl ihre Scheidung schon ein Jahrzehnt zurücklag. Und dann, eines Tages, wurde es ihm klar: Er musste Gwynne an ihre letzte Ruhestätte bringen wie ein Sargträger. Er musste zu Fuß nach Wales gehen. Die Anstrengung, der Schmerz, die Wochen, die er damit verbringen würde, sich dem Berg Schritt für Schritt zu nähern, würden ihn heilen. Wenn er schließlich den Gipfel erreichte, würde er in der Lage sein, sie gehen zu lassen.

ALEC erreichte den Endpunkt des langen Weges, der von Tan y Gadair ins Tal führte, und blieb an der Einmündung zur asphaltierten Straße stehen. Er stützte sich auf seinen Wanderstock und dachte an den mühsamen Marsch zurück nach Dolgellau. Dann dämmerte es ihm: Es ging nicht darum, dass der Weg zurück in die Stadt lang war, sondern darum, dass es falsch war zurückzugehen. Er war am Ende seiner Pilgerreise angelangt und hatte es in dem Augenblick gewusst, als er am Touristeninformationszentrum das Foto von Tan y Gadair mit dem Berg dahinter gesehen hatte. Das war der Ort, zu dem seine Wanderung ihn führen sollte.

Alec drehte um und begann den Aufstieg zurück zum Farmhaus am Fuße des Berges. Er musste Mrs Fiona Edwards einen Vorschlag unterbreiten.

FIONA stand an ihrem Küchenfenster und starrte unverwandt auf die Stelle, an der die Auffahrt aus dem Blickfeld verschwand, so als könnte sie damit den amerikanischen Wanderer wiederauftauchen lassen. In dem Moment, in dem sie dem Fremden die Tür geöffnet hatte, hatte sie ein seltsames Gefühl der Vertrautheit empfunden, so als kennte sie ihn bereits ihr ganzes Leben.

Es war töricht. Und außerdem war sie eine verheiratete Frau in mittleren Jahren. Um Himmels willen, sie sah sich nie nach anderen Männern um. Schon allein deswegen, weil sie einfach zu viel zu tun hatte. Die Pension zu führen – sich um die Gäste zu kümmern, zu kochen, zu backen, zu waschen, die Zimmer herzurichten, sie sauber zu halten und all den Papierkram zu erledigen – nahm einen Großteil ihres Tages in Anspruch. Was sie an Zeit und Kraft übrig hatte, nutzte sie, um David bei der Farmarbeit zu helfen.

Die Arbeit störte sie nicht; sie füllte sie aus. Seit David vor Jahren erkrankt war, wurde das Leben mit ihm jedoch immer schwieriger. David war nie ein besonders aufmerksamer oder romantischer Mann gewesen – allein die Vorstellung brachte Fiona zum Lachen. Trotzdem hatten sie, selbst nachdem er krank geworden war und vom Haupthaus in ein allein stehendes Gebäude auf einem abgelegenen Teil der Farm ziehen musste, viele Nächte als Mann und Frau verbracht. Doch mit dem Fortschreiten der Krankheit war er zunächst distanziert, dann launisch und unberechenbar geworden. Schon beim geringsten Anlass konnte er in die Luft gehen. Mittlerweile gab es Zeiten, in denen sie sich vor David fürchtete.

Im Grunde war David jedoch ein guter Mensch, das wusste sie. Außerdem war er ein guter Vater. Er stand ihrer Tochter Meaghan so nahe, dass sie ihn oft beneidete. Es überraschte sie auch, denn David behauptete immer, er „verstehe die Frauen nicht", schließlich war er ohne Mutter oder Schwester aufgewachsen. Seine Mutter war bei der Geburt seines Bruders Thomas gestorben, und die beiden Jungen waren auf dieser Farm in den Hügeln von ihrem Vater großgezogen worden. Während die Brüder heranwuchsen, machte David senior ihnen unmissverständlich klar, dass einer von ihnen die Farm übernehmen sollte. Thomas zeigte ebenso eindeutig, dass er nichts damit zu tun haben wollte. Er war ein ausgezeichneter Schüler und ging auf die Universität. Mittlerweile lebte er als Architekt in London und entwarf todschicke Bürogebäude.

David dagegen hatte Probleme in der Schule. Es dauerte Jahre, bis das Schulamt feststellte, dass er eine Leseschwäche hatte, aber da war an seiner Einstellung schon nichts mehr zu ändern: Er hasste das Lesen. Doch je älter er wurde, desto deutlicher stellte sich heraus, dass er eine besondere Beziehung zu Tieren hatte. Die Milchkuh seines Vaters lief ihm nach wie ein Schoßhündchen. Er schien instinktiv zu wissen, wo in dem riesigen Hügelgebiet die Schafe zu finden waren, wenn es Zeit wurde, sie auf die Winterweiden zu treiben. Nahte die Ablammzeit, konnte er vorhersagen, welches Schaf bei der Geburt Schwierigkeiten bekommen würde.

Obwohl Fiona wusste, dass David klug war, hatten die jahrelangen Probleme in der Schule tiefe Narben hinterlassen. Er neigte dazu, Fiona wegen ihrer Liebe zu Büchern aufzuziehen. Auch von Gesprächen hielt er nicht viel. Vor seiner Krankheit war er abends von den Hügeln ins Haus gekommen, hatte sich in ihrer großen Badewanne mit den Klauenfüßen gewaschen, sein Abendessen achtlos heruntergeschlungen und war meist vor dem Fernseher zusammengeklappt, während sie in der Küche ihre Bücher las. Sie wusste, wie anstrengend es war, eine Farm in den Hügeln zu betreiben, trotzdem hatte sie sich etwas mehr erhofft. Und obwohl David sie nach dem Kennenlernen heftig umworben hatte, war sein Interesse am Liebesspiel nach der Hochzeit schneller erlahmt als ihres. Seit seiner Erkrankung war es vollkommen erloschen.

Fiona riss sich aus ihren Träumereien, wandte sich vom Fenster ab und ging nach oben, um die Bettdecken ihrer Gäste aufzuschlagen. Gerade war sie mit dem letzten Bett fertig geworden, da klopfte es an die Tür.

Endlich, dachte sie.

Aber es waren nicht die Bryce-Wetheralls. Es war wieder der Amerikaner. Sie sah, dass sich hinter ihm, über dem Meer, Wolken zusammenbrauten.

„Oh! Sie sind zurück!“, sagte sie. Sie war insgeheim hocherfreut.

„Ich habe eine Idee“, sagte er, als wäre ihre vorherige Unterhaltung nie zu Ende gegangen. „Sie haben eine Menge Weideland, und ich habe ein Zelt. Wie wäre es, wenn wir eine neue Art der Unterbringung erfänden? Wir könnten es ‚Zelt-mit-Frühstück‘ nennen anstatt ‚Bett-mit-Frühstück‘. Sie bekommen einen weiteren zahlenden Gast, und ich kann eine Rast einlegen.“

Nur einem Amerikaner, dachte sie, konnte etwas so Unkonventionelles einfallen. Einen Moment lang sah sie ihn sprachlos an, dann fing sie an zu lachen, und zwar so laut und schallend, wie er es bei ihrer zierlichen Figur nie für möglich gehalten hätte.

„Großartig!“, sagte sie schließlich.

„Sie ahnen nicht, wie wundervoll sich das anhört!“, gestand Alec leise.

„Aber hören Sie“, sagte Fiona, während sie ihn in den Garten führte, „Sie brauchen sich nicht auf eine der Weiden zurückzuziehen; warum suchen Sie sich nicht einen schönen, ebenen Platz hier auf dem Rasen … vielleicht da, unter dem Apfelbaum? Sie sind dort ganz für sich; vom Haus aus kann Sie niemand sehen. Was halten Sie davon?“

„Prima“, sagte er. „Danke.“

Fiona plapperte weiter: „Gut, ich mache Tee. Wenn Sie Ihr Zelt aufgestellt haben, kommen Sie ins Haus. Es würde mich nicht wundern, wenn Sie ein Bad nehmen möchten.“

„Das wäre fabelhaft“, sagte Alec leise aufstöhnend, als er seine schwere Last zu Boden sinken ließ.

Fiona wandte sich zum Gehen, hielt aber noch einmal inne. „Ich weiß gar nicht, wie Sie heißen“, sagte sie und blickte sich um.

„Alexander Hudson. Alec.“

„Fiona“, sagte sie. „Meine Freunde nennen mich Fi.“

Und dann war sie fort. Alec schaute über den Rasen zur Tür des Farmhauses. Nach all den Wochen, in denen er einsame Entscheidungen hatte fällen müssen, fühlte er sich angenehm umsorgt.

Er zog das Zelt aus seinem Rucksack und steckte die beiden ultraleichten ausziehbaren Stangen in ihre Halterungen und Befestigungen, was aus der platten Nylondecke nahezu augenblicklich eine feste runde Kuppel werden ließ. Er hatte das schon so oft gemacht, dass es nur wenige Sekunden dauerte. Dann legte er das wasserfeste Überzelt darüber und befestigte es. Anschließend warf er den Rucksack in das Zelt und krabbelte hinterher. Er zog einige saubere Kleidungsstücke aus seinem Rucksack, kroch aus dem Zelt und ging zum Haus. Nachdem er seine Wanderstiefel an der Tür ausgezogen hatte, betrat er den Flur.

„Hallo?“, rief er.

„Hier hinten!“

Er tappte durch das Esszimmer der Gäste, bemerkte, dass der Tisch bereits für das Frühstück gedeckt war, und blieb an der Tür zur Küche stehen.

„Ah, kommen Sie doch herein“, sagte Fiona. „Ich habe gerade den Wasserkocher angestellt.“

„Ich wollte fragen, ob ich vielleicht vorher duschen dürfte“, bat Alec.

„Aber natürlich“, antwortete sie, „allerdings werden Sie mit einem Bad vorliebnehmen müssen. Die Gästezimmer haben wunderschöne neue Bäder, doch die sind alle vergeben, daher müssen Sie leider die alte Wanne in meinem Badezimmer benutzen.“

Sie führte ihn durch das Esszimmer zurück in den Flur und dann zu einer niedrigen Eichentür mit einem kleinen Schild, auf dem PRIVAT stand.

„Achten Sie von jetzt an bitte auf Ihren Kopf. Wir kommen in den ältesten Teil des Hauses. Damals wurden die Leute noch nicht so groß wie Sie.“ Sie betraten ein kleines, aber gemütliches Wohnzimmer mit eigenem Kamin. Rechts und links der Feuerstelle standen zwei hochlehnige Ohrensessel, und die gegenüberliegende Wand war gesäumt von Büchern. Auf dem aus breiten Eichendielen gezimmerten Boden lag ein sehr schöner Perserteppich, und ein cremefarbener Schaffellvorleger zierte den Platz vor dem Feuerrost. Auf dem kuscheligen Schaffell hatte sich ein schwarzer Kater zusammengerollt. Bei ihrem Eintritt sah das Tier kurz auf.

„Das ist Sooty", stellte Fiona vor. „Er glaubt, die Farm gehöre ihm. Nicht gerade der freundlichste Kater der Welt, aber man hat Gesellschaft."

Als wollte er ihre Worte Lügen strafen, hievte sich Sooty hoch, streckte sich, gähnte, schlich zu Alec und fing an, ihm um die Beine zu streichen und sich an seinen Knöcheln zu reiben.

„Na so was!", staunte Fiona. „Das hat er noch nie gemacht."

„Ich weiß nicht, woher das kommt", sagte Alec, während er sich bückte, um das Tier zu streicheln, „aber Katzen scheinen mich zu mögen."

Als er sich wieder aufrichtete, hatte Fiona einen nachdenklichen Ausdruck im Gesicht.

„Das Bad?", fragte er.

„Ach ja. Hier entlang." Sie führte ihn durch ein Schlafzimmer mit einem riesigen, reich geschnitzten alten Himmelbett, das an allen vier Ecken olivgrüne Samtvorhänge hatte, in ein kleines Badezimmer, in dem eine antike Badewanne mit Klauenfüßen stand. „Ich hoffe, es macht Ihnen nichts aus; ich bin noch nicht dazu gekommen, dieses Bad zu renovieren. Es ist wohl ein bisschen so wie bei dem Schuhmacher, der die schlechtesten Schuhe hat."

Alec lächelte. „Ich komme schon zurecht."

„Also gut. Ich bin kurz weg, um David sein Essen zu bringen, also kommen Sie einfach in die Küche, wenn Sie fertig sind."

„David?"

„Mein Mann. Und ich bin schon spät dran. Lassen Sie sich Zeit."

„Danke!", rief er ihr nach, als sie die Tür schloss.

In den beiden vorherigen Nächten hatte Alec gezeltet, und als er sich nun in die dampfende Wanne gleiten ließ, dachte er darüber nach, wie heilsam heißes Wasser war. Als er einige Zeit später wieder aus der Wanne stieg, fühlte er sich wie neugeboren. Er nahm den alten Messingrasierer mit dem Holzgriff, den Gwynne ihm vor Jahren geschenkt hatte, aus seinem Kulturbeutel, trug seine Rasiercreme auf und schabte sich den Dreitagebart ab.

Während er sein Rasierzeug wieder einpackte, fiel ihm auf, dass ihm irgendetwas an dem Badezimmer seltsam vorkam: Es war ganz und gar weiblich. Er sah nur kleine, runde französische Seifen, Puder, Badesalze, eine Kerze in einem angelaufenen antiken Silberkerzenständer und auf der Fensterbank zwei kleine Fläschchen Parfum. Dagegen gab es keinen

Rasierer, keine Rasiercreme, keine anständige Seife für die schmutzigen Hände eines Farmers. Ebenso nur eine einzige Zahnbürste, die in einem Glas neben dem Waschbecken stand. Fiona war verheiratet. Das hatte sie eben selbst gesagt, und ihr Mann hieß David. Doch es gab nicht eine Spur von ihm, zumindest nicht in diesem Badezimmer.

Alec zog ein sauberes weißes Trekkinghemd an, eine knitterfreie schwarze Hose sowie ein Paar leichte schwarze Slipper und warf sich einen dunkelgrauen Pulli über die Schultern. Dann ging er zurück in den Flur und brachte seine Stiefel, seine Wanderkleidung und seinen Kulturbeutel ins Zelt. Es war fast dunkel.

Als er wieder in die Küche kam, goss Fiona gerade heißes Wasser in die Teekanne. Kaum hatte sie sich zu ihm umgedreht, da rief sie: „Du meine Güte! Was so ein Bad alles ausmacht!“

Am liebsten hätte sie sich auf die Zunge gebissen, doch dafür war es bereits zu spät. Ohne die grau melierten Stoppeln am Kinn wirkte er zehn Jahre jünger. Mit seinem weißen Hemd und der tief gebräunten Haut war Alec Hudson – zumindest Fionas Meinung nach –, nun ja, richtig nett anzuschauen.

Er zog einen Stuhl unter dem Küchentisch aus blank gescheuertem Kiefernholz hervor und nahm Platz. Dann ließ er sich gegen die Lehne sinken und streckte die langen Beine aus. Es tat gut zu sitzen.

„Ich hoffe, Sie mögen chinesischen Schwarztee“, sagte Fiona, während sie sich in der Küche zu schaffen machte. „Ich kann dieses Kräuterzeugs nicht ausstehen. Wissen Sie, ich nehme das Teekochen ernst und benutze nur lose Blätter, keine Teebeutel. Man sollte meinen, dass die Menschen in einem Land, das von Tee zu leben scheint, bei dem, was sie in ihre Kanne füllen, wählerisch sind, aber so ist es nicht.“ Fiona war klar, dass sie schwatzte. Die Worte sprudelten ihr geradezu aus dem Mund, wie immer, wenn sie nervös war. Während sie weiterplapperte, schalt eine innere Stimme sie: Du bist eine erwachsene, verheiratete Frau! Das ist albern!

Alec holte sie auf den Boden der Tatsachen zurück. „Fiona, warum setzen Sie sich nicht einfach zu mir?“

Da nahm sie erleichtert Platz.

Er hatte sich über ihre eigenartige Geschäftigkeit gewundert. Sie war doch eine Frau, die alles im Griff zu haben schien. Gleichzeitig spürte er jedoch, dass tief in ihr etwas brodelte – Leidenschaft, aber eine gezügelte Leidenschaft.

Außerdem war sie schön, auf eine sehr natürliche Weise. Ihre Nase war kräftig und ihre Wangenknochen waren ausgeprägt. Eines ihrer graugrünen Augen hatte einen winzigen braunen Fleck, und diese Unvollkommenheit gefiel ihm. Ihre Lippen waren nicht voll, doch die Oberlippe erinnerte ein wenig an die einer Katze, mit einem schönen Schwung nach unten, der an den Mundwinkeln wieder nach oben deutete. Sie hatte die Angewohnheit, den Kopf ein wenig schief zu legen, wenn sie nachdachte, und er fand diese Eigenart bezaubernd.

Während sie den Tee einschenkte, fragte sie ihn nach seiner Arbeit und schien fasziniert zu sein, als er ihr erzählte, er sei Schriftsteller. Sie wollte wissen, ob es möglich sei, dass sie seine Bücher kenne, und er entgegnete: „Nein, das glaube ich nicht“, mehr jedoch nicht.

Sie schwiegen einen Augenblick, dann sagte Fiona: „Sie schleppen einen ziemlich schweren Rucksack mit sich herum. Sind Sie weit gewandert?“

„Von London her. Vom Flughafen Heathrow aus, um genau zu sein.“

„Heathrow!“ Fiona riss überrascht die Augen auf. „Sie sind den ganzen Weg von dort zu Fuß gegangen? Gütiger Himmel, Sie müssen verrückt sein. Wo wollen Sie denn hin?“

„Nur bis hierher. Ich bin am Ziel.“

„Was, hier? In diesem Tal?“

„Ja. Ich muss auf den Cadair Idris steigen. Das habe ich jemandem versprochen.“

Fiona wartete auf eine nähere Erklärung, doch er schaute gedankenverloren vor sich hin. Da hakte sie nicht weiter nach.

Plötzlich fühlte sich Alec sehr müde. Vielleicht lag es an dem heißen Bad. Vielleicht forderten die Tage und Wochen des Wanderns endlich ihren Tribut. „Es tut mir leid, Fiona, doch ich bin vollkommen erschöpft. Zeit, ins Zelt zu gehen. Das Bad und den Tee weiß ich wirklich zu schätzen.“

„Gern geschehen … Aber warten Sie, Sie haben gar nichts gegessen! Ich habe noch einen Rest von Davids Abendessen, den könnte ich schnell warm machen.“

„Danke, aber für den Fall, dass ich hungrig werde, habe ich immer etwas im Rucksack.“

Fiona erhob sich. „Also dann ab mit Ihnen.“

An der Haustür angekommen, streckte Alec die Hand aus. Als Fiona sie ergriff, nahm er ihre Hand in beide Hände und hielt sie einen Moment fest. „Danke sehr.“

„Aber das habe ich doch gern gemacht.“

Als Alec die Tür öffnete, wurden sie von einem kalten, mit Sprühregen vermischten Windstoß getroffen.

„Ach du lieber Himmel, ich fürchte, heute Nacht wird es etwas feucht. Werden Sie auch zurechtkommen?“

Alec hatte den Vorhof bereits überquert. „Das Zelt ist wasserdicht, der Schlafsack warm!“, rief er ihr über die Schulter zu. „Mir kann nichts passieren. Gute Nacht, Fiona.“

„Frühstück zwischen sieben und neun!“

Fionas Finger schienen die Wärme von Alecs Händen gespeichert zu haben. Es war nur eine freundliche Geste gewesen, ein Ausdruck seiner Dankbarkeit, doch es hatte sich herrlich vertraut angefühlt. Sie konnte sich nicht entscheiden, ob das nun beruhigend oder verwirrend war. Oder beides.

ZWEI

11. April 1999

Erst das Geräusch von zuschlagenden Autotüren und anspringenden Motoren weckte Alec am nächsten Morgen. Er setzte sich auf und zog die letzten sauberen Sachen aus seinem Rucksack: eine dunkelgraue leichte Wanderhose mit Beinen zum Abtrennen und sein anderes Trekkinghemd, das olivgrüne. Er zog seine Wanderstiefel an und kletterte aus dem Zelt.

Die Haustür war nicht abgeschlossen, weshalb er einfach eintrat und die Stiefel im Flur stehen ließ. Das Frühstückszimmer war schon wieder aufgeräumt, und er konnte hören, dass Fiona in der Küche werkelte. Auf der Anrichte entdeckte Alec ein Foto in einem polierten Silberrahmen und blieb stehen, um es zu betrachten. Ein kleiner, stämmiger Mann mittleren Alters mit kurzem, leicht zurückweichendem grau meliertem Haar stand neben einem roten VW Golf. Mit ausgestrecktem Arm übergab er etwas, was wie ein Autoschlüssel aussah, an eine strahlende junge Frau, eine dunkle Schönheit mit Fionas zartem Körperbau. David, vermutete Alec, und eine Tochter. Er stellte das Foto zurück und ging in die Küche.

Als er durch die Tür kam, sah Fiona auf. „Ah, guten Tag, Mr Hudson; schön, dass Sie uns noch mit Ihrer Gegenwart beehren!“

„Ist es schon so spät?“

Sie lachte. „Nein, ich mache nur Spaß. Es ist gerade erst zehn. Ich habe im Herd etwas für Sie warm gehalten. Setzen Sie sich nur hier an den Küchentisch. Es gibt eine Tortilla mit Pilzen, Tomaten und Oregano und Würstchen vom hiesigen Metzger. Kaffee?“

„Nur Tee bitte.“

Sie stellte eine schwere Teetasse aus Steingut auf den Tisch und nahm dann sein Frühstück aus dem Ofen.

„Das ist sehr nett von Ihnen. Danke.“

„Danken Sie nicht mir, sondern Jack; wenn Sie nicht aufgetaucht wären, hätte er es bekommen."

„Sie haben einen Sohn?"

Fiona legte den Kopf schief. „Jack ist unser Hütehund, allerdings mag er das Schafehüten nicht besonders. David hält ihn für nutzlos und faul, aber ich habe ihn gern um mich. Das Lustige ist, dass er wunderbar mit den Schafen zurechtkommt, sobald er mit Owen arbeitet."

„Owen?"

„Owen ist bei uns angestellt. Stammt hier aus der Gegend. Hat gerade die Landwirtschaftsschule hinter sich und möchte eine eigene Farm. Zwischenzeitlich hilft er David."

Die Hintertür quietschte, und als Alec sich umdrehte, sah er einen langhaarigen schwarz-weißen Hund hereintrotten.

„Zu spät, Jackie, du hast leider verschlafen", empfing Fiona ihn tadelnd.

„Aber nicht doch", sagte Alec. „Komm her, Jack."

Der Hund musterte ihn einen Augenblick, witterte und setzte sich dann neben ihn. Alec hielt ihm ein Stück Wurst hin, und der Hund nahm es ihm sanft aus der Hand.

„Ist das auf dem Foto im Frühstückszimmer Ihre Tochter?"

„Ja. Das ist Meaghan mit meinem Mann. Jetzt ist sie an der Universität, oben in Leeds, und studiert Grafikdesign."

„Eine ausgesprochen hübsche junge Frau."

„Ja, leider", seufzte Fiona. „Ein zweifelhafter Segen. Jungs umschwirren sie wie Motten das Licht. Der Neueste heißt Gerald und kommt aus der Stadt. Sie sagt, er sei kultivierter als die anderen."

„Ja, vor diesen Stadtjungs muss man sich in Acht nehmen."

„Das meine ich auch. Wo sind Sie aufgewachsen?"

„New York."

Fiona lachte schallend. Alec grinste.

„Werden Sie heute auf den Berg steigen?", fragte sie, das Thema wechselnd.

„Ja."

„Sind Sie beim letzten Mal auch bis nach ganz oben gewandert?"

„Jawohl."

„Ich muss Sie aber darauf hinweisen, dass das Wetter oben am Cadair um diese Jahreszeit oft wesentlich schlechter ist als hier unten. Es kann im Nu umschlagen. Der Cadair ist unberechenbar und ein bisschen gemein …"

Alec lächelte. „Danke für die Warnung. Sagen Sie, fährt der Bus zur anderen Seite des Berges, nach Tal y Lyn, immer noch?"

„Ja, auf der Strecke verkehrt ein kleiner Bus, warum?"

„Ich würde gern dort losgehen. Dann könnte ich auf dieser Seite wieder herunterkommen.“

„Der Bus fährt ungefähr alle zwei Stunden ab Dolgellau. Ich könnte Sie in der Stadt absetzen; ich muss sowieso hin. Warum bringen Sie in der Zwischenzeit nicht Ihre Sachen herein? Ihr Zimmer ist gleich oben rechts an der Treppe. Ich werde die Zimmer fertigmachen, während Sie Ihre Sachen verstauen.“ Und damit war sie fort.

Alec stellte sein Geschirr in das tiefe Porzellanspülbecken und beschloss, es zusammen mit der Bratpfanne, die Fiona zur Zubereitung des Frühstücks verwendet hatte, abzuwaschen.

Als er sein Zimmer sah, war er ein wenig erstaunt darüber, wie luxuriös es war. An der Decke über dem Kopfende des Doppelbetts war eine halbrunde Holzleiste angebracht, an der bodenlange, zur Bettdecke passende Vorhänge hingen, die von dicken, geflochtenen Satinborten an den Wänden zurückgehalten wurden. Flügelfenster führten auf einen kleinen Balkon mit Blick nach Süden, auf den Cadair Idris. Zwei bequeme Sessel flankierten das Fenster.

Alec trennte den oberen Teil seines Rucksacks ab, den man in einen Tagesrucksack umwandeln konnte. Danach griff er in den großen Sack, nahm die versiegelte graue Plastikkiste heraus, in der sich Gwynnes Asche befand, und platzierte sie zwischen seiner Wasserflasche und der Notfallausrüstung in dem kleinen Rucksack.

„Bald, Gwynne“, sagte er leise zu der Kiste.

Als sie mit dem letzten Zimmer fertig war, nahm Fiona das schmutzige Bettzeug und ging in die Küche, um mit dem Waschen anzufangen. Unterwegs sah sie, dass Alec im Gästewohnzimmer saß und in ein kleines gebundenes Notizbuch schrieb. Als sie die Waschmaschine anstellte, bemerkte Fiona, dass Alec das Geschirr gespült hatte. Sie räumte es ein und betrat das Gästewohnzimmer.

„Anscheinend sind Sie ein Mann mit vielen Talenten“, sagte sie. „Sie machen sogar den Abwasch. Ich glaube, ich habe noch nie einen Gast gehabt, der mich so verwöhnt hat.“

Alec lächelte.

„Ich hole nur den Wagen aus der Scheune“, sagte sie. „Wir treffen uns an der Hintertür.“

Alec schnürte seine Stiefel und trat gerade aus der Tür, als Fiona vorfuhr.

Er zwängte sich auf den Beifahrersitz und stellte den Rucksack behutsam zwischen seinen Füßen ab. Sie trat aufs Gas, schoss durch das Eingangstor der Farm und raste die kurvenreiche Zufahrt zur Hauptstraße hinab.

Eine Weile fuhren sie schweigend dahin, vorbei an einem schilfbewachsenen See, einem einsamen Pub und einigen anderen Hügelfarmen. Gelegentlich verengte sich die Straße zu einer Spur und wurde dann wieder breiter.

Als sie den Marktplatz von Dolgellau erreichten, rief Fiona: „Schnell! Da ist Ihr Bus!“ Sie riss das Lenkrad nach links und brachte das Auto direkt vor dem Bus zum Stehen, damit er nicht abfahren konnte.

„Gut gemacht“, sagte Alec, als er aus dem Wagen sprang. „Also bis heute Nachmittag!“ Er winkte ihr zu und stieg in den Bus.

„ICH SCHÄTZE, Sie wollen nach Minffordd“, sagte der Fahrer.

„Richtig geschätzt“, erwiderte Alec überrascht.

„Es sind die Stiefel.“ Grinsend legte der Fahrer den Gang ein. „Ich fahre viele Wanderer, die dorthin wollen.“

Der kleine Bus schraubte sich den langen Hügel hinauf, der aus Dolgellau hinausführte, und nahm die A 470 nach Süden. Die Straße stieg mehrere Kilometer stetig an, sodass das üppig bewaldete Flusstal allmählich verschwand. Während der Fahrt beobachtete Alec, wie sich die Landschaft veränderte: gepflegte Dorfgärten wichen weiten, abschüssigen, gänseblümchengesprenkelten Wiesen, die wiederum dem steileren und schrofferen Moor Platz machten, das von dünnem Gras und robustem hellgrünem Waldfarn überzogen war.

Dann tauchte der Bus in eine Schneise zwischen den Bergen ein. Hohe Steintürme ragten beidseits der schmalen Straße empor, sodass vom Himmel nur ein kleines Stück zu sehen war. Die Straße selbst schmiegte sich an eine nahezu senkrechte Felswand zu ihrer Linken. Als die Straße ebener wurde, fuhr der Bus über die Gegenfahrbahn auf eine Parkbucht mit einem Buswartehäuschen. Alec erkannte den Rastplatz augenblicklich. Noch ehe der Fahrer angehalten hatte, war der Amerikaner aufgestanden.

„Schon mal da gewesen, hm?“

„Ist lange her.“

„Dann wissen Sie ja, dass Sie den schweren Weg nach oben nehmen?“

„Ja, allerdings ist das auch der schönste.“

„Das stimmt“, bestätigte der Fahrer, „aber machen Sie bloß kein Nickerchen am Ufer des Llyn Cau. Die Legende sagt, wer am Llyn Cau einschläft, ist beim Aufwachen entweder blind, verrückt oder ein Dichter.“

Alec lachte. „Für das Mittlere ist es bereits zu spät!“

Der Fahrer blickte durch das Fenster auf seiner Seite und musterte den Berg. „Heute könnte es da oben schlechtes Wetter geben; es zieht sich schon wieder zu.“

Alec folgte seinem Blick. Der Mann hatte Recht. Obwohl der Himmel im Süden klar war und das Tal in Sonnenschein badete, lag ein Wolkenkranz um den Gipfel des Cadair Idris.

„Danke fürs Mitnehmen", sagte Alec beim Aussteigen.

„Viel Glück!", rief der Fahrer ihm nach, als er die Tür schloss.

Alec wandte sich von der Straße ab, um einem unbefestigten Weg zu folgen, der auf beiden Seiten von alten Kastanien gesäumt wurde. Nach einigen Hundert Metern kam er an ein Holzschild, das den Fußweg zum Gipfel anzeigte. MINFFORDD-ROUTE war darauf zu lesen.

Der Weg stieg sofort steil an und führte in einen Eichenwald, der, wie Alec annahm, ein Überbleibsel der Wälder sein musste, die diesen Teil von Wales jahrtausendelang bedeckt hatten. Die Bäume waren vom Wind verbogen, verkrüppelt und knorrig. Auf der Suche nach einer weichen Stelle, an der sie sich in die Erde bohren konnten, schlängelten sich ihre Wurzeln zwischen den Steinen über den Boden.

Nach einem etwa dreiviertelstündigen Aufstieg kam Alec durch ein Holztor in einer alten Steinmauer. Die Bäume wichen einem steilen Abhang voller Heidekraut, gelbem Ginster und frühen rosafarbenen Lichtnelken, Gräsern, Seggen und Farnkräutern.

Nach einer weiteren halben Stunde Klettern hielt Alec an, um Atem zu schöpfen und etwas Wasser zu trinken. Der Ausblick war spektakulär: ein riesiges, stummes Amphitheater aus Bergen, mit einem saphirblauen, spiegelblanken See als Bühne – dem Llyn Cau. Der See war von beinahe senkrechten Felsen umschlossen, die an manchen Stellen mehr als dreihundert Meter hoch aufragten. Die Wände dieser Felsen waren stark zerfurcht von Rissen und Rinnen und mit Wasserfällen durchsetzt, von denen manche weit über dreißig Meter in die Tiefe fielen. Weiter oben und hinter dem Felsgrat nicht zu sehen, befand sich seines Wissens der Gipfel.

An einem warmen Nachmittag vor vielen Jahren hatte er mit Gwynne hier gepicknickt. Sie hatten zu viel gegessen und dann den ganzen Weg zum Gipfel gelacht und gestöhnt, wobei Alec oft hinter Gwynne gegangen war, um sie, die Hände auf ihrem Rücken, den Berg hinaufzuschieben.

Er trank einen Schluck Wasser und lächelte.

KURZ nach ihrer Hochzeit war Alec eine Stelle als Redenschreiber für Jimmy Carter angeboten worden. Der Präsident hatte die politischen Artikel gelesen, die Alec während seiner Zeit als Dozent an der Columbia-Universität verfasst hatte. Das Angebot war eine riesige Chance, die er und Gwynne sofort beim Schopf ergriffen. Sie zogen in eine Wohnung in Washington, die wenige Gehminuten vom Weißen Haus entfernt lag. Gwynne fand eine Stelle als Leiterin einer edlen Damenboutique.

Die nächsten drei Jahre verflogen in einer unablässigen Folge aus langen Tagen und glanzvollen Nächten, bei Empfängen des Weißen Hauses und Wohltätigkeitsmodenschauen, die Gwynne organisierte.

Als Ronald Reagan 1980 Carter bei der Wahl schlug, war Alec seine Stelle sofort los, doch sie blieben weiter in Washington. Gwynnes Stern befand sich gerade im Aufstieg, und da er sie aus New York herausgerissen hatte, fand er es nur recht und billig, in den Hintergrund zu treten und Gwynnes Karriere den Vorrang zu geben. Er bekam einen Verlagsvertrag für ein Buch über seine Erfahrungen im Weißen Haus während der Carter-Ära, verbrachte den ganzen Tag schreibend zu Hause und hatte das Abendessen vorbereitet, wenn Gwynne von der Arbeit kam.

Wann immer ihr voller Terminkalender es erlaubte, reisten sie – meist nach England. In einem dieser Urlaube hatten er und Gwynne an einem herrlich klaren und warmen Sommertag den Cadair Idris erstiegen.

In Washington redete man darüber, was für ein schönes Paar sie abgaben. Alec besaß die Schlagfertigkeit des New Yorkers, und er bewegte sich sehr gewandt auf dem diplomatischen Parkett. Gwynne mit ihrer Schönheit, ihrer überragenden körperlichen Präsenz, ihrem unglaublichen Sinn für Humor und ihrem herzlichen, spontanen Lachen zog die Menschen unwiderstehlich an. Und sie arbeiteten bei diesen Veranstaltungen so gut zusammen, dass jemand die beiden einmal bewundernd „Die Gwynne-und-Alec-Show“ genannt hatte.

Doch hinter den Kulissen gab es Probleme. Was niemand wusste, war, dass Gwynne trotz ihrer strahlenden Fassade schrecklich unsicher war. Jeden Morgen beim Schminken zitterten ihr die Hände. Oft war ihr übel. Nicht dass Gwynne Fehler gemacht hätte. Es ging darum, dass sie fürchtete, Fehler zu machen. Und seltsamerweise wuchs mit dem Erfolg auch ihre Angst zu versagen. Mit der Zeit übernahm Alec immer mehr Pflichten in ihrer Ehe. Am Anfang machte es ihm nichts aus. Er dachte, wenn er Gwynne wieder und wieder sagte, dass er sie liebte und an sie glaubte, würde sie am Ende an sich selbst glauben.

Die Jahre vergingen, und Alec begann mit der Zeit, ihr die Belastung, die die Fürsorge mit sich brachte, zu verübeln. Er sprach mit Gwynne, damit sie Verantwortung für ihr Leben übernahm, doch daraufhin machte sie sich nur noch abhängiger und führte Situationen herbei, aus denen er sie „retten“ musste.

Als sie anfing zu trinken, verwandelten sich seine Enttäuschung und sein

Ärger in Angst. Und dann erkannte er eines Tages, dass er keine Kraft mehr hatte. Er war leer. Das bestürzte ihn. Er hatte seine Liebe und Willenskraft für grenzenlos gehalten. Er hatte sich getäuscht.

Schließlich trennten sie sich. Er erkannte, dass er Teil ihres Problems war. Es gehörten immer zwei dazu, sie beeinflussten sich gegenseitig. Er dachte, wenn er sie verließe, würde sie endlich gezwungen sein, Verantwortung für ihr eigenes Leben zu übernehmen. Er ließ sich an der nördlichen Pazifikküste nieder, nahm ein kleines Apartment in Seattle, mit Blick auf den Puget Sound, sah sich die Sonnenuntergänge an und schrieb Gedichte, von denen er wusste, dass er sie niemals veröffentlichen würde. Sie einigten sich darauf, sich scheiden zu lassen. Und Freunde zu bleiben.

In diese Erinnerungen versunken, stapfte Alec bergan. Der Weg führte über eine endlose Folge von zerklüfteten Felsplatten und ausgewaschenen Rinnen. An einer Stelle blieb er am Abgrund stehen und blickte über den Rand. Dreihundert Meter tiefer, senkrecht unter ihm, lag der Llyn Cau. Seine Oberfläche war nicht mehr blau, sondern schwarz. Dann schaute Alec nach oben und erschrak. Der schmale Wolkenkranz um den Gipfel hatte sich ausgedehnt, nun war das gesamte obere Plateau von einer dichten Wolkendecke eingehüllt.

Er erreichte den Craig Cau, einen Nebengipfel, wanderte eine schmale Bodensenke hinab und war gerade dabei, wieder bergauf zu steigen, als die Wolkendecke ihn verschluckte. Die Temperatur fiel augenblicklich. Es gab keinen Fußpfad mehr, dem er folgen konnte; nur eine Reihe von Steinhaufen – zu Pyramiden aufgetürmte Steine, die von früheren Wanderern errichtet worden waren – wies den Weg nach oben.

Alec stieg ohne anzuhalten durch die Wolken. Dabei fügte er jeder Pyramide einen weiteren Stein hinzu; eine Tradition, die von Kletterern gepflegt wird, um sicherzustellen, dass die Pyramiden nicht verfallen. Die Felsplatten, über die er nun stieg, waren nass und glitschig. Je höher er kam, desto schlechter wurde die Sicht. Manchmal konnte er lediglich drei Schritte weit sehen. Die nächste Pyramide zu finden, wurde zunehmend schwierig.

„Nicht gerade ein Spaziergang, was, Miss Davis?“, sagte er zu der Kiste mit der Asche.

Gwynne machte eine Entziehungskur und gab ein für alle Mal das Trinken auf. Dann eröffnete sie in Boston einen eigenen Laden als Innenarchitektin. Das Geschäft blühte. Sie hatte ihre Nische gefunden. Endlich lief alles gut bei ihr. Daher war es wie ein Schock, als sie anrief – war das erst zwei Jahre her? – und ihm erklärte, dass sie gerade aus dem Krankenhaus entlassen worden sei, wo man ihr zwei bösartige Geschwülste aus den Brüsten entfernt habe.

Nach der Operation durchlief sie die üblichen Zyklen von Chemotherapie und Bestrahlung. Die Chemie machte sie furchtbar krank. Ihr Haar fiel aus. Immer wieder fragte er sie, ob sie wolle, dass er nach Boston komme, und sie lehnte ein ums andere Mal ab. „Falls ich dich brauche", versprach sie ihm, „werde ich dich anrufen." Er war stolz auf sie. Endlich hatte sie ihr Leben im Griff.

ALEC stieg immer höher, bis er im zunehmend undurchdringlichen Nebel einen Punkt erreichte, an dem es nur noch nach unten ging. Es fühlte sich wie der Gipfel an, doch er wusste instinktiv, dass das nicht sein konnte. Am Gipfel hätte ein kleiner Betonpfeiler stehen müssen – ein Triangulationspunkt für Landvermesser –, aber der war nirgends zu sehen.

Er schloss die Augen und ließ seinen inneren Kompass arbeiten. Dann öffnete er die Lider, marschierte etwa fünfzig Meter und fand einen Zaunübertritt, der über einen Stacheldrahtzaun führte. Dahinter stieß er auf eine Pyramide. Einer Reihe von Pyramiden folgend, ging er einige Hundert Meter bergab. Danach schienen ihm die Wegzeichen auszugehen. Er ging zurück zum letzten Steinhaufen, den er gesehen hatte, und begann ihn in immer größer werdenden Abständen zu umkreisen, so wie die grünen Ringe auf einem Radarschirm, die nach einem Leuchtpunkt suchen, der in seinem Fall die nächste Pyramide gewesen wäre.

Auf einmal rutschte er mit dem linken Fuß auf einem nassen Felsblock aus und schwebte für den Bruchteil einer Sekunde in der Luft, ehe er hart auf den Felsen aufschlug. Der Sturz raubte ihm den Atem. Seine Rippen schmerzten. Er rollte sich auf die Seite … und starrte geradewegs in die gähnende Leere des jähen, dreihundert Meter tiefen Steilabfalls zum Llyn Cau, den er vor einiger Zeit passiert hatte. Er schob sich von der Kante zurück und setzte sich völlig reglos hin, bis das Adrenalin aufhörte, das Blut laut pochend durch seine Ohren zu pumpen. Nur wenige Schritte weiter und er wäre bei Gwynne gelandet, wo immer sie sich nach dem Leben auf der irdischen Welt auch aufhielt. Kurz darauf tastete er nach seinem Wanderstock, kroch zur letzten Pyramide, stand auf und ging zurück zum Zaunübertritt.

Er war verärgert. Jahrelang war er gewandert, ohne jemals die Orientierung zu verlieren oder sich zu verlaufen. Doch jetzt war er angeschlagen und müde. Er hatte eine Pflicht zu erfüllen und konnte ihr nicht genügen. Und noch dazu war das Wetter sehr unangenehm geworden; der Nebel hatte sich in harten, kalten Regen verwandelt und der Wind frischte auf. Wieder schloss Alec die Augen, um Verbindung zu seinem inneren Kompass aufzunehmen.

„Abwärts", hörte er eine Stimme sagen.

Er riss die Augen auf und schaute sich um. „Hallo?"

Nichts. Vielleicht war es nur das vom Nebel verzerrte Krächzen einer Krähe gewesen. Vielleicht aber auch nicht.

„Ich muss runter von diesem Berg", sagte Alec laut. Er nahm seinen Wanderstock und wandte sich entschlossen in eine neue Richtung, abwärts, wohin ihn das auch führen mochte. Er folgte einem schwach ausgeprägten, langsam abwärtsführenden Pfad durch die Wolkenschwaden. Was für ein Unterschied zwischen diesem Aufstieg und dem Tag, an dem er und Gwynne den Gipfel erklommen hatten – damals war der Himmel kobaltblau gewesen, der Wind warm und vereinzelt waren gemächliche Schäfchenwolken vorbeigezogen. Und dennoch, vielleicht ist die Düsternis angemessen, dachte er. Durchaus passend für ein Begräbnis.

Der letzte Anruf von Gwynne kam nur zwei Monate, nachdem ihre Chemotherapie beendet war.

„Hallo Schatz, ich bin's. Könntest du vielleicht kommen? Ich war wieder im Krankenhaus."

Alecs Herz setzte einen Schlag aus. „Was ist passiert?"

„Ach, du kennst mich doch; ich mag es gern auf die harte Tour. Scheint, als gebe es Komplikationen. Ich denke, ich könnte etwas Hilfe brauchen."

„Morgen Abend bin ich da", versicherte Alec. „Verlass dich drauf."

Alec hörte, wie ihre Stimme brach. „Ich habe gehofft, dass du das sagst."

Er ließ alles stehen und liegen, flog an die Ostküste und verbrachte die nächsten zwei Monate am Bett seiner Exfrau. Der Krebs war bereits bis zur Gehirnflüssigkeit vorgedrungen. Chirurgen legten einen Shunt direkt in Gwynnes Schädel und pumpten jeden zweiten Tag neongrüne Chemikalien hindurch. Bald stellte sich heraus, dass die neue Chemotherapie nicht anschlug. Die behandelnde Onkologin, eine junge Frau mit einem schwachen deutschen Akzent, war nicht nur teilnahmsvoll, sondern auch erfrischend ehrlich: Man könne mit der Chemo weitermachen, aber höchstwahrscheinlich würde es nichts mehr nützen. Gwynne befand sich im Endstadium. Sie nahm die neue Diagnose gelassen auf, und Alec begriff, dass sie längst zum selben Schluss gelangt war.

„Okay, Frau Doktor", erwiderte sie, „jetzt sage ich Ihnen mal, wie ich das sehe: Ich finde, Sie sollten mich aus diesem Laden rauslassen und Ihre Zeit jemandem widmen, der es schaffen kann. Wenn ich schon sterben muss, möchte ich das in meinem eigenen Bett tun. Wissen Sie, was Oscar Wildes letzte Worte waren?"

Die Ärztin schüttelte den Kopf.

„Entweder geht diese scheußliche Tapete – oder ich."

Gwynne fing an zu lachen. Da lachte auch Alec. Sie liebten diese Geschichte. Die Ärztin ging leise hinaus; Alec fand sie weinend im Flur.

„Ich versuche, bei meinen sterbenden Patienten emotional einen gewissen Abstand zu wahren", sagte sie, „doch bei Gwynne schaffe ich das nicht. Jemanden wie sie habe ich noch nie erlebt."

Gwynne verfiel rapide. Alec las ihr lustige Bücher vor und massierte Feuchtigkeitscreme in die fleckige, papierdünne Haut ihrer Arme und Beine. Sie glitt friedlich in ein Koma. Alec nahm sie in die Arme und sagte ihr, dass er nie aufgehört habe, sie zu lieben. Kurz darauf hörte sie auf zu atmen. Er schloss ihre Lider, küsste sie auf die Stirn und zog die Bettdecke über ihren Körper. Dann rief er das Bestattungsinstitut an.

NACHDEM er dem Pfad nach unten etwa eine Stunde lang gefolgt war, erreichte Alec endlich die untere Grenze der Wolkendecke, die den Berggipfel einhüllte. Auf den Weiden in den fernen Niederungen flimmerte das Sonnenlicht, und Wolkenschatten jagten über die Hügel. Direkt voraus erkannte er die sanften Linien des Tales, in dem Tan y Gadair lag. Er befand sich immer noch beim Abstieg, als er auf eine Weide voller Schafe stieß und einen jungen Burschen sah, der sich abmühte, eines von ihnen in den Griff zu bekommen.

Alec schlüpfte durchs Tor und rief: „Brauchst du Hilfe?"

Der junge Mann sah überrascht auf. „Verstehen Sie etwas vom Ablammen?"

„Nicht das Geringste", gestand Alec, als er den Jungen erreichte. Das Schaf lag auf den Knien und bog den Hals zurück. Der junge Mann drückte es sanft gegen eine Steinmauer, um es ruhig zu halten. Er schien Mitte zwanzig zu sein, war mittelgroß, breitschultrig und kräftig gebaut. Er hatte kurzes, dicht gelocktes, beinahe schwarzes Haar und grüne Augen mit bernsteinfarbenen Sprenkeln. Auf dem Boden lag eine Plastiktasche mit allerlei Werkzeug und Flaschen.

Der junge Mann lächelte. „Dann werden Sie es jetzt lernen. Der Geburtskanal ist weit offen. Trotzdem passiert nichts. Ich glaube, das Lamm liegt falsch. Denken Sie, Sie können das Schaf ruhig halten, während ich versuche das Lamm im Uterus zu drehen? Nehmen Sie es zwischen die Beine und halten Sie es mit den Knien fest."

„Ähm, in Ordnung“, sagte Alec und nahm seine Position ein.

Der junge Mann desinfizierte seinen rechten Unterarm, schmierte ihn mit Gleitmittel ein und kniete sich neben das Mutterschaf. Alec beobachtete, wie der Bursche den Daumen und den kleinen Finger aneinanderlegte, um seine Hand möglichst schmal zu machen, und dann vorsichtig erst die Hand und schließlich den Arm in den Geburtskanal des Mutterschafes schob.

„Da haben wir die Antwort“, sagte der junge Mann, während er den Arm wieder herauszog und sich aufsetzte.

„Was ist los?“

„Zwillinge. Die Lämmer liegen beide mit dem Kopf zur Öffnung, das ist gut. Aber sie stecken hinter dem Beckenknochen fest. Ich muss eins rausziehen, dann werden wir sehen, ob sie das zweite allein gebären kann.“

Der junge Mann fasste in seine Werkzeugtasche und nahm einen kurzen Strick heraus, der an beiden Enden Schlaufen hatte. Eine Schlaufe legte er sich um das vordere Glied seines Zeigefingers, und den Rest des Seils nahm er in die Hand. Dann schob er den Arm wieder in den Geburtskanal.

„Diese Schlaufe lege ich dem ersten Lamm um den Kopf. Jetzt müssen Sie mit anpacken“, sagte er zu Alec. „Sie müssen die Hinterbeine der Mutter ein gutes Stück anheben.“

Als Alec der Aufforderung nachkam, meuterten seine geprellten Rippen. „Warum muss ich das tun?“

„Das lässt das andere Lamm wieder tiefer in den Uterus rutschen. Also gut, es geht los“, erklärte der junge Mann. Nachdem er kurz herumgetastet hatte, nahm er die Vorderfüße des Lamms in die Hand und sicherte das Köpfchen mit dem Seil. Stetig, aber äußerst sanft begann er zu ziehen. Zwei winzige Hufe erschienen, gefolgt von einem feuchten Kopf. Der junge Mann hielt inne, fischte ein Tuch aus der Werkzeugtasche und wischte dem Neugeborenen den Schleim von der Nase. Dann holte er das schnaufende Lamm langsam auf die Welt. Das Wesen war unbeschreiblich klein. Die Augen hielt es vor dem Licht fest verschlossen. Instinktiv kämpfte es sich auf die Beine.

„In Ordnung, lassen Sie das Schaf herunter.“ Unendlich sanft betupfte der junge Mann den Nabelstumpf des Neugeborenen mit Jod, bevor er das Lämmchen neben den Kopf seiner Mutter stellte. Die Mutter blökte leise und leckte das Blut von ihrem Neugeborenen. „Jetzt warten wir ein paar Minuten ab“, meinte er, „und schauen, ob sie das Zweite ohne Hilfe auf die Welt bringt.“

Alec setzte sich neben den jungen Mann, lehnte sich an die Mauer und betrachtete all die staksigen feuchten Lämmer um sich herum. „Du bist Owen, nicht wahr?“

„Jawohl, woher wissen Sie das? Sie sind nicht von hier."

„Ich wohne auf der Farm; Fiona hat mir erzählt, dass du David zur Hand gehst. Ich bin Alec."

„Schön, dass du zufällig vorbeigekommen bist, Alec. Von David habe ich heute nicht viel gesehen. Du warst also wandern?"

„Ja, oben auf dem Cadair."

Owen sah zum Berg hinauf, der hinter seinem Wolkenmantel unsichtbar blieb. „Kein guter Tag dafür."

„Der Nebel da oben ist dick wie Milchsuppe und genauso nass."

„Ah", sagte Owen nickend, „das wird Brenin Llwyd gewesen sein, ‚der Gebieter der Nebel', aus naheliegenden Gründen auch ‚der graue König' genannt. Die Leute hier glauben, dass er aus dem Berg steigt, um sich die Unvorsichtigen zu holen. Nun ja, so sagt man jedenfalls. Aber wie du gesehen hast, kann der Berg, selbst wenn es hier unten schön ist, sein eigenes Wetter machen und sich in Wolken hüllen. Dort oben wird es manchmal sehr ungemütlich, und zwar urplötzlich."

„Hab ich bemerkt." Alec dachte an seine Orientierungslosigkeit in der Wolke, seine wachsende Angst und an die – wohl nur innere – Stimme, die ihn abwärtsgetrieben hatte.

Owen stand auf. „Sie ist zu erschöpft, um abzulammen; beim Zweiten werden wir ihr auch helfen müssen. Möchtest du es selbst mal versuchen?"

Alec schaute Owen an und dachte an die Asche in seinem Rucksack und all das neue Leben um sich herum. „Ja", sagte er schließlich. „Ja, ich glaube, das möchte ich."

Owen deutete mit dem Kopf auf das Desinfektionsmittel, und Alec säuberte sich Hände und Arme. Er kniete sich neben das Schaf, zögerte dann jedoch.

„Nur zu!", ermutigte ihn Owen.

Alec formte mit den Fingern eine Pyramide, genau wie Owen es gemacht hatte, und ließ seine Hand in das Schaf gleiten. Er war erstaunt über die Geschmeidigkeit und Größe des Geburtskanals. Vorsichtig tastend fand er schließlich den Kopf des zweiten Lammes. „Ich hab's."

„Gut. Nun lässt du deine Hand am Hals entlang zu den Vorderbeinen gleiten und vergewisserst dich, dass sie nach vorn zeigen, so wie der Kopf."

„In Ordnung, ja, sie liegen richtig."

„Wunderbar. Leg den Daumen an den rechten Wangenknochen des Lämmchens, den kleinen Finger an den linken und die drei Mittelfinger oben auf den Kopf, hinter die Ohren. Dann fang ganz langsam zu ziehen an."

„Brauche ich keinen Strick?"

„Nur wenn die Beine nicht zuerst kommen."

Ein letzter Zug und das Lamm glitt heraus. Alec erschien es kleiner als das erste. Owen reichte ihm das Tuch, und er wischte dem Lamm die Nase ab. Augenblicke später kämpfte es sich auf die Füße, genau wie sein Zwilling. Alec behandelte den Nabelstumpf des zweiten Lamms und stellte es neben seine Mutter.

„Du würdest einen guten Schäfer abgeben", sagte der junge Mann.

Ächzend unter dem Schmerz, den ihm seine Rippen bereiteten, richtete Alec sich auf. „Dafür bin ich wohl zu alt."

Owen lachte und schob die Lämmer zum Euter ihrer Mutter, brachte die kleinen Mäuler in die Nähe der Zitzen und ermutigte die Kleinen zum Saugen.

Gebannt beobachtete Alec das Wechselspiel der Instinkte, mit dem das Band zwischen dem Mutterschaf und seinen Lämmern geknüpft wurde – das Säugen, das Lecken, das gegenseitige Beschnuppern. „Was jetzt?", fragte er.

„Nichts. Hier sind wir erst mal fertig. Wahrscheinlich lammen später noch ein paar Mutterschafe auf der unteren Weide, aber vorher brauche ich einen Happen zu essen."

„Da wären wir schon zu zweit."

Sie säuberten sich an einem Wassereimer. Die Sonne war fast untergegangen, und der Himmel über der Irischen See sah aus, als stünde er in Flammen.

Alec suchte alle Hilfsmittel zusammen, während Owen ein letztes Mal nach den Lämmern und Schafen sah. Dann schritten die beiden hügelabwärts durch das üppige Frühlingsgras.

DA NUR eines ihrer drei Gästezimmer belegt war, hatte Fiona den Tag damit verbracht, das Backen nachzuholen. Ihre Gedanken schweiften immer wieder zu dem Amerikaner ab. Seit seiner Ankunft fühlte sie sich, als schwankte der Boden unter ihren Füßen. Die Luft um sie herum vibrierte, als gäbe es irgendwo eine Schwingung, die früher nicht da gewesen war. Sie konnte es nicht leugnen: Er interessierte sie.

Alec war nicht wie die anderen Amerikaner, die sie kennen gelernt hatte: laute, fordernde und plump-vertrauliche Menschen, die schon beim Frühstück ihre ganze Lebensgeschichte erzählt hatten. Nein, er war zurückhaltender. Vorsichtig. Sie glaubte nicht, dass er etwas verbarg; er war einfach bloß beherrscht. Sein Lächeln, obwohl scheu, war sehr warmherzig und verriet eine Spur von – ebenfalls gezügeltem – Übermut. Aber warum war er so verschlossen?

Was sein Äußeres anbelangte, nun, das war einfach: Er war schlank, sportlich, attraktiv und auf eine verhaltene Art kräftig. Etwas an ihm wirkte auf sie wie die Anziehungskraft des Mondes auf das Meer – sie konnte nicht widerstehen.

Gegen drei Uhr ging Fiona nach draußen in den Garten, um frische Blumen für das Haus zu schneiden. Der Garten lag in der warmen Nachmittagssonne, er roch fruchtbar und erdig. Mit einem kleinen Strauß in der Hand drehte sie sich wieder zum Haus um, sah zum Berg hinauf und blieb abrupt stehen. Die oberen 150 Meter waren von dunklen, beinahe pechschwarzen Wolken umhüllt. Angst stieg in ihr auf, doch sie schluckte sie herunter: um diese Zeit würde Alec längst beim Abstieg sein.

Gegen fünf war Fiona fertig mit Backen und Alec immer noch nicht zurück. Wo blieb er nur? Schließlich tat sie das, was viele Menschen in einer Krisensituation tun: Sie kochte. Alec würde bei seiner Rückkehr sicher erschöpft sein, überlegte sie, und nicht in der Verfassung, zum Abendessen in die Stadt zu gehen. Sie wollte eine Mahlzeit für sie beide zubereiten. Sie bestäubte zwei Lammkeulen mit Mehl, bräunte sie in Butter, legte sie in eine Steingutauflaufform, fügte Brühe, Kräuter, Lauchscheiben, geschnittene Möhren und Pastinaken hinzu und stellte alles zum Schmoren in den Ofen.

Um halb sieben brachte sie David sein Abendessen. Auf dem Rückweg sah sie Owen, der über den dunkel werdenden Hof zu seinem Landrover ging.

„Owen! Einer meiner Gäste ist verschwunden. Hast du auf dem Berg jemanden bemerkt?“

„Falls Sie nach Alec suchen, der dürfte schon im Haus sein. Er hat mir geholfen, Lammzwillinge zur Welt zu bringen.“

„Willst du mir damit etwa sagen, dass keiner von euch beiden daran gedacht hat, mir Bescheid zu geben, dass ihr zusammen arbeitet?!“

„Ja, Ma’am, scheint so. Es war eine schwierige Geburt, und er fragte, ob er helfen könne. Ich war froh, dass er da war.“

Fiona musterte ihn einen Augenblick, schüttelte dann ungläubig den Kopf und wandte sich zum Haus um.

Zurück in der Küche, konnte sie hören, dass oben in Alecs Zimmer Wasser in die Wanne lief. Als er eine halbe Stunde später herunterkam, an den Türpfosten klopfte und den Kopf in die Küche streckte, goss sie gerade Rotwein über die schmorenden Keulen.

„Hi“, sagte er.

Fiona richtete sich auf und sah ihn an. Sie konnte sich nicht bremsen: „Drei Stunden Verspätung, und alles, was Sie sagen, ist ‚Hi‘?“

Alec trat in die Küche und blinzelte einige Male. „Ähm ... Es tut mir leid, Fiona; ich wurde ... aufgehalten." Er wollte ihr nicht erzählen, dass er Probleme gehabt hatte, da er sich dafür schämte.

Fiona bemerkte, dass er sein Jackett anhatte. „Und wo, glauben Sie, werden Sie um diese Zeit noch hingehen?"

„Ich dachte, ich gehe runter zu dem Pub direkt an der Straße, an dem wir heute Morgen vorbeigekommen sind, und esse etwas zu Abend. Zu dem am Seeufer."

„Zu Griffin? Sie müssen verrückt sein! Das Fassbier ist wirklich gut, aber das Essen ist ungenießbar. Sie bringen nicht einmal ein anständiges Solei zustande."

Alec hatte Mühe, sich unter einem Solei überhaupt etwas vorzustellen – ob anständig oder nicht.

„Ich habe ein paar Lammkeulen zum Abendessen gemacht", fuhr sie fort. „Falls die Geburtshilfe bei Owen Ihnen nicht den Appetit verdorben hat."

Alec lachte. „Diese Wanderung hat mich so verdammt hungrig gemacht, dass ich beinahe alles essen würde. Das kommt jedoch nicht infrage, Fiona. Ich will Sie und David nicht stören."

„Aber Sie stören nicht; David hat bereits gegessen."

Wieder einmal blieb David unsichtbar.

„Aber Sie werden für Ihr Abendessen arbeiten müssen. Wenn diese Kartoffeln gar sind", sagte sie, indem sie auf einen brodelnden Topf auf dem Herd zeigte, „schütten Sie sie ab, wenden sie in Mehl, legen sie dann mit etwas Butter in die Bratpfanne und stellen sie in den Ofen. Ich werde auch noch schnell ein Bad nehmen. Denken Sie, Sie können das?"

„Ja, Ma'am, ich denke, das kann ich", entgegnete Alec lächelnd.

„Und lassen Sie die Keulen nicht austrocknen. Nehmen Sie diesen Rotwein", sagte sie, während sie sich selbst ein Glas einschenkte.

Dann war sie fort. Alec war es nicht gewohnt, herumkommandiert zu werden, doch war er vollkommen zufrieden damit, sich von Fiona sagen zu lassen, was er tun solle. Irgendwie war es ungemein tröstlich. Mit einem breiten Grinsen auf dem Gesicht wandte er sich dem Herd zu.

Fiona ließ Wasser in die Badewanne mit den Klauenfüßen laufen. Sie schüttete etwas Badeöl in die Wanne und verteilte es mit den Händen. Dann ließ sie sich in das heiße, seidenweiche Wasser gleiten und schloss die Augen. So lag sie eine Weile und ließ sich von der Wärme umschmeicheln.

Glaubte sie an Liebe auf den ersten Blick? Sie wusste es nicht. Sie wusste nur, dass sie sich glücklich fühlte, wenn Alec da war, und ein wenig übermütig, so ähnlich wie beim zu schnellen Fahren: ängstlich, aber erregt.

Bei David war es ganz anders gewesen. Als er in ihr Leben getreten war, war sie eine dürre 22-jährige Studentin der Universität Liverpool gewesen. Er war auf eine markante Art attraktiv gewesen, ruhig und höflich. Damals hatte niemand übermäßiges Interesse an ihr bekundet. David jedoch legte mit seinem klapprigen, alten Landrover die ungefähr hundert Kilometer von Wales nach England zurück, nur um sie zu sehen, und fuhr noch in derselben Nacht wieder nach Hause. Eines Tages sagte er ihr, er liebe sie. Sie meinte, sie müsse auch in ihn verliebt sein. Dann nahm er sie für ein Wochenende mit nach Tan y Gadair. An genau jenem Wochenende hatte David um ihre Hand angehalten und sie hatte eingewilligt.

„Und hier wären wir nun", sagte sie laut zu sich selbst, während sie sich in der Wanne aufsetzte und nach ihrem Wein griff. Sie trank das Glas leer und spürte, wie der Alkohol ihr den Magen wärmte. Aber vielleicht wärmte sie auch der Gedanke, dass Alec erst letzte Nacht in dieser Wanne gesessen hatte. Sie fragte sich, wie er wohl als Liebhaber war. Wahrscheinlich aufmerksam. Ihr kam der Gedanke, dass sie über diese Überlegungen schockiert sein sollte, doch sie redete sich ein, dass es reine Neugier sei. Vollkommen harmlos.

Sie stieg aus der Wanne, rubbelte sich ab und tappte ins Schlafzimmer. Nun stand sie vor dem Problem, was sie anziehen sollte. Sie öffnete den Kleiderschrank und musterte betreten den Inhalt: die Kleidung einer Bauersfrau. Sie hatte vorgehabt, etwas Hübsches anzuziehen ... es durfte nur nicht *zu* hübsch sein. Sie nahm die Kleiderbügel heraus und hängte ein Kleidungsstück nach dem anderen wieder zurück: zu förmlich, zu altmodisch, falsche Jahreszeit.

Am Ende stieg sie einfach in ihre Jeans und zog einen schwarzen V-Pullover aus Merinowolle über, dem gerade genug Angora beigemischt war, um sie darin weiblich wirken zu lassen. Dann schlüpfte sie in schlichte schwarze Schuhe mit flachem Absatz. Als Schmuck wählte sie Ohrstecker mit einem schwarzen Onyxstein und legte dann noch einen Hauch hellrosa Lippenstift auf.

Bereit, sagte sie zu sich selbst, worauf sie eine leise innere Stimme fragen hörte: Wozu?

FASZINIERT betrachtete Alec den riesigen Herd, der die Küche beherrschte. So etwas wie diesen massiven Aga hatte er noch nie gesehen. Der Herd war gut eins achtzig breit und bestand augenscheinlich aus Gusseisen mit einem glänzenden elfenbeinfarbenen Emailleüberzug. Vorn hatte das Ungetüm vier Türen und obenauf eine große Warmhalteplatte aus Eisen. Der Rest des Raumes war ebenso beeindruckend. Die Küchenschränke hatten den gleichen Beigeton wie der Herd. Für die Arbeitsplatten war dunkelgrauer Schiefer mit eichenen Schneideflächen kombiniert worden. Die Wände waren in der Farbe von Dijonsenf gestrichen. Ein gusseisernes Gestell über dem Aga enthielt eine Auswahl an offenbar häufig gebrauchten Töpfen und Pfannen aus Kupfer und Edelstahl. In dieser Küche waltete eine ernst zu nehmende Köchin. Außerdem war es angenehm warm in dem Raum, und Alec erkannte, dass der Aga anscheinend als Heizung für das gesamte Zimmer konzipiert war. Gerade hatte er sich über das Monstrum gebeugt, um seine Funktionsweise zu ergründen, da hörte er Fiona wieder in die Küche kommen. Er richtete sich auf und schaute sich um.

„Wow!", entfuhr es ihm. Dann setzte er in Erinnerung an Fionas Worte vom vergangenen Abend rasch hinzu: „Was so ein Bad alles ausmacht!"

„Das ist *mein* Text, mein Herr", sagte Fiona schmunzelnd. „Hungrig?"

„Am Verhungern. Wie kann ich helfen?"

„Indem Sie den Tisch decken?"

„Natürlich. Im Esszimmer oder hier in der Küche?"

„Hier, denke ich. Das ist mein Lieblingsplatz im Haus."

Während Alec das Silberbesteck auflegte, zog Fiona das Lamm mit dem Gemüse und die Röstkartoffeln aus dem Ofen und richtete die Teller an. Kaum hatten sie sich hingesetzt, sprang sie jedoch wieder auf. Sie huschte aus dem Zimmer und kehrte kurz darauf mit einem Kerzenständer in jeder Hand zurück. Sie fischte eine Streichholzschachtel aus einer Schublade, zündete die Kerzen an und machte die Deckenlampe aus.

„Ja, das ist besser", meinte sie.

Die Küche hatte sich plötzlich in ein behagliches Esszimmer verwandelt. Einen Moment lang saßen sie reglos und stumm da, nur ihre Augen spiegelten ihre Gefühle wider: Belustigung, Zuneigung, Vertrauen, Nervosität, Verlangen. Fiona lächelte. Alec griff nach seinem Weinglas, und sie begannen zu essen. Der Wein war samtig und schmeckte nach reifen dunklen Früchten. Das Lamm war perfekt, rosarot und so zart, dass es von allein vom Knochen fiel. Die Röstkartoffeln waren golden, außen knusprig und innen weich.

Alec gab genüssliche Laute von sich und meinte: „Sie sollten ein Restaurant eröffnen."

Fiona lachte. „Unsinn! Viel zu viel Arbeit für eine Frau in meinem Alter."

Alec sah sie lächelnd an und schüttelte den Kopf. „‚In Ihrem Alter'?

Das ist jetzt wirklich Unsinn." Er wechselte das Thema. „Sie sagten, Sie kämen aus England, nicht aus Wales. Woher genau?"

Fiona zögerte. Bei jemand anders wäre ihr die Frage vielleicht indiskret erschienen, doch Amerikaner waren einfach so: naiv und direkt. Und außerdem fühlte sie sich bei Alec wohl.

Sie sei in einem Ort namens Nantwich, in Cheshire, geboren und aufgewachsen, erzählte sie ihm zwischen den einzelnen Bissen. Die Familie ihrer Mutter stamme von dort, und ihr Vater, ein Seemann, sei zu der Ansicht gelangt, das Städtchen eigne sich als Wohnsitz ebenso gut wie jedes andere. Arthur Armstrong war während des Krieges als Ingenieur bei der Königlichen Marine gewesen. Nach dem Krieg hatte er sich bei einer der größeren Frachterlinien verdingt, die von Liverpool aus in See stachen, und die Welt bereist.

„Selbst nachdem er Mama geheiratet hatte und ich auf der Welt war, blieb er bei der Seefahrt. Wir sahen ihn oft monatelang nicht."

Doch in den Sechzigerjahren, erzählte sie weiter, in denen die Frachter den doppelt so großen Containerschiffen wichen, die mit der Hälfte einer Frachtercrew betrieben werden konnten, wurden die Stellen in der Frachtschiffindustrie knapp. Als ihr Vater schließlich ohne Schiff dastand, kehrte er nach Nantwich zurück und fand Arbeit als Schleusenwärter am Llangollen-Kanal.

„Wir lebten in diesem efeubewachsenen hübschen kleinen Backsteinhaus am Kanal, gleich neben einer Reihe von Schleusen am Grindley Brook. Das Haus war die Dienstwohnung. Papa hielt die Schleusen instand und half Frachtkähnen hindurch: Wollten sie bergauf, füllte er die Becken mit Wasser, wollten sie bergab, ließ er sie leerlaufen.

Eines Tages, nachdem er die oberste Schleuse geflutet hatte, um einen Frachtkahn anzuheben, und das schwere Schleusentor aufgestemmt hatte, brach er zusammen und fiel ins Wasser. Wir haben nie erfahren, ob er an dem Herzanfall starb oder ertrank. Wie viele Seeleute zu der Zeit konnte er nicht schwimmen. Der Kapitän des Frachtkahns hat sofort nach ihm getaucht, aber Kanalwasser ist trüb und dunkel und Papa war gesunken wie ein Stein."

Alec unterbrach sie: „Ich hatte nicht die Absicht, Sie an etwas so Schmerzliches zu erinnern … ich …"

„Ach, das ist schon in Ordnung. Das Merkwürdige war, dass Mama noch im gleichen Jahr starb. Soviel wir wussten, fehlte ihr nicht das Geringste. Es war, als habe sie einfach beschlossen, dass sie nicht weiterleben wollte."

Alec schenkte ihnen Wein nach.

„Als Mama starb, war ich auf der Universität in Liverpool“, fuhr Fiona fort. „Ich studierte Innenarchitektur. Eines Tages tauchte David an der Universität auf, er besuchte einen Freund von mir. Auf seine ruhige Art war er ein sehr netter Mann. Er machte mir den Hof und wir heirateten. Und das war’s.“ Ihr Blick schweifte in die Ferne. „Ein paar Jahre lang haben David und ich hart gearbeitet, um die Farm und die Herde auf Vordermann zu bringen, und dann kam Meaghan und ich spielte für einige Jahre Mutter. Sobald Meaghan in den Kindergarten ging, habe ich die Pension eröffnet.“

„Und Sie haben nur das eine Kind bekommen?“

Fiona seufzte. „Sehr zum Bedauern meines Mannes. Und noch dazu ein Mädchen, dabei hatte er immer von einem Sohn und Erben geträumt, dem er die Farm vermachen könnte.“

Sie hatten ihre Teller geleert. Alec stand auf und begann, den Tisch abzuräumen.

„Nein! Das kommt nicht infrage!“, schimpfte Fiona. „Darum werde ich mich später kümmern. Soll ich uns noch etwas Süßes machen?“

„Ich schaffe keinen Bissen mehr“, erwiderte Alec. Er umschloss ihre Finger mit seinen Händen, wie er es schon am Vortag getan hatte, und sagte leise: „Es gibt nichts, was ich lieber täte, als die ganze Nacht hier zu sitzen und mit Ihnen zu reden, Fi, aber ich bin erschöpft und muss es morgen noch einmal mit dem Berg versuchen. Ich habe mein Vorhaben nicht zu Ende gebracht.“

„Welches Vorhaben?“

„Das ist eine lange Geschichte … ein andermal.“

Fiona konnte fast hören, wie die Tür zu seinem Herzen zuschlug.

Alec neigte leicht den Kopf. „Herzlichen Dank für das Abendessen. Ich bin es nicht gewohnt, dass man sich so um mich kümmert.“

„Dann wird es aber Zeit“, murmelte sie.

„Ja. Vielleicht“, erwiderte er und verließ die Küche.

Sie hatte mehr von ihm gewollt, viel mehr. Fast hätte sie es gewagt, fast hätte sie ihn an sich gezogen, fast hätte sie ihm die Arme um den Hals geworfen. Es war mehr als nur das Bedürfnis, ihn über alles hinwegzutrösten, was ihn bedrückte. Es war eine Sehnsucht tief in ihrem Innersten. Sie fühlte sich, als hätte sich in ihr eine gähnende Leere aufgetan, ein Abgrund des Verlangens.

Alec empfand Ähnliches. Er lag im Bett und dachte abwechselnd an den schönen Abend mit Fiona und an das Begehren, das in ihm wuchs. Es war Jahre her, dass er solche Gefühle gehabt hatte.

DREI

12. April 1999

Irgendwo klingelte ein Telefon. Dann vernahm Alec ein gedämpftes Murmeln – eine Frauenstimme. Er öffnete die Augen und sammelte sich. Es war Tag, aber nicht sehr hell. Durch die Fenstertüren in seinem Zimmer sah er, dass der Cadair Idris in Wolken gehüllt war, und Regen trommelte aufs Dach. Er drehte sich zur Uhr auf dem Nachttisch um. Es war bereits nach acht. Alec streifte die Sachen über, die er am vergangenen Abend getragen hatte, gähnte und stieg die Treppe hinab.

Im Esszimmer war es ebenso düster wie draußen. Alec tappte zur hell erleuchteten Küche, fand dort aber auch niemanden. Auf dem Tisch standen zwei Becher und eine Kanne Tee, daneben Zucker und ein Milchkännchen. Alec schenkte sich etwas Tee ein und suchte dann in den Schränken nach einer Müslischale. Nachdem er fündig geworden war, ging er zurück ins Esszimmer, wo mehrere durchsichtige Plastikvorratsdosen mit verschiedenen Frühstücksflocken standen, und füllte die Schale mit einem knusprigen Körnermüsli. Gerade als er damit fertig war, flog die Hintertür auf und Fiona stürmte herein.

„Guten Morgen, Mr Hudson, wir haben schönstes walisisches Wetter!"

Wasser rann von ihrer Jacke und sammelte sich in einer Lache auf dem Boden. Sie warf die nasse Jacke über einen Stuhl und sah auf die Wanduhr.

„Ah, gerade noch rechtzeitig." Sie schaltete ein kleines Radio ein, das unter einem der Küchenschränke angebracht war.

„Der Seewetterbericht, herausgegeben um 8.25 Uhr GMT vom Wetterdienst im Auftrag der Küstenwache", verkündete der Sprecher. „Die Vorhersagen für die nächsten vierundzwanzig Stunden: Südost-Island, Südwest sieben zunehmend acht, vereinzelte Sturmböen sechs bis sieben, Regen, mäßig bis leicht. Fair Isle, die Färöer, Südwest sieben zunehmend acht, vereinzelte Sturmböen neun, Regen oder Schauer, mäßig …"

Fiona stellte das Radio wieder ab.

„Was bedeutet das alles?", fragte Alec.

„Es bedeutet zunächst einmal, dass Sie heute nicht auf den Cadair Idris steigen werden", erwiderte Fiona.

Und dass du noch mindestens einen Tag länger bleiben wirst, fügte ihr Herz hinzu.

„Den Seewetterbericht zu hören ist in dieser Gegend der beste Weg, um herauszufinden, was der Atlantik in die Irische See drückt."

Alec sah durch das Küchenfenster auf den prasselnden Regen. „Kann man von hier aus doch auch ganz gut erkennen."

Fiona sah ihn an. „In Ordnung, Sie Besserwisser, was sagt Ihnen der Blick aus dem Fenster über das Wetter morgen?"

„Ähm, nichts."

„Genau. Während ich aus diesem Bericht entnehme, dass es morgen wahrscheinlich genauso schlecht wird. Andererseits", überlegte Fiona, „vielleicht sind Sie ja auch wie diese *Rambler* …"

„Rambler?"

„Eine landesweite Vereinigung von Wandersportlern. Ein Tag wie dieser würde sie nicht aufhalten; sie würden einfach mit ihren robusten Stiefeln und wasserdichten Anoraks durch den strömenden Regen davonstapfen. Wo bleibt denn da das Vergnügen? Manchmal denke ich, es geht ihnen nur darum, den Cadair Idris von ihrer Liste streichen zu können."

Alec schmunzelte. „Das war ja eine richtige Tirade."

Fiona lachte. „Ja, ich nehme an, das war es. Jedenfalls kommen zwei von denen heute Abend – Rambler, meine ich. Ein Paar aus Cardiff, die Llewellyns. Ist noch etwas Tee in der Kanne, oder haben Sie alles allein ausgetrunken?"

„Es ist noch reichlich da. Danke, dass Sie ihn für mich stehen gelassen haben."

Fiona saß Alec am Tisch gegenüber und wunderte sich, was mit ihr geschah. Irgendwie hatte dieser seltsam zurückhaltende Mensch eine längst vergessene Ausgelassenheit in ihr geweckt.

„Hören Sie", sagte sie nach kurzer Überlegung, „ich muss nachher in die Stadt, um etwas einzukaufen. Sie können hierbleiben und schreiben, Sie könnten aber auch gern mitkommen, wenn Sie möchten."

„Ich komme mit. Ich habe auch einiges in der Stadt zu erledigen. Wann wollen Sie fahren?"

„Ich muss für die neuen Gäste noch etwas aufräumen – in einer Stunde?"

„Einverstanden."

„Gut. Ich werde Sie dann rufen."

Alec ging in sein Zimmer, holte sein Notizbuch und setzte sich in das Gästewohnzimmer im Erdgeschoss. Die meisten Gedichte, die er im Lauf der Jahre geschrieben hatte, waren nachdenklicher Natur. So verarbeitete er Situationen, die er erlebt hatte. Alec befand sich tief im „Tunnel" – dem ruhigen Ort in seinem Innern, an den er sich zurückzog, wenn er schrieb –, als er ein Hupen hörte.

Er schreckte auf und schaute aus dem Fenster. Fiona winkte ihm aus dem

Auto zu. Alec eilte durch die Küche, zerrte seine Jacke vom Haken in der Stiefelkammer und lief zum wartenden Wagen. „Tut mir wirklich leid. Wenn ich arbeite, bin ich wie in einer anderen Welt."

„Sie waren so ruhig, dass ich schon dachte, ich müsste Sie wiederbeleben", zog Fiona ihn auf.

„Vielleicht hätte ich mich doch nicht beeilen sollen", konterte Alec.

Fiona lachte, und sie fuhren los.

Nachdem sie die Hauptstraße erreicht hatten, stellte Alec schließlich die Frage, die ihm keine Ruhe ließ – allerdings indirekt. „Hat David um diese Jahreszeit sehr viel zu tun?"

Fiona holte tief Luft. „David kann nicht mehr arbeiten, er ist krank."

Einen Moment lang war Alec sprachlos. Dann fuhr er fort: „Ich wollte nicht neugierig sein. Es ist bloß, weil Sie so oft von ihm reden, man ihn aber nie zu Gesicht bekommt."

„Es liegt am Schafbad", entgegnete sie. „Das hat ihn vergiftet."

Alec hatte keine Ahnung, wovon sie redete, und sagte ihr das.

„Natürlich verstehen Sie nicht; wie dumm von mir! Also gut: Das ‚Schafbad' ist ein Pestizid. In Großbritannien werden Schafe häufig von Krätzemilben befallen. Dann bekommen sie eine Hautkrankheit, Räude, die auf die gesamte Herde übergreifen kann. Sie macht die Tiere schwach und krank und ihnen fällt großflächig die Wolle aus. Seit 1976 verlangt der Staat von allen Schaffarmern, ihre Tiere im September von den Bergen herunterzuholen und sie durch einen tiefen Trog mit Wasser und Chemikalien zu treiben – organische Phosphate nennt man sie, doch die Farmer sagen einfach Schafbad. Hauptbestandteil ist etwas namens Diazinon. Unverdünnt ein recht übles Zeug, doch in den Trögen sollte es ungefährlich sein. Können Sie mir so weit folgen?"

„Ja."

„Schön. Nun werden jedes Jahr, kurz nach dem Schafbad, viele Farmer krank. Man nennt das die ‚Schäfergrippe' – Kopfschmerzen, Gelenkschmerzen, Übelkeit, solche Sachen. Sie geht relativ schnell vorbei, und niemand hat ihr je größere Bedeutung beigemessen. David bekam sie jedes Mal. Vor drei Jahren hatte David kurz nach dem Schafbad einen Herzanfall. Er war erst fünfundvierzig und hatte nie irgendwelche Probleme mit dem Herzen gehabt. Er hatte kein Übergewicht und rauchte nicht. Davids Arzt entdeckte, dass sich aus den Symptomen der Farmer nach und nach ein Muster ergab. Manchen wurde schwindlig, oder sie wurden apathisch. Manche hatten Herzrasen. Einige waren zeitweilig gelähmt. Das geschah stets vier bis sieben Tage nach dem Schafbad. Den meisten ging es hinterher wieder besser. Manchen nicht."

Sie kamen in Dolgellau an, und Fiona fuhr in eine Parkbucht auf dem kleinen Marktplatz. Sie stellte den Motor ab, redete aber weiter.

„Im Jahr darauf passierte es erneut. Ein weiterer Herzanfall. Sechs Tage nach dem Bad. Auf dem Weg zum Abendessen in der Küche brach David auf dem Hof zusammen. Ich habe ihn dort gefunden – er lag im Regen."

Fiona starrte geradeaus. Ihre Hand ruhte noch auf der Kupplung. Alec legte seine Hand auf die ihre. Sie entzog sie ihm nicht.

„Wie schrecklich für Sie, Fiona. Für Sie beide."

Fiona warf erst einen Blick auf ihre Hände, dann auf Alec. „Und das war erst der Anfang!", sagte sie mit aufgesetzter Fröhlichkeit. „Aber wir haben Besorgungen zu erledigen. Was haben Sie vor?"

„Ich muss einen Brief abschicken und Geld auf der Bank holen. Gibt es hier ein Café oder etwas Ähnliches, wo wir uns treffen können?"

Fiona dachte kurz nach. „Ich habe eine Freundin, die ein paar Schritte weiter eine gemütliche Teestube betreibt. Sie ist eine großartige Bäckerin. Sollen wir uns dort verabreden? Sagen wir in einer Stunde? Die Teestube heißt ‚The Cozy'."

„Ich werde dort sein", sagte Alec beim Aussteigen.

Er überquerte den Platz, um zu einer Tür zu gehen, über der ein kleines, ovales rotes Schild hing, auf dem POST stand. Er kam in eine Art Schreibwarenladen mit einem Fenster an der hinteren Wand, vor dem eine würdevolle Matrone den Postdienst versah. Alec sah den Postkartenständer durch und wählte eine Grußkarte mit einem Bild von der Stadt. Anschließend trat er zur Seite, um eine Nachricht an Gwynnes ältere Schwester Jane zu verfassen.

Liebe Jane, schrieb er, *ich habe den Berg erreicht. Wenn das Wetter mitspielt, trage ich Gwynnes Asche morgen hinauf. Mir geht es gut, Dir hoffentlich auch.*

Er bezahlte die Karte sowie die Briefmarke und überließ sie der Postbeamtin. Dann ging er über den Platz zur Lloyds Bank und löste einen Reisescheck ein, damit er Fiona das Zimmer bezahlen konnte. Am Schalter war auf einem kleinen Schild das Datum abzulesen, und Alec blinzelte überrascht; irgendwie war der 12. April herangerückt, sein Geburtstag.

Während er ganz England durchquert hatte, um zu dieser kleinen Stadt im Nordwesten von Wales zu gelangen, hatte er vergessen, die Tage zu zählen. Das war das Schöne an einer Wanderung ohne fest geplante Route und festgelegte Ankunftszeit: Jeder Tag war neu und frisch, man lebte nur in der Gegenwart.

Als Alec im Cozy ankam, nahm Fiona gerade an einem der Tische Platz.

In der mit Chintzvorhängen dekorierten gemütlichen Teestube duftete es nach Kuchen. Alec setzte sich zu Fiona, als die mollige Besitzerin an ihren Tisch trat, um die Bestellung aufzunehmen.

„Na so was, Fiona!“, sagte sie munter. „Dich hat man ja schon Jahre nicht mehr gesehen!“

„Ich weiß, Brandith; ich habe einfach zu viel zu tun.“

Brandith blieb abwartend stehen.

„Oh!“, sagte Fiona schließlich. „Wo bleiben meine Manieren? Brandith, das ist einer meiner Gäste, Alec Hudson. Alec, Brandith Evans.“

Alec erhob sich. „Guten Tag, Mrs Evans, es freut mich, Sie kennen zu lernen. Was für eine hübsche Teestube.“

„Sagen Sie ruhig Brandith“, entgegnete die Frau und streckte die Hand aus. „Sie sind aus Amerika, oder?“

„Stimmt“, erwiderte Alec, dann ließ er ihre Hand los und setzte sich wieder. „Also, was können Sie uns an einem so fürchterlichen Nachmittag wie diesem empfehlen?“

„Nun, gerade habe ich ein paar Johannisbeerscones aus dem Ofen geholt und serviere sie mit wunderbarem dickem Rahm, den Sie bestimmt mögen.“

„Hört sich gut an“, sagte Alec und strahlte sie an. „Dazu einen Kaffee für mich, bitte.“

„Und was möchtest du, Fiona?“, fragte die Frau. „Das Gleiche?“

„O nein, Brandith, für mich nur Tee, danke. Vielleicht einen Earl Grey.“

„Fiona Edwards“, schimpfte die Chefin, „schau dich mal an! Du isst wie ein Spatz!“ Dann wurde ihre Stimme weich, sie beugte den Kopf zu Fiona hinab und fragte leise: „Wie geht's denn unserem David, Fi?“

„So wie immer, leider.“

„Hockt er noch in seinem Heuschober?“

„Ja.“

Brandith seufzte. „Eine schreckliche Sache ist das. Schrecklich.“ Sie gab Fiona einen freundschaftlichen Klaps auf die Schulter. „Dann will ich dir mal den Tee holen.“

Alec schaute Fiona an. „Heuschober?“

Fiona nickte. „Das Gift hat nicht nur sein Herz geschwächt, sondern ihn auch gegen nahezu jede Chemikalie in seiner Umgebung allergisch gemacht – gegen alles, was parfümiert ist, vieles, was nicht parfümiert ist, die meisten Nahrungsmittel, insbesondere Fleisch: die Liste ist ellenlang.“ Sie seufzte. „Jedenfalls war er nicht mehr imstande, im Haus zu leben. Er war immer krank.“

Alec dachte an Fionas Badezimmer. Nun ergab es Sinn, dass sich nichts von David dort befand. „Aber ein Heuschober?"

Fiona lächelte. „Wahrscheinlich ist es der am aufwändigsten renovierte ehemalige Heuschober in ganz Großbritannien. Wir reden von einem Steinhaus in einer abgelegenen Ecke der Farm, am Fuße des Berges. Wir haben es komplett umbauen lassen. Nur chemiefreie Materialien sind zum Einsatz gekommen – unbehandelte Holzböden, Farbe auf Milchbasis, ungebleichte Baumwollstoffe."

„Kommt er nie heraus?"

„Oh, er kann immer noch auf der Farm arbeiten, sich im Freien aufzuhalten ist gut für ihn. Er darf zwar nicht mehr in die bewirtschafteten Ställe, doch an den meisten Tagen ist er draußen und repariert Zäune und Mauern, treibt Schafe von einer Weide auf die andere, schaut nach trächtigen Tieren, sondert Lämmer aus und so weiter. Aber er kann nur wenige Stunden am Tag arbeiten; er ist geschwächt und wird schnell müde."

„Mein Gott, ich glaube, ich würde verrückt, wenn ich David wäre."

„Ich glaube, er ist bereits verrückt", sagte Fiona kopfschüttelnd. „Doch es ist nicht bloß das Eingesperrtsein, was ihn verrückt macht. Das Gift hat sein Nervensystem angegriffen. Er ist vergesslich, so als hätte sein Verstand Lücken, die er nicht mehr überbrücken kann. Er war nie ein großer Leser, aber heute sitzt er nur noch herum und schaut fern. Er ist deprimiert und wütend. Und er trinkt zu viel; er lässt sich von Owen Whisky mitbringen. Manchmal ist er gewalttätig." Fiona blickte auf, und es schien, als sähe sie durch Alec hindurch. „Ich erkenne David kaum noch; er ist mir fremd geworden."

Alec wusste nicht, was er sagen sollte, doch er hatte Mitleid mit ihr. Einige Augenblicke später kam Brandith mit dem Tee, dem Kaffee und den Scones.

„Wenn ihr irgendetwas braucht, ruft mich einfach", sagte sie.

Alec betrachtete das Gebäck und stellte fest, dass ihm der Appetit vergangen war. Er griff nach Fionas Kanne und schenkte ihr Tee ein. Sie sah erschrocken auf, als wäre sie plötzlich aufgewacht.

„Lassen Sie uns doch das Thema wechseln, ja? Letzte Nacht haben Sie erzählt, dass Sie etwas, was Sie auf dem Berg tun wollten, nicht zu Ende gebracht haben. Wollen Sie mir vielleicht erzählen, was das ist, oder bin ich zu aufdringlich?"

Alec hatte vorgehabt, seine Aufgabe in aller Stille zu erledigen, ganz allein. Nun stellte er fest, dass er sich jemandem mitteilen wollte, den er erst zwei Tage kannte. Es lag wohl an der Sanftheit in ihrem Blick; er glaubte, sie würde ihn verstehen. Und so berichtete Alec Fiona von seinem Leben mit Gwynne, von ihren letzten Monaten, von ihrer letzten Bitte.

Fiona hörte ihm wortlos zu. Nun verstand sie die Traurigkeit, die ihn umgab. Als Alecs Geschichte zu Ende war, schwiegen beide einige Augenblicke.

„Sie müssen sie sehr geliebt haben", meinte Fiona schließlich.

„Ja, das habe ich. Ich glaube, ich habe sie immer geliebt." Alec schaute auf seinen Teller. Irgendwann im Lauf seiner Erzählung war das Gebäck verschwunden. „Da Sie offenbar meine Scones samt Rahm verputzt haben", sagte er, „sollten wir vielleicht nach Hause fahren, damit ich auch etwas zu essen bekomme, ja?"

„Ich wollte sie nur nicht verkommen lassen", entgegnete Fiona.

„Ah ja."

ALS SIE durch den Regen zum Auto zurückrannten, führte Alec Fiona plötzlich unter die schützende Markise über dem Schaufenster einer Metzgerei.

„Ich muss Ihnen etwas Wichtiges sagen", verkündete er. „In der Bank habe ich festgestellt, dass heute der 12. April ist. Ich wette, Sie wissen nicht, welche Bedeutung dieser Tag hat."

Ratlos sah Fiona ihn an. „Welche denn?"

„An diesem Tag bin ich auf die Welt gekommen!"

„Ist das Ihr Ernst? Sie haben wirklich heute Geburtstag?"

„Ich fürchte, ja", gestand Alec. „Ich wurde vor genau einem halben Jahrhundert geboren."

„Sie scherzen; Sie können doch unmöglich fünfzig sein!"

Alec warf sich in die Brust. „Vielen Dank für das Kompliment, Madam. Wissen Sie, ich möchte Ihnen einen Vorschlag machen. Da wir hier gerade vor der Metzgerei stehen, ist mir eine Idee gekommen: Wie wär's, wenn ich heute Abend ein Essen für Sie koche?"

„Aber wenn Sie heute Geburtstag haben, sollte ich dann nicht etwas für Sie kochen?"

„Das haben Sie schon gestern Abend getan. Heute werden Sie mir freundlicherweise die Gelegenheit geben, in Ihrer Küche auf diesem mächtigen Ungetüm von Herd zu kochen."

Fiona musterte ihn auf ihre typische Art mit schief gelegtem Kopf. „In Ordnung, einverstanden."

Alec zog sie bereits in den Laden. Der Mann, der hinter der Verkaufstheke stand und die Haut von einer langen Schweinelende trennte, sah auf.

„Einen schönen guten Tag, Fiona", sagte der Metzger, „obwohl ich wirklich nicht weiß, was man daran gut finden soll. Der Regen hört gar nicht mehr auf."

„Ich weiß, John“, erwiderte Fiona, „und die Temperatur fällt auch. Ich mache mir ein wenig Sorgen um die Lämmer, falls es noch kälter wird.“

„Darüber solltest du dir nicht deinen hübschen Kopf zerbrechen, Fi“, sagte er, während er die fleischigen Hände breit auf die weiße Marmortheke stützte. „Davids Schafe stammen aus einer zähen Rasse. Also, was darf’s heute sein?“

Fiona blickte zu Alec hinüber. „Eigentlich müsste dieser Herr die Antwort darauf geben. Ein Gast von mir, der behauptet, kochen zu können.“

Alec lachte über den Seitenhieb. „Könnte ich vielleicht die Hälfte von dem Schweinefilet bekommen, das Sie gerade in Arbeit haben?“

„Eine gute Wahl. Das Schwein stammt von einem Bauern am Ort, nur ein kleines Stück das Tal hinauf.“ Der Metzger machte sich daran, das Fleisch zuzuschneiden.

Alec bezahlte und sie verließen die Metzgerei. „Das Gemüsegeschäft?“

„Direkt gegenüber vom Wagen“, sagte Fiona. „In meinem Garten überwintert noch einiges: Möhren, Lauch, Pastinaken, Mangold, falls Ihnen das weiterhilft.“

„Großartig!“, sagte Alec, ehe er die Tür zu einem Weinladen aufstieß.

Fiona folgte ihm und beobachtete, wie er rasch das Angebot überblickte und dann zwei lange, dünne Flaschen aus einem Regal nahm.

„Pinot Blanc aus dem Elsass, aromatisch, aber trocken.“

Er fragte nicht, ob sie den Wein mochte, doch Fiona stellte fest, dass ihr das ausnehmend gut gefiel. Sie fand es wunderbar, sich zur Abwechslung einmal selbst verwöhnen zu lassen, und Alec kannte sich offenbar aus.

„Hören Sie, Alec, gehen Sie doch zum Gemüseladen schon einmal vor“, sagte sie, als sie wieder nach draußen kamen. „Ich habe noch eine Besorgung zu machen.“

„Wie wollen Sie mich denn finden?“, fragte Alec mit einem Blick auf die vielen Menschen, die über den belebten Marktplatz eilten.

Fiona sah an ihm hoch und lachte. „Das ist ganz leicht! Ich schaue einfach nach oben!“ Und dann war sie fort.

Alec überquerte den Platz und verschwand im Gemüseladen, in dem er Knoblauch, eine Zitrone und einen Bund frischen Spinat auswählte.

Zurück am Auto, sah er Fiona aus einem Buchladen unter dem Bogengang vor einem der alten Steinhäuser auf dem Marktplatz kommen. Sie ging auf den Wagen zu, entriegelte lächelnd die Türen, und schon waren sie unterwegs. Nach einer kurzen Strecke durch die Stadt gelangten sie wieder auf die Cadair Road und fuhren westwärts auf die Farm zu.

„Zweimal Fleisch in einer Woche!“, sagte Fiona, während sie in die Zufahrt zur Farm einbog und hügelaufwärts fuhr. „Für David mache ich nur vegetarische Gerichte – und ich esse so ziemlich das Gleiche, insbesondere jetzt, wo Meaghan an der Universität ist. Ich freue mich so sehr auf das Festmahl heute Abend, dass es mir beinahe vorkommt, als hätte ich Geburtstag, nicht Sie!“

„Ich freue mich genauso, Fi“, erwiderte Alec. „Wann haben Sie eigentlich Geburtstag?“

„Erst im Dezember. Am achtzehnten.“

„Ah, jetzt wird mir alles klar. Sternzeichen Schütze: schwierig, streitsüchtig …“

„Und was ist mit Ihnen, Herr Widder: halsstarrig, impulsiv, eigenwillig? Ein Mann, der einfach ein Zelt in meinem Garten aufschlägt … Soll ich weiterreden?“

Alec lachte. „Schon gut, ich bekenne mich schuldig.“

Fiona parkte den Wagen in der Scheune, und sie rannten durch den Regen über den Hof. Mit wildem Gebell und wedelndem Schwanz begrüßte Jack sie an der Hintertür.

Alec begann, seine Einkäufe auszupacken. Kurz darauf hörte er einen Wagen vorfahren.

„Rambler-Alarm!“, rief er, aber Fiona war bereits auf dem Weg zur Haustür. Einige Augenblicke lang hörte er Schritte, als Fiona ihre Gäste die Treppe hinauf zu ihrem Zimmer führte. Ein paar Minuten später kam sie zurück.

„Na, wie sind die Llewellyns?“, fragte Alec.

„Die klassische Ausgabe des Typs. Sie sind müde von der Fahrt und wollen sich eine Weile ausruhen, ehe sie zum Abendessen in die Stadt fahren“, sagte Fiona, während sie den Wasserkocher anstellte. „Ich werde ihnen eine Kanne Tee und ein paar Süßigkeiten nach oben bringen.“

Sie hatte gerade eine Auswahl an Teegebäck zusammengestellt und das kochende Wasser in die Kanne gefüllt, als es an die Hintertür klopfte. Fiona ging durch die Stiefelkammer hinaus, und Alec hörte sie sagen: „Hallo Owen, wie läuft's?“

„Kann ich kurz mit Ihnen reden, Mrs Edwards?“

„Sicher, nur eine Sekunde.“

Fiona streckte den Kopf durch die Küchentür und fragte: „Alec, würde es Ihnen etwas ausmachen, das Tablett für die Llewellyns hinaufzutragen?“

„Überhaupt nicht“, antwortete er, doch sie war bereits wieder draußen und hatte die Tür hinter sich geschlossen.

Als er zurückkehrte, schnitt sie Gemüse. „David braucht noch ein kleines Abendessen. Er musste die Weiden, auf denen die Schafe lammen, mitten am Nachmittag verlassen und ist anscheinend schlecht gelaunt. Hat Owen angeschrien."

„Kann ich irgendwie helfen?"

Fiona lächelte. „Nein, es geht schon. Machen Sie mal eine Pause."

„Ich denke, ich werde nach oben gehen, mich ein wenig frisch machen, und dann das Abendessen in Angriff nehmen", erwiderte Alec. „Bis dann." Er wandte sich zum Gehen.

„Alec?"

„Ja?"

„Ich habe diesen Nachmittag sehr genossen. Danke."

Alec nickte grinsend und ging.

Fiona nahm eine Pfanne aus dem Regal über dem Herd. Sie ließ Butter aus und fügte in Scheiben geschnittene Möhren, Pastinaken und Zwiebeln hinzu. Schließlich rührte sie eine kleine Dose Cannellini-Bohnen und ein wenig Tomatensoße unter.

Während die Mischung vor sich hin köchelte, trat Fiona zur Spüle, beugte sich vor und schaute durch das Fenster in das dunkel werdende Tal zu ihren Füßen. 22 Jahre, dachte sie bei sich. Wie konnte das geschehen? Meaghan war erwachsen und weggezogen. Fiona hatte sich auf diese Zeit gefreut, die Zeit, in der sie und David einfach wieder zu zweit sein konnten. Es war von Anfang an ein dummer Traum gewesen; David hatte nie Sinn für Romantik gehabt. Und mit der Krankheit war ihr törichter Traum vollends unerfüllbar geworden.

Frühmorgens, ehe sie das Essen für die Gäste vorbereitete, brachte sie David stets das Frühstück und ein Mittagessen zum Mitnehmen. Dann unterhielten sie sich, hauptsächlich über die Arbeit auf der Farm oder Neuigkeiten von Meaghan. Später lieferte sie das Abendessen bei ihm ab. Den Rest des Abends verbrachten sie allerdings nicht mehr gemeinsam; David war normalerweise müde und häufig auch in schlechter Stimmung. In letzter Zeit saß er nur noch mit dem Rücken zu ihr in seinem Sessel und starrte auf den Fernseher. So blieb sie ein oder zwei Augenblicke stumm stehen, stellte schließlich das Abendessen ab, schlich leise aus der Tür und fuhr langsam über den holprigen Weg zum Farmhaus zurück.

Fiona füllte Davids Abendessen in eine Auflaufform, nahm ihren Mantel vom Haken in der Stiefelkammer, ging durch den Regen zur Scheune und fuhr mit dem Wagen den Weg zum Berg und zum Heuschober hinauf.

„Was willst du?", knurrte David in seinem Sessel, als sie eintrat.

„Ich bringe dein Abendessen, Liebling", entgegnete sie.

„Nimm es wieder mit; ich will es nicht."

„Sei doch nicht dumm, David; du musst etwas essen."

„Warum muss ich essen?!“, brüllte er, während er mühsam aufstand. Er kam schwankend auf sie zu. Fiona konnte den Whisky an ihm riechen. „Da draußen lammen meine Mutterschafe, und ich bin nicht zur Stelle, um ihnen zu helfen! Was meinst du, wie ich mich dabei fühle, Weib?! Verdammt nutzlos fühle ich mich! Und nirgendwo ein Sohn, der für mich weitermachen könnte!“

„Du hast doch Owen, David!“

„Ach, Owen! Was zum Teufel weiß der schon, der hat alles aus Büchern!“

„Das reicht! Owen Lewis ist ein guter Mann und er arbeitet hart für uns. Er respektiert dich und schaut zu dir auf. Er ist wie ein Sohn für dich.“

David blieb dicht vor ihr stehen. „Er ist nicht mein Sohn, verdammt!“, schrie er, sodass Spucke aus seinem Mund tropfte.

So als würde Fiona neben sich stehen, sah sie, wie ihr Mann den rechten Arm über die linke Schulter nach hinten führte, ihn dann schnell wieder nach vorn riss und sie mit der Rückseite der Hand hart auf die rechte Wange schlug. Sie war zu bestürzt, um zu reagieren. David war schon früher wütend, ja sogar bösartig gewesen, doch nie hatte er sie geschlagen. Endlich konnte sie sich wieder rühren und bewegte sich auf die Tür zu.

„Ich bin noch nicht fertig mit dir, Weib!“, tobte David und kam ihr nach.

Allerdings blieb er mit dem Fuß an einem der Stühle hängen, die sich um seinen kleinen Esstisch gruppierten, stolperte und fiel hin. Plötzlich verwandelte sich ihre Angst in Wut. Sie richtete sich kerzengerade auf und ging dorthin zurück, wo David auf allen vieren gelandet war.

„Solltest du das noch ein einziges Mal tun, David Edwards“, sagte sie mit einer Stimme, die über ihren Schrecken hinwegtäuschte, „ist es aus, und du kannst selbst sehen, wie du fertig wirst.“ Dann drehte sie sich um und marschierte aus der Tür, die sie fest hinter sich ins Schloss fallen ließ.

„Fiona!“, hörte sie ihn brüllen, als sie den Motor anließ.

Sie ignorierte ihn. Sie würden morgen darüber reden. Sie wendete den Wagen und raste den Weg zum Haus hinab. Erst nachdem sie das Auto in der Scheune abgestellt hatte, kamen die Tränen. Es waren Tränen der Bestürzung, nicht des Schmerzes. Ihr wurde klar, dass sie weinte, weil sie ihren eigenen Mann nicht mehr wiedererkannte.

Dann riss sie sich zusammen und ging über den Hof zum Haus. Als sie durch die Stiefelkammer in die Küche kam, war Alec bereits bei der Arbeit. Er hatte das Schweinefilet der Länge nach aufgeschnitten und klappte es gerade auseinander.

„Hallo, Sie …“, begann er und drehte sich zu Fiona um. Da sah er die Schwellung auf ihrer Wange und die rot geweinten Augen.

„Mein Gott, Fi! Was ist passiert?“

„Alles in Ordnung, Alec, wirklich. Es ist nichts. Manchmal ist David … Manchmal hat er … Es ist einfach zu schwer für ihn … Er war angetrunken …“

Alec wischte sich die Hände ab, durchquerte die Küche und blieb direkt vor ihr stehen. Er fasste Fiona bei den Schultern, ließ aber einen Schritt Abstand. Mehr brauchte es nicht. Schluchzend sank sie an seine Brust. Er legte die Arme um sie und blieb still stehen. Nach einigen Augenblicken spürte er, wie sie tief Luft holte, die Hände auf seine Brust legte und ihn wegschob. Sie brachte ein schwaches Lächeln zustande.

„Es tut mir leid, Alec, dass Sie das mitansehen mussten.“

„Fiona“, sagte er, während er sie zu einem der Küchenstühle führte, „was kann ich für Sie tun?“

Fiona musterte diesen Mann, sie spürte seine Freundlichkeit und seine Zuneigung. Sie lächelte. „Ein Glas von dem Wein dort wäre nicht schlecht.“

Alec zögerte kurz. Dann legte er los, fischte ein Schweizer Armeemesser aus seiner Hosentasche, klappte den Flaschenöffner aus, riss eine der Weinflaschen aus dem Kühlschrank und zog sauber den Korken. Suchend sah er sich in der Küche um. „Gläser, Gläser …“

Endlich lachte Fiona. „Rechts neben der Spüle.“

Dann legte er sich das Küchentuch über den Unterarm, wie ein Sommelier in einem feinen Restaurant, schenkte ihr einen Schluck Wein ein, trat in Habtachtstellung einen Schritt zurück und erwartete ihr Urteil.

Sie probierte den Wein. „Mhm, der schmeckt wunderbar. Wann gibt's Essen?“

Er füllte ihr Glas. „Ich werde ungefähr eine Dreiviertelstunde brauchen.“

Sie betrachtete die Hand, mit der sie das Glas hielt, und bemerkte, dass sie immer noch zitterte. „Ich denke, ich werde nach oben gehen, ein Bad nehmen und versuchen, mich für Ihr Geburtstagsessen zurechtzumachen. In einer Stunde?“

„Ihr Wunsch ist mir Befehl.“

Sie schmunzelte. Wenn er wüsste … „Bis dann.“

Fiona stand in ihrem Badezimmer, beugte sich über das Waschbecken und musterte ihr Spiegelbild. Das Bad hatte geholfen; die Schwellung in ihrem Gesicht hatte aufgehört zu brennen und ihre Augen waren nicht mehr rot.

Im Nachhinein fühlte sie eher Mitleid als Wut über das, was David getan hatte. Was ihm zugestoßen war – was ihm immer noch zustieß –, musste furchteinflößend sein. Das einzige Leben, das er je gekannt hatte, stand auf dem Spiel. Er definierte sich über die Farm; an ihrem Erfolg maß er seinen Wert. Er hatte Angst, die Farm zu verlieren, Angst, sich selbst zu verlieren.

Doch nun hatte auch sie Angst.

Sie ging in ihr Schlafzimmer. Heute war Alecs Geburtstag. Sie würde sich ein wenig zurechtmachen und die Furcht beiseiteschieben. Schließlich fand sie einen schmalen, knöchellangen schwarzen Gabardinerock, der sie größer wirken ließ. Dazu wählte sie eine weiße Baumwollbluse, die sie nicht in den Bund steckte, sondern mit einem Gürtel raffte.

Sie ging zurück ins Badezimmer. Obwohl sie kaum jemals Make-up benutzte, trug sie nun welches auf, um die verblassende Schwellung auf ihrer Wange zu kaschieren. Anschließend folgte ein Hauch Lippenstift. Schließlich schlüpfte sie in ein Paar Schuhe mit niedrigen, schmalen Absätzen und verließ ihr Zimmer.

In der Küche duftete es nach Braten, und Alec rührte in einem leise köchelnden Topf voller Maismehl.

„Was ist das?“, wollte Fiona wissen.

„Das wird eine Polenta mit Rosmarin“, erklärte er, indem er sich umdrehte.

„Sind Sie sicher, dass heute Ihr Geburtstag ist und nicht meiner?“, fragte sie.

„Es macht mir großen Spaß, das zu tun, Fiona, ehrlich. Außerdem ist es schon lange her, dass ich das Vergnügen hatte, für eine wunderschöne Frau zu kochen.“

Alec zog das Filet aus dem Ofen, legte das Fleisch auf eine Platte und rührte aus dem Saft in der Pfanne mit Weißwein und Butter eine Soße an. Er häufte einen großen Löffel Polenta auf ihre Teller, arrangierte dünne Scheiben Schweinefilet darauf und goss die Soße über das Fleisch. Schließlich drapierte er noch den Spinat und den Lauch daneben.

Als er sich wieder umdrehte, hatte Fiona die Kerzen angezündet, die sie in der vergangenen Nacht benutzt hatten. Während Alec die Teller auf den Tisch stellte, schenkte sie ihm ein. Sie setzten sich, und Fiona hob ihr Glas.

„Auf den Geburtstag des erstaunlich alten Alec Hudson.“

„Wie überaus charmant von Ihnen“, meinte Alec lachend und stieß mit ihr an. „Sind Sie jetzt fertig mit Ihren Sticheleien? Dann könnten wir vielleicht anfangen zu essen.“

Fiona nahm einen Bissen und tat, als würde sie in Ohnmacht fallen. „O mein Gott, was ist das?!“

„Ich nehme an, es gibt einen italienischen Namen dafür, aber es ist einfach ein mit Kräutern gefülltes Schweinefilet an Rosmarinpolenta."

„Köstlich!", erwiderte sie und wedelte mit den Händen, wobei sie wie ein Kind auf ihrem Stuhl herumzappelte. Ausnahmsweise zog sie ihn diesmal nicht auf.

Sie redeten über die Farm, die Ablammsaison, den rätselhaften Berg, über Owen und was für eine Hilfe er war, über die neuen Gäste. Kurz, sie sprachen über alles, außer über das, was in dem umgebauten Heuschober vorgefallen war.

Gerade als Fiona und Alec mit dem Essen fertig waren, kehrten die Llewellyns aus der Stadt zurück, und Fiona eilte in den Flur, um sich um sie zu kümmern. Sie plauderten eine Weile, dann wünschte Fiona eine gute Nacht und kam in die Küche zurück, wo sie Alec an der Spüle vorfand.

„Lassen Sie das bloß stehen! Der Chefkoch kümmert sich nicht um den Abwasch. Außerdem habe ich in meinem Wohnzimmer ein Feuer angezündet, und eine Zitronen-Sahneschnitte erwartet Sie dort."

„Wenn irgendwo eine Sahneschnitte auf mich wartet", sagte er und trocknete sich die Hände ab, „komme ich natürlich sofort."

„Sie sind ein Schuft."

„Schön wär's."

Alec folgte ihr durchs Haus.

Aus einem kleinen Radio in Fionas Bücherregal drang leise keltische Geigenmusik. „Mögen Sie so etwas?"

„Sogar sehr gern; diese Art von Musik stimmt mich jedes Mal froh", sagte Alec. Er setzte sich und sah einige Augenblicke ins Feuer.

Fiona sagte: „Ich möchte schon die ganze Zeit fragen, was genau Sie schreiben?"

„Hauptsächlich langweiliges Zeug. Bücher über Wirtschaft, Sozialpolitik, Bildungsreformen, Umweltthemen, solche Sachen."

„Aber wenn sie langweilig sind, was ich bezweifle, warum kaufen die Leute dann Ihre Bücher?"

„Normale Menschen tun das ja auch nicht; nur Politiker und diejenigen, denen diese Dinge am Herzen liegen. Ich habe eine Zeit lang an der Universität gelehrt und es verabscheut. Man hat den Eindruck, als versuchten die Professoren, sich in ihren Aufsätzen möglichst unverständlich auszudrücken, damit es wichtiger klingt. Die Menschen, für die ich schreibe, haben für so etwas keine Zeit. Meine Bücher sind kurz und leicht zu verstehen. Es war mein Erfolgsrezept, aber …"

Alec zögerte.

„Was?"

„Aber der einzige Teil von mir, der daran beteiligt ist", antwortete er, während er eine Hand unters Kinn und die andere über den Kopf hielt, „ist dieser hier. Ich bin nicht mit dem Herzen dabei; es ist rein intellektuell."

„Und es macht Sie nicht glücklich."

„Könnte man so sagen."

„Warum schreiben Sie nicht etwas anderes?"

„Tue ich ja. Von Zeit zu Zeit schreibe ich Gedichte. Einige sind sogar veröffentlicht worden. Aber von Gedichten kann man nicht leben."

„Was werden Sie tun?"

„Ich weiß es nicht, ehrlich. Ich muss noch ein wenig darüber nachdenken."

„Mir scheint, Sie versuchen, sich bei Ihren Entscheidungen vom Verstand leiten zu lassen, nicht von Ihren Gefühlen. Ist das denn nicht schon immer Ihr Problem gewesen?"

Alec starrte sie an. „Auf diese Weise habe ich es noch nie betrachtet."

Fiona stand auf, durchquerte das Zimmer, nahm ein hübsch eingewickeltes Päckchen aus dem Regal, reichte es Alec und setzte sich wieder. „Herzlichen Glückwunsch zum Geburtstag!"

Alec war sprachlos. Behutsam schlug er das Geschenkpapier zurück und enthüllte ein walisisch-englisches Taschenwörterbuch.

Er sah auf. „Das war zwar völlig unnötig, aber es ist ein wunderbares Geschenk."

„Oh, es ist dumm, wirklich; es war bloß eine Laune. Wahrscheinlich werden Sie es gar nicht brauchen, weil Sie nie wiederkommen …"

Für Alec war der Gedanke an die Rückkehr nach Amerika weit weg gewesen, und er schob ihn rasch beiseite. Er betrachtete die Frau, die ihm im Feuerschein gegenübersaß. „Ich weiß nicht, was ich eigentlich tue, Fiona", gestand er, den Blick auf die Flammen gerichtet.

Fiona stand auf und legte Alec die Hand auf die Schulter. „Sie sind ein liebenswerter, freundlicher Mann."

Alec erhob sich, nahm ihr Gesicht in seine warmen Hände, zögerte und küsste sie dann leicht auf die Stirn. „Danke."

„Gern geschehen", flüsterte sie.

„Ich denke, ich sollte besser ins Bett gehen."

Sie verstand, was er sagen wollte, und lächelte. „Gute Nacht."

„Gute Nacht, Fiona, und danke, dass Sie meinen Geburtstag mit mir gefeiert haben."

„Es war mir ein Vergnügen."

Er nickte und ging mit eingezogenem Kopf durch die Tür.

VIER

13. April 1999

Als Fiona in der Morgendämmerung erwachte, fühlte sie sich seltsam verwirrt. Sie blieb einige Minuten lang im Bett liegen und beobachtete das Zunehmen des fahlen Lichts vor dem Fenster. David hatte sie geschlagen; machte ihn das gefährlich? Alec hatte sie auf die Stirn geküsst; bedeutete das, dass er sie liebte? Liebte sie ihn? Sie brauchte Zeit, um nachzudenken, hatte aber keine, denn es wurde Zeit, den Tag zu beginnen, Zeit, Davids Frühstück und Mittagessen zu bereiten und abzuliefern, Zeit, sich um ihre Gäste zu kümmern. Zeit für sich hatte sie nie. Während sie aus dem Bett schlüpfte und sich anzog, fragte sie sich, ob sie wüsste, was sie tun sollte, falls sie welche hätte.

In der Küche saß Jack mit hängender Zunge und wartete auf sie. Sie füllte Trockenfutter in seinen Napf. Er bedankte sich mit einem leisen „Wuff", und sie zerzauste das Fell auf seinem Kopf. Dann kniete sie sich hin, schlang dem Hund die Arme um den Hals und drückte ihn an sich. Jack ignorierte sie, aber das machte nichts; Fiona wusste, dass die Umarmung ihr guttun sollte, nicht ihm, und dass sie sich an etwas Sicheres klammerte, weil sie von Unwägbarkeiten umgeben war.

Sie stand auf und nahm eine noch ungeöffnete Halblitertüte Milch und zwei hart gekochte Eier aus dem Kühlschrank. Die Eier kamen zusammen mit einer dicken gebutterten Scheibe knusprigem Vollkornbrot, einer geschälten Möhre und Obst in eine kleine Papiertasche, die wiederum in einen großen Weidenkorb am Rande der Arbeitsfläche wanderte, in den Fiona auch die Milch, einen Karton Biomüsli, eine Banane und einen Apfel legte. Frühstück und Mittagessen für David. Nicht viel für einen Farmer, der körperlich arbeitete, doch mehr schien er nicht mehr haben zu wollen.

Sie nahm einen Mantel vom Haken in der Stiefelkammer und stieg in ihre grünen Gummistiefel. Dann holte sie den Korb von der Küchentheke und ging zum Auto. Der Morgen war düster und kalt. Der klare Nachthimmel war einer dichten, eisigen Nebeldecke gewichen.

Nachdem Fiona den Heuschober erreicht hatte, blieb sie einige Augenblicke im Wagen sitzen, um ihren Mut zusammenzunehmen. Schließlich stieg sie aus und klopfte an die Tür. Keine Antwort. David machte sich oft schon sehr früh an die Arbeit und sah nach den Schafen, doch als Fiona versuchte, die Tür zu öffnen, stellte sie fest, dass sie verschlossen war. Sie überlegte einen Moment und ließ dann den Korb auf der Schwelle stehen.

Offenbar wollte David in Ruhe gelassen werden. Nach dem, was letzte Nacht vorgefallen war, war ihr das nur recht.

Zurück in ihrer Küche, füllte sie den Wasserkocher und schaltete ihn ein. Beim Umdrehen entdeckte sie, dass Alec in der Tür stand.

„Hallo“, sagte er.

„Hi.“

Reglos standen sie sich gegenüber und schauten sich scheu lächelnd an. Fiona durchbrach die Stille.

„Es wird Ihnen aufgefallen sein“, stichelte sie, „dass meine gestrige Interpretation des Seewetterberichts richtig war.“

„Zugegeben, ja. Kein guter Tag, um es noch einmal mit dem Berg zu versuchen.“

„Das möchte ich meinen, wenn man an Ihren letzten Versuch denkt.“

Es klopfte an der Hintertür. Fiona öffnete sie.

„Oh, hallo Owen, komm rein und trink eine Tasse Tee mit uns.“

Owen folgte ihr in die Küche. „Morgen, Alec“, grüßte er.

Fiona goss Tee ein und forderte Owen mit einer Handbewegung auf, sich zu setzen. „Was ist los, Owen?“

Owen zögerte, so als suche er nach den richtigen Worten. „David ist schon wieder zurück ins Haus. Sah ziemlich kaputt aus, als er heute Morgen kam. War auch in ziemlich übler Laune, das kann ich Ihnen sagen; einfach sauer auf alles. Die Sache ist die, der letzte Höhepunkt beim Ablammen steht kurz bevor, und ich kann mit dem Tempo nicht ganz Schritt halten. Ich hatte eigentlich gehofft, dass mein Assistent dort mir zur Hand gehen würde“, sagte Owen mit einer Kopfbewegung zu Alec.

Alec lachte. „Na ja, wenn du einen blutigen Anfänger als Aushilfe willst, bin ich dein Mann.“

Owen grinste. „Nach dem, was ich gestern gesehen habe, würde ich sagen, du bist ein Naturtalent.“

„Dann werde ich euch beiden schnell ein anständiges Frühstück zubereiten“, sagte Fiona. „Danach könnt ihr zwei draußen auf den Weiden spielen gehen.“

„Das wäre sehr schön, Mrs Edwards.“

Einige Minuten später setzte Fiona jedem von ihnen einen Teller mit Spiegelei und Schinken vor. Die beiden Männer machten sich hastig darüber her. Kaum hatte Fiona die Hände gewaschen und sich mit einer Tasse Tee dazugesetzt, standen die beiden auch schon auf, dankten ihr und eilten zur Tür. Alec zog sich die Stiefel an, streckte dann aber den Kopf noch einmal in die Küche. „Was ich noch fragen wollte, Miss, was bekomme ich dafür?“

Sie lachte. „Leider nur Kost, Logis und alle Annehmlichkeiten, die wir zu bieten haben.“

„Das reicht mir!“, rief er und lief Owen nach.

„ES GIBT da ein paar Dinge, die mir Sorgen machen“, sagte Owen, als sie über den Hof schritten. „Wir haben eine ziemlich große Zahl von jungen Mutterschafen, die kurz vor der Geburt stehen, und die machen immer mehr Arbeit als die erfahrenen. Das andere ist das Wetter. Es ist kalt und nach dem Wetterbericht wird es im Laufe des Tages und der Nacht noch kälter.“

„Fürchtest du, dass du die Lämmer verlierst?“, fragte Alec.

Owen nickte. „Meiner Meinung nach könnte es durchaus sein, dass wir heute Nacht viele der Lämmer verlieren, wenn wir sie nicht schützen. Wie gut kannst du mit Hammer und Säge umgehen?“

„Über die Jahre habe ich einige Häuser renoviert, und soweit ich weiß, stehen sie alle noch.“

„Das reicht, komm mit.“ In der Scheune deutete Owen auf die große leere Fläche. „Am liebsten hätte ich ein paar Dutzend Pferche, ungefähr einen Meter auf einen Meter. Um dauerhafte zu bauen, ist die Zeit zu knapp, aber hinter der Scheune liegt Holz, und Werkzeug ist im Büro. Wenn du einfach ein paar Hürden zimmern könntest, so etwas wie tragbare Zäune, dann können wir sie je nach Bedarf neu zusammenstellen. Ich hätte gern einen Mittelgang mit Boxen auf jeder Seite, ausgelegt mit dem trockenen Stroh dahinten.“

„Kann ich machen. Ich hole das Holz, du besorgst das Werkzeug.“

„Gut. Und Alec?“, sagte Owen. „Danke.“

Alec winkte ab und ging auf die Rückseite der Scheune. Nach ein paar Gängen hatte er das meiste von dem Holz in die Scheune geschafft. Owen machte sich auf den Weg zur Ablammweide, während Alec einen Prototyp dessen schuf, was er bauen wollte: Er bestand aus zwei senkrechten Pfosten, die auf Standbrettern befestigt waren, drei gut einen Meter breiten Querlatten, die er an die Pfosten genagelt hatte, und einem diagonalen Balken, der die Hürde standfester und stabiler machen sollte. Dann benutzte er die einzelnen Teile als Vorlage und schnitt von jedem einen Vorrat zu. Danach musste er die Bretter nur noch zusammennageln, um eine Hürde zu erhalten.

Als der Morgen halb um war, brachte Fiona Thermoskannen mit heißem Tee. Sie schlich sich unbemerkt in die Scheune und beobachtete Alec bei der Arbeit. Er kniete auf dem Betonboden und fügte die Holzteile zusammen. Die fünfzig Jahre sah man ihm nicht an, und er arbeitete auch nicht wie ein Mann dieses Alters, sondern wie eine Maschine: Keine unnötige Handbewegung, jeder Nagel wurde mit drei schnellen, leichten Hammerschlägen genau und sicher ins Holz getrieben. Derlei praktische Fähigkeiten hatte sie bei einem Schriftsteller gar nicht erwartet. Und es gab noch etwas, was sie nicht erwartet hatte, doch während sie stumm dastand und Alec bei der Arbeit beobachtete, akzeptierte sie es: Sie war in ihn verliebt.

Rasend schnell war sie gewachsen, diese Liebe. Begonnen hatte sie auf ihrer Türschwelle, gleich auf den ersten Blick, und im Laufe der nächsten drei Tage hatte sie sich ausgebreitet wie die Stoßwellen einer Detonation. Fiona dachte darüber nach, was für ein Bündel an Gegensätzlichkeiten dieser Mann war: bedächtig und gleichzeitig übermütig, schlagfertig und doch liebenswürdig, scheu, aber großmütig, gebildet, jedoch nicht eingebildet. Es kommt mir vor, als würde ich ihn schon ewig kennen, dachte sie bei sich. Er war so, wie sie sich den Mann, den sie heiraten wollte, als kleines Mädchen vorgestellt hatte: Er war ein Gentleman.

„Tee?“, fragte sie.

Überrascht sah Alec auf. Er hatte nicht geahnt, dass sie da war. „Gern“, antwortete er, während er sich hin und her drehte, um die Schultern zu lockern. „Wie geht's Owen mit den Lämmern?“

„Weiß ich nicht. Ich bin gerade zu ihm unterwegs.“

Alec griff nach der Thermoskanne und trank den heißen Tee mit Milch direkt aus der Kanne. Er dankte Fiona, wischte sich mit der Hand über den Mund und nahm den Hammer wieder auf.

Fiona ging mit der zweiten Thermoskanne unter dem Arm zur Ablammweide. Wenig später kam sie zurück.

„Wie läuft's bei Owen?“, fragte Alec.

„So weit gut. Hauptsächlich normale Geburten. Er möchte wissen, wie weit Sie sind.“

Alec hatte mittlerweile zwei Boxen geschaffen, indem er die Holzkonstruktionen mit dem orangefarbenen Strick zum Verschnüren der Heuballen zusammengebunden hatte. „Einige Lämmer könnten schon kommen“, sagte er, ohne lang vom Hämmern aufzuschauen.

Fiona beugte sich über ihn und küsste ihn auf den Nacken. „Bin gleich wieder da“, sagte sie.

Alec verharrte reglos. Der Kuss hatte ihn durchzuckt wie ein Stromschlag; er fühlte sich, als hätte jemand seinen Finger in eine Steckdose gesteckt. Die Gefühlsaufwallung war atemberaubend, elektrisierend. Er war zugleich überglücklich und zutiefst verwirrt.

Schon nach wenigen Minuten war Fiona zurück – unter jedem Arm ein Lamm, das sie an den Vorderbeinen gepackt hielt. Die Mutter lief mit protestierendem Geblöke hinterher. Fiona brachte die Lämmer und das Schaf in eine der Boxen, kniete sich ins Stroh neben die Mutter, fasste nacheinander die Lämmer um die Schultern und spritzte ihnen Milch aus den Zitzen der Mutter ins Maul. Es brauchte ein paar Versuche, doch am Ende begriffen die Lämmer, worum es ging, und saugten gierig.

So ging es weiter, Box um Box, Lamm um Lamm. Ungefähr im Stundentakt kam Fiona mit ein oder zwei Neugeborenen und ihren Müttern herein. Einmal erschien sie nur mit zwei Lämmern. Sie brachte sie in eine leere Box, eilte mit einem großen Plastikeimer wieder zur Weide und kehrte einige Minuten später mit Muttermilch zurück. Alec hörte sie leise mit den Lämmern sprechen und ging zur Box hinüber.

„Was ist passiert?“, fragte er über die Absperrung hinweg.

„Waisen. Manchmal stirbt ein Mutterschaf bei der Geburt und die Lämmer überleben. In diesem Fall geht es der Mutter zwar gut, sie weigert sich jedoch, ihre Lämmer zu säugen, also muss ich die Biestmilch von der Mutter holen und die Kleinen damit füttern.“

Während Alec weiter zusah, füllte Fiona eine große Spritze mit der abgemolkenen Milch und steckte sie in einen dünnen Gummischlauch. Sie legte sich eines der Lämmer auf den Schoß, hob seinen Kopf so an, dass der Hals gestreckt war, und schob ihm den Schlauch durch den Rachen bis in den Magen. Langsam drückte sie den Kolben der Spritze herunter und leerte sie. Mehrmals zog sie die Spritze neu auf und verfütterte den Inhalt, dann wiederholte sie die Prozedur mit dem anderen Lamm. Alec war erstaunt, wie schnell die kleinen Bäuche der Lämmer rund wurden.

Als das Licht zu schwinden begann, hatte Alec es geschafft, fast zwanzig Boxen zusammenzubinden. Fiona war schon Stunden zuvor ins Haus zurückgekehrt, um sich um ihre Gäste zu kümmern, aber Owen brachte weiterhin Lämmer und Schafe herein. In der höhlenartigen Steinscheune klang ihr Blöken ohrenbetäubend laut.

Endlich kam Owen mit leeren Händen von der Weide und sagte zu Alec, der immer noch Pferche zusammenzimmerte: „Genug, mein Freund, das wird eine Weile reichen.“

Alec ließ den Hammer fallen und erhob sich steif. „Bist du sicher?“

„Im Moment ja. Es gibt kaum noch Mutterschafe, die vor der Geburt stehen.“

Die beiden Männer gingen von Box zu Box. Owen kontrollierte die Wassereimer, warf in jeden Pferch eine Schaufel Kraftfutter und untersuchte die Lämmer. In der Box mit den Waisen befanden sich jetzt drei Neugeborene.

Dort bereitete er für jedes eine Flasche mit einer Gummizitze vor, um ihnen das Saugen beizubringen. Eine Flasche reichte er Alec, dann teilte er ihm ein Lamm zu. Es dauerte eine Weile, aber schließlich begriff Alecs Lamm das Prinzip und sog so gierig an der Zitze, dass die Flasche im Nu leer war und es blökend nach mehr verlangte.

Als Alec und Owen zum Haus kamen, erwartete Fiona sie an der Hintertür. In jeder Hand hielt sie einen halben Liter schäumendes braunes Ale.

„Nicht schlecht für einen Ausbeuterbetrieb, nehme ich an", scherzte Alec.

„Während ihr euch draußen vergnügt habt", sagte Fiona, „habe ich das Abendessen vorbereitet – ‚Schäferauflauf'. Wirst du bleiben, Owen?"

„Vielen Dank, Mrs Edwards, aber ich muss nach meiner Mutter sehen."

Fionas Gesicht wurde augenblicklich ernst. „Wie geht es ihr?"

„Die neue Hüfte verheilt gut, Ma'am; in null Komma nichts wird sie wieder die alte Nervensäge sein."

„Du bist ihr ein guter Sohn. Also lauf – und schöne Grüße."

Owen schien verlegen über das Kompliment. „Danke, Mrs Edwards, ich werd's ausrichten", meinte er und trank sein Glas leer. „Nacht, Mrs Edwards, Nacht, Alec."

Während Alec Owen nachschaute, klopfte Fiona ihm sanft auf den Rücken. „Wie fühlen Sie sich?"

Alec wandte sich ihr zu und lächelte. „Recht gut für einen älteren Herrn. Körperlich erschöpft, aber geistig angeregt. Außerdem sehr hungrig und mit der Frage beschäftigt, was ein Schäferauflauf ist und wie viele Schäfer man dafür verwursten muss."

Fiona gab ihm einen spielerischen Klaps. „Lammgehacktes, Zwiebeln, Bratensoße und andere leckere Sachen mit einer Kruste aus Kartoffelpüree. Ich werde ihn bald aus dem Ofen holen können, also schlage ich vor, Sie machen sich ein wenig frisch. In Ihrem augenblicklichen Zustand werden Sie jedenfalls nicht mit mir essen!"

Der Abend verlief ruhig. Die beiden aßen bedächtig, plauderten locker, lachten viel und redeten über die kleinen Vorkommnisse des Tages. Beim Aufräumen, das sie diesmal gemeinsam erledigten – Fiona spülte, Alec trocknete ab –, fragte er sie nach der einen Sache, über die sie nicht gesprochen hatten.

„Wie ging es David heute Abend?"

Fiona hörte mit dem Abwaschen auf und sah aus dem Fenster. „Ich habe nicht mit ihm geredet. Er hat die Tür nicht geöffnet, als ich ihm sein Abendessen bringen wollte. Das Essen habe ich draußen stehen lassen. Ich schätze, nach dem, was gestern passiert ist, ist er wütend und böse auf sich selbst.“

„Wie fühlen Sie sich nach dem gestrigen Vorfall?“

Fiona dachte einen Augenblick nach. „Kühl. Distanziert. Wie abgetrennt. Das ist es ja gerade: er scheint ganz in seiner Krankheit aufzugehen. Mit dem Arzt will er nicht über seine Stimmungsschwankungen reden, und der Whisky macht sie nur noch schlimmer.“

„Es tut mir so leid, Fi.“

Sie wandte sich zu ihm um, legte die Hände auf seine Brust und schaute zu ihm auf. „Das muss es nicht. Sie können doch nichts dafür. Nicht einmal ich kann etwas dafür. Ich habe alles getan, was ich konnte. Früher oder später muss er sich selbst in den Griff bekommen.“ Sie lächelte schwach und wechselte das Thema. „Also, ich habe noch etwas von der Zitronenschnitte übrig; wie wär’s damit?“

„Gern. Aber vorher möchte ich noch einmal nach den Lämmern in der Scheune sehen.“

Fast hätte Fiona ihm gesagt, dass das nicht nötig sei, doch sie hielt sich zurück. Seine Sorge um die Lämmer rührte sie. „Tun Sie das. Ich werde in mein Wohnzimmer gehen.“

Als Alec zurückkehrte, saß Fiona mit untergeschlagenen Beinen in ihrem Sessel und las ein Buch. Alec nahm im Sessel gegenüber Platz, und sie ließ das Buch sinken.

„Sie sind wie ein Wunder, diese kleinen Wollknäuel“, sagte er.

Fiona betrachtete sein nachdenklich lächelndes Gesicht. „Sie wären bestimmt ein sehr guter Vater geworden; ich sehe praktisch vor mir, wie Sie einen lieben und fürsorglichen Sohn heranziehen.“

Alec dachte einen Moment darüber nach, dann erwiderte er: „Das bezweifle ich. Ich bin nicht der Sport- und Spieltyp.“

Sie schüttelte den Kopf. „Denken Sie wirklich, das spielt eine Rolle? Glauben Sie nicht, dass Ihr Sohn von Ihrer Freundlichkeit, Ihrer Leidenschaft und Ihrer Klugheit profitiert hätte? Männer“, fuhr sie spöttisch fort, „sind einfach ein wenig dumm!“

„Und Frauen“, konterte Alec, „sind ja so geheimnisvoll.“

Fiona hob eine Augenbraue. „Dabei war ich immer der Ansicht“, sagte sie leise, „dass wir Frauen unsere Gefühle nicht verbergen können.“

Alec stand auf und häufte mehr Kohlen aufs Feuer. Einige Augenblicke stand er einfach mit den Händen in den Taschen da, sah in die Flammen.

„Du hast mich heute Nachmittag geküsst“, flüsterte er. „Ich kann es immer noch spüren. Es ist, als brennte eine dieser Kohlen in meinem Nacken.“

Einen Moment später sagte er sehr leise, fast als spräche er zu sich selbst: „Ich fürchte, ich habe mich ernsthaft in dich verliebt … und ich weiß nicht, was ich tun soll."

Er hörte ein Rascheln, dann spürte er ihre Arme um seine Taille, während ihr Körper sich an seinen Rücken schmiegte.

„Ich habe mich auch verliebt", gestand sie, „und ich weiß genauso wenig, was ich tun soll. Ist das nicht wunderbar?"

Alec drehte sich zu Fiona um. Sie schaute ihm in die Augen und stellte überrascht fest, dass sie feucht glänzten. Sie stellte sich auf die Zehenspitzen und küsste ihn fest auf den Mund, sah ihn an, küsste ihn noch einmal, verschränkte die Hände in seinem Nacken und zog ihn an sich.

Als sie sich trennten, rangen sie nach Luft, ohne auch nur einmal den Blick voneinander zu lassen. Sie nahm seine Hand. „Komm", sagte sie und zog ihn sanft in Richtung ihres Schlafzimmers.

„Ich suche dich schon so lange … so unendlich lange."

Sie zog ihn an sich. „Ich habe die ganze Zeit über hier gewartet."

FÜNF

14. April 1999

Als Alec erwachte, war er allein. Den Bruchteil einer Sekunde fragte er sich, ob er die Nacht zuvor nur geträumt hatte, doch an der Stelle, an der Fiona geschlafen hatte, war in der Matratze noch eine leichte Vertiefung zu sehen.

Sonne durchflutete das luftige Schlafzimmer. Alec sah auf die Uhr neben dem Bett und seufzte. Er wünschte, sie wäre an seiner Seite. Er wollte sie den ganzen Morgen lieben und den ganzen Nachmittag, falls sie das schafften. Aber Liebe war eine Sache, das Geschäft etwas anderes; Fiona war sicher schon unten, um das Frühstück für ihre Gäste zuzubereiten. Alec musterte den Himmel, beschloss, dass dies der richtige Tag war, um es noch einmal mit dem Berg zu versuchen, und zog sich hastig an.

Als er in die Küche kam, füllte Fiona gerade kochendes Wasser in die Teekanne. Er trat hinter sie, nahm sie in den Arm und vergrub sein Gesicht in ihrem seidigen Haar. Sie drehte sich zu ihm um.

„Du hast gut geschlafen, was?", fragte sie mit aufreizend lockender Stimme.

„Hmm. So gut wie schon seit Jahren nicht mehr."

Einen Moment standen sie verlegen voreinander.

„Ich liebe dich, Fiona. Über alle Maßen. Aber ich weiß nicht, wie …“

„Psch“, unterbrach sie ihn. „Daran wollen wir jetzt nicht denken.“

Ohne sie aus den Armen zu lassen, fragte Alec leise: „Hast du David schon sein Frühstück gebracht?“

Er spürte, wie Fiona in sich zusammensackte. „Ja.“

„Wie geht es ihm heute Morgen?“

„Gut, nehme ich an. Ich weiß es nicht. Ich habe ihn nicht zu Gesicht bekommen. An der Tür hing eine Nachricht, in der er sich für vorgestern Abend entschuldigt. Ich bin ins Haus gegangen und habe das Essen abgeliefert, doch er war nicht da. Wahrscheinlich ist er unterwegs, um Owen zu helfen.“

Plötzlich fühlte sich Alec hilflos. Er hätte Fiona den Kummer gern abgenommen, wusste aber, dass dieser von einem Leben herrührte, an dem er nicht teilhatte. Gleichzeitig musste er sich mit der Tatsache auseinandersetzen, dass er die Frau dieses gequälten Mannes liebte und die Nacht mit ihr verbracht hatte. So etwas hatte er noch nie getan; damit verletzte er die elementarsten Regeln, nach denen er zu leben versuchte. Und dennoch, obwohl er wusste, dass er etwas Falsches tat, war ihm im tiefsten Innern zugleich klar, dass es gut und richtig war.

Fiona wechselte das Thema. „Wirst du heute wieder auf den Berg steigen?“

„Ja, der Himmel ist klar.“

„Im Augenblick schon, aber es ist sehr kalt.“

„Mein Gott, wir können uns nur noch über das Wetter unterhalten.“

Seine Worte ließen Fiona endlich wieder lächeln. Sie schob ihn übertrieben heftig von sich fort. „Du solltest wissen, dass ich Gäste habe, denen ich Frühstück servieren muss. Ich kann hier nicht herumstehen und deine Avancen abwehren.“

Alec umschlang Fiona mit den Armen und drückte aufreizend ihren Hintern. Sie unterdrückte ein Kichern. Er ließ sie los und gab ihr einen raschen Kuss.

„Ich bin dann fort, Fi. Und mach dir um Himmels willen keine Sorgen um mich.“

„Welchen Weg nimmst du?“

„Rauf gehe ich über den Fuchsweg, runter über die längere Route, den alten Ponypfad. Das ist besser für die Knie.“

„Pass gut auf dich auf, Alec.“

„Versprochen.“

Sie stellte sich auf die Zehenspitzen und gab ihm einen leidenschaftlichen Kuss. „Ich warte auf dich.“

In der Kammer schnürte Alec sich die Stiefel, dann nahm er seinen Wanderstock und trat hinaus auf den Hof. Es war kalt. Den Berggipfel hatte die Sonne schon befreit, doch auf dem Boden, im Schatten der Scheune, lag noch Frost, der unter seinen Schuhen knirschte. Er schritt etwa hundert Meter die Zufahrt hinab bis zu der Stelle, an der der Wegweiser nach Osten zeigte, und schlug dann den Fußpfad ein, der vom Hof wegführte. Er ging durch ein Viehgatter, das er hinter sich wieder verriegelte.

Bald fand Alec sich auf einer üppigen grünen Weide voller Schafe und Lämmer wieder. Owen, der an einer Mauer auf der anderen Seite lehnte, winkte ihm zu. Zu Alecs Überraschung war Jack ebenfalls da und hütete die Schafe. Der Hund rannte um die chaotisch durcheinanderlaufenden Tiere herum und trieb sie allmählich zusammen. Hin und wieder pfiff Owen leise, und der Hund reagierte blitzartig, wobei er die sprunghafte Herde zu einem offenen Gatter in der Steinmauer lenkte. Alec erreichte Owen gerade in dem Augenblick, als er das Gatter zur neuen Weide schloss.

„Morgen, Owen! Ich dachte, Jack taugt nicht zum Schafehüten."

„Nur bei David", sagte Owen, „bei mir arbeitet er prima."

„Da wir gerade von David sprechen, ich dachte, er wäre hier bei dir."

„Sieht aus, als würde ich heute allein arbeiten. Vorhin habe ich gesehen, wie er zur westlichen Weide ging. Schätze, er ist dort, um nach den Lämmern zu schauen. Vielleicht ist er mittlerweile schon wieder zu Hause." Mit einer Kopfbewegung zu Alecs Rucksack fragte Owen: „Neuer Versuch?"

„Ja. Ich denke, heute ist ein guter Tag dafür."

„Mag sein", sagte Owen, während er den Himmel im Nordwesten musterte, der, wie Alec erkannte, milchig wurde. „Später könnte es wieder schlechter werden", fügte Owen hinzu. „Du weißt, dass du den schweren Weg nach oben nimmst? Unterhalb des Gipfels ist der Fuchsweg gefährlich."

„Ich weiß", sagte Alec. „Ich dachte, ich nehme ihn früh in Angriff, solange ich noch Kraft habe, und mache es mir beim Abstieg leicht."

Alec klopfte dem jungen Mann auf die Schulter und wanderte hügelan. Der Fußweg durch das struppige Hochland war nur schwach zu erkennen. Es war noch so früh im Jahr, dass er nicht richtig ausgetreten war, weshalb Alec gut Acht gab, während er höherstieg. Er verfiel in einen langsamen, aber gleichmäßigen Wiegeschritt.

Die Landschaft bestand nur noch aus rauem Weideland, einer Mischung aus Gras und Farn, unterbrochen von Felsbänken, Gesteinsvorsprüngen und sumpfigen Stellen, die am Riedgras zu erkennen waren. Nun, da er in den Sonnenschein kam, leuchteten Gänseblümchen in den Grasflecken. Er erklomm eine Erhebung und sah den Llyn y Gadair vor sich liegen, einen spiegelglatten Gletschersee, der von einem Ring steiler, verwitterter Felsen umgeben war. Mit der im schwachen Licht silbrig zitternden Oberfläche wirkte der See am Fuße des Steilufers wie mit Quecksilber gefüllt. Alec fand, dieser Teil des Berges hatte etwas Unfreundliches, beinahe Abweisendes. Aber das war ein rein instinktives Gefühl, das er nicht näher erklären konnte.

Alec legte den Rucksack ab, zog seine Wasserflasche heraus, nahm einen großen Schluck und sah sich die Aufstiegsroute genau an. Wie beim Llyn Cau führte der Weg zum Gipfelplateau auch vom Llyn y Gadair aus links vom See über einen gefährlich steilen Bergrücken. Anders als beim Llyn Cau bestand dieser jedoch aus losen Steinen und Kies, nicht aus harten Felsbänken, die sicheren Halt boten. Alec überlegte einen Augenblick und begriff, dass dieser Aufstieg wesentlich schwieriger werden würde als der letzte. Er steckte die Flasche wieder ein und schulterte den Rucksack.

Es war ganz genauso, wie er es sich vorgestellt hatte. Je höher er kletterte, desto steiler wurde der Pfad und desto schlechter fand er Halt. Er kam nur langsam voran; es ging zwei Schritte vor und einen zurück, was ihn sehr erschöpfte. Er blieb stehen und schnappte nach Luft. Es gab nur noch eine Möglichkeit, beschloss er: den Abhang hinaufzurennen. Er nahm seinen Stock beim Schaft und rannte los, versuchte seine Füße schneller aufwärtszubewegen, als sie wieder nach unten rutschen konnten. Und es funktionierte. Er arbeitete sich den Abhang hinauf wie eine Maschine, mit kolbenartig stampfenden Armen und Beinen, den Kopf gesenkt, um zu sehen, wo er hintrat. Nach zehn Minuten erreichte er endlich den Grat und ließ sich auf einen Granitblock fallen, der groß wie ein Bett war. Er rang heftig nach Luft, sein Herz klopfte wild. Seine Oberschenkel brannten, und die Knie zitterten vor Erschöpfung. Er fragte sich, ob er für solche Sachen nicht langsam zu alt wurde.

Das war der Moment, in dem er bemerkte, dass der Horizont im Westen nicht mehr milchig war, sondern düster. Er konnte eine finstere Sturmfront von der Irischen See heranjagen sehen. Das Meer und die Küste schienen innerhalb weniger Sekunden hinter einem Vorhang zu verschwinden, den er für heftigen Regen hielt.

„Zeit, weiterzugehen“, sagte er zu sich selbst.

Die gute Nachricht war, dass er den niedrigen weißen Betonpfeiler ausmachen konnte, der als trigonometrischer Punkt den Pen y Gadair markierte, den Gipfel des Cadair Idris. So schnell, wie der mit Geröll übersäte Boden es zuließ, hielt Alec auf ihn zu. Doch die Sturmfront war schneller und verschluckte die Markierung. Alec hielt an, um seinen Regenanorak aus dem Rucksack zu holen. Die absolute Windstille um ihn herum verwandelte sich innerhalb kürzester Zeit in einen brausenden Sturm, und die Temperatur sackte ab. Er zog den Reißverschluss hoch, stülpte die Kapuze über, schulterte den Rucksack und blickte in den Himmel. Das war keine Regenfront, erkannte er mit einem Mal. Das war ein Hagelsturm. Und zwar einer von der ganz gemeinen Sorte.

Alec wusste, wo der Vermessungspunkt noch vor einigen Augenblicken gewesen war, und hatte eine ziemlich genaue Vorstellung davon, wie weit davon entfernt er sich befand. Er ging Richtung Westen, gegen den Wind, und band sich die Kapuze seines Anoraks fest um den Kopf, um sein Gesicht zu schützen. Nachdem er etwa zehn Minuten über das eisige Gesteinsfeld gerutscht und geklettert war, erreichte er den Pfeiler. Sein geografisches Gedächtnis funktionierte tadellos.

Er stolperte nordwärts über das Felsplateau zu der primitiven Steinhütte, die in dieser Richtung liegen musste. Er fand sie fast augenblicklich und duckte sich unter ihr verrostetes Wellblechdach. Es handelte sich zwar nur um einen niedrigen Steinverschlag an einem Felsen, doch er schützte Alec vor den Elementen. Er setzte sich in die Hocke, um seine Körperwärme zu speichern, und wartete darauf, dass der Sturm abflaute.

Draußen vor der Schutzhütte änderte sich das Wetter unaufhörlich. Der Hagel ließ nach und wurde für eine Weile von nassem Schnee ersetzt, auf den erneut Hagel folgte. Alec wartete und holte die schwere graue Plastikkiste aus dem Rucksack, die Gwynnes Überreste enthielt.

Überreste. Bis zu diesem Augenblick hatte er nie darüber nachgedacht, wie falsch dieses Wort war. Die Reste in dieser Kiste waren nicht das, was von Gwynne übrig war. Was von Gwynne blieb, war die helle Freude, die sie in sein Leben und das Leben aller anderen Bekannten gebracht hatte. Was von ihr übrig blieb, war das Andenken, das ihre Freunde ihr im Herzen bewahrten.

Nun weinte er, zum ersten Mal seit ihrem Tod. Er weinte, weil sie so dumm gewesen waren, sich zu trennen und sich scheiden zu lassen. Er weinte über die Jahre, die sie beide allein verbracht hatten. Über die Sinnlosigkeit von Gwynnes Tod.

Alec hatte keine Ahnung, wie lange er so dagesessen und die Kiste festgehalten hatte, doch in der Zwischenzeit hatte das Wetter allmählich aufgeklart. Die Wolken waren aufgerissen, und der Himmel dahinter schimmerte milchig blau. Es war an der Zeit. Alec stand auf, trug die Kiste die ungefähr hundert Meter über das eisige Geröllfeld zum Betonpfeiler und ging langsam um den Gipfel herum, wobei er ein dünnes Rinnsal des vergänglichen Staubs aus der Kiste rieseln ließ.

Er sagte ihr noch einmal, wie sehr er sie liebe, dass er nie aufgehört habe, an sie zu glauben, dass sie Schönheit in die Welt gebracht und Lebensfreude vermittelt habe und dass er sie schrecklich vermisse. Als er den Kreis vollendet hatte, kehrte er zum Pfeiler zurück. Er legte den Deckel auf die nunmehr leere Kiste, klemmte sie unter den Arm und rief *„Croeso!"* über den Berg, das walisische Wort für willkommen. Er hatte es in dem Wörterbuch gefunden, das Fiona ihm geschenkt hatte, damit wollte er Gwynnes Gebeine zu Hause begrüßen.

Er schaute auf und sah einen Wanderfalken hoch über sich kreisen. Der Raubvogel schwebte reglos in einem Aufwind, der an der Felswand emporstieg. Dann ließ er sich graziös aus dem Wind gleiten, immer noch ohne die Flügel zu bewegen, und verschwand geisterhaft nach Westen, Richtung Meer.

Alec ging zur Schutzhütte zurück, holte seinen Rucksack und seinen Wanderstock und brach gen Westen auf, wobei er sich nah am nördlichen Rand der Felsen hielt.

Er war erst wenige Hundert Meter über die verwitterte Granitwüste gewandert, als er aus den Augenwinkeln rechter Hand etwas aufblitzen sah, was nicht in diese weite graue Fläche aus zerborstenem Gestein passte. Da war etwas, was dort nicht hingehörte. Alec kletterte über die Felsen und stellte bald fest, dass das, was er gesehen hatte, eine leere Whiskyflasche war. Hinter einem massigen Gesteinsblock nahe der Felskante lag der seitlich in sich zusammengekauerte Körper eines Mannes.

Die leblose Gestalt, die nur eine Hose, Schuhe und ein Hemd trug, war über und über mit winzigen Hagelkörnern bedeckt. Alec wischte den eisigen Reif von Kopf und Schultern des Mannes und drehte ihn auf den Rücken. Obwohl er ihm nie begegnet war, erkannte er das Gesicht augenblicklich. Es war das Gesicht von dem Foto im Frühstückszimmer auf Tan y Gadair. Es war David Edwards.

ER RIEF David beim Namen. Keine Reaktion. Er klopfte ihm auf die Wange, um zu sehen, ob er ihn dazu bringen konnte, die Augen zu öffnen. Wieder nichts.

Alec presste seine Finger seitlich an Davids Hals und spürte dort zu seinem Erstaunen ein schwaches, ungemein langsames Pochen. Einen Augenblick lang ging er neben dem leblosen Körper von Fionas Ehemann in die Knie. In einer Stunde, vielleicht schon eher, drohte David der Tod.

Alec wusste, dass er dem Mann die feuchte Kleidung ausziehen und ihn in etwas Warmes hüllen musste. Er klappte sein Taschenmesser auf und schnitt vorsichtig Davids nasses Hemd und sein Unterhemd auf. Dann riss er sich sein Trekkinghemd vom Leib und streifte es geduldig über Davids steife, schwere Arme. Er knöpfte das trockene Hemd auf Davids Brust zu und zog ihm Schuhe und Socken aus. Er öffnete den Reißverschluss seiner feuchten Hose und zog sie ihm vorsichtig aus. Alec hatte stets ein Paar Ersatzsocken in seinem Rucksack, die streifte er David nun über die Füße. Die Nylonshorts, die Alec beim Wandern trug, hatten Beine zum Abtrennen; jetzt kramte er sie aus dem Rucksack und schob sie so hoch es ging über Davids kräftige Schenkel. Schließlich holte er sein Erste-Hilfe-Set hervor. Darin befand sich ein kleines, fest zusammengepresstes Päckchen, etwa so groß wie eine Zigarettenschachtel. Es war eine Rettungsdecke, ein dünnes Stück Plastik mit einem Überzug aus Aluminium. Sie entwickelte geradezu magische Kräfte, wenn es darum ging, die menschliche Körperwärme zu halten, selbst unter extremsten Bedingungen. Ganz vorsichtig zog Alec David von der Felskante auf die Rettungsdecke und wickelte sie so um seinen Körper, dass er aussah wie eine Mumie.

Einen kurzen Moment lang blickte Alec über die Felskante. Weit unten, tief im Tal, lag Tan y Gadair. Und dann verstand er. David war hergekommen, um zu sterben. Er hatte sich fast eine ganze Flasche Whisky einverleibt und mit dem Blick auf seine geliebte Farm darauf gewartet, dass die Kälte ihn umbrachte.

Tod durch Erfrieren ist eine langsame und erstaunlich sanfte Art des Sterbens. Erst kommt die heimtückische allmähliche Unterkühlung, dann das verzweifelte, unkontrollierbare Zittern – der instinktive Versuch des Körpers, durch Bewegung Wärme zu erzeugen. Wenn das fehlschlägt, folgt das Abgleiten in die Bewusstlosigkeit – friedlich, geradezu erlösend. Davids Selbstmord war gut durchdacht und geschickt ausgeführt. Diese Art, die Dinge zu beenden, wäre von der Lebensversicherung wahrscheinlich nicht hinterfragt worden: ein Bergbauer, der von den Elementen überrascht wurde.

Alec warf sich den Rucksack über, schnappte seinen Wanderstock und rannte am Gipfelgrat entlang Richtung Westen, zurück zum Fuchsweg. Dieser Abstieg war natürlich gefährlich, doch der leichtere Ponypfad würde zu viel Zeit kosten. Er musste so schnell wie möglich Hilfe holen.

Alec eilte die steile Geröllhalde hinab und suchte sich möglichst rasch einen Weg. An manchen Stellen glitt er ein gutes Stück auf den losen Steinen abwärts, so als führe er in einem Fahrstuhl. Tief unter sich konnte er die schwarze Oberfläche des Llyn y Gadair sehen und weiter hinten den Llyn Gafr und die Farm. Wieder begann er abzurutschen, doch diesmal kam er nicht mehr zum Stillstand und erkannte zu seinem Entsetzen, dass er auf die Felskante zuschlitterte. Er ließ sich zu Boden fallen, drehte sich auf den

Bauch und trieb den gebogenen Horngriff seines Wanderstockes mit beiden Händen tief ins Geröll, wie ein Bergsteiger seinen Eispickel. Einen Augenblick später blieb der Griff an der Kante eines Felsbandes hängen. Die losgetretenen Steine rauschten an ihm vorbei über die Kante, doch Alecs Sturz war gebremst.

Reglos blieb er mit dem Gesicht und dem Körper fest an den Abhang gepresst liegen und schöpfte Atem. Dann hob er, ohne die rechte von seinem Wanderstock zu lösen, die linke Hand und kratzte das lose Gestein rund um den Griff weg, bis er auf das Stück Fels stieß, an dem er sich verfangen hatte. Anschließend zog er sich auf die Knie hoch und sah sich um. Er war nicht weit gerutscht; allerdings brauchte man auch nicht weit zu schlittern, um über die Kante zu fallen und an den Ufern des Sees tief unten aufzuschlagen. Er zog sein rechtes Knie an und steckte den Fuß in die freigelegte Vertiefung auf dem Felsband. Dann richtete er sich auf, stützte sich mit seinem Wanderstock ab und tastete mit dem anderen Fuß nach einem weiteren Felsstück, das einen festen Eindruck machte. In diesem Krebsgang gelangte er allmählich auf den Weg zurück.

Nachdem Alec endlich den Llyn y Gadair erreicht hatte, begann er, den steilen Grashügel zur Farm hinunterzulaufen. Als er den letzten Hügelkamm erklommen hatte, stellte er erleichtert fest, dass Owen noch unten in den Weiden bei den Schafen war. Jack war es, der ihn als Erster wahrnahm und anfing zu bellen. Owen sah zum Berg hinauf und merkte auf der Stelle, dass irgendetwas nicht stimmte. Er kletterte über den Zaunübertritt und eilte Alec mit Jack auf den Fersen über den Hügel entgegen.

Alecs Brust brannte; er war das Laufen nicht gewohnt. Mit den Händen auf den Knien beugte er sich vor, um Atem zu schöpfen.

„David“, schnaufte er, als Owen ihn erreichte. „Er stirbt.“

„Was?!“

„Da oben“, keuchte Alec, „am Grat. Hat versucht sich umzubringen. Whisky und Unterkühlung.“ Immer wieder nach Luft schnappend, erklärte Alec, wie er David gefunden und was er unternommen hatte. „Ich hab ihn eingewickelt liegen lassen, aber er ist bewusstlos, und ich weiß nicht, wie lang er durchhalten wird.“

Owen blickte zum Berg hinauf. „Mein Gott!“

„Wir müssen Folgendes tun“, sagte Alec, der langsam wieder zu Atem kam. „Du läufst zur Farm und sagst Fiona, sie soll die Bergrettung alarmieren. Ich gehe wieder hoch und versuche, ihn am Leben zu halten. Du kommst dann nach. Wir müssen ihn nach unten bringen, Owen, und zwar bald. Bevor es dunkel wird.“

„Ich kann mit dem Landrover bis zum Llyn y Gadair kommen. Wo liegt David?"

„Gleich westlich des Gipfels, nahe der Nordkante."

„Gut. Los, Jackie!"

Owen rannte über die Felder zur Farm. Der Hund folgte bellend, als wüsste er, was vor sich ging. Alec wandte sich dem Berg zu, seufzte tief und begann, wieder hügelaufwärts zu gehen.

Fiona war gerade oben und putzte das Zimmer der Llewellyns, die Vögel beobachten gegangen waren, als sie Jack bellen und jemanden an die Hintertür hämmern hörte. Noch bevor sie die Küche erreichte, hatte Owen sich selbst eingelassen.

„Owen?"

„Es ist etwas passiert. Es geht um David; Alec hat ihn auf dem Berg gefunden." Owen zögerte. Musste sie wissen, dass David versucht hatte sich umzubringen? Er war sich nicht sicher. „Er hat sich wohl verletzt, dann wurde ihm zu kalt und er konnte nicht mehr herunterkommen. Er ist bewusstlos, aber er lebt. Oder zumindest lebte er noch, als Alec Hilfe holen ging."

„Wo ist Alec?"

„Wieder raufgegangen. Wir müssen die Bergrettung verständigen."

Fiona rannte zum Telefon im Eingangsbereich und wählte hastig den Notruf. Während sie darauf wartete, verbunden zu werden, wirbelten in ihrem Kopf die Bilder durcheinander – David vor zwei Tagen, wie er sie angriff; das unberührte Essen von gestern; die Nachricht, die er heute Morgen an die Tür geheftet hatte: *Fiona, es tut mir furchtbar leid, David.*

Eine Männerstimme meldete sich.

„Hier spricht Fiona Edwards auf Tan y Gadair, Dolgellau", sagte sie. „Auf dem Cadair hat es einen Unfall gegeben …"

Als sie aufgelegt hatte, drehte sie sich zu Owen um. „Sie schicken ein Team vom Outward-Bound-Zentrum Wales und fragen bei der Luftwaffe, ob sie einen Hubschrauber haben können. Sie haben mich gebeten, beim Telefon zu bleiben, falls sie weitere Instruktionen benötigen. Du gehst Alec nach und tust, was du kannst, um zu helfen."

„Ja. Ma'am. Aber kommen Sie allein zurecht, Mrs Edwards?"

„Ich schaff das schon, nun geh."

Fiona begleitete Owen zur Tür und blickte ihm nach, während er über den Hof lief. Er sprang in seinen alten Landrover und raste zu den hoch gelegenen Weiden.

Sie kehrte in die Küche zurück und ließ sich auf einen Stuhl am Tisch fallen. An einen Unfall glaubte sie nicht eine Sekunde lang. David hatte keinen Grund, da oben zu sein, nicht einen einzigen. Dort gab es keine Schafe. David war absichtlich da hinaufgegangen, um seinem Leben ein Ende zu setzen – oben auf dem Berg, mit dem er so eng verbunden war.

ALEC hatte gerade den Geröllhang des Fuchsweges in Angriff genommen, als er hörte, wie Owens Landrover sich im ersten Gang die steilen Weiden hinaufquälte. Zum zweiten Mal ließ Alec seine widerstrebenden Beine das letzte Stück des Geröllhangs hochrennen, und schließlich erreichte er das Gipfelplateau. Nie in seinem Leben hatte er sich derart verausgabt. Owen war ihm dicht auf den Fersen. Alec wartete, bis der junge Mann sich neben ihm auf den Boden fallen ließ.

„Verdammt beängstigend, dieser Weg“, keuchte Owen. „Kaum zu glauben, dass es Menschen gibt, die so etwas zum Spaß machen. Wo ist er?“

„Komm mit, aber pass auf, wo du hintrittst.“

Sie wandten sich westwärts, suchten einen Weg über die Felsen, an der kleinen steinernen Schutzhütte vorbei, dann eilten sie auf den nördlichen Grat zu.

David lag noch so da, wie Alec ihn verlassen hatte: von Kopf bis Fuß eingewickelt in die Metallfolie. Er sah aus, als steckte er in einem Leichensack. Alec hob die Decke von Davids Gesicht. Die Haut war blaugrau angelaufen.

„Großer Gott! Er ist sicher tot, Alec!“

Alec legte einen Finger an Davids Halsschlagader; der Puls war da, allerdings sehr langsam und schwach.

„Beinahe, Owen, aber nicht ganz. Jedenfalls noch nicht. David ist gewissermaßen tiefgefroren. Sein Körper hat automatisch alles heruntergefahren, was nicht unbedingt lebensnotwendig ist.“

„Was machen wir jetzt?“

„Leider können wir fast nichts machen.“

„Aber wir müssen doch sicher versuchen, ihn zu wärmen?“

„Das ist das Einzige, was wir ganz sicher nicht tun sollten. Angenommen, wir fangen an, seine Arme und Beine zu reiben. Das würde die peripheren Blutgefäße in seiner Haut und seinen Gliedmaßen mit der Zeit erwärmen und das Blut dort wieder zum Fließen bringen. Wenn dieses kalte Blut Davids Herz erreicht, sinkt die Temperatur dort abrupt ab und es hört auf zu schlagen. Wir würden ihn umbringen.“

„Sollen wir versuchen, ihn zur Farm hinunterzutransportieren?“, fragte Owen, ganz versessen darauf, irgendwie von Nutzen zu sein.

„Nein, wenn wir ihn ohne Trage transportieren, würden wir dasselbe erreichen, nur schneller.“

„Also sitzen wir einfach hier herum?“

„Ja, wir sitzen einfach hier herum. Und wir lassen ihn eingewickelt, um das bisschen Wärme, das noch in ihm steckt, zu erhalten. Was hat die Bergrettung gesagt?"

„Sie schicken das Rettungsteam aus Aberdovey und versuchen, einen Rettungshubschrauber von der Luftwaffe zu bekommen. Aberdovey ist ganz in der Nähe, keine dreißig Kilometer weit weg. Ich schätze, dass sie in etwas mehr als einer Stunde eintreffen könnten. Der Hubschrauber wird vom RAF-Valley kommen, einem Militärstützpunkt auf der Insel Anglesey."

Alec dachte einen Augenblick nach. „Wir sollten es dem Hubschrauberpiloten so leicht wie möglich machen. Ich könnte hierbleiben und ein Auge auf David haben, während du einen Platz jenseits dieses Geröllfelds suchst, auf dem der Hubschrauber landen könnte."

„In Ordnung. Wirst du zurechtkommen?"

„Ich schaffe das schon. Und mit etwas Glück schafft David es auch."

Owen eilte nach Westen und sprang von Fels zu Fels wie eine Bergziege. Alec tastete wieder nach Davids Puls und wurde fündig, dann musterte er den Himmel. Noch drei Stunden Tageslicht, aber ihm war klar, dass David so lang nicht durchhalten würde.

FIONA wanderte im Haus herum. Plötzlich fiel ihr ein, dass sie keine Ahnung hatte, ob sie bei der Rückkehr der Llewellyns zu Hause sein würde. Sie fragte sich, ob sie die beiden nicht woandershin schicken sollte. Schließlich schrieb sie ihnen eine Nachricht:

> Liebe Mrs Llewellyn, lieber Mr Llewellyn,
> leider hat es heute am Berg einen Unfall gegeben, in den mein Mann verwickelt ist. Sie können gern heute Nacht noch bleiben, aber zu meinem Bedauern muss ich Ihnen sagen, dass ich morgen früh wohl nicht da sein werde, um für Sie das Frühstück zuzubereiten. Natürlich werde ich Ihnen für Ihren heutigen Aufenthalt nichts berechnen. Ich bitte Sie, diese Unannehmlichkeiten zu entschuldigen.
> Mit freundlichen Grüßen
> Fiona Edwards

Dann sagte sie den Gästen Bescheid, die bereits gebucht hatten, und gab ihnen die Nummer des Touristenbüros. Glücklicherweise geriet sie in den meisten Fällen an den Anrufbeantworter und hinterließ einfach eine entschuldigende Nachricht.

Weil sie nicht wusste, was sie sonst tun sollte, kontrollierte Fiona die Blumen im Esszimmer und im Gästewohnzimmer. Dort entdeckte sie Alecs Notizbuch, das aufgeschlagen, mit dem Einband nach oben, noch genauso dalag, wie er es am Tag zuvor zurückgelassen hatte. Sie drehte es um und stellte fest, dass er ein Gedicht geschrieben hatte:

Hauthunger
Ausgehungert klammere ich mich an dich,
du heißt mich willkommen
und aus uns zwei wird ein Drittes:
schieres Verlangen und nackte Begierde,
geboren aus Verlust und Sehnsucht
nach dem einfachen Geschenk von Haut an Haut;
Hunger, der sich zeigt an Fingern,
die zärtlich über eine keuchende Brust streichen,
an Nägeln, die Schauer über ein biegsames Rückgrat jagen,
an einer feuchten Zungenspitze, die eine brennende Spur
über einen gesenkten Nacken zieht,
an unseren Armen, die sich eng umschlingen,
während wir auf den Höhepunkt zutreiben:
ewig, schwebend, durchstoßen wir die Membran des Bekannten,
fallen durch ein Loch in Zeit und Raum
und finden uns am Beginn einer neuen Geschichte –
geschrieben auf lebendiger Haut mit bebenden Fingern
auf Seite eins …

Sie begann zu weinen. Sie weinte, weil sie erst jetzt begriff, wie lange sie sich schon nach einem Mann gesehnt hatte, der eine verwandte Seele war. Und doch, falls ihr Ehemann – ihr Ehemann! – auf diese Weise, unter diesen Umständen sterben sollte, wie konnte sie diesen Schrecken je verwinden und Alec unbeschwert lieben? Es ging über ihre Kraft; die ganze Situation ging über ihre Kraft.

Hoch oben auf dem Nordgrat saß Alec an einen Felsvorsprung gelehnt und wartete auf Owens Rückkehr. Von Zeit zu Zeit kontrollierte er den Puls an Davids Hals.

Der Mann hatte es nicht verdient zu sterben; was ihm zugestoßen war, war furchtbar ungerecht. Als Alec neben dem bewusstlosen Mann saß, konnte er verstehen, warum David sich hatte umbringen wollen – nicht nur um sich selbst von seinem Elend zu erlösen, sondern auch, um seine Frau und sein Kind von seinem Zorn und seiner Bitterkeit zu befreien. Dass er die Frau, mit der er seit mehr als zwanzig Jahren verheiratet war, geschlagen hatte, musste ihn noch tiefer erschüttert haben als Fiona.

Nach ungefähr einer halben Stunde kehrte Owen zurück.

„Da bist du ja! Ich fing schon an, mir deinetwegen Sorgen zu machen."

„Tut mir leid. Ich habe nicht weit von hier im Westen einen möglichen Landeplatz gefunden und habe beschlossen, ihn mit einem großen Steinkreis zu markieren, der dem Piloten auffallen müsste. Deshalb hat es so lange gedauert. Irgendwelche Veränderungen?"

„Nichts. Das ist eigentlich gut. Ich glaube, sein Zustand ist stabil."

Owen ließ sich neben ihm nieder. Alec sah, dass seine Hände vom Steineschleppen aufgerissen waren. Die beiden saßen einige Minuten stumm nebeneinander. Dann hob Owen ruckartig den Kopf. „Hast du das gehört?"

„Was?"

„Den Pfiff. Ich habe einen Pfiff gehört. Ich glaube, sie sind schon da!"

Im nächsten Augenblick hörten sie es beide. Owen stand auf, kletterte über die Felsen zu einem Aussichtspunkt und fing an zu rufen. Alec erhob sich steif, beugte sich dann vor, nahm die Whiskyflasche und schleuderte sie über die Felskante.

Nach ein oder zwei Minuten sah Owen zwei Männer ins Blickfeld kommen, denen weitere folgten, alle in identischen roten Anoraks. Er ruderte mit den Armen, und sie winkten zurück. Zehn Minuten später hatten sie ihn erreicht, und er führte sie zur Felskante, wo Alec neben David stand.

Einer von ihnen, der einige Jahre älter war als die anderen, streckte die Hand aus und Alec schüttelte sie. „Brian Phillips, Teamführer; was haben wir hier?"

„David Edwards", sagte Alec. „Schaffarmer auf Tan y Gadair, gleich unter uns, Richtung Norden. Schwere Unterkühlung, komatös, schwacher Puls."

„Wie lange ist er schon hier oben?", fragte der Teamführer.

„Wir sind nicht sicher. Kurz bevor ich ihn gefunden habe, hat es hier einen ziemlich üblen Hagelsturm gegeben. Das war vor ein paar Stunden; er war ganz mit Eis bedeckt."

Während der Teamführer Informationen sammelte, hatten die übrigen Männer sich ans Werk gemacht. Zwei von ihnen kontrollierten Davids Lebenszeichen. Zwei andere hatten Teile einer Leichtgewichtstrage aus ihren Rucksäcken gezogen und bauten sie zusammen. Einer der Helfer stand etwas abseits und sprach ab und zu in ein Walkie-Talkie. Alec nahm an, dass der Mann Kontakt mit dem Hubschrauber hielt.

„Die Frage lautet", sagte der Teamführer, „was hat er hier oben eigentlich gemacht? Schon unter normalen Umständen klettern Bergbauern morgens selten in den Bergen herum, aber während der Ablammsaison ganz bestimmt nicht."

Alec reagierte schnell. „Ich bin Gast auf der Farm und ziemlich sicher, gehört zu haben, wie seine Frau sagte, dass Wanderer gestern einige Viehgatter offen gelassen hätten und er losgegangen sei, um die trächtigen Schafe wieder auf die niedriger gelegenen Weiden zurückzubringen. Außerdem weiß ich, dass er ein schwaches Herz hat – Schafbad-Vergiftung. Stimmt doch, nicht wahr, Owen?"

Owen stand etwas abseits, verblüfft über Alecs Geschichte, doch er sprang ihm sofort bei. „Krankes Herz, ja. Zwei Herzanfälle in den letzten drei Jahren. Manchmal wird ihm auch schwindlig."

„Owen arbeitet für David, hilft ihm auf der Farm", erklärte Alec. „Übrigens", fuhr er fort, um das Thema zu wechseln, „hat Owen etwas westlich von hier einen Platz gefunden, wo der Hubschrauber seiner Meinung nach landen kann, und hat ihn mit einem Steinkreis markiert."

„Gut gemacht", sagte Phillips. „Keine Ahnung, ob die Jungs von der Luftwaffe überhaupt landen können, aber es ist gut, einen sicheren Aktionsbereich zu haben."

Die zusammengebaute Bahre wurde neben Davids eingewickeltem Körper abgesetzt, und vier Männer hoben ihn vorsichtig auf die Liegefläche. Dann griffen die vier nach der Trage, einer sagte: „Achtung … eins, zwei … drei", und alle richteten sich gleichzeitig auf.

Während der Rest des Teams die Ausrüstung zusammenpackte, sagte Phillips zu Owen: „Okay, Junge, geh voraus!"

Langsam und mit großer Sorgfalt suchten sich die Männer an der Tragbahre ihren Weg über das Gesteinsfeld. Alec ging mit Phillips hinterher.

Sie hörten den Hubschrauber, lange bevor sie ihn sahen. Das dumpfe Wusch-Wusch, das die Luft zerschnitt, trug kilometerweit. Endlich sah Alec im Nordwesten ein bauchiges gelbes Gebilde aus dem Spätnachmittagsdunst steigen.

Der Pilot kreiste über der markierten Stelle, um sich ein Bild von der Lage zu machen. Der junge Mann mit dem Walkie-Talkie schrie Phillips zu: „Er will keine Landung versuchen, möchte in der Luft bleiben!"

„Gut!", brüllte Phillips zurück. „Ist seine Entscheidung."

Der Hubschrauber blieb über dem Steinkreis, den Owen gelegt hatte, in der Luft stehen, und die Träger traten in die Mitte. An der Seite des Helikopters, wurde eine Tür geöffnet, und ein behelmter Mann ließ sich zusammen mit einer Trage an einem Stahlseil herab. Der Lärm war ohrenbetäubend. Als der Mann den Boden erreichte, klinkte er sich selbst und die Trage aus. Dann gab er ein Zeichen, und der Hubschrauber stieg empor, um sich sicherheitshalber ein wenig vom Berg zurückzuziehen. Überaus vorsichtig hoben die Bergretter und der Mann David von einer Trage auf die andere.

Anschließend kam der Hubschrauber zurück, ließ das Seil wieder herab und zog den Mann von der Besatzung mit der Bahre in den Bauch des Helikopters. Die Tür schloss sich, und der Hubschrauber stieg auf, drehte sich und dröhnte durch die Luft nach Süden.

„Wo werden sie ihn hinbringen?“, hörte Alec Owen fragen.

„Nach Aberystwyth“, erwiderte der Teamführer. „Neben dem Krankenhaus gibt es einen Sportplatz. Wenn sie dort landen, wird schon ein Krankenwagen warten.“

„Wie schätzen Sie seine Chancen ein?“, fragte Alec.

Phillips überlegte kurz. „Schwer zu sagen. Bei seinem schwachen Herzen kann man nicht sagen, was passiert, wenn der Blutkreislauf in Gang kommt. Alles ist möglich.“

Das Tageslicht begann schon zu schwinden. Alec wandte sich an Owen. „Ich denke, wir sind hier fertig. Was meinst du, welche Abstiegsroute wir wählen sollen?“

„Falls wir den sicheren Ponypfad nehmen, wird es dunkel, ehe wir unten sind. Der Fuchsweg ist schneller, aber, wie du weißt, gefährlicher.“

Alec fragte sich, wie oft man das Schicksal an einem Tag herausfordern konnte. Doch im Dunkeln den Ponypfad zu nehmen, war mindestens genauso gefährlich wie ein weiterer Abstieg über den Fuchsweg.

Phillips sagte: „Ihr beide seht wie durchtrainierte Kletterer aus. Ich würde auf jeden Fall lieber den Steilpfad als die Nachtwanderung wählen.“

„Dann also über den Fuchsweg“, sagte Alec.

Er dankte Phillips und seinem Team und erinnerte sich plötzlich an Davids Allergien. Brian versprach, der Hubschrauberbesatzung und dem Krankenhaus über Funk Bescheid zu geben, damit das Zimmer entsprechend vorbereitet werden konnte. Die Männer zogen nach Südwesten ab, in die Richtung, aus der sie gekommen waren. Alec schnappte seinen Rucksack und ging mit Owen nach Osten. Bald befanden sie sich oberhalb des Geröllhangs, bereit, den steilen Abstieg zu beginnen.

„Alec, ich muss dich noch etwas fragen: diese Geschichte über Wanderer und Viehgatter?“

„Die Versicherung, Owen“, erklärte Alec. „Ich vermute, dass David eine Lebensversicherung hat. Falls er stirbt und der Unfallbericht darauf hindeutet, dass es Selbstmord gewesen sein könnte, wird Fiona nichts bekommen. Die Flasche habe ich auch verschwinden lassen.“

Owen sah Alec einen Moment lang an und sagte: „Ich wünschte bloß, ich hätte selbst daran gedacht.“

Dann machten sie sich auf den Weg nach unten.

Es war fast dunkel, als Fiona den Motor von Owens altem Landrover hörte. Sie öffnete die Hintertür und blieb dort im Lichtschein der Stiefelkammer abwartend stehen. Owen und Alec stiegen aus dem Auto und kamen schwerfällig zu ihr herüber.

„David?"

„Er lebt, Fi", sagte Alec.

Fiona warf die Arme um Alec und Owen und drückte sie einige Augenblicke fest an sich. Zwischen den beiden Männern wirkte sie wie eine Zwergin.

„Sie haben ihn nach Aberystwyth gebracht", hörte sie Owen sagen.

Fiona ließ die beiden los und schaute zu ihnen auf. „Ich danke euch. Euch beiden. Kommt rein, ich mache Tee."

Kaum hatten sie die Küche betreten, klingelte das Telefon. Fiona rannte in den Flur. Die beiden Männer folgten ihr.

Sie ließ die Hand zögernd über dem Telefonhörer schweben, ehe sie danach griff. „Hallo, Tan-y-Gadair-Farm", sagte sie. „Ja, das bin ich … Ja … Aha, ja … Tatsächlich! Wunderbar! Ja, ich verstehe. Es war was? … Nein, mir geht es gut. Ich habe jemanden, der sich um mich kümmert … Ja, ich werde am Telefon warten. Ich danke Ihnen, vielen Dank." Sie legte den Hörer wieder auf.

„Er lebt. Aber es war knapp. Er liegt im Koma. Sie erwärmen ihn und stellen ihn gleichzeitig ruhig. Anscheinend hilft das irgendwie, das Gehirn zu schützen. Zwischenzeitlich haben sie offenbar einige Untersuchungen gemacht. Sein Blutalkoholspiegel war sehr hoch. Es war ein Selbstmordversuch, nicht wahr?" Sie blickte die Männer nacheinander an.

Owen sah Alec an, der daraufhin antwortete: „Ja, Fi, das war es. Er hat möglicherweise eine ganze Flasche Whisky getrunken, sich zwischen die Felsen gesetzt, von denen man auf die Farm schauen kann, und gewartet. Es tut mir leid."

Fionas Gesicht war einen Moment völlig leer, dann riss sie sich wieder zusammen. Sie straffte die Schultern und lächelte. „Ihr braucht euch nicht zu entschuldigen", sagte sie, „keiner von euch. David hat seine Entscheidungen allein getroffen. Dank euch zweien ist sein Vorhaben gescheitert."

Sie ging mit ihnen zurück in die Küche. Die zwei Männer setzten sich an den Tisch, und Fiona ließ Wasser in den Teekessel laufen.

„Mrs Edwards, Ma'am", fragte Owen, „haben Sie Meaghan angerufen?"

„Ja, kurz nachdem ihr fort wart. Sie war nicht zu Hause."

Alec hockte zusammengesunken auf seinem Stuhl und starrte stumpf vor sich hin. Nun, da die Krise vorüber war, hatte er keine Reserven mehr.

„Ich denke, wenn Sie nichts dagegen haben, fahre ich jetzt nach Hause“, sagte Owen.

„Natürlich, mein Lieber“, sagte Fiona. Sie drückte ihn noch einmal kurz an sich. „Du bist ein Schatz, Owen Lewis; ich bin heilfroh, dass wir dich hier bei uns haben.“

Owen errötete. „Wüsste nicht, wo ich lieber wäre, Mrs Edwards. Rufen Sie Meaghan dann später noch einmal an?“

Fiona musterte ihn, entdeckte etwas, was sie nie zuvor gesehen hatte, und lächelte. „Das werde ich, Owen.“

Nachdem der junge Mann gegangen war, setzte sie sich Alec gegenüber an den Tisch.

„Wenn du nicht gewesen wärst, würde David jetzt nicht mehr leben. Du warst wundervoll heute, und ich bin mehr als dankbar. Was du getan hast, war heldenhaft. Und vermutlich verrückt, doch ich fange schon an, so etwas von dir zu erwarten.“

Er sah sie achselzuckend an.

„Alec Hudson, du bist der wunderbarste Mann auf der ganzen Welt … und du bist sehr, sehr schmutzig.“

Zum ersten Mal blickte Alec an sich hinunter. Er war in der Tat dreckig. „Schätze, ich könnte ein Bad brauchen, hm?“ Er erhob sich ächzend.

Sie nahm seine Hand. „Komm mit.“

Er folgte ihr durchs Haus in ihre Privaträume. Sie setzte ihn in den Sessel am Kamin, ging dann ins Badezimmer und ließ Wasser in die große Wanne mit den Klauenfüßen ein. Als sie fast vollgelaufen war, kehrte Fiona ins Wohnzimmer zurück, wo Alec reglos in die kalte Feuerstelle starrte. Sie zog ihn hoch und führte ihn ins Bad. Ganz langsam und vorsichtig half sie ihm aus den Kleidern heraus und in die Wanne hinein. Mit schmerzverzerrtem Gesicht glitt er in das heiße Wasser.

„Lass die Wärme noch eine Weile wirken“, sagte sie. „Das tut deinen Knochen gut, du alter Knacker. Ich mache uns ein einfaches kaltes Abendessen, mal sehen, was im Kühlschrank ist. Dann können wir in meinem Wohnzimmer essen, am Feuer.“

„Ich verspreche, nicht wegzulaufen“, erwiderte Alec mit geschlossenen Augen.

Fiona war gerade mit einem Tablett zurückgekehrt, auf dem sie Brot, Käse, Apfelstücke und eine Flasche Wein angerichtet hatte, als das Telefon neben ihrem Bett schrillte. Mit einem Satz war sie am Apparat.

„Hallo? Ja, bin ich. Nein, das ist schon in Ordnung. Was ist passiert? Aha … ja, ich verstehe … Ich wohne in Dolgellau, es wird also eine Weile dauern … Ja, ich weiß, dass Sie das nicht können, ich verstehe. Vielen Dank … Ja, Wiederhören." Sie legte auf.

Alec stand tropfnass in der Badezimmertür. „Er hat Kammerflimmern, nicht wahr?"

„Woher weißt du das?"

„Das ist normal. Ich wollte es dir nur nicht sagen."

„Ich muss ins Krankenhaus fahren. Sie wissen nicht, ob sie ihn am Leben halten können."

„Ich komme mit", sagte Alec.

„Nein, Alec. Ich weiß dein Angebot zu schätzen, aber dies ist etwas, was ich allein tun muss." Sie durchquerte das Zimmer und nahm ihn lange in die Arme. „Ich muss jetzt gehen. Ich rufe an, falls … irgendetwas passiert."

„Fiona?"

„Ja?"

„Ich hoffe, er erholt sich."

„Danke. Ich auch."

Einige Augenblicke später hörte er ihren Wagen anspringen. Dann prasselten die wegspritzenden Kiesel und sie war fort.

ALS SIE das WILLKOMMEN IN ABERYSTWYTH-Schild erreichte, zeigte die Uhr am Armaturenbrett genau elf Uhr. 45 Minuten. Nicht schlecht, wenn man bedachte, dass die Fahrt normalerweise eine Stunde dauerte.

Nachdem Fiona am Empfang des Krankenhauses ihren Namen genannt hatte, wurde sie zur Intensivstation geschickt, wo eine Krankenschwester sie erwartete. Die stämmige Frau wirkte sehr sanft. Auf dem Schild an ihrem Kittel stand MEUDWEN.

„Entschuldigen Sie, dass wir Sie um diese Uhrzeit herzitiert haben", sagte die Schwester, „aber eine Zeit lang hing das Leben Ihres Mannes am seidenen Faden. Wir dachten schon, wir würden ihn verlieren. Zweimal mussten wir den Defibrillator anwenden, er ist jedoch jedes Mal zurückgekommen. Leider können wir nicht sagen, ob er aus dem Koma erwacht, wenn wir die Beruhigungsmittel absetzen. Und genauso wenig, in welcher Verfassung er sein wird, falls er es tut. Jedenfalls hat er einen guten Arzt: James Pryce. Er ist unser Experte für Unterkühlungen."

Die Krankenschwester führte Fiona durch einen schwach erleuchteten Korridor. Das einzige Geräusch auf der Station war das Summen und Piepsen der lebenserhaltenden Geräte. Endlich ging die Schwester in ein Zimmer und sagte: „Hier ist er, meine Liebe. Falls Sie irgendetwas brauchen, ich bin im Schwesternzimmer." Sie kontrollierte die Geräte und ließ Fiona allein.

Fiona nahm sich einen Stuhl und setzte sich so, dass sie ihrem bewusstlosen Mann ins Gesicht sehen konnte. Dicke durchsichtige Kunststoffvorhänge hingen von der Decke um das Bett herum, um David gegen die Chemikalien im Krankenhaus abzuschirmen.

Sie hatte ihr halbes Leben mit diesem Mann verbracht und wollte nicht, dass er starb. David hatte ihr das Leben ermöglicht, das sie nun so sehr liebte. Er hatte sie in sein Tal geholt, und sie war dort glücklich gewesen. David war kein schlechter Mann, auch früher hatte er sie nie schlecht behandelt.

Doch seit Alec in ihr Leben getreten war, gerieten all die Dinge in ihrer Ehe, die im Schatten gelegen und Staub angesammelt hatten, in ein grelles Scheinwerferlicht. Sie und David hatte nie die Art von tiefer Vertrautheit verbunden, die sie sich erhofft hatte. Sie waren eher Geschäftspartner als Seelenverwandte. David hatte dabei geholfen, Meaghan zu erziehen. Das war das Wichtigste, was sie verband. Aber während sie ihn hinter seiner durchsichtigen Plastikplane beobachtete, wurde ihr plötzlich bewusst, dass sie und David in vielen anderen Bereichen ein völlig eigenständiges Leben geführt hatten, selbst als sie noch Tisch und Bett geteilt hatten. Wenn sie sich all die Jahre einsam gefühlt hatte, dann aus dem einfachen Grund, dass sie im Großen und Ganzen allein gewesen war.

Sie betrachtete das Muster von Davids Herzschlag auf dem Monitor neben seinem Bett; eine fortlaufende gelbe Linie malte Höhen und Tiefen, ein Bild von Davids Leben, auf einen schwarzen Bildschirm. Auf und ab. Ein, aus. Leben und Tod.

ALEC saß in Fionas Wohnzimmer am Feuer. Die Situation, in der er sich befand, war unhaltbar. Eine Stunde weit entfernt lag David Edwards todkrank im Krankenhaus. Seine Frau war an seiner Seite und wollte, dass er am Leben blieb. So sollte es sein. Alec war nur Fionas neuer Freund, jemand, der in ihr Leben getreten war, ihren sterbenden Mann gefunden und ihn am Leben gehalten hatte, bis kompetentere Hilfe eingetroffen war. Diese Geschichte ergab Sinn. Was keinen Sinn ergab, war die andere Geschichte, die parallel dazu verlief, in der er und Fiona ein Liebespaar waren.

Alec dachte an Gwynne und daran, dass eine Scheidung die Erinnerung an das gemeinsame Leben nicht auslöscht. Nicht einmal der Tod kann das. Wenn überhaupt, werden Erinnerungen durch den Tod intensiver. Er war sicher, dass es in Fionas und Davids Ehe viele glückliche Momente gegeben hatte. In das flackernde Feuer starrend, stellte er sich vor, wie sie diese Augenblicke gerade wieder Revue passieren ließ.

SECHS

15. April 1999

Als sich eine Hand auf ihre Schulter legte, schreckte Fiona aus dem Schlaf hoch.

„Mrs Edwards?" Es war Meudwen, die Krankenschwester. „Dr. Pryce ist da."

Fiona erhob sich rasch. „Es tut mir wirklich leid, ich glaube, ich bin eingenickt."

„Beneidenswert. Wenn ich heute nicht Dienst hätte, würde ich auch schlafen. Jamie Pryce", sagte der Arzt und reichte ihr die Hand.

James Pryce war ein beeindruckender Mann – gut eins achtzig groß und breitschultrig. Fiona schätzte ihn auf etwa dreißig Jahre. Nachdem er seinen Patienten untersucht hatte, wandte er sich wieder ihr zu. Er hatte ein warmes und beruhigendes Lächeln.

„Sie wollen sicher wissen, wie es Ihrem Mann geht, Mrs Edwards, doch im Augenblick gibt es nicht viel, was ich Ihnen mit Gewissheit sagen kann. Ihr Mann lebt. Er ist nicht mehr unterkühlt. Mehr werden wir erst wissen, wenn er wach ist."

„Wie wird er dann sein?"

„Durch die Unterkühlung und das Kammerflimmern ist die Blut- und Sauerstoffzufuhr zu seinem Gehirn beeinträchtigt worden. Er könnte vollkommen in Ordnung sein. Er könnte aber auch gewisse Hirnschäden davontragen."

„Was sollen wir jetzt tun?"

„Wenn ich Sie wäre, Mrs Edwards, würde ich nach Hause fahren und versuchen, etwas Ruhe zu bekommen. Man kann einfach nicht voraussehen, wie lang dieser Vorgang dauern wird."

„Schwebt David immer noch in Lebensgefahr?"

„Nein, das glaube ich nicht. Er ist nicht mehr akut gefährdet."

Fiona holte tief Luft. „Ich danke Ihnen, Dr. Pryce."

Der Arzt lächelte, und Meudwen folgte ihm zur Tür.

„Sobald sich an seinem Zustand irgendetwas ändert, werden wir Sie sofort benachrichtigen, Mrs Edwards", versprach die Schwester.

Fiona stand am Fußende des Bettes, in dem ihr Ehemann lag, und blickte durch den durchsichtigen Plastikvorhang auf seinen leblosen Körper. Dann drehte sie sich um und verließ das Zimmer.

Erst als sie nach draußen kam, merkte Fiona, dass sie mehrere Stunden geschlafen haben musste. Jenseits der Cambrian Mountains im Osten färbte der Himmel sich bereits zart dottergelb. In der Eingangshalle gab es einen öffentlichen Fernsprecher, und sie beschloss, es noch einmal bei Meaghan zu versuchen. Besser jetzt, ehe sie zu ihren Seminaren ging. Das Telefon klingelte mehrmals, doch schließlich meldete sich eine verschlafene Stimme.

„Hallo?"

„Hallo Schatz, ich bin's."

„Mutter! Wieso rufst du mich um diese Zeit an? Ist etwas passiert? Es geht um Papa, nicht wahr? Er hat wieder einen Herzanfall gehabt!"

„Meaghan, beruhige dich! Es ist kein neuer Herzanfall. Dein Vater hat auf dem Berg einen Unfall gehabt. Er liegt im Krankenhaus in Aberystwyth. Er ist bewusstlos, aber außer Gefahr."

Fiona vernahm eine weitere, männliche Stimme. Meaghan legte die Hand über die Telefonmuschel, und es folgte eine Art gedämpfte Unterhaltung. Dann sprach sie wieder ins Telefon.

„Bin schon unterwegs; heute Abend bin ich da, Mama. Ich rufe dich an, wenn ich weiß, wann der Zug in Barmouth ankommt. Oder soll ich besser nach Aberystwyth fahren?"

„Meaghan, du brauchst nicht nach Hause zu kommen. Keiner von uns kann irgendetwas tun, solange er nicht aufwacht."

„Barmouth oder Aberystwyth, Mutter?"

Fiona schloss die Augen und seufzte. „Barmouth, Liebes."

„Gut. Ich rufe dich später wegen des Zuges noch mal an", sagte Meaghan.

Fiona legte den Hörer auf. Plötzlich tat ihr alles weh. Sie erkannte, dass in ihrem Herzen drei Mächte gegeneinander kämpften: die Gewohnheit, die Pflicht und die Leidenschaft. Sie dachte an David und die zwei Jahrzehnte ihrer Ehe und wurde sich bewusst, dass die Chancen für ein Leben mit Alec zwei zu eins standen. In der einen Waagschale lagen Gewohnheit und Pflicht, in der anderen die Leidenschaft. Sie fühlte sich gefangen. Erschöpft und gefangen.

Als sie nach Hause kam, stellte sie fest, dass Alec schlafend in dem Sessel saß, in dem sie ihn zurückgelassen hatte. Sie weckte ihn mit Küssen.

Er blinzelte und schaute sich um. „Huch!", entfuhr es ihm.

„Ich kann nicht glauben, dass du immer noch in diesem Sessel sitzt."

„Wie geht's David?"

„Er ist nach wie vor bewusstlos, aber der Doktor sagt, er ist außer Gefahr."

„Das freut mich, Fi."

Sie wusste, dass er die Wahrheit sagte. „Komm mit mir, du", sagte sie, indem sie seine Hand nahm. Im Schlafzimmer begann sie sich auszuziehen.

„Fi, meinst du nicht, wir müssten darüber reden, wie …"

„Nein." Sie zog ihn auf das alte Bett. „Was immer auch geschieht, eines sollst du wissen", flüsterte sie ihm ins Ohr, „ich liebe dich mit jeder Faser meines Wesens."

Als das Telefon neben ihrem Bett schrillte, war Fiona sofort hellwach und griff nach dem Hörer.

„Hallo?" Sie bemerkte die helle Panik in ihrer Stimme. „Oh, Gott sei Dank, du bist es. Ich dachte schon, es wäre wieder das Krankenhaus."

Sie drehte sich zu Alec um, der sich auf einen Ellbogen aufgestützt hatte, und formte stumm das Wort „Meaghan".

„Nein, unverändert. Er ist bewusstlos, aber stabil. Gut. Um zehn vor sechs. Irgendjemand wird dich abholen, Süße. Ja. Tschüss." Seufzend ließ Fiona sich wieder aufs Kissen fallen.

„Wie fühlst du dich?"

Sie wandte sich Alec zu. „Ich habe Angst."

„Wegen David?"

„Wegen allem. Ich weiß nicht, wie es mit uns weitergehen soll."

„Ich auch nicht. Ich verstehe dich." Alec starrte an die Decke. „Ich habe immer gedacht, wenn ich nur hart genug an allem arbeite, könnte ich dafür sorgen, dass alles gut wird. Ich habe Jahre gebraucht, um einzusehen, dass ich das nicht kann. Es steht nicht in meiner Macht. Ich denke, alles, was wir zwei von jetzt an noch tun können, ist, füreinander da zu sein und abzuwarten, was das Schicksal für uns bereithält."

Fiona zog ihn an sich. „Ich hätte dich für romantischer gehalten."

„Im Herzen bin ich romantisch. Jetzt spricht mein Kopf."

„Dein Herz gefällt mir besser."

Sie rollte sich von ihm weg und stand auf. Er kletterte aus dem Bett und wünschte sich auf der Stelle, er wäre liegen geblieben. Alles tat ihm weh.

„Entweder bin ich zu alt dafür, Berge hinaufzurennen, oder dafür, in Sesseln zu schlafen." Er lachte. „Wahrscheinlich beides."

Sie kam zu ihm und streichelte ihm über die Wange. „Es tut mir so leid", sagte sie, stellte sich auf die Zehenspitzen und küsste ihn auf die Nase. „Ich sollte langsam an die Arbeit gehen."

„Ich folge dir auf dem Fuße."

Sie waren erst einige Augenblicke in der Küche, als sie Owens Landrover von den Weiden kommen hörten. Automatisch füllte Fiona den elektrischen Wasserkocher und stellte ihn an.

Owen klopfte an die Hintertür, und Fiona rief: „Herein!"

Die Tür ging auf, und Owen kam durch die Stiefelkammer, lugte jedoch nur in die Küche. „Entschuldigung, Mrs Edwards, aber ich kann nicht …"

„Ja, ich weiß", unterbrach ihn Fiona, „vergiss deine gute Erziehung. Hör mal, meinst du nicht, es ist an der Zeit, dass du aufhörst, mich Mrs Edwards zu nennen? Mein Name ist Fiona – vorzugsweise Fi. Einverstanden?"

„Ja, Ma'am."

„Und hör auf, ‚Ma'am' zu mir zu sagen."

„Ja, Ma'am."

Fiona prustete los, und da wusste Owen, dass David überlebt hatte.

„Also, wie geht es ihm?"

„Er weilt noch unter uns. Sie rufen an, wenn er wieder zu Bewusstsein kommt. Tee?"

„Tee wäre wunderbar, Fiona … Ma'am", stotterte Owen.

Er setzte sich an den Tisch, und Fiona erzählte ihm, was der Arzt gesagt hatte. Er nickte währenddessen stumm mit dem Kopf.

Sie brachte den Tee und nahm ihm gegenüber Platz. „Owen, von nun an bist du für die Farm verantwortlich. Selbst wenn David sich wieder erholt, kann man nicht sagen, was er noch tun oder gar begreifen kann. Verstehst du? Ich möchte, dass du das Kommando übernimmst."

Owen war einen Moment sprachlos. Dann nahm der junge Mann auf seinem Stuhl Haltung an. „Ich werde mein Bestes tun … Fiona", versprach er.

„Das weiß ich, Owen Lewis."

Fiona hob ihre Teetasse und sie prosteten sich zu.

„Da wäre noch etwas. Ich habe Meaghan angerufen. Sie kommt mit dem Nachmittagszug. Meinst du, du könntest sie vielleicht am Bahnhof in Barmouth abholen?"

„Na klar."

„Gut. Das wäre mir eine große Hilfe. Also, dann los mit dir und pass auf, dass wir nicht zu viele Lämmer verlieren. Das geht jetzt auf deine Kappe, junger Mann!"

Owen trank seine Tasse leer, erhob sich, klopfte Alec freundschaftlich auf die Schulter und ging durch die Hintertür nach draußen.

Fiona sah ihm nach. „Ich liebe diesen Jungen", sagte sie, mehr zu sich selbst.

„Fiona. Was für einen Plan heckst du da aus?“

Sie sah Alec an. „Ich habe keinen blassen Schimmer, wovon du sprichst.“

„Wer’s glaubt …“

„Tja, ich denke, ich sollte besser irgendetwas für das Abendessen vorbereiten“, sagte Fiona. „Könntest du mir vielleicht einen Gefallen tun?“

„Was immer du willst, Fi.“

„Würdest du kurz in die Stadt fahren und ein paar Flaschen Wein holen?“

Alec verstand den Wink. Sie brauchte Zeit für sich allein. „Sicher. Bin schon unterwegs. Wo sind die Schlüssel?“

„Sie stecken, Stadtjunge“, neckte sie ihn.

„Was riecht denn hier so gut?“, fragte Alec, als er wieder in die Küche kam und den Wein auf den Tisch stellte.

„Oh, das ist bloß Resteverwertung“, sagte Fiona lächelnd. „Ich habe ein paar Kartoffeln und grüne Bohnen gedünstet und etwas Schinken, Wurst und Zwiebeln angebraten. Darüber habe ich geriebenen Käse gestreut und alles in den Ofen gestellt.“

„Hört sich gut an. Ich sterbe vor Hunger. Wie kann ich helfen?“

„Mit Tischdecken. Für vier, schätze ich. Ich habe so das Gefühl, dass Owen gern bleiben würde. Er ist am Bahnhof, um Meaghan abzuholen.“

Einige Minuten später hörten sie, dass Owens Landrover sich die Auffahrt hinaufquälte. Er fuhr auf den Hof und hielt, ohne den Motor abzustellen. Eine Tür schlug zu, und Owen gab wieder Gas, um den Wagen in die Scheune zu bringen. Die Hintertür flog auf und eine junge Frau rauschte herein. Sie hatte ein zartes, fein geschnittenes Gesicht und blasse, beinahe durchsichtige Haut. Ihr rabenschwarzes Haar war auf eine Seite frisiert und fiel ihr in dunklen Wellen bis fast auf die Brust. Abgesehen von dem Haar und ihren unergründlichen braunen Augen war sie Fionas Ebenbild, schlank und zierlich. Sie trug ein kohlrabenschwarzes Kostüm mit engem Rock, blickdichte Strümpfe und schlichte schwarze Schuhe mit flachen Absätzen.

Hinter ihr trottete ein schlacksiger junger Mann in die Küche, der nur unwesentlich größer war als das Mädchen. Sein dunkles, kurz geschnittenes Haar stand stachlig vom Kopf ab und war an den Spitzen hellblond gefärbt. Er trug einen schwarzen Anzug mit blasslila Nadelstreifen, ein weißes, am Hals offenes Hemd und eine lose gebundene violette Krawatte. In einem seiner Ohrläppchen hing ein kleiner Goldring, so als wollte er einmal Pirat werden. Der Kleidung nach zu urteilen, schienen die beiden auf das Schlimmste gefasst zu sein.

„Meaghan, mein Schatz“, sagte Fiona, als sie ihre Tochter in die Arme schloss.

„Wie geht's Papa?“

„Sein Zustand ist stabil. Aber, soweit wir wissen, ist er immer noch bewusstlos.“

Als die beiden sich aus der Umarmung lösten, entstand eine verlegene Pause. Fiona blickte ihre Tochter abwartend an.

„Oh! Mutter, das ist Gerald. Gerald Wilson.“

Der junge Mann nickte Fiona zu, sagte jedoch nichts.

Owen kam durch die Tür. „Gibt es irgendwelche Neuigkeiten, Mrs Edwards?“

„Nein, leider nichts Neues, Owen. Ich hoffe, du bleibst zum Abendessen?“

Doch am Gesicht des jungen Mannes war abzulesen, dass das Auftauchen des Freundes ihn offenbar schwer enttäuscht hatte. „Danke, nein, ich muss nach meiner Mutter sehen.“

Fiona verstand. „Dann grüß sie schön von mir, Owen.“

„Gern. Nacht, Meaghan“, sagte er, schaute zu Alec hinüber, nickte ihm zu und verschwand.

Meaghan drehte sich um, aber Owen war bereits gegangen. „Und Sie sind …?“, fragte Meaghan, indem sie sich erneut umwandte und Alec in einem Ton ansprach, der ihm ein wenig zu scharf erschien, um noch höflich zu sein.

„Ach, du meine Güte!“, sagte Fiona. „Entschuldigt bitte. Das ist Alec, Alec Hudson. Er hat deinen Vater auf dem Berg gefunden. Alec war … ist … Gast hier; Alec, das ist meine Tochter Meaghan.“

„Ich bin Ihnen sehr dankbar, Mr Hudson“, sagte die junge Frau steif.

Alec neigte leicht den Kopf. „Es freut mich, dich kennen zu lernen, Meaghan.“

„Tja“, sagte Fiona, „ich wette, ihr zwei seid völlig ausgehungert. Sollen wir essen? Es ist leider nur eine einfache Mahlzeit.“

Alec rückte erst einen Stuhl für Fiona zurecht, dann zog er einen für sich selbst heran.

„Essen Sie etwa mit uns?“, fragte Meaghan.

„Meaghan!“ Fiona war empört. „Alec Hudson hat das Leben deines Vaters gerettet; natürlich isst er mit uns!“

Sie nahmen ihre Plätze ein. Fiona holte tief Luft, um sich zu beruhigen. Während Alec den Wein einschenkte, berichtete sie ihrer Tochter, was auf dem Berg geschehen war und was Alec und Owen unternommen hatten. Als sie fertig war, wandte Meaghan sich wieder an Alec.

„Entschuldigen Sie vielmals, Mr Hudson; Sie müssen mich für ausgesprochen unhöflich halten."

„Ich glaube, dass das, was passiert ist, dich sehr durcheinandergebracht hat", erwiderte er mit einem warmen Lächeln, „und ich denke, das ist vollkommen normal. Mein Name ist übrigens Alec."

Meaghan entspannte sich. „Danke, Alec. Bist du aus den Staaten?"

„Ja, aus Seattle."

„Nun, Gerald", unterbrach Fiona, die dabei war, das Essen auszuteilen, „erzählen Sie uns doch ein wenig von sich. Sind Sie ebenfalls an der Universität?"

„Genau. Halbtags, sozusagen. Wirtschaftswissenschaften, ich hab aber schon einen Posten bei Colliers, Makler für gewerbliche Immobilien."

Meaghan schaltete sich ein. „Gerald meint, der Immobilienboom in London wird bald auch aufs Land überspringen, nicht wahr, Gerald?"

„Genau."

Alec sah ihn an. „Wie denken Sie über die Umlegung von Ackerboden gegenüber dem kreativen Umbau von, sagen wir zum Beispiel, älteren, ungenutzten Industriegebäuden?"

Gerald blickte ihn verständnislos an. „Nicht mein Bereich", sagte er, und Alec fragte sich, ob der Junge bei Colliers mehr als nur ein Botenjunge war.

Meaghan kam ihrem Freund zu Hilfe. „Und was machst du, Alec, wenn du nicht gerade Menschen aus Bergnot rettest?"

„Ich bin Autor."

„Wirklich? Könnte ich etwas von dir gelesen haben?"

„Wahrscheinlich nicht, es sei denn, du liest viel über Wirtschaft und Politik."

„Gerald", warf Fiona ein, „Sie essen ja gar nichts. Haben Sie keinen Hunger?"

„Ähm …"

„Gerald ist Vegetarier, Mama", verkündete Meaghan stolz, als hätte der Junge für seine gastronomische Zurückhaltung den Ritterschlag bekommen. „Er meint, es sei grausam, andere empfindsame Wesen zu essen."

Fiona überwand ihre Verblüffung rasch. „Na dann", flötete sie, „schieben Sie die Fleischstücke einfach beiseite, mein Lieber, und essen Sie das Gemüse. Meaghan, du hast Gerald aber vorgewarnt, dass er auf eine Schaffarm kommt, oder?"

Während die drei anderen aßen und Gerald das Essen auf seinem Teller herumschob, kehrte die Unterhaltung wieder zu David zurück. Meaghan wollte ihren Vater sofort sehen. Fiona erklärte, das sei sinnlos, solange

David noch im Koma liege. Als Meaghan mit dem Essen fertig war, schob sie den Stuhl zurück und stand auf.

„Tja, wenn wir heute Abend nicht ins Krankenhaus fahren, können wir uns auch umziehen und unten ins Pub gehen."

Diese Ankündigung schien Gerald wieder zum Leben zu erwecken, und er erhob sich ebenfalls. Während Meaghan voranging, schnappte Gerald ihre gemeinsame Reisetasche und Fiona folgte ihnen durchs Haus.

„Wohin sollen wir?", hörte Alec Meaghan fragen.

„Alec wohnt im großen Zimmer, aber die beiden anderen sind frei", antwortete Fiona.

Da lachte Meaghan. „Ach, Mutter, wir brauchen keine getrennten Zimmer, wir sind ein Paar!"

Alec räumte den Tisch ab, als Fiona zurückkam und sich auf einen Stuhl fallen ließ.

„Mein Gott", sagte sie. „Sie hat Sex mit dieser Ratte."

Alec lachte.

„Das ist nicht lustig", sagte Fiona düster. „Dass sie es auch noch so schamlos zugibt!"

„Sollte sie sich denn schämen, Fi?"

„Nun, sie hätte ein wenig diskreter sein können."

„Diskreter. Soso. Zum Beispiel indem sie dich anlügt? Oder mitten in der Nacht auf Zehenspitzen in das andere Zimmer schleicht?"

Plötzlich setzte sie sich kerzengerade auf und legte die Hand auf den Mund: „O mein Gott! Jetzt habe ich verstanden, worauf du anspielst. Eine wie ich sollte besser den Mund halten!"

Fiona wollte noch etwas hinzufügen, doch da hörten sie Meaghan und Gerald durchs Esszimmer kommen.

„Mama, wo sind die Autoschlüssel?", fragte Meaghan, als sie in die Küche rauschte.

„Schatz, das Pub ist nicht einmal einen Kilometer entfernt, bislang hast du nie einen Wagen gebraucht, um dorthin zu kommen."

Meaghan verzog das Gesicht. „Vergiss es!", blaffte sie und drehte sich auf dem Absatz um. „Komm, Gerald."

Gerald folgte ihr gehorsam nach draußen.

Fiona schäumte vor Wut. „Dieses Kind ist so stur!"

„Diese Frau", verbesserte Alec. „Und ich frage mich, ob ich vielleicht die ein oder andere Anmerkung machen dürfte?"

Fiona sah ihn auffordernd an.

„Erstens, das mit Gerald und Meaghan wird nicht länger als ein paar

Monate gehen. Zweitens, es sieht so aus, als könne Meaghan gar nichts für ihr Temperament. Ist sie eventuell auch im Sternzeichen Schütze geboren?"

Fiona ging auf Alec zu, um ihn auf den Arm zu boxen, doch er wich ihr lachend aus.

„Hör mal", sagte er, „was hältst du davon, wenn wir ebenfalls einen Spaziergang machen? Ich könnte etwas frische Luft brauchen."

Er streckte die Hand aus und Fiona ergriff sie. Sie gingen durch die Stiefelkammer, nahmen dort ihre Jacken vom Haken und traten vor die Tür. Die Nacht war lau und duftete nach frischen Blüten. Am Himmel leuchteten die Sterne; die Milchstraße schien geradezu zu glühen.

Gerade hatten sie die Hauptstraße erreicht und sich umgedreht, um den Weg wieder hinaufzugehen, als sie von Scheinwerferlicht angestrahlt wurden.

„Das wird Owen sein", erklärte Fiona. Als der Wagen näher kam, winkte sie ihm zu, und Owen hielt an. Er hatte die Fensterscheiben heruntergekurbelt.

„'n Abend, Fiona. Alec. Fahr nur noch mal rauf, um ein letztes Mal nach den Mutterschafen zu sehen."

„Owen, es tut mir leid, wie es heute Abend gelaufen ist", sagte Fiona.

„Na ja. War ein bisschen überraschend, aber es macht nichts. Wie auch immer, ich sollte mich sputen, bevor es noch später wird. Bin sowieso schon in Verzug."

Fiona gab dem Kotflügel einen Klaps. „Na, dann los."

„Owen ist ein guter Mann", sagte Alec, während der Landrover den Hügel hinaufratterte.

„Der beste. Wird einem Mädchen mal ein wundervoller Ehemann sein, falls dieses Mädchen nur ein bisschen Verstand hat."

„Geduld, Fi."

Fiona wandte sich zu Alec und drückte seine Hand. „Danke."

Sie drehten sich um und gingen zurück zum Haus.

„Ich schaue nur kurz auf den Anrufbeantworter", sagte Fiona, während sie ihre Jacken auszogen.

Alec ließ sich gerade auf einen Küchenstuhl sinken, als Fiona ihn aus dem Flur rief.

„Alec?"

Das Zittern in ihrer Stimme gefiel ihm nicht. Er eilte zu ihr.

Am Anrufbeantworter blinkte ein grünes Licht. Alec drückte den Knopf zum Abspielen. Es war Dr. Pryce. Er hatte angerufen, um zu berichten, dass David die Augen geöffnet habe. Ihr Ehemann sei desorientiert und verstehe nicht, wo er sich befinde. Er habe ihren Namen gesagt. Sie würden ihm ein leichtes Beruhigungsmittel verabreichen, um sicherzustellen, dass er schlafe und sein Gehirn sich langsam erhole. Der Arzt war zufrieden mit dieser Entwicklung. Die Nachricht endete.

Fiona saß auf dem Stuhl im Flur und begann, stumm zu weinen. Alec kniete sich vor sie hin und legte die Hände auf ihre Beine, woraufhin sie ihre Hände auf seine legte.

„Ich weiß nicht, warum ich weine."

„Vielleicht weinst du, Fi, weil du nicht mehr weiterweißt."

„Du hast Recht. Ich weiß nicht, was ich erhoffen soll."

„Mal sehen, ob ich behilflich sein kann", sagte er, indem er sie auf die Füße zog und fest in die Arme nahm. „Ich liebe dich über alle Maßen. Ich möchte den Rest meines Lebens mit dir verbringen. Ich werde hierherziehen. Oder dich von hier fortbringen, falls du das willst. Was auch immer nötig ist." Er hielt sie an den Schultern ein wenig von sich fort. „Aber die Entscheidung liegt bei dir. Ich habe kein Recht, etwas zu verlangen. Ich werde hierbleiben, solange du willst. Ich werde in dem Moment fortgehen, in dem du mich darum bittest. Doch gleichgültig wo ich bin oder was ich tue, ich werde dich immer von ganzem Herzen lieben."

„Ich weiß nicht, wie ich mich entscheiden soll", sagte sie.

„Brauchst du auch nicht. Das Leben wird entscheiden."

Fiona drückte Alec fest an sich. „Meaghan wird in ein paar Minuten mit diesem Jungen nach Hause kommen. Es ist bald Sperrstunde", sagte sie schließlich.

„Nun, sie sollten uns besser nicht so ertappen, nehme ich an."

Fiona stellte sich auf die Zehenspitzen und gab ihm einen raschen Kuss. „Gute Nacht, Liebster. Ich muss Meaghan wegen des Anrufs noch eine Nachricht schreiben."

„Gute Nacht, Fi."

Er stieg die Treppe hinauf, ging in sein Zimmer, ließ seine Kleidung zu Boden fallen, legte sich ins Bett und starrte an die Decke.

SIEBEN

16. April 1999

Owen Lewis erschien schon vor der Morgendämmerung auf Tan y Gadair. Er versuchte immer noch, aus Fionas Worten vom vergangenen Nachmittag klug zu werden. „Ich möchte, dass du das Kommando übernimmst", hatte sie gesagt. Anscheinend war er gewissermaßen befördert worden. Die Farm würde immer noch David und Fiona gehören, doch er sollte sie offenbar leiten. Dennoch, in Fionas Stimme hatte so viel Zuneigung gelegen, als machte sie ihm die Farm geradezu zum Geschenk. Aber das war natürlich unmöglich.

Er ging die Hügel hinauf zu den Weiden. In den frühen Morgenstunden mochte er die Farm ganz besonders. Abgesehen vom Blöken der Schafe und dem momentanen helleren Schreien der neugeborenen Lämmer wirkten die Geräusche der Natur schwach und gedämpft. Die Hügel schienen beinahe noch im Schlaf zu liegen.

Jack tauchte wie aus dem Nichts auf und lief neben ihm her. Owen bahnte sich einen Weg durch die Herde, sprach leise mit den Mutterschafen und kontrollierte, welche Fortschritte die Lämmer gemacht hatten.

Nachdem er seine ersten Runden gedreht hatte, lehnte er sich an eine Steinmauer, und Jack rollte sich zu seinen Füßen zusammen. Owen dachte darüber nach, wie er Meaghan am Bahnhof in Barmouth abgeholt hatte, wie sein Herz beim Anblick ihres windzerzausten Haares geklopft hatte, als er sie beim Aussteigen entdeckt hatte, und wie enttäuscht er dann gewesen war, als er sah, wie sie sich umdrehte, um mit dem Kerl im Anzug zu sprechen, der hinter ihr erschien und ihre Reisetasche trug.

Owen kannte Meaghan schon seit Jahren. Sie war vier Jahre jünger als er, was ihm lange Zeit wie ein riesiger Abstand erschienen war. Doch je älter sie wurden, desto unbedeutender wurde der Altersunterschied. Im letzten Jahr, als er auf der Farm zu arbeiten begonnen und sie sich auf das Studium vorbereitet hatte, hatten sie mehr Zeit zusammen verbracht – oder zumindest in der Gegenwart des anderen – als jemals zuvor. Was sie nicht wusste, war, dass er sich in sie verliebt hatte.

Owen schaute den Hügel hinab auf das Farmhaus und dachte daran, dass Meaghan mit ihrem Freund dort war. Er konnte beim besten Willen nicht verstehen, was sie an ihm fand. Der Bursche hatte während der ganzen Fahrt zur Farm nicht ein Wort gesagt. Owen hatte das Gefühl, dass er Langeweile vorgetäuscht, aber alles genau registriert hatte, als überschlage er etwas im Kopf.

Er scheuchte Jack auf und ging zurück zur Scheune. Sein klappriger alter Landrover brauchte einen Ölwechsel.

Meaghan erwachte früh, wie immer, wenn sie auf der Farm war, und scheuchte ihren unwilligen Freund aus dem Bett, weil sie ihn herumführen wollte. Schnell zog sie sich Jeans und Sweatshirt über, drängte ihn, sich zu beeilen, und ging nach unten, um Kaffee für sie beide zu holen. Fiona war bereits in der Küche und bereitete Tee zu, doch sie unterbrach ihr Tun, um ihrer Tochter den Kaffee zu machen, den sie nun, da sie ein Stadtmädchen war, offenbar benötigte. Meaghan setzte sich an den Küchentisch und erzählte abwechselnd von der Universität und dem großartigen Gerald, während Fiona sie bediente.

Etwas später schlurfte der Junge in die Küche und setzte sich an den Tisch. Er trug den Anzug, in dem er gekommen war, bloß fehlte an diesem Morgen die Krawatte. Fiona schob ihm eine Tasse frischen Kaffee über den Tisch. Er legte seine Hände darum und senkte den Kopf, als wäre die dampfende Tasse ein Heiligtum, das er anzubeten gedachte.

„Und wie sehen eure Pläne für heute Morgen aus?“, fragte Fiona Meaghan.

„Ich dachte, ich zeige Gerald die Farm.“

„Gerald wird sicher begeistert sein“, sagte Fiona mit einem Blick auf den beinahe in der Bewegung erstarrten Jungen. „Wollt ihr vorher noch etwas essen?“

Gerald riss sich aus seiner Andacht. Fiona war überzeugt, dass er eigentlich Ja sagen wollte, doch Meaghan kam ihm zuvor. „O nein, wir trinken morgens nur Kaffee, nicht wahr, Gerald?“

Meaghan stand auf, und Gerald tat dasselbe. Die beiden nahmen ihre Kaffeetassen durch die Stiefelkammer mit auf den Hof.

Einige Minuten später klingelte das Telefon. Als Fiona in den Flur stürzte, begegnete sie Alec, der gerade die Treppe herunterkam.

„Tan-y-Gadair-Farm. Ja, am Apparat. Oh, wunderbar, das sind wirklich gute Neuigkeiten.“ Sie lächelte Alec zu, dann verdüsterte sich ihr Gesicht jedoch. „Mich? Zehn Uhr? Ja, wir werden da sein. Danke sehr.“

Fiona legte auf. „David ist wach, und wir können ihn besuchen. Doch vorher möchte Dr. Pryce mit mir sprechen. Ich glaube, das bedeutet nichts Gutes.“

„Möglich, Fi, aber es muss nicht so sein.“

„Nein, du hast Recht. Ich hole schnell meine Sachen. Diesmal hätte ich dich gern dabei, doch wenn du mitkommst, wird Meaghan diesen widerwärtigen Jungen auch mitnehmen wollen, und das halte ich nicht aus. Es tut mir leid.“

„Ich verstehe schon. Ich werde mir Mühe geben, ihn zu unterhalten.“

„Könntest du Meaghan für mich suchen und ihr sagen, dass der Arzt angerufen hat und wir losfahren?“

„Sicher.“

Sie gab ihm einen raschen Kuss und war fort.

In der Küche schenkte Alec sich einen Becher Tee ein und trat hinaus in den leuchtenden Morgen, der nach feuchter Erde und frischem Gras roch.

Er sah, dass Owens Landrover in der Scheune geparkt war, und ging über den Hof. Owen lehnte an der sonnenbeschienenen Ecke eines Schuppens und blickte über die Felder. Alec folgte seinem Blick und sah Meaghan, die Gerald durch eine der hinteren Weiden voll springender Lämmer führte. Gerald machte einen großen Bogen um die Mutterschafe, als wären die scheuen Tiere bissige Hunde.

Owen hörte Alec kommen und drehte sich zu ihm um.

„Morgen, Owen."

„'ne Menge Ansichten hat dieser Kerl", erwiderte Owen, wobei er mit der Thermoskanne auf das weit entfernte Paar deutete.

„Wirklich? Ich glaube, ich habe ihn noch keinen vollständigen Satz sprechen hören. Ich dachte, Meaghan redet für ihn."

„O doch, 'ne Menge Ansichten darüber, wie die Farm geführt werden sollte. Als wüsste der irgendwas über Schaffarmen …"

Alec legte einen Arm um Owens Schultern. „Geduld, Owen. Meaghan ist nicht dumm. Sie wird ihn sicher bald durchschauen."

Owen entspannte sich und lächelte. „Ja, schätze, das wird sie."

„Fiona hat vom Krankenhaus gehört. Der Arzt möchte sie um zehn Uhr sehen. Sie nimmt Meaghan mit, und ich muss den Morgen mit Ihro Gnaden verbringen." Alec steckte zwei Finger in den Mund und ließ einen ohrenbetäubenden Pfiff ertönen. Meaghan und Gerald hoben gleichzeitig mit den Schafen den Kopf. Er winkte dem Paar, und die beiden kehrten eilig zurück. Gerade als Meaghan und Gerald den Hof erreichten, kam Fiona aus dem Haus. Sie erklärte den beiden, was die Krankenschwester gesagt hatte.

Alec beobachtete fasziniert, wie die beiden Frauen eine stumme Unterhaltung mit den Augen führten. Meaghan sah erst Gerald und dann ihre Mutter an. Fiona erwiderte den Blick ungerührt. Die Botschaft war deutlich: Gerald würde nicht mit von der Partie sein. Schließlich nickte Meaghan, und Fiona reichte ihr die Autoschlüssel.

„Warum fährst nicht du, Schatz; das macht dir doch solchen Spaß."

Wie ein Mann, der auf einer von Kannibalen bevölkerten Insel ausgesetzt wurde, starrte Gerald dem davonfahrenden Wagen nach, bis er nicht mehr zu sehen war. Er wirkte einsam.

„Na dann", sagte Alec mit übertriebener Herzlichkeit. „Lassen Sie uns etwas Sinnvolles tun, solange sie weg sind, hm?"

„Ähm, und das wäre?"

„Hier entlang." Alec führte Gerald in die Scheune. Alle Boxen, bis auf die mit den Waisen, waren mittlerweile leer. „Sie hätten vor ein paar Tagen hier sein sollen. Da war die Scheune voll mit blökenden Mutterschafen und

Lämmern. Was glauben Sie, was das für ein Lärm war? Mein Gott, es war ohrenbetäubend! Wie auch immer, was jetzt getan werden muss, ist ausmisten. Wir könnten noch vor dem Mittagessen fertig sein."

Entsetzt starrte Gerald auf das dungverklebte Stroh. „Ähm, dafür bin ich wohl nicht richtig angezogen."

„Oh, ich wette, wir könnten etwas Passendes finden."

„Nein, ist schon in Ordnung! Ich würde lieber einen Spaziergang machen … falls Sie nichts dagegen haben." Gerald stahl sich bereits rückwärts aus der Scheune.

„Etwas dagegen haben? Um Gottes willen, nein, dann habe ich das ganze Vergnügen für mich allein. Aber nehmen Sie sich in Acht vor den Mutterschafen, ja, Gerald?"

Doch der Junge war schon verschwunden.

IM KRANKENHAUS wurden Meaghan und Fiona direkt zu Dr. Pryce' Büro geführt. Der Arzt kam hinter seinem Schreibtisch hervor, begrüßte Fiona herzlich und machte sie mit Gemma Barnes bekannt, der Sozialarbeiterin des Krankenhauses. Fiona stellte ihre Tochter vor. Zusammen nahmen sie in einer Sitzgruppe vor dem Schreibtisch Platz.

„Mrs Edwards, Ihr Mann hat sehr viel Glück gehabt. Einfach ausgedrückt, hat er in den vergangenen achtundvierzig Stunden dreimal sehr nah an der Schwelle des Todes gestanden. Ich möchte Ihnen gern erklären, was in den letzten beiden Tagen mit Ihrem Mann passiert ist."

Fiona nickte.

„Erstens: Ihr Ehemann war nicht zufällig oder aus Versehen auf diesem Berg. Er ging dort hinauf, um Selbstmord zu begehen."

„Was?!", platzte Meaghan heraus.

Fiona hob die Hand, wandte sich aber nicht zu ihrer Tochter um. „Bitte fahren Sie fort, Doktor."

„Mr Edwards' Blutalkoholspiegel bei seiner Einlieferung hier zeigte, dass er eine große Menge Alkohol konsumiert hatte. Der Mann, der ihn gefunden hat, hat dem Bergrettungsteam geschildert, dass er mit Hagelkörnern bedeckt gewesen sei. Jemanden mit Mr Edwards' Grad an Unterkühlung wiederzubeleben, ist ein schwieriges Unterfangen. Wir gehen sehr langsam vor. In diesem Fall haben wir damit begonnen, warme Flüssigkeit in seinen Magen zu pumpen, wodurch sich die wichtigen Organe allmählich erwärmen. Trotzdem ist das Risiko von Kammerflimmern immer noch sehr hoch, und wie ich Ihnen letzte Nacht schon sagte, ist es bei ihm während des Aufwärmens auch zweimal dazu gekommen. Während des Kammerflimmerns ist das Gehirn Ihres Mannes mehrfach angegriffen worden, und das ist, wie ich Ihnen leider mitteilen muss, nicht ohne Folgen geblieben.“

Obwohl Fiona dieses Ergebnis beinahe erwartet hatte, wirkten die Worte des Arztes wie ein Schlag in die Magengrube.

„Ihr Mann ist wach und ansprechbar, Mrs Edwards. Er wird Sie vermutlich erkennen und kann sich auch recht normal mit Ihnen unterhalten. Soweit sich das bisher feststellen lässt, leidet er in erster Linie an der Beeinträchtigung von etwas, was ich der Einfachheit halber sein Orientierungsvermögen nennen möchte. Das bedeutet, dass er Schwierigkeiten hat, sich in die Richtung zu bewegen, in die er gehen möchte. Wenn er zum Beispiel ins Bad will, wandert er womöglich stattdessen zum Fenster und wundert sich dann, wie er dort hingekommen ist. Ich würde Ihnen raten, Ihren Mann, wenn möglich, für einige Zeit rund um die Uhr betreuen zu lassen.

Insgesamt ist er guter Dinge. Offenbar glaubt er, einen weiteren Herzanfall erlitten zu haben und sich aus diesem Grund hier zu befinden. Er scheint sich nicht an das zu erinnern, was er zu tun versucht hat, und wenn ich darf, würde ich Ihnen raten, es ihn nicht wissen zu lassen. An dieser Stelle sollte ich wohl besser unterbrechen und mich erkundigen, ob Sie irgendwelche Fragen haben.“

„Nur eine“, sagte Fiona. „Wann darf er nach Hause?“

„Ich würde ihn gern noch einen Tag unter Beobachtung halten, damit einer von unseren Neurologen untersuchen kann, ob es noch weitere Beeinträchtigungen gibt. Danach kann er, falls es keine weiteren Komplikationen gibt, wieder nach Hause.“

Daraufhin ergriff Ms Barnes das Wort. „Und hier komme ich ins Spiel, Mrs Edwards. Meine Aufgabe besteht darin, dafür zu sorgen, dass Sie und Ihr Ehemann die Hilfe bekommen, die Sie zu Hause brauchen. Ich habe die zuständige Stelle in Dolgellau bereits kontaktiert, und man wird Ihnen morgen im Laufe des Tages eine Gutachterin schicken. Vor Ort gibt es eine ambulante Krankenpflege, die Sie vielleicht in Anspruch nehmen möchten.“

Fiona dankte ihr.

„Wird Papa sich wieder erholen?“, erkundigte sich Meaghan.

„Die Gesundheit Ihres Vaters ist schon vor den letzten Ereignissen angegriffen gewesen, Miss Edwards“, erwiderte der Arzt. „Das Gehirn ist ein sehr empfindliches Organ, kann aber auch erstaunlich widerstandsfähig sein. Leider ist es unmöglich, etwas vorherzusagen.“

Der Arzt erhob sich, und die anderen standen ebenfalls auf.

Fiona dankte dem Arzt, nahm ihre Tochter bei der Hand und sagte: „Lass uns Papa besuchen, ja?“

AM SPÄTEN NACHMITTAG kehrten Fiona und Meaghan zur Farm zurück. In der Küche ließ Fiona sich auf einen Stuhl fallen und starrte durch das Fenster. Meaghan legte ihr eine Hand auf die Schulter und sagte leise: „Du siehst schrecklich aus, Mama."

„Tatsächlich? Tja, stimmt sicher." Sie lächelte Alec zu, der hereinkam. Gerald kam aus irgendeinem anderen Winkel des Hauses herbeigeschlendert.

Fiona erhob sich. „Ich denke, ich muss mich ein wenig ausruhen." Während sie an ihm vorbeiging, tätschelte sie Alecs Arm.

„Soll ich in die Stadt fahren und etwas Schönes fürs Abendessen besorgen?", fragte er.

„Das wäre sehr nett, Alec", erwiderte sie und hielt kurz inne, um ihn anzusehen. Dann schlüpfte sie aus dem Zimmer.

Alec betrachtete einen Moment den leeren Türrahmen und drehte sich dann zu Gerald um. „Essen Sie vielleicht Fisch?"

„M-hm."

„Gut. Ich schau mal, was ich auftreiben kann. Möchtest du irgendetwas Besonderes, Meaghan?"

„Fisch ist gut", entgegnete sie ohne Begeisterung.

Alec ließ die beiden in der Küche zurück. Er hätte zu gern nach Fiona geschaut, sah aber keine Möglichkeit, das zu tun, ohne Aufmerksamkeit zu erregen. Er stieg in Fionas Wagen und fuhr vom Hof.

IN DOLGELLAU ging Alec zum Fischhändler, der sich gleich hinter dem Hotel befand. Das Geschäft war hell erleuchtet, die Einrichtung bestand aus fleckenlos sauberen weißen Kacheln und hochglanzpolierten Marmortheken, und über allem hing der unglaublich süße Geruch von sehr frischem Fisch. Die Meerestiere selbst wurden wie Kunstwerke auf einem Bett aus zerstoßenem Eis in einem Rahmen aus frischer Petersilie präsentiert. Alec entschied sich für ein großes Stück Filet vom schottischen Lachs.

Im Gemüsegeschäft holte er neue Kartoffeln, eine Fenchelknolle und eine Tüte voll Bohnen. Im Weinladen erstand er drei Flaschen eines preisgünstigen französischen Weißburgunders, den er unter anderem auch dazu verwenden würde, den Fisch zu dünsten. Auf dem Weg zurück zum Auto fiel ihm eine Birnentarte im Fenster der Bäckerei auf, und er trat ein, um sie zu kaufen.

Während er auf der Cadair Road Richtung Farm fuhr, sann Alec darüber nach, dass das Kochen in kritischen Momenten stets für Ruhe sorgte. Wie unglücklich sie auch sein mochten, Menschen mussten essen; und einfach gemeinsam eine Mahlzeit einzunehmen, schien das alltägliche Gleichgewicht wiederherzustellen, das durch Streitigkeiten oder Schicksalsschläge gestört worden war.

Owen Lewis lag unter seinem alten Landrover in der Scheune. Er hatte gerade das Öl aus der Ölwanne gelassen, als er Stimmen hörte.

„Mein Gott, Meaghan, lass deine Fantasie spielen! Du willst doch kreativ sein!"

Owen erkannte die Stimme.

„Also gut, ich erklär es dir noch einmal", sagte Gerald herablassend langsam. „Von diesen Feldern hat man einen Ausblick bis zur Irischen See, ja? Außerdem hat man diesen riesengroßen Berg im Rücken. Jetzt stell dir vor, die alten Steinmauern auf den Hängen unten am Berg wären weg. Und stattdessen gäbe es dort mehrere Terrassen. Und auf jeder davon, den ganzen Hügel hinab, stünden reihenweise Holzhütten auf erhöhten Plattformen. Dutzende davon. Die könnte man mindestens sechs Monate im Jahr vermieten, wenn nicht länger. Überleg mal, wie viel Geld das bringen würde! Zusätzlich sollte es meiner Meinung nach einen Kinderspielplatz geben, gleich hinter dem Vorgarten. Das wäre eine echte Attraktion für die Eltern; wenn du verstehst, was ich meine. Und wenn ich mir's recht überlege, kann dieser schreckliche Blumengarten auch weg. Der kostet doch bloß Geld. Wir könnten dort einen Streichelzoo aufziehen, mit Schafen und Ziegen und so was. Vielleicht auch mit einer Kuh. Und einem Pony. Ein Pony muss unbedingt sein."

„Das ist unmöglich, Gerald. Meine Familie züchtet hier schon seit Generationen Schafe. Ich kann mir gar nicht vorstellen, dass diese Weiden voller Hütten stehen. Es ist einfach zu … zu …"

„Was denn, zu proletarisch? Du meinst also, Fabrikarbeiter aus den Midlands haben keinen Anspruch auf einen schönen Urlaub in den Bergen? Du glaubst, dieser Ort ist zu gut für sie? Oder bist du dir vielleicht sogar selbst zu fein für solche Leute?"

„Mama und Papa würden es bestimmt nie erlauben."

„Das ist ja wohl ein Witz", feixte Gerald. „Zunächst mal, dein alter Herr ist so gut wie tot. Was denkst du, wie lange er es noch macht?"

„Wie kannst du das sagen?!", rief Meaghan, doch Gerald ließ sich nicht bremsen.

„Und wem wird er die Farm vererben? Dir und niemand anders. Wenn wir verheiratet sind, werden sie keine andere Wahl haben. Wir können tun, was wir wollen."

Meaghan starrte Gerald verblüfft an. Es kam ihr vor, als wäre eine Tür aufgestoßen worden, durch die sie in ein finsteres Inneres blicken konnte, das sie nie in ihm vermutet hätte. Er hatte die ganze Zeit Pläne geschmiedet. Für ihn war sie nur ein Mittel zum Zweck, eine Goldgrube. Kein Wunder, dass er sich nach dem Telefonat mit ihrer Mutter angeboten hatte, sie nach Hause zu begleiten. Sie hatte ihn für nett und aufmerksam gehalten – stattdessen hatte er sich lediglich einen Überblick verschaffen wollen.

„Mama würde nie von hier fortgehen“, sagte Meaghan, bemüht darum, klar zu denken.

Gerald schnaubte. „Deine Mutter? Dass ich nicht lache. Sobald dein alter Herr ins Gras gebissen hat, wird sie sich mit ihrem neuen Liebhaber nach Amerika absetzen!“

„Wovon redest du?!“ Jetzt lag Panik in Meaghans Stimme.

Owen schob sich unter dem Landrover hervor.

Gerald lachte Meaghan aus. „Du willst mir doch nicht weismachen, dass dir nicht aufgefallen ist, wie sie ihn anguckt? Bist du nicht nur schwer von Begriff, sondern auch blind?“

„Du weißt wirklich mit Frauen umzugehen, was, Gerald?“, ertönte eine ruhige Stimme vom Scheunentor her.

„Owen!“, rief Meaghan.

Gerald wirbelte herum, aber Owen stürzte sich bereits auf ihn. Mit beiden Händen packte er Gerald am Kragen seiner Anzugjacke, hob ihn hoch und drückte ihn gegen die Mauer der Scheune. Leise, jedoch überaus zornig stieß er hervor: „Ein Gentleman beleidigt die Dame seines Herzens nicht. Ein Gentleman redet nicht schlecht über die Mutter der Dame oder einen anderen Gentleman!“

Gerald war schlau genug, den Mund zu halten.

„Wenn ich mich nicht täusche, ist dein kurzer Besuch hier beendet“, erklärte Owen, wobei er Meaghan mit einem Blick um Bestätigung bat.

Meaghan nickte.

Owen stellte Gerald wieder auf die Füße, ließ ihn jedoch nicht los. „Dann wollen wir mal deine Sachen holen, ja? Es wird sicher bald ein Zug gehen.“

Während er den Jungen vor sich her zum Haus führte, kam Alec auf den Hof gefahren. Meaghan stand wie zur Salzsäule erstarrt neben dem Schuppen. Alec hielt den Wagen mitten auf dem Hof an und ging zu ihr.

„Was ist los, Meaghan? Was ist passiert?“

Statt einer Antwort legte Meaghan stumm den Kopf an seine Brust. Er fasste sie bei den Schultern und schob sie ein wenig von sich fort.

„Hat er dir wehgetan?“

Meaghan schüttelte den Kopf, ihr Blick war leer.

„Also dann, es scheint mir ein schöner Nachmittag für einen Spaziergang zu sein. Sollen wir?“ Alec nahm sie am Ellbogen und führte sie durch den Vorgarten in die Felder. „Möchtest du darüber reden?“

Wieder schüttelte Meaghan den Kopf, doch diesmal schenkte sie ihm ein Lächeln, das ihm das deutlichste wortlose Dankeschön zu sein schien, das er je erhalten hatte. Eine Weile gingen sie schweigend nebeneinanderher.

„Alec …“

Er blieb stehen.

Ihre Augen waren trocken, aber sie schien am Boden zerstört zu sein. „Alec. Ich kann dir für alles, was du getan hast, gar nicht genug danken. Es tut mir sehr leid, dass ich gestern unhöflich zu dir war.“

Als die beiden eine halbe Stunde später zum Haus zurückkamen, war das Auto verschwunden. Fiona stand in der Tür. Die zwei Frauen sahen sich an. Fionas Blick war sanft und voller Liebe.

„Oh, Mutter, es tut mir so leid …“

„Pst, Liebling, Owen hat mir alles erzählt. Du brauchst dich nicht zu entschuldigen oder zu schämen. Er war ein Fehler, und damit hat es sich. Wir alle machen Fehler. Ich wage zu behaupten, dass du noch weitere machen wirst. Das nennt man dann ‚Erfahrung‘.“

Meaghan stand einen Moment lang da und kämpfte mit den Tränen, dann schöpfte sie geradezu sichtbar Kraft aus der gewohnten sicheren Umgebung. „Ich werde ein Bad nehmen“, verkündete sie mit einem dünnen Lächeln. Im nächsten Moment war sie fort.

„Tee?“, fragte Fiona Alec auf dem Weg ins Haus.

„Zum Teufel mit dem Tee. Was geht hier vor, in Gottes Namen?“

„Hat sie dir das nicht erzählt?“

„Nein.“

„Na, dann sagen wir einfach, der großartige Gerald gehört der Vergangenheit an.“

Alec drängte Fiona nicht weiter. Er hörte den Wagen auf den Hof rauschen und ging hinaus, um Owen zu helfen, der die Lebensmittel vom Rücksitz fischte.

„Entschuldige, dass ich das Auto entführt habe, aber ich hatte gerade das Öl aus dem Rover gelassen.“

„Scheint ja für einen guten Zweck gewesen zu sein. Wann geht der nächste Zug?“

„Erst in ein paar Stunden“, sagte Owen strahlend, was sie beide zum Lachen brachte.

„Owen? Was immer du heute Nachmittag getan hast, ich danke dir."

Grinsend machte Owen eine leichte Verbeugung. „Es war mir ein Vergnügen."

FIONA ging durch das Haus in ihre Zimmer. Sie wusste, dass Meaghan die große Badewanne mit den Klauenfüßen in ihrem Badezimmer liebte und sie ihre Tochter dort finden würde. Leise klopfte sie an die Tür.

„Ja?", rief Meaghan erschrocken.

„Ich bin's nur, Schatz. Darf ich reinkommen?"

„Natürlich, Mama."

Fiona fand Meaghan in einem Berg von Schaum, in dem sie eher dem kleinen Mädchen von früher ähnelte als der erwachsenen Frau, die sie geworden war. Fiona setzte sich auf den frotteegepolsterten Hocker, auf dem sie sich abzutrocknen pflegte.

„Es tut mir leid, dass das mit dir und Gerald schiefgegangen ist."

Meaghan ließ den Kopf auf den Wannenrand sinken. „Ich komme mir bloß unglaublich dumm vor. Er wirkte so viel älter und gewitzter als die anderen Jungs. Überlegen, weißt du? Aber ich habe ihn überhaupt nicht gekannt."

„Schatz, du bist nicht die erste Frau, die Arroganz mit Autorität verwechselt oder Sex mit Liebe. Du wirst noch andere Männer kennen lernen, und ich bin sicher, dass du das nächste Mal ein wenig vorsichtiger wählen wirst. Es gibt so viele charmante, aufmerksame und fürsorgliche Männer auf der Welt."

„Wie Alec, meinst du."

Fiona schaute ihre Tochter kurz an. „Ja, wie Mr Hudson."

„Gerald hat gesagt …"

Fiona unterbrach sie. „Gerald Wilson, meine Liebe, war ein Ekel, trotz des schicken Anzugs. Alec Hudson ist es zu verdanken, dass ich heute nicht Schwarz trage. Und ich weiß nicht, was ich seit dem … Unfall deines Vaters ohne ihn getan hätte. Ich bin ihm mehr als dankbar und stehe ewig in seiner Schuld. Und du solltest das genauso sehen."

„Tue ich, Mutter, wirklich. Ich wollte nicht …"

„Das weiß ich doch." Fiona seufzte. „Ich werde dafür sorgen, dass jemand kommt und nach Papa sieht. Außerdem habe ich Owen gebeten, die Farm zu übernehmen – genau betrachtet leitet er die Farm ja jetzt schon. Was ich mir von dir wünsche …"

„Ich weiß, Mama. Du möchtest, dass ich an die Universität zurückgehe. Und das tue ich auch. Sobald wir mit Papa alles geregelt haben."

Fiona lächelte. „Ich sollte dich besser deinem Bad überlassen."

„Mama?"

„Ja, Liebes?"

„Ich liebe dich und ich finde, dass du sehr mutig gewesen bist."

„Danke, Süße. Ich liebe dich auch, immer."

Fiona schloss die Tür. Und ich frage mich, wie mutig ich wirklich bin, dachte sie, als sie durch ihr Schlafzimmer ging.

ALEC setzte sich für eine Weile an den Tisch, trank einen Tee und blickte gedankenverloren aus dem Fenster. Wenn er und Fiona beisammen waren, wurde er von zwei Gefühlen beherrscht, die er stets für unvereinbare Gegensätze gehalten hatte – Erregung und Entspannung. Ihre Gegenwart war wie ein aufregendes Geschenk, das ihm guttat. Nie hatte Alec eine solche Liebe erlebt, nicht einmal mit Gwynne. Und nun wusste er nicht, was er machen sollte. Seit dem Treffen mit dem Arzt schien Fiona ihm zu entgleiten.

„Ich würde jetzt gern deine Gedanken lesen." Das war Fionas Stimme.

Er wandte sich zur Esszimmertür, in der sie stand, erwiderte jedoch nichts. Es wäre ihm nicht möglich gewesen, ohne die Haltung zu verlieren. Sie kam zu ihm, und sie hielten einander fest, wobei sie tief ein- und ausatmeten, als schöpfe der eine Kraft aus dem anderen.

„Was ich denke, verrate ich dir", sagte sie schließlich. „Ich denke, das Mittagessen ist lange her und ich bin völlig ausgehungert. Und ich vermute ebenfalls, dass du wahrscheinlich Wein gekauft hast und ich sehr gern ein Glas davon hätte."

„Sollst du haben", sagte Alec, nun wieder frohen Mutes.

Er öffnete den Kühlschrank, nahm eine Flasche von dem Weißburgunder heraus und drehte den Korkenzieher hinein. Er schenkte ihr ein Glas Wein ein, und sie setzten sich einander gegenüber an den Küchentisch. Dann stellte Alec die Frage, die ihn schon den ganzen Nachmittag gequält hatte: „Was ist mit David?"

„Er ist anders. Er weiß, wer er ist, wer wir sind. Er kann sich einigermaßen normal unterhalten. Aber wie Dr. Pryce sagte, hat er offenbar die Fähigkeit verloren, sich von einem Ort zum anderen zu bewegen. Er weiß, wo er hinwill, aber er geht in die falsche Richtung. Das ist sehr seltsam. Und dann ist da noch etwas … Er lächelt zu viel. Es ist ein freundliches Lächeln, aber völlig ausdruckslos."

Alec entgegnete nichts. Er griff über den Tisch und nahm Fionas Hand in seine. In der Ferne konnte er die Mutterschafe nach ihren Lämmern rufen hören.

Fiona hob den Kopf und lächelte ihm zu. „Andererseits scheint sein Zorn verflogen zu sein. Ich bezweifle, dass er für irgendjemanden, einschließlich sich selbst, noch eine Gefahr darstellt."

Ein längeres Schweigen breitete sich zwischen ihnen aus.

„Fi", meinte Alec schließlich, „ich weiß nicht, was ich sagen soll, um dich über das Geschehene hinwegzutrösten."

„Könntest du mir nicht sagen, dass du mich liebst?"

Er blickte ihr in die Augen und grinste. „Voll und ganz, innig, leidenschaftlich, mit Freuden und für immer. Reicht das?"

„Für heute schon", erwiderte Fiona ebenfalls grinsend. „Falls ich meine Tochter dazu bewegen kann, mein Badezimmer freizugeben, werde ich mich nach diesem schlimmen Tag ein wenig frisch machen", fuhr sie fort. „Kann ich hier noch etwas tun?"

„Mir sagen, dass du mich liebst", wiederholte Alec ihre Worte.

„Mehr, als du dir vorstellen kannst", flüsterte sie.

Fiona stand auf, umrundete den Tisch, küsste ihn auf den Scheitel und huschte dann aus dem Zimmer.

Alec ging zum Spülbecken, um die Kartoffeln abzuschrubben. Er fühlte sich erschöpft, aber er wusste, dass das Kochen ihn wiederbeleben würde; das war immer so. Als er den Lachs abspülte, hörte er auf der Treppe Absätze klackern. Einen Augenblick später kam Meaghan in die Küche. Sie war völlig verändert: Ihr Gesicht strahlte und war sorgfältig geschminkt. Sie trug ein enges, vorn geknöpftes, ärmelloses Kleid in einem Rostbraun, das sehr gut zu ihren Augen passte.

„Kann ich irgendwie behilflich sein?", fragte sie.

Alec lachte. „Erstens bist du viel zu elegant angezogen, um bei mir den Souschef zu spielen. Und zweitens muss ich gestehen, dass ich nicht sehr gut darin bin, das Kochen zu delegieren. Normalerweise macht es mir selbst viel zu viel Spaß. Aber ich habe einen schönen Weißburgunder im Kühlschrank stehen. Wie wär's, wenn du jedem von uns ein Glas einschenkst und mir Gesellschaft leistest?"

Meaghan goss den Wein ein und brachte ihm sein Glas, als er gerade die letzte Gräte aus dem Lachsfilet zog. Er legte den glänzenden Fisch beiseite, stellte die Fenchelknolle aufrecht auf ein Schneidbrett und schnitt sie längs auf, sodass auf jeder Seite ein Teil des Kerns übrig blieb, um die Hälften zusammenzuhalten.

„Was ist denn das? Eine Art Zwiebel?"

„Es sieht danach aus, aber riech mal." Alec hielt ihr eine Hälfte unter die Nase.

Meaghan verzog das Gesicht. „Das riecht ja wie Lakritze."

„Genau. Das ist Fenchel, auch Anis genannt, und es gibt einen nach Lakritz schmeckenden Likör namens Anisette, der aus Fenchelsamen hergestellt wird. Das Schöne am Fenchel ist, dass das scharfe Aroma verschwindet, wenn man ihn in Butter mit ein wenig Brühe oder Salzwasser dünstet, und er weich, goldgelb, süß und duftend wird. Er ist dann völlig verändert."

Meaghan blieb neben ihm stehen, während er weiterarbeitete. „Woher weißt du das alles? Ich meine, wie hast du so kochen gelernt?"

„Setz dich und ich erzähle dir, wie alles anfing."

Meaghan ging zum Küchentisch zurück und nippte an ihrem Wein.

„Vor langer Zeit, noch bevor du geboren wurdest, hatte ich eine Tante, die ich anbetete. Sie war, ehrlich gesagt, ein Original: rauchte wie ein Schlot, fluchte wie ein Bierkutscher und soff wie ein Loch. Kurz, nicht die Art von Mensch, mit der ich normalerweise hätte Umgang pflegen dürfen – was heißt, sie war die perfekte Tante."

Alec ließ die Fenchelscheiben in eine Bratpfanne gleiten, in der sie langsam vor sich hin bräunten.

„Wie auch immer, in dem Jahr, in dem ich achtzehn wurde, war ich ernstlich krank, und sie bot an, sich während der Rekonvaleszenz eine Weile um mich zu kümmern. Daher zog ich für ein paar Wochen bei ihr ein, und sie machte es sich zur Aufgabe, mich in die wichtigen Dinge des Lebens einzuweihen. Eines Tages sagte sie: ‚Ich habe beschlossen, dir das Geheimnis zu verraten, wie man Frauen verführt, junger Mann. Hör zu und pass gut auf.' Und was sie sagte, war: ‚Lerne, einige Gerichte absolut traumhaft zu kochen und – tadellos zu bügeln.'"

Meaghan prustete los.

Alec drehte sich grinsend zu ihr um. „Es hat immer funktioniert."

„Aber du trägst keinen Ehering, also bist du nicht verheiratet!"

Alec wandte sich ab, drehte die Hitze unter dem Fenchel herunter, fügte ein wenig Wasser und Salz hinzu und deckte die Bratpfanne ab. „Das war nicht immer so."

„Ach du meine Güte, ich habe etwas Falsches gesagt!"

„Nein, nein, überhaupt nicht. Es ist nur so, dass ich auf dem Berg war, um die Asche meiner verstorbenen Exfrau zu verstreuen, als ich deinen Vater fand. Sie und ich … tja, sagen wir einfach, wir waren die besten Freunde der Welt."

„Ich hatte keine Ahnung."

„Na, woher denn auch? Und für den Rest der Welt geht das Leben weiter – genau wie deins, trotz allem, was heute passiert ist."

„Ja. Ja, ich schätze, das wird es.“ Meaghan verstummte für einen Moment, dann erholte sie sich wieder. „Gut. Was kommt nach dem Fencheldings?“

„Wenn es weich geworden ist, wird das Fencheldings zu einer feinen Paste weiterverarbeitet und mit Sahne vermischt, um als Soße für den gedünsteten Lachs zu dienen. Doch zuerst müssen wir noch die *court-bouillon* aufsetzen.“

„Also gut, du hast mich ein weiteres Mal erwischt: Was ist eine ‚Court-bouillon‘?“

Alec nahm den Fisch und hielt ihn in die Höhe.

„Schau dir dieses wunderbare Stück Lachs an, den besten, den Schottland zu bieten hat. So etwas kochen wir doch nicht in einfachem Wasser, oder? Natürlich nicht“, dozierte er mit erhobener Stimme. „Nein, wir lassen ihn ganz langsam in einer Court-bouillon gar ziehen!“ Dann sprach er mit normaler Stimme weiter: „Was nichts anderes ist als eine Brühe aus klein geschnittenem Gemüse, Kräutern und Wein.“

Alec hatte die Zutaten bereits zurechtgelegt – eine Möhre, Zwiebeln, Petersilie, einen Stängel von der Fenchelknolle. Als er anfing, die Petersilie klein zu schneiden, konnte Meaghan den Bewegungen des Messers kaum folgen. „Das sieht ja zum Fürchten aus“, sagte sie, während er die Klinge blitzen ließ.

„Komm, möchtest du es mal versuchen?“

Meaghan erhob sich und trat an die Arbeitsplatte, an der er stand.

„Deine Mutter hat ein paar gute Messer. Dieses hier, mit der breiten Klinge und der scharfen Spitze, wird Kochmesser genannt. Es dient hauptsächlich zum Kleinschneiden, aber ich benutze es öfter als alle anderen. Nimm es in die Hand.“

Meaghan fasste es an, als wäre es ein Hammer.

„Nein, so nicht, deine Hand muss weiter nach vorn. Leg den Daumen auf die linke Seite des Messergriffs und den gebeugten Zeigefinger auf die rechte. Dann nimm die Petersilie und drück sie mit der linken Hand auf das Brett, und zwar so, dass deine Finger nach innen gebogen sind. Und jetzt, anstatt das Messer ganz vom Brett zu lösen, wiegst du es einfach hin und her und bewegst es dabei über die Kräuter. Na los, versuch’s mal.“

Meaghan begann ganz langsam und wurde immer schneller, je mehr sie sich an die Bewegung gewöhnte. „Das ist total cool!“

Alec lächelte. „Ende der ersten Lektion.“ Er nahm Meaghan das Messer aus der Hand. „Und jetzt geh mir aus dem Weg, damit ich kochen kann.“

Kichernd kehrte Meaghan zum Tisch zurück und trank noch etwas von ihrem Wein. „Danke, Alec.“

„Für Kochunterricht bin ich immer zu haben“, sagte er über die Schulter.

„Nein, ich meine, für alles. Insbesondere dafür, dass du Papa gefunden und ihn gerettet hast.“

Alec drehte sich zu ihr um. „Das hätte doch jeder getan, Meaghan.“

„Aber vielleicht nicht so gut.“

„Ich nehme an, das ist ein Vorteil des Älterwerdens; man hat einiges gelernt.“ Aber man verliert auch viel, dachte er bei sich in Erinnerung an Gwynne. Er betete, dass er Fiona nicht auch noch verlor.

Alec dünstete das fein geschnittene Gemüse in ein wenig Butter an, dann fügte er etwas Weißwein, ein Lorbeerblatt, Salz, Pfeffer und Wasser hinzu. Die junge Frau und der viel ältere Mann teilten sich den Raum in kameradschaftlichem Schweigen, und ihre wachsende Zuneigung schuf eine warme Atmosphäre.

Als Fiona wenig später in die Küche kam, kicherte Meaghan schon etwas beschwipst – schließlich trank sie seit einer Stunde Weißwein.

„Na so was“, schnaubte Fiona, „ich sehe, dass du meine Tochter zum Trinken verführt hast. Besteht die Möglichkeit, dass du mit mir das Gleiche machst?“

„Wein steht kalt. Der Koch ist zu beschäftigt, um auch noch Kellner zu spielen.“

Fiona lächelte Alec zu, gab ihrer Tochter einen Kuss auf die Wange und nahm die fast leere Flasche Wein aus dem Kühlschrank. Sie musterte ihre Tochter. „Hast du das alles getrunken?“

„Mutter! Er hat die halbe Flasche in die Court-bouillon geschüttet!“

„Wohin?“

„Das ist eine Mischung aus klein geschnittenem Gemüse, Kräutern und Wein und so einem Zeug.“

Fiona trat zu Alec. „Meiner Tochter pikante französische Begriffe beizubringen! Ihre Absichten sind hoffentlich ehrenwert, Sir!“

„Meine Absichten, Madam, sind rein kulinarischer Natur“, erwiderte Alec übertrieben förmlich.

„Nun, das will ich doch hoffen“, sagte sie und lächelte ihre Tochter an. Sie hatte Meaghan schon lange nicht mehr so glücklich gesehen.

„Das Essen ist gleich fertig“, verkündete Alec. „Dürfte ich vorschlagen, dass die Damen den Tisch decken?“

Fiona machte sich in der Küche zu schaffen und war überwältigt von der harmonischen Stimmung zwischen ihnen dreien. Sie musste sich selbst ermahnen, dass dies nicht ihre richtige Familie war. Wieder einmal überkamen sie Schuldgefühle, weil sie so glücklich war, doch sie schob sie beiseite. Es ging um den Augenblick: diesen Moment, in dieser Küche, an diesem Abend, mit diesen beiden Menschen, mit denen sie gleich ein wunderbares Abendessen teilen würde. *Sei zufrieden mit dem, was du hast.*

Meaghan hatte den Tisch gedeckt, während Fiona die Servierschüsseln hervorholte. Den gekochten Lachs hatte Alec schon aus dem Topf genommen, anschließend die verbliebene Kochflüssigkeit gestreckt und die Brühe auf die heißeste Platte des Aga gestellt, um sie einzukochen. Ganz zum Schluss mischte er unter ständigem Rühren den pürierten gedünsteten Fenchel und ein wenig Sahne unter. Dann goss er die Soße über das Lachsfilet, streute Salz und klein gehackte Petersilie über die Kartoffeln und füllte sie in eine Servierschüssel. In einer anderen Schale richtete er die leuchtend grünen gekochten Bohnen mit Olivenöl und Zitrone an und trug die Servierschüsseln zum Tisch.

Sie setzten sich.

„Wow!“, entfuhr es Meaghan.

Alec hob sein Glas. „Auf David und darauf, dass er sicher in sein wunderschönes Zuhause zurückkehrt.“

Sie stießen an und nippten an ihrem Wein. Dann begann das Essen. Sie unterhielten sich über die frühe Wärmeperiode, das erfolgreiche Lammen, Meaghans Seminare an der Universität und die Bücher, die Alec geschrieben hatte. Ihr Gespräch war gleichzeitig intim und belanglos. Als sie fertig gegessen hatten, zog Alec die Birnentarte aus dem Vorwärmofen, doch Meaghan wollte keinen Nachtisch mehr, sie sei pappsatt und müde.

Fiona begleitete sie bis zur Treppe, und als sie zurückkam, stellte sie fest, dass Alec bereits zwei schmale Stücke von der Tarte auf Teller verteilt hatte. Nachdem Fiona einige Lampen in der Küche gelöscht hatte, aßen sie schweigend zusammen, zufrieden, einfach nur beieinander zu sein.

Danach stand Fiona auf. „Tee?“

„Oh, nein danke. Der würde mich nur wach halten.“

Sie kam um den Tisch herum und setzte sich auf Alecs Schoß. Genüsslich tauschten sie sanfte, zarte Küsse aus.

„Bitte, Alec … verlass mich nie“, murmelte Fiona an seiner Schulter.

„Niemals.“

Er zog sie enger an sich, erwiderte jedoch nichts.

Einige Augenblicke später setzte Fiona sich lächelnd auf. „Wir können heute Nacht nicht zusammen sein, aber du sollst wissen, dass ich mir wünschte, es wäre möglich.“

„Ich auch.“

Sie küsste ihn noch einmal und kletterte von seinem Schoß. Zusammen räumten sie den Tisch ab und spülten die Töpfe und Pfannen, ohne sich dabei ins Gehege zu kommen, so als hätten sie es schon jahrelang geübt. Nachdem sie fertig waren, löschte Fiona das Licht und ging Hand in Hand mit Alec in den Eingangsflur. Sie stellte sich auf die Zehenspitzen, und Alec beugte sich zu ihr herab, um ihr einen letzten Kuss zu geben.

„Gute Nacht, du Lieber."

„Gute Nacht, Fi."

Sie trennten sich, und Alec sah Fiona nach, bis sie durch die niedrige Tür in ihre Räume gegangen war. Erst dann stieg er langsam die Treppe zu seinem Zimmer hinauf.

ACHT

17. April 1999

Alec wurde von Stimmen im Flur geweckt. Er hatte länger als üblich geschlafen. Der Himmel draußen war bewölkt. Es klopfte an seiner Tür, und Fiona streckte den Kopf ins Zimmer.

„Meaghan und ich gehen heute Morgen in die Kirche, und danach muss ich bei der ambulanten Krankenpflege noch einige Papiere unterschreiben. Möchtest du mit?"

„Wo du hingehst, will auch ich hingehen", sagte er. „Gib mir einen Augenblick, um mich zu rasieren, ich bin gleich unten."

Als er in die Küche trat, waren die beiden Frauen schon zur Abfahrt bereit. Fiona hatte sich eine Strickjacke um die Schultern gelegt und hielt die Autoschlüssel in der Hand.

„Wie sieht's mit Frühstück aus in dieser Frühstückspension?"

„Du wirst es überleben", sagte Fiona streng.

Auf dem Weg zur Scheune reichte Fiona ihrer Tochter die Schlüssel. „Alec, du kannst vorn neben Meaghan Platz nehmen; du brauchst die Beinfreiheit."

Alec hätte protestiert, wenn Fiona nicht bereits hinten eingestiegen wäre. Meaghan setzte den Wagen zurück, legte den ersten Gang ein, und dann schossen sie, wie von einem Katapult abgefeuert, vom Hof. Während sie den kurvigen Weg zur Straße hinunterjagten, fragte Alec: „Hat deine Mutter dir das Fahren beigebracht?"

„Woher weißt du das?"

Die St-Mary's-Kirche entpuppte sich als ein kleiner Steinbau mit einem gedrungenen, zinnenbewehrten Uhrenturm. Sie stand etwas versteckt in einem grasbewachsenen Hof, nicht weit vom Stadtzentrum entfernt. Nachdem Meaghan geparkt hatte, schritten sie zu dritt über einen kleinen Friedhof voller Grabsteine. Sie betraten die Kirche durch einen Seiteneingang und stellten fest, dass sie die einzigen Besucher waren.

Alec sagte: „Ich glaube, ich werde einfach hier hinten warten."

Fiona nickte, und die beiden Frauen gingen den Hauptgang des Kirchenschiffes entlang. Vor dem Altar schlüpften sie in eine Bank.

Die luftige Strenge von St Mary's beeindruckte Alec. Er nahm sich einen Pfarrbrief vom Stapel auf dem Tisch neben der Tür und erfuhr, dass die jetzige Kirche zwar erst 1716 erbaut worden war, allerdings auf Fundamenten, die noch aus dem 12. Jahrhundert stammten. Er nahm in einer der hinteren Bänke Platz und ließ den Blick schweifen. Die dicken Mauern waren durchbrochen von tiefliegenden länglichen Buntglasfenstern, die von breiten Rundbogen gerahmt wurden. Das Kirchenschiff hatte ein hölzernes Tonnengewölbe, das von schlanken Holzpfeilern gehalten wurde, die eigentlich zu zierlich wirkten, um das Gewicht tragen zu können.

Vorn in der Kirche saß Meaghan mit gesenktem Kopf, wohingegen Fiona, die Ellbogen auf die Bank vor sich gestützt und das Kinn in die Hände gelegt, den Blick fest auf den Altar gerichtet hatte. Nach einigen Minuten sah Meaghan auf und berührte ihre Mutter am Arm. Fiona stand auf, trat in den Gang und nahm Meaghans Hand.

Sie gingen zu dritt über den Friedhof zurück zum Wagen, stiegen ein und fuhren ins Stadtzentrum.

„Hört mal, ihr zwei", sagte Alec, „mir ist schon ganz schwindlig vor Hunger. Lasst mich einfach an der Teestube raus. Ihr könnt mich ja dort wieder abholen, wenn ihr fertig seid."

Sie hielten kurz am Cozy, Alec stieg aus, und Meaghan brauste davon. Die Teestube war genauso voll wie beim letzten Mal. Trotzdem eilte Brandith herbei, führte ihn an einen Tisch und setzte sich gleich mit dazu.

„Ach, Mr Hudson, wir haben alle schon gehört, was dem armen David zugestoßen ist. Eine schreckliche Sache. Und was für ein Glück, dass Sie auf dem Berg waren und ihn gefunden haben, ehe es zu spät war. Wie geht's ihm denn?"

Alec fragte sich, wie lange es wohl gedauert hatte, bis die Sache sich herumgesprochen hatte. „Es geht ihm gut, Brandith. Er kommt im Laufe des Tages nach Hause."

„Fiona ist sicher sehr erleichtert. Also, was kann ich Ihnen heute Morgen bringen?"

„Eine Kanne Tee und einen von Ihren guten Scones, bitte."

Brandith rauschte davon, und eine der anderen Damen im Laden brachte ihm seine Bestellung. Er schenkte sich eine Tasse Tee ein und vertiefte sich erneut in den Pfarrbrief. Er enthielt die übliche Mischung aus Ankündigungen, Terminplänen, Heirats- und Beerdigungsanzeigen und Werbung von Gemeindemitgliedern. Plötzlich tauchte Brandith wieder auf und ließ sich ihm gegenüber auf den Stuhl plumpsen.

„Sagen Sie bitte unserer lieben Fiona", trug sie Alec auf, „dass wir alle uns um sie kümmern werden. Ich habe schon dafür gesorgt, dass ein paar Leute ihr später am Nachmittag etwas zu essen bringen, und jeden Tag wird jemand vorbeischauen."

„Das ist sehr nett, Brandith, aber ich bin nicht sicher …"

„Ich will kein Wort hören", sagte sie mit erhobener Hand. „Wir alle lieben Fi und David; es ist unsere Pflicht zu helfen, wo wir können. Und Sie, nun, ich nehme an, dass Sie nach Amerika zurückkehren, nachdem Ihre Aufgabe hier erledigt ist."

„Na ja, ich denke …"

„Doch Sie werden in dieser Stadt stets willkommen sein, Mr Hudson."

Alec fühlte sich plötzlich, als bekäme er keine Luft mehr. Er schaute auf die Uhr an der hinteren Wand der Teestube, stürzte den Tee hinunter und erhob sich rasch. „Es tut mir sehr leid, Brandith. Anscheinend habe ich die Zeit vergessen und bin schon spät dran. Reicht das für die Rechnung?"

Brandith stand ebenfalls auf, blickte auf das Geld, das er auf den Tisch geworfen hatte, und nickte. Während er zur Tür strebte, rief sie ihm nach: „Vergessen Sie nicht, uns zu besuchen, wenn Sie das nächste Mal in Wales sind!"

Alec ging bis zur nächsten Ecke, hielt an, lehnte sich an eine dunkle Schiefermauer und schnappte nach Luft. Während er um Fassung rang, wurde ihm klar, dass das, was ihn so verstört hatte, nicht der Umstand war, dass jeder in dieser kleinen Stadt alles vom anderen wusste. Nein, was ihn aus Brandiths Teestube hatte fliehen lassen, war eine plötzliche Erkenntnis: In dieser allgemeinen warmen Umarmung gab es keinen Platz für ihn. Die Menschen waren ihm dankbar für das, was er getan hatte, sie wünschten ihm alles Gute, doch nun erwarteten sie von ihm, dass er sich auf den Heimweg machte.

Diese Vorstellung bestürzte ihn. Er und Fiona harmonierten so gut, so natürlich und so leidenschaftlich, ihm war nie in den Sinn gekommen, dass er nicht in ihre Welt passen könnte, dass seine Gegenwart in ihrem Leben zu einem Skandal führen und ihr die tröstliche Sicherheit rauben könnte, geborgen zu sein, die sie aus dem Gefühl bezog, zu diesem Tal zu gehören, das sie so sehr liebte.

Ein Hupen schreckte Alec aus seinen Gedanken. Er blickte auf und sah, dass Meaghan mit dem Wagen direkt vor ihm stand. Er zwängte sich auf den Beifahrersitz. Fiona beugte sich vor und fragte: „Geht es dir gut? Du hast gerade ein bisschen so ausgesehen wie ein Tourist, der sich verlaufen hat."

„Das würde mich nicht wundern." Das Bild bedrückte ihn noch mehr. Er fragte nach der Besprechung bei den Behörden.

„Die Sozialarbeiterin aus dem Krankenhaus hatte ihnen schon von Davids Zustand berichtet. Sämtliche Papiere waren vorbereitet. In ein oder zwei Stunden schickt der ambulante Pflegedienst eine Gutachterin, die herausfinden soll, was David benötigt."

Als sie die Farm erreichten, wurden sie bereits von Owen erwartet.

„Ich hoffe, Sie haben nichts dagegen, Fiona. Ich habe mir die Freiheit genommen, mir etwas Tee zu machen, und da klingelte das Telefon. Ich dachte, Sie könnten es sein, deshalb bin ich rangegangen."

„Und ...?"

„Tja, es war das Krankenhaus. Sie möchten, dass Sie David abholen. Ich hoffe, ich bin nicht zu weit gegangen ..."

„Um Gottes willen, Owen", neckte ihn Fiona, „ich habe dich gebeten, die Farm zu leiten; ich glaube kaum, dass es ein Übergriff ist, ans Telefon zu gehen!"

Daraufhin lächelte Owen und drehte sich um. „Tag, Meaghan. Wie geht's dir heute?"

Meaghan hatte am Wagen gelehnt und das liebevolle Geplänkel zwischen ihrer Mutter und dem jungen Mann beobachtet. Ein leises Lächeln kräuselte ihre Lippen. „Mir geht's gut, Owen. Wie läuft es mit den Lämmern?"

„Ich wollte gerade einige von den Waisen mit der Flasche füttern. Möchtest du mitkommen?"

„Ja, gern."

Fiona ging zum Haus, und Alec folgte ihr. Kaum hatten sie die Tür hinter sich geschlossen, zog er sie an sich und küsste sie wild und leidenschaftlich, bis sie beide atemlos waren. Fiona hielt die Tränen in seinen Augen für Freudentränen.

Im Flur klingelte das Telefon. Fiona löste sich von ihm, um den Anruf entgegenzunehmen. Als sie einige Minuten später zurückkam, wirkte sie geistesabwesend.

„Das war die Gutachterin. Sie ist in einer Stunde hier", sagte sie mit nachdenklich gerunzelter Stirn. „Ich muss mit Meaghan nach Aberystwyth fahren, um David zu holen. Im Auto haben nur vier Leute bequem Platz, und falls wir die Hilfe eines Dritten benötigen, sollte das meiner Meinung nach Owen sein."

Wieder fühlte Alec sich ausgeschlossen.

„Außerdem muss jemand hier sein, wenn die Gutachterin kommt. Könntest du sie vielleicht zu Davids Heuschober bringen, sie herumführen und dir anhören, was sie empfiehlt?"

„Fi, ich weiß noch nicht einmal, wo der Schober ist."

Fiona blickte Alec an und begriff plötzlich, wie vieles im Dasein des jeweils anderen noch unerforschtes Terrain war. Leidenschaftliche Liebe war nicht genug. Nur im alltäglichen Miteinander konnte man dieses Gebiet erkunden.

„Stimmt ja. Komm, ich zeige dir den Weg."

Sie führte ihn an der Scheune und den Anbauten vorbei zu einem grasbewachsenen Weg, der zwischen hohen Steinmauern verlief, wobei sie ihm erklärte, dass der ehemalige Heuschober jenseits des entfernten Hügelkamms im Westen stehe.

Auf dem Weg zurück zum Haus warfen sie einen Blick in die Scheune, in der die verwaisten Lämmer untergebracht waren, und hörten Meaghan lachen. Sie hielt in jeder Hand eine Babyflasche, an der jeweils ein hungriges Lämmchen hing. Owen lehnte lächelnd an der Box.

„Owen, ich frage mich, ob ich dich darum bitten könnte, mit Meaghan und mir mitzufahren, um David abzuholen?"

„Ich helfe euch gern", erwiderte Owen.

„Danke, Owen." Zu niemandem im Besonderen, vielleicht zu sich selbst, sagte Fiona dann leise: „Wir sollten gehen", und lenkte ihre Schritte von der Scheune zum Haus.

ALEC sah dem Auto nach, bis es auf dem Weg ins Tal verschwand. Ihm war klar, dass sich in nur wenigen Stunden ihr Leben ändern würde. Wie genau, blieb abzuwarten. Jedenfalls hatte er ein flaues Gefühl in der Magengrube und wusste, dass es kein Hunger war, sondern Angst.

Kaum war er in die Küche gegangen, lenkte ihn das Knirschen von Reifen auf Kies von seinen Befürchtungen ab. Er eilte durchs Haus und öffnete die Eingangstür genau in dem Augenblick, wo eine mollige Frau undefinierbaren Alters mit kurzem grau meliertem Haar sich anschickte zu klopfen.

„Guten Tag. Sie sind sicher die Gutachterin?"

„Richtig. Emma Jones", sagte sie, indem sie die Hand ausstreckte.

„Alec Hudson, ein Freund der Familie. Die anderen holen David – Mr Edwards – aus dem Krankenhaus in Aberystwyth. Mrs Edwards hat mich gebeten, Sie herumzuführen."

Er trat ins Freie, und Ms Jones schien verwirrt.

„Oh, ich schätze, ich bin Ihnen eine Erklärung schuldig. David lebt nicht hier im Haus."

„Ach ja", sagte Ms Jones. „Ich glaube, ich erinnere mich: Allergie oder so ähnlich, stimmt's?"

„Stimmt. David hat eine eigene Bleibe. Ich zeige Ihnen den Weg."

Während sie in ihrem Auto den Feldweg hinaufrumpelten, nickte Ms Jones und sagte zu sich selbst: „Ja, jetzt verstehe ich das Problem. Seine Frau kann ja wohl kaum die ganze Zeit ein Auge auf ihn haben, wenn er so weit weg wohnt, oder?"

„Ich denke nicht", stimmte Alec zu, während sie vor dem renovierten Heuschober hielten.

Es handelte sich um ein schlichtes und sehr altes, aus Steinen errichtetes Gebäude mit Giebel, doch Alec bemerkte, dass die Eichenfenster und die Dachziegel neu waren. Als er mit Ms Jones eintrat, waren sie beide überrascht, wie modern es innen war und wie gemütlich es wirkte.

„Hätte nichts dagegen, selbst hier zu wohnen", murmelte sie.

An der rechten Seite gab es eine Einbauküche aus Edelstahl, und ein Kieferntisch mit zwei Stühlen stand gleich hinter der Tür. Links befand sich der Wohnzimmerbereich mit einem neu aussehenden gemauerten Kamin, vor den zwei Ledersessel geschoben waren. Einer der Sessel war zum Fernseher gedreht. Hinten im Haus befanden sich Davids Schlafzimmer und das Bad. Alles war blitzsauber.

„Vor dem Unfall", erklärte Alec, „konnte David auf der Farm aushelfen und Fiona hat ihm seine Mahlzeiten gebracht. Wozu David jetzt noch fähig ist, tja, ich glaube, das kann man im Moment nicht so genau sagen."

„Meines Wissens hat das Hirn ein wenig Schaden genommen", sagte Ms Jones.

„Genau. So wie ich es verstehe, fällt es David schwer zu lokalisieren, wo sich etwas befindet, obwohl er weiß, wo er hingehen möchte."

„Das heißt, dass Mrs Edwards ganz schön was um die Ohren haben wird, insbesondere wenn er hier oben allein ist."

„Nun, ich denke, gerade das versucht Mrs Edwards zu vermeiden."

„Darum geht es ja bei der ambulanten Pflege", erwiderte Ms Jones. Sie machte einen schnellen Rundgang durch Davids Räume. Schließlich blickte sie zu Alec auf und sagte: „Tja, ich denke, wir sind hier fertig!"

Auf dem Weg zurück zum Haus erzählte sie ihm, dass sie keinen Grund sehe, warum nicht schon ab übermorgen jemand nach David schauen könne. Als er aus ihrem Auto stieg, erklärte Ms Jones: „Ich verspreche Ihnen, mein Möglichstes zu tun."

Alec bückte sich, um ihr noch einmal ins Gesicht zu sehen. „Davon bin ich überzeugt."

Im Kühlschrank in der Küche entdeckte er einen Apfel. Während Alec ihn vertilgte, kam ihm eine Idee. Er ging durch den Raum zu dem kleinen Tisch, der Fiona als Büro diente, und suchte nach Papier, Klebeband und Filzstift. Dann wanderte er ein weiteres Mal den Weg zu Davids Haus hinauf.

DAVID war gut aufgelegt und glücklich, wieder nach Hause zu kommen, fragte sich aber immer noch verstört, wie es ihn überhaupt ins Krankenhaus verschlagen hatte. Das war Fionas Ansicht nach eine große Gnade. Er war vernünftig genug, sich bei Meaghan zu erkundigen, warum sie nicht an der Universität sei, aber er hatte ihr diese Frage dreimal gestellt, so als könne er ihre Erklärung nicht behalten. Genauso hatte er Owen mehrere Male gefragt, wie das Lammen voranschreite. Anscheinend ging das, was man ihm sagte, zum einen Ohr hinein und zum anderen wieder hinaus.

Fiona öffnete die Tür zu Davids Scheune, während Meaghan und Owen ihrem Vater aus dem Wagen halfen. Als das Trio hereinkam, stand Fiona mit gesenktem Kopf am Spülbecken und stützte sich mit den Armen auf dem Rand ab. An ihren zitternden Schultern merkte Meaghan, dass ihre Mutter weinte. Dann schaute sie sich in der Wohnung um und verstand. Im Kamin brannte ein Feuer, und an strategisch wichtigen Punkten klebten Zettel an den Wänden, die mit einfachen Druckbuchstaben und Pfeilen in die richtige Richtung wiesen: TOILETTE, KÜCHE, SCHLAFZIMMER und HAUSTÜR. Meaghan ging zu ihrer Mutter, während Owen sich um David kümmerte.

„Tja, da sind wir, endlich zu Hause, was, David? Wette, es fühlt sich gut an, zurück zu sein. Hier ist Ihr Lieblingssessel, gleich beim Feuer. Warum ruhen Sie sich nicht einen Moment darin aus?"

David sank in den Sessel, als hätte er Blei in den Knochen. Die Fahrt hatte ihn erschöpft. Er war so müde.

Owen ging zu Fiona hinüber, legte ihr eine Hand auf die Schulter, beugte sich vor und flüsterte ihr ins Ohr: „Es wird alles gut werden, Fi. Jeder trägt seinen Teil dazu bei. Er wird hier oben nicht wie ein Gefangener leben."

Aber darum ging es überhaupt nicht. Was den Schutzwall durchbrochen hatte, den Fiona errichtet hatte, damit es ihr möglich war, vor dem Krankenhauspersonal ruhig und vernünftig zu wirken, als sie ihren Mann abholte, war die große Güte, die aus diesen einfachen Richtungszeichen sprach. Das und die Tatsache, dass sie die Schrift erkannte; sie stammte von derselben Hand, die das Gedicht geschrieben hatte, das sie so sehr liebte. Es war Alecs Handschrift.

David schien zufrieden damit, wie gebannt in die tanzenden Flammen auf dem Feuerrost zu starren.

Meaghan schlug vor: „Mama, was hältst du davon, wenn ich bis zum Abendessen bei Papa bleibe? Wir werden zusammen fernsehen. Warum machst du nicht eine kleine Pause?"

„Ja. Das ist vielleicht eine gute Idee. Owen, wärst du so lieb, mich zu fahren?"

Owen nickte Meaghan zu, legte ihrer Mutter einen Arm um die Schultern und führte sie aus dem Haus.

„Ich weiß nicht, was ich ohne dich tun würde, Owen", sagte Fiona, als er sie vorsichtig über den langen Grasweg zurück zum Farmhaus fuhr.

Owen wandte sich ihr zu, und zum ersten Mal lag keine Scheu in seinem Blick. „Ich verstehe schon. Ich werde so lange für Sie und Meaghan und diese Farm sorgen, wie Sie es wünschen."

Owen stellte den Wagen in der Scheune neben seinem Landrover ab. „Soll ich heute Nacht bei David bleiben, Fiona?"

„Nein, mein Junge, du fährst nach Hause zu deiner Mutter. Ich werde mich heute Nacht um ihn kümmern. Es wäre allerdings sehr schön, wenn du morgen als Erstes bei uns vorbeischauen könntest."

„Versprochen – und rufen Sie mich an, wenn irgendetwas sein sollte."

„Danke, Owen; wir kommen sicher zurecht."

Fiona ging über den Hof zum Haus. Als sie in die Küche kam, erwartete sie, Alec dort vorzufinden. Ihre Küche schien seine natürliche Umgebung zu sein. Aber er war nicht da. „Alec?!"

„Hier bin ich", sagte er hinter ihr, während er sich den Schmutz von den Stiefeln trampelte. Sie warf sich in seine Arme. Er fühlte, wie sie zitterte, und drückte sie fest an sich.

„Fi? Ist alles in Ordnung?"

„Ich war nur … ja, alles in Ordnung. Ich wollte dir nur … nur sagen, dass ich dich liebe."

Die beiden betraten die Küche. Auf dem Aga stand ein großer Topf, und auf dem Küchentisch lagen zwei Plastiktüten.

Alec ging zum Herd und nahm den Deckel vom Topf. „Suppe. Mit Gemüse und Bohnen, sehr nahrhaft."

„Brot“, freute sich Fiona, die in einer der Tüten nachsah, „frisch vom Bäcker. Und ein Stück Käse.“

„Ja, Brandith hat mir erzählt, dass sie allen Bescheid gegeben hat.“ Alec wandte sich ihr zu. „Diese Menschen lieben dich, Fi, dich und David. Sie würden alles für euch tun.“ Wieder die Familie, die Gemeinschaft.

Fiona war das „dich und David“ nicht entgangen, doch sie wusste nicht, was sie darauf erwidern sollte. Stattdessen ging sie ins Esszimmer, öffnete eine Tür der Kredenz neben dem Frühstückstisch und nahm eine Flasche von dem Sherry heraus, den sie üblicherweise auf die kleinen Karaffen für die Gästezimmer verteilte. Sie schenkte zwei großzügige Portionen ein und nahm am Küchentisch Platz. Alec verstand den Wink und setzte sich zu ihr.

„Liebling“, begann sie, „gleich werde ich einen Großteil der Suppe aus diesem Topf und das andere Essen zu David bringen. Meaghan und ich werden da oben zu Abend essen und Davids Verhalten beobachten. Dann schicke ich Meaghan zum Schlafen hierher und bleibe die Nacht über bei ihm. Ich möchte das nicht, Alec, aber ich muss es tun. Verstehst du?“

Alec nickte.

Die zwei saßen stumm beieinander und tranken den Sherry. Alec wollte sie nach David fragen und ihre Hand halten. Doch er tat nichts davon.

„Ms Jones, die Gutachterin, hat gesagt, dass vielleicht schon übermorgen jemand kommen kann“, erzählte er.

Fiona nickte. „Danke, dass du mir das abgenommen hast.“ Dann blickte sie mit Tränen in den Augen zu ihm auf. „Und danke für die Zettel. Du bist so lieb und fürsorglich.“

„Ich denke nur voraus. Ist eine schlechte Angewohnheit von mir.“

„Voraus“, wiederholte Fiona. „Ich habe keine Ahnung, was vor mir liegt. Ich komme ja kaum mit der Gegenwart zurecht. Vor zweiundzwanzig Jahren habe ich geschworen, David ‚zu lieben und zu ehren, in guten wie in schlechten Tagen‘. Er braucht mich jetzt noch mehr als früher. Es ist meine Pflicht, für ihn zu sorgen. Ich muss es tun. Das habe ich versprochen. Vor Gott.“

„Das habe ich von dem Moment an gewusst, in dem ich ihn auf dem Berg gefunden habe, Fi.“

„Aber ich möchte dich nicht verlieren, Alec. Ich will uns nicht verlieren. Wir können unsere Liebe erhalten, nicht wahr? Wir können sie doch schützen? Bitte, Liebling, sag mir, dass wir das können! Wir lassen uns etwas einfallen, ja?“

Alec nahm ihre Hand und hielt sie fest. „Ich möchte das auch; ich weiß nur nicht, wie es gehen soll.“

Nun weinte Fiona, lautlos und mit gesenktem Kopf.

Alec kniete sich neben sie und wischte ihr mit den Fingerspitzen die Tränen fort, während er ihre Wangen streichelte. Nach einer Weile sagte er: „Na komm, Liebling, ich helfe dir, das Essen zum Wagen zu tragen."

Sie nickte, stand auf und füllte einen Teil der Suppe in einen kleineren Topf für Alec. Auch von dem Brot und dem Käse legte sie etwas beiseite.

Es war Nacht geworden, und als die beiden über den dunklen Hof zum Auto gingen, war der Himmel mit Sternen übersät. Alec stellte den großen Suppentopf vor dem Beifahrersitz auf den Boden, dann kam er zur Fahrerseite und nahm Fiona in die Arme. Irgendwann ließ sie von ihm ab und setzte sich in den Wagen.

„Dann fahr mal los. Ruf an, falls du mich brauchst."

„Ich brauche dich immer, Alec."

Er beugte sich nieder, um sie zu küssen, richtete sich wieder auf und schloss die Autotür.

Nachdem Fiona ihn verlassen hatte, blieb Alec lange im Dunklen stehen. Von irgendwoher erschien Jack und setzte sich hechelnd neben ihn. Der Mond ging auf, was den Himmel noch heller erstrahlen ließ. Im Süden ragte schweigend und schwarz die riesige Masse des Cadair Idris empor. Er dachte an Gwynne, an Liebe und Verlust. Schließlich bückte er sich und tätschelte dem Hund den Kopf. „Na, was meinst du, Jackie, wie wär's mit etwas zu essen?"

NEUN

18. April 1999

Kaum war am nächsten Morgen die Sonne aufgegangen, da klopfte Owen Lewis auch schon an Davids Scheune. Er brachte Gebäck, das seine Mutter am vergangenen Abend für Fiona gemacht hatte. Überrascht registrierte er, dass Meaghan in dem Sessel schlief, in dem ihr Vater üblicherweise saß. Fiona war bereits angezogen.

„Wie geht's David?", fragte Owen leise.

„Schläft noch. Kein Wunder, er war ziemlich erschöpft."

„Ihr braucht gar nicht zu flüstern, ihr zwei", murmelte Meaghan auf der anderen Seite des Raums. „Ich bin wach." Sie stand auf und streckte sich. Zum Schlafen hatte sie ein Flanellhemd ihres Vaters angezogen. Es war nicht lang genug für ein Nachthemd und verbarg nicht viel. Owen warf einen Blick auf ihre schlanken Beine und ihr verschlafenes Gesicht und wandte sich höflich ab.

Aus dem Schlafzimmer war ein Schlurfen zu hören, und einen Augenblick später tauchte David auf, nur in Unterhose und T-Shirt. „Morgen, alle miteinander!“, rief er strahlend, während er zur Haustür strebte.

„Wo willst du hin?“, fragte Fiona.

„Zum Bad, wenn du es unbedingt wissen musst.“

„Das ist da hinten, Liebster, neben deinem Schlafzimmer. Siehst du den Zettel?“

Leicht verstört, aber lächelnd schaute David sich um. Dann erblickte er den Zettel. „Ah! Natürlich, natürlich.“

Fiona folgte ihm zum Badezimmer. „Soll ich dir etwas zum Anziehen rauslegen?“

„Danke, Liebling, sehr nett von dir“, sagte er, wobei er die Badezimmertür schloss.

Fiona drehte sich zu den anderen um und zuckte die Achseln.

Als ihr Mann wieder aus dem Bad kam und sich anschickte, Richtung Wohnzimmer zu gehen, fing sie ihn ab. „Kleider?“, fragte sie.

„Stimmt ja, hatte ich einen Augenblick vergessen.“

Nachdem David angezogen war, setzten er und Fiona sich an den kleinen Tisch, während Meaghan den Tee einschenkte und Owen Scones und Gebäck servierte.

„Na, Owen, mein Junge“, fragte David zwischen zwei Bissen, „wie geht es mit dem Lammen voran?“

„Wir sind bald fertig, Sir.“

„Schön, schön. Waisen?“

„Nur wenige. Ich habe sie in der Scheune untergebracht, und Meaghan hilft mir, sie mit der Flasche großzuziehen.“

Fiona und ihre Tochter wechselten einen Blick und lächelten sich zu. Das war ein guter Anfang.

Einige Minuten später machten Owen und David sich auf den Weg über die Felder, um nach den Mutterschafen zu schauen. Fiona begann aufzuräumen, doch Meaghan unterbrach sie.

„Darum kümmere ich mich, Mama. Dann mache ich mich wenigstens ein bisschen nützlich.“

Fiona nahm ihre Tochter in die Arme. „Nett, dass du letzte Nacht hiergeblieben bist, Schatz. Es war sehr schön, dass du da warst. Die gute Neuigkeit ist, dass wir ab morgen professionelle Hilfe haben werden.“

„Was muss bis dahin gemacht werden, Mama? Kommen neue Gäste? Soll ich zum Markt fahren?“

„Nein, den Gästen, die bereits reserviert hatten, habe ich telefonisch abgesagt. Und was das Einkaufen betrifft, ich habe noch etwas Huhn in der Gefriertruhe. Fürs Abendessen werde ich mir schon etwas einfallen lassen."

„Du meinst, der Koch, der bei uns abgestiegen ist, wird sich etwas einfallen lassen."

„Alec. Ja. Nun, ich denke, es wäre gut, mal nach ihm zu schauen. Soll ich den Wagen nehmen?"

„Ja, Mama. Ich kann zu Fuß nach unten kommen, wenn ich hier fertig bin."

Fiona nahm den leeren Suppentopf und trug ihn zum Auto. Zurück am Farmhaus, parkte sie den Wagen in der Scheune und trug den Topf in die Küche, in der sie Alec vermutete. Doch die Küche war leer. Sie durchquerte das Erdgeschoss, schlich auf Zehenspitzen die Treppe hinauf zu Alecs Zimmer und öffnete ganz vorsichtig die Tür, weil sie ihn überraschen wollte.

Aber das Bett war leer und sorgfältig gemacht.

„Alec?" Sie sah in sein Bad. Leer.

Fiona wirbelte zu der Zimmerecke herum, in der Alec seinen Rucksack abgestellt hatte. Er war fort.

„O Gott, lieber Himmel … Nein!", stöhnte sie, während sie hastig die Treppe hinunterrannte. Gegen alle Vernunft auf ein Wunder hoffend, stürzte sie in ihr Zimmer, betend, ihn schlafend in ihrem Bett zu finden. Auf ihrem Bett lag nicht Alec, sondern ein Briefumschlag, auf den er ihren Namen geschrieben hatte.

„Nein!", schrie sie. „Nein, nein, nein!!"

Auf wackligen Beinen ging sie in die Küche, sank auf einen Stuhl und starrte auf den Briefumschlag in ihrer Hand. Dann riss sie das Kuvert auf und entfaltete das Schreiben.

> Liebste Fiona,
> bis vor Kurzem habe ich gedacht, Gwynne beim Sterben zuzusehen sei das Schwerste gewesen, was ich je tun musste. Ich habe mich geirrt. Das Schwerste, was ich je getan habe, ist, Dir Folgendes zu sagen: Wir können so nicht weitermachen.
>
> Ich habe den größten Teil der Nacht hier am Fenster verbracht und in den Himmel geblickt. Ich vermute, ich habe dort, in den Mustern der Sternbilder, eine Antwort gesucht – eine andere Antwort als die, von der ich tief im Herzen weiß, dass sie richtig ist.
>
> In diesem Tal, auf dieser Farm am Fuß des Berges ist kein Platz für mich – außer, so hoffe ich, in deinem Herzen. Ich weiß, dass Du das ebenfalls weißt; ich habe es Dir in den letzten beiden Tagen an den Augen ablesen können. Wir könnten nicht so weitermachen wie bisher, ohne dass es Schaden anrichten würde – bei Dir, David, Meaghan, dem gesamten Gefüge

Deines Lebens hier. Ich liebe und brauche Dich, das Ausmaß und die Intensität meiner Gefühle sind derart groß, dass es mich selbst erstaunt. Ich weiß, dass die Macht dieser Liebe mich zerstören wird, wenn ich Dich verlasse. Aber ich habe keine andere Wahl. Hierzubleiben würde Dich und die Menschen, die Du liebst, herabwürdigen und Dir am Ende noch größeren Kummer und Schmerz bereiten. Das kann ich Dir nicht antun.

Dies ist kein Verzicht auf unsere Liebe – weit gefehlt. Wir sind Seelenverwandte und werden es immer sein, zwei Menschen, die im Herzen verbunden sind.

Ich glaube, wir haben uns aus einem bestimmten Grund gefunden, Fiona, und ich glaube, dass wir einander wieder finden werden. Bis dahin denk an mich, wenn Du den Nordstern siehst – den einzigen wirklich festen Punkt in einem wirbelnden Universum –, so wie ich dabei an Dich denken werde. Wisse, tief im Herzen, dass meine Liebe zu Dir stets genauso unveränderlich und glühend sein wird. Denk an das, was Du neulich in der Stadt gesagt hast: Ich bin leicht zu finden, Du brauchst nur nach oben zu schauen.

Ich liebe Dich – jetzt und immer

Alec

Fiona fand sich am Küchenfenster wieder, als könnte sie das königsblaue Aufblitzen heraufbeschwören, wenn sie nur lange genug dort stünde, so wie vor einer Woche. Aber nichts geschah. Sie hatte die Vorstellung, die Erde täte sich auf und ein gezackter Spalt bewegte sich die Auffahrt über den Hof auf das Haus zu und risse ihr schließlich das Herz entzwei. Sie griff sich an die Brust, wie um es vor dem Zerspringen zu schützen, schleppte sich durchs Haus in ihr Schlafzimmer, legte den Brief in eine Schublade, kletterte auf ihr Bett, rollte sich zusammen und weinte.

Eine Stunde später fand Meaghan sie dort – schlafend. Von Alec Hudson war weit und breit keine Spur zu sehen. Meaghan glaubte zu verstehen.

Doch das war natürlich ein Trugschluss.

EPILOG

18. Dezember 2005

In einem kurzen Augenblick schien eine ganze Ewigkeit zu verstreichen. Sie fühlte, wie seine warmen Hände ihr Gesicht umschlossen.

Als sie die Augen wieder öffnete, kniete er vor ihr auf den Steinplatten des Flurs.

„Fiona, mein Gott, es tut mir so leid“, sagte er mit traurigem Gesicht.

„Alec“, wisperte sie.

Alec Hudson richtete sich auf und zog Fiona auf die Füße. Zärtlich nahm er sie in die Arme, und sie lehnte ihre Stirn an seine breite, starke Brust, wie sie es vor langer Zeit auch getan hatte.

Und dann begann sie, leise zu weinen.

So verharrten sie eine ganze Weile. Alecs Brust hob und senkte sich unregelmäßig, weshalb sie merkte, dass er ebenfalls weinte.

Nach einiger Zeit rückte Fiona von Alec ab und sah zu ihm auf. Er war stärker gealtert, als sie vermutet hätte. Sein Gesicht war hager und tief zerfurcht. Aber seine blauen Augen strahlten durchdringend wie eh und je.

„Möchtest du dich gern setzen?“, fragte sie, plötzlich verlegen.

„Nein, Fiona, ich möchte dich küssen.“

Fiona lächelte. Er beugte sich zu ihr nieder, und ihre Lippen trafen sich. Seine Küsse waren genauso zart und süß wie früher, und sie verlor sich in ihnen. Dann, ebenfalls wie früher, wurde sie leidenschaftlicher, zog ihn enger an sich und hielt ihn fest.

Weiter hinten in der Küche schlug eine Tür zu und eine Frauenstimme fluchte: „Mistwetter!“ Augenblicke später rauschte die Frau ins Esszimmer und blieb, überrascht von der Szene im Flur, abrupt stehen.

„Mutter?“, fragte sie ungläubig.

Fiona drehte sich zu ihrer Tochter um.

Die hochschwangere junge Frau starrte die beiden Menschen im Flur einen Augenblick vollkommen sprachlos an, dann bewegte sie sich mühsam auf sie zu.

Der Mann lächelte sie an. „Hallo Meaghan.“

Ganz genau wie bei ihrer Mutter flog Meaghans Hand zum Mund, ihre Augen weiteten sich vor Staunen, und ihre freie Hand tastete nach dem Stuhl, auf den sie sich schwerfällig sacken ließ. Dann sagte sie: „Ihr zwei wart verliebt.“

„Berichtigung“, erwiderte Fiona, „wir zwei *sind* verliebt.“

„Lass dich nicht von dieser Umarmung täuschen, Alec, so begrüßt sie jetzt all unsere Gäste“, witzelte Meaghan mit funkelnden Augen. „Das belebt das Geschäft.“

„Meaghan!“, protestierte Fiona.

„Daran habe ich keinerlei Zweifel“, sagte Alec, was ihm einen schmerzhaften Tadel von Fiona einbrachte, die ihm mit dem Finger in die Rippen stieß.

Und dann brachen alle drei in Gelächter aus.

Fiona wandte sich an Meaghan. „Würdest du uns für eine Weile entschuldigen, Schatz? Wir haben uns einiges zu erzählen.“

Meaghan nickte und hievte sich vom Stuhl hoch. Etwas umständlich, wegen des dicken Bauches zwischen ihnen, umarmte sie Alec.

„Meinen Glückwunsch der werdenden Mutter“, sagte er.

„Glückwunsch, dass ich nicht lache! Sobald wir herausfinden, wie wir das zustande gebracht haben, tun Owen und ich es nie wieder!“

Meaghan schob sich in Richtung Küche, und Fiona führte Alec durch die niedrige Eichentür in ihre Privatzimmer. Ohne anzuhalten, ging sie durch das Wohnzimmer direkt ins Schlafzimmer. Dort legte sie ihre Kleider ab und half Alec aus seinen. Dann zog sie ihn in ihr Bett und drückte ihn an sich.

„Ich habe nie aufgehört, dich zu lieben, Alec Hudson. Ich habe nie aufgehört zu glauben, dass wir wieder zusammenfinden. Es musste so kommen; wir sind füreinander bestimmt.“

„Sag mir, dass ich das Richtige getan habe, Fi.“

„Ich war am Boden zerstört, Alec, anders kann ich es leider nicht sagen. Ich habe nicht gedacht, dass ich mich je erholen würde. Es war schlimmer als der Tod, weil ich immer die Hoffnung hatte, dass du wiederkommen würdest. Weil ich diese Hoffnung einfach nicht aufgeben konnte.“

„Es tut mir so leid, Fi“, sagte Alec und begrub das Gesicht in ihrer Halsbeuge.

„Es braucht dir nicht leidzutun, Schatz. Weil du das Richtige getan hast. Und am Ende habe ich dich deswegen nur noch mehr geliebt“, flüsterte sie.

Eine sehr lange Zeit verharrten sie so, Haut an Haut, fest aneinandergeklammert.

Es war schon fast dunkel, als Alec erwachte. Fiona kam durch das Zimmer auf ihn zu. Sie hatte sich umgezogen und trug ein eng anliegendes Wollkleid in einem erdigen Olivton. Sie kletterte aufs Bett und blickte ihn an.

„Wie lang habe ich geschlafen?“

„Ein paar Stunden.“

„Verflixter Jetlag.“

„Ja sicher, daran wird’s liegen, und nicht daran, dass du ein alter Knacker bist“, zog sie ihn auf.

Er richtete sich auf und schnappte Fiona. „Eins möchte ich wissen“, sagte er. „Wie hast du es geschafft, nach wie vor so umwerfend auszusehen?“

„Ein vernünftiger Lebensstil und viel frische Luft“, erwiderte Fiona, wobei sie sich von ihm löste. „Und ich möchte Folgendes wissen“, konterte sie, „was hat dich gerade jetzt zurückgebracht?“

Alec lächelte. „Könntest du mir bitte meine Hose reichen?“

Mit schräg gelegtem Kopf musterte sie ihn einen Augenblick, dann sprang sie vom Bett und holte ihm die Hose.

Er fischte seine Brieftasche aus der Gesäßtasche, klappte sie auf, zog ein gefaltetes Stück Papier heraus und reichte es Fiona.

Sie strich das Papier glatt und erkannte sofort, worum es sich handelte. Es war eine kleine Notiz aus dem Gemeindebrief von St Mary's:

> Meaghan Dorothy Edwards und Owen Thomas Lewis, beide wohnhaft in Dolgellau, haben am 12. Juni 2004 in St Mary's den Bund der Ehe geschlossen. Der Bräutigam ist der Sohn von Anna Llewellyn Lewis und dem verstorbenen Raymond Lewis. Die Braut ist die Tochter von Fiona Potter Edwards und dem verstorbenen David Edwards. Das Paar wird auf Tan y Gadair leben.

„Wie kommst du daran?", fragte Fiona.

„Ich habe den Gemeindebrief abonniert."

„Aber das ist über ein Jahr her!"

„Ich weiß. Und zwei Monate vorher war David gestorben. Davon habe ich auch aus dem Gemeindebrief erfahren. Doch als ich den Nachruf las, dachte ich, es sei ungehörig, dich vor Ablauf einer gewissen Zeit zu kontaktieren."

Fiona lehnte sich an einen der Himmelbettpfosten und schaute Alec fest in die Augen. „Mein Herr, Ihr Problem ist, dass Sie viel zu viel Wert auf Etikette legen. Das hat uns ein ganzes gemeinsames Jahr gekostet!"

Alec wandte sich ab. „Nachdem ich dich verlassen hatte, wusste ich nicht, ob du mich überhaupt wiedersehen möchtest."

Schmunzelnd betrachtete Fiona die Liebe ihres Lebens. „Sieht so aus, als wärst du der dümmste Mann auf Erden."

„Danke sehr."

Daraufhin schwiegen die zwei eine lange Zeit und starrten sich bloß mit breitem Grinsen an.

Dann wurde Fionas Gesichtsausdruck wieder ernst. „Wie lange willst du bleiben?"

Alec wandte ihr das Gesicht zu, in dem die Jahre der Sehnsucht ihre Spuren hinterlassen hatten. „Darf es für immer sein?"

Sie blickte zu ihm nieder. „Ich denke, das ließe sich einrichten", erwiderte sie mit einem frivolen Kichern.

Sie hielten sich eine Weile im Arm und verarbeiteten das, was sie einander gerade gestanden hatten. Doch plötzlich setzte Fiona sich auf.

„Was um Himmels willen hast du eigentlich die ganze Zeit getrieben?", fragte sie.

Daraufhin kletterte Alec aus dem Bett und wühlte in den Taschen seines Anoraks herum.

„Was suchst du denn jetzt?", fragte Fiona.

„Dein Geburtstagsgeschenk natürlich", murmelte Alec. „Ah!"

Er kam zurück zum Bett und überreichte ihr ein kleines Paket.

Nachdem sie das Geschenkpapier entfernt hatte, hielt sie ein schmales Buch in der Hand. Sie drehte es um und sah auf den Titel. Eine Bauchbinde verkündete: BESTSELLER! Als Titelbild diente ein weich gezeichnetes Foto von einer sanft geschwungenen Kurve, die zunächst abwärts- und dann wieder aufwärtsführte, eine Nahaufnahme vom Rücken einer Frau. Der Titel des Buches lautete „Hauthunger". Der Autor war Alec Hudson. Als Fiona das Buch aufschlug, sah sie, dass es sich um eine Gedichtsammlung handelte. Das Gedicht, das dem Buch den Namen gegeben hatte, dasselbe, das sie vor Jahren gelesen hatte, kam als Erstes. Und viele andere folgten. Gerade wollte sie das Buch schließen, da stach ihr die Widmung ins Auge. Auf einer ansonsten leeren weißen Seite standen vier kleine Wörter:

FÜR FI
AUF EWIG

Und erneut kamen ihr die Tränen. Fiona schien es, als hätten sie sich während all ihrer einsamen Jahre angestaut, und sie fragte sich, ob sie jemals wieder aufhören würden zu fließen.

Alec nahm sie in die Arme. „Ich freue mich, sagen zu können, dass das nicht die übliche Reaktion meiner Leser ist."

Er spürte, wie sie unter Tränen lachte.

Fiona wischte sich die Tränen aus den Augen und stand auf. „Zieh dir etwas an, du wunderbarer, dummer Mann. Meaghan hat mir ein schönes Geburtstagsessen gekocht und du bist eingeladen."

„Hast du etwas dagegen, wenn ich mich erst ein wenig frisch mache?"

„Natürlich nicht, aber beeil dich!"

Und damit hüpfte Fiona aus dem Zimmer, das kleine Buch fest an die Brust gedrückt.

Alec badete in der alten Wanne mit den Klauenfüßen, rasierte sich und zog sich um. Irgendjemand hatte seinen Koffer gebracht, während er schlief.

Je näher er der Küche kam, desto stärker und exotischer wurden die Düfte. Als er eintrat, entdeckte er Fiona und Meaghan Arm in Arm. Am Aga stand Owen Lewis und rührte in einem großen Topf.

Owen hörte ihn hereinkommen, drehte sich um, kam durch den Raum und umarmte ihn stürmisch. Alec wäre beinahe von seinen Gefühlen überwältigt worden. „Owen", sagte er, die Umarmung des jungen Mannes noch ein wenig hinauszögernd, „ich freue mich sehr für dich und Meaghan."

Owen trat zurück und hielt Alec bei den Schultern. „Willkommen zu Hause, mein Freund!", sagte er.

Alec setzte sich an den Küchentisch und blickte sich in dem Raum um, an den er im Lauf der Jahre so oft zurückgedacht hatte. Es hatte sich nicht viel geändert.

„Es gibt gleich Essen“, sagte Meaghan und übernahm Owens Platz am Herd.

„Kann ich dir in der Zwischenzeit irgendetwas bringen?“, fragte Owen.

„Gibt es in diesem Etablissement ein anständiges Glas Wein?“

Owen ging zum Kühlschrank und nahm eine Flasche Chardonnay heraus. „Aus Australien. Reicht das?“

Alec runzelte die Stirn. „Ist Alkohol drin?“

Owen machte ein besorgtes Gesicht. „Ähm, ja, ich schätze schon.“

„Dann reicht es!“, rief Alec, und alle vier lachten, während Owen einschenkte. Alec stand auf, deutete auf Fionas Tochter, erhob sein Glas und sagte mit breitem Lächeln: „Auf einen neuen Anfang!“

Meaghans Lippen zitterten, und Tränen stiegen ihr in die Augen. Sie nahm das Weinglas ihres Mannes, stieß mit Alec an, trank einen kleinen Schluck und erwiderte: „Für uns alle, Alec – für alle.“

Meaghan hatte einen leckeren mediterranen Fischeintopf zubereitet, mit einer herzhaften Einlage aus Meeresfrüchten und safrangelbem Gemüse.

„Das ist alles deine Schuld“, tadelte sie Alec. „Du hast mich zum Kochen verführt!“

„Tatsächlich? Wie schön“, sagte Alec, während Meaghan die gefüllten Teller herumreichte.

Das Abendessen war eine laute Angelegenheit, voller Gelächter, Geschichten und Erinnerungen. Als sie fertig waren, stand Alec auf, um abzuräumen.

„Du lernst es wohl nie, was?“, schimpfte Fiona, indem sie seine Hand beiseiteschob.

„Da fällt mir ein …“, sagte Owen und verschwand durch die Hintertür. Einige Augenblicke später kehrte er mit einer großen Pappschachtel zurück. Nachdem er sie auf den Tisch gestellt und den Deckel entfernt hatte, kam eine dreischichtige Geburtstagstorte aus dunkler Schokolade zum Vorschein, auf die mit Buttercreme eine große *50* gemalt war.

„Die ist von Brandith“, erklärte Owen. „Wir wollten eigentlich noch fünfzig Kerzen aufstecken, aber …“

„… das hätte gegen die Brandschutzordnung verstoßen, nicht wahr?“, vollendete Alec den Satz.

„He!“, schrie Fiona, die Hände in den Hüften, „das musst du gerade sagen!“

„Ich bin fit wie ein Turnschuh und werde es dir beweisen“, konterte Alec.

Fiona neigte sich zu ihm und flüsterte ihm ins Ohr: „Das werden wir ja später noch sehen.“

Alec hob eine Augenbraue, und Fiona unterdrückte ein Kichern, während Meaghan die Kuchenstücke verteilte.

Die Geburtstagstorte war köstlich. Als sein Teller leer war, schob Alec sich vom Tisch zurück. „Fi, hast du immer noch den Sherry für die Gäste?"

„Natürlich habe ich den noch."

„Würdest du freundlicherweise etwas davon holen?"

„Warum?"

„Nenn mich ruhig altmodisch."

Meaghan und Owen räumten den Tisch ab, und Fiona kehrte mit einem Tablett zurück, auf dem vier kleine Gläser und eine Karaffe standen. Alec erhob sich und füllte die Gläser, gab Meaghan aber nur einen kleinen Schluck.

„Weitere Trinksprüche?", fragte Fiona.

„Vielleicht", sagte Alec mit einem scheuen Lächeln.

Er stellte sich neben Fionas Stuhl, griff in seine Tasche und zog ein Kästchen heraus, das so klein war, dass er es mit der Hand umschließen konnte. Es war alt und mit verblasstem, zart hellblauem Samt überzogen. Auf dem Deckel prangte in silbernen Buchstaben der Name TIFFANY & CO. Er kniete sich vor Fiona hin und legte das Kästchen in ihre Hand.

„Das hat meiner Mutter gehört", sagte er sehr leise. „Danach gehörte es Gwynne. Und nun möchte ich, dass es dir gehört, Fiona – falls du es willst."

Als Fiona das Kästchen öffnete, hatte sie Mühe, das Zittern ihrer Hände zu unterdrücken. Sie klappte den Deckel auf. Darunter, auf einem kleinen Seidenkissen, funkelte ein feuriger Diamant in einer schlichten Goldfassung.

Einen Moment schaute sie starr auf den Stein, dann auf Alec, und schließlich legte sie lächelnd, mit Tränen in den Augen, den Kopf schief. „Du gehst aber ran …"

„Wir haben nicht mehr viel Zeit", flüsterte er.

„Doch, Alec, den Rest unseres Lebens."

WILL NORTH

Foto: Harriet Berger

„Egal welche Steine uns das Leben in den Weg legt – niemand von uns will wirklich allein sein."

Manches, was Autor Will North in seinem Buch *Am Ende des Weges* schildert, beruht traurigerweise auf eigenen Erfahrungen. Wie seine Romanfigur Alec war North mit einer Frau verheiratet, die der fiktiven Gwynne sehr ähnelte. Das Ehepaar ließ sich scheiden, und es war North selbst, der nach dem Tod seiner Exfrau durch England wanderte, um dort ihre Asche zu verstreuen. „Es war das Schwierigste, was ich je getan habe, sie auf diesem Berg zurückzulassen", sagt North. Doch es half ihm, mit seiner Trauer zurechtzukommen: „Ihre Asche zu verstreuen war, als würde ich unsere Liebe in die Welt entlassen."

Eine weitere Parallele zwischen Alec und Will North ist die Tatsache, dass der Autor mit dreißig Jahren Redenschreiber für Präsident Carter wurde. Und er wurde entlassen, als Ronald Reagan an die Macht kam. „Er zwang mich dazu, zu entscheiden, ob ich eine feste Stelle haben oder Schriftsteller sein wollte. Ich entschied mich für Letzteres."

Im Lauf der Jahre schrieb North über ein Dutzend Sachbücher, die sich mit Politik beschäftigen. Zudem war er als Ghostwriter tätig – unter anderem für einen Präsidenten, einen Vizepräsidenten, einen berühmten Bergsteiger und eine Gruppe von Dinosaurierjägern. Auch Reiseführer verfasste er, die sich alle mit seinem Lieblingsland England beschäftigen. *Am Ende des Weges* ist sein erster Roman, und nach North' Ansicht ist es leichter, Romane zu schreiben als Sachbücher: „Man sitzt einfach da und erfindet Sachen. Keine Stapel von Kisten, die vollgestopft sind mit Recherchematerial (obwohl natürlich jedes Detail in meinem Roman gründlich recherchiert wurde). Das wirklich Schöne an einem Roman ist, wenn man von seinen Figuren vereinnahmt wird. Ab einem bestimmten Punkt schreibt man einfach auf, was sie einem sagen, und jeder Tag birgt eine Überraschung."

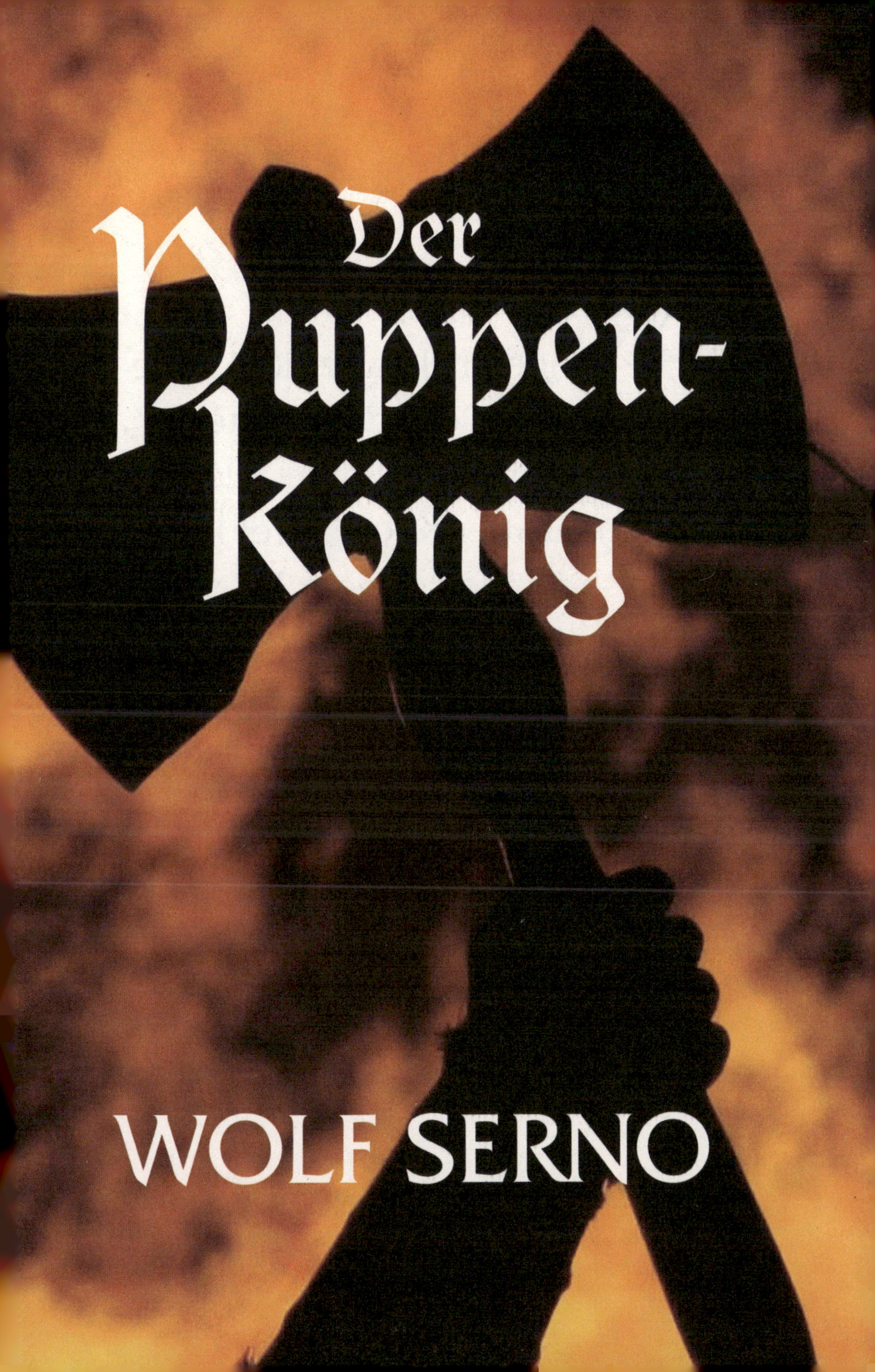
Der
Puppen-
König
WOLF SERNO

Klingenthal hatte die Kirche schon passiert, da glaubte er seinen Namen zu hören. Die Rufe kamen aus der Kirche. Wer konnte das sein? Die schwere Tür stand halb offen und er ging hinein. Niemand war zu sehen. Ein harter Schlag traf ihn, grobe Hände packten ihn von hinten und stülpten ihm einen Sack über den Kopf …

Prolog

Der Schlag kam hart und unvermittelt. Er traf das Kind am Kopf, sodass es taumelte und fast das Gleichgewicht verlor. Es kämpfte mit den Tränen, vor Schmerz und vor Angst, denn der Vater hatte es in der letzten Zeit täglich geschlagen. Sein kleines Gesicht verzog sich, doch heute wollte es nicht weinen, denn es spürte zum ersten Mal, welch seltsame Freude die Züchtigung dem Vater bereitete, und eine Freude wollte es ihm nicht machen. Niemals mehr. So schniefte es nur, biss die Zähne zusammen und blickte zu Boden.

„Warum heulst du nicht?“, schnauzte der Vater. „Flennst doch sonst bei jeder Gelegenheit!“

Das Kind antwortete nicht. Sein Blick glitt über die Holzfiguren, die es mit so viel Hingabe angemalt hatte: ein Pferd, ein Huhn und ein Schwein. Hübsch bunt sahen sie aus – wenn sie nur nicht auf den Teppich gefallen wären. Der Teppich sah nicht mehr hübsch aus, er war voller Tuscheflecken.

„Hab nicht aufgepasst“, murmelte das Kind.

„Das sehe ich. Weißt du eigentlich, wie viel so ein Perser kostet? Nur gut, dass deine arme Mutter das nicht mehr erleben muss. Hundertmal habe ich dir gesagt, du sollst in deinem Zimmer spielen. Hier im Salon hast du nichts zu suchen. Wo ist überhaupt Kläre?“

„Weiß nicht.“

„Soso, du weißt es nicht.“ Das Gesicht des Vaters lief schon wieder rot an. Dann brüllte er: „Kläre! Herrgott noch mal, wo steckt diese Schlafmütze von Kindermädchen nur wieder?“

Eilige Schritte näherten sich, dann erschien Kläre in der Tür. Sie war eine blässliche Person, kaum zehn Jahre älter als das Kind und Spross eines entfernten Verwandten. „Ja, Onkel Johannes?“

„Wieso passt du nicht auf das Kind auf? Sieh nur, was dieses Trampel schon wieder angerichtet hat!“

„O mein Gott!“

„Lass den lieben Gott aus dem Spiel. Ich will wissen, warum du nicht auf das Kind aufgepasst hast.“

Kläre rang die Hände. „Die Köchin hat mich gebeten, ich soll ihr helfen wegen heute Abend, wo …"

„… wo ich Gäste erwarte, das weiß ich selbst. Mach sofort den Teppich sauber, und wehe, da bleibt auch nur ein Gran Farbe drin."

„Jawohl, Onkel Johannes."

„Und nun marsch, an die Arbeit!" Ohne ein weiteres Wort stürmte der Vater aus dem Salon. Das Kind blickte ihm nach.

„Ist dem Vater wieder die Hand ausgerutscht?", fragte Kläre teilnahmsvoll.

Das Kind antwortete nicht. Es begann zu weinen.

Am Nachmittag war das Kind wieder allein, Kläre musste weiter in der Küche helfen. Der Doktor hatte der Köchin zwar eine gehörige Standpauke gehalten, aber diese hatte geantwortet, die Arbeit würde sich nicht von allein machen, und wenn sie keine Hilfe hätte, könnten seine Gäste sich die Nase wischen. Ob dem Herrn Doktor das recht sei?

Statt einer Antwort hatte der Vater den erstbesten Porzellanteller ergriffen und gegen die Wand geschleudert.

Das Kind war froh, allein zu sein. Es ging durch den Garten hinunter zum Elbufer und auf den Bootssteg, an dessen Ende ein hölzerner Pavillon stand, der Platz, an dem es sich am liebsten aufhielt, denn hier gab es immer etwas zu beobachten: die Fischer, die ihre Netze auswarfen, die Frachtkähne, die Ruderboote, in denen schwatzende Menschen saßen. Dazu die Möwen, die kreischend über allem schwebten. Was es heute wohl zu sehen gab?

Gespannt kletterte das Kind in die alte Kiste, die ihm als Versteck diente. Es spähte durch ein Astloch nach draußen. Nein, viel los schien heute nicht zu sein, was vielleicht daran lag, dass heute Sonntag war. Doch was war das? Keine hundert Schritte entfernt tauchte plötzlich ein Mann im Uferschilf auf. Ein finsterer Kerl, der einen Sack über der Schulter trug. Nun nahm er ihn herunter und griff hinein. Ein Kätzchen kam zum Vorschein. Der Mann hatte es fest im Nacken gepackt und drückte es unter Wasser.

Das Kind stieß einen Laut des Entsetzens aus. Der Mann ertränkte das Katzenkind! Und schon griff der Bösewicht abermals in den Sack und tötete das nächste! Das Kind wollte aufspringen und um Hilfe schreien, aber es blieb zitternd sitzen, denn es hatte Angst vor dem dunklen Mann.

Als auch das letzte Kätzchen ersäuft war, faltete der Mann den Sack zusammen, stopfte ihn in die Tasche und ging seiner Wege.

Das Kind saß noch immer wie gebannt da. Wie konnte ein Mensch nur so etwas fertigbringen? Wieder musste es weinen. Als seine Tränen versiegt waren, fragte es sich, ob die Kätzchen jetzt wohl im Himmel seien. Ja, sagte es sich, bestimmt sind sie da, und sie werden es dort viel besser haben. Die Engel werden freundlich zu ihnen sein, und der Herrgott erst recht. Und niemand wird sie schlagen.

Bei diesem Gedanken hielt das Kind inne, denn es wünschte sich nichts so sehr, wie niemals wieder geschlagen zu werden. Ich müsste ein Kätzchen sein, dachte es sich, dann wäre ich jetzt im Himmel und der Vater ganz weit weg. Es ist bestimmt nicht schwer, ins Wasser zu gehen und die Luft anzuhalten, ja, ich will mich ertränken.

„Bist du verrückt geworden, was wolltest du denn im Wasser?", schalt Kläre am Nachmittag, während sie dem Kind die nassen Sachen auszog. „Nur gut, dass ich rechtzeitig dazugekommen bin, du hättest dir den Tod holen können!"

„Ja", sagte das Kind, „das hätt ich."

„Sei froh, dass Onkel Johannes von alledem nichts mitgekriegt hat, sonst hätte es eine gehörige Tracht Prügel gegeben."

„Ja", sagte das Kind, und ein Angstschauer lief ihm über den Rücken.

Kläre zog die Sonntagskleider aus dem Schrank. „Wirst gut aussehen nachher. Komm, ich helfe dir beim Anziehen."

„Nein", sagte das Kind, „will mich allein anziehen."

Kläre wirkte ein wenig beleidigt. „Meinetwegen, aber knöpf die Knöpfe nicht wieder schief. Und beeil dich, die Gäste kommen bald."

„Ja", sagte das Kind.

Für den Abend hatte der Vater ein gerüschtes Jabot gewählt, dessen makelloses Weiß sehr gut mit dem Schwarz des Rocks kontrastierte. Auch die goldenen Knöpfe würden Eindruck machen. Er warf einen abschließenden Blick in den Spiegel. Ja, er war mit seinem Äußeren zufrieden, wozu nicht zuletzt die Perücke beitrug, die der Diener noch einmal frisch nachgepudert hatte. Der Vater schaute auf die Standuhr und machte sich auf den Weg in die Empfangshalle. Er passierte dabei die Bibliothek. Sie war ihm der liebste Raum von allen, denn sie spiegelte sein umfangreiches Wissen als Mediziner wider. Alle Meisterärzte waren hier vertreten – von Avicenna bis Zwinger, dazwischen Hanns von Gersdorff mit seinem „Feldtbuch der Wundartzney", Hippokrates und Paracelsus. Er trat an den Schreibtisch, fand einen kleinen Zettel und steckte ihn ein. Dann eilte er weiter.

Ein schneller Blick in die festlich illuminierte Halle sagte ihm, dass die wichtigsten Persönlichkeiten noch nicht anwesend waren. Dennoch rief er mit dröhnender Stimme nach dem Champagner. Jeder sollte wissen, dass dieser Tag ein besonderer war, weil er seine Verlobung mit Demoiselle von Ratorff bekannt geben wollte. Leider war die junge Dame noch nicht eingetroffen, was aber nicht weiter schlimm war, denn sie konnte keinesfalls als eine Tochter von Aphrodite, der Göttin der Schönheit, gelten. Dafür war sie die Jüngste des Geheimrats von Ratorff, eines der reichsten Männer in der Mark Brandenburg. Und das machte manches wett.

Wenig später trat der alte von Ratorff ein, am Arm seine Tochter. Aufgeputzt machte sie gar keine so schlechte Figur. Sie trug ein Kleid aus kostbarster Schantungseide, dazu eine Frisur, deren Herstellung ein Vermögen gekostet haben musste. Der Vater trat vor, um seine Gäste zu begrüßen.

Die Tafel bog sich unter dem, was Küche und Keller hergegeben hatten: Austern, Wildschweinskopf, gefüllte Gans und zum Nachtisch Gefrorenes. Der Vater rief zu Tisch und saß dann seiner schüchternen Braut gegenüber. Er pries mit vollem Mund ihre Schönheit, stieß auf die Gesundheit des alten von Ratorff an und ließ immer wieder neue Weine auftischen.

„Altes Tyrannenblut!“, rief er später, leicht angesäuselt. „Mein Lieblingswein, weil er gleich dreimal schmeckt: bei allem, zu allem und in allem!“

Die Gäste lachten, und die wenigsten von ihnen ahnten, wie trefflich der Name Tyrannenblut zum cholerischen Charakter des Vaters passte.

„Ich bitte um Gehör!“, rief dieser jetzt, erhob sich und schlug mit einem Löffel gegen sein Glas. „Dieser achtzehnte Juni des Jahres siebzehnhundertvierzig ist ein denkwürdiger Tag, denn ich habe die vorzügliche Ehre, Euch, hochverehrter Herr Geheimrat, und Euch, liebe Demoiselle von Ratorff, in meinem bescheidenen Haus willkommen heißen zu dürfen.“ Er fingerte den Notizzettel hervor und zählte mit seiner Hilfe die Namen sämtlicher Honoratioren auf. Dann fuhr er fort: „Heute habe ich das außerordentliche Vergnügen, meine Verlobung mit Demoiselle Hildegard von Ratorff zu verkünden, und ich darf …“ Er unterbrach sich, denn seine Zukünftige zeigte plötzlich auf einen Punkt hinter ihm und sagte: „Da ist ein Kind.“

„Ein Kind?“ Der Vater fuhr herum. „Ach ja. Mein Kind. Nun, ja, natürlich. Es muss ja schließlich dabei sein, nicht wahr.“

Das Kind stand da und sagte nichts.

„Woher kommst du so plötzlich?“, fragte der Vater.

„War unterm Tisch. Die ganze Zeit.“

„Ja, aber wieso …?"

Einige der Gäste begannen zu tuscheln.

„Da", sagte das Kind und zeigte auf die Stelle, wo es sich versteckt hatte. „Hab mein Pferd, mein Huhn und mein Schwein da unten."

„Äh, ja." Der Vater bückte sich flüchtig, um einen Blick auf die Holztiere zu werfen. Als er sie nicht gleich entdecken konnte, richtete er sich wieder auf. Doch beim Aufrichten stieß er gegen das Kind, und das Kind stieß gegen das Weinglas mit dem Tyrannenblut, und das Tyrannenblut ergoss sich über das Jabot des Vaters. Das war zu viel. Beim Vater brachen wieder alle Dämme. Er gab dem Kind eine klatschende Maulschelle und rief: „Herrgott noch mal, du Trampel! Kannst du nicht aufpassen …"

Dann brach er ab, denn er spürte um sich herum Stille, jene Stille, die voller Vorwurf ist. „Sofort gehst du in dein Zimmer!"

Als das Kind fort war, nahm der Vater den Faden wieder auf. Er brachte seine Ansprache zu Ende. Erst ganz allmählich lockerte sich die Stimmung wieder, es wurde weiter getafelt und gezecht, und als das Fest schließlich zu Ende ging, hatten sich alle prächtig amüsiert.

Noch in derselben Nacht, kurz vor dem ersten Morgengrauen, sah man den Vater schlingernden Schrittes den Garten durchqueren. Er steuerte in Richtung Strom. Mit einiger Mühe betrat er den Bootssteg und näherte sich dem Pavillon, wobei er irgendetwas von dem Sonnenaufgang brabbelte, den er sich nicht entgehen lassen wollte. Plötzlich sagte er nichts mehr, denn ein Schluckauf war ihm ins Wort gefallen. „Hicks!", machte er, und wieder „Hicks!" Und jedes Mal hatte er das Gefühl, eine Faust säße in seinem Innern und wolle ihn umstoßen.

Und dann wurde er tatsächlich umgestoßen, von einer kleinen Faust, die aus der Bootskiste hervorschoss. Mit einem Schrei fiel der Vater hinein in den Strom. Schlagartig ernüchtert rief er um Hilfe. Er zappelte, denn er konnte nicht schwimmen. Er schluckte Wasser, strampelte um sein Leben, und gerade als es ihm zu gelingen schien, die rettende Leiter des Stegs zu erreichen, wurde er erneut von der kleinen Faust zurückgestoßen. Sie hielt einen Bootshaken, stach zu. Blut floss. Der Vater tauchte gurgelnd unter, schnappte nach Luft, bettelte um sein Leben und wurde abermals mit dem Haken nach unten gedrückt. Einmal noch kam der Tyrann hoch, dann blieb die Wasserfläche glatt …

Das Kind weinte vor Erleichterung. Und in sein Weinen, mehr und mehr, mischte sich ein Kichern. Ein Kichern der Erlösung.

Wer …

Klingenthal wachte auf zwischen der Magd und dem Burgfräulein. Die Magd war blond, trug einen verblassten Kittel und eine Haube. Das Burgfräulein war eine ältliche Jungfer mit einem Spitzhut auf dem Kopf und blasiertem Blick.

„Klingenthal“, näselte das Burgfräulein, „mit jedem Tag, den Gott werden lässt, stehst du später auf.“

„Das stimmt nicht“, sagte Klingenthal und gähnte.

„Das Einerlei der Landschaft schlägt mir aufs Gemüt, ich muss wieder unter Menschen. Wie weit ist es noch bis Steinfurth?“

„Steinfurth?“ Klingenthals Gedanken wanderten zu dem alten Elbestädtchen, das auf halbem Wege zwischen Tangermünde und Magdeburg lag. Dreitausend Seelen mochten dort leben, darunter Bierbrauer, Salzkaufleute, Tuchmacher und Schiffbauer. Es ging ihnen gut, den Steinfurthern, und dafür sorgte die Elbe. Sie war nicht nur Fischlieferant, Wasserstraße und Lebensader, sie prägte auch das Landschaftsbild der sie umgebenden Niederungen, wo es Sümpfe, Moore und Wälder mit einer reichen Tierwelt gab. Dazu fruchtbares Land, das den Bauern gute Ernten bescherte. Klingenthal pflegte gern in Steinfurth zu überwintern, denn die Einwohner waren von angenehmem, freundlichem Wesen.

„Bestimmt mehr als zwanzig Meilen“, sagte Klingenthal, während sein Blick über die anderen vier lebensgroßen Puppen wanderte: einen Schiffer in Köperhosen, einen Söldner im Harnisch, einen Landmann mit Forke und einen Schultheiß mit Amtskette. Alle befanden sich auf dem schweren zweirädrigen Karren, der Klingenthal als Fortbewegungsmittel diente, und so unterschiedlich sie auch aussahen, so war doch jede von ihnen ein Teil seiner selbst. Magd, Burgfräulein, Schiffer, Söldner, Landmann und Schultheiß verkörperten die Vielfalt seiner Gedanken und den Widerstreit seiner Gefühle. Jede Puppe besaß eine Stimme, die Klingenthal eigens für sie entwickelt hatte – denn er war Bauchredner. Die Vorstellungen, die er mit seinen Puppen gab, waren landauf, landab beliebt, weil er es ausgezeichnet verstand, die menschlichen Schwächen aufs Korn zu nehmen.

„Auf, auf, ihr müden Leiber, die Pier steht voller nackter Weiber!“, rief plötzlich der Schiffer, der manchmal zu Derbheiten neigte.

Der Söldner lachte und rief: „Steinfurth, wir kommen!“

„Dann wollen wir mal“, sagte Klingenthal mit seiner eigenen Stimme und erhob sich. Er sprang von dem Karren herunter und streckte die Glieder. „Jetzt ein gutes Frühstück!"

„Willst du dich nicht vorher rasieren?", empörte sich das Burgfräulein.

„Schon gut." Klingenthal griff zu Seife und Rasiermesser, strebte dem nahen Bach zu und begann sich den Bart zu scheren. Was folgte, war nicht mehr als eine Katzenwäsche. Abschließend schöpfte er einen Becher Wasser aus dem Bach und ging zum Karren zurück, kletterte hinein und ließ sich zwischen seinen Puppen nieder. Dann öffnete er die kleine Vorratskiste, in der sich seine Nahrungsmittel befanden. Viel war nicht mehr darin. Ein Stück harter Käse und ein Stück Rinderrauchwurst.

„Nimm den Käse", sagte die Magd. „Die Wurst hält sich noch."

Klingenthal griff zum Käse.

„Pah!", rief der Söldner. „Käse, das ist doch nur verfaulte Milch!"

Klingenthal griff dennoch zum Käse. Rasch verrichtete er ein Gebet, aß danach die einfache Mahlzeit, prüfte, ob jede seiner Puppen sicher saß, und begab sich dann vor den Karren. Da er keinen Gaul hatte, musste er sich selbst ins Geschirr legen. Er zog den Karren auf die Straße. Wittenmoor lag hinter ihm, jetzt sollte es zunächst in Richtung Ottersburg gehen. Der Tag war jung, er hoffte, nachmittags schon am Ziel zu sein.

AM SELBEN MORGEN, am 8. November 1782, verließ ganz in der Nähe eine junge Frau den Bauernhof des alten Rädigke. Niemand bemerkte sie, als sie mit der ihr eigenen Anmut durch die Hintertür hinausschlüpfte. Der alte Rädigke war gestorben vor einer Woche, begraben am vorgestrigen Tage. Die junge Frau hatte seiner Familie in ihren schweren Stunden zur Seite gestanden. Und das, obwohl sie weder verwandt noch verschwägert war mit der Sippe. Sie hatte mit allen so inbrünstig gebetet, dass selbst der Herr Pastor beeindruckt war. Dafür hatte sie an jeder Mahlzeit teilgenommen und einen gesegneten Appetit an den Tag gelegt.

Doch nun war es Zeit, zu gehen. Ein letztes Mal sah die junge Frau zurück, bevor sie sich nach Osten wandte, wo die liebliche Altmark sich vor ihr ausbreitete. Ein paar zaghafte Sonnenstrahlen brachen durch die Kiefernwälder am Horizont, und unwillkürlich blinzelte sie. Ihre Augen waren schwarz wie Ebenholz, groß und leuchtend. Nase und Mund dagegen waren weniger außergewöhnlich, wenn auch durchaus hübsch: die Nase fein und gerade, der Mund weich und geschwungen.

Die junge Frau schulterte ihren mit einem großen silbernen Kreuz bestickten Ranzen und machte sich auf den Weg nach Ottersburg.

Nach einiger Zeit nahm sie ihr Kopftuch ab, ihr war beim Marschieren warm geworden. Sie ordnete ihr Haar und entdeckte, dass neben ihrem Weg ein anderer verlief und dass auf diesem Weg ein Mann daherschritt, der sich selbst vor einen Karren mit Puppen gespannt hatte. Der Mann war von mittlerer Größe und keineswegs unansehnlich. Er mochte Ende dreißig sein, hatte ein vom Wetter gebräuntes Gesicht und steckte in einer für die Landstraße sehr ungewöhnlichen Kleidung: er trug einen Gehrock.

„Heda, guten Morgen!", rief die junge Frau. „Seid Ihr ein Herr, der zum Spaß einen Wagen zieht, oder bist du ein Kärrner, der zum Spaß einen Rock trägt?"

Der Mann ging weiter, immer auf gleicher Höhe, doch ohne sie zu beachten. Er tat so, als sei er tief in Gedanken versunken.

Nicht lange danach liefen beide Wege aufeinander zu, und als sie sich nach hundert Schritten vereinigt hatten, blieb die junge Frau neben dem Mann stehen und sagte: „Wenn du nicht einen halben Schritt hinter mir gehen willst und ich nicht einen halben Schritt vor dir, dann wird uns nichts anderes übrig bleiben, als nebeneinander zu marschieren."

Noch immer schwieg der Mann im Gehrock, doch vom Karren kam plötzlich eine Stimme, die einer der Puppen zu gehören schien. Sie sah aus wie ein Söldner und rief: „Jawoll, stimme zu! Kompanie … marsch!"

Die junge Frau lachte. „Wie es scheint, habe ich es mit einem Bauchredner zu tun."

„Erraten, Gnädigste", sagte der Schultheiß.

„Hast du selbst keine Stimme?", fragte die junge Frau.

„Doch, die hat er. Und einen Namen hat er auch: Julius Klingenthal", antwortete das Burgfräulein geziert. „Aber er ist ein wenig schüchtern."

„Was du nicht sagst. Ich heiße Alena."

„Und ich bin Julius", sagte der Mann mit einer Stimme, die seine eigene sein musste, denn sie passte zu keiner der Puppen.

„Wohin willst du, Julius?", fragte Alena.

„Über Ottersburg und Schönwalde nach Steinfurth."

„Nach Steinfurth will ich auch."

„Tja, dann …" Klingenthal, der zu Eigenbrötelei neigte, blickte auf den Boden und fasste einen Entschluss. „Dann sollten wir die Straße vielleicht gemeinsam unter die Füße nehmen."

NACHDEM sie eine Meile schweigend nebeneinander gegangen waren, sagte Alena: „Die Gefahr, dass du zu viel redest, scheint nicht besonders groß zu sein."

Ein Lächeln huschte über sein Gesicht.

„Wir können uns auch wieder trennen."

„Nein, nein." Klingenthal klang fast erschrocken.

„Dann sollten wir uns unterhalten."

„Äh, ja. Ich wüsste nur nicht, über was."

„Für den Anfang würde es reichen, wenn du mir dein Alter verrätst."

„Sechsundvierzig. Und wie alt bist du?"

„Zweiundzwanzig."

„Aha."

Die Unterhaltung drohte wieder einzuschlafen. Alena unternahm einen neuen Versuch. „Deine Puppen sind hübsch, wer hat sie gemacht?"

„Ich selbst."

„Du selbst? Das stelle ich mir nicht leicht vor."

„Das war es auch nicht." Klingenthal taute etwas auf. „Ich habe es bei einem Meister seines Fachs gelernt. Meine Puppen sind aus Wolle, ihre Gliedmaßen habe ich mit weichem Ziegenleder überzogen, ihre Köpfe sind aus asiatischem Pflanzengummi, und ihre Glasaugen sind beweglich."

„Papperlapapp", näselte das Burgfräulein von hinten, „glaub ihm kein Wort. Wir sind aus Fleisch und Blut."

„So ist es", bestätigte der Schultheiß, „wenn du willst, kannst du das schriftlich haben."

Alena lachte. „Das wird nicht nötig sein, ich glaub's euch auch so."

So verging der Tag, sie sprachen über Bauern, die Ernte, das Wetter, über Gott und die Welt – nur über sich selbst sprachen sie nicht.

Gegen Abend drängte sich die Frage nach einer Übernachtungsmöglichkeit auf, und sie hatten Glück: sie entdeckten einen alten Unterstand. Doch Klingenthal sagte, er schlafe lieber auf seinem Karren, im Übrigen sei das auch schicklicher.

„Tüdelkram!", sagte der Schiffer. „Zu meiner Zeit hätte ich Alena …"

„Na, na, ich muss doch sehr bitten", sagte der Schultheiß.

Am anderen Morgen schien die Sonne, und Klingenthal breitete im Gras eine Pferdedecke aus. Sie setzten sich und begutachteten das Essbare, das sie zum Frühstück beisteuern konnten. Was Klingenthal besaß, war nur das Stück Rinderrauchwurst, Alena dagegen hatte, bevor sie fortgegangen war, noch der Speisekammer von Rädigkes Hof einen Besuch abgestattet. So kam es, dass sie nicht nur Wurst und Speck im Gepäck hatte, sondern auch Brot, Käse und sogar geräucherten Aal.

„Den Aal musst du unbedingt probieren", sagte sie lebhaft.

Klingenthal zögerte. „Sagtest du Aal?"

„Ja, wieso? Magst du keinen?"

„Doch, schon, aber ich esse ihn nicht."

In Alenas Augen stand Tadel. „Das verstehe, wer will."

„Ich erkläre es dir vielleicht ein andermal." Klingenthal, der schon vorher Feuer gemacht und einen Wasserkessel aufs Dreibein gesetzt hatte, schüttete Teeblätter in den Kessel. „Magst du Tee?"

„Ja, gern. Guten Appetit, Julius."

NACHDEM sie sich gestärkt hatten, gingen sie weiter, und wieder war es Alena, die das Gespräch in Gang brachte: „Ich kann mir keinen Reim auf dich machen, Julius", sagte sie, „du sprichst überhaupt nicht über dich, und wenn du sprichst, dann meistens durch den Mund deiner Puppen. Warum?"

„Es übt."

„Und das ist der einzige Grund?"

„Nun ja", sagte Klingenthal.

Der Schultheiß half ihm aus: „Wir sind sein Sprachrohr. Wir kennen seine Gedanken und übernehmen die Antwort."

„Er ist ja so empfindsam", sagte die Magd.

„Seemannsgarn!", rief der Schiffer. „In Shanghai war Julius der Erste, der den Mädels unter die Röcke geguckt hat."

Alenas Augen lachten. „Stimmt das, Julius?"

Klingenthal räusperte sich. „Der Schiffer hat ein ziemliches Talent im Schwatzen."

„Aber du warst mal in, in … wie hieß das noch?"

„Shanghai. Ja, ich war mal da."

„Und warst du auch mal Seemann?"

„Das ist lange her."

„Dann warst du vielleicht auch mal Soldat? Und sogar Bürgermeister?"

Klingenthal kämpfte mit sich. Es ging ihm wider die Natur, seine gesamte Vergangenheit auszuplaudern, andererseits musste er sich eingestehen, dass er Alena mochte. Sie hatte eine frische, natürliche Art und lachte gern. Und dann waren da noch ihre Augen … Schließlich antwortete er: „Auch ich kann mir keinen Reim auf dich machen."

„Nanu?", tat sie überrascht. „Warum denn das?"

„Nun, dem Kleid nach könntest du eine Nonne sein, aber ich glaube nicht, dass du eine bist, denn du wirkst, äh, eher fröhlich als fromm. Andererseits hast du ein silbernes Kreuz auf deinem Ranzen."

„Richtig", sagte Alena, „ich habe es selbst daraufgestickt."

„Eine Bäuerin bist du auch nicht, dafür sind deine Hände zu zart. Du könntest eine junge Frau aus gutem Hause sein, die das Schicksal auf die Straße verschlagen hat."

„Du bist sehr scharfsinnig, Julius."

„Findest du?" Klingenthal wurde verlegen. Dann wies er nach vorn. „Da kommt uns Ezechiel, der Öljud, entgegen. Um diese Jahreszeit tippelt er immer in dieser Gegend."

Ezechiel war ein dürrer Mann, der einen schäbigen Kittel trug und dazu ein kreisrundes Stück Leder auf dem Hinterkopf. Er hatte sich eine Art Bauchladen vor den Leib geschnallt und hielt nun an. „*Shalom*, Julius."

„*Shalom*, Ezechiel."

„Lass dich angucken. Wenn ich sagen würd, du siehst schlecht aus, würd ich lügen." Der Öljud kicherte und kratzte sich am Kopf unter der Kippa.

„Du siehst auch nicht schlecht aus."

„Nebbich, wie soll ich nicht schlecht aussehen, wenn ich keine so hübsche Schickse dabeihab!"

Der Söldner mischte sich ein: „Der Ausdruck ‚Schickse' war eine Beleidigung, Herr! Ich fordere Satisfaktion!"

„Oj, oj, nix für ungut, ich meinte ja nur." Ezechiel schickte sich an, weiterzugehen. „Na denn, gute Reise, ihr zwei. *Shalom!*"

„*Shalom*, Ezechiel. Bis zum nächsten Mal."

Auch Klingenthal und Alena schritten wieder aus. Nach einer Weile fragte Alena: „Was ist ein Öljud?"

„Ein Jude, der über Land zieht und ölhaltige Mittel verkauft. Ezechiel hält darüber hinaus bunte Stoffreste, Spitzen, Saumstücke und Bänder feil."

„Schade, dass er so schnell weitergeschlurft ist. Ich hätte gerne mal in seinen Schätzen gekramt."

Einige Zeit später wies Klingenthal auf einen Punkt, wo zwei mächtige Kiefern nah beieinanderstanden. „Da ist ein nettes Fleckchen Erde. Lass uns zusammen essen."

„Ja, fein."

Nachdem sie gegessen hatten, sagte Alena nachdenklich: „Er hat dich mit *Shalom* begrüßt, und du hast *Shalom* geantwortet. Und dann hast du heute Morgen den Aal nicht essen wollen. Weißt du, was ich glaube?"

„Nein", sagte Klingenthal schnell, „aber du scheinst mehr über mich zu wissen als ich über dich. Ich weiß lediglich, was du nicht bist, und das auch nur, weil ich's mir so zusammengereimt habe."

Sie lächelte. „Ja, das war sehr klug von dir. Glaubst du, es hätte einen Sinn, heute noch weiterzumarschieren?"

Ein Augenblick verging. Dann ertönte die Stimme des Soldaten: „Es ist zu dunkel, wir sollten hier kampieren."

„Nein, wir könnten nach dem Polarstern navigieren", sagte der Schiffer.

„Lieber nicht, denkt an die Räuberbanden", mahnte die Magd.

„Ich will so schnell wie möglich nach Steinfurth", quengelte das Burgfräulein.

„Und ich bin dafür zu bleiben", sagte der Schultheiß.

„Damit ist mehrheitlich abgestimmt. Wir übernachten hier." Alena lachte und zeigte dabei makellose Zähne. „Was ist denn mit dem Landmann?"

„Wer schläft, kann nicht votieren", sagte der Schultheiß.

Alena lachte noch immer. „Nun kenne ich deine Meinung, Julius! Also bleiben wir." Sie kuschelte sich an ihn.

Er ertappte sich dabei, fortrücken zu wollen, brachte es aber nicht fertig. Er spürte ihren biegsamen Körper und nahm den feinen Lavendelduft ihres Haars wahr. Um sich abzulenken, legte er etwas Holz nach und sagte: „Äh, ich weiß noch immer nicht, wer du bist."

„Rate doch mal." Ihre Augen neckten ihn.

Er blickte ins Feuer. „Tja, das ist schwer. Wer sich wie du auszudrücken versteht, der kann auch lesen und schreiben. Ich glaube, dass du in dem Haus, wo du der Speisekammer einen Besuch abstatten durftest, eine Arbeit verrichtet hast. Ich denke, du hast dort mit dem Kopf gearbeitet. Vielleicht weißt du Dinge, die andere nicht wissen, und diese Dinge sind wertvoll für die Menschen."

„Du bist wirklich scharfsinnig, Julius. Dann will ich das Geheimnis lüften: Ich bin eine Klagefrau."

„Eine … was? Wie kommst du denn dazu?"

Alena schloss die Augen. „Eigentlich heiße ich nicht Alena, sondern Magdalena. Bis vor einem halben Jahr war ich noch eine Karmelitin, aus dem Orden ‚Unserer Lieben Frauen vom Berge Karmel', aber dann stand für mich fest, dass ich kein Leben in Armut und Weltentsagung verbringen will. Da verließ ich das Kloster. Die größte Frage war, wovon ich in der Welt da draußen leben sollte, aber dann fielen mir die Klageweiber ein, die ich aus den Bibelstunden kannte. Ich sagte mir, man müsste diesen alten Beruf auch heute noch ausüben können, denn gestorben wird immer. Für meine Dienste wollte ich Geld oder Speise nehmen und mich auf diese Weise durchs Leben schlagen."

Klingenthal staunte. „Und das hat funktioniert?"

„Ja." In Alenas Stimme schwang Stolz mit. „Ich bin frei und unabhängig. Ich lebe für die Zeit der Trauer bei den Familien und begleite sie. Dann ziehe ich weiter. Nie habe ich bereut, eine Klagefrau geworden zu sein. Und glaub mir, ich kann's." Während ihrer letzten Worte hatten Alenas Schultern zu zucken begonnen. Klingenthal blickte sie fragend an und zu seinem Entsetzen sah er, wie dicke Tränen zwischen ihren Lidern hervorquollen. Das Zucken ihrer Schultern wurde stärker, ein Wimmern entrang sich ihrer Kehle.

„Na, na", sagte Klingenthal, „ich glaube dir ja, dass du auf Bestellung trauern kannst. Komm, nun ist es gut."

Aber Alena klagte nur umso lauter. Heftige Weinkrämpfe schüttelten sie, begleitet von herzzerreißendem Jammern, Heulen und Stöhnen.

Klingenthal wurde es unheimlich. „Alena, ich …" Was konnte er nur tun? In seiner Not schlang er schließlich die Arme um ihre Schultern. Es half nichts. Immer neue Schluchzer kamen aus den Tiefen ihres Körpers und jagten Klingenthal Angst und Schrecken ein. „Alena, bitte!" Wie konnte er sie nur zum Schweigen bringen? Und dann wusste er es. Es war eigentlich ganz einfach: Er küsste sie auf den Mund. Augenblicklich erstarb das Weinen. Alenas Körper wurde auf einmal ganz weich.

„Julius", flüsterte sie, „das war schön."

„Tja, nun, gewiss." Klingenthal wollte sich von ihr lösen, doch sie hielt ihn fest und sagte: „Mach das noch mal. Oder soll ich wieder weinen?"

„Potzdonner, nein!" Er gehorchte. Je länger er sie küsste, desto mehr begehrte er sie. Schließlich murmelte er: „Es ist Schlafenszeit. Wir sollten uns auf den Wagen legen …"

„Ja", flüsterte sie, „heb mich hoch. Und sag deinen Puppen, sie hätten Redeverbot."

KLINGENTHAL konnte sich nicht erinnern, jemals an einem Morgen so gute Laune gehabt zu haben. Immerfort musste er an die vergangene Nacht denken und an die Zärtlichkeiten, die Alena und er einander geschenkt hatten. Er erledigte pfeifend seine Morgentoilette, schürte das Feuer und setzte Wasser auf. Er blickte zum Karren hinüber. Ja, sie schlummerte noch. Er beschloss, sie zu wecken, und rief mit der Stimme des Schiffers: „Auf, auf, ihr müden Heiden, an Backbord schwimmen nackte Maiden!"

Alena rekelte sich und gähnte. „Was war das?"

„Das war nur der Schiffer. Bist du wach?"

Wenig später ließen sie es sich schmecken, und Alena sagte mit leuchtenden Augen: „Diesmal werde ich dir keinen Aal anbieten, weil ich jetzt weiß, dass du Jude bist."

Klingenthal lächelte. „Alle Fische, die keine Schuppen haben, sind uns Juden verboten. Es ist nicht immer leicht, Jude zu sein. Und vieles, was die

Kaschrut, die jüdischen Speisegesetze, vorschreibt, ist für mich gerade auf Wanderschaft ohnehin schwer zu befolgen."

„Wie lange bist du denn schon auf Wanderschaft?"

„Viele Jahre."

„Und vorher warst du Seemann?"

„Ja. Aber ich hatte auch andere Professionen. Als Jude sollte man stets vielseitig sein. Es lebt sich leichter."

„Und wie ist dein Leben jetzt? Ich meine, hast du ein festes Zuhause?"

„Du meinst mit Frau und Kindern? Nein, ich habe nur meine Puppen, und die genügen mir."

In Alenas Augen blitzte Enttäuschung auf. „Ich verstehe."

„Äh, natürlich genügen sie mir nicht, du weißt schon, wie ich's meine …" Klingenthal wünschte sich zehn Klafter tief in den Boden.

„Schon." Alena gab sich einen Ruck und lachte. „Auf jeden Fall willst du heute noch nach Steinfurth. Willst du da mit deiner Puppenschar auftreten?"

„Das habe ich vor. Aber in erster Linie will ich dort überwintern. Der alte Pastor Lengefeld ist immer so freundlich und lässt mich neben dem Pfarrhaus in einem Geräteschuppen wohnen."

„Das hört sich verlockend an. Vor dem Winter graut mir, ehrlich gesagt, ein bisschen."

„Tja." Klingenthal rieb sich das Kinn. Er konnte ihr schlecht anbieten, mit ihm die Herberge zu teilen. Der alte Lengefeld war sittenstreng.

Alena schien seine Gedanken zu erahnen, denn erneut blitzte Enttäuschung in ihren Augen auf. Aber wieder gab sie sich einen Ruck und lachte.

„Ach was, es wird sich schon etwas für mich ergeben. Komm, wir packen unsere Sachen und marschieren los."

WENIG SPÄTER schritten beide rüstig aus, wobei Klingenthal recht einsilbig war, da er den größten Teil seiner Luft für die Arbeit im Geschirr brauchte; Alena jedoch plauderte munter drauflos. Endlich lagen die letzten zwei Meilen bis Steinfurth vor ihnen. Der Wind hatte inzwischen aufgefrischt, und es fiel Klingenthal immer schwerer, das Gefährt in Bewegung zu halten. Da passierte etwas Überraschendes: Alena schlüpfte zu ihm ins Geschirr und half ihm ziehen. Klingenthal war angenehm berührt.

Mühsam kämpften sie sich voran. Klingenthal stellte plötzlich voller Schrecken fest: „Ich habe einen Tropfen abgekriegt! Schnell, wir müssen den Karren abdecken!" Er zerrte ein großes Wachstuch hervor und warf es über seine Lieblinge. Nun regnete es bereits Bindfäden, und es blieb ihnen nichts anderes übrig, als ebenfalls Schutz unter dem Wachstuch zu suchen.

Klingenthal, mit der Linken die Magd und mit der Rechten das Burgfräulein umfassend, sagte: „Das ging gerade noch einmal gut."

„Ja, Julius", sagte Alena, die halb unter dem Schiffer und halb auf dem Landmann saß.

Der Schultheiß sagte: „Pass ein bisschen auf, dein Arm drückt mir die Kette in den Leib."

Alena lachte, dann wurde sie ernst. „Hör mal, Julius, es wird nicht so schlimm sein, wenn ich eine deiner Puppen drücke, schließlich ist sie kein lebendes Wesen."

Klingenthal zuckte die Schultern. „Nun ja, ich vergesse manchmal, dass sie vielleicht nicht leben." Er legte seine Hand auf Alenas Arm und sagte versöhnlich: „Komm, wir erzählen uns was."

„Gern! Fang du an. Sag: Kanntest du früher einmal eine Magd?"

„Natürlich. Sie hieß Mette, hatte einen gewaltigen Busen und war Dänin."

„Eine Dänin? Wie aufregend! Bestimmt war sie blond."

„Nein, sie war grau. Sie war siebenundfünfzig, und ich war sieben. Mette war der gute Geist in unserem Haus."

Alena knuffte Klingenthal in die Seite. „Du Schurke! Du weißt genau, was ich gemeint habe. Also noch einmal: Gab es irgendwann eine Magd in deinem Leben?"

Klingenthal grinste. „Das kommt auf die Zeit an."

„Auf die Zeit, wieso?"

„Warte." Er fingerte seine Taschenuhr hervor. „Es ist schon drei viertel vier, und der Regen lässt nach. Deshalb sollten wir losmarschieren, sonst sind wir nicht vor dem Dunkelwerden in Steinfurth."

So kam es, dass kurz darauf beide wieder im Geschirr gingen. Sie kamen gut voran und erblickten schon bald in der Ferne das Obertor von Steinfurth. Da es auf den Abend zuging, war kaum noch ein Mensch zu sehen, nur auf den letzten hundert Schritten begegnete ihnen ein Bursche in abgerissener Kleidung, mit struppigem Haar und lappenumwickelten Füßen.

„Was sehn meine entzündeten Augen? Will tot umfalln, wenn du nich Julius, der Bauchredner, bist!", rief er mit röhrender Stimme.

„Ja, ich bin's", sagte Klingenthal, der sich dunkel daran erinnerte, Pocke, den Landstreicher, ein paarmal gesehen zu haben. „Wie geht's?"

Pocke strich sich über die Narben im Gesicht, denen er seinen Namen verdankte, und winkte ab. „Scheiße … äh, Verzeihung, Frollein. Sach mal, Julius, du hast nich zufällich 'n kleinen Tropfen übrich? Wenn's so wär, würd ich dir glatt das Neueste ausser Stadt verraten."

„Tut mir leid."

„Tja, wenn's so is." Pocke rang mit sich. Schließlich platzte er heraus: „Vor 'n paar Tagen hamse einen ermordet, Angerstein heißter, war einer vonnen Räten, wichtiger Mann. Kennste ihn?"

„Nein." Klingenthal war an der Neuigkeit nur mäßig interessiert.

„Stinkreich war der! Un nu kommt's." Pocke beugte sich vor. „Weißte, womitse ihn abgemurkst ham? Das rätste nie! Mit'm Armbrustpfeil! Da staunste, was? Zack, mitten durch die Kehle! Angerstein is im Stehn krepiert, der Pfeil hat ihn annen Türpfosten genagelt. Na, seitdem spielen die Büttel verrückt, 's is kein gutes Pflaster mehr für 'n Tippelbruder wie mich."

Klingenthal war sehr nachdenklich geworden. Pockes Geschichte schien so außergewöhnlich, dass sie kaum erfunden sein konnte. „Wir müssen nun weiter, gib auf dich Acht, Pocke."

„Macht's gut, ihr beiden, un seht euch vor."

Klingenthal und Alena zogen das Gefährt wieder an, und Alena sagte mit zitternder Stimme: „Keiner hat es verdient, so zu sterben."

Sie gingen weiter und kamen vor das Obertor. Klingenthal grüßte den Wachtposten, den er von früher kannte. Der Posten nickte zurück und wollte sie gerade durchwinken, als ein weiterer Mann erschien, der Uniform nach ebenfalls ein Stadtbediensteter. „Halt!", rief er gebieterisch. „Wer seid ihr, was wollt ihr so spät noch in Steinfurth?"

Klingenthal biss sich auf die Lippe. „Ich bin der Bauchredner Julius Klingenthal. Darf ich fragen, mit wem ich das Vergnügen habe?"

„Rüterbusch, Amtsinspektor", knurrte der Mann. „Deine Papiere, Bauchredner."

Klingenthal übergab seinen Reisepass. Rüterbusch studierte ihn sorgfältig und gab ihn zurück. „Und wer ist deine Begleitung?"

Alena schluckte. „Ich bin Alena."

„Deinen Reisepass."

Sie holte ihn aus dem Ranzen.

Rüterbusch warf einen Blick hinein und sagte dann: „Dein Name ist Magdalena. Was willst du in der Stadt? Bist du seine Gehilfin?"

„Das ist sie in der Tat", sagte Klingenthal schnell.

„Du magst passieren und deine Gehilfin auch."

Klingenthal bedankte sich und steuerte den Karren durch das Tor. Alena folgte ihm. Die Straße, auf der sie gingen, hieß Cammergasse und führte direkt zum Uhlenmarkt. Vorher jedoch kreuzte sie die Töpferstraße, und auf ebendieser Straße begegnete ihnen ein Trauerzug. Er wurde angeführt von einem hageren Gottesmann, der mit kräftiger Stimme sang.

Ungewollt blieben sie stehen. Alena flüsterte: „Sicher hat er gerade einen Toten begraben, und jetzt führt er die Hinterbliebenen zum Totenschmaus."

„Da hast du wohl Recht." Klingenthal beobachtete, wie die Trauernden an ihnen vorüberzogen. Dann hörte er ein Schniefen neben sich. Alena wischte sich über die Augen und murmelte: „Es ist so furchtbar, warum musste der arme Mann nur sterben?"

„Woher willst du wissen, dass der Verstorbene ein Mann ist?", entfuhr es Klingenthal.

„Siehst du denn nicht die Witwe? Sie geht direkt hinter dem Pastor und wird von ihren Kindern gestützt." Ein Weinkrampf schüttelte Alena.

Klingenthal blickte an den Anfang des Zuges, wo er eine teuer gekleidete Frau in mittleren Jahren entdeckte. Das musste die Witwe sein. „Ich sehe sie. Sie tut mir wirklich leid. Und dir wohl auch, wenn ich dich so weinen höre." Doch Alena war verstummt. „Alena?" Er blickte neben sich und sah – nichts. Seine Begleiterin schien wie vom Erdboden verschluckt. Er reckte den Hals und drehte sich mehrfach um die eigene Achse. „Aleena?" Voller Sorge blickte er wieder auf den sich entfernenden Zug. Und entdeckte ganz am Schluss ein silbernes Kreuz.

Wer Wind …

Hinrich Mewes war ein derbknochiger Mann mit Händen, die aussahen, als könnten sie Eisen verbiegen. Von Beruf war er Fischer, und ein tüchtiger dazu. Heute schien ein guter Tag zu sein, der Fang war zufriedenstellend gewesen. Nun war er auf dem Weg nach Hause, wo Frau und Kinder und das Abendessen auf ihn warteten. Als er durch die Tür seiner einfachen Hütte trat, schlug ihm der Duft von Erbsensuppe entgegen.

„He, Weib, ich bin da!", rief er laut.

Seine Frau murmelte etwas in der Küche, das so klang, als sei das Essen jeden Moment fertig.

„Schön, schön. Wo sind die Kinder?"

Als keine Antwort kam, ging er in die winzige Wohnstube. Der Tisch war gedeckt, nur die Kinder schienen sich verdrückt zu haben. „Ihr braucht euch nicht zu verstecken!", rief er, den kräftigen Rohrstock von einem der Borde herunternehmend. „Ich finde euch auch so!"

Gerade wollte er sich auf die Suche machen, da erschien seine Frau auf der Türschwelle, die Schüssel mit der Suppe in den Händen. „Tu das Ding weg!", rief sie. „Die Kinder waren heute den ganzen Tag brav."

Mewes lachte. „Bei sieben Stück sind immer welche dabei, die eine Tracht Prügel verdient haben."

„Nein, alle waren brav. Lass das ewige Schlagen!"

Mewes' Laune trübte sich. „Halt den Mund, Weib. Wo ist die Bande?"

Amanda Mewes stellte die Schüssel auf den Tisch. „Können wir nicht wenigstens vorher essen?", fragte sie und hoffte, die leckere Speise möge ihren Mann von seinem Vorhaben abbringen.

„Nein, der Hintern soll ihnen beim Essen brennen, dann wirkt die Lektion besser, also, zum letzten Mal, wo sind sie?"

Es blieb Amanda nichts anderes übrig, als die verängstigten Kinder zu holen. Das Jüngste, ein fünfjähriger Junge, versuchte es noch einmal. „Vater", piepste er, „wir haben nichts ausgefressen, wirklich nicht."

Mewes lachte, seine gute Laune kehrte zurück. „Das habe ich auch immer zu meinem Vater gesagt, und gestimmt hat es nie, also, nicht lange gefackelt, du bist als Erster dran!" Er griff sich den Jungen, riss ihm die Hose herunter und warf ihn bäuchlings über einen Hocker. Dann holte er aus und ließ den Stock zischend niedersausen. „Das war der erste Streich."

„Hinrich, bitte!" Amanda wollte sich schützend über ihren Jüngsten werfen, aber Mewes wischte sie beiseite. Schluchzend sank sie auf einen Stuhl.

„Was sein muss, muss sein." Mewes packte das Rohr mit schraubstockartiger Kraft und schlug, während er laut mitzählte, wieder und wieder zu.

Das Kind schrie wie am Spieß.

„Sei still, benimm dich wie ein Mann! Ein paar Hiebe haben noch niemandem geschadet." So sprach Hinrich Mewes und schlug nacheinander auf seine Kinder ein. Nicht einmal vor seiner Tochter, die schon dreizehn Jahre zählte, machte er halt. Danach verschnaufte er, legte den Stock wieder aufs Regal und sagte freundlich: „Und nun wollen wir es uns schmecken lassen. Setzt euch! Dir, Herr, sei Dank für Speis und Trank, Amen. Guten Appetit."

Keines der Kinder antwortete ihm.

KLINGENTHAL wusste später nicht mehr, wie er zum Uhlenmarkt gekommen war, immerfort hatte er an Alena und ihr plötzliches Verschwinden denken müssen. Ihn einfach so stehen zu lassen! Genasführt hatte sie ihn, hatte mit seinen Gefühlen gespielt. Klingenthal blickte grimmig drein, während er den Karren über das holprige Pflaster des Marktplatzes zog. Er umkurvte den Uhlenbrunnen und hörte plötzlich eine brüchige Stimme in seinem Rücken: „Riechst du die Hexenasche?"

Klingenthal zuckte vor Schreck zusammen, doch gleich danach beruhigte er sich wieder. „Bist du es, Spinner-Franz?"

Der Angesprochene, ein hutzliges Männchen, saß mit schief gelegtem Kopf auf dem Brunnenrand. Völlig entrückt sprach er weiter: „*Ita est* und *yes* und *oui*, im Brunnenstein ist Hexenasche eingemauert! Seit alten Zeiten hausen schwarze Männer in den Spalten, sie lärmen nachts und vertilgen Vorübergehende. Nimm dich in Acht, Fremder, nimm dich in Acht!"

„Aber ich bin's doch: Julius, der Bauchredner."

Spinner-Franz, von dem niemand genau wusste, ob er verrückt war oder nur so tat, schnüffelte. „Ach wirklich? Hab dich nicht gleich erkannt. Bist du interessiert an einem kleinen Schadenzauber, nur zur Sicherheit?"

„Lass gut sein, Franz, ich muss weiter. Angenehme Nacht."

„Hoffentlich, hoffentlich."

Klingenthal zog den Karren wieder an. Die letzten Händler bauten ihre Stände ab, einige Bauersfrauen zogen schwatzend von dannen. Ein Bild voller Frieden, und es war kaum vorstellbar, dass in diesen Mauern der Ratsherr Angerstein ermordet worden sein sollte.

Angesichts der späten Stunde lenkte Klingenthal sein Gefährt in den Koppelstieg, der hinunter zur Sankt-Johannis-Kirche führte. Die Kirche war sehr alt, jedes Mal wenn Klingenthal sie sah, kam es ihm vor, als wäre ihr Turm wieder ein paar Zoll tiefer in den Boden gesunken. Der Grund dafür lag in der weichen Uferböschung, auf der die Vorväter das heilige Gebäude errichtet hatten. Er lenkte seine Schritte weiter zum Pfarrhaus, das direkt an der Elbe stand. Im Fachwerkbau errichtet und mit Reet gedeckt, war es ursprünglich für kinderreiche Pastorenfamilien gedacht, doch Lengefeld war Witwer, und seine Kinder waren in alle Winde zerstreut. So kam es, dass er mehr Platz hatte, als ihm lieb war, und Klingenthal gern den Winter über aufnahm.

Klingenthal betätigte den schweren Klopfer an der Eichentür. Nach einiger Zeit öffnete sich die Tür.

„Gott zum Gruße, Herr Pastor, ein Jahr ist wieder um, und ich …", sagte Klingenthal, bevor er verstummte. Denn im Eingang stand nicht Lengefeld, sondern jener hagere Gottesmann, der dem Trauerzug vorangegangen war.

„Verzeihung, ich hatte eigentlich den alten Pastor Lengefeld erwartet."

„Der Herr hat ihn vor zwei Monaten zu sich genommen." Der Hagere hatte eine kräftige Stimme. „Ich bin sein Nachfolger, Pastor Matthies."

„Und ich heiße Julius Klingenthal."

„Was ich bestätigen kann", sagte der Schultheiß. „Ich bin der Schultheiß."

Nacheinander stellten sich alle Puppen vor. Am Schluss rief der Schiffer: „Ahoi, wir bitten um Landgang! Seemannsheim ist der Geräteschuppen."

Matthies schmunzelte. „Ich habe von Euch und Eurer Kunst gehört. Wenn ich den Schiffer richtig verstanden habe, möchtet Ihr im Geräteschuppen übernachten?“

Klingenthal zögerte. „Nun, um die Wahrheit zu sagen, möchte ich darin sogar überwintern. Pastor Lengefeld war mehrmals so freundlich, mir die Erlaubnis dafür zu geben.“

„So, war er das?“ Matthies strich sich über seine lange Nase. Dann ging ein Lächeln über seine Gesichtszüge. „Wenn der alte Pastor Euch aufgenommen hat, wird der neue Euch nicht die Tür weisen.“

Klingenthal verbeugte sich leicht. „Meinen herzlichen Dank.“

„Allerdings wäre da noch eine Sache. Der Opferstock meiner Kirche ist gähnend leer, deshalb kann ich Euch die Bleibe nicht umsonst überlassen.“

„Oh, das ist kein Problem“, versicherte Klingenthal, „auch Pastor Lengefeld verlangte immer einen Obolus.“

„So, wie viel nahm er denn?“

„Einen halben Taler für den gesamten Winter.“

„So will auch ich mich damit zufriedengeben.“

„Nochmals meinen Dank.“ Klingenthal war sehr froh, die Sache schien erledigt.

„Vielleicht könntet Ihr hin und wieder die Kirche ausfegen und zur vollen Stunde die Glocke läuten? Caspar, unser Küster, ist nicht mehr so gut zu Fuß …“ Matthies blickte Klingenthal fragend an.

„Nun ja.“ Klingenthal war nicht sicher, was sein Gott dazu sagen würde, entschied sich aber dafür, mit den Wölfen zu heulen. „Wenn ich helfen kann, gern, nur muss ich jeden Tag meine Vorstellungen geben.“

Matthies wirkte leicht enttäuscht. „Natürlich, ich verstehe. Vielleicht wenigstens am Sonntag, denn Ihr werdet doch sicher den Feiertag heiligen?“

„Gewiss“, sagte Klingenthal, für den nicht der Sonntag, sondern der Sabbat der wöchentliche Feiertag war.

„Doch nun entschuldigt mich, eine Predigt will noch vorbereitet sein. Ich denke, Ihr findet Euch selbst zurecht?“

„Seid dessen gewiss“, antwortete der Schultheiß mit würdiger Stimme.

Hinrich Mewes hatte der Erbsensuppe kräftig zugesprochen. „Sag das Dankgebet, Weib.“

Seine Frau gehorchte und sprach mit gebeugtem Kopf die Worte.

„Schön, schön, und nun, Kinder, ab auf euer Strohlager, vielleicht komme ich nachher und sage euch Gute Nacht.“

„Ja, Vater.“ Die Kinder klangen nicht so, als wären sie darauf erpicht.

Mewes hielt seinen Becher hoch. „Schenk mir noch Bier ein, was gibt es Neues in der Stadt?"

Amanda goss aus der Bierkanne nach. „Angerstein haben sie heute begraben …"

„… ein reicher, geiziger Pfeffersack!", unterbrach Mewes. „Um den ist es nicht schade!"

„Und doch möchte niemand so zu Tode kommen. Man stelle sich vor, ein Pfeil mitten durch den Hals! Bestimmt ist er jämmerlich erstickt."

„Derjenige, der das getan hat, wird schon seine Gründe dafür gehabt haben."

„Für so etwas gibt es keine Gründe. Das kann nur ein Verrückter gewesen sein."

„Mir jedenfalls könnte das nicht passieren, ich bin nicht reich, und ich habe keine Feinde." Er trank aus und erhob sich. „Los, Weib, geh noch mal zu den Kindern, ich haue mich für ein paar Stunden aufs Ohr."

FÜNF STUNDEN SPÄTER stand Mewes auf, denn er spürte es in den Knochen, wenn im Fluss der Fisch günstig stand. Er stapfte aus der Schlafkammer, nahm die Mütze vom Haken und verließ die Hütte. Mit schnellen Schritten eilte er hinunter zum Strom.

Da vorn lag schon das Schiff. Er sprang an Bord und begann unverzüglich mit den Vorbereitungen zum Auslaufen. Als alles getan war, atmete er durch und legte seine Rechte an den Mast, wie er es stets zu tun pflegte, denn er war sicher, dass ihm das Glück brachte. Aber heute brachte es ihm kein Glück. Es brachte ihm den Tod.

Der Tod kam seltsam kichernd, was ihn zunächst nicht beunruhigte. So wandte er nur den Kopf, um zu sehen, wer da Possen mit ihm treiben wollte, aber er sah nichts, nur ein Stück aufblitzendes Metall. Und dieses Stück Metall schlug ihm mit einem Hieb die rechte Hand ab. Noch ehe er aufschreien konnte, traf ihn ein zweiter Schlag an der Schläfe, der ihn augenblicklich bewusstlos zu Boden sinken ließ. Wenig später trieb er tot in der Elbe.

„ES IST zwar nur Grießbrei, aber ich freue mich trotzdem, dass Ihr das Mahl mit mir teilt", sagte Pastor Matthies am nächsten Morgen zu Klingenthal.

„Es schmeckt sehr gut", erwiderte dieser höflich.

„Oh, sagt das nicht, ich fürchte, der Geschmack kann nicht darüber hinwegtäuschen, dass ich kein Koch bin, doch für eine Haushälterin fehlt der Gemeinde das Geld." Matthies blickte hinaus auf die Elbe. „Endlich mal wieder ein Tag, an dem man ohne Zagen das Fenster öffnen kann!"

Klingenthal blickte ebenfalls aus dem Fenster. Nicht weit entfernt sah er eine weibliche Gestalt, die mit wehender Schürze heraneilte. „Da scheint jemand zu Euch zu wollen“, sagte er.

„Donnerwetter, ja! Das ist die Frau von Hinrich Mewes, dem Fischer. Was mag sie zu so früher Stunde wollen?“

Keine halbe Minute später stand Amanda nach Luft ringend in der Küche.

„Nun beruhigt Euch erst einmal“, sagte Matthies fürsorglich. „Wenn Ihr wieder zu Atem gekommen seid, erzählt Ihr mir, was passiert ist.“

Amanda vergrub das Gesicht in ihren Händen und begann hemmungslos zu schluchzen. „Er … er ist bestimmt tot“, stieß sie hervor. „Mausetot.“

„Nun mal der Reihe nach, redet frei von der Leber weg.“

Es dauerte noch geraume Zeit, bis Amanda Mewes das Grauenvolle, das ihr widerfahren war, erzählen konnte. Sie hatte sich Sorgen um ihren Mann gemacht, als dieser bei Tagesanbruch noch nicht zurückgekehrt war. Nach zwei weiteren Stunden bangen Wartens war sie zum Hafen hinuntergerannt, wo sie sein Schiff an der Mole liegen sah. Aufatmend hatte sie sich gefragt, ob er in einem der Wirtshäuser hängen geblieben war, als sie die abgeschlagene Hand entdeckte, die in einer Blutlache unterhalb des Mastes lag …

„Ich schwöre, es ist seine Hand“, flüsterte Amanda mit ersterbender Stimme. „Oh, mein armer Mann.“

„Nun regt Euch doch nicht so auf.“ Matthies gab sich alle Mühe, beruhigend auf sie einzuwirken, spürte aber, dass seine Worte wenig Trost brachten.

Klingenthal mischte sich ein. „Habt Ihr die Wache oder den Gerichtsdiener verständigt? Ich denke, der Fall muss untersucht werden.“

Das hatte Amanda Mewes natürlich nicht.

„Nun gut, äh, jetzt gilt es, zu handeln.“ Matthies schraubte seine hagere Gestalt in die Höhe, hängte sich seinen schwarzen Überwurf um und stand schon in der Tür. „Kommt Ihr mit zum Hafen, Meister Klingenthal?“

„Hm, ja“, sagte Klingenthal.

„Dann los!“

Matthies und Klingenthal traten vor die Tür und nahmen die jammernde Frau in die Mitte. An der Mole angekommen, zeigte sich, dass es nicht mehr nötig war, die Behörden zu verständigen, denn Amtsinspektor Rüterbusch stolzierte vor dem Schiff auf und ab. Ein Pulk aus Fischern, Werftarbeitern und Tagelöhnern hatte sich um ihn geschart.

Rüterbusch schoss auf sie zu. „Man hat mich verständigt, hier scheint ein Verbrechen passiert zu sein, Herr Pastor. Mein Beileid, liebe Frau Mewes.“

Matthies schüttelte den Kopf. „Woher wollt Ihr wissen, dass der Fischer Hinrich Mewes tot ist? Habt Ihr die Hand sichergestellt?“

„Hand? Welche Hand?“ Rüterbusch blickte verständnislos.

„Mewes’ Hand. Nach Aussage seiner Frau soll sie am Boden des Schiffs liegen.“

„Hier ist keine.“ Rüterbusch wandte sich an Amanda: „Seid Ihr sicher, dass Ihr Euch nicht irrt, gute Frau?“

Amanda nickte unter Tränen.

Klingenthal meldete sich zu Wort: „Es besteht immerhin die Möglichkeit, dass jemand die Hand fortgenommen hat.“

Rüterbusch schien ihn erst jetzt wahrzunehmen. „Sieh an, der Herr Bauchredner. Dich hat keiner gefragt.“

Auf Matthies’ Stirn entstand eine Falte. „Meister Klingenthals Überlegung ist gar nicht so abwegig.“

„Meinetwegen“, knurrte der Amtsinspektor. „Auf jeden Fall ist das Schiff beschlagnahmt, weil es genauestens auf Spuren untersucht werden muss.“

Klingenthal, durch die Fürsprache Matthies’ beflügelt, sagte: „Vielleicht hilft uns das Schlachtmesser weiter, das da oben im Mast steckt.“

„Was für ein Schlachtmesser?“ Rüterbusch blickte am Mast empor. „Blitz und Donner, das habe ich ja noch gar nicht gesehen!“

Auch Matthies hatte es noch nicht entdeckt.

„Ich vermute, dass es die Tatwaffe ist“, sagte Klingenthal.

„Woher wollt Ihr das wissen?“, fragte Rüterbusch.

Statt einer Antwort sprang Klingenthal an Bord und versuchte, das Messer aus dem Holz zu ziehen, doch es gelang ihm nicht, da er zu klein war.

„Wartet.“ Matthies, um einiges größer, tat es für ihn.

„Das Messer ist ebenfalls beschlagnahmt!“, bellte Rüterbusch. „Händigt es mir sofort aus!“

Matthies gehorchte.

Der Amtsinspektor betrachtete die Klinge: „Es klebt Blut daran.“

„Nicht nur Blut“, sagte Klingenthal. „Ich sehe da auch Haare.“

„Na und?“, knurrte Rüterbusch. „Die Haare sind viel zu lang, als dass sie von einem Handgelenk stammen könnten. Das ist nicht die Tatwaffe.“

„Das stimmt“, sagte Matthies. Dann rief er in den Haufen der Gaffer: „Bring mir einer die arme Frau nach Hause!“ Nachdem das erledigt war, fuhr er fort: „Ich frage mich nur, woher dann die Blutlache auf dem Schiffsboden kommt.“

Klingenthal hatte das Schlachtmesser genau betrachtet und sagte: „Meiner Meinung nach haben wir es hier doch mit der Tatwaffe zu tun, denn ich erkenne auch winzige Hautfetzen an der Klinge.“

„Und wie erklärt Ihr Euch die langen Haare?“, wollte Rüterbusch wissen.

„Glaubt Ihr etwa, der Täter hätte die Hand abgeschlagen und hinterher ein paar lange Haare an die Klinge geklebt?"

Klingenthal ließ sich nicht beirren. „Nein, das glaube ich nicht. Ich bin sicher, dass die Klinge zweimal benutzt wurde, einmal, um die Hand abzutrennen, anschließend, um den Fischer Mewes bewusstlos zu schlagen. Die langen Haare dürften Kopfhaare sein."

Rüterbuschs Blick bekam etwas Lauerndes. „Ich stelle fest, dass Ihr für jemanden, der mit der Sache nichts zu tun hat, erstaunlich viel wisst. Aber wenn das so ist, könnt Ihr mir sicher sagen, wo Mewes sich im Augenblick befindet?"

„Nein, das kann ich nicht. Aber ich fürchte, sein Körper treibt irgendwo in der Elbe."

„Blitz und Donner, wie kommt Ihr nun wieder darauf?"

„Weil es das Naheliegendste ist, jedenfalls naheliegender, als Mewes nach der Tat an Land zu schleppen und dort zu verscharren."

„Das leuchtet ein", pflichtete Matthies ihm bei.

Rüterbusch knurrte: „Ich werde jetzt die notwendigen Schritte veranlassen. Das Messer werde ich einem Physikus übergeben, damit er die Blutreste mit den Proben der Blutlache mikroskopisch vergleicht. Ich werde die Haare untersuchen lassen, um herauszufinden, ob sie die Haare von Hinrich Mewes sind. Und ich werde dafür sorgen, dass der Gerichtsdiener die Mole absperrt. Und nun darf ich euch bitten zu gehen, ich habe zu arbeiten."

Matthies und Klingenthal sahen sich an. Dann zuckte der Pastor die Schultern: „Dann viel Erfolg und Gott befohlen." Sie kletterten zurück auf die Mole und strebten dem Pfarrhaus zu.

Rüterbusch schaute ihnen nach. Sein Blick galt besonders Klingenthal.

Matthies und Klingenthal kehrten in die Küche des Pfarrhauses zurück. Sie begannen erneut zu essen, doch der Grießbrei wollte ihnen nicht mehr munden. Irgendwann sagte Matthies: „Ich fürchte, wir stochern mit der Stange im Nebel. Aber ich werde nachher Amanda Mewes einen Besuch abstatten, die arme Frau braucht meine Hilfe."

„Hat sie denn sonst niemanden?", fragte Klingenthal.

„Nein, nur ihre sieben Kinder, und ob die ihrer Mutter Beistand leisten können, bezweifle ich. Sie sind allesamt scheu, gar nicht das, was man sich unter frischen, fröhlichen Rangen vorstellt. Ich glaube, dem Vater sitzt die Hand recht locker. Lasst uns nun ein Dankgebet sprechen."

Es blieb Klingenthal nichts anderes übrig, als murmelnd so zu tun, als kenne er den Text. Matthies schien den Betrug nicht zu merken, denn sofort nach dem Amen sprang er auf und warf einen Blick auf die Standuhr:

„Wenn ich sofort gehe, kann ich um zwei zur Bibelstunde wieder zurück sein. Ihr seid herzlich eingeladen."

„Danke, äh, das wird leider nicht möglich sein. Meine erste Vorstellung auf dem Uhlenmarkt ist schon überfällig."

„Dann lasst Euch nicht aufhalten. Vielleicht sehen wir uns heute Abend?"

„Äh, ja, aber ich wollte Euch noch schnell das Logiergeld geben."

„Gebt es mir heute Abend. Gott befohlen, Meister Klingenthal." Mit großen Schritten stürmte Matthies von dannen.

KLINGENTHAL zog seinen Karren in die nordwestliche Ecke des Uhlenmarktes. Er schaute sich um und stellte fest, dass an diesem Montagnachmittag nicht viel los war. Wo sonst Feuerspeier, Schlangenmenschen und Reimschmiede auftraten, herrschte heute gähnende Leere. Umso besser für mich, dachte er und verkeilte die Räder seines Karrens. Als er sich aufrichtete, entdeckte er doch ein bekanntes Gesicht: Es gehörte Ezechiel, dem Öljuden, der gerade mit einer rundlichen Magd sprach.

„Wenn ich sagen sollt, wie viele Stofffächer ich dir in der letzten Stunde schon gezeigt hab, müsst ich lügen." Der Öljud kratzte sich am Kopf. „Aber zwanzig waren es bestimmt. Warum entscheidest du dich nicht?"

Die Magd druckste herum. „Ich weiß nicht, du hast welche für einen Groschen und welche für zwei Groschen. Wo ist denn der Unterschied?"

„Ach, darum geht's! Pass auf: Einen Fächer für zwei Groschen benutzt man so." Ezechiel wedelte heftig mit dem Fächer vor seinem Gesicht. „Und einen Fächer für einen Groschen benutzt man so." Nun hielt Ezechiel den Fächer fest und wackelte dafür mit dem Kopf.

„Ja, so. Wirklich?"

„Wenn ich's sag."

Langsam dämmerte es der Magd, dass der Öljud sie verspottet hatte. „Du verdammter Jud", schimpfte sie, „jetzt kauf ich gar nix mehr! Du, du … Weißt du überhaupt, wer schuld ist an den vergifteten Brunnen und an den tot geborenen Kindern und, äh, an der Kuhseuche …"

Ezechiel kicherte. „Es sind die Fächer und die Juden."

Die Magd riss den Mund auf. „Hä? Wieso die Fächer?"

„Wieso die Juden?"

An dieser Stelle unterbrach Klingenthal. „Verkaufe mir einen Fächer für einen Groschen, Ezechiel, am besten den blauen da."

„Warum nicht?" Der Öljud reichte das Gewünschte, während die Magd sich schimpfend entfernte. „Ist er für die Schickse, die vorgestern mit dir tippelte? Tolle Schickse! Wo hast du sie denn gelassen?"

„Wir haben uns getrennt.“

„Oj, ich verstehe. Wir trennen uns nun auch. Muss weiter. Bleib gesund!“

Ezechiel rückte seinen Bauchladen zurecht und schlurfte ohne ein weiteres Wort durch eine Seitengasse davon.

Wer Wind sät …

Klingenthal bereitete seine erste Darbietung vor. Als er feststellte, dass er an die fünfzig Zuschauer gewonnen hatte, konnte die Vorstellung beginnen.

Klingenthal wies auf ein prächtiges Bürgerhaus, das linker Hand über ihm aufragte. „Wie ihr wisst, gehört dieses schöne Haus dem Salzkaufmann Kokkert. Er befindet sich gerade auf der anderen Seite des Daches, und mit ihm möchte ich sprechen.“ Er trat einen Schritt zurück und rief: „Heda, Kokkert, seid Ihr da oben?“ Da die Antwort ausblieb, rief Klingenthal nochmals: „Kokkert, könnt Ihr mich hören?“

Wieder blieb die Antwort aus. Plötzlich erklang eine Stimme aus der ersten Zuschauerreihe: „Ich glaube nicht, dass jemand da oben ist.“

„Ich auch nicht!“, rief der Söldner vom Karren herunter. „Die Zinne ist leer.“

„Niemand im Krähennest!“, meldete der Schiffer. Klingenthal hieß seine Puppen mit einer ärgerlichen Handbewegung schweigen, dann verbeugte er sich in die Richtung, aus der die Stimme unter den Zuschauern gekommen war, und sprach: „Ich bitte um Entschuldigung, ich brauche äußerste Ruhe.“ Abermals rief er: „Heda, Kokkert, könnt Ihr mich hören?“

Kaum hatte er das gesagt, ertönte eine schrille Frauenstimme mitten aus der Menge: „Ich glaube, das Ganze ist nur ein Scherz!“

„Bitte, bitte!“ Klingenthal rang die Hände. „Wenn nicht Ruhe herrscht, muss ich die Vorstellung abbrechen! Also noch mal: Kokkert, ich weiß, dass Ihr da oben auf dem Dach seid, meldet Euch!“

Aber der Salzkaufmann blieb stumm, und stattdessen hagelte es jetzt von allen Seiten Zurufe: „Das ist Humbug!“ – „Was soll das?“ – „Wer kann darüber lachen?“

Klingenthal war blass geworden. Verzweifelt rief er: „Es tut mir leid, ihr Leute, unter diesen Bedingungen kann ich meine Kunst nicht ausüben!“ Er verbeugte sich und machte ein paar Schritte zurück. Doch eine höhnische Stimme unter den Zuschauern ließ ihn innehalten: „Wisst ihr, was ich glaube? Der Mann kann überhaupt nicht mit dem Bauch reden!“

Klingenthal trat wieder vor. „Glaubt ihr das auch, Leute?"

Statt einer Antwort brach ein Beifallssturm los. Noch nie hatten die Steinfurther eine so ungewöhnliche Vorstellung erlebt. Entsprechend üppig hagelte es kleine Münzen in den Hut, mit dem er herumging. Er bedankte sich immer wieder und versicherte, er wolle den Auftritt gern wiederholen.

Als die Menge sich zerstreut hatte, blieb ein hoch aufgeschossener Mann übrig. Er hatte helle, neugierige Augen, deren Sehkraft durch einen Zwicker verstärkt wurde. „Ihr habt mich sehr beeindruckt, Meister!"

„Ich danke Euch", antwortete Klingenthal.

„Ach, ich vergaß, mich vorzustellen." Der Mann lüftete den Dreispitz. „Gestatten, Dr. Conatus. Ich versuche, meinen Beitrag zur Wissenschaft zu leisten, Dinge zu verstehen, doch was Ihr vorhin zum Besten gegeben habt, ist mir ein Rätsel."

Klingenthal musste unwillkürlich lächeln. „Glaubt mir, es ist alles mit rechten Dingen zugegangen."

„Oh, das will ich gerne glauben, aber wie gelingt es Euch, den Eindruck zu erwecken, Eure Stimme käme mitten aus dem Publikum, obwohl Ihr zwanzig Schritte entfernt seid?"

„Durch Übung, ständige Übung."

„Verzeiht meine Neugier. Wenn Ihr redet, entstehen Laute, welche sich durch den Schall fortpflanzen. Christiaan Huygens' Theorie nach müssten sie sich in alle Richtungen ausbreiten, was sie aber offenkundig nicht tun, denn es scheint so, als könntet Ihr den Schall kanalisieren, sodass der Eindruck entsteht, eine bestimmte Person würde sprechen."

„Nun, ich kann es wissenschaftlich nicht erklären, aber alles ist im Prinzip eine Frage der Kehlkopfstellung."

„Darüber muss ich mehr erfahren!" Conatus wies mit der Spitze seines Spazierstocks auf das Haus neben Kokkerts Anwesen. „Ich wohne dort. Es wäre mir ein Vergnügen, Euch ausfragen zu dürfen. Ich darf vorangehen ..."

Klingenthal blieb nichts anderes übrig, als Conatus zu folgen, der zum Portal seines Hauses strebte, die schwere Eichentür öffnete und hinauf in den ersten Stock eilte. Hier wandte er sich um, wies auf eine große Anzahl seltsamer Geräte, die überall herumstanden, und verkündete: „Elektrisiermaschinen! Ich sammle sie mit Leidenschaft, denn nichts fasziniert so sehr wie der sprühende Funke aus geriebener Energie. Setzt Euch zu mir, Meister Klingenthal, Elsbeth wird uns eine Erfrischung bringen."

Conatus betätigte ein Glöckchen, und gleich darauf erschien eine mürrische Frau. Conatus orderte Wein. Als sie verschwunden war, fuhr er fort: „Verratet mir nun, wie Ihr es anstellt, mit dem Bauch zu reden."

Klingenthal, der in einem ledernen Sessel Platz genommen hatte, räusperte sich. „Die Bezeichnung ‚Bauchredner' ist irreführend, weil gar nicht mit dem Bauch geredet wird", begann er. „Vielmehr handelt es sich um eine besondere Atemtechnik in Verbindung mit dem Zusammenpressen der Gaumenbögen und dem Verengen des Kehlkopfeingangs durch die Rücklage der Zunge … oh, vielen Dank."

Elsbeth war hereingekommen und hatte ihm ein Glas Wein in die Hand gedrückt.

„Prosit!" Conatus, der ebenfalls ein Glas in der Hand hielt, trank einen großen Schluck. „Ich habe nicht ganz verstanden, was ich machen muss, damit ich reden kann, ohne die Lippen zu bewegen."

„Das Wichtigste ist der Grundton", sagte Klingenthal. „Wenn man ihn beherrscht, ist auch der Rest nicht mehr so schwer. Als Erstes müsst Ihr tief einatmen und die Luft anhalten. Euer Zwerchfell drückt jetzt auf die Atmungsorgane, nehmt Eure Zunge zurück, im Hals müsstet Ihr jetzt einen Punkt spüren, wo es Euch am meisten zuschnürt. Versucht nun, von dieser Stelle aus einen Ton hervorzubringen."

Conatus gab einen Laut von sich, der so klang, als würde er erwürgt. „Aber nun zu meiner Frage: Wie bringt Ihr es fertig, Eure Stimme so klingen zu lassen, als gehöre sie jemandem, der zwanzig Schritte entfernt ist?"

Klingenthal deutete auf seinen Adamsapfel. „Lasst ihn wandern, Ihr werdet bemerken, dass er höher stehend eine hellere Stimme erzeugt und niedriger stehend eine tiefere. Eine tiefere Stimme aber wirkt entfernter."

„Und wie erweckt Ihr nun den Eindruck, dass jemand ganz Bestimmtes aus der Entfernung zu Euch spricht?"

Klingenthal lächelte. „Ich schaue einfach in die Richtung, aus der die Stimme kommen soll, das ist schon alles. Aber es genügt vollkommen."

„Sapperlot! Das klingt so einfach, dass ich es kaum glauben mag." Conatus griff erneut zum Glas und stellte fest, dass es leer war. Plötzlich hörte er eine Stimme, die seiner eigenen täuschend ähnlich war:

„Elsbeth, Elsbeth, komm doch mal!"

„Wieso klingelt Ihr nicht wie sonst, Herr?", maulte die Bedienstete.

„Dein Herr möchte noch ein Glas Wein", erklang es zu ihrer Rechten. Sie fuhr herum, doch da war niemand.

„Ich möchte auch noch Wein", erscholl es nun zu ihrer Linken, dann über ihr, unter ihr, so rasch nacheinander, dass sie kaum reagieren konnte. Elsbeth stieß einen Schrei aus und stürzte aus dem Raum.

Conatus lachte, bis ihm die Tränen kamen. „Hoho, das muss ich auch können. Lehrt mich Eure Kunst. Es soll Euer Schaden nicht sein!"

„Das ist sehr freundlich von Euch, doch ich fürchte, mir fehlt die Zeit." Klingenthal erhob sich aus dem schweren Sessel und wollte zur Tür.

„Aber, aber!" Mit bemerkenswerter Geschwindigkeit hatte Conatus sich zwischen Klingenthal und den Ausgang geschoben. „Ihr könnt mir die Bitte nicht abschlagen, mir und meinem Wissensdrang." Conatus packte Klingenthal am Arm. „Wo wäre ich ohne ihn und meine Neugier auf alles Unbekannte! Seht nur meine herrlichen Maschinen, nie hätte ich sie angeschafft ohne den Willen, die Geheimnisse dieser Welt zu lüften." Er steuerte die hölzernen Apparate an. „Hier, eine Konstruktion von Otto von Guericke. Seine Maschine besteht aus einer Schwefelkugel und einer Achse, die hindurchläuft. Wenn ich die Kugel mittels einer Kurbel zum Drehen bringe und meine Hand dagegenhalte, entsteht durch die Reibung Elektrizität." Er eilte zu den schweren Fenstervorhängen und zog sie zu. „Achtet auf meine Hand, die ich gegen die drehende Kugel drücke, na, was sagt Ihr?"

„Potzdonner!" Klingenthal sprang einen Schritt zurück. Was er sah, kam ihm vor wie eine Mischung aus bläulichen Blitzen und Feuerwerk.

„Nicht wahr, da staunt Ihr!" In Conatus' Stimme schwang Stolz mit. „Ich nenne das Phänomen Energia oder elektrische Energie, seltsame Kräfte, die es möglich machen, Blitze wie am Himmel zu erzeugen. Wartet einen Moment." Der Gelehrte ging zu einem Regal und kam mit einem Buch zurück. Er gab es Klingenthal mit den Worten: „Ich wiederhole jetzt das Experiment! Wenn alles gut geht, werden die Leuchterscheinungen ausreichen, damit Ihr den Titel lesen könnt."

Wieder brachte er die Schwefelkugel zum Drehen und presste die Hand dagegen. Flackerndes Licht geisterte durch den Raum. Klingenthal starrte auf das Buch und entzifferte den Titel: „Feldtbuch der Wundartzney".

„Ich habe den Titel gewählt, weil die Lettern so groß sind. Die Elektrizität macht Dinge sichtbar, obwohl sie selbst unsichtbar ist."

„Aha, äh, ja."

„Schade, dass ich keine Froschschenkel habe; Froschschenkel sind experimentell höchst interessant, aber woher soll man zu dieser Jahreszeit Frösche nehmen!"

Das wusste Klingenthal auch nicht. Ihm kam Conatus' sprunghaftes Gebaren immer merkwürdiger, um nicht zu sagen beängstigender vor, deshalb legte er das Buch beiseite, ging zum Vorhang und zog ihn wieder auf.

„Ich hoffe, das reicht!" In der Tür tauchte Elsbeth auf, ein Tablett in den Händen, auf dem nicht weniger als zehn Gläser Rotwein standen.

Conatus brüllte auf vor Lachen. „Elsbeth! Und ob das reicht! Kommt, Meister Klingenthal, trinken wir gemeinsam."

Klingenthal schüttelte energisch den Kopf. „Nein, Herr Doktor, ich werde nun gehen. Ich darf mich empfehlen.“

Eilig verließ Klingenthal das Haus. Kurze Zeit später brachte er seinen Karren vor Matthies' Geräteschuppen zum Stehen. Im Pfarrhaus brannte schon Licht, der Pastor war also zu Hause. Klingenthal hätte sich am liebsten mit seinen Lieblingen im Schuppen verkrochen, aber der Schultheiß sagte: „Du musst wenigstens kurz die Tageszeit entbieten.“

„Ich gehe ja schon“, brummte Klingenthal, schritt hinüber und klopfte.

Gleich darauf traute er seinen Augen nicht, denn im Türrahmen stand jemand, mit dem er nicht im Entferntesten gerechnet hätte: Alena.

Wer Wind sät, wird …

Der Stadtphysikus Dr. Ludwig Beiss war ein Mann, der trotz seines bedrohlich klingenden Namens eine freundliche Natur hatte. Anderenfalls hätte er Rüterbusch nicht gleich nach den Geschehnissen auf Mewes' Schiff empfangen – zu einer Zeit, da er gewöhnlich sein zweites Frühstück einzunehmen pflegte. „Na, was gibt's, mein Lieber, es ist doch wohl nicht schon wieder jemand ermordet worden?“, scherzte er.

„Das herauszufinden bin ich hier“, erwiderte Rüterbusch düster und präsentierte das Schlachtmesser.

„Großer Gott!“ Beiss fasste sich ans Herz. „Kommt rasch herein!“

Rüterbusch folgte dem dicken Arzt in seinen Dienstraum. Beiss nahm Platz und wies auch seinem Besucher eine Sitzgelegenheit zu. „Was kann ich für Euch tun?“

Rüterbusch legte das Schlachtmesser auf den Tisch und erzählte, was passiert war. Als er geendet hatte, stellte er ein Fläschchen mit rotem Inhalt neben das Messer. „Ich möchte, dass Ihr das Blut in der Flasche mit den Blutspuren an der Klinge vergleicht. Es stammt von der Lache auf dem Schiffsboden.“

„Und wenn es so wäre, was würdet Ihr daraus schließen?“, fragte Beiss.

„Dass die Blutlache aus einer Wunde stammt, die mit dieser Klinge geschlagen wurde.“

„Meint Ihr eine Wunde, die Mewes geschlagen wurde?“

„Wahrscheinlich wurde die Klinge dazu benutzt, einem anderen etwas abzutrennen, zum Beispiel eine Hand.“

„Eine Hand? Großer Gott, wie kommt Ihr denn ausgerechnet darauf?“

„Das tut nichts zur Sache.“

„Tja." Beiss kratzte sich am kahlen Schädel. „Für einen Vergleich muss ich zwei Proben herrichten, was nicht ganz einfach sein dürfte." Er entnahm dem Fläschchen eine kleine Menge Flüssigkeit, trug sie auf einen Glasträger auf, brachte die Klingenanhaftungen auf einen zweiten Träger auf und beugte sich über das Mikroskop.

„Und?", fragte Rüterbusch gespannt.

„Nichts", antwortete Beiss. „Die Blutspuren am Schlachtmesser sind zu gering für einen wissenschaftlich haltbaren Vergleich. Tut mir leid."

Rüterbusch versuchte seine Enttäuschung zu verbergen. Doch es gab noch Hoffnung. Abermals zog er ein Fläschchen hervor. „Ich habe darin ein paar Haare von Hinrich Mewes. Seine Frau war so freundlich, sie mir zur Verfügung zu stellen. An der Klinge haften einige längere Haare. Ich würde gern wissen, ob es die Haare von Mewes sind."

Beiss schnaufte. „Also noch ein Vergleich!" Die Prozedur wiederholte sich. Der dicke Arzt starrte ins Mikroskop und sagte schließlich: „Ja … und auch wieder nein! Zwar gibt es ein hohes Maß an Übereinstimmung, doch die Pigmente sprechen dagegen. Die Haare vom Schlachtmesser sind grau – und die Euch ausgehändigten Haare sind schwarz."

„Aber älteren Datums, wie sie mir selber sagte."

„Mag sein, dass die schwarzen Haare heute ebenfalls grau wären, aber als Physikus kann ich nur von Tatsachen ausgehen, und Grau und Schwarz sind nun einmal nicht gleich."

Rüterbusch musste an sich halten, um seinem Ärger nicht Luft zu machen. Er klaubte die Fläschchen zusammen, griff sich die Klinge und verließ Beiss' Dienstraum. Seltsam, dass Beiss sich außerstande zeigte, Übereinstimmungen bei Blut und Haaren festzustellen. Dazu kam, dass er die Hautfetzen am Messer nicht bemerkt hatte. War das Zufall oder Absicht? Rüterbusch nahm sich vor, den dicken Stadtphysikus in Zukunft im Auge zu behalten.

Während er seinem Amtszimmer zustrebte, kreisten seine Gedanken weiter um die Hautfetzen an dem Schlachtmesser. Was hatte dieser lästige Bauchredner noch gesagt? Er glaube, mit dem Messer sei zweimal zugeschlagen worden, einmal, um die Hand abzutrennen, ein zweites Mal, um Mewes bewusstlos zu schlagen? Höchst verdächtig, was der Kerl alles wusste! Auch den würde er weiter beobachten müssen. Und während Rüterbusch noch über die beiden Schläge nachdachte, kam ihm plötzlich eine Idee: Er wollte jemanden befragen, der sich mit dem Abschlagen von Gliedmaßen auskannte wie kein Zweiter – den Scharfrichter von Steinfurth.

„Wie es scheint, treibt es dich in letzter Zeit öfter zu den Geschmähten, oder ist es nur der Zufall, der dich zu mir führt?“, fragte Otto Krassmann, seines Zeichens Wundchirurg, Abdecker, Salbenmacher und nicht zuletzt Scharfrichter in siebter Generation.

„Ich schmähe dich nicht“, antwortete Rüterbusch.

„Du nicht, aber genügend andere.“ Krassmann, ein Mittvierziger mit fassähnlichem Oberkörper und den Armen eines Zirkusboxers, brüllte gegen das Begrüßungsgebell seiner Hunde an: „Was willst du?“

„Ich muss mit dir reden. Aber bring erst einmal deine Viecher zur Ruhe.“

Krassmann gab ein Kommando, und wie von Zauberhand verstummte die Meute. Dann rief er „Platz!“, streckte den Arm aus und sagte „Bleiben“.

Rüterbusch staunte. Alle Tiere lagen am Boden.

„Du kannst jetzt näher kommen.“ Krassmann öffnete das Tor des Zauns. „Also, was gibt’s, heraus mit der Sprache.“

Rüterbusch folgte dem Scharfrichter zur Werkstatt. „Ich frage mich immer, was du mit so vielen Hunden willst.“

„Ich lese sie in der Stadt auf und erziehe sie. Sie sind treu und dankbar, für sie gibt es keinen Unterschied zwischen einem Henker und einem Ratsherrn. Doch darüber wolltest du sicher nicht mit mir reden.“

„Nein. Es ist wahrscheinlich schon wieder ein Mord passiert, und ich habe keine Ahnung, wer ihn begangen haben könnte.“ Rüterbusch erzählte, was er wusste, und legte zum Schluss das Schlachtmesser auf die Werkbank.

Mit der Miene des Kenners nahm Krassmann die Waffe auf und betrachtete sie. „Ein Messer, das mehr dem Hacken als dem Schneiden dient. Meinst du, damit ist Mewes erschlagen worden?“

„Gut möglich.“ Wieder verschwieg Rüterbusch die Geschichte mit der Hand.

„Und was willst du nun von mir wissen?“

„Wo die Waffe Mewes getroffen haben könnte.“

„Du verlangst nicht wenig von mir. Wäre es nicht besser, einfach zu warten, bis Mewes wieder auftaucht? Wenn ihm dann eine Hand fehlt, weißt du, was ihm der Täter abgeschlagen hat.“

Rüterbusch erstarrte innerlich. „Wie kommst du darauf, dass ihm eine Hand fehlen könnte?“

„Was machst du denn plötzlich für ein Gesicht? Du glaubst doch nicht etwa, dass ich die Tat …? Hör mal, darf ich dich daran erinnern, dass es nicht nur zu meinen Aufgaben zählt, Köpfe abzuschlagen, sondern auch Hände, immer dann, wenn einer des schweren Diebstahls überführt wurde. In einem solchen Fall nehme ich natürlich ein Hackebeil, genau so eines.“

„Ach so." Rüterbusch war einigermaßen beruhigt. „Gut, gehen wir einmal davon aus, Mewes wäre eine Hand abgeschlagen worden, was meinst du, wie lange hätte er in diesem Zustand noch leben können?"

„Nicht lange, keine Viertelstunde, dann hätte er ausgeblutet dagelegen."

„Aha." Rüterbusch kam ein Gedanke. „Und könntest du an den Messerspuren erkennen, ob es eine linke oder rechte Hand war?"

Krassmann betrachtete das Messer. „Unmöglich. Ist das denn wichtig?"

„Alles ist wichtig."

„So? Dann musst du auch in Erwägung ziehen, dass es sich bei den Blutresten um Tierblut handeln könnte."

„Tierblut? Das halte ich für ausgeschlossen, das wäre Beiss doch aufgefallen."

„Ach, Beiss." Krassmann grunzte verächtlich. „Der ist doch nichts weiter als ein Fettsack mit Doktortitel. Ich sage dir, Tierblut unterscheidet sich in nichts von Menschenblut! Hier, nimm dein Schlachtmesser zurück."

Rüterbusch musste sich eingestehen, dass er keinen Schritt weitergekommen war. Er nahm die Klinge und verließ die Werkstatt.

„Du starrst mich an, als wäre ich der Leibhaftige", sagte Alena zu Klingenthal. „Tritt ein."

„Wie kommst denn du ins Pfarrhaus?"

„Genau wie du, durch die Tür." Alena ging in die Küche. Klingenthal folgte ihr zögernd.

„Ich meine, was machst du hier, ich dachte, du wärst im Haus dieses ermordeten Ratsherrn, äh …?" Klingenthal war so verwirrt, dass er nicht gleich auf den Namen kam.

„Du meinst Angerstein. Ja, ich war dort."

„Nachdem du mich wie einen Bettler hattest stehen lassen."

„Es tut mir leid, aber versetz dich mal in meine Lage: Ich hatte zu dem Zeitpunkt noch keine Ahnung, wo ich die nächsten Tage unterschlüpfen konnte; und da habe ich mich dem Zug angeschlossen."

„Ich hoffe, es hat sich für dich gelohnt." Klingenthal klang bitter.

„Ich habe meine Arbeit gemacht, und ich habe sie gut gemacht. Aber setzen wir uns erst einmal, ich habe Tee für dich gekocht." Mit der größten Selbstverständlichkeit nahm Alena am Küchentisch Platz und schenkte von der dampfenden Flüssigkeit ein. Klingenthal ließ sich ihr gegenüber nieder. „Du tust so, als wärst du hier zu Hause."

„Das bin ich in gewisser Weise auch. Ich habe eine kleine Dachkammer."

„Wie? Jetzt verstehe ich gar nichts mehr."

Alenas Augen lachten. „Die Familie Angerstein war sehr nett zu mir, und auch sehr mitteilsam. So erfuhr ich, dass Matthies weder Frau noch Haushaltshilfe hat. Eine gute Gelegenheit, hier um Arbeit zu bitten, dachte ich."

„Mir hat der Pastor erzählt, die Gemeinde hätte kein Geld für eine Hilfe."

„Mir auch. Aber ich habe ihm gesagt, Kost und Logis den Winter über würden mir genügen."

„Hatte er denn gar keine Angst vor dem Gerede der Leute?"

Wieder lachten Alenas Augen. „Und wie! Aber ich habe ihm erzählt, ich hätte den Leuten in der Nachbarschaft gesagt, ich wäre eine Cousine von ihm, meine Eltern wären tot, und ich wolle fortan für ihn da sein."

„Und das hat er so hingenommen?"

„Zuerst nicht, weil ich ihn vor vollendete Tatsachen gestellt hatte, aber dann habe ich ihm tief in die Augen geschaut, und er hatte nichts mehr dagegen. Erzähle mir, wie es dir ergangen ist."

„Da ist nicht viel zu berichten."

„Nun komm. Der Pastor hat gesagt, er wäre mit dir unten am Hafen gewesen, wo ein Fischer unter rätselhaften Umständen verschwunden ist."

Es blieb Klingenthal nichts anderes übrig, als das wenige, was er wusste, aufzuzählen. Plötzlich rief Alena: „Da kommt der Pastor um die Ecke! Schnell, verschwinde, er braucht nicht zu wissen, dass wir uns kennen!"

Klingenthal wandte sich zur Tür, über deren Schwelle in diesem Augenblick Matthies trat. Der hagere Mann blickte verdutzt drein.

Klingenthal sagte schnell: „Alena und ich haben uns schon miteinander bekanntgemacht. Ich gratuliere Euch zu Eurer neuen Haushaltshilfe."

„Danke, danke." Matthies war die Situation offenbar etwas unangenehm. „Ich nehme an, Alena hat Euch erzählt, warum sie hier ist …"

„Ja, das hat sie …"

Die Einzige, die sich völlig natürlich gab, war Alena. „Ich werde jetzt das Abendessen richten, Herr Pastor", sagte sie und fügte, zu Klingenthal gewandt, hinzu: „Und Euch wünsche ich einen guten Abend."

Schon als Rüterbusch am Dienstagmorgen aufwachte, hatte er ein ungutes Gefühl. Zwei Stunden später hatte er Gewissheit: Der Gerichtsdiener Vock überbrachte ihm die Nachricht, der Herr Oberamtmann Schäffer wünsche ihn dringend zu sprechen. Das verhieß nichts Gutes.

Schäffer war ein Mann, der etwas von einem harmlosen Onkel zu haben schien. Das genaue Gegenteil war der Fall. Das war Rüterbusch sehr wohl bewusst, als er wenig später vor dem gütig lächelnden Oberamtmann stand.

„Nun, lieber Amtsinspektor, hattet Ihr gestern am Martinstag die Gelegenheit, eine prachtvolle Martinsgans zu verzehren?“

„Äh, nein.“ Rüterbusch hatte am vergangenen Tag andere Sorgen gehabt.

„Schade für Euch; aber dieses Schicksal teilt Ihr mit nicht wenigen in unserer schönen Stadt. Mir fällt dabei besonders die Frau des Fischers Hinrich Mewes ein. Die Arme hat in den vergangenen Stunden sicher an alles Mögliche gedacht, nur nicht an eine Gans. Kein Wunder, wo ihr Mann doch spurlos verschwunden ist. Ihr wisst nicht zufällig, wo er sich zurzeit aufhält?“

„Äh, leider nein.“ Rüterbusch trat von einem Bein aufs andere. „Aber ich habe alles in die Wege geleitet, um es herauszufinden.“

„Das höre ich gern. Habt Ihr auch alles in die Wege geleitet, um den Mörder des Ratsherrn Angerstein zu entlarven?“

„Gewiss, das habe ich.“

„Das habt Ihr nicht.“ Der Oberamtmann zielte mit dem Federmesser auf Rüterbuschs Brust. „Sonst hättet Ihr den Täter längst gefasst. Ich habe den Eindruck, dass die Vielzahl Eurer Aufgaben es nicht zulässt, Euch um den Mord an Angerstein gebührend zu kümmern. Ich werde Euch deshalb von dem Kommando über die städtische Wachmannschaft entbinden. Die Führung übernimmt ab sofort Euer Stellvertreter.“

„Ja … jawohl.“ Rüterbusch biss die Zähne zusammen. „Meinen ergebensten Dank.“

„Gern geschehen. Ihr dürft Euch nun entfernen.“

Rüterbusch verbeugte sich hastig und eilte hinaus.

AM SELBEN ABEND, die Dämmerung hatte bereits eingesetzt, saßen Ezechiel und Spinner-Franz im dichten Uferschilf der Elbe und angelten. Neben ihnen, über einem Feuer, brutzelten bereits drei Brachsen.

„O nein! Oj!“, rief Ezechiel. „Da hat einer angebissen. Der Herr gebe, dass es kein Aal ist!“ Es war kein Aal. Es war viel schwerer. Er zog aus Leibeskräften, und als es ihm nach mehreren vergeblichen Versuchen noch immer nicht gelang, den Riesenfisch an Land zu zerren, half Franz ihm ziehen. Plötzlich fiel Ezechiel die Angel fast aus der Hand. „Oj, oj, ein Fisch mit Ohren statt Kiemen und zwei Beinen am Ende, das kann nicht sein!“

Der Riesenfisch entpuppte sich als eine Wasserleiche. Es war der Körper eines Mannes, vollständig und unversehrt, nur die rechte Hand fehlte. Spinner-Franz bekreuzigte sich mehrmals. „Ich werd verrückt“, keuchte er, „weißt du, wer das ist? Mewes, der Fischer, nach dem sie überall suchen.“

„Ja, das stimmt, jetzt sehe ich’s auch!“

Spinner-Franz blickte sich ängstlich um. „Wir sollten ihn schleunigst wieder ins Wasser stoßen. Mit Toten will ich nix zu tun haben."

„Nebbich, was bist du nur für ein Christ! Der Mann hat ein Recht, begraben zu werden. Komm, fass mit an." Ezechiel wollte den Toten endgültig ans Ufer ziehen, aber Spinner-Franz winkte ab.

„Nee, nee, von mir aus werd selig mit deiner Leiche, ich verdufte." Kaum hatte er das gesagt, raffte er seine Sachen zusammen und verschwand.

Ezechiel murmelte eine Verwünschung und zerrte weiter an dem Leichnam, bis der leblose Körper halbwegs auf der Böschung lag. Dann richtete er sich langsam auf. „Puh, das wär geschafft!"

„Ganz recht, das wär geschafft", antwortete hochzufrieden eine Stimme hinter ihm. „Du bist verhaftet, Öljud."

Ezechiel fuhr herum. Die Stimme gehörte Rüterbusch.

Wer Wind sät, wird Sturm …

In der Nacht zum Mittwoch lag Klingenthal auf seinem Karren und versuchte einzuschlafen, doch zu viele Gedanken kreisten in seinem Kopf. Dabei war der Tag mehr oder weniger ereignislos verlaufen. Vormittags und nachmittags hatte er eine Vorstellung gegeben, abends hatte er seinen Wagen in den Schuppen gezogen und einen Blick durchs Küchenfenster in Matthies' Haus geworfen. Der Pastor war nicht da gewesen. Nur Alena, die in der Küche hantierte. Was sie wohl jetzt machte? Klingenthal wälzte sich hin und her.

„Geh doch zu ihr, wenn sie dir nicht aus dem Kopf will", sagte die Magd.

„Schlaf doch, so wie ich auch", murmelte der Landmann.

„Es geht nicht, da kann ich genauso gut aufstehen und nach ihr sehen." Klingenthal war schon vom Karren gesprungen, stieg in die Schuhe. Er öffnete die Holztür, trat hinaus und prallte jählings gegen eine Gestalt, die gerade hereinwollte. Dann hörte er ein leises Lachen.

„Zu wem wolltest du denn?", fragte Alena.

„Ich, äh …"

„Ich jedenfalls wollte zu dir. Hier, ein Topf mit Fleischsuppe, sie ist köstlich. Willst du mich nicht reinlassen?"

„Doch, doch." Klingenthal trat zur Seite. Alena ging mit dem Topf zum Ofen und setzte sich auf die Bank daneben.

„Schau mal."

Klingenthal äugte in den Topf. Was er erkannte, war nicht viel mehr als eine dickliche Flüssigkeit, dafür roch es umso köstlicher. „Das duftet wirklich gut.“ Er nahm den Löffel, den Alena ihm hinhielt, und probierte.

„Schmeckt es?“

„Hm, sehr gut.“ Klingenthal aß den ganzen Topf leer. Als er fertig war, sagte Alena:

„Wir könnten die Ofenklappe einen Spalt öffnen. Dann hätten wir wenigstens ein bisschen Licht.“

„Natürlich.“ Klingenthal betätigte den Hebel.

„Nun küsse sie schon!“, rief das Burgfräulein vom Karren herab.

Klingenthal zögerte. Alena schloss die Augen. „Du tust doch sonst immer, was deine Puppen sagen.“

Da küsste er sie. Es war ein langer Kuss, verhalten zunächst, dann voller Leidenschaft. Als sie schließlich voneinander ließen, blieben sie eng umschlungen sitzen, und Alena flüsterte: „Hast du das adlige Fräulein damals auch so lange geküsst?“

„Nanu, woher willst du wissen, dass ich ein adliges Fräulein kannte?“

Alena lachte. „Ich habe ein gutes Gedächtnis, deshalb weiß ich, dass du eine Magd unter deinen Puppen hast, weil du einmal eine Magd kanntest. Außerdem weiß ich, dass du einen Schiffer unter deinen Puppen hast, weil du einmal zur See gefahren bist. Wahrscheinlich warst du auch einmal Knecht bei einem Bauern und Infanterist bei den Soldaten, aber am meisten interessiert mich die Geschichte mit dem Burgfräulein.“

„Nun gut, ja, ich kannte einst eine junge Dame, aber nicht so, wie du jetzt vielleicht denkst. Ihr Name war Hildegard von Ratorff.“

„Erzähl mir mehr von ihr.“

„Da gibt es nicht viel zu erzählen, dafür war sie zu alt und ich zu jung. Die Leute sagten, sie hätte eine unglückliche Liebe gehabt, weshalb sie verbittert geworden sei und am Ende den Freitod suchte. Mir tat sie immer leid. Sie wohnte auf einem Gut ganz in der Nähe.“

„War sie hübsch?“

„Sie war sehr reich und trug stets kostbare Kleider. Für mich als Knaben war sie jedenfalls das schönste Fräulein weit und breit.“

„Und das ist schon alles?“ Alena klang enttäuscht. „Und der Schultheiß? Warst du selbst mal einer, oder bist du nur als Knabe einem begegnet?“

„Nein, ich war niemals ein Schultheiß.“

„Das verstehe ich nicht, alle deine Puppen stehen doch in einer Beziehung zu deinem Leben?“

„Der Schultheiß nicht.“

Alena fühlte, dass dies nicht die ganze Wahrheit war, gab sich aber fürs

Erste damit zufrieden, denn Klingenthal küsste sie schon wieder. „Vielleicht", sagte er heiser, „steht der Schultheiß doch in einer Beziehung zu meinem Leben, aber das erzähle ich dir lieber auf dem Wagen."

Als sie nebeneinanderlagen, nackt und nur von dem großen Wachstuch bedeckt, sagte Alena: „Nun erzähl."

„Tja, also." Er räusperte sich. „Dass ich Jude bin, weißt du ja bereits. Ich wuchs in einem wohlbehüteten Elternhaus auf. Vater betrieb ein Geld- und Pfandhaus in Tangermünde, und wir waren begütert. Mutter hatte viele Bedienstete im Haus, auch Mette, die dänische Magd, gehörte dazu. So blieb ihr genügend Zeit, das zu tun, was sie am liebsten tat: musizieren. Sie hielt jedes ihrer Kinder an, ein Instrument zu erlernen. Alle Kinder hatten großes Talent, bis auf eines."

„Und das warst du?"

„Richtig. Zum Leidwesen meiner Mutter studierte ich statt Notenblättern lieber die Schriften des Paracelsus, weshalb später aus mir auch kein Mozart wurde, sondern ein ernsthafter Medizinstudent."

„Dann müsstest du heute eigentlich Arzt sein."

„Ja, eigentlich, aber es kam etwas dazwischen."

„Was denn?"

Klingenthals Finger, die Alena bislang unablässig gestreichelt hatten, erstarrten. „Noch nie habe ich darüber geredet."

„Dann tu es jetzt, Julius, vielleicht hilft es dir."

„Vielleicht. Nun, es ist so, dass meine Eltern in den Wirren des Siebenjährigen Krieges ermordet wurden. Es gibt auf dieser Welt leider immer wieder Menschen, die uns Juden hassen. Vater und Mutter wurden der lächerlichsten Dinge bezichtigt und am Ende erschossen, genau wie alle meine Geschwister. Ich selbst entging den Häschern nur, weil ich zu jenem Zeitpunkt auf der Universität in Göttingen war. Es war furchtbar, trotzdem studierte ich weiter. Doch das Unglück wollte es, dass ich eines Tages dem Professor bei einer Operation assistieren sollte. Der Kranke hatte einen Tumor am Hals, der entfernt werden musste. Alles verlief gut, bis dem Professor das Skalpell ausrutschte. Er verletzte dabei die Halsschlagader, und augenblicklich sprudelte das Blut hervor. Der Patient war trotz aller Bemühungen nicht zu retten, es war sein Ende. Und meines auch."

„Aber wieso denn?"

„Weil der Professor sehr besorgt um seinen Ruf war und mir die Schuld in die Schuhe schob."

„Du hättest doch nur zu sagen brauchen, wie es wirklich war!"

„Das habe ich auch getan, aber man hat mir nicht geglaubt, weil ich nur ein kleiner Student war. Und weil ich Jude bin. Ich musste die Universität verlassen. Seitdem habe ich vielerlei Berufe ausgeübt, am liebsten aber bin ich Bauchredner. Siehst du, jetzt weißt du alles über mich."

„Ja, aber eigentlich müsste der Schultheiß ein Arzt sein."

„An den Beruf des Arztes möchte ich niemals wieder erinnert werden."

„Das verstehe ich." Alena begann nun ihrerseits, Klingenthal sanft zu streicheln. „Aber warum musste es ausgerechnet ein Schultheiß sein?"

„Weil ein Schultheiß stets besonnen und überlegt auftritt, jedenfalls der meine, und mir hilft, den Glauben an eine gerechte Obrigkeit zu bewahren."

Statt einer Antwort liebkoste Alena ihn weiter …

„SCHÖN wird das, was dich erwartet, nicht sein, wenn du die Tat leugnest", sagte Rüterbusch zu Ezechiel. „Schau dir die Marterwerkzeuge lieber noch einmal genau an, bevor du weiter alles abstreitest."

Ezechiel schwieg verbissen. Er stand in der Mitte der Folterkammer und hielt die Augen geschlossen, damit er die Daumenschrauben, die Brenneisen, die Streckbank und all die anderen martialischen Instrumente nicht betrachten musste.

„Es wäre wirklich besser, du würdest gestehen. Wenn du es nicht tust, wirst du gleich die Hölle auf Erden erleben, nicht wahr, Krassmann?"

Krassmann nickte widerwillig. Er fühlte sich nicht wohl in seiner Haut. Eine Befragung ohne Schöffen hatte er noch nie durchgeführt und eine Folter, die nicht zuvor von einem Richter angeordnet worden war, schon gar nicht, aber Rüterbusch hatte davon gesprochen, dass ein Geständnis die Mordfälle klären würde.

„Und wenn Ihr mich noch hundertmal fragt, ich war's nicht! Wir haben doch nur geangelt, und plötzlich hatte ich den toten Mann am Haken!"

„Sagtest du eben ‚wir'?" Rüterbusch war hellhörig geworden. „Wer war denn außer dir noch dabei?"

Ezechiel presste die Lippen zusammen.

„Schön, das quetschen wir auch noch aus dir heraus." Rüterbusch dachte an die Situation, in der er den Juden überrascht hatte. Ezechiel hatte an dem Toten gezerrt, wahrscheinlich um ihn im nahen Ufergebüsch zu verstecken. Die rechte Hand hatte Mewes gefehlt, und an der Schläfe hatte er eine große Einblutung gehabt. „Du hast in der Nacht zum Montag Hinrich Mewes hinterrücks überfallen. Mit diesem Schlachtmesser hast du ihm die rechte Hand abgehackt und ihn bewusstlos geschlagen. War es nicht so?"

„Aber, nebbich, warum hätt ich das tun sollen?"

„Du brauchtest Geld."

„Aber ich hatte doch Geld!“

„Jaja, hinterher!“ Rüterbusch dachte an die Magd, die ihm über den Weg gelaufen war und sich bei ihm bitterlich über den Öljuden beklagt hatte. Er habe ihr alle möglichen Dinge andrehen wollen, obendrein sei er fast handgreiflich geworden. Rüterbusch hatte aufgehorcht. Wer nichts verkaufte, brauchte Geld, das war sonnenklar. Ezechiel würde einen idealen Täter abgeben. Zum Schluss war von der Magd sogar noch der Wink gekommen, dass Ezechiel abends des Öfteren angelte. „Du hast Mewes Geld gestohlen! Gib es endlich zu!“

„Neiiin!“ Ezechiel kreischte fast.

„Gut, du hast es nicht anders gewollt. Krassmann, walte deines Amtes.“

Rüterbusch und der Scharfrichter hatten die Vorgehensweise genau abgesprochen. Die Prozedur musste schnell gehen und durfte bei dem Gefolterten keine Spuren hinterlassen. Deshalb sollte ein besonderes Werkzeug zum Einsatz kommen, ein Marterinstrument namens „Trockener Zug“.

Krassmann trat hinter Ezechiel und überprüfte dessen auf dem Rücken gefesselten Hände. Dann griff er nach oben, wo ein kräftiges Seil von der Decke herabhing. Er verknüpfte das Ende mit Ezechiels Händen. „Das wär’s.“ Krassmanns Blick verfolgte noch einmal das Seil hinauf bis zur Decke, wo es über eine Rolle lief und von dort wieder hinab zu einer Winde am Boden geführt wurde. „Es kann losgehen.“ Krassmann griff in die Speichen der Winde. Das Seil spannte sich. Ezechiels Arme wurden hinter seinem Rücken nach oben gezogen. Er stellte sich auf die Zehenspitzen, aber das Seil war unerbittlich, Zoll für Zoll verkürzte es sich. Die Arme wanderten höher, Knochen knackten, dann war der Punkt erreicht, wo Ezechiel kaum noch Bodenberührung hatte, ein Zustand, der große Qualen verursachte.

„Wie ist es, willst du jetzt gestehen?“, fragte Rüterbusch.

Ezechiel keuchte.

Krassmann drehte weiter. Ezechiel schwang nun frei in der Luft, sein ganzes Körpergewicht hing an den Schultergelenken. Aber er sagte nichts.

„Weiter.“

Der Scharfrichter griff in die Speichen, drehte sie und hörte erst auf, als Ezechiel gut drei Fuß über dem Boden hing, eine Stellung, die von manchen auch Papageienschaukel genannt wurde. Dann band der Scharfrichter Ezechiel die Füße zusammen, er nahm dazu schweres Tauwerk, an dessen Ende ein Haken saß. Er ging in eine Ecke und rollte einen mächtigen Stein heran.

„Nein!“ Ezechiel wurde blass.

Krassmann hob den Stein an. Mit größter Mühe hängte er ihn an den

Haken. Es gab ein dumpfes Krachen, als das gewaltige Gewicht Ezechiel die Schultern ausrenkte. Der Öljud stieß einen markerschütternden Schrei aus.

„Gestehst du jetzt?“, fragte Rüterbusch.

„N-N-Nein.“

„Hör mal, Öljud“, sagte er laut, „wir werden einen weiteren Stein an deine Beine binden, wie gefällt dir das?“ Rüterbusch und Krassmann machten die Drohung wahr. Und endlich bröckelte Ezechiels Widerstand.

„Bitte … S-Stein … ab“, röchelte er.

„Gern, sofort. Wenn du gestehst. Gibst du zu, Hinrich Mewes bestohlen und hinterrücks mit einem Schlachtmesser ermordet zu haben?“

„Ja …“

„Gibst du zu, den Ratsherrn Angerstein mit einem Armbrustbolzen ermordet zu haben?“

„Ja.“

„Na endlich. Dein Geständnis ist der Beweis! Wirst du über die Art, wie der Beweis erbracht wurde, absolutes Stillschweigen bewahren?“

„Ja …“

„Sehr schön.“ Rüterbusch wollte Krassmann gerade sagen, er solle den Delinquenten abnehmen und ihm die Schultern wieder einrenken, da fiel ihm noch etwas ein. „Hör mal, sagtest du vorhin nicht ‚Wir haben doch nur geangelt, und plötzlich hatte ich den toten Mann am Haken‘? Wer war es, der dich an dem Abend beim Angeln begleitete? War es vielleicht Klingenthal, der Bauchredner?“

„Ja.“

„Na also.“ Ein tiefes Gefühl der Zufriedenheit durchrieselte Rüterbusch.

Oberamtmann Schäffer tupfte sich mit dem Mundtuch die Lippen ab. Die Fasanenbrust war köstlich gewesen. Man aß gut im „Brandenburger“. Schäffer hob die Hand, um einen der dienstbaren Geister herbeizuwinken, denn ein kleines bisschen Platz für eine Leckerei hatte er sich aufgehoben. Ein Mann eilte heran, den Schäffer erst auf den zweiten Blick als den Gerichtsdiener erkannte. „Nanu, Vock, seit wann gehörst du hier zum Personal?“

„Ich bitte um Verzeihung, Herr Oberamtmann, aber das tue ich nicht, es ist vielmehr so, dass der Herr Amtsinspektor Rüterbusch mich schickt. Er bittet Euch, so rasch wie möglich ins Rathaus zu kommen.“

„Und worum geht es, wenn ich fragen darf?“

„Das möchte der Herr Amtsinspektor Euch selber sagen. Es wäre sehr dringend.“

Schäffer warf die Serviette auf den Tisch und sagte: „Gehen wir."

Vom Brandenburger bis zum Rathaus waren es nur wenige Schritte. Als sie durch die Tür des ehrwürdigen Gebäudes schritten, sagte der Gerichtsdiener: „Wir müssen in den Keller, Herr Oberamtmann."

Kurz darauf standen sie tief unten in den Gewölben. Vor einer der Gittertüren wartete Rüterbusch. Schäffer blieb stehen und musterte seinen Amtsinspektor im spärlichen Licht der Wandfackeln.

„Ich freue mich, Euch melden zu dürfen, dass der Mörder des Ratsherrn Angerstein und des Fischers Mewes von mir dingfest gemacht wurde!"

Schäffer brauchte einige Augenblicke, um das Gesagte zu begreifen. „Ist das Euer Ernst?"

„Der Mörder ist gefasst, die Fälle sind geklärt."

„Heißt das, Mewes ist tot aufgefunden worden? Bisher galt er doch nur als vermisst?"

„Genau das heißt es, Herr Oberamtmann. Ich fand Mewes' Leiche gestern Abend am Ufer der Elbe, wo sie angetrieben worden war. Der Mörder versuchte sie zu verstecken, aber ich war zur Stelle und habe ihn verhaftet. Ich darf Euch bitten, in die Zelle hinter mir zu schauen, da sitzt er."

Schäffer trat einen Schritt vor und spähte durch die Stäbe. Was er sah, wirkte auf ihn wie ein Häufchen Elend. Ein gebeugter Körper, der mit einem Tuch abgedeckt war. Auf dem Kopf des Mannes saß eine Kippa. „Das ist ja Ezechiel, der Öljud."

„Ganz recht." In Rüterbuschs Stimme schwang unüberhörbar Stolz mit. „Er ist der Mörder."

Schäffer konnte sich kaum vorstellen, dass der harmlose Jude die Untaten begangen haben sollte. „Und du willst Angerstein und Mewes umgebracht haben?", fragte er in die Dunkelheit hinein.

„Ja", krächzte es schwach aus der Zelle.

Noch immer zweifelte Schäffer. Das Ganze kam ihm zu einfach vor. „Warum hast du das gemacht, Ezechiel?"

„Er brauchte Geld", sagte Rüterbusch.

„Soso, Geld." Schäffer fragte sich, warum Angersteins Familie nur den Tod ihres Oberhaupts beklagt hatte, nicht aber den Raub von Wertsachen. „Habt Ihr in den Kleidern des toten Mewes Geld gefunden, Rüterbusch?"

„Nein, Herr Oberamtmann", log Rüterbusch, denn er hatte ein paar Münzen gefunden und an sich genommen, damit der Verdacht des Diebstahls auf Ezechiel falle.

„Aha. Wo ist Mewes' Leiche jetzt?"

„Beim Stadtphysikus zur Untersuchung."

„Soso, bei Beiss." Schäffers Gedanken kehrten zu Ezechiel zurück. Dieser Jude wollte einen Ratsherrn mit einer Armbrust erschossen haben? Der Schluss lag nahe, dass Rüterbusch der Geständigkeit ein wenig nachgeholfen hatte, was aber, bei näherer Betrachtung, durchaus zu begrüßen war. Der Bürgermeister würde sich erfreut zeigen. Blieb nur noch die Frage nach dem Wie. Er hatte seine Opfer mit ungewöhnlichen Waffen getötet. „Woher hattest du die Armbrust und das Schlachtmesser, Ezechiel?"

Rüterbusch antwortete: „Beides hat er dem Scharfrichter gestohlen. Ihr wisst doch, Herr Oberamtmann, Krassmann sammelt Waffen."

„Gibst du zu, Öljud, die Waffen dem Scharfrichter gestohlen zu haben?"

„J-Ja."

„Dann sei Gott deiner armen Seele gnädig. Ich werde dafür sorgen, dass dir schon binnen Wochenfrist der Prozess gemacht wird." Schäffer wandte sich an Rüterbusch. „Gute Arbeit, Amtsinspektor. Ich muss nun gehen."

Schäffer hatte es plötzlich eilig. Er wollte es sich nicht nehmen lassen, dem Bürgermeister persönlich die frohe Kunde zu überbringen.

„Und nun, ihr guten Leute", rief der Schiffer, „ist die Vorstellung zu Ende, drum öffnet eure Herzen, öffnet eure Beutel, aber öffnet nicht eure Hosen!"

Die Menge lachte und klaubte ihre Geldstücke zusammen, während Klingenthal mit dem Hut herumging. Die Menschen zerstreuten sich langsam, Klingenthal sah in seinen Hut und stellte fest, dass er gut gefüllt war. Zufrieden steckte er das Geld in die Rocktasche und wollte gerade den Platz verlassen, als Spinner-Franz auf ihn zutrat. Der Mann machte ein Gesicht wie drei Tage Regenwetter und sagte: „Jaja, wer nicht dreimal täglich zum Christengott betet, der macht im Kerker die Papageienschaukel."

„Franz, was willst du?" Klingenthal löste die Keile unter den Rädern seines Karrens.

„Rüterbusch hat Ezechiel verhaftet."

„Was du nicht sagst." Klingenthal glaubte, dass Spinner-Franz seinem Namen wieder einmal alle Ehre machte.

„Ezechiel hat Angerstein und Mewes ermordet, sagt Rüterbusch."

„Wie bitte?" Langsam dämmerte es Klingenthal, dass Spinner-Franz es ernst meinte. „Woher weißt du das?"

Spinner-Franz schnüffelte. „Im Rathaus sitzen viele Mäuslein. Ezechiel haben sie gefoltert. Mewes' Leiche haben sie gefunden, da war eine Hand ab, und der Körper ist bei Dr. Beiss zur Untersuchung."

Klingenthal lief ein Schauer über den Rücken. Amanda Mewes hatte sich also nicht geirrt, als sie am Montagmorgen im Schiff ihres Mannes eine

Hand entdeckte, die später spurlos verschwunden war. Und Ezechiel sollte diese Hand abgeschlagen und den Fischer getötet haben? Lächerlich.

„Hör mal, Julius, ich an deiner Stelle würd mich auch vorsehen."

„Wie meinst du das?"

„Hab so was aufgeschnappt. Dein Name war dabei. Nichts Bestimmtes. Hast du vier Groschen, zwei für dich, zwei für mich?"

„Ja, schon, aber wofür?"

„Schutzzauber. Musst sie unter die Achseln klemmen. Dann kann Luzifer dir nichts mehr anhaben. Krieg ich nun die zwei Groschen?"

Klingenthal gab sie ihm.

Spinner-Franz dankte und verschwand umgehend.

Klingenthal blickte ihm nachdenklich hinterher. Einen Moment lang schwankte er, ob er den Schutzzauber anwenden sollte. Dann unterließ er es.

Pastor Matthies legte die Bibel beiseite. „‚Wenn mir gleich Leib und Seele verschmachtet, so bist du doch, Gott, allezeit meines Herzens Trost.' Ich glaube, das wäre die richtige Stelle, die Amanda Mewes neuen Lebensmut einhauchen könnte. Die arme Frau hat wahrlich einen Leidensweg zu durchschreiten."

„Ja, das hat sie, Herr Pastor", sagte Alena, die ihm gegenüber am Küchentisch saß und Erbsen palte.

„Wo wir gerade so traut beisammensitzen, äh …" Matthies suchte nach den richtigen Worten. „Dass ich es nicht gutheißen kann, wie du die Nachbarschaft an der Nase herumgeführt hast, indem du dich als meine Verwandte ausgabst, sagte ich dir schon. Jetzt ist es leider zu spät, die Wahrheit ans Licht zu bringen. Doch was ist die Wahrheit? Ich habe ein Recht, das zu erfahren."

„Jawohl, Herr Pastor." Alena erzählte von ihrer Zeit als Novizin in einem Karmelitinnenkloster und von ihrem Entschluss, in die Welt hinauszuziehen, und wie sie sich mit der Tätigkeit als Klagefrau über Wasser gehalten hatte. „Bevor ich zu Euch kam, habe ich als Klagefrau im Haus des verstorbenen Ratsherrn Angerstein gearbeitet."

„Soso, hm." Matthies trommelte mit den Fingern auf die Tischplatte. „Ich hoffe, es ist dir gelungen, die Witwe Angerstein zu trösten, sie und ihre erwachsenen Söhne?"

„Nicht nur sie, Herr Pastor, auch die kleine Tochter."

„Tochter, was für eine Tochter? Die Witwe hat doch nur Söhne?"

„Ach, das wisst Ihr nicht? Es ist die Tochter der persönlichen Hausmagd von Angersteins Witwe. Marie heißt die Magd, und der Vater des kleinen Mädchens ist Angerstein. Ich habe es nur durch Zufall erfahren."

„Donnerwetter!“

„Eines hat mich gewundert: Die Kleine war überhaupt nicht traurig über Angersteins Tod, trotzdem tat sie mir schrecklich leid, sie hatte eine ganz dicke Backe.“

„Eine dicke Backe?“

„Ja, zuerst dachte ich, sie hätte Zahnschmerzen. Dann betrachtete ich die Backe näher und sah die Striemen und die blauen Stellen. Irgendwer muss sie geschlagen haben.“

„Gott bewahre! Wer schlägt denn so ein kleines Kind?“

„Ich weiß es nicht, die Kleine sagte kaum etwas, dabei war sie bestimmt schon vier Jahre alt. Sie war sehr scheu, fast schreckhaft.“ Alenas Mundwinkel zuckten, ihre Augen füllten sich mit Tränen.

„So beruhige dich doch, meine Tochter.“ Matthies, dem sonst stets ein passender Bibelvers einfiel, fehlten die Worte. Da griff er über den Tisch und nahm ihre Hände in seine und begann, sie zu streicheln. Langsam beruhigte sich Alena wieder, während Matthies fortfuhr, sacht über ihre Finger zu streichen.

„Guten Abend, Herr Pastor.“

Matthies blickte zur Tür und entdeckte Klingenthal. Hastig zog er seine Hände zurück. „Äh, guten Abend, Meister Klingenthal. Wir … wir sprachen gerade über etwas Trauriges, da habe ich Alena ein wenig Trost gespendet.“

„Das sehe ich.“ Klingenthal schickte sich an zu gehen, wurde aber von Matthies zurückgehalten.

„So bleibt doch. Ich vermute, Ihr habt noch nichts gegessen; Alena wird für uns beide eine kleine Mahlzeit zubereiten, nicht wahr, Alena?“

Widerstrebend nahm Klingenthal am Küchentisch Platz. Alena war unterdessen aufgestanden und eilte zur Tür, stutzte aber, da diese sich im selben Augenblick wie von Geisterhand öffnete. Im Rahmen stand Rüterbusch.

Der Amtsinspektor lüftete den Dreispitz und trat ein. „Ich wünsche einen guten Abend, Herr Pastor“, sagte er. „Oho, und wen haben wir denn da? Den Herrn Bauchredner mit seiner Gehilfin! Wie es scheint, habt ihr beide einen hübschen Unterschlupf beim Herrn Pastor gefunden.“

Matthies, eine steile Falte auf der Stirn, hatte sich halb erhoben. Nun setzte er sich wieder. „Was sagtet Ihr da eben, Rüterbusch?“

Rüterbusch ging nur halb auf die Frage ein. „Dass der Bauchredner Klingenthal bei Euch wohnt, war mir bekannt, aber dass seine Gehilfin hier ebenfalls logiert, ist mir neu. Als Vertreter der öffentlichen Ordnung darf ich doch annehmen, dass alles nach Sitte und Anstand geregelt ist?“

„Bei Gott, das dürft Ihr!“ Matthies versuchte, sich nichts anmerken zu lassen, obwohl er maßlos enttäuscht war. Beide, Klingenthal und Alena, hatten ihm verschwiegen, dass sie sich kannten, und das mit voller Absicht.

„Schön. Im Grunde bin ich auch nur wegen des Bauchredners hier.“

Klingenthal beschlich ein ungutes Gefühl. „Und was wollt Ihr von mir?“

„Euch verhaften.“

Wer Wind sät, wird Sturm ernten …

„Hör mal, Vock“, sagte Spinner-Franz, „die Sache ist ganz einfach, du guckst weg, und ich schwirr mal eben ab nach unten.“

„Nee, nee, kommt nicht infrage.“ Vock saß auf einem klapprigen Schemel, der vor dem Niedergang zu den Verliesen des Rathauses stand.

„Und wenn sich’s für dich nun lohnen würd? Ich hab zwei Groschen, die todsicher vor allem Übel bewahren. Sie wären dein, wenn du mich runterlässt. Schlägst du ein?“ Spinner-Franz streckte Vock seine dürre Rechte hin.

Vock ergriff die Hand mit den Geldstücken. „Aber nur ganz kurz.“

„Keine Bange. *Ita est* und *yes* und *oui*!“ Spinner-Franz huschte die steile Treppe hinab. Als er unten angekommen war, konnte er kaum die Hand vor Augen sehen. Am Ende des Ganges, dort, wo Ezechiels Zelle war, steckte jedoch eine Fackel in der Wand. Spinner-Franz nahm die Lichtquelle und hielt sie zwischen die Gitterstäbe. „He, Ezechiel, ich bin’s, Franz, wollt mal nach dir sehen! Öljud, kannst du mich hören?“

Nach einer halben Ewigkeit bewegte sich das Tuch, und ein Kopf mit Kippa lugte hervor. „Ja?“

„Wie geht’s?“

„Oj, oj …“ Ezechiels Stimme klang, als käme sie bereits aus dem Jenseits. „Möcht sterben.“

„Papperlapapp! So weit ist’s noch lange nicht. Hab einen Schadenzauber gegen den wahren Mörder gerichtet, dir kann nix passieren. Wenn du den Kopf nicht hängen lässt, schaffst du auch den Prozess. Darfst nur meinen Namen nicht nennen, hörst du. Ich war an dem Abend, als Rüterbusch dich geschnappt hat, nicht mit dir zusammen, kannst jeden anderen Namen nennen, meinetwegen Klingenthal, aber nenn nicht meinen, in Ordnung?“

Ezechiel antwortete nicht.

„Hab dir auch was mitgebracht.“ Spinner-Franz griff in die Tasche, förderte einen Wurstzipfel hervor und hielt ihn durch die Gitterstäbe. Als Ezechiel keine Anstalten machte, sich zu erheben, warf Spinner-Franz ihm den Zipfel vor die Füße. „Kannst die Wurst ja nachher essen. Und denk dran, musst nur den Prozess schaffen, ohne meinen Namen zu nennen, hörst du?"

„J-ja."

„Dann ist's gut. Ich geh jetzt." Einigermaßen beruhigt machte Spinner-Franz sich davon.

„Ihr seid wohl von allen guten Geistern verlassen!", sagte Pastor Matthies zu Rüterbusch. „Wie kommt Ihr dazu, Meister Klingenthal verhaften zu wollen?"

„Das ist meine Sache", sagte Rüterbusch von oben herab. „Nehmt einfach zur Kenntnis, dass es so ist."

„Ich denke nicht daran." Matthies schob kampflustig das Kinn vor. „Ihr vergesst wohl, dass Meister Klingenthal mein Gast ist, insofern habe ich ein Recht, zu erfahren, was Ihr ihm vorwerft."

„Ja, das würde ich auch gern wissen", sagte Klingenthal.

Rüterbusch warf sich in die Brust. „Der Bauchredner Julius Klingenthal steht in dem dringenden Verdacht, an der Ermordung des Ratsherrn Angerstein und des Fischers Mewes beteiligt gewesen zu sein. Haupttäter ist der Öljud Ezechiel, der bereits in Haft sitzt und die Taten gestanden hat."

„Was, Ezechiel? Unsinn! Daran kann ich nicht glauben!"

Klingenthal, der angesichts der ungeheuerlichen Anschuldigung blass geworden war, musste an Spinner-Franz und dessen unbestimmte Warnung denken. Doch langsam fing er sich wieder. „Ihr beschuldigt mich also der Mittäterschaft an Angersteins Ermordung. Könnt Ihr mir verraten, wie ich das gemacht haben soll? Ich darf Euch daran erinnern, dass ich zu jenem Zeitpunkt noch gar nicht in der Stadt war."

„Das mag sein oder auch nicht. Tatsache ist aber, dass Ezechiel zu jenem Zeitpunkt in der Stadt war, Tatsache ist ebenfalls, dass Ihr miteinander bekannt seid, und Tatsache ist nicht zuletzt, dass man bei Nacht und Nebel in eine Stadt kommen, eine Gräueltat begehen und die Stadt anschließend gleich wieder verlassen kann. Und so, wie Ihr an dem ersten Mord beteiligt wart, so wart Ihr es auch an dem zweiten."

„Ich war es wirklich nicht", sagte Klingenthal, der noch immer kaum glauben konnte, dass Rüterbusch seine Anschuldigungen ernst meinte.

„Da ist Ezechiel aber anderer Meinung. Er selbst hat ausgesagt, dass Ihr mit ihm Mewes' Leichnam beiseiteschaffen wolltet. Warum wohl? Weil Ihr sein Komplize wart! Nun gebt es schon zu!"

„Ich denke nicht daran!"

„Dann muss ich Gewalt anwenden."

„Gewalt?“ Matthies sprang auf. „In meinem Haus? Da sei Gott vor! Ich will Euch sagen, warum Meister Klingenthal unschuldig ist.“

„Da bin ich aber gespannt.“

Matthies bat insgeheim seinen Schöpfer um Vergebung und log: „Weil er in der Nacht zum letzten Montag die ganze Zeit bei mir war. Wir spielten ein paar Partien Schach, bis zum Morgengrauen, aßen später Grießbrei und wurden von Amanda Mewes, die ihren Mann suchte, unterbrochen.“

Rüterbusch konnte kaum glauben, was er da eben gehört hatte. „Ihr behauptet, die ganze Nacht Schach gespielt zu haben?“

„Zweifelt Ihr etwa an meinen Worten?“

„Ezechiel hat ausgesagt, der Bauchredner Klingenthal habe mit ihm gemeinsame Sache gemacht.“

„Dann steht sein Wort gegen meines! Und ich darf doch annehmen, dass die Aussage eines Pastors mindestens genauso viel gilt wie die eines Hausierers?“

In Rüterbuschs Gesicht arbeitete es. Eine Mischung aus Wut und Ärger zeichnete sich ab. Dann sah er ein, dass er verloren hatte. „Nun gut, ich nehme die Verhaftung nicht vor, heute jedenfalls nicht, aber das Verfahren ist noch lange nicht abgeschlossen! Der Bauchredner Klingenthal darf die Stadt nicht verlassen und muss sich jederzeit zur Verfügung halten.“

„Das ist selbstverständlich“, sagte Matthies erleichtert.

Auch Klingenthal waren Mühlsteine vom Herzen gefallen. „Meine Unschuld wird sich herausstellen, spätestens dann, wenn der wahre Mörder gefunden ist.“

Doch Klingenthals letzten Satz hörte Rüterbusch schon nicht mehr. Er war mit zornesroter Miene hinausgestürmt. Matthies lachte befreit.

Auch Klingenthal lachte nun. „Das war knapp! Ich danke Euch, Herr Pastor, dass Ihr Euch so für mich eingesetzt habt, umso mehr, als ich das Schachspiel überhaupt nicht beherrsche.“

„Dann wird es höchste Zeit, dass Ihr es lernt.“

TAGS DARAUF, man schrieb bereits den Donnerstag in dieser Woche, machte Alena das Frühstück für Matthies.

„Was gibt es denn Schönes?“, fragte Matthies.

„Rührei von drei Eiern und ein Stück kalte Forelle.“

„Das hört sich gut an.“ Matthies beobachtete, wie Alena den Teller vor ihm absetzte. Er vermied es, ihr in die Augen zu sehen, und sagte: „Ich glaube, ich habe mit dir ein Glückslos gezogen, Alena.“

Alena blickte zur Seite. „Ihr sollt nicht so übertreiben, Herr Pastor.“

„Nein, nein, ich meine es ganz ernst. Sag, stimmt es eigentlich, dass du die Gehilfin von Meister Klingenthal bist?“

„Nein, das stimmt nicht.“

„Dann ist ja alles in schönster Ordnung.“ Matthies spießte mit der Gabel ein großes Stück Rührei auf, wollte es zum Munde führen und hielt abrupt inne. Es hatte an der Tür geklopft. „Herein!“

„Entschuldigt die Störung, Herr Pastor.“ Mit scheuem Gesicht betrat Amanda Mewes die Küche.

„Was kann ich für Euch tun?“ Matthies führte den Bissen endgültig zum Munde und betrachtete die Besucherin.

„Eigentlich wollte ich nicht zu Euch, sondern zu Alena, Herr Pastor.“

„Zu mir?“, fragte Alena.

„Ja.“ Amanda druckste ein wenig herum. „Es ist so, dass ich gehört habe, wie viel Trost deine Worte spenden können, und da wollte ich dich bitten, ob du nicht für zwei Stunden zu uns nach Hause kommen könntest, die Kinder sind so verzweifelt; ich selbst komme gottlob ja kaum zum Trauern, die Vorbereitungen für die Beerdigung, die Unterbringung der Verwandten und dann immer die weinenden Kinder …“ Amanda schaute plötzlich erschrocken drein. „O Gott, verzeiht, Herr Pastor, ich hätte Euch ja zuerst fragen müssen, ob es Euch recht ist. Wäre es Euch recht?“

„Natürlich, meine Liebe.“ Matthies schob den leeren Teller zur Seite.

Amanda rang sich ein Lächeln ab. „Danke, Herr Pastor.“

Alena nahm die Schürze ab und warf sich ein Schultertuch um. „Ich bin spätestens zur Mittagszeit wieder da, Herr Pastor.“

RÜTERBUSCH betrat den Dienstraum des Stadtphysikus und nahm den Dreispitz ab. „Guten Morgen, Herr Doktor.“

Dr. Ludwig Beiss fuhr auf. „Was gibt's?“

„Ich wollte mich nach Mewes' Leiche erkundigen. Ihr habt gestern sicher Gelegenheit gehabt, sie näher zu untersuchen.“ Rüterbusch setzte sich.

„Nehmt ruhig Platz“, sagte Beiss trocken.

„Äh, ja. Wie Ihr sicher wisst, ist es mir gelungen, den Öljud Ezechiel als Täter dingfest zu machen. Nun ist es für den bevorstehenden Prozess von Wichtigkeit, ob der Öljud den Fischer Mewes erschlagen hat, das Opfer also schon tot war, als es in die Elbe fiel, oder ob es noch lebte.“

„Ich verstehe, das spätere Strafmaß mag von dieser Frage abhängen. Die Antwort ist für einen Physikus nicht schwer. Nach dem Öffnen des Leichnams zeigte sich, dass Wasser in der Lunge war. Mewes lebte und atmete also noch, als er in den Fluss fiel.“

„Aha! Oder gestoßen wurde?“

„Richtig, oder gestoßen wurde.“

Rüterbusch schlug die Beine übereinander. „Konntet Ihr irgendwelche Zeichen für einen Stoß am Körper entdecken?“

„Nein, außer der Einblutung an der Schläfe und der abgeschlagenen Hand wies der Leichnam keine Besonderheiten auf. Ich möchte hinzufügen, dass ein leichter Stoß keineswegs Spuren hinterlassen muss. Die Einzelheiten meiner Untersuchung werde ich schriftlich festhalten und Euch zu gegebener Zeit zukommen lassen.“ Beiss’ Stimme klang abschließend.

Rüterbusch ließ nicht locker. „Ihr könnt mir heute also kein Ergebnis nennen. Ebenso wie Ihr nicht in der Lage wart, einen Vergleich der Blut- und der Haarsorten von Mewes zustande zu bringen. Von den Hautresten, die Ihr am Schlachtmesser übersehen habt, gar nicht zu reden. Ich kann nicht umhin, Euer Verhalten als sehr verdächtig einzustufen.“

„Was wollt Ihr damit sagen?“

„Ich will damit sagen, dass Ezechiel als Täter feststeht, dass er aber durchaus Komplizen gehabt haben kann. Komplizen, die ein Interesse daran haben, Spuren zu verwischen oder nicht zu erkennen.“

„Meint Ihr etwa mich? Macht Euch nicht lächerlich!“ Beiss’ Schweinsäuglein funkelten Rüterbusch wütend an. „Erstens habe ich keine Spuren verwischt, sondern nur ein altersschwaches Mikroskop zur Verfügung, und zweitens habt Ihr mich nicht darum gebeten, irgendwelche Hautreste zu untersuchen! Drittens scheint Ihr mir selber in die Morde verwickelt zu sein. Woher wusstet Ihr beispielsweise bereits am Montag, dass Mewes’ Leiche, die noch gar nicht gefunden worden war, eine Hand fehlen würde? Weil Ihr sie selber abgeschlagen habt? Wieso wart Ihr zugegen, als Ezechiel den toten Körper in der Elbe fand? Und schließlich: Weshalb habt Ihr ein so offenkundiges Interesse daran, einem Menschen die Schuld in die Schuhe zu schieben, dem kaum einer die Morde zutraut?“

Rüterbusch musste an sich halten, um nicht auf Beiss loszugehen. „Ezechiel hat alles gestanden, er wurde von mir im Beisein von Krassmann verhört.“

„Ha! Als ob ein Geständnis nicht letztlich nur vom Druck der Daumenschrauben abhinge!“

„Ihr könnt Ezechiels Hände gern untersuchen, sie weisen keinerlei Folterspuren auf.“

„Und wenn schon. Ich kenne Krassmann und seinen Einfallsreichtum. Und nun, Herr Amtsinspektor Rüterbusch, habt die Güte und lasst mich allein. Ich habe zu tun.“

Pastor Matthies betrat das Rathaus und ging zielstrebig auf Vock zu, der auf seinem Schemel Wache hielt. „Hallo Vock." Matthies schickte sich an, den Niedergang hinunterzusteigen, wurde aber von Vock zurückgehalten: „Da dürft Ihr nicht runter, ich habe ausdrückliche Order vom Herrn Amtsinspektor, keinen durchzulassen."

„Mein lieber Vock! Euren Diensteifer in Ehren, aber habt Ihr vergessen, dass ich der Pastor bin? Ich will nur hinunter, um nach Ezechiel zu schauen. Macht Euch nur keine Sorgen, erst gestern Abend habe ich den Fall Ezechiel mit Amtsinspektor Rüterbusch persönlich besprochen."

„Ach so, ja dann."

„Seht Ihr, und nun lasst mich vorbei." Matthies stieg, den Kopf einziehend, die schmalen Steintreppen hinunter. In geduckter Haltung ging er zu Ezechiels Zelle, nahm die Fackel aus der Wandhalterung und wandte sich an den Häftling: „Gott zum Gruße, Ezechiel."

Aus dem Kerker kam nur ein dumpfer Laut.

„Ich bin es, Pastor Matthies, ich diene, wie du weißt, dem Christengott, aber ich denke, ein Wort des Trostes von mir ist dir trotzdem willkommen."

„J-Ja."

„Das freut mich. Ich habe den Eindruck, dir fällt das Sprechen schwer. Bist du krank?"

Eine Weile verging. Dann antwortete Ezechiel krächzend: „Nein."

„Hat man dich gefoltert?"

„Nein!"

„Höre, Ezechiel, ich weiß, warum du hier im Kerker schmachtest. Der Amtsinspektor Rüterbusch sagte mir, du habest die Taten bereits gestanden, aber ich glaube nicht, dass du sie begangen hast. Hast du sie begangen?"

„Oj, oj, Herr Pastor …"

„Ezechiel, du solltest mich nicht anlügen. Bei Mose heißt es: Ihr sollt nicht lügen, und wenn ich mich nicht irre, gilt für Juden das Alte Testament genauso wie für uns Christen. Also noch einmal: Hast du sie begangen?"

„Nu, wenn Ihr mich so fragt … nein."

„Das dachte ich mir. Du hast die Taten nur zugegeben, weil du gefoltert wurdest, stimmt's?"

„Ja, Herr Pastor." Ezechiel atmete tief aus.

„Wer hat das getan?"

„Rüterbusch und Krassmann."

Matthies dachte daran, dass die Folterung somit ohne richterliche Veranlassung und ohne geistlichen Beistand stattgefunden hatte, was einen unerhörten Vorgang darstellte.

„Fühl mich, als wären die Mauern von Jericho auf mich draufgefallen, die Pein, die Pein!"

„Willst du mit mir beten, Ezechiel?"

Als der Öljud nicht antwortete, nahm Matthies das als Einverständnis und sprach ein paar kurze Worte. Dann setzte er hinzu: „Mein Gott ist auch dein Gott, Ezechiel, ich werde dafür sorgen, dass dir eine Droge gegen die Schmerzen verabreicht wird."

„Danke, Herr Pastor." Dann brach es aus ihm hervor: „Nie wieder sollen sie mich foltern! Werd im Prozess alles zugeben, weil sie mich sonst wieder foltern, Schäffer hat's gesagt."

Matthies strich sich über die lange Nase und dachte: Schäffer? Dem habe ich so etwas eigentlich gar nicht zugetraut. Andererseits, wenn seine Inspektoren ihre Arbeit gut machen, kann er mit Lob von höchster Stelle rechnen. Wenn nicht, muss er dafür die Verantwortung übernehmen. Laut sagte er: „Die Droge wird dir bestimmt helfen. Vock wird sie dir besorgen."

„Danke … werd dann schlafen können, endlich. Hab letzte Nacht nicht geschlafen, hab Geräusche gehört."

„Geräusche? Was für Geräusche?"

„So ein Kichern, und dann der Schatten. Ist an der Zelle vorbei, der Schatten, zur Rüstkammer hin."

„Konntest du erkennen, wer es war?"

„Nein, zu schnell ging's."

„Und dann?"

„Kichern, Geklirre, metallisches Geblitze, dann war er wieder weg."

„Hat dieser ‚Schatten' eine Waffe aus der Rüstkammer geholt?"

„So wird's sein."

Matthies überlegte. Am wahrscheinlichsten schien ihm, dass es Krassmann gewesen war, der hatte auch einen Generalschlüssel. „War es vielleicht der Scharfrichter?"

„Weiß nicht, weiß es wahrhaftig nicht, Herr Pastor."

„Nun gut, du sollst nichts sagen, was du nicht weißt. Ich muss jetzt fort. Gott sei mit dir." Matthies schlug das Kreuz, steckte die Fackel wieder in die Wandhalterung und ging.

Während er die Treppen hinaufstieg, musste er wieder an den Schlüssel zur Rüstkammer denken, denn außer Krassmann besaßen ihn kraft ihres Amtes viele andere, Schäffer zum Beispiel, aber auch Rüterbusch und Vock.

Und nicht zuletzt er selbst.

KLINGENTHAL lag auf seinem Karren im Schuppen und versuchte seine Gedanken zu ordnen. Nachdem Rüterbusch ihn am gestrigen Abend der Mittäterschaft an den Morden bezichtigt hatte, fühlte er sich bedroht. Den ganzen Tag schon hatte er überlegt, wie er diese lächerliche Beschuldigung entkräften konnte, aber ihm war nichts eingefallen.

„Verlass dich einfach auf das Wort des Pastors", sagte der Schultheiß.

„Auch Pastoren können sich verplappern", sagte das Burgfräulein.

„Halt!", unterbrach Klingenthal. „Pastor Matthies ist für mich über jeden Zweifel erhaben, er wird bestimmt bei seinem Wort bleiben. Trotzdem wäre mir wohler, wenn der wahre Mörder gefasst würde."

„Wir müssen uns als Erstes fragen, ob wir es mit zwei verschiedenen Mördern zu tun haben, oder ob es nur einer war", sagte der Schultheiß.

Der Söldner sagte: „Gute Frage! Schauen wir uns die Waffen an. Beim ersten Mal war es eine Armbrust, beim zweiten Mal ein Schlachtmesser. Ungewöhnliche Mordwerkzeuge. Ich hätte eine Pistole genommen."

„Aber eine Pistole macht Lärm", wandte das Burgfräulein ein.

„Richtig", sagte der Söldner. „Der Mörder wollte leise töten."

„Wir müssen uns klarmachen, dass wir es mit einem Mörder zu tun haben, der seine Taten genau plante und der genau wusste, wann und wo er seine Opfer antreffen konnte." Das war der Schultheiß.

„Sprachst du soeben von ‚einem' Mörder?", fragte der Schiffer.

„Ich glaube, es ist tatsächlich nur einer, und zwar einer mit besonderer Hinwendung zu blutrünstigen Waffen. Wer käme dafür infrage?"

Klingenthal räusperte sich. „Das werden wir hier nicht klären können. Ebenso wenig wie die Frage, wer ein Interesse daran hatte, Angerstein und Mewes zu töten. Beide sind so unterschiedlich. Angerstein war alt, Mewes war jung, Angerstein war Ratsherr, Mewes war Fischer, Angerstein war vermögend, Mewes war es nicht; schon allein deshalb ist Rüterbuschs Behauptung, Ezechiel habe Mewes aus Geldgier getötet, blühender Unsinn. Aber wenn es nicht Geldgier war, welchen Antrieb kann der Mörder dann für seine Gräueltaten gehabt haben?"

Die Magd sagte: „Das können wir nur herausfinden, wenn wir mehr über die Familien der armen Opfer wissen. Aber wie stellen wir das an?"

Klingenthal richtete sich halb auf. „Ich glaube, ich habe eine Idee. Ich werde Alena fragen, was sie heute Vormittag bei Amanda Mewes im Haus erlebt hat. Allerdings müsste ich dazu hinüber ins Pfarrhaus gehen."

„Dann tu's doch", sagte die Magd.

„Das Mädel beißt nicht", sagte der Schiffer.

„Ich geh ja schon", sagte Klingenthal.

„Du störst überhaupt nicht“, meinte Alena, als Klingenthal durch die Tür trat. „Komm rein und setz dich an den Tisch.“

„Ist der Pastor nicht da?“

„Doch, er sitzt in seiner Studierstube und bereitet die Predigt für die Beerdigung von Mewes vor; sie soll am Sonnabend um zehn Uhr stattfinden.“

„Wie war es denn heute Morgen in Amanda Mewes’ Haus?“

„Wie soll es schon gewesen sein? So wie ich’s immer wieder erlebe. Die Menschen tragen Trauermiene. Dazu fließen viele Tränen. Sag, Julius, was willst du wirklich von mir wissen?“

„Nun, Alena, du hast selbst erlebt, welche unsinnigen Anschuldigungen Rüterbusch gestern Abend gegen mich erhob. Ich habe mich deshalb entschlossen, auf eigene Faust den Mörder zu suchen. Es scheint mir die einfachste Möglichkeit zu sein, meine Unschuld zu beweisen.“

„Großer Gott! Pass bloß auf, dass dir nichts zustößt.“

„Beruhig dich, ich habe ja noch gar nichts unternommen. Ich frage mich nur, warum der Mörder ausgerechnet Angerstein und Mewes zu seinen Opfern machte. Es gibt viele Ratsherren in Steinfurth und viele Fischer, darüber hinaus Handwerker, Kaufleute, Bierbrauer, warum also Mewes? Das herauszukriegen könnte mich einen Schritt weiterbringen, und da du heute Morgen in seinem Haus warst, frage ich dich, wie es war.“

„Jetzt verstehe ich.“ Alena viertelte einen Apfel und gab Klingenthal zwei Stückchen.

Klingenthal fragte: „Hatte Mewes irgendwelche Freunde oder Bekannte, die ihm nicht grün waren?“

Alena biss in ein Stückchen. „Warte mal. Ja, kann sein, dass er bei seinen Fischerkollegen nicht sonderlich beliebt war. Amanda erzählte, dass die meisten nicht zur Beerdigung kommen wollen. Iss deine Apfelstückchen.“

Klingenthal steckte eines in den Mund. „Das könnte ein erster Ansatzpunkt sein. Weißt du die Namen derjenigen, die nicht kommen wollen?“

„Nein, wo denkst du hin, ich war doch mit ganz anderen Dingen beschäftigt. Ich habe die Schneiderin auf Trab gebracht, habe mit einer Mamsell aus dem ‚Roten Hirschen‘ gesprochen, damit nach der Friedhofsfeier eine standesgemäße Speise bereitsteht, habe mit dem Steinmetzen verhandelt, habe …“

„Wenn du die Namen nicht kennst, werde ich versuchen, sie herauszufinden. Vielleicht komme ich auf diese Weise weiter.“

„Ja, aber mach’s nicht vor Sonnabend, man weiß ja nie, vielleicht kommt der ein oder andere ja doch.“

„Das stimmt." Klingenthal suchte nach einem neuen Betätigungsfeld für seine Überlegungen. „Und was ist mit Angerstein? Bei dem warst du doch auch im Haus. Hatte er Feinde?"

Alena seufzte. „Wie soll ich das wissen? Wenn ja, werden sie sich bestimmt nicht freiwillig melden, aber eines ist klar: Angerstein war ein Geizhals. Und auch Angerstein war nicht gerade beliebt, man merkte es beim Totenschmaus."

„Ja, ich habe auch gehört, dass er ein Pfennigspalter war." Die neue Fährte schien Klingenthal nicht sehr ergiebig, deshalb kam er noch einmal auf Mewes zurück: „Du hast gesagt, für den Totenschmaus im Hause Mewes soll Speise aus dem Roten Hirschen bereitgestellt werden, und du hast erzählt, die Schneiderin musste von dir auf Trab gebracht werden. Ist es nicht ungewöhnlich, dass eine Fischersfrau solche Dinge, die zweifellos nicht billig sind, von anderer Hand erledigen lässt?"

„Jetzt, wo du mich das fragst, fällt es mir auch auf. Ich denke, Amanda will sich auf keinen Fall am Sonnabend blamieren, auch wenn es viel Geld kostet. Die Arme! Sie weinte in einem fort."

„Sagtest du eben, Amanda weinte in einem fort?"

„Ja, wieso?"

Klingenthal massierte nachdenklich sein Kinn. „Als sie heute Morgen in diese Küche kam, sagte sie zu dir, sie selbst komme kaum zum Trauern wegen der Vorbereitungen für die Beerdigung, aber ihre Kinder wären so verzweifelt, ständig würden sie weinen."

„Die Kinder?" Alena stutzte. „Nein, die haben überhaupt nicht geweint."

„Seltsam."

„Wenn ich es recht bedenke, waren sie nur scheu und in sich gekehrt, alle sieben. Nein, richtig getrauert haben die nicht."

„Haben sie denn gespielt, wie andere Kinder es tun?"

„Ich weiß es nicht genau, aber jetzt fällt mir etwas ein: Zwei der größeren Jungen hatten einen Stock oder so etwas, damit schlugen sie um sich, und dann zerbrachen sie ihn in mehrere Stücke, die sie fortwarfen."

Klingenthal ahnte etwas. „War es vielleicht ein Rohrstock?"

„Das könnte sein."

„Wiesen die Kinder denn irgendwelche Verletzungen auf, die durch Schlageinwirkung entstehen?"

„Meinst du, Mewes hat seine Kinder geschlagen? Das glaube ich nicht. Keines hatte Striemen oder Beulen oder Ähnliches. Nur die älteste Tochter hatte einen blauen Fleck an der Stirn, aber Amanda sagte, den hätte sie sich an der Ecke des Küchenbords geholt."

Klingenthals Blick ging zur Tür der Studierstube. „Glaubst du, dass Pastor Matthies dich heute noch braucht?“

„Ich glaube, er ist sehr beschäftigt, aber ich bringe ihm nachher noch eine Kleinigkeit zu essen.“

Klingenthal erhob sich und fasste Alena bei den Schultern. „Nun, äh, ich hätte sonst gefragt, ob du nicht Lust hast, mit hinüber auf den Wagen zu kommen. Die Puppen haben mir ein Schweigegelöbnis gegeben.“

Alena lachte leise. „Du und deine Puppen! Sei nicht böse, aber es geht nicht.“

„Ich bin nicht böse.“ Rasch wandte er sich ab und ging.

Wer Wind sät, wird Sturm ernten, seine …

Tief im Innern wogte der Kampf hin und her, der Kampf, der schon so häufig stattgefunden hatte. Er wurde ausgetragen zwischen Johannes, dem Riesen, und dem Kind. Johannes, der Riese, brauchte Schlaf, sehr viel Schlaf, und das Kind wusste auch, dass Johannes sich manchmal nur schlafend stellte, besonders dann, wenn es eine neue Aufgabe zu bewältigen galt.

So war es auch diesmal. Johannes stellte sich schlafend, aber das Kind war hartnäckig, es ließ nicht ab von ihm. Johannes verkroch sich vor dem Kind, bat, bettelte, flehte um Schlaf, aber das Kind kannte keine Gnade. Es erinnerte Johannes an seine Pflichten und sagte, dass er diese bis an sein Lebensende erfüllen müsse, anderenfalls könne es ihn auch gleich sterben lassen. Aber das wollte Johannes nicht, da wollte er schon lieber tun, was das Kind ihm auftrug.

Es war eine ganz bestimmte Aufgabe, die ihm zugewiesen wurde, überdies eine, die besonders schwer zu lösen war. Johannes wurde unwohl vor Sorge und Angst, dass er sie nicht erfüllen könne, und versuchte, noch tiefer in die Tiefen des Innern zu gelangen, aber das Kind wich nicht von seiner Seite. Es versicherte ihm, dass es nur noch wenige Aufgaben bis zum Ende seien und dass es sich auf ihn verlassen müsse. Es gebe im ganzen großen Innern nur ihn, einzig nur ihn.

Da gab Johannes, der Riese, nach, und das Kind kicherte und durfte in ihn hineinschlüpfen. Der Riese hatte die Aufgabe angenommen.

ES WAR Freitagsmarkt in Steinfurth. Spinner-Franz hatte sich schon seit dem Morgen an den Ständen herumgetrieben und versucht, den ein oder anderen Schadenzauber zu verkaufen, aber alle seine Bemühungen waren umsonst gewesen. Missmutig lehnte er um die Mittagszeit am Denkmal des Fürsten Leopold von Anhalt-Dessau. Plötzlich kreuzte Pocke, der Säufer, auf, abgerissen wie eh und je und mit lappenumwickelten Füßen.

„He, Pocke, wieder im Lande?“, sagte Spinner-Franz.

Pocke schien noch einigermaßen nüchtern. „Was sehn meine entzündeten Augen? Spinner-Franz! Sach mal, du hast nich zufällich ’n kleinen Tropfen übrich?“

„Genauso könnt ich dich fragen, ob du ’nen Schutzzauber brauchst.“

Pocke winkte ab. „Brauch ich nich. Der Öljud is ja der Mörder, sie haben ihn eingelocht, hab ich gehört, da bin ich gleich zurück. Inner Stadt lässt sich leichter ’n Tröpfchen ergattern als auf’m Land.“

Spinner-Franz hatte kaum zugehört, aber jetzt kam ihm eine Idee. „Warte mal“, sagte er, „bin gleich wieder da.“ Rasch ging er in den Roten Hirschen und kaufte zwei kleine Flaschen Schnaps. Dann lief er zurück.

„Hier, ’n kleiner Begrüßungsschluck“, sagte er und hielt Pocke eines der Fläschchen vor die Nase.

„Für mich?“ Pocke starrte ihn ungläubig an.

„Ja, trink nur.“

Gierig trank Pocke das Fläschchen auf einen Zug aus. „Un nu sach mir, was ich dafür tun soll. Hab mich im Lauf der Jahre vielleicht dumm gesoffen, aber so dumm, dass ich nich ahn, dass du was von mir willst, bin ich nu auch wieder nich.“

„Ach, nix weiter. Ich hab hier noch ’n zweites Fläschchen.“

Pocke wollte danach greifen, aber Franz war schneller und nahm es zurück.

„Sach mir, was ich dafür tun soll.“

„Ich werd dir drei Fragen stellen, und auf jede musst du mit Ja antworten. Die erste Frage heißt: Siehst du Julius Klingenthal da drüben?“

Pocke lachte. „Blöde Frage! Ja, ’türlich seh ich den.“

„Die zweite Frage: Kommst du mit rüber zu ihm?“

„Ja, mach ich. Un die dritte Frage?“

„Werd ich dir gleich stellen. Erst muss ich Julius begrüßen. He, Julius, Vorstellung vorbei?“

„Was willst du?“ Klingenthal runzelte die Brauen.

„Hör mal, Julius, ich wollt dir nur sagen, du musst dir keine Sorgen mehr machen, dein Name ist aus dem Spiel.“ Er wandte sich an Pocke und zog das zweite Fläschchen halb aus der Tasche. „Nicht wahr, Pocke, du warst doch an dem Abend mit Ezechiel angeln?“

Pocke schielte nur auf die Flasche. „Ja.“

„Siehst du“, sagte Spinner-Franz zu Klingenthal und steuerte ohne ein weiteres Wort die nächste Seitengasse an. Pocke folgte ihm auf dem Fuße, gerade so, als sei er ein Stück Eisen und das Fläschchen ein Magnet.

Klingenthal schüttelte den Kopf und setzte sich in Bewegung. Ihm war nicht klar, was Spinner-Franz mit seiner Rede bezweckte. Wollte er ihn nur beruhigen? Oder steckte mehr dahinter? War der Name Klingenthal wirklich von Ezechiel genannt worden?

„Ich weiß, wie es gewesen sein könnte“, sagte der Schultheiß. „Ezechiel ist gefoltert worden, man hat deinen Namen aus ihm herausgepresst.“

„Warum?“, fragte Klingenthal.

„Weil ihn jemand hören wollte“, sagte der Schultheiß.

„Jemand, der dir Böses will“, sagte die Magd.

Klingenthal bog in den Koppelstieg ein. „Da kommt Spinner-Franz schon wieder.“

„Na, was sagst du dazu, Julius?“, fragte Spinner-Franz.

„Wozu?“

„Dass du aus dem Schneider bist, jetzt, wo Pocke gesagt hat, er hätt mit Ezechiel am Fluss geangelt an dem Abend, als Rüterbusch Ezechiel geschnappt hat. Ist dir doch sicher ’ne Kleinigkeit wert, was?“

„Ja, vielleicht.“ Klingenthal versuchte seine Gedanken zu ordnen. „Sag mal, Franz, wieso hat Rüterbusch nur Ezechiel verhaftet, wenn Pocke doch dabei war?“

„Tja, nun.“ Spinner-Franz schien einen Augenblick zu überlegen, dann sagte er: „Pocke ist beizeiten stiften gegangen, hat den Braten gerochen.“

„Und das soll ich dir glauben? Pocke war zu dem Zeitpunkt doch gar nicht in der Stadt.“

„Nee, nee, also, in der Stadt war er nicht, aber Mewes’ Leiche wurd ja auch außerhalb angetrieben, im Schilf hinterm Knüppeldamm war’s.“

„Aha.“ Klingenthal fragte sich, woher Spinner-Franz das alles wusste. Bestimmt nicht von Pocke. „Weißt du, was ich glaube? Pocke war gar nicht mit Ezechiel angeln. Du warst es.“

Spinner-Franz’ Gesichtsausdruck sagte Klingenthal, dass er mit seiner Vermutung Recht hatte. „Du spinnst!“, schrie Spinner-Franz.

„Vielleicht, vielleicht auch nicht. Beruhige dich, auch wenn du dabei gewesen wärst, hättest du mit dem Mord an Mewes nichts zu tun, denn alles spricht dafür, dass seine Leiche nur zufällig an der Angelstelle angeschwemmt wurde. Dasselbe gilt natürlich für Ezechiel.“

„Du spinnst! Ezechiel hat alles gestanden, alles!“

„Weil er gefoltert wurde. Warst du dabei?“

„Nein, verflucht noch mal!“

„Also ja.“

„Nein, es war …“

„Ja, wer?“ Klingenthal fragte immer schneller, um Spinner-Franz in die Enge zu treiben.

„Es war das Mäuslein. *Sator, arepo, tenet, opera, rotas*. Und jetzt sag ich gar nix mehr!“

Klingenthal merkte, dass für heute nichts mehr aus dem dürren Mann herauszuholen war. Er ließ es dabei bewenden. „Bis zum nächsten Mal.“

„Hoffentlich nicht.“ Spinner-Franz sah Klingenthal nach und fühlte, wie Angst in ihm hochkroch. Angst, aber auch eine Spur Hass.

„Mein lieber Doktor, ich bin Euch sehr verbunden, dass Ihr mir ein wenig von Eurer knappen Zeit schenkt.“ Wie immer war Oberamtmann Schäffer von ausgesuchter Höflichkeit.

Beiss ließ sich ächzend in den angebotenen Sessel sinken. „Es ist mir ein Vergnügen.“

„Das Vergnügen ist ganz auf meiner Seite. Wie wäre es mit einem Roten?“

„Gift für meine Gicht! Ja, gern.“

Beide Männer nippten mit Andacht an ihrem Wein.

„Die Mäuler in der Stadt sind ja einigermaßen zur Ruhe gekommen, nachdem Ezechiel als Mörder festgenommen wurde“, begann Schäffer. „Mir liegt viel daran, die leidige Geschichte so schnell wie möglich zu Ende zu bringen. Doch nun zu meiner Hauptfrage, lieber Doktor: Wird der Öljud Ezechiel die Verhandlung durchstehen? Als ich ihn vorgestern in der Zelle sah, schien er schwach zu sein und Schmerzen zu haben.“

„Ich will ihn gerne noch heute untersuchen, Herr Oberamtmann.“

„Ich bin Euch sehr verbunden.“ Schäffer zögerte unmerklich. „Was die Untersuchung anbetrifft, so darf ich doch auf ein allseits befriedigendes Ergebnis hoffen?“

„Jawohl, Herr Oberamtmann, ich werde tun, was ich kann.“

„Und wird das ausreichen? Ich meine, es wäre wünschenswert …“

Spätestens jetzt hatte Beiss verstanden. „Ich bin überzeugt, das Ergebnis wird zufriedenstellend sein. Zur Sicherheit werde ich Ezechiel ein spezielles Analgetikum verabreichen. Es nennt sich *Laudanum liquidum Sydenhami*, eine starke Tinktur, in der außer Opium auch Safran verarbeitet ist. Schwermut und Schmerzen verschwinden damit, als hätte der Herrgott sie persönlich fortgeblasen.“

„Darauf wollen wir trinken!“ Schäffer hob sein Glas. „Auf dass der Prozess, der für den kommenden Montag vorgesehen ist, ein voller Erfolg wird.“

Beiss fragte sich für einen Moment, ob man einen Prozess, an dessen Ende ein Todesurteil stand, als vollen Erfolg bezeichnen könne, schob aber den Gedanken beiseite. „Jawohl, Herr Oberamtmann. Sehr zum Wohle!“

Matthies und Klingenthal saßen einander in der Studierstube gegenüber, die 64 Felder des Schachspiels zwischen sich.

„Ihr lernt schnell“, lobte der Pastor, als Klingenthal seinen Springer setzte und damit den gegnerischen Läufer bedrohte. „Jetzt habt Ihr es auf meinen Läufer abgesehen, aber habt Ihr auch bemerkt, dass Ihr, wenn Ihr ihn fortnähmt, Euren Springer durch meinen Turm verlieren würdet? Ja, das Schachspiel will nicht den schnellen Vorteil. Die Kunst ist es, den Gegner zu durchschauen, seine Absicht vorzeitig zu erkennen.“

„Ich verstehe“, sagte Klingenthal und musste an den Mörder von Angerstein und Mewes denken. Er hätte viel darum gegeben, dessen Gedanken und Absichten durchschauen zu können.

„Oh, jetzt habt Ihr nicht aufgepasst, mein Läufer schlägt Eure Dame.“

„Er schlägt meine Dame?“

Matthies lachte. „Wenn mein Läufer Eure Dame schlägt, dann hat das nichts mit Hieben zu tun, sondern bedeutet einfach nur, dass Eure Dame das Feld verlassen muss. Sie spielt nicht mehr mit.“

„Aha.“ Klingenthal musste an Alena denken und an ihre Worte, die Jungen von Amanda Mewes hätten einen Stock zerbrochen und fortgeworfen. „Glaubt Ihr, dass Mewes seine Kinder schlug?“

„Wie?“ Matthies fiel es sichtlich schwer, vom Schachspieler wieder auf den Seelsorger umzuschalten. „Ich weiß es nicht. Doch jetzt fällt mir etwas ein: Amanda Mewes fragte mich vor gar nicht langer Zeit, was denn die Heilige Schrift zum Züchtigen von Kindern sagt, und ich musste einräumen, dass mir dazu nur das Zweite Buch Mose einfiel, in dem es heißt: Wer seinen Vater oder seine Mutter schlägt, der soll des Todes sterben, und ich fügte hinzu, dass dies umgekehrt für Eltern, die ihre Kinder schlügen, natürlich nicht gelte. Ich allerdings sei gegen jegliches Schlagen, denn die Liebe sei es, aus der Gehorsam sprieße, die Liebe und nicht die Gewalt.“

„Da habt Ihr sicher Recht.“ Klingenthal kam ein Gedanke. „Und Angerstein? Hat der seine Kinder geschlagen?“

„Wie kommt Ihr denn darauf? Ich glaube nicht. Aber wartet mal …“ Matthies erzählte, was Alena ihm über das uneheliche Kind im Hause Angerstein berichtet hatte.

„Ich bin Euch sehr dankbar für Eure Offenheit.“ Klingenthal wunderte sich, dass Alena ihm diese wichtige Information vorenthalten hatte.

Matthies entfernte Klingenthals Dame und stellte sie an den Spielfeldrand. „Schach!“

„Oh.“ Klingenthal blickte auf seine wenigen verbliebenen Figuren. „Und was mache ich jetzt?“

„Jetzt habt Ihr nur noch zwei Möglichkeiten, um aus der Schachstellung zu kommen.“ Matthies zeigte sie auf. „Aber welche Ihr auch wählt, es ist egal.“

„Warum?“

„Weil Ihr in jedem Fall schachmatt seid.“

WIE ZUFÄLLIG schlenderte Klingenthal an Mewes’ Haus vorbei. Schließlich blieb er stehen und haderte mit seiner Unentschlossenheit. Er dachte an seine lebensgroßen Lieblinge, und wie immer ließen sie ihn nicht im Stich.

„Falls du etwas wissen willst, dann frag danach!“, sagte der Schultheiß.

„Ohne Einsatz kein Erfolg“, sagte der Landmann.

Klingenthal räusperte sich und ging zielstrebig auf die Haustür zu, wobei er darauf achtete, dass niemand ihn bemerkte. Dort verharrte er für einen Augenblick. Dann drückte er lautlos die Klinke nieder und stieß die Tür weit auf. Sofort danach eilte er auf die andere Straßenseite, wo sich eine niedrige Mauer befand. Er holte tief Luft, blickte direkt zur geöffneten Tür und schickte seine Stimme durch sie hindurch. Die Stimme würde so klingen, als spräche jemand im Haus. „Jungs, geht doch mal auf die Straße!“ Kaum hatte er das gerufen, versteckte er sich hinter der Mauer.

Es erschienen tatsächlich fünf Jungen in der Tür, blickten nach links und rechts und schüttelten die Köpfe. Da sagte Klingenthal, noch immer versteckt: „Seht ihr mich denn nicht?“, wobei er seine Stimme so einstellte, als käme sie direkt von oben. Die Jungen rissen die Köpfe in den Nacken, doch alles, was sie sahen, war der trübe Himmel eines Novembernachmittags.

„Keine Bange, Jungs, ich bin hier gegenüber!“ Klingenthal sprang über die Mauer und winkte den Jungen zu. „Kennt ihr mich nicht?“

Nachdem sie sich von dem Schreck erholt hatten, sagte der Älteste: „Doch, Ihr seid Meister Klingenthal, der Bauchredner.“

Und der Kleinste rief: „Ich will auch bauchreden können!“

Das hatte Klingenthal nur hören wollen. „Ich will es euch gern beibringen, aber wir sollten hinter die Mauer gehen, da kann uns niemand sehen.“

Die Jungen nickten eifrig.

„Also, passt auf", sagte Klingenthal. „Es fängt mit dem richtigen Luftholen an." Nacheinander erklärte er ihnen die Schritte zum ersten Ton. Danach sagte er: „Und jetzt spielen wir einfach eine Geschichte aus dem Stegreif. Hat jemand eine Idee?"

Die Jungen zogen die Stirn kraus, aber es wollte ihnen keine einfallen.

„Hat euer Vater denn nie mit euch gespielt?"

„Vater?", fragte der Älteste, und Klingenthal beobachtete, wie die Mienen der Jungen versteinerten.

„Ach so, ich vergaß, er ist ja vor ein paar Tagen gestorben. Sicher seid ihr schrecklich traurig, dass er tot ist."

Die Jungen schwiegen.

„Glaubt mir, ich hatte nicht so einen netten Vater wie ihr, meiner hatte einen Rohrstock, ein langes, biegsames Ding, damit schlug er mich immer."

„Unserer auch!" Es war der Kleinste der fünf, dem die Antwort herausrutschte. Sofort danach presste er sich die Hand vor den Mund.

„Idiot!", zischten die anderen.

„Entschuldigt", sagte Klingenthal, „das ahnte ich nicht. Was haltet ihr davon, eine Geschichte zu spielen? Darin kommen sechs Personen vor: der Söldner, der Schultheiß, der Schiffer, der Landmann, die Magd und das Burgfräulein. Jede Figur hat eine eigene Stimme, die wir gemeinsam üben werden. Wer möchte denn welche Figur übernehmen?"

In der Nacht zum Sonnabend schlief Klingenthal tief und fest. Es ging gegen vier, als plötzlich laute Schreie auf dem Hof zu hören waren. Klingenthal fuhr hoch.

„Hilfe, zu Hilfe, Herr Pastor!", drang es von draußen herein. Heftig wurde der Türklopfer des Pfarrhauses betätigt.

Klingenthal kletterte hastig vom Karren herunter, schlüpfte in seine Kleider und eilte auf den Hof, wo ein Hausknecht aufgeregt hin und her lief und auf Matthies wartete. Dieser erschien gerade in der Tür.

„Wer bist du? Was willst du zu so früher Morgenstunde?", fragte er.

„Ich bin Alfred", haspelte dieser, „ich soll Euch holen, Herr Pastor!"

„Nun mal der Reihe nach: Wer ist dein Herr, und warum sollst du mich holen?"

„Der Salzkaufmann Kokkert, er liegt im Sterben!"

„Was sagst du da? Im Sterben? Und da stehst du hier noch herum? Oh, da ist ja noch einer! Meister Klingenthal? Schön, dass Ihr da seid. Los, gehen wir gemeinsam!"

Und so eilten die drei dem Uhlenmarkt zu. In Kokkerts Haus, kurz vor dem Zimmer des Salzkaufmanns, blieb Alfred stehen. „Ich sag's Euch lieber vorher, Herr Pastor: Es … es ist kein schöner Anblick!"

„Nun, wir werden sehen." Matthies und Klingenthal betraten Kokkerts Zimmer. Es war ein großer Raum mit einem mächtigen Pfostenbett. Um das Bett herum scharten sich Kokkerts schluchzende Ehefrau und mehrere weinende Kinder. Und auf dem Bett lag Kokkert, fahl und wächsern und nur schwache Bewegungen ausführend, denn tief in seiner Brust steckte ein riesenhaftes Schwert.

„Großer Gott!", entfuhr es Matthies.

„Endlich seid Ihr da!", sagte die Frau. „Er ist kaum noch am Leben."

„Ein Arzt!", rief Matthies. „Ist denn nicht nach einem Arzt geschickt worden?"

„Der Stadtphysikus ist noch nicht da, ich weiß auch nicht, warum." Kokkerts Frau beruhigte sich etwas. Die Ankunft des Pastors mit seiner Begleitung schien sie abzulenken.

„Bringt erst einmal die Kinder vor die Tür, dieser Anblick ist nichts für sie." Matthies schob einige der kleinen Gestalten nach draußen. Dann trat er ans Bett des Kaufmanns. „Erkennt Ihr mich, Kokkert?"

Kokkert nickte unmerklich.

„Ich bin gekommen, um Euch den Trost des Herrn zu bringen." Matthies wandte sich an Klingenthal. „Seid so gut und helft mir, das Schwert aus seiner Brust zu ziehen."

„Nein", sagte Klingenthal.

„Nein?", staunte Matthies. „Wieso nicht?"

Klingenthal nahm den Pastor beiseite. „Wenn wir das Schwert herauszögen, würden die inneren Blutungen sich noch verstärken, Kokkert wäre innerhalb weniger Sekunden tot."

Matthies staunte noch mehr. „Woher wisst Ihr das alles, seid Ihr Arzt?"

„Nein, aber ich war mal *Studiosus medicinae*."

„Wird Kokkert zu retten sein?"

„Nein, die Lage ist aussichtslos. Die Schwertspitze hat die Lunge durchbohrt und wahrscheinlich auch die Lungenarterie."

„Der Herr stehe ihm bei. Hat er große Schmerzen?"

„Ich glaube, sie sind auszuhalten. Tragisch ist nur, dass er nicht mehr lange leben wird. Vielleicht fünf Minuten, vielleicht zehn."

„Steinig sind die Wege des Herrn und furchtbar seine Strafen", murmelte Matthies. Er ging zum Bett zurück und setzte sich auf die Kante. Behutsam nahm er die Hand des Sterbenden. „Gott ist bei dir, Thomas Kokkert, sein Himmelreich wartet und wird dir Erlösung bringen."

Kokkerts Augenlider flatterten.

Matthies faltete ihm die Hände über dem Leib und sprach: „Schicke deine Engel her, dass sie ihn begleiten, in Christo Jesu, unserem Herrn, Amen."

Kokkert war tot.

Die Frau schluchzte auf und warf sich über den leblosen Körper. „Mein lieber Mann, wer hat dir das nur angetan!" Ein Weinkrampf schüttelte sie. Sie erhob sich, raffte die Röcke und verließ den Raum.

Eine Weile schwiegen Matthies und Klingenthal, dann sagte der Pastor: „Das verstehe ich nicht, Kokkert war doch beileibe nicht der Schwächste, selbst als der Unhold ihn durchbohrt hatte, hätte er sich noch aufrichten können. Auch hätte er versuchen können, die Waffe aus seinem Körper zu ziehen."

Klingenthal schüttelte den Kopf. „Nein, dazu war er vermutlich nicht in der Lage. Der Täter dürfte mit so großer Kraft zugestoßen haben, dass die Schwertspitze nicht nur den Körper durchdrang, sondern weiter durch die Matratze fuhr und im Bodenholz des Bettgestells stecken blieb."

„Glaubt Ihr wirklich?"

„Ja, Herr Pastor." Klingenthal berührte vorsichtig den Griff des Schwertes, der kaum nachgab. „Der Vergleich ist vielleicht unpassend, aber Kokkert wurde wie ein Schmetterling auf die Nadel gespießt."

„Das klingt ja furchtbar! Wer, um Himmels willen, vollbringt eine solche Mördertat?"

„Ich nehme an, es handelt sich um denjenigen, der auch Angerstein und Mewes auf dem Gewissen hat. Diesmal hat der Unbekannte mit einem Schwert getötet."

„Das ist mir ein reizendes Waffenarsenal! Erst ein Armbrustbolzen, dann ein Schlachtmesser und nun ein Schwert."

„Wir sollten versuchen, es herauszuziehen. Vielleicht gibt seine Beschaffenheit uns einen Hinweis auf den Mörder."

Gemeinsam zogen sie an der gewaltigen Klinge, und nur mit Mühe gelang es ihnen, sie herauszuziehen. Sie war bald sechs Fuß lang und so schwer, dass man sie nur mit beiden Händen halten konnte. Klingenthal ergriff einen Zipfel des leinenen Bettzeugs, um sie zu reinigen.

„Was tut Ihr da?", fragte Matthies.

„Ich suche nach einer Gravur, Herr Pastor. Es ist gar nicht so selten, dass der Name des Besitzers in den Stahl geritzt wurde."

„Und? Könnt Ihr einen Namen erkennen?"

„Einen Namen nicht, aber schaut einmal her, was hier steht."

Matthies las:

„‚WAN ICH DAS SCHWERT THU AUFHEBEN,
SO WÜNSCH ICH DEM ARMEN SÜNDER DAS EWIGE LEBEN.
LAPISVADUM ANNO DOMINI 1637.‘
Was bedeutet das?“, fragte er darauf.

„Nun“, antwortete Klingenthal nachdenklich, „das bedeutet, dass es ein Schwert von 1637 ist und dem Scharfrichter von Steinfurth gehört.“

VOCK hantierte fluchend mit dem schweren Schlüsselbund. Es war nicht seine Aufgabe, die Verbrecher im Rathauskerker wegzuschließen, und schon gar nicht, sie wieder herauszulassen. Endlich öffnete sich das Schloss, und Vock konnte die Tür aufstoßen. „He, Ezechiel, du bist frei.“

Aus der Zelle kam ein krächzender Laut. „Oj, w-wieso?“

„Was weiß ich. Ist schon wieder ’n Mord passiert. Kokkert hat’s erwischt, und du kannst es nicht gewesen sein, warst ja die ganze Zeit weggesperrt. Und nun denken die Herren wohl, wenn du den letzten Mord nicht begangen hast, dann haste die beiden davor auch nicht begangen.“

Schlurfende Schritte näherten sich. Ezechiel keuchte, denn er war sehr schwach, Hunger und Schmerzen hatten seine Widerstandskraft zermürbt.

„Dein Bauchladen liegt oben neben der Treppe. Alles noch drin.“

Vock wartete, bis Ezechiel die Zelle verlassen hatte, und überholte ihn dann eiligen Schrittes, denn er war zu Schäffer ins Rathaus gerufen worden.

„MEIN LIEBER VOCK, schön, dass Ihr gekommen seid.“ Schäffer war wie immer die fleischgewordene Freundlichkeit. „Nehmt doch Platz.“

Vock wusste kaum, wie ihm geschah. „Danke, Herr Oberamtmann.“

„Ihr fragt Euch sicher, mein lieber Vock, warum ich Euch hergebeten habe. Nun, der Grund ist ein erfreulicher. Habt Ihr den Öljud gemäß meiner Weisung in Freiheit gesetzt?“

„Jawohl, Herr Oberamtmann.“

„Die Verhaftung des Juden war ein ärgerliches Versehen, denn mit unserer Jagd nach dem Mörder fangen wir nun wieder ganz von vorn an. Aber ich nehme das zum Anlass, eine Beförderung auszusprechen. Ich freue mich, Euch mitteilen zu können, dass Ihr mit sofortiger Wirkung zum Gerichtssekretär befördert seid. Herzlichen Glückwunsch!“ Schäffer stand auf und schüttelte Vock die Rechte.

Vock war so verblüfft, dass ihm kein Wort der Entgegnung einfiel. Gerichtssekretär. Welch ein Glückspilz war er doch! Unwillkürlich griff er sich unter die Achseln, wo die beiden Zaubergroschen von Spinner-Franz saßen. Nie hätte er gedacht, dass die Dinger so wirksam waren!

„Nun, wie fühlt Ihr Euch?“

„Großartig, Herr Oberamtmann!“ Vock hatte die Sprache wiedergefunden.

„Das höre ich gern. Dann seid Ihr genau in der richtigen Verfassung, um Rüterbuschs Aufgaben übernehmen zu können. Lieber Vock, ich beauftrage Euch mit der Suche nach dem Mörder von Angerstein, Mewes und Kokkert. Ihr habt mein volles Vertrauen, lieber Vock!“

„Ich will mein Bestes geben.“

„Das weiß ich. Wie Euch sicher bekannt ist, wurde der arme Kokkert mit dem Schwert des Scharfrichters ermordet. Pastor Matthies und der Bauchredner Klingenthal waren so freundlich, es heute Morgen aufs Rathaus zu bringen. Ich habe es wegschließen lassen, ebenso wie den unseligen Armbrustbolzen und das Schlachtmesser.“

„Jawohl, Herr Oberamtmann.“

„Ich denke, als eine Eurer ersten Maßnahmen solltet Ihr Krassmann auf den Zahn fühlen.“

„Jawohl, Herr Oberamtmann, gerne, Herr Oberamtmann!“

„Dann will ich Eurem Tatendrang nicht weiter im Wege stehen.“

Vock begriff, dass die Unterredung beendet war, und entfernte sich.

Schäffer saß eine Weile nachdenklich da. Dann ließ er sich beim Bürgermeister anmelden.

KLINGENTHAL ging langsam den Rathausflur entlang und studierte die vergilbten Schilder an den Türen. Dann hatte er den richtigen Namen gefunden: LUDWIG BEISS, DOCT. MED., STADTPHYSIKUS. Er klopfte.

„Herein!“ Die Antwort kam prompt.

Klingenthal trat ein. „Entschuldigt die Störung, Herr Stadtphysikus, mein Name ist Julius Klingenthal, ich bin der Bauchredner vom Uhlenmarkt.“

Beiss saß an seinem Gerätetisch. „Was führt Euch zu mir?“

Klingenthal wies auf sein rechtes Ohrläppchen und sagte: „Dahinter habe ich seit Jahren einen Grützbeutel, sehr unangenehm, das Ding, besonders wenn es eitert, es will und will nicht weggehen.“

„Und damit kommt Ihr ausgerechnet zum Stadtphysikus? Es gibt doch eine Reihe guter Ärzte in Steinfurth?“

Klingenthal mühte sich um ein Lächeln. „Um ehrlich zu sein, war ich heute am frühen Morgen schon einmal hier, zusammen mit dem Pastor, und habe das Schwert, mit dem der Salzkaufmann Kokkert getötet wurde, abgegeben. Leider wart Ihr zu dem Zeitpunkt noch nicht da, und so bin ich ein zweites Mal gekommen.“

„Soso. Dann lasst mich die Balggeschwulst mal in Augenschein nehmen. Beugt den Kopf zu mir herunter."

Klingenthal tat, wie ihm geheißen. Beiss betrachtete die Geschwulst von allen Seiten. „Kein Zweifel, es handelt sich um eine Zyste, ein *Atherom*. Das Ding ist harmlos. Ich rate Euch, es bei Gelegenheit entfernen zu lassen."

„Gewiss, ich danke Euch." Klingenthal, der eigentlich erfahren wollte, warum Beiss in der vergangenen Nacht nicht zu Kokkert gekommen war, überlegte fieberhaft, wie er das Gespräch in diese Richtung lenken konnte. Dann wusste er es. „Ich verstehe, warum Ihr den Grützbeutel nicht operieren wollt. Ihr habt einen schlimmen Finger."

„Wie? Ach so, Ihr meint meinen Ringfinger. Ja, in dem steckt tatsächlich das Zipperlein."

„Das tut mir leid."

„Nett, dass Ihr das sagt." Beiss wurde gesprächig: „Wenn es nur der Finger wäre, ginge es ja noch. Aber der Gichtteufel steckt auch im Gelenk der großen Zehe. Ich sage Euch, wenn der zu zwicken beginnt, hört Ihr die Englein im Himmel singen. Es ging mir in der letzten Nacht so hundsmiserabel, dass ich glaubte, mein letztes Stündlein sei gekommen. Schuld war wieder das vertrackte Zehengelenk, in dem glühende Kohlen zu stecken schienen."

Klingenthal musste sich kaum Mühe geben, angesichts dieser Eröffnung ein betroffenes Gesicht zu machen, denn er kannte die Schmerzen, die mit der so harmlos „Zipperlein" genannten Krankheit einhergingen. Wer einen Gichtanfall bekam, konnte wahrlich keine Krankenbesuche machen. Als Mörder von Kokkert schied Beiss somit aus.

„Aber, aber, was guckt Ihr denn so betreten? Seid versichert, jetzt geht es mir wieder einigermaßen. Wie gesagt, Euer Atherom solltet Ihr bei Gelegenheit entfernen lassen."

„Ja, danke." Klingenthal spürte, es war Zeit zu gehen, aber er hatte noch etwas, das er fragen wollte. „Tja, hm, wo ich doch heute Morgen das Schwert hier ins Rathaus getragen habe und wo das Schwert doch zu dem Schlachtmesser und dem Armbrustbolzen gelegt wurde: Haben denn Angerstein und Mewes auch so leiden müssen wie Kokkert letzte Nacht?"

Beiss seufzte. „Nun gut, weil Ihr, wie ich hörte, Euch heute Nacht so brav gehalten habt, will ich eine Ausnahme machen und einer Nicht-Amtsperson Auskunft erteilen. Mewes ist ertrunken, denn er hatte Wasser in der Lunge. Vermutlich war er zu dem Zeitpunkt bewusstlos. Er dürfte also nicht lange gelitten haben. Angerstein hingegen muss Höllenqualen ausgestanden haben. Der Bolzen durchbohrte seinen Hals auf Höhe des Kehlkopfs und nagelte ihn förmlich an einen Pfosten. Er starb stehend und über Stunden."

„Das heißt, er wurde aufgespießt wie ein Schmetterling?"

„Wenn Ihr es so nennen wollt, ja."

Klingenthal deutete eine kurze Verbeugung an. „Ich möchte Eure Zeit nicht länger in Anspruch nehmen, Herr Doktor, und danke Euch für Eure Auskünfte. Ich wünsche Euch gute Besserung und einen guten Tag!"

„Guten Tag, mein Lieber."

WENIG SPÄTER kam Klingenthal auf der Straße eine Gestalt entgegengeschlurft. Es war Ezechiel.

„Ich habe mir schon gedacht, dass sie dich freilassen müssen. *Shalom*, mein Freund", sagte Klingenthal.

Ezechiel blieb stehen. *„Shalom."*

„Wo willst du hin?"

„Weg für immer. Hier hält mich nix mehr."

„Das verstehe ich. Bevor du gehst, mein Freund, beantworte mir eine Frage: Wer angelte mit dir am Flussufer, bevor Rüterbusch dich verhaftete?"

„Nu, wer wohl. Spinner-Franz war's! Hab seinen Namen aber nicht verraten, später … nu, später hab ich deinen Namen genannt, Julius, die Pein war zu groß, und sie wollten ihn hören."

„Das habe ich mir schon gedacht. Danke, dass du es mir gesagt hast. Bestimmt haben sie dich grausam tortiert. Du siehst nicht gut aus."

„Nebbich, wie soll ich gut aussehen nach all dem Schlamassel."

Klingenthal musste an das gestrige Schachspiel denken, bei dem ihm Pastor Matthies erzählt hatte, er habe den Öljud im Kerker besucht und dieser habe von einem Schatten berichtet, der mit etwas Blitzendem aus der Rüstkammer gekommen sei. „Sag, Ezechiel … kann das metallische Geblitze, das du von deiner Zelle aus bemerkt hast, von einem Schwert stammen?"

„Oj, oj, du stellst Fragen. Kann sein, dass es so ist, kann sein, dass es nicht so ist. Alles ging zu schnell."

„War der Schatten, den du gesehen hast, groß oder klein?"

„Nu, groß, klein, wer will das wissen? Jedenfalls nicht so klein, dass ich ihn nicht gesehen hätt."

Klingenthal ließ nicht locker. „Und dann war da noch etwas: Du hast ein Kichern gehört. War es das Gekicher eines Mannes oder einer Frau?"

Ezechiel kratzte sich an der Kippa. „Wenn ich es recht bedenk, war es von keiner Frau. Auch von keinem Mann. Ich glaub, es war von einem Kind."

Wer Wind sät, wird Sturm ernten, seine Saat …

Alena eilte fröstelnd durch den Koppelstieg und zog ihr Tuch fester um die Schultern. Rechter Hand lag die Sankt-Johannis-Kirche, auf deren Friedhof in diesen Minuten die Beerdigung von Hinrich Mewes begann. Sie würde nicht dabei sein. Denn Klingenthal hatte sie um etwas ganz Bestimmtes gebeten, und um ebendiese Bitte zu erfüllen, war sie unterwegs. Sie lenkte ihre Schritte auf den Uhlenmarkt und blieb vor Kokkerts prachtvollem Anwesen stehen. Sie klopfte kräftig an die Haustür.

Ein junges Mädchen, das wie eine Küchenmagd gekleidet war, öffnete. „Was willst du? Wir geben nix."

„Ich bin die Klagefrau Alena. Führe mich zur gnädigen Frau."

Widerstrebend öffnete die Magd und brachte Alena in die Küche. Zwei weitere Mägde saßen da an einem Tisch und schälten Kartoffeln; die Köchin stand am Herd und rührte Sahne in einen Suppentopf. Am hinteren Ende des Tisches saßen zwei Männer, der eine offenbar der Hausknecht Alfred, der andere der Kutscher. Sie spielten lustlos Karten.

Alle blickten auf, als Alena eintrat. „Ich wünsche einen guten Morgen!"

Die Erwiderung war mehr als dürftig.

Alena setzte sich zu den Mägden. „Wo ist eure Herrin?"

Die Magd, die Alena hereingelassen hatte, antwortete: „Die Gnädige wollt gleich herkommen, weiß nicht, wo sie ist."

Die Köchin unterbrach das Rühren. „Was willst du von ihr?"

Alena erklärte nochmals, dass sie eine Klagefrau sei und die Herrin ihres Trostes sicher bedürfe. Sie sei schon bei Angersteins und bei Mewes' Witwe gewesen und habe diesen ebenfalls zur Seite gestanden.

„Ach, du bist das!", sagte die Magd zu Alenas Rechten, ein properes Ding Anfang zwanzig. „Ich kenn Amanda Mewes, sie sagt, du hast ihr wirklich in der Not geholfen. Na, wenn du mich fragst, kommst du wie gerufen!"

Nachdem die Magd das gesagt hatte, schien auch bei den anderen das Eis gebrochen zu sein. Alena griff sich ein Messer, um beim Schälen zu helfen, denn sie wollte die Mägde für sich einnehmen. „Es ist schon eine furchtbare Gottesprüfung, die euch allen auferlegt wurde. Dabei war euer Herr doch noch gar nicht so alt, oder?"

„Dreiundvierzig", antwortete der Kutscher.

„Er war viel zu jung, um zu sterben, und dann auf so grauenvolle Weise! Ich kann es immer noch nicht fassen", sagte Alena. „Da kommt mitten in der Nacht ein Mörder ins Haus und stößt dem Herrn ein Schwert in die Brust. Hat denn niemand von euch etwas bemerkt?“

Die Mägde schüttelten die Köpfe.

„Ich …“, sagte der Kutscher und brach ab.

„Ja?“ Alena horchte auf.

„Tja, nun.“ Der Kutscher war ein wenig verlegen. „Also, ich war heut Nacht austreten, und gerade, wie ich aus dem Häuschen wieder rauskomm, da dacht ich, ich hätt einen aus der Hoftür rennen sehen.“

Alenas Herz schlug schneller. „Kannst du die Gestalt denn näher beschreiben? War sie groß oder klein? Was trug sie? Wie bewegte sie sich?“

Der Kutscher winkte ab. „Weiß ich nicht. War nur so ’n Vorbeihuschen.“

„Und das ist alles? Nichts weiter?“

„Nee, nichts. Nur da war so ’n Kichern, hörte sich an wie Kinderkichern. Ich hab noch gedacht, komisch, aber dann hab ich mir nichts weiter dabei gedacht und bin wieder ins Bett.“

„Vielleicht hast du dich nur verhört.“ Alena überlegte. Der Öljud Ezechiel hatte, so Klingenthals Worte, im Kerker ebenfalls ein Kichern vernommen. Laut sagte sie: „Vielleicht war es auch ein Kinderweinen? Irgendjemand könnte seine Kleinen geschlagen haben.“

Nun mischte sich die Köchin ein: „Das glaub ich nicht. Hier in der Nachbarschaft werden keine Kinder geschlagen. Und bei uns im Haus auch nicht. Der Herr hat immer gesagt, wer seine Kinder liebt, der schlägt sie nicht.“

Alena beschloss, nicht weiter nachzufragen. Was sie wissen wollte, hatte sie erfahren. Nun war es Zeit, zu gehen. „Wie es aussieht, kommt eure Herrin wohl doch nicht mehr in die Küche, nun, ich will mich ihr nicht aufdrängen und werde deshalb gehen. Bitte seid so gut und richtet ihr meine herzlichen Grüße aus. Ich werde für sie beten.“ Sie erhob sich und verabschiedete sich freundlich: „Gott befohlen.“

Auf dem Rückweg beeilte sie sich, um vor dem Ende der Beerdigung im Pfarrhaus zu sein. Pastor Matthies musste nicht unbedingt wissen, dass sie fort gewesen war.

VOCK ging beschwingten Schrittes die Cammergasse entlang bis zum Obertor, grüßte den Wachtposten und durchmaß das Tor. Sein Ziel war das Haus des Scharfrichters. Wie hatte Oberamtmann Schäffer noch gesagt? Er solle Krassmann auf den Zahn fühlen. Das würde er tun, und nicht zu knapp!

Doch plötzlich stand der Spinner-Franz vor Vock und sagte mit verschwörerischer Miene: *„Steh, steh, steh! Nicht weiter geh, trink das Blut* *aus diesem Hut, und alles wird gut.“* Er hielt Vock einen Fingerhut vor die Nase, in dem sich eine rote Flüssigkeit befand.

„Lass mich damit zufrieden“, sagte Vock.

„Ich an deiner Stelle würd ihn nehmen, drei Kreuzer der Hut, und alles wird gut. Mit Krassmann ist schlecht Kirschen essen, das sag ich dir.“

„Woher weißt du, dass ich zu Krassmann will?“

„Ich weiß es eben.“ Spinner-Franz gab sich überlegen, obwohl es keines sechsten Sinnes bedurfte, um Vocks Ziel zu erraten. Erstens führte der Weg direkt zum Haus des Scharfrichters, und zweitens war es Krassmanns Schwert gewesen, mit dem Kokkert getötet worden war.

„Geh zur Seite, ich muss weiter.“

„Wirst es bereuen, wenn du das Blut aus dem Hut nicht trinkst. Krassmann ist verhext.“

„Nein.“ Vock reckte die Brust vor. „Verschon mich mit deinen Spökenkiekereien.“

„Aber denk daran, dass du die Folter an Ezechiel belauscht hast, dass du mir von der Tortur erzählt hast, dass du mich runter zu Ezechiels Kerker gelassen hast. Und denk schließlich daran, dass eine Zunge umso lieber schweigt, wenn sie von ein paar Kreuzern lahmgelegt wird.“

„Ich will deinen Fingerhut nicht. Vielleicht ein andermal.“

„Ein andermal? Sag so etwas nicht! Das Schwert des Damokles hängt über dir, ebenso, wie es über Krassmann und Klingenthal hängt. Beide haben gefehlt! Ich rate dir zu einem Fingerhut voll Blut.“

Vock seufzte und grub in seinen Taschen nach drei Kreuzern. „Hier, nimm.“

Spinner-Franz gab ihm den Fingerhut. Vock steckte die Nase hinein und fand, dass der Inhalt keineswegs nach Blut roch, eher nach Roter Bete. Er kippte das Gefäß aus. „Und nun mach Platz, ich muss zu Krassmann.“

„*Ita est* und *yes* und *oui*!“ Spinner-Franz sprang zur Seite. „Warum nicht, wirst schon sehen, was du davon hast.“

Bis zu Krassmanns Haus waren es nur noch wenige Hundert Schritte, und als Vock vor dem Gebäude stand, hatte er ein seltsames Gefühl. Das Haus sah irgendwie tot aus. Er hätte nicht zu sagen gewusst, warum, zumal ihm aus Krassmanns Zwinger ein ohrenbetäubendes Kläffen entgegenschlug. Sämtliche Hunde drängten sich gegen die Umzäunung und bellten, als wollten sie ein Rudel Löwen vertreiben.

Entschlossen klopfte Vock an der Tür. Doch nichts geschah. Sollte Krassmann nicht im Haus sein? Vock stieß die Tür auf und trat ein. Die Küche sah aufgeräumt aus. „Heda, Krassmann?“, rief Vock, durchschritt den Raum und blickte nach allen Seiten. „Krassmann?“

Er kam in die anderen Räume, rief hier ebenfalls den Namen des Scharfrichters und bekam wiederum keine Antwort. Schließlich gab er auf. Von Krassmann und seiner Frau keine Spur. Enttäuscht wandte Vock sich der Umzäunung zu, hinter der die Hundemeute einen Höllenspektakel machte. Die Wiese hinter der Absperrung war groß. In ihrer Mitte befand sich ein flacher Holzverschlag, keine anderthalb Fuß hoch, in den die Hunde bei schlechter Witterung kriechen konnten. Vock fragte sich, ob Krassmann dort wohl Unterschlupf genommen haben könnte, verwarf den Gedanken aber sofort. Der Verschlag war so flach, dass ein Mensch sich darin nur liegend aufhalten konnte. Wieso aber waren die Hunde noch da, wenn doch ihr Herr ganz offensichtlich verschwunden war? Irgendetwas stimmte hier nicht.

Schließlich machte er sich auf den Rückweg. Zu gern hätte er Krassmann auf den Zahn gefühlt und ihn entlarvt. Was hatte der Spinner-Franz noch gesagt, als Vock in Richtung Krassmanns Haus marschiert war? „Wirst schon sehen, was du davon hast." Vock lief ein Schauer über den Rücken.

NUR WENIGE STUNDEN SPÄTER ging Klingenthal denselben Weg entlang – mit demselben Ziel: Krassmanns Haus. Nachdem Alena ihm von ihrer Unterhaltung in Kokkerts Anwesen erzählt hatte, war er zu der Überzeugung gekommen, es sei das Beste, den Scharfrichter aufzusuchen. Wenn dieser keine einleuchtende Erklärung dafür wusste, wo er die letzte Nacht verbracht hatte, und auch nicht sagen konnte, warum mit seinem Schwert gemordet worden war, musste er umgehend verhaftet werden.

Klingenthal schritt rüstig aus und war innerhalb kurzer Zeit vor Krassmanns Haus. Er betätigte den Türklopfer und rief: „Krassmann, seid Ihr da?", konnte aber nicht hören, ob von drinnen eine Antwort kam, denn auch er wurde von dem wilden Gekläff der Hundemeute begrüßt. Und ebenso wie Vock betrat er nach kurzer Überlegung das Haus.

Klingenthal sah sich um. Die Räume wirkten unbewohnt. Klingenthal durchkämmte jede Ecke und konnte nichts Außergewöhnliches entdecken. Nichts, bis auf die Tatsache, dass Krassmann nicht da war. Wenn Krassmann der Mörder von Kokkert war, hatte er Grund genug gehabt, sofort nach der Tat auf Nimmerwiedersehen zu verschwinden. War das hier der Fall?

Klingenthal durchstöberte die zwei Truhen im Nebenraum der Küche. Die eine bot Platz für die Kleider von Krassmanns Frau, die andere nahm die Hosen und Hemden des Hausherrn auf. Aus der ersten Truhe schienen Kleidungsstücke entnommen worden zu sein, aus der zweiten nicht. Was bedeutete das?

Klingenthal öffnete die Tür zur Speisekammer und spähte im Dämmerlicht auf die Regale. Halt, was war das? Klingenthal zog einen Teller zwischen zwei bauchigen Flaschen hervor. Auf dem Teller lagen drei Klöße, oder richtiger: zweieinhalb, denn der dritte Kloß war angebissen, und zwar, wie es schien, erst vor kurzer Zeit. War Krassmann also doch im Haus? Klingenthal trat aus dem Haus.

Noch immer kläfften und heulten die Hunde. Nicht alle Hunde bellten ihn am Zaun an, denn zwei von ihnen lagen vor einem Verschlag, der sich in einiger Entfernung befand. Merkwürdig, dachte Klingenthal, die Hunde sehen aus, als würden sie etwas bewachen. Konnte das Krassmann sein?

Klingenthal wollte gern zu dem Verschlag gehen und sich dort umsehen. Doch hielt ihn die zähnefletschende Meute davon ab. Was tun?

Und dann wusste er es: Er richtete sich auf, holte tief Luft und bog den Kopf in den Nacken. Gleich darauf erklang kräftiges Hundegebell aus einer weit entfernten Ecke des Zwingers. Wie auf Kommando warf die Meute sich herum und sprang in langen Sätzen der vermeintlichen Geräuschquelle entgegen. Sogar die beiden einzelnen Hunde jagten den Gefährten nach.

Klingenthal öffnete das Gatter der Umzäunung und lief, so schnell er konnte, zu dem Verschlag hinüber, dabei hin und wieder lautes Gebell ausstoßend, mal aus dieser, mal aus jener Richtung. An dem Holzgebilde angekommen, blickte er es genauer an. Es war eine Bretterkonstruktion, die vielleicht sechs mal sechs Schritte im Geviert maß und ihm knapp bis zum Oberschenkel reichte. Klingenthal blickte auf die aus Holzpfählen gebildeten Seiten, drei waren geschlossen, doch musste es eine vierte, offene geben, damit die Tiere im Verschlag Unterschlupf finden konnten. Da war sie schon. Er bückte sich und wollte „Krassmann!“ rufen, doch mehr als ein „Kra…“ kam ihm nicht über die Lippen, denn in diesem Moment traf ihn ein schwerer Gegenstand am Kopf. Klingenthal fiel auf den Rücken. Wie durch einen Nebel erkannte er den Scharfrichter, der einen großen Stein in der Hand hielt und erneut zum Schlag ausholte.

„Nein!“, schrie Klingenthal. „Lasst ab, ich weiß, dass Ihr kein Mörder seid!“ Er tat dies, obwohl er sich dessen keineswegs sicher war, aber der Zweck heiligte die Mittel, und tatsächlich ließ Krassmann den Stein sinken.

Das Bild vor Klingenthal wurde wieder schärfer, und er sah, dass Krassmann verschmutzte Kleidung trug und in seinem Gesicht Verzweiflung stand. Krassmann warf den Stein fort.

„Ich bin tatsächlich keiner, der Unschuldige meuchelt, weiß auch nicht, was eben in mich gefahren ist. Ich habe viele Menschen getötet, aber immer nur auf richterlichen Beschluss.“

Während Krassmann das sagte, kamen seine Hunde herangejagt, doch ein knapper Befehl ihres Herrn bewirkte, dass sie sich allesamt lammfromm auf den Boden legten. Klingenthal atmete tief durch und rieb die sich rasch ausbildende Beule an der Schläfe.

„Was wollt Ihr von mir, wo Ihr doch wisst, dass ich kein Mörder bin?"

Auf diese Frage war Klingenthal nicht vorbereitet. Das Einzige, was ihm dazu einfiel, war eine Gegenfrage: „Wo ist Eure Frau?"

„Meine Frau? Sie ist an einem sicheren Ort, bis der ganze Spuk vorbei ist."

„Warum schickt Ihr sie fort, wenn Ihr ein reines Gewissen habt?"

„Pah, als ob es nicht immer zweierlei Wahrheiten gäbe! Ich kann zehnmal unschuldig sein und bin es trotzdem nicht, wenn es ein anderer so bestimmt. Ezechiel kann ein Lied davon singen."

„Ezechiel, den Ihr gefoltert habt."

Krassmann ließ die Schultern hängen. „Erinnert mich nicht daran. Dass Ezechiel kein Verbrechen begangen hat, war mir spätestens dann klar, als sich heute Morgen der Mord an Kokkert herumsprach."

„Ein Mord, der mit Eurem Schwert ausgeführt wurde."

„Es ist nicht mein Schwert, es ist das Schwert des Krassmann-Klans. Und so wenig wie meine Ahnen Kokkert getötet haben, so wenig habe ich es getan."

„Besser wäre, Ihr könntet Eure Unschuld beweisen. Verzeiht, wenn ich mich ins Gras setze, aber mir ist noch immer ein wenig schwindlig."

„Wir können uns auch in meine Behausung zurückziehen." Ohne weitere Umstände ließ Krassmann sich auf alle viere nieder und kroch in den Verschlag. „Folgt mir."

„Wollt Ihr etwa im Liegen weitersprechen?", wunderte sich Klingenthal.

„Folgt mir", kam es aus dem Innern des Verschlags, „Ihr werdet merken, wie geräumig es hier ist."

Klingenthal gehorchte und krabbelte den Füßen von Krassmann hinterher, und je weiter er vorwärtskam, desto mehr staunte er, denn vor ihm tat sich ein ausgehobener Raum auf, der so tief war, dass in ihm ein ausgewachsener Mann stehen konnte. Im spärlichen Licht eines Kerzenleuchters erkannte er einen Tisch, eine Bank und eine einfache Bettstatt.

„Ein einsamer Ort, um zu Tisch zu sitzen", sagte Klingenthal. „Ich nehme an, Ihr esst normalerweise im Haus?"

Krassmann setzte sich und wies mit der Hand auf den Platz neben sich. „Ja, ich esse lieber im Haus, wurde vorhin aber fast von Vock überrascht. Er kam sicher, um mich wegen des Mordes zu verhören, vielleicht sogar, um mich zu verhaften. Ich konnte gerade noch in meiner Höhle verschwinden."

„Wie kommt ein Mann wie Ihr zu einem so ungewöhnlichen Versteck?"

„Indem er als Kind gern in einer Höhle spielte. Ich habe sie selbst gegraben. Ich ziehe mich gern an diesen Platz zurück und widme mich meiner Waffensammlung."

„Eurer Waffensammlung? Ich denke, die Stücke befinden sich im Werkstattschuppen?"

„Tun sie auch. Aber nur die gängigen Exemplare. Meine wahren Schätze liegen hier." Krassmann ging in eine dunkle Ecke, wo er einen Vorhang zur Seite zog. Drei Holzpfeiler wurden sichtbar, an denen die unterschiedlichsten Waffen aufgehängt waren. „Seht her, das ist ein zweischneidiges Kurzschwert, das Gladium, eine solche Klinge trug der römische Legionär. Hier ist der dazugehörige Schild, wie Ihr seht, ein nahezu schulterhoher eiserner Schutz." Krassmann griff zur nächsten Waffe, einem germanischen Sachs, dann zu einem mittelalterlichen Morgenstern, dann zu einem Degen. Und während er das alles tat, bekam er leuchtende Augen.

Klingenthal fragte: „Habt Ihr auch eine Armbrust in Eurer Kollektion?"

Krassmanns Eifer ließ augenblicklich nach. „Ich habe mir gedacht, dass diese Frage kommen würde. Ja, ich habe eine Armbrust, und ich habe auch ein Schlachtmesser. Aber das will nichts besagen, denn die Armbrust und das Schlachtmesser, mit denen Angerstein und Mewes getötet wurden, befinden sich im Rathaus."

„Da habt Ihr wohl Recht. Allerdings, wenn man es genau nimmt, ist es nur der Bolzen der Armbrust, der im Rathaus verwahrt wird. Die eigentliche Waffe ist verschwunden. Der Täter hat sie benutzt und wieder mitgenommen."

„Die Waffen wurden aus der Rüstkammer entwendet, ich habe mich selbst vor Kurzem davon überzeugt."

„Auch das Richtschwert?"

„Auch das Richtschwert."

„Um einen solchen Zweihänder zu handhaben, bedarf es eines starken Mannes, eines Mannes von Eurer Körperkraft. Ich fürchte, es wird nicht genügen, wenn Ihr versichert, nicht der Mörder zu sein. Ihr werdet es beweisen müssen."

„Wie soll ich das tun? Ich bleibe lieber hier, rühre mich nicht vom Fleck und warte ab, bis der Mörder gefangen ist. Hier findet mich keiner!" Krassmann zog den Vorhang wieder zu. „Es sei denn, Ihr verratet mich."

Klingenthal überlegte blitzschnell. Der Scharfrichter schien ein vernünftiger Mann zu sein. Was er erzählte, klang glaubhaft. Und dennoch: ein Zweifel blieb. „Mögt Ihr eigentlich Kinder?"

„Kinder? Wie kommt Ihr denn darauf?", fragte Krassmann verblüfft.

„Ihr habt doch welche?"

„Sicher, eine ganze Reihe. Aber meine Kinder sind längst erwachsen und haben in andere Scharfrichterfamilien eingeheiratet."

Klingenthal stand auf. „Vielleicht kann ich helfen, Eure Unschuld zu beweisen. Wenn Ihr gestattet, stelle ich Euch eine letzte Frage: Wo wart Ihr in der vergangenen Nacht?"

„Zu Hause, ich habe geschlafen wie jeder anständige Bürger auch."

„Seid Ihr sicher? Es gibt jemanden, der Euch im Hof von Kokkerts Anwesen beobachtet haben will." Klingenthal war klar, dass dies ein Schuss ins Blaue war, umso gespannter wartete er auf Krassmanns Reaktion.

„Das kann nicht sein! Wer hat das behauptet?"

„Das tut nichts zur Sache. Es mag wahr sein, dass Ihr die ganze letzte Nacht zu Hause wart, aber für einen Bösgläubigen klingt Eure Antwort nicht gerade überzeugend. Nun gut, ich gehe jetzt. Bitte haltet mir Eure Hunde vom Leib."

„Keine Sorge, solange ich den Befehl nicht aufhebe, werden sie liegen bleiben."

„Ich hoffe, Ihr habt Recht", sagte Klingenthal. Dann kroch er hinauf ins Freie.

CASPAR, der Küster, war ein großer, ungeschlachter Mann Ende fünfzig, mit altersfeuchten Augen und einem eisgrauen Schnauzbart. Er stand neben Klingenthal im Kirchenschiff und gab ihm Anweisungen, wie er die Gänge zwischen den Bankreihen zu fegen habe.

Es war ein seltsames Gefühl, in einer dem Christengott geweihten Kirche zu arbeiten. Gern hätte er die Hilfeleistung vermieden, doch es war Sonntagmorgen, er hatte spielfrei, und Pastor Matthies hatte ihn nochmals gebeten, Caspar zur Hand zu gehen. Klingenthal konzentrierte sich auf seine Arbeit. Doch seine Gedanken schweiften ab. Die gestrige Begegnung mit Krassmann kam ihm in den Sinn. Der Scharfrichter hatte behauptet, er sei kein Mörder. War er wirklich keiner? Er hatte die Kraft und die Geschicklichkeit, alle Tatwaffen zu handhaben. Und eine Armbrust hatte bei ihm in der Erdhöhle gehangen. War es die Mordwaffe? Andererseits: Welch einen Antrieb konnte Krassmann haben, drei Morde auszuführen?

Und Rüterbusch? Nach allem, was Klingenthal wusste, hatte der Amtsinspektor ein verdächtig großes Interesse daran, seinen Vorgesetzten den Mörder zu präsentieren. Was steckte dahinter? Rüterbusch war ein Unsympathikus, aber war er auch ein Mörder?

Eher nicht, genauso wenig wie Beiss, der fettsüchtige Doktor mit seiner Gicht. Die Krankheit war ein stichhaltiger Grund, warum er seine ärztliche

Hilfe in der Mordnacht versagen musste. Er litt tatsächlich am Zipperlein, sein verdickter Ringfinger war der Beweis. Und er litt an einem entzündeten Zehengelenk. Mit solchen Schmerzen konnte niemand gehen – vorausgesetzt, er hatte sie wirklich. Gezeigt hatte er die Zehe jedenfalls nicht. Auch hier stellte sich die Frage nach dem Warum. Und auch hier gab es keine vernünftige Antwort.

Und Spinner-Franz? Der war schwer zu beurteilen. Das fing schon damit an, dass nicht klar schien, ob der Mann tatsächlich verrückt war oder nur so tat. Gegen ihn sprach, dass er mehr zu wissen schien als manch ein anderer und dass er ein offenkundiges Interesse daran hatte, nicht mit den Morden in Verbindung gebracht zu werden. Sein Versuch, Pocke als Ezechiels Angelfreund hinzustellen, musste nachdenklich stimmen.

Überhaupt gab es ein paar Dinge, die nachdenkenswert waren. In zwei von drei Fällen hatte der Ermordete seine Kinder geschlagen, nur bei Kokkert schien es nicht so gewesen zu sein. Der Ansatz, nach prügelnden Vätern zu suchen und über sie an den Mörder zu kommen, schied also aus. Und das seltsame Kichern, das zweimal von einer vorbeihuschenden Gestalt zu vernehmen war, was hatte das zu bedeuten? War der Mörder ein Kicherer?

Klingenthal grübelte weiter, während er den großen Eimer mit dem gesammelten Dreck forttrug. Vock war da noch. Vock hatte – genau wie der Amtsinspektor – einen Schlüssel zur Rüstkammer. Wenn alle drei Tatwerkzeuge tatsächlich aus der Rüstkammer stammten, kam als Mörder nur infrage, wer Zugang zu ihr hatte.

Aber wer war das? Rüterbusch, Vock, Krassmann natürlich, sicher auch Oberamtmann Schäffer und der Bürgermeister, ferner waren zu erwähnen: sein Stellvertreter, sodann der Führer der Stadtwache, einige Gerichtsdiener und, der guten Ordnung halber, auch Pastor Matthies. Wahrscheinlich gab es noch weitere. Für die Suche nach dem Mörder bedeutete das: eigentlich waren alle verdächtig, alle bis auf drei, die es wirklich nicht gewesen sein konnten – Angerstein, Mewes und Kokkert.

Wer Wind sät, wird Sturm ernten, seine Saat soll …

„Zwei Ziegen!“, rief der Landmann. Kaum hatte er die Worte ausgerufen, erklang ein Meckern über den gesamten Uhlenmarkt. „Zwei neue Ziegen, herrliche Tiere mit großen rosigen Eutern!“

„Brauchst du sie, damit du endlich jemanden hast, der es im Meckern mit deiner Alten aufnehmen kann?“, fragte der Söldner.

Die Menge lachte.

„Nein, ich will sie halten!"

„Halten? Wo denn?", fragte die Magd.

„In der Schlafstube."

„Großer Gott, in der Schlafstube?", entrüstete sich das Burgfräulein.

„Warum nicht?"

„Ja, aber der Gestank?"

„Da müssen die Ziegen sich dran gewöhnen!"

Jetzt tobte die Menge vor Lachen, und Klingenthal hob die Hände und verbeugte sich mehrfach, bis sie sich endlich beruhigt hatte. Gern spendete die Menge in den Hut, mit dem Klingenthal herumging.

Als die Menschenmenge sich verlaufen hatte, zählte er die eingenommenen Münzen zusammen.

„Meister Klingenthal!"

„Ja?" Er blickte von seinem Hut auf und sah in das Gesicht einer älteren Frau. „Ach, Elsbeth, nicht wahr? Hat dir die Vorstellung gefallen?"

Elsbeths mürrische Miene sprach dafür, dass sie nicht über den Witz mit den Ziegen gelacht hatte. „Mein Herr, der Gelehrte Conatus, schickt mich, er wartet in seinem Haus auf Euch."

Klingenthal überlegte. Conatus verlangte ihn zu sehen. Wahrscheinlich um weitere Lektionen im Bauchreden einzufordern. „Richte deinem Herrn aus, es wäre mir eine Ehre, seiner Einladung zu folgen, aber ich kann meinen Karren nicht unbeaufsichtigt auf dem Platz zurücklassen. Tut mir leid."

„Ich soll auf ihn aufpassen."

„Ja, dann." Es blieb Klingenthal nichts anderes übrig, als Conatus' Wunsch zu folgen. „Aber dass mir keiner die Puppen anfasst!"

Klingenthal trat ins Haus und stieg die breite Treppe hinauf in den ersten Stock, wo die funkensprühenden Apparate standen.

In der Tür tauchte wie von Geisterhand Conatus auf, fein, aber nachlässig gekleidet, groß gewachsen und vollbärtig wie immer. Von einer Anrichte nahm er zwei Gläser Rotwein und drückte Klingenthal eines in die Hand. Dann setzten sie sich. „Prosit, mein lieber Meister!"

„Prosit."

Beide tranken.

Bald darauf waren sie in ein angeregtes Gespräch vertieft, welches Kehlkopfstellungen, Zungenbewegungen und Atemübungen zum Inhalt hatte.

„Kommt, trinkt noch ein Glas!"

„Lieber nicht." Klingenthal wollte nicht weinselig werden. „Was sagt Ihr eigentlich zu dem Tod Eures Nachbarn?"

„Zu Kokkerts Tod? Grauenvoll! Die arme Frau, sie dauert mich so!"

„Wie war Kokkert, was war er für ein Mensch?"

Conatus widmete sich seinem Weinglas. „Wie soll er schon gewesen sein? Ein Kaufmann eben, ein Pfeffersack, wie er im Buche steht. Trotzdem ist sein Tod tragisch, sehr tragisch."

„Er wurde mit dem Schwert des Scharfrichters ermordet."

„Ich hörte es. Schrecklich. Also war es wohl Krassmann? Hat man ihn schon verhaftet?"

Klingenthal stellte sich dumm. „Soviel ich weiß, nicht."

„Der Mörder sollte bald gefasst werden! Meiner Meinung nach kann so etwas nur ein Verrückter tun."

Klingenthal kam eine Idee. „Wenn Ihr von einem Verrückten sprecht, habt Ihr dann eine bestimmte Person im Auge?"

„Äh, nein." Für einen Augenblick wirkte Conatus unsicher. „Das war nur so dahingesagt."

„Ich verstehe. Sonst fällt Euch nichts zu Kokkert ein?"

Conatus lachte. „Soll das ein Verhör werden, mein lieber Meister?"

Klingenthal lachte mit, dabei hoffend, dass es nicht allzu falsch klang. „Ihr sagt doch selbst, dass alle Welt über die Morde spricht. Ich mache da keine Ausnahme. Aber wahrscheinlich könnt Ihr wirklich kaum etwas über Kokkert sagen, schließlich war er Kaufmann, und Ihr seid Gelehrter, etwas Gegensätzlicheres lässt sich kaum vorstellen."

„Das habt Ihr treffend gesagt. Wie schon erwähnt, habe ich mich nicht viel um Kokkert gekümmert. Gestern Abend bin ich hinübergegangen, um der Witwe mein Beileid auszusprechen. Als ich zu ihr vordrang, fand ich sie inmitten ihrer Kinder, gemeinsam an einem Totenhemd nähend und allesamt schluchzend. Das Einzige, was sie sagte, war: ‚Jetzt müssen sie nicht mehr weinen.'"

„Aha, und wen meinte sie damit?"

„Das habe ich die Arme auch gefragt." Conatus nahm einen tiefen Schluck aus seinem Glas. „Sie meinte damit ihre Kinder."

Klingenthal stutzte. „Ihre Kinder? Seltsam, und was sagte sie dann?"

„Nichts mehr. Ich merkte, dass sie wieder allein sein wollte, und ging."

In Klingenthals Hirn arbeitete es. *Jetzt müssen sie nicht mehr weinen.* Wenn man dem Jetzt besondere Bedeutung beimaß, konnte das heißen: *Jetzt, wo der Vater tot ist, müssen sie nicht mehr weinen, im Gegensatz zu früher*, was wiederum den Schluss zuließ, dass Kokkert seine Kleinen zu Lebzeiten geschlagen hatte. Aber wie passte das zu seiner oft geäußerten Meinung „Wer seine Kinder liebt, der schlägt sie nicht"? Vielleicht gar nicht, vielleicht sogar sehr gut. Denn auch ein Quartalssäufer schwor häufig Stein und Bein, er würde niemals einen Tropfen anrühren, jedoch nur so lange, bis er erneut dem Alkohol verfiel. Wenn dem so war, hatten alle drei Ermordeten zuvor ihre Kinder misshandelt. Hatten sie dafür mit dem Leben bezahlen müssen?

„Wie ich Euch kenne, wollt Ihr kein weiteres Gläschen, aber ich habe etwas anderes, das Ihr nicht ablehnen könnt. Ihr werdet staunen! Ich gehe jetzt durch die Tür dort drüben in einen kleinen Nebenraum. Die Tür werde ich hinter mir schließen, und erst, wenn ich ‚Kommt herein!‘ rufe, folgt Ihr mir nach. Einverstanden?“

„Ja, natürlich.“

Conatus verschwand. Eine Weile verging.

„Kommt herein!“

Endlich. Klingenthal sprang auf, ging zur Tür und trat ein und sah im ersten Augenblick – nichts. Nur Finsternis. Dann blitzte ein Funkenstrahl rechts vor ihm auf, bläulich gleißend, begleitet von einem kräftigen Knistern. Der Umriss von Conatus wurde deutlich, der hinter einer seiner Maschinen stand und heftig eine Kugel drehte.

„Wartet, gleich könnt Ihr es wieder sehen!“, rief der Gelehrte. „Seht Ihr, jetzt! Sapperlot, ist es nicht fantastisch, was sagt Ihr dazu?“

Und dann sah Klingenthal, was Conatus meinte. Es befand sich links von dem Apparat in ungefähr drei Fuß Entfernung. Es lag auf einem Tisch, zuckte im Takt der elektrischen Funken und war ungefähr so groß wie eine menschliche Hand. Es war eine menschliche Hand!

Klingenthal unterdrückte einen Schrei.

„Fantastisch, nicht wahr!“ Conatus drehte die Kugel mit unverminderter Stärke. „Es ist wie bei den Froschschenkeln des Dr. Galvani. Der sprühende Funke aus geriebener Energia durchdringt die Luft und bringt die Hand in Bewegung.“

„Woher habt Ihr die Hand?“

Conatus drehte die Kugel weiter wie besessen. „Ist das nicht großartig?“

„HERR DOKTOR CONATUS, WOHER HABT IHR DIE HAND?!“ Klingenthal erschrak über sich selbst, denn nie zuvor hatte er sich so brüllen hören.

Conatus erwachte wie aus einem Rausch. Zögernd ließ er von der Kugel ab. „Woher? Das ist doch egal.“ Conatus wirkte jetzt fast teilnahmslos.

„Ich muss darauf bestehen, dass Ihr mir Auskunft gebt, von wem Ihr das Greiforgan habt. Es dürfte Euch bekannt sein, dass der Körper des Fischers Hinrich Mewes tot in der Elbe aufgefunden wurde – und zwar ohne rechte

Hand. Da Ihr eine solche habt, steht Ihr automatisch im Verdacht, den Mord an Mewes begangen zu haben."

„Das ist nicht Euer Ernst."

„Wenn Ihr es nicht wart, dann müsst Ihr anderweitig an die Hand herangekommen sein. Ihr habt sie doch nicht etwa gefunden?"

„Nein, das nicht." Conatus fuhr sich über die Augen. „Ich möchte den Namen meines, äh, Lieferanten nicht preisgeben."

Klingenthal wurde es langsam zu bunt. „Dr. Conatus, merkt Ihr gar nicht, dass Ihr Euch um Kopf und Kragen redet? Wenn der Gerichtssekretär Vock wüsste, dass die Hand in Eurem Besitz ist, würde er Euch sofort verhaften!"

Conatus rückte seinen Zwicker zurecht. „Spinner-Franz bot mir die Hand an. Heute Morgen war es, in aller Herrgottsfrühe, da schob er mir einen Zettel in die Rocktasche."

„Ich nehme an, auf dem Zettel stand eine Nachricht?"

„Ihr vermutet richtig. Aber es war gar nicht so einfach, sie zu entziffern."

„Habt Ihr das Papier noch?"

„Ja, wartet." Conatus nestelte eine vergilbte Heftseite hervor. „Hier."

Klingenthal hielt den Zettel ins Licht und stutzte, denn was er sah, war eine Schrift, die er nicht lesen konnte.

„Es ist Spiegelschrift", sagte Conatus.

„Ich sehe es", sagte Klingenthal und drehte den Zettel um. Jetzt konnte er den Text entziffern: *Eine untote Hand! Ihr Besitzer starb! Doch wer sie erwirbt, lebt ewig … 3 Taler!*

„Erinnert Ihr Euch, wie ich bei unserem ersten Zusammentreffen darüber klagte, dass Froschschenkel in dieser Jahreszeit so schwer zu beschaffen seien? Meine Überlegung war, was mit den Gliedmaßen eines Tieres funktioniert, wird auch mit jenen eines Menschen funktionieren. Um mein Experiment durchführen zu können, musste ich das Greiforgan unbedingt haben! Ich ging zurück an jenen Ort, wo er mir den Zettel zugesteckt hatte. Da wartete er auch schon. Ich gab ihm die drei Taler, und er gab mir die Hand."

„Habt Ihr eine Ahnung, warum Spinner-Franz sich mit der Hand ausgerechnet an Euch wandte?"

Conatus zuckte die Schultern. „Vielleicht hat es sich herumgesprochen, dass ich mich gerne und häufig mit allerlei Experimenten beschäftige. „Hört, lieber Meister, ich habe zwar die Hand, aber ich möchte nicht in die Sache hineingezogen werden."

Klingenthal schüttelte bedauernd den Kopf. „Ich kann Euch nichts versprechen, Herr Dr. Conatus. In jedem Fall achtet sorgsam auf die Hand. Sie darf auf keinen Fall verloren gehen."

„Keine Sorge, das Greiforgan gebe ich nicht wieder her. Niemals!“ Conatus’ Augen funkelten wild, so wild, dass Klingenthal unwillkürlich erschrak. Dann verließ er rasch den Raum.

„He, Vock, kannst du nicht grüßen?“ Rüterbusch baute sich vor dem frisch gebackenen Gerichtssekretär auf und stemmte die Arme in die Seiten.

„Lasst mich, ich muss weiter.“ Vock versuchte, sich an Rüterbusch vorbeizuschieben, scheiterte aber, da dieser sich noch breiter machte.

„Den Gang zu Krassmann kannst du dir sparen, der war es nicht. Meinst du, der wäre so blöd und würde sein Schwert nehmen, wenn er Kokkert umbringen wollte? Dasselbe gilt für Angerstein und Mewes. Die hat er auch nicht getötet. Nee, nee, das war einer, an den wir alle noch nicht denken.“

„Wer denn?“, entgegnete Vock.

„Was weiß ich!“ Rüterbusch lachte. „Du bist es doch, der das rausfinden soll. Viel Spaß dabei.“

Vock versuchte, Haltung zu bewahren. „Ich war keineswegs auf dem Weg zu Krassmann, wenn Ihr es genau wissen wollt. Viele andere hätten sich seines Schwertes bemächtigen können, um Kokkert zu töten. Glaubt ja nicht, ich wüsste das nicht.“

„Dann ist es ja gut.“ Rüterbusch machte endlich Platz, damit Vock seines Weges ziehen konnte. Er lachte sich ins Fäustchen, denn er hatte genau das erreicht, was er erreichen wollte.

Wenig später machte Rüterbusch sich auf den Weg zu Krassmann, um ihn zu verhaften, denn im Gegensatz zu dem, was er Vock gesagt hatte, war er von der Schuld des Scharfrichters fest überzeugt. Krassmann war der Einzige, so seine Erkenntnis, der mit allen drei Mordwaffen meisterhaft umgehen konnte, und er war nicht zuletzt im Besitz derselben.

Rüterbusch musste nur darauf achten, dass Vock ihm mit der Verhaftung nicht zuvorkam, aber eben das hatte er vorhin verhindert. So würde er allein den Ruhm der Tat einheimsen.

Was blieb, war die Frage, ob Krassmann zu Hause sein würde. Als Vock ihn aufgesucht hatte, war er es nicht gewesen, aber Rüterbusch hatte einen bestimmten Verdacht. Es gab auf der Hundewiese einen Verschlag. Die Annahme, dass Krassmann sich dort versteckte, lag nahe.

„Krassmann, ich bin’s, Rüterbusch!“, rief Rüterbusch über das Gekläff der Hunde hinweg, als er an die Umzäunung trat. „Ich muss dich sprechen!“

Die Antwort war nur ein verstärktes Geheul der Hunde. Rüterbusch rief wieder und wieder den Namen des Scharfrichters, und endlich sah er eine Gestalt unter dem Verschlag hervorkriechen – Krassmann.

„Bring deine Meute zur Ruhe!“, schrie Rüterbusch. „Und komm her!“

Krassmann gab einen kurzen Befehl und seine Hunde verstummten. „Nein, ich denke nicht daran!“, rief er zurück. „Wenn du was von mir willst, komm zu mir. Die Tiere werden dir nichts tun.“

Rüterbusch öffnete das Gattertor und schritt vorsichtig auf Krassmann zu. „Was willst du von mir?“

„Ich denke, das besprechen wir besser in deinem Haus.“

„Kommt nicht infrage“, wehrte Krassmann ab. „Wenn du mit mir reden willst, dann folge mir.“

Der Scharfrichter kroch in den Verschlag zurück, und Rüterbusch blieb nichts anderes übrig, als ihm nachzukriechen. Nachdem sich seine Augen an das Halbdunkel gewöhnt hatten, stieß er einen Ruf des Erstaunens aus.

„Wenn du willst, setz dich. Und dann sag mir, warum du gekommen bist.“

„Ich möchte mit dir über den Mörder von Angerstein, Mewes und Kokkert sprechen.“

Krassmann riss die Augen auf. „Hat man ihn endlich gefasst?“

„Nein“, sagte Rüterbusch, „noch nicht, aber es wird gleich geschehen, denn du, Krassmann, bist es, und ich verhafte dich hiermit!“ Während er das sagte, holte er eine Pistole unter seinem Uniformrock hervor und richtete sie auf den Scharfrichter. „Leg dich bäuchlings auf die Erde, Arme auf den Rücken, damit ich dir die Hände fesseln kann.“

Widerstrebend gehorchte Krassmann. „Was soll das? Ich war es nicht.“

„Du warst es. Kein anderer ist in der Lage, das Richtschwert so zu handhaben, und kein anderer hat die Kraft, einen menschlichen Körper derart auf die Bettstatt zu spießen.“ Rüterbusch holte einen Strick aus seiner Rocktasche, kniete nieder und wollte mit dem Fesseln beginnen, da merkte er, dass er dazu beide Hände brauchte. Wohin derweil mit der Pistole?

Für den Bruchteil eines Augenblicks zögerte Rüterbusch, und das wurde ihm zum Verhängnis, denn Krassmann riss ein Bein hoch und trat seinem Widersacher die Waffe aus der Hand. Rüterbusch sprang mit einem Wutschrei zurück. Der Sprung brachte ihn ins Taumeln, seine Hände suchten einen Halt. Sie fanden ihn in dem Vorhang, der die Waffensammlung verdeckte. Der Stoff riss ein, die Kriegsgeräte wurden sichtbar. Rüterbusch stutzte, dann packte er das römische Kurzschwert und brüllte: „Leg dich wieder hin, Krassmann, oder ich stech dich ab!“

„Das werden wir sehen.“ Der Scharfrichter wollte die Pistole an sich bringen, doch Rüterbusch trat ihm in den Weg und brüllte: „Bleib, wo du bist!“

Krassmann griff nach der Bank, hob sie hoch wie ein Spielzeug und schleuderte sie in Richtung Rüterbusch. Das Sitzmöbel traf Rüterbusch voll am Kopf. Benommen sank er auf die Knie. Krassmann sprang vor und schlug seinem Gegner die Faust ins Gesicht. Rüterbusch klappte zusammen.

„Und nun", schnaufte Krassmann voller Grimm, „geht es umgekehrt." Er legte den Ohnmächtigen bäuchlings auf den Boden und fesselte ihn. „Wenn du aufwachst, wirst du dich wundern." Danach schleifte er ihn zu einem Holzpfeiler und band ihn rücklings im Sitzen daran fest.

Rüterbusch erlangte wieder das Bewusstsein. „Sie werden mich vermissen, Krassmann, besser, du lässt mich frei", ächzte er.

Der Scharfrichter zog den Strick nur noch fester. „Nein, nein, du bleibst schön da sitzen, und ich werde dich keine Sekunde aus den Augen lassen."

Rüterbusch wurde wütend. „Willst du denn, dass wir beide hier verrecken?!", schrie er. „Lass mich frei! Sonst haben wir keine Chance."

„Du nicht, aber ich. Ich vertraue auf den Bauchredner. Er wird den wahren Mörder finden."

Ein Tag war vergangen, Klingenthal stand auf dem Uhlenmarkt und verkeilte seinen Karren. Gleich sollte die Vorstellung beginnen. Da bemerkte er den Spinner-Franz.

„He, Franz, ich sage dir jetzt ein paar Dinge, auf die du nicht zu antworten brauchst: Du warst in der Nacht vom zehnten auf den elften November an der Mole im Hafen."

Spinner-Franz schwieg.

„Du warst auf dem Schiff von Hinrich Mewes."

Spinner-Franz schwieg. Doch dann rief er: „Ich seh dich nicht, es gibt dich nicht, du hast mich nicht gefragt!"

„Es steht fest, dass die Hand noch am Morgen im Schiff lag. Amanda Mewes hat sie mit eigenen Augen gesehen. Später war sie verschwunden. Weil du sie in der Zwischenzeit genommen hattest."

Spinner-Franz rieb hektisch über seinen Unterarm, wo eine eingeheilte Hostie saß.

„Lass die Kaspereien. Ich weiß, dass du Dr. Conatus eine rechte Hand für drei Taler verkauft hast. Es war die von Mewes, woher hattest du sie? Hast du Mewes die Hand abgeschlagen?"

„Neiiiiin!"

Klingenthal sprang unwillkürlich einen Schritt zurück, so laut hatte der Verrückte geschrien, doch er ließ nicht locker. „Wenn du sie ihm nicht abgeschlagen hast, konntest du wenigstens sehen, wer es getan hat?"

„Neiiiiiiin!“

Klingenthal hielt sich die Ohren zu. „Ich habe keine Fragen mehr.“

Ein Ausdruck der Erleichterung huschte über das Gesicht von Spinner-Franz.

Doch Klingenthal hatte noch Fragen, mehrere sogar, er wollte nur den Widerstand des verrückten Mannes brechen. Um ihn in Sicherheit zu wiegen, sagte er: „Ich brauchte mal wieder einen kleinen Glückszauber, du hast nicht zufällig etwas in der Richtung dabei?“

„Glückszauber?“ Spinner-Franz witterte Morgenluft. „Na klar. *Ita est* und *yes* und *oui*! Kennst du Magnetsteine?“ Mit verschwörerischer Miene holte Spinner-Franz zwei unscheinbare kieselgroße Steine aus der linken Tasche. Aus der rechten fingerte er einen Hufnagel hervor. Beides brachte er zusammen, und tatsächlich zogen die Steine den Nagel an sich. „Die Steine ziehen auch Gold und Silber an, und wenn du sie bei dir trägst, sorgen sie dafür, dass die Geldstücke der anderen in deine Tasche wandern.“

„Wie viel willst du für die Steine?“

„Ein kleines Silberstück!“

Klingenthal gab es ihm. Als er im Gegenzug die Steine erhalten hatte, sagte er: „Ich hoffe, ich habe ein gutes Geschäft gemacht, auch wenn du mir keine schriftliche Garantie auf die Wirksamkeit der Steine gegeben hast.“

„Schriftliche Garantie, wieso?“

„Entschuldige, wahrscheinlich kannst du gar nicht schreiben.“

„Wie kommst du denn da drauf? Klar kann ich schreiben.“

Das hatte Klingenthal nur hören wollen. Aber er war noch nicht fertig. Als Nächstes holte er einen kleinen hölzernen Ball aus der Rocktasche. „Weißt du, was das ist?“

„Du willst mich wohl foppen? Ein Jonglierball ist's, was sonst?“

„Fang!“ Ohne Vorwarnung warf Klingenthal Spinner-Franz den Ball zu. Der reagierte prompt und fing die Kugel mit der linken Hand.

„Bist du Linkshänder?“, fragte Klingenthal.

Irgendetwas in Klingenthals Stimme ließ Franz aufhorchen. „Ja, warum?“

„Weil jemand, der linkshändig ist, besonders gut Spiegelschrift schreiben kann.“ Klingenthal holte den Zettel, den Conatus ihm überlassen hatte, hervor und hielt ihn dem Verrückten unter die Nase. „Hier, das hast du doch geschrieben?“

„Nein!“ Spinner-Franz prallte zurück.

„Natürlich hast du das geschrieben. Du kannst schreiben, und Linkshänder bist du obendrein. Im Übrigen hast du genau dieses Papier dem Gelehrten Conatus gegeben. Gib es endlich zu und sag mir, woher du das Greiforgan hast.“

„Ich geb gar nix zu, gar nix!“

„Dann tut es mir leid, ich muss dich Vock melden. Vielleicht bist du dann gesprächiger.“

Ein Wechselbad der Gefühle zeichnete sich in Spinner-Franz’ Gesicht ab. „Pah, die müssten mich erst mal kriegen. Aber ich an deiner Stelle würd mich vorsehen, Julius. Juden haben in unserer Stadt nix verloren!“

Klingenthal brauchte einen Augenblick, um zu begreifen. „Was sagtest du da gerade? Woher willst du wissen, dass ich Jude bin?“

„Hab dich belauscht, dich und Ezechiel, wie ihr euch voneinander verabschiedet habt. Ezechiel, das Verräterschwein! Hat meinen Namen genannt, hat gesagt, ich hätt mit ihm am Fluss geangelt, als Mewes angeschwemmt wurde! Hast dich ganz schön lange verstellt, Jude, aber ich hab dich durchschaut, und wenn du mich in die Pfanne haust, hau ich dich in die Pfanne, so einfach ist das …“

„Stopft ihm sein ungewaschenes Maul!“ Es war der Söldner, der das rief.

„Gemach“, beruhigte der Schultheiß. „Schimpfen führt zu nichts. Wir müssen Ruhe bewahren.“

Klingenthal atmete durch. Dann wandte er sich wieder Spinner-Franz zu. Doch der Verrückte stand da nicht mehr, er schien wie vom Erdboden verschluckt.

Wer Wind sät, wird Sturm ernten, seine Saat soll nicht …

Alena machte sich Sorgen um Klingenthal. Seit zwei Tagen hatte sie ihn nicht gesehen. Auch heute, am Mittwoch, erging es ihr so. Hoffentlich war er gesund und guter Dinge. In der Stadt summten die Gerüchte wie in einem Bienenstock. Eines davon war besonders hartnäckig; es lautete, Klingenthal sei der Täter. Im Übrigen sei er Jude, und Juden sei alles zuzutrauen. Sie seufzte und widmete sich weiter ihrer Küchenarbeit.

Das Kompott aus Winterkürbissen würde gleich fertig sein. Sie griff zu einem Holzlöffel, entnahm eine kleine Probe und kostete sie. „Nicht schlecht“, befand sie, „ich hoffe, der Pastor wird zufrieden sein.“

Als hätte Matthies ihre Worte gehört, ertönte just in diesem Moment seine Stimme aus der Studierstube: „Alena, wie steht es mit einer mittäglichen Stärkung?“

„Kommt sofort!“ Sie füllte das Kompott in eine Schüssel um, nahm einen Löffel und trug beides in die Stube. „Hier, ratet mal, was das ist.“

Matthies blickte von seinem Schreibtisch auf. „Nun, das sieht nach einer gelben Suppe aus. Ist es Linsensuppe? Fein, stell sie nur auf den kleinen Tisch neben dem Globus.“ Matthies beugte sich erneut über seine Arbeit.

„Es ist Kürbiskompott. Wenn Ihr es nicht essen wollt, kann ich es ja wieder mitnehmen.“

„Um Gottes willen, nein! Ich war gerade nur so in Gedanken. Die viele Arbeit.“ Matthies riss sich von seinem Schreibtisch los und setzte sich an den kleinen Tisch. „Das riecht aber lecker!“ Er begann, das Kompott in sich hineinzulöffeln. „Selten habe ich etwas so Leckeres gegessen. Setz dich doch zu mir, dann können wir ein wenig plaudern.“

Alena gehorchte.

„Die *Praefecta culinae* in eurem Kloster scheint eine wahre Künstlerin zu sein, sie hat dir eine Menge beigebracht.“

Alena musste lächeln. So zerstreut Matthies häufig war, so war er doch stets um Freundlichkeit bemüht. Genau betrachtet, war er auch ziemlich gut aussehend. Er musste ungefähr in Klingenthals Alter sein.

„Wenn du lächelst, bist du besonders hübsch.“ Matthies nahm Alenas Hände in die seinen. Er tat dies in den letzten Tagen öfter. Sie fragte sich, ob ein solches Gebaren sich für einen Gottesmann schickte, andererseits musste sie zugeben, dass es ihr nicht unangenehm war.

„Herr Pastor, ich muss die Schüssel forträumen.“

„Bleib noch ein wenig.“ Immer noch ihre Hände haltend, führte er sie zum Mund, um sie zu küssen.

„Nein!“ Alena riss ihre Hände zurück.

„Aber warum? Ein Küsschen in Ehren soll niemand verwehren! Ich könnte dein Vater sein.“ Wieder ergriff Matthies Alenas Hände, und sie ließ es geschehen.

„Willst du mit mir auf eine Reise gehen?“ Matthies’ Miene begann zu leuchten. Er gab ihre linke Hand frei und führte ihre rechte in Richtung Globus. „Wer nie das Haus verlässt, reist am besten auf der Erdkugel. Strecke deinen Zeigefinger aus. Siehst du, hier im Norden des Heiligen Landes liegt der Berg Karmel. Von dort breitete sich dein Orden aus, zunächst nach Zypern, dann nach Südfrankreich, Norditalien, Prag …“ Matthies zählte noch weitere Ortschaften auf, und während er das tat, begann er mit der freien Hand, Alenas Oberschenkel zu streicheln.

Sie bemerkte es zunächst nicht, denn sie fand die Reise auf dem Globus spannend und kurzweilig, aber dann spürte sie es und sprang mit hochrotem Kopf auf. „Herr Pastor, das geht zu weit!“

Matthies schreckte zusammen.

„Ich … ich …“ Alena wusste nicht, was sie sagen sollte. „Was habt Ihr Euch eigentlich dabei gedacht?“

Matthies saß da wie ein Stein. Seine Hände öffneten und schlossen sich, als stecke in ihnen ein eigenes Leben.

Alena sah es mit Staunen. Offenbar hatte es dem Pastor die Sprache verschlagen. Wahrscheinlich war ihm der Vorfall furchtbar peinlich – genauso wie ihr. „Nun ja, Herr Pastor, beruhigt Euch. Wir tun einfach so, als sei es nicht passiert, einverstanden?“

Doch Matthies antwortete nicht. Nur eine Träne lief ihm über die Wange.

Die Glocke der Sankt-Johannis-Kirche schlug Mitternacht, als Conatus fröstelnd aus seinem Haus trat. Bis vor wenigen Minuten hatte er an einer Versuchsanordnung herumexperimentiert. Er rückte erst seinen Zwicker und dann seinen Dreispitz zurecht und schritt auf den Uhlenmarkt hinaus. Ein bisschen frische Luft würde ihm guttun. Er steuerte auf den Brunnen zu. Er beabsichtigte, sich für eine Weile auf dem Marmorrand niederzulassen.

Plötzlich ertönte eine brüchige Stimme: „Riechst du die Hexenasche?“

Conatus fuhr herum, konnte jedoch niemanden sehen. „Wer ist da?“

„*Ita est* und *yes* und *oui*, im Brunnenstein hausen schwarze Männer. Nimm dich in Acht!“

Erst jetzt entdeckte Conatus hinter der Brunnenfigur eine dürre Gestalt. „Spinner-Franz?“

Spinner-Franz trat hervor und setzte sich neben Conatus. „Seid Ihr interessiert an einem kleinen Schadenzauber?“

„Nein, wahrhaftig nicht!“ Conatus hatte sich von seinem Schreck erholt.

„Wenn’s kein Schadenzauber ist, wie wär’s mit einer zweiten Hand?“

„Einer zweiten Hand?“ Conatus glaubte, sich verhört zu haben. War am Ende schon wieder ein Mord passiert? „Bevor wir über eine zweite Hand reden, will ich wissen, wie du an die erste gekommen bist.“

Spinner-Franz hob abwehrend die Hände. „Fragt nicht, es ist besser so!“

„Woher hast du die erste Hand? Ich will zu deinen Gunsten annehmen, dass du nicht der Mörder von Mewes bist, du erscheinst mir zu schwach dazu, aber hast du den Mörder gesehen, als er seine Tat beging?“

Spinner-Franz blickte Conatus direkt in die Augen und sagte kichernd: „Ihr stellt viele Fragen, gebt mir ein paar Groschen, damit ich mein Gedächtnis auffrischen kann.“

Nach kurzem Zögern rückte Conatus ein paar Geldstücke heraus.

Spinner-Franz nahm sie. „Wenn Ihr’s genau wissen wollt, ja, ich hab ihn gesehen.“

„Hast du ihn erkannt?"

„Wer kennt schon wen? Braucht Ihr nun eine zweite Hand oder nicht? Ich könnt auch mit einem Bein dienen, ein Bein allerdings wär teurer."

Conatus beschloss, auf Spinner-Franz einzugehen, vielleicht wurde der Verrückte dann gesprächiger. „Bevor wir über den Preis für eine zweite Hand reden, sag mir, ob du den Mörder näher beschreiben kannst."

Spinner-Franz schnüffelte. „Er war groß und stark."

Conatus biss sich auf die Lippen. „Mehr hast du nicht gesehen? Wohin lief der Mörder, nachdem er die Tat begangen hatte? Hatte er irgendeine Eigenart?"

Spinner-Franz hielt die Hand auf. „Dreieinhalb Taler. Wollt Ihr nun eine zweite Hand oder nicht? Ich an Eurer Stelle würd eine linke nehmen, denn eine rechte habt Ihr ja schon. Links und rechts, das ergänzt sich hübsch."

Conatus bekam eine Gänsehaut. „Woher willst du eine zweite Hand nehmen?"

„Ich kenn den Richtplatz in Magdeburg gut und den Richtplatz in Tangermünde. Ich weiß, wann wer gehenkt wird, und hab so meine Beziehungen."

„Das heißt …?" Conatus spürte Übelkeit. Er stellte sich vor, wie Spinner-Franz die Leichen beiseiteschaffte, ihnen an geheimem Ort die Gliedmaßen abschlug. „Ich bin nicht mehr interessiert", keuchte er. Rasch erhob er sich und rannte davon. Wer Leichen verstümmelte, so dachte er, verübte auch Morde.

VOCK hatte lange mit sich gerungen und war dann doch den schweren Weg gegangen. Es half nichts. Tief atmete er durch und klopfte an Schäffers Tür.

„Ja, herein!" Die Stimme des Oberamtmanns klang geschäftig.

Vock trat ein und nahm seinen Dreispitz ab. „Guten Morgen, Herr Oberamtmann."

„Sieh da, der Gerichtssekretär Vock." Schäffer saß hinter seinem Schreibtisch und lächelte wie immer. „Was kann ich an diesem schönen Donnerstagmorgen für Euch tun?"

„Tja." Vock suchte nach den richtigen Worten. „Ich habe zahlreiche Verhöre durchgeführt, Herr Oberamtmann. Ich habe die Witwe Mewes vernommen, dazu siebzehn Nachbarn, Witwe Angerstein und mit der Witwe Kokkert gesprochen. Ich habe mit allen gesprochen, nur mit einem nicht: mit Krassmann. Er ist spurlos verschwunden."

„Ihr werdet ihn bestimmt finden."

„Tja, äh." Ohne es zu merken, setzte Vock seinen Dreispitz wieder auf.

„Was ist denn noch, mein lieber Vock?"

„Äh, wenn ich ehrlich sein soll, bin ich in der Sache noch keinen Deut weitergekommen. Ich stehe vor einem Rätsel!" Nun war es heraus.

Schäffer lachte. „Aber mein lieber Vock, ein Rätsel ist da, um gelöst zu werden; ich bin überzeugt, dass Ihr es knacken werdet!" Schäffer griff zu einer Stange Siegelwachs und hielt sie über eine Kerze, um anzuzeigen, dass die Unterredung für ihn beendet war.

Vock bedankte sich erleichtert und ging. Er konnte nicht wissen, dass der Oberamtmann wieder einmal die Fäden im Verborgenen gezogen hatte. Nicht er war länger für die Criminalaufklärung in Steinfurth zuständig – sondern Koldwey.

Am Nachmittag desselben Tages stand Vock in strammer Haltung vor Koldwey, einem Beamten von langweiligem Aussehen und grauer Gesichtsfarbe. „Falls Ihr es noch nicht wisst, Vock, ich bin Euer neuer Vorgesetzter. Noch Fragen?"

Vock versuchte, seine Überraschung zu verbergen. Wieso hatte Schäffer ihm davon nichts gesagt? „Äh, nein, Herr Oberamtmann."

„Aber ich! Habe noch jede Menge Fragen, Vock. Die Morde, was ist damit? Schon eine Spur? Nun redet doch!"

Wieder musste Vock einräumen, dass er keine Ahnung hatte, wer der Täter sein könnte.

„Ich sag's Euch gleich, Vock! Eine Woche, dann sind die Fälle geklärt. Alle! Restlos! Sonst setz ich Rüterbusch wieder drauf an. Verstanden?"

Vock flehte seine Zaubergroschen um Hilfe an. „Äh, ja, Herr Oberamtmann."

„Na also. Wo war ich? Ach ja, Rüterbusch. Wo ist der Mann eigentlich? Soll nicht zum Dienst erschienen sein."

„Ich weiß es nicht, Herr Oberamtmann!"

„Was wisst Ihr überhaupt? Merkt Euch: eine Woche und keinen Tag länger! Dann will ich Erfolge sehen."

„Ich werde mein Bestes geben."

Koldwey wedelte mit der Hand, zum Zeichen, dass Vock entlassen sei, und dachte: Das kann ja heiter werden.

Es war schon elf Uhr vorbei, als das regelmäßige Schnarchen von Pastor Matthies anzeigte, dass er im Land der Träume weilte. Alena nahm das Ohr von der Tür zu seiner Schlafstube. Das kam ihren Absichten sehr entgegen, denn sie wollte hinüber in den Geräteschuppen, um Klingenthal einen Besuch abzustatten. Sie griff zu einem Kerzenleuchter und verließ klopfenden

Herzens das Haus. Geschwind huschte sie über den Hof, drückte vorsichtig die Klinke der Schuppentür nieder und schlüpfte ins Innere des Gebäudes.

Im Dunkel des Schuppens nahm Alena ein Flüstern und Wispern wahr, Geräusche, die vom Karren zu ihr herabdrangen. Sie verharrte unsicher, doch schließlich bemerkte Klingenthal den schwachen Kerzenschein, schlug das Wachstuch zurück und richtete sich auf. Er war sichtlich erfreut, sie zu sehen, und hob sie zu sich auf den Karren. Er zog sie an sich, mit einer Leidenschaft, die sie noch nie an ihm erlebt hatte. „Du hast mir gefehlt." Klingenthals Stimme an ihrem Ohr klang heiser.

Sie wollte zurückfragen, warum er sich dann so lange nicht hatte sehen lassen, unterließ es aber, denn er begann sie zu küssen und zu liebkosen.

„Komm zu mir", flüsterte sie, und sie spürte seine Hitze und seine Kraft. Als es vorbei war, lagen sie noch eine Weile nebeneinander, atemlos und verschwitzt. „Warum bist du nie zu mir in die Küche gekommen?", fragte Alena schließlich.

„Ich habe versucht, die Mordfälle zu lösen", sagte er. „Ich bin von früh bis spät unterwegs gewesen, um eine Spur des Täters zu finden, aber ich hatte kein Glück. Es ist wie verhext, und die Leute gaben sich zusehends abweisender. Es hat sich herumgesprochen, dass ich Jude bin."

„Woher wissen die Leute das eigentlich?"

„Ich nehme an, von Spinner-Franz. Der verrückte Kerl hat Ezechiel und mich belauscht, als wir uns voneinander verabschiedeten."

„Spinner-Franz, der ist so verrückt, dem würde ich alles zutrauen, auch die Morde."

„Ja, er ist ein undurchsichtiger Kerl. Aber ich bin sicher, er hätte nie die Kraft gehabt, Kokkert mit einem beidhändig zu führenden Richtschwert zu durchstoßen. Hinzu kommt das Schlachtmesser, mit dem Mewes die Hand abgetrennt wurde: am Morgen danach steckte es so hoch im Mast seines Schiffs, dass Spinner-Franz es nie dort hätte hineinrammen können. Selbst ich bin dort nicht hingekommen, und es bedurfte erst der Länge des Pastors, um es herauszuziehen."

„Warum wurde Mewes eigentlich die Hand abgeschlagen? Warum hat der Täter nicht gleich versucht, ihn zu töten?"

„Das habe ich mich auch schon gefragt."

„Vielleicht will der Täter gar nicht töten, sondern nur strafen?"

„Du meinst, der Tod des Opfers war jedes Mal nur eine Folge der schweren Verletzungen? Nun, vielleicht ist es so, daran habe ich noch gar nicht gedacht. Wenn es stimmt, müsste ich nach einem Mann suchen, der nicht morden, sondern züchtigen will. Aber offen gesagt bringt mich das auch nicht weiter. Das Einzige, was einigermaßen gesichert erscheint, ist, dass es immer Väter getroffen hat, die ihre Kinder schlugen. Und, vielleicht, dass der Täter öfter zu kichern pflegt.“

„Wenn es Spinner-Franz nicht gewesen sein kann, dann vielleicht Krassmann. Er ist groß, und er hat Kraft.“

„Richtig. Und er hat jede Menge Waffen.“

„Aber er schlägt seine Kinder nicht, oder?“

„Er hat erwachsene Kinder, die längst aus dem Haus sind.“

„Und was ist mit diesem Wissenschaftler? Der ist doch groß?“

„Stimmt. Aber er hat keine Kinder. Die Hand von Mewes tauchte übrigens bei ihm auf. Er hatte sie von Spinner-Franz.“

„Was, die Hand ist wieder da?“

„Ja, Conatus gab Spinner-Franz drei Taler dafür.“

„Immer wieder Spinner-Franz! Ich glaube, es würde sich lohnen, dem mal richtig auf den Zahn zu fühlen.“

„Das habe ich mir auch schon überlegt, aber der Kerl geht mir seit einigen Tagen aus dem Weg. Das letzte Mal, als ich ihn sah, drohte er mir, es wäre besser für mich, wenn ich die Stadt verließe. Ich bin überzeugt, er hat Angst, denn irgendetwas verbirgt er vor mir. Jedenfalls scheint er ganz tief in den Morden drinzustecken.“

„Lass uns die Morde jetzt vergessen. Es gibt Schöneres auf dieser Welt.“

Alena spürte, wie sich bei Klingenthal wieder etwas regte, und freute sich auf das, was gleich noch einmal geschehen würde. Und aus dieser Freude heraus sagte sie, sich an ihn schmiegend: „Als du mich vorhin entdeckt hast, war ich schon eine Weile hier im Schuppen.“ Sie kicherte. „Stell dir vor, ich dachte, du hättest eine andere hier oben auf dem Karren.“

Klingenthal schien zu erstarren.

Alena lachte verlegen. „Da war so ein Gemurmel und unterdrücktes Lachen, und da dachte ich …“

„Ich war auch nicht allein. Ich bin nie allein.“ Klingenthals Stimme klang abschließend.

„Aber da war doch etwas, komm, guck nicht wie ein Stein, sag es mir.“

„Nein.“

Alena schmollte. „Ich kann ja auch gehen.“

„Rede keinen Unsinn.“

„Ich gehe jetzt.“ Alena stieg vom Wagen herunter, und wie erwartet, hinderte Klingenthal sie nicht daran. „Ich gehe jetzt. Gute Nacht, Julius.“

„Gute Nacht.“

Voll bitterer Gedanken strebte Alena zur Tür und schlüpfte hinaus auf den

Hof. Klingenthal, dieser Sturkopf! Dem würde sie's zeigen, wenn er demnächst wieder bei ihr ankam. Sie wollte schon weiter, doch einer Eingebung folgend, legte sie noch einmal das Ohr an die Tür. Sprach da drinnen nicht jemand? Tatsächlich! Es war eine Stimme, die ihr bekannt vorkam, und sie fragte: „Ist sie weg?"

Es war die Stimme der Magd.

Wer Wind sät, wird Sturm ernten, seine Saat soll nicht aufgehen …

Matthies saß am Küchentisch und nahm seine Morgenmahlzeit zu sich. „Hast du das Brot selbst gebacken, meine Tochter?"

„Nein, Herr Pastor."

„Es schmeckt ganz vorzüglich. Selten habe ich so leckeres Brot gegessen. Weißt du schon, was es heute Abend geben wird?"

„Nein, Herr Pastor."

„Macht nichts, du wirst dir bestimmt etwas Schönes einfallen lassen."

„Ja, Herr Pastor."

„Hör mal, meine Tochter, täusche ich mich, oder bist du tatsächlich etwas einsilbig? So kenne ich dich gar nicht. Du hast doch irgendetwas?"

Alena schwieg. Sie hätte sich lieber die Zunge abgebissen, als dem Gottesmann zu verraten, mit welchem Missklang diese Nacht geendet hatte. Klingenthal hatte auf dem Karren mit der Magd herumpoussiert, und anschließend hatte er sich mit ihr vergnügt. Eine Puppe – mehr war sie für ihn nicht gewesen. Der Kerl war für sie gestorben. „Ich muss auf den Freitagsmarkt, Herr Pastor."

„Ja, geh nur, meine Tochter."

„Ich bin spätestens gegen Mittag zurück." Alena band sich ein Schultertuch um, griff zu einem Korb und trat zur Tür. Dort stieß sie fast mit Klingenthal zusammen, der gerade die Küche betreten wollte. Mit einem vernichtenden Blick ging sie an ihm vorbei und verschwand.

Matthies rief gut gelaunt: „Guten Morgen, Meister Klingenthal! Was führt Euch zu mir? Habt Ihr schon gegessen?"

„Ihr stellt viele Fragen auf einmal, Herr Pastor." Klingenthal wirkte müde, und er war es auch. Nachdem ihn Alena verlassen hatte, war er noch stundenlang wach gewesen. Immer wieder hatte er sich über seine schroffe Reaktion geärgert.

„Langt nur einfach zu und lasst es Euch schmecken." Matthies kaute mit vollen Backen. „Habt Ihr mittlerweile Eure Kenntnisse im Spiel der Könige vertiefen können?“

„Ihr meint, beim Schach? Nein, nein.“ Klingenthal nahm zögernd einen Bissen Brot. „Ich wünschte, ich hätte Zeit dafür gehabt. Aber ich bemühe mich ununterbrochen, den Täter der grauenvollen Morde zu finden. Nicht zuletzt im eigenen Interesse, wie Ihr wisst. Und ich habe eine ganz bestimmte Idee, die mich weiterbringen könnte.“

„Ach? Und?“

„Ich brauchte dazu allerdings einen Schlüssel. Einen Generalschlüssel.“

„Ihr meint den Generalschlüssel vom Rathaus? Den darf ich Euch nicht geben.“

„Es wäre aber von größter, vielleicht sogar entscheidender Wichtigkeit. Bedenkt bitte, dass wir beide sehr tief in die Fälle verwickelt sind. Wir haben gewissermaßen Seite an Seite die Abgründe des Bösen durchschritten und versucht, den Hinterbliebenen Trost zu spenden. Besonders Ihr als Hirte Eurer Gemeinde.“

„Was Ihr sagt, stimmt natürlich. Es muss wahrlich ein gottloser Schurke sein, der die Gräuel begangen hat! Ihr habt Recht, es muss alles geschehen, was auch nur den Hauch einer Möglichkeit eröffnet, den Schurken dingfest zu machen. Ich gebe Euch also den Schlüssel. Was habt Ihr denn vor?“

Klingenthal atmete auf. „Es ist besser, wenn Ihr es nicht wisst.“

„Seid Ihr sicher, dass alles mit rechten Dingen zugehen wird? Könnt Ihr das vor Gott auf Euren Eid nehmen?“

„Das kann ich.“

„Gut, das soll mir genügen.“ Matthies griff unter sein Gewand und holte das Schließwerkzeug hervor. „Aber spätestens am morgigen Mittag gebt Ihr mir den Schlüssel zurück.“

„Das verspreche ich.“

„Ich wünsche Euch einen guten Tag, lieber Meister, und erbitte für alles, was Ihr tut, Gottes Segen.“

„Den werde ich brauchen“, sagte Klingenthal.

Kurz darauf befand er sich im Rathaus und stieg die Stufen zur Rüstkammer hinab, denn genau an diesem Ort wurden die Mordwaffen verwahrt: der Armbrustbolzen, das Schlachtmesser und das Richtschwert.

Klingenthal blickte sich mehrmals um, bevor er eine Wandfackel ergriff, das Schloss öffnete und in den dunklen Raum eindrang. Im Licht der Fackel erkannte er ein ganzes Arsenal an Waffen: neben zahllosen Dolchen, Schwertern und Lanzen auch Piken, Speere, Hellebarden, Morgensterne und Streitäxte, dazu Armbrüste, Musketen und Pistolen. Auf einem Mauersims im hinteren Bereich lagen die Corpora Delicti. Klingenthal griff nach dem Armbrustbolzen und betrachtete ihn. Er wies noch Spuren von getrocknetem Blut auf. Ob er in eines der vorhandenen Schießgeräte passte? Drei Armbrüste hingen an der Wand. Klingenthal versuchte es nacheinander, und jedes Mal ergab es sich, dass er nicht passte. Damit stand fest: er gehörte zu einer anderen Armbrust.

Klingenthal fuhr zusammen. Er hatte Schritte gehört! Zwei Männer waren es, die sich näherten, sie unterhielten sich laut und ungeniert.

Klingenthals Gedanken rasten. Was konnte er tun? Er warf seine Fackel auf den Boden und trat so heftig auf sie ein, dass sie fast augenblicklich erlosch. Dann verkroch er sich in den hintersten Winkel der Rüstkammer.

Jetzt waren die Schritte heran. Eine Laterne wurde sichtbar. Klingenthal machte sich noch kleiner.

„Hatschumm!"

Was war das? Klingenthal beschlich eine Ahnung, die gleich darauf ihre Bestätigung fand, denn eine Stimme fluchte: „Bei den neun Schwänzen des Gehörnten, lass das, Caspar! Wenn uns jemand erwischt, sind wir dran!"

Die Stimme gehörte Spinner-Franz.

Caspar, der Küster, grunzte. „Du hast selbst gesagt, der Heilzauber würde am besten unter dem Rathaus wirken, weil hier so viel totes Gebein liegt."

„Hab ich! Aber von Niesen war nicht die Rede …"

Die Schritte entfernten sich.

Klingenthal wischte sich den Schweiß von der Stirn und konzentrierte sich wieder auf sein Vorhaben. Das allerdings war leichter gedacht als getan, denn nun war es stockdunkel in der Kammer. Er barg den Bolzen unter seinem Rock und strebte der Tür zu. Er schob sich hinaus, tastete, stolperte und gelangte irgendwie ans Ende des Ganges. Es folgten Türen, Ecken und Treppen, und endlich ein schmaler Lichtspalt am Ende der Dunkelheit. Die ebene Erde war erreicht und gleich darauf war er heraus aus dem alten Gemäuer – unentdeckt und grenzenlos erleichtert.

DIE HUNDE bellten schon seit mehreren Minuten, wütend und lautstark, während Klingenthal am Zaun stand und vergebens nach Krassmann rief. War Krassmann geflohen? Er hatte doch in seinem Versteck ausharren wollen, bis die Mordfälle geklärt waren?

Klingenthal schüttelte den Kopf und betrat die Werkstatt. Drinnen war alles so, wie er es schon kannte. Ihn interessierte ein großes, mittelalterlich anmutendes Schießgerät an der Wand: Krassmanns Armbrust. Er trat heran und versuchte, den Mordpfeil in die Schiene des Schafts zu legen. Der Bolzen fügte sich glatt hinein. Aber er war zu kurz. Enttäuscht wandte Klingenthal sich ab. Es wäre auch zu einfach gewesen.

Klingenthal ging wieder nach draußen und wurde von der kläffenden Meute empfangen. Er blickte hinüber zu dem Verschlag und zögerte. Es würde ein Wagnis sein, noch einmal in die Höhle zu gehen, und dennoch musste es sein. Entschlossen ahmte er lautes Hundegebell nach und richtete es so ein, dass es klang, als käme es vom anderen Ende der Wiese. Wie auf Kommando jagten die Hunde davon, und Klingenthal eilte zu dem Verschlag und kroch in die Tiefe. Erneut rief er: „Krassmann?"

Keine Antwort.

Klingenthal schaute sich um. Halbdunkel umfing ihn. Auf dem Tisch lag ein Buch, das „Feldtbuch der Wundartzney", und daneben eine Kerze. Klingenthal steuerte auf den Vorhang zu, hinter dem er die Waffen wusste. Da waren sie schon, die drei Holzpfeiler, und am Fuße eines der Pfeiler saß eine gefesselte Gestalt mit einem Kopfverband.

Klingenthal stieß einen Laut der Verblüffung aus. In der Gestalt steckte Leben, denn sie zappelte und versuchte zu schreien, aber es gelang ihr nicht, denn sie hatte einen Knebel im Mund. Es war Rüterbusch. Klingenthal bückte sich, um Rüterbusch den Knebel aus dem Mund zu nehmen, doch auf einmal sah er gar nichts mehr.

Als er wieder zu sich kam, stand Krassmann über ihm. „Rüterbusch ist mein Gefangener", sagte er. „Hütet Euch, ihn anzurühren."

Klingenthal fasste sich an den Hinterkopf, wo sich eine Beule rasch ausbildete. Dann richtete er sich auf und setzte sich auf die Bank. „Woher kommt Ihr so plötzlich?"

„Es gibt eine Nebenhöhle mit einem versteckten Zugang. Ich habe Euch wohl gehört, aber ich wusste nicht, ob Ihr allein sein würdet."

Klingenthal rieb sich die Beule. „Wie kommt Rüterbusch überhaupt hierher, und warum haltet Ihr ihn gefangen?"

„Weil er mich verhaften wollte. Er ist der Meinung, ich sei der für alles verantwortliche Mordbube. Ich werde ihn hierbehalten, bis der wahre Mörder gefunden ist. Allerdings würde ich mich nicht wundern, wenn er selbst der Täter ist. Sein Bemühen, anderen Leuten die Schuld in die Schuhe zu schieben, scheint mir mehr als verdächtig."

„Und mir scheint mittlerweile alles möglich." Klingenthal erhob sich, zog das Mordgeschoss hervor und sagte förmlich: „Ich habe hier den Bolzen, der Angersteins Hals durchschlug. Er ist aus der Rüstkammer im Rathaus. Er passt zu keiner der in der Kammer befindlichen Armbrüste. Auch zu der Armbrust in Eurem Werkstattschuppen passt er nicht, weshalb ich Euch fragen muss, ob Ihr eine weitere Waffe dieser Art besitzt."

Krassmann starrte in die Kerze. „Herrgott, ja! Warum auch nicht?"

„Dann gestattet mir, dass ich prüfe, ob das Mordgeschoss dazu passt."

„Und wenn ich mich weigere?"

„Würdet Ihr Euch nur noch verdächtiger machen."

„Also bitte, in Gottes Namen." Krassmann holte die Waffe.

„Danke." Klingenthal legte den Bolzen in die Rinne.

Er passte genau.

„ICH GLAUBE, ich ahne, was du mir zum Abendessen zaubern willst, meine Tochter!", rief Matthies, der wie immer zu dieser Stunde in seiner Studierstube saß. „Es gibt Fisch! Recht so, denn wir haben Freitag!"

„Es gibt keinen Fisch", antwortete Alena aus der Küche. „Es gibt Flusskrebse. Sie sind gleich fertig, setzt Euch nur schon an den kleinen Tisch. Ich komme, Herr Pastor!"

„Fein, meine Tochter, ich kann es kaum erwarten. Wie nennst du diese Köstlichkeit?"

„Flusskrebse auf Sahnemayonnaise. Lasst es Euch schmecken."

Alena wollte zurück in die Küche, aber Matthies hielt sie am Rock fest und sagte: „Bleib bei mir, wenn du fortgehst, schmeckt es mir nicht." Er spießte einen von den Krebsen auf. „Die Sahnemayonnaise ist wirklich lecker, genauso lecker wie die Krebse! Hast du eigentlich selbst schon von den Tierchen gekostet?"

Das hatte Alena natürlich getan, mochte es aber nicht zugeben. „Äh, nein."

„Aber, aber! Das müssen wir sofort nachholen." Matthies gabelte einen Krebs auf und tunkte ihn in die Sahnemayonnaise. Wie selbstverständlich zog er Alenas Kopf zu sich herunter und befahl: „Mund auf, Augen zu."

Alena gehorchte. Die leutselige, fürsorgliche Art des Pastors gefiel ihr. Das war wenigstens ein Mann mit Geist und Manieren.

„Schmeckt es dir, meine Tochter?"

Alena schluckte das nussige Krebsfleisch hinunter und lächelte. „Ja."

„Warte, ich habe etwas, was dir noch viel besser schmecken wird, aber du darfst auf keinen Fall gucken!"

Alena ließ es geschehen, dass ihr Kopf noch weiter nach unten gezogen wurde. Dann, plötzlich, spürte sie die Lippen des Pastors auf ihrem Mund. Sie wollte sich aufrichten, aber es ging nicht, denn Matthies hielt sie fest.

„Bleib so", flüsterte er heiser, „bis in alle Ewigkeit." Wieder küsste er sie, hart und leidenschaftlich, und während seine Hand noch immer ihren Kopf hielt, begann die andere über ihren Körper zu wandern. Sie tat es behutsam und neugierig und – zielstrebig.

Alena wollte ihm Einhalt gebieten, doch plötzlich fühlte sie sich federleicht. Sie wusste kaum, wie ihr geschah, denn er hatte sie hochgehoben und trug sie hinüber in seine Schlafstube. „Herr Pastor, das geht nicht, ich …“ Sie strampelte mit den Beinen.

„Gott vergebe mir, aber ich kann nicht anders!“ Matthies schien Alena nicht zu hören, er atmete schwer und legte sie wie ein Bündel auf seinem Bett ab. „Du hast mich verhext, kleine Karmelitin, ich kann dir nicht länger widerstehen!“ Matthies redete wie aufgezogen mit seltsam rauer, nie gehörter Stimme und begann übergangslos, Alena die Röcke hochzuschieben.

Das ging zu weit! Alena öffnete den Mund und wollte schreien, doch ein anderer Schrei kam ihr zuvor:

„Aaachtung! Stillgestanden!“

Matthies schreckte hoch, doch niemand war zu sehen.

„Zurücktreten, Haltung annehmen!“, schrie der Söldner weiter.

„Ruhig, der Pastor wird selbst am besten wissen, dass er zu weit gegangen ist!“, sagte der Schultheiß. „Wir sollten uns zurückziehen und ihm Gelegenheit geben, mit seinem Herrgott ins Reine zu kommen.“

Matthies wischte sich die Augen, als erwachte er aus einem Traum. Er starrte ungläubig in alle Richtungen seiner Schlafstube, doch nirgendwo war eine Menschenseele zu entdecken. Auch Klingenthal nicht, der als Urheber des Mysteriums noch am ehesten infrage kam. Nur das kleine Fenster, das des Nachts zum Lüften geöffnet wurde, stand offen.

Matthies erhob sich mit bleiernen Bewegungen. „Entschuldige, ich war nicht ganz bei mir“, murmelte er unter Tränen.

„Herr Pastor, draußen steht der Bauchredner Klingenthal, er sagt, er hätte versprochen, Euch spätestens heute Mittag etwas zurückzugeben.“ Nach den gestrigen Ereignissen war Alena um einen neutralen Ton bemüht.

„Tja, hm.“ Matthies räusperte sich. „Nimm es nur entgegen, ich … ich habe leider keine Zeit.“

„Er sagt, es wäre dienlicher, wenn er es Euch persönlich geben könnte.“

Matthies seufzte. „Nun gut, er möge hereinkommen. Geh du nur wieder in deine Küche.“

„Ich fand es besser, Euch den Generalschlüssel selbst zu überreichen“, sagte Klingenthal gleich darauf.

„Ja, danke.“ Matthies nahm das Schließwerkzeug und steckte es fort.

Danach schaute er unschlüssig drein. Wenn Klingenthal am gestrigen Abend tatsächlich mit angesehen hatte, was er und Alena in der Schlafstube … „Ich hoffe, der Schlüssel konnte Euch zu neuen Erkenntnissen verhelfen?“

„Ich bin nicht sicher, ob er das konnte. Obwohl ich einiges in Erfahrung gebracht habe.“

„Wollt Ihr es mir verraten?“

„Es ist nicht der Rede wert.“ Klingenthal musste daran denken, wie Krassmann reagiert hatte, als das Mordgeschoss genau in seine Armbrust passte. Er hatte verkrampft gelächelt und gesagt: „Jetzt glaubt Ihr bestimmt, ich sei der Mörder, aber ich schwöre, ich bin es nicht.“

„Und warum soll ich Euch das glauben?“, hatte Klingenthal gefragt.

„Weil ich nur auf richterlichen Beschluss töte. Und weil diese Armbrust kein außergewöhnliches Exponat ist. Die Bauweise war vor zweihundert Jahren gang und gäbe, es gibt noch heute Dutzende von Waffen dieser Art.“

Krassmann hatte sehr glaubhaft gewirkt und hinzugefügt: „Wie Ihr seht, ist der Bogen aus Stahl, im Gegensatz zu den Modellen des Mittelalters, bei denen Eibenholz verwendet wurde.“

„Dann ist es also bloßer Zufall, dass der Bolzen, der Angerstein tötete, ausgerechnet in Eure Waffe passt?“

Krassmann hatte nur genickt und eine weitere Armbrust geholt. Auch hier hatte der Bolzen gepasst. Es war eine bittere Wahrheit, aber Klingenthal musste einräumen, dass Krassmann damit den Verdacht gegen sich entkräftet hatte.

„Die Erkenntnisse sind nicht der Rede wert“, wiederholte Klingenthal. „Auch wenn ich gestern sehr viel gesehen habe – bis in den späten Abend hinein!“

„Tja, dann.“ Matthies wusste nicht, wie Klingenthal das meinte. „Dann wünsche ich Euch noch einen schönen Tag.“

Klingenthal erwiderte den Wunsch und empfahl sich.

DIE NACHMITTAGSVORSTELLUNG an diesem Sonnabend war die erste, die sich keines großen Zulaufs erfreute.

Der Schultheiß sagte: „Es kann nicht immer gehen, wie man es sich wünscht, nutzen wir die Zeit, fahren wir nach Hause.“

Klingenthal legte sich die Gurte um die Schultern. Gemeinsam verließen sie den Uhlenmarkt, am Rathaus vorbei und in den Koppelstieg hinein. Die Sankt-Johannis-Kirche tauchte linker Hand auf. Klingenthal hatte die Kirche schon fast passiert, da glaubte er, seinen Namen gehört zu haben. Er blieb stehen. Die Rufe kamen aus der Kirche. Wer konnte das sein? Matthies?

Vielleicht. Klingenthal schälte sich aus den Ledergurten und steuerte auf das Portal zu. Die schwere Tür stand halb offen und er ging hinein.

„Pastor Matthies, wart Ihr das, der gerufen hat?“

Klingenthals Worte hallten im weiten Kirchenschiff wider. Niemand war zu sehen. „Pastor Matthies?“

Ein harter Schlag traf ihn. Klingenthal stieß einen unartikulierten Schrei aus und ging in die Knie. Ein zweiter Schlag folgte. Klingenthal taumelte, grobe Hände packten ihn von hinten und stülpten ihm einen Sack über den Kopf. Er konnte nichts sehen, nur seine eigenen Füße. Und ein Paar andere: es waren lappenumwickelte Füße, und Klingenthal schoss ein Gedanke durch den Kopf: Das musste Pocke sein! Wie kam der Saufbruder dazu, ihn zu überfallen?

„Bringt ihn nach unten!“, rief eine Stimme, die nicht die Pockes war. „Nach unten, wo das Reich von Luzifer beginnt, *ita est* und *yes* und *oui*, das wird dem Jüdlein einen Heidenschrecken einjagen!“

„Franz!“, schrie Klingenthal. „Was soll das? Nimm mir sofort den Sack vom Kopf!“

Spinner-Franz kicherte. „Höre ich da etwa Angst aus deinen Worten? Los, ab mit ihm, hinab mit ihm, bis es nicht mehr weitergeht.“

Zustimmendes Gemurmel zeigte Klingenthal, dass er es mindestens mit drei Widersachern zu tun hatte. Das bedeutete, Spinner-Franz hatte sich Hilfe geholt, um ihn überwältigen zu können. Klingenthal stolperte vorwärts, eine Treppe hinunter und dann noch eine. *Gott, wohin wird das Gesindel mich bringen?* Ein Knacken unterbrach Klingenthals Gedankenfetzen. Es war aus den steinernen Bodenplatten unter ihm gekommen. Die Kirche öffnete sich, um ihn zu verschlingen! Lähmendes Entsetzen packte ihn. „Wozu das alles, Franz, was habe ich dir getan?“

„Du hast dich mir als Opfer für Luzifer aufgedrängt!“

Klingenthal wurde unsanft fallen gelassen. Der Boden, auf dem er landete, war schleimig und feucht. „Zum letzten Mal, Franz, lass mich frei!“

Spinner-Franz kicherte nur. „Im Gegenteil, du bist am Ende deiner Reise angekommen, du bist für alle Zeiten gefangen. Die heilige Mutter Kirche wird sich auf dich legen wie eine Glucke, sie wird schwerer und schwerer werden, sie wird dir den Atem nehmen, sie wird dir den Brustkorb sprengen, langsam, stetig, und irgendwann wird Luzifer dich holen. Schiebt ihn unter den Grundstein“, sagte Spinner-Franz.

Klingenthal spürte, wie er der Länge nach unter eine Steinplatte gedrückt wurde. Was hatte Spinner-Franz gesagt? Grundstein? Der Grundstein war der unterste Stein eines jeden Gebäudes. Das ganze Bauwerk lastete auf ihm! Klingenthal würgte, ihm wurde übel vor Angst. „Franz, bitte!“, heulte er. „Lass mich raus!“ Er wollte den Kopf hochreißen, doch er war so eingeklemmt, dass die Steinplatte ihm die Nase eindrückte.

„Ihr könnt jetzt abhauen“, sagte Spinner-Franz zu seinen Kumpanen.

Schritte entfernten sich. Klingenthal dachte schon, auch der Verrückte wäre fort, da hörte er ihn wieder: „Unter dem Grundstein ist ’ne Ausschachtung. Einen Fuß ist die tief. Darin liegst du jetzt, Jude. Die Ausschachtung brauchen sie, um das Absinken der Kirche messen zu können. Die Leute sagen, die Kirche wär in diesem Jahr schon einen halben Zoll abgesackt, das heißt, jede Stunde ein bisschen. In jedem Fall sollst du wissen, dass ich die Morde nicht begangen hab. Ich hab einen großen Mann gesehen, ja, der hat dem Mewes nachts die Hand abgehackt, und wie ich das gesehen hab, bin ich stiften gegangen. Später bin ich wiedergekommen und hab nur noch die Hand da liegen sehen. Hab sie gleich mitgenommen, weil ich ja wusste, dass der Conatus immer so komische Experimente macht. Das ist alles.“

„Du … bist nicht verrückt? Du tust nur immer so!“

„Denk, was du willst, du bist ein schlaues Köpfchen, ich will nicht, dass du mich dem Henker auslieferst, nur weil ich eine Hand verkauft hab.“

„Lass mich raus, ich glaube dir.“

„Nee, ich trau dir nicht, ich hab schon mehr Kerle am Galgen baumeln sehen, als mir lieb ist, und ich will selber nicht der Nächste sein.“

Spinner-Franz ging. Klingenthal war eingeschlossen von völliger Dunkelheit. Dafür hörte er etwas. Ein Knacken über ihm. Es kam direkt aus dem Grundstein. Klingenthal zitterte vor Angst. Er versuchte zu atmen, aber er bekam kaum Luft. Wenn er doch nur einmal richtig durchatmen könnte!

„O Allmächtiger, warum lässt du mich nicht hier heraus? Hörst du mich überhaupt, Gott? O Gott, so hilf mir doch!“

Wieder das Knacken. Klingenthal wimmerte. *Ich werde wahnsinnig!*

„Du wirst nicht wahnsinnig, mien Jung“, sagte der Schiffer. „Erinner dich an die Stürme in der Biskaya, da hast du auch gedacht, die Fische würden dich holen, aber sie haben dich nicht geholt, weil deine Zeit noch nicht gekommen war.“

Klingenthal beruhigte sich ein wenig.

„Merk dir: Es gibt immer einen Ausweg, man muss nur dran glauben“, sagte der Söldner.

„Ja“, flüsterte Klingenthal, „vielleicht.“

„Schlafe ein wenig, das ist das Vernünftigste, was du machen kannst.“

„Unmöglich, der Schlaf ist der Bruder des Todes!“

Doch irgendwann zwischen dem Knacken der Kirche und den Schauern der Angst fiel Klingenthal in einen unruhigen Schlummer.

Als Klingenthal erwachte, wusste er zunächst nicht, wo er war. Er schlug die Augen auf und sah nichts. Da fiel ihm alles wieder ein, und er stöhnte auf. Wieder knackte es. Klingenthal zuckte zusammen. Wie viel Zeit ihm wohl noch blieb? Hundert Tage, zweihundert Tage? Lächerliche Rechnereien! Nach spätestens sieben Tagen würde er sowieso verdurstet sein.

Um ihn herum begann es wieder zu knacken. Es schien so, als wollten die Mauern ihm sagen: Warte nur, Klingenthal! Wir kommen näher, mit jedem Mal ein bisschen mehr – knack! Du entrinnst uns nicht – knack!

Klingenthal keuchte, Kälteschauer durchliefen seinen Körper. *Vernunft, so bleib doch bei mir, wer tröstet mich? Schiffer, Söldner, Magd, Burgfräulein, Landmann, Schultheiß, wo seid ihr?*

Doch die Puppen meldeten sich nicht. Wo waren sie nur? Sie mussten da sein! Sie waren doch er, und er war sie. *Schiffer, Söldner, Magd, Burgfräulein, Landmann, Schultheiß, wo seid ihr? Wo seid ihr?*

„Lasst mich nicht allein!“

Wer Wind sät, wird Sturm ernten, seine Saat soll nicht aufgehen und …

Johannes, der Riese, schlief tief und fest. Er träumte davon, für immer schlafen zu können, weil er dann für immer Ruhe vor dem Kind haben würde, doch es kam, wie es stets kam: Ehe er sich’s versah, war das Kind schon halb in ihm. Er kämpfte, denn er durfte dem Kind nicht seinen Willen lassen. Wenn das Kind erst einmal in ihm war, hatte es vollständige Macht über ihn – und eine neue Aufgabe musste bewältigt werden.

Johannes schüttelte sich, sein Körper wurde steif, sein Blick wurde starr. Er suchte sein Heil in der Flucht, noch tiefer ins Innere floh er. Und er hoffte, der andere, der Vernünftige, der auch noch da war, würde ihm helfen, doch der andere war nicht anwesend. Da war das Kind schon wieder, es war nicht abzuschütteln, war wie eine Zecke, spie man es aus, war der Kopf noch immer da.

Johannes fragte, was es wolle, und es antwortete, es wolle das, was es immer wolle. Aber vielleicht wäre es das letzte Mal.

Johannes, der Riese, gab nach, es hatte keinen Zweck, sich zu wehren. Er nahm die Aufgabe an. Obwohl sie diesmal doppelt schwer war.

„‚SIEHE, lobet den Herrn, alle Knechte des Herrn, die ihr stehet des Nachts im Hause des Herrn …‘“

Wie durch einen Nebel hörte Klingenthal die Stimme, die so inbrünstig den 134. Psalm betete, und er brauchte mehrere Augenblicke, um zu erkennen, wem sie gehörte. Es war seine eigene. Er kam vollends zu sich und atmete tief durch, soweit die Enge es zuließ. Wie lange hatte er geschlafen? Er wusste es nicht. Er wusste gar nichts. Nur dass er nicht verzweifeln durfte.

Er versuchte, seine Gedanken zu ordnen und ein Zeitgefühl zu entwickeln. Es gelang ihm nicht. Das Einzige, was ihm gelang, war, die völlige Finsternis zu vergessen – und diese in Farbe zu tauchen. Immer dann, wenn er die Lider schloss, kamen die Bilder der Vergangenheit hoch. Mit Sorgfalt wählte er nur die schönsten Bilder aus und ließ sie passieren: die Geburt seines jüngsten Bruders, die Sonnenuntergänge auf dem Meer, die Nacht mit Alena: unvergessen der Sturm der Gefühle …

Vergessen. Wenn er doch nur vergessen könnte! Nein, er wollte nicht hier sein, er war ganz woanders, oben, in der Kirche, er ging durch den schmalen Gang zwischen den Bänken und trat durch die Flügeltür hinaus in die Freiheit, hinter sich den Chor der Gläubigen hörend: „Nun danket alle Gott mit Herzen, Mund und Händen …“

Er stutzte. Bildete er sich den Gesang nur ein, oder fand er tatsächlich statt? Er lauschte angestrengt. Er fand tatsächlich statt! Über ihm wurde Gottesdienst abgehalten, es musste Sonntagvormittag sein.

„Hilfe! Hiiilfe!“

Er wusste später nicht, wie lange und wie oft er gerufen hatte, aber irgendwann hörte er Schritte, die sich näherten. Jemand kam die Treppen herunter. „Hilfe, hierher! Ich liege unter dem Grundstein!“

Die Schritte verhielten kurz vor ihm.

„Hilfe, so befreit mich doch!“ Im Bewusstsein der nahenden Rettung brachen bei ihm alle Dämme, und er begann hemmungslos zu schluchzen.

„Bei den neun Schwänzen des Gehörnten!“, sagte Spinner-Franz. „Du bist ja immer noch da!“

DOROTHEA SUTTER, die Frau des Braumeisters Erich Sutter aus Steinfurth, rückte zum wiederholten Male ihre Kopfbedeckung zurecht, eine original französische *Bergère* mit kobaltblauer Einfassung. „*Mon dieu*, hoffentlich sind wir bald in Steinfurth, nicht wahr, Kinder?“

Doch ihre drei Kinder, fünf, sieben und zwölf Jahre alt, antworteten nicht. Die beiden jüngeren Knaben, weil sie eingeschlummert waren, die zwölfjährige Tochter, weil sie ihre Trotzphase hatte. Es war in letzter Zeit nicht einfach mit ihr, weil sie bei allem Widerworte hatte, besonders ihrem Vater gegenüber, der ihr, wenn sie gar zu bockig war, ein paar kräftige Maulschellen zu verabreichen pflegte. Vor der Reise zu ihrer Schwester hatte die Tochter ein geschwollenes Auge gehabt. Gottlob war das Auge in den letzten Tagen abgeschwollen, und die Leute hatten keinen Grund mehr zu tuscheln.

Dorothea Sutter war stolz auf ihren Mann. Er hatte es in wenigen Jahren zum Braumeister gebracht und war eine angesehene Persönlichkeit in der Stadt. Nun ja, manchmal hieß es, er sei aufbrausend und jähzornig, was nicht ganz aus der Luft gegriffen war, wie sie selbst schon am eigenen Leibe erfahren hatte. Aber er war kein Knauserer. Mademoiselle Cheveux, eine sehr begabte französische Schneiderin, nähte ganz entzückende Teile! *Chemise*, *Jupe*, das waren Dinge, die sie sich noch wünschte. Erich würde sie ihr kaufen.

Jetzt bog die Kutsche schon auf den Uhlenmarkt ein, wodurch das erst vor Kurzem erworbene suttersche Haus ins Blickfeld rückte.

Dorothea reichte dem Kutscher, der ihr beim Aussteigen behilflich war, die Hand. Dann wandte sie sich der Haustür zu. Die Kinder folgten ihr, während das Gepäck schon abgeladen wurde. Nur dumm, dass sie der Küchenmagd freigegeben hatte, sonst hätte sie jetzt ein Mittagsmahl erwartet. Dorothea schloss die Haustür auf und betrat die Vorhalle. „Kinder", rief sie, „geht erst mal auf euer Zimmer, ich will sehen, ob der Vater eine Nachricht in seinem Rauchsalon hinterlassen hat! Wir sehen uns nachher in der Küche!" Dorothea löste ihr Hutband und ging durch die Halle bis zur Tür des angestrebten Raumes. „Habt ihr mir überhaupt zugehört?"

Keine Antwort. Kopfschüttelnd wollte sie die Tür öffnen, aber durch die Bewegung machte ihre Bergère sich selbstständig und segelte auf den Boden. Sie bückte sich nach dem Kopfputz, nahm ihn auf und runzelte die Brauen. Die Unterseite war ja ganz rot! Das war doch …?

Dorothea stieß einen spitzen Schrei aus und starrte auf das Blut, das unter der Tür hindurchgelaufen war. Der Hut fiel abermals zu Boden, Dorothea stürmte in den Rauchsalon und wäre fast der Länge nach hingeschlagen. Glitschiges Blut! Eine breite Spur, die in einer riesigen Lache endete! Und in der Lache lag ein Bein. Dahinter etwas, das aussah wie eine Axt.

Abermals schrie Dorothea auf, lauter als zuvor, und dann noch ein drittes Mal, denn sie hatte ihren Mann entdeckt. Er lag gekrümmt in der Ecke neben seinem Lieblingssessel und bot einen grauenhaften Anblick. Die Hände hatte er um den blutigen Beinstumpf gekrallt, sein Mund war wie zum

Schrei geöffnet, und seine Augen standen ebenfalls weit offen. Wenn sein sonst so rotes Gesicht nicht leichenblass gewesen wäre und sein Körper nicht so totenstarr, hätte man ihn durchaus für lebend halten können.

Dorothea sank in eine gnädige Ohnmacht.

KLINGENTHAL war wieder mit seinen Puppen vereint. Er lag oben auf dem Karren, der im Geräteschuppen stand. Alles war wie früher, wenn man von seinem geschwächten Zustand einmal absah. Die feuchte Kälte in den Tiefen von Sankt Johannis steckte ihm noch immer in den Knochen, lähmte ihm Arme und Beine und auch den Verstand. Oder stimmte es wirklich, dass in diesem Moment Alena durch die Tür schlüpfte?

„Ich habe dir Tee gebracht“, sagte Alena.

Es stimmte! Ein nie gekanntes Glücksgefühl durchströmte Klingenthal. Alena war bei ihm. Und er war gerettet! „Wie habt ihr mich gerettet?“

„Nimm erst mal einen Schluck.“ Alena kletterte zu ihm auf den Wagen und schob ihm einen dampfenden Becher unters Kinn. „Ein Junge aus der Nachbarschaft kam nach dem Gottesdienst zum Pastor und behauptete, du lägest zu Füßen der Kirche. Der hielt es zunächst für einen Scherz. Schließlich fragte der Pastor ihn, woher er das wisse, aber da drehte er sich um und lief weg. ‚Wenn ich's sag, werd ich verdammt!‘, rief er.“

Klingenthal kam die Erinnerung wieder. Der grauenvolle Moment, als Spinner-Franz ihn gefragt hatte, ob er noch immer da sei. Welch ein Hohn! Er hatte den Peiniger verfluchen wollen, doch er hatte nur gelacht. Gelacht voll irrer Verzweiflung. Später – wie durch ein Wunder – waren die Puppen wieder bei ihm gewesen und hatten mit ihm gelacht, alle durcheinander, jede auf ihre Art.

Der Schultheiß war es, der als Erster wahrgenommen hatte, dass Spinner-Franz' Stimme verändert klang und sich anhörte wie die von Pastor Matthies.

„Großer Gott, seid Ihr es wirklich, Meister Klingenthal?“, hatte Matthies gerufen. „Was macht Ihr hier? Wie kommt Ihr nur hierher?“

Klingenthal trank einen weiteren Schluck Tee. „Wo ist der Pastor?“

„Er nimmt gerade eine Taufe vor.“

„Ich habe mich sehr dumm benommen, Alena, ich meine den Streit auf dem Wagen, es … es tut mir so leid. Wir sollten uns wieder vertragen. Lass uns einen Strich unter das Geschehene machen, schließlich hast du mit dem Pastor ja auch nicht nur Händchen gehalten.“

„Du hast mich sehr verletzt, und das mit dem Pastor hatte nichts zu bedeuten.“

„Was hatte nichts zu bedeuten?“ Matthies stand in der Schuppentür, groß, hager und leutselig.

„Nichts.“ Klingenthal und Alena sagten es wie aus einem Munde.

Der Pastor lachte. „Lieber Meister, Ihr habt doch wohl keine Geheimnisse vor mir? Nun, egal, Hauptsache, es geht Euch wieder besser. Sagt, welcher gewissenlose Schurke hat Euch in diese lebensgefährliche Lage gebracht?“

Klingenthal zögerte. Sollte er sagen, dass es Spinner-Franz gewesen war? Nein, das wäre sinnlos. Sicher war der Verrückte bereits über alle Berge, und selbst wenn man ihn schnappte, würde er so konfuses Zeug reden, dass niemand ihn für zurechnungsfähig hielt. „Ich weiß es nicht“, sagte er.

„Aber, aber, das kann ich nicht glauben. Hör mal, Alena, hol dem Meister doch noch einen Becher Tee, ich glaube, er kann ihn brauchen.“

Alena gehorchte.

Als sie gegangen war, fuhr Matthies fort: „In jedem Fall ist festzustellen, dass jemand es auf Euch abgesehen hat. Glaubt Ihr, dass Rüterbusch hinter der Sache stecken könnte?“

„Nein, das glaube ich nicht“, sagte Klingenthal mit Bestimmtheit, denn er dachte an die Höhle, in der Rüterbusch gefangen gehalten wurde.

„Aber irgendetwas ist mit dem Mann los. Seit Tagen wurde er nicht mehr gesehen! Dasselbe gilt für Krassmann. Da stimmt doch etwas nicht!“

„Vielleicht gibt es für alles eine ganz einfache Erklärung.“

„Meint Ihr?“ Matthies’ Stimme war zu entnehmen, dass er nicht daran glaubte. „Ah, Alena, gib mir den Becher, danke, und nun lass uns noch ein wenig allein. Wie gesagt, irgendetwas stimmt da nicht, sonst wäre es nicht zu der neuerlichen Bluttat gekommen.“

„Welche Bluttat?“ Wie elektrisiert fuhr Klingenthal von seinem Lager hoch.

„Nun, es ist tatsächlich ein weiterer Mord passiert. In der letzten Nacht war es, der Braumeister Sutter ist das Opfer. Ich war vorhin bei ihm, er wohnte in der Gasse Beim Weber. Er lag im Rauchsalon, direkt neben dem Sessel. Es war ein abscheulicher Anblick, wie auf einem Schlachthof. Das linke Bein hatte der Mörder ihm abgehackt, und alles war voller Blut.“

Klingenthal wollte es nicht glauben. Schon wieder war ein Mord passiert! Er kannte Sutter nicht. Hatte Sutter Kinder, und wenn ja, hatte er sie geschlagen? Und nicht zuletzt: Wie sah das Tatwerkzeug aus? „Womit wurde Sutter getötet?“

Matthies strich sich über die lange Nase. „Mit einer Streitaxt.“

Klingenthal schluckte schwer. Er fühlte sich außerstande, etwas zu sagen, deshalb half ihm der Schultheiß: „War Dr. Beiss schon da, um den Leichnam zu untersuchen?“

„Wie? Was?“ Matthies brauchte einen Augenblick, um zu begreifen, dass eine Puppe sich ins Gespräch gemischt hatte. Dann antwortete er: „Ich weiß es nicht, ich glaube nicht.“

Klingenthal räusperte sich. „Ich muss sofort zum sutterschen Haus.“

„Nein, das müsst Ihr nicht“, sagte Matthies. Der Pastor wirkte verlegen. „Bevor ich Euch erkläre, warum ich darauf bestehen muss, dass Ihr bleibt, eine Frage: Mit wem spreche ich gerade? Mit einer Puppe oder mit Euch, Meister Klingenthal?“

„Die Frage verstehe ich nicht.“

„Manchmal, so scheint mir, seid Ihr nicht Klingenthal, der, sagen wir, den Schultheiß nachmacht, sondern der Schultheiß selbst. Versteht Ihr?“

„Lasst uns von etwas anderem reden.“

„Nein, ich möchte bei dem Thema bleiben. Ich glaube, wenn Ihr in die Rolle einer Eurer Puppen schlüpft, seid Ihr eine Puppe – mit Leib und Seele. Ihr seid dann der Schultheiß, der Landmann, der Söldner, der Schiffer, das Burgfräulein oder die Magd. Euer ganzes Denken, Streben und Trachten entspricht dann diesen Figuren, und von Klingenthal selbst bleibt nichts zurück.“

„Ja, und?“

„Manchmal schlüpft Ihr auch in die Rolle eines Arztes. Denn eigentlich ist der Schultheiß ein Arzt. Warum auch nicht. Ihr selbst habt mir verraten, dass Ihr einst Medizin studiertet, an Kokkerts Sterbelager. Der Schultheiß ist also nichts weiter als eine Hülle, in der ein Mediziner steckt.“

„Woher wisst Ihr das?“, fragte Klingenthal tonlos.

„Von Alena, der Ihr es irgendwann einmal erzählt habt.“

Klingenthal hatte das Gefühl, als würde ihm der Boden unter den Füßen weggezogen. Alena. Sie hatte sein größtes Geheimnis ausgeplaudert, das er bisher noch niemandem verraten hatte. Welch ein Vertrauensbruch!

Matthies griff zum Teebecher und bot ihn Klingenthal an. „Nun trinkt erst einmal. Was ich Euch eben gesagt habe, kann doch nicht neu für Euch sein.“

Klingenthal schob das Gefäß beiseite. „Wen meine Figuren darstellen, geht nur mich etwas an.“

„Vielleicht habt Ihr Recht, vielleicht auch nicht.“

„Wie meint Ihr das?“

„Nun, Ihr habt gerade selbst bestätigt, dass der Schultheiß ein verkappter Mediziner ist. Möglicherweise verhält es sich bei Euren anderen Puppen ebenso: die Magd ist eine verkappte Dame, das Burgfräulein eine verkappte Königin, der Landmann ein verkappter Gutsherr und der Schiffer ein verkappter Admiral. Vielleicht sind die wahren Figuren aber auch weniger edel, und die Magd ist eine Schlampe, das Burgfräulein eine Diebin, der Landmann ein Nichtsnutz und der Schiffer ein Säufer."

Klingenthal schwieg.

„Warum fragt Ihr mich nicht, was der Söldner sein könnte?"

„Ich will es nicht wissen."

„Und dennoch werde ich es Euch sagen: Der Söldner könnte ein verkappter Mörder sein."

„Nein!"

„Doch! Seid Ihr, Julius Klingenthal, ein Mörder?"

Wer Wind sät, wird Sturm ernten, seine Saat soll nicht aufgehen und sein …

Hinterher wusste Klingenthal, dass er sich den Gang hätte sparen können. Er hatte die Rüstkammer des Rathauses aufgesucht und sich sorgfältig darin umgesehen. Von den dort hängenden Streitäxten hatte eine gefehlt.

Klingenthal ließ das Rathaus hinter sich und ging über den Uhlenmarkt bis zur Einmündung der Gasse Beim Weber. Da war das suttersche Anwesen schon. Die Haustür stand offen, sodass er direkt nach Erklimmen der drei Stufen die Vorhalle betreten konnte. Kein Mensch war darin zu sehen, nur einige Türen. Unter einer befand sich eine Blutlache.

Klingenthal steuerte auf diese Tür zu und öffnete sie vorsichtig. Auf den ersten Eindruck ein mittelgroßer Raum mit Fenster, auf den zweiten Blick ein blutiges Bild, bizarr und grotesk. Alles war so, wie Matthies es beschrieben hatte, mit einer Ausnahme: Im Sessel neben der Leiche saß Vock.

Der Gerichtssekretär musterte Klingenthal. „Wie kommt Ihr hier herein?"

Klingenthal setzte ein entwaffnendes Lächeln auf. „Die Haustür stand offen."

„Was habt Ihr hier zu suchen?"

„Ich wollte der Witwe mein Beileid aussprechen."

„Die Witwe Sutter ist zurzeit nicht anwesend. Sie musste zur Schneiderin. Wie mir bekannt ist, steckt Ihr Eure Nase gern in Dinge, die Euch nichts angehen, Meister Klingenthal, ich darf Euch deshalb bitten, Euch aus diesem Fall herauszuhalten." Vock legte die Fingerspitzen aneinander.

„Nichts liegt mir ferner, als mich in Eure Arbeit einmischen zu wollen. Habt Ihr denn schon eine Spur?"

Die hatte Vock natürlich nicht, aber er hätte sich lieber die Zunge abgebissen, als dies zuzugeben. „Bitte verlasst jetzt das Haus."

Klingenthal zuckte die Schultern und suchte fieberhaft nach einem Grund, um bleiben zu können. Er ging zu dem abgetrennten Bein und beugte sich darüber. Der Anblick war grauenhaft. „Es ist ein linkes Bein, der Mörder muss also Rechtshänder sein."

Das war eine Überlegung, die Vock mit Interesse aufnahm. „Wie könnt Ihr da sicher sein?"

Vock hatte den Brocken gefressen. „Der Mörder stand vor Sutter und schlug mit der Rechten zu, da ist es logisch, dass er das linke Bein treffen musste. Allerdings verwundert es, dass sein Schlag nicht höher landete."

„Vielleicht war der Täter von sehr kleinem Wuchs?", vermutete Vock.

„Vielleicht. Sicher habt Ihr auch bemerkt, dass der Ermordete gerade im Begriff war, sich eine Pfeife anzuzünden." Klingenthal deutete auf das Rauchtischchen, auf dem eine halb gestopfte Pfeife lag.

„Ja." Vock stand auf und ging zu dem Tischchen. „Damit hätte ich schon zweierlei geklärt: Der Mörder war Rechtshänder, und der Tote war Raucher."

„Sehr gut! Habt Ihr das Bein schon untersucht?"

„Nein." Der Gerichtssekretär kratzte sich am Hinterkopf. „Ich warte schon eine halbe Ewigkeit auf Dr. Beiss."

„Er kommt sicher noch." Klingenthal begann damit, den Raum systematisch zu untersuchen. Von der Tür her zog sich eine Blutspur durch den ganzen Salon, das meiste Blut jedoch befand sich in der Mitte. Darin lagen das abgeschlagene Bein und die Axt. Eine Doppelaxt. Selten zuvor hatte Klingenthal eine solche Waffe gesehen. Eigenartig, dass Matthies nur von einer Axt gesprochen hatte. Andererseits hatte er alles andere präzise erwähnt. Matthies! Was hatte der Pastor nur damit bezweckt, ihn als Mörder zu verdächtigen? Seine Argumentation hatte so logisch geklungen, dass Klingenthal sich fast schon als Täter sah – und umso mehr Mühe gehabt hatte, den Gottesmann von seiner Unschuld zu überzeugen. Er hatte ihm versichert, dass es aus seiner Sicht keinen Sinn ergebe, jeder Puppe eine verkappte Persönlichkeit zu geben, der Schultheiß sei nur eine Ausnahme. Und er hatte wohl oder übel die Geschichte mit dem Professor und dessen missglückter Operation erzählen müssen, für die er, Klingenthal, als kleiner Student verantwortlich gemacht worden war. Mit der Folge, dass er nicht weiterstudieren und nie als Arzt würde arbeiten können.

Danach hatte Matthies ihm endlich geglaubt, und ihm war ein Stein vom Herzen gefallen. Sie hatten sich gegenseitig ihrer ungebrochenen Wertschätzung versichert, und Klingenthal hatte sich umgehend zum Uhlenmarkt aufgemacht.

„Tut mir leid, Vock, ich konnte nicht früher." Dr. Beiss stand im Raum. „Hier sieht es ja aus wie nach der Schlacht von Kunersdorf! Großer Gott, und was treibt Ihr hier, Meister? Was macht Euer Atherom?"

„Sitzt noch immer hinter meinem Ohrläppchen und weigert sich zu verschwinden."

Beiss lachte. Dann watschelte er in die Ecke, wo der Tote lag. „Der *rigor mortis* dürfte schon einige Stunden anhalten. Wahrscheinlich wurde Sutter in der vergangenen Nacht erschlagen." Beiss schickte sich an, dem Toten das Beinkleid abzustreifen, wurde aber durch seinen gewaltigen Leibesumfang davon abgehalten. „Vock, helft mir mal. Meister Klingenthal, habt doch die Güte und geht dem Gerichtssekretär zur Hand."

Klingenthal gehorchte, und mit vereinten Kräften gelang es, das Beinkleid abzustreifen.

„Legt den Toten quer über den Sessel, damit ich mehr sehen kann."

Nachdem die Leiche über dem Sessel lag, holte Beiss eine Lupe aus seiner Arzttasche und untersuchte den Stumpf eingehend. „Das Bein wurde abgeschlagen im hüftnahen Teil des Oberschenkelknochens."

„Hier ist die Waffe", sagte Klingenthal, der die Doppelaxt aufgehoben hatte.

„Aha", sagte Beiss. „Es scheint eine wikingische Waffe zu sein. Interessant. Ich denke, der Mörder hätte genauso gut eine einschneidige Axt nehmen können. Das grausige Ergebnis wäre dasselbe gewesen. Was folgert Ihr daraus, Vock?"

„Äh." Der Gerichtssekretär überlegte angestrengt. „Vielleicht hatte der Mörder keine andere Waffe?"

„Wahrscheinlich. Aber vielleicht hat er auch eine besondere Vorliebe für zweischneidige Mordwerkzeuge." Beiss richtete sich auf. „Jedenfalls war Sutter nicht gleich tot, er schleppte sich noch bis in die Ecke des Salons. Der Tod trat dann irgendwann ein durch Blutverlust oder Herzschwäche." Seufzend füllte er den Totenschein aus. Er kritzelte seine Signatur unter den Schein und richtete sich ächzend auf. „Hier, Vock, nehmt das Papier und leitet es im Rathaus weiter. Und sorgt dafür, dass der Leichnam auf den Kirchhof geschafft wird. Das Bein natürlich auch. Ich empfehle mich."

Beiss verschwand.

„Ich muss zum Rathaus", sagte Vock.

„Da haben wir denselben Weg", erwiderte Klingenthal. „Zumindest für ein Stück."

Unterwegs fing Vock noch einmal an: „Spinner-Franz will mir nicht aus dem Kopf. Ich könnte mir denken, dass er der Täter ist. Verrückt genug ist er ja, und klein ist er auch. Der Täter muss klein sein, wie ich vorhin ausführte, sonst hätte er nicht Sutters Bein abgeschlagen."

„Und woher hätte ein Mann wie Spinner-Franz die Kraft nehmen sollen, Kokkert ein Richtschwert durch die Brust zu stoßen?"

Vock nagte an der Unterlippe. „Wer sagt denn, dass Spinner-Franz die Morde allein ausgeführt hat? Vielleicht waren es mehrere Täter?"

„Was Ihr nicht sagt." Vocks letzte Worte gaben Klingenthal zu denken, immerhin war er von mehreren Männern überfallen worden. „Nun, ich muss mich hier verabschieden, ich wünsche Euch viel Glück bei der Jagd."

AM SELBEN TAG, nur sehr viel später, schlich Spinner-Franz über den Kirchhof. Wie er erwartet hatte, brannte noch Licht in der kleinen Kapelle, wo die Toten aufgebahrt lagen. Es war also jemand da. Wenn es nur nicht so kalt gewesen wäre an diesem Abend! Aber man konnte sich nicht immer aussuchen, wann man seinem Broterwerb nachging. Was war das?

Das Licht in der Kapelle wurde dunkler, die Tür öffnete sich, eine Gestalt mit Laterne trat heraus. Spinner-Franz verbarg sich hinter einem Grabstein. Mit klopfendem Herzen beobachtete er, wie die Gestalt auf ihn zukam. Der Größe und der Haltung nach war es Pastor Matthies. Sicher hatte der Gottesmann in der Kapelle gebetet. Pastor Matthies nahm den Weg an der Kirche vorbei hinunter zum Pfarrhaus.

Zur Sicherheit harrte Spinner-Franz noch eine ganze Weile hinter seinem Versteck aus und schlich dann zur Pforte der kleinen Kapelle. Drinnen roch es nach gelöschten Kerzen, nach Rosen und nach – Tod. Er dankte Luzifer dafür, dass in dieser Nacht der Mond so hell schien und sein Licht auf den Sarg in der Mitte der Kapelle lenkte. Jetzt kam es darauf an, wer drinlag. Spinner-Franz hob den Deckel und blickte hinein. „*Ita est* und *yes* und *oui*! Luzifer, ich danke dir, du hast mir die richtige Leiche reingepackt."

Sutter lag da! Denn das abgetrennte Bein war zweifellos vorhanden. Spinner-Franz schob die Hände unter das Bein und wollte es hochheben, aber es ging nicht. Also musste er zunächst die Hose ausziehen. Er zog und zerrte. Dass es so schwer war, einem Toten das Beinkleid zu entfernen! Er zückte ein Messer und begann an dem Stoff der Hose herumzusäbeln. Endlich hatte er das Hosenbein abgetrennt – und konnte das Bein aus dem Sarg heben. Er legte sich das Bein wie eine Flinte über die Schulter und verschloss den Sarg. Dann machte er sich auf den Weg. Sein Ziel: das Haus des Dr. Conatus.

Es war sieben Uhr am Sonntagabend. Klingenthal lag im Geräteschuppen auf seinem Wagen und wusste nicht mehr ein noch aus. Wieder einmal war gemordet worden, und wieder einmal hatte er keinen blassen Schimmer, wer der Mörder sein könnte. Sicher, es gab ein paar überlegenswerte Ansätze, zum Beispiel dass es abermals ein Mann war, dass dieser Mann wie zuvor mit einer Kriegswaffe ermordet worden war, die wiederum aus der Rüstkammer gestohlen worden war, dass der Mann Kinder hatte und dass er diese vermutlich öfter geschlagen hatte. Das war schon alles.

Wer kam als Mörder überhaupt noch infrage?

Spinner-Franz? War es wirklich denkbar, dass der Kerl gemordet hatte? Nein, Spinner-Franz war zwar ein Spinner – aber mehr auch nicht. Und doch: Wenn man von dem letzten Fall einmal absah, stand der Kerl mit jedem der Morde in irgendeiner Verbindung. Dazu kam, dass er keine Skrupel gehabt hatte, ihn unter den Grundstein der Kirche zu drücken. Andererseits hatte er für die Rettung gesorgt. Nein, Spinner-Franz war kein Mörder.

Und was war mit Rüterbusch? Nein, der saß gefesselt in Krassmanns Höhle. Krassmann? Bewachte Rüterbusch. Conatus? Der Wissenschaft verschrieben, so sehr, dass er menschliche Gliedmaßen in seine Experimente einbaute. Aber war er deshalb ein Mörder? Nein, wohl nicht. Pocke und die Unbekannten, die bei dem Überfall geholfen hatten? Nein. Oberamtmann Schäffer? Nein. Vock? Nein. Dr. Beiss? Nein. Klingenthal ertappte sich dabei, dass seine Überlegungen immer abwegiger wurden. Alena? Nein. Der Pastor? Nein. Ezechiel? Nein. Nein, nein, nein! Es war zum Verrücktwerden. Klingenthal zermarterte sich das Hirn. Alle Personen, die auch nur annähernd infrage kamen, war er durchgegangen. Alle bis auf eine.

Ihn selbst. Aber er wusste ja, dass er es nicht gewesen war. Allerdings, das musste er einräumen, hatte der Pastor ihn mit seiner Theorie der verkappten Puppeneigenschaften gehörig verunsichert. Natürlich war er einmal Soldat gewesen, natürlich hatte er im Kampf geschossen, und natürlich hatte er Feinde getötet, aber das alles war doch lange her! Und dennoch: Zweifel blieben. Was konnte er tun, um sie auszuräumen?

„Fällt euch nicht etwas ein?", fragte er seine Lieblinge.

Der Einzige, der antwortete, war der Schultheiß. „Du könntest dich Nonnemann anvertrauen", sagte er.

„Du meinst meinen Onkel? Ich habe ihn seit Ewigkeiten nicht gesehen."

„Er ist trotzdem noch immer dein Onkel. Und er ist Arzt. Schreibe ihm. Schildere ihm die Mordfälle und sage ihm, wie es in dir aussieht. Vielleicht kann er dir helfen. Schreibe ihm gleich, dann kannst du den Brief noch bis acht an der Station der Reitenden Post abgeben."

„Gut." Klingenthal öffnete die Vorratskiste, holte Papier, Tinte und Feder hervor und begann im trüben Licht einer Laterne zu schreiben:

Lieber Onkel,
sicher wunderst Du Dich, nach so langer Zeit wieder von mir zu hören. Ich hoffe, Dir geht es gut. Ich selbst kann über meinen Gesundheitszustand nicht klagen, auch die Puppen sind wohlauf. Wir verbringen den Winter in Steinfurth. Schreckliches hat sich hier zugetragen …

Im Folgenden beschrieb Klingenthal die Morde in allen Einzelheiten. Endlich leitete er zu seiner eigentlichen Frage über:

… Das Seltsamste aber ist, dass es anscheinend keine Gründe für die Bluttaten gibt. Steckt ein Verrückter dahinter? In diesem Zusammenhang möchte ich gern eines von Dir wissen: Hältst Du es aus medizinischer Sicht für möglich, dass ich der Täter bin? Bitte wundere Dich nicht über meine Frage, Du weißt, wenn es um meine Puppen geht, neige ich ein wenig zur Verschrobenheit, ich bin wie sie, und sie sind wie ich, und Pastor Matthies stellte mir heute sogar die Frage, ob meine Söldnerpuppe nicht in Wahrheit eine Mörderpuppe sei! Verstehst Du, er wollte damit andeuten, ich selbst sei vielleicht der Mörder! Seitdem lässt mich der Gedanke nicht los, dass ich, ohne mich daran erinnern zu können, die Bluttaten begangen habe. Ist mein Geist verwirrt? Bitte, sag mir die Wahrheit, so oder so. Und antworte mir schnell, die Zeit drängt!
Grüß auch die Tante
Dein Neffe Julius

Er datierte das Schreiben, steckte es in eine Tasche aus Canvas und versah sie mit der Adresse. Dann machte er sich auf den Weg zur Poststation.

Wer Wind sät, wird Sturm ernten, seine Saat soll nicht aufgehen und sein Gewächs …

Klingenthal war an diesem Montagmorgen schon mit den Hühnern aufgestanden. Er hatte sein Morgenmahl verzehrt, hatte ein wenig aufgeräumt, gezögert und gezaudert und sich endlich eingestanden, dass alles nichts half. Er musste noch einmal los und in der Nachbarschaft des sutterschen Hauses Erkundigungen einziehen.
„Ich gehe dann jetzt", sagte er.
„Bleib lieber hier", sagte der Schultheiß.
„Nein, was sein muss, muss sein." Klingenthal wandte sich zur Tür.

„Was willst du?“, fragte Elsbeth, die mürrische Magd.

Spinner-Franz schnüffelte. „Ich will zum Doktor.“

„Aber nicht mit der Teppichrolle da auf der Schulter. Das Ding ist ja so schmutzig, als hätte man Wochenmarkt darauf abgehalten, pfui Teufel.“

„Mach endlich Platz, der Doktor erwartet mich.“

„Der Herr Doktor ist nicht da.“

„Ich hab ihn oben am Fenster gesehen.“ Das stimmte zwar nicht, aber Spinner-Franz hoffte, dass Elsbeth sich täuschen lassen würde.

Widerstrebend gab Elsbeth die Tür frei. „Der Herr Doktor ist oben im Experimentierzimmer. Warte bei den Apparaten, bis er rauskommt.“

„Jaja.“ Spinner-Franz stapfte die breite Treppe hinauf in den ersten Stock und blickte sich dort um. Seltsame Geräte standen hier. Das mussten die geheimnisvollen Maschinen sein, mit denen Conatus die Versuche unternahm, für die er auch Mewes’ Hand benötigt hatte. Er setzte sich in einen der bereitstehenden Sessel. Die Zeit verging.

Da, ein Geräusch hinter einer der Türen!

„Was willst du hier?“

Spinner-Franz fuhr herum und erkannte Conatus.

„Ich wollt Euch besuchen.“

„Darauf lege ich keinen Wert. Und nun mach, dass du fortkommst!“

„Gern, Herr Doktor, aber bevor ich geh, wollt ich Euch noch was zeigen.“ Spinner-Franz deutete auf die Teppichrolle.

Conatus ahnte nichts Gutes. Wollte der dürre Mann ihm womöglich eine zweite Hand anbieten? „Verlasse mein Haus, augenblicklich!“

„Gern, möcht nur noch diesen Teppich vor Euch ausrollen.“ Spinner-Franz trat kräftig gegen die Mitte der Rolle, und mit einem rumpelnden Geräusch drehte sie sich ein paarmal und gab ihren Inhalt preis. Sutters Bein.

Conatus stieß einen Entsetzensschrei aus.

„Fünf Taler“, sagte Spinner-Franz sachlich.

„Bist du von Sinnen?!“, schrie Conatus. „Nimm das Bein und verlasse mein Haus, sonst hole ich die Wache!“

Spinner-Franz lächelte. „Ich geh ja schon. Allerdings müsst Ihr mir vorher das Geld geben.“

„Kommt nicht infrage! Du kriegst kein Geld und gehst auf der Stelle.“

„Das würd Euch nix nützen. Weil ich das Bein hierlassen würd. Es ist das Bein von dem ermordeten Braumeister Sutter, und ich bin gespannt, was Vock sagen würd, wenn ihm ein Vöglein zwitschert, dass es beim Herrn Dr. Conatus herumliegt.“

„Das ist Erpressung!" Conatus rückte an seinem Zwicker. „Aber es wird dir nichts nützen! Ich würde sagen, dass ich das Bein von dir habe."

„Und niemand würd Euch glauben."

Fieberhaft überlegte Conatus, wie er aus dieser Zwickmühle herauskäme. „Hör zu, ich mache dir einen Vorschlag: Ich gebe dir sogar zehn Taler. Aber dafür nimmst du das Bein wieder mit."

Spinner-Franz griente. „Nun gut, dann gebt mir nur die zehn Taler."

Conatus eilte in einen Nebenraum und holte das Geld.

Spinner-Franz nahm die Münzen entgegen. Dann rief er: „*Ita est* und *yes* und *oui*, Bein bleibt Bein, bleibt, wo es ist! Adieu, Herr Doktor, gehabt Euch wohl!", und stürmte die Treppe hinunter.

KLINGENTHAL machte sich auf den Weg zum sutterschen Haus. Er überquerte den Uhlenmarkt und steuerte auf das Anwesen zu. Da war das Haus auch schon: ausladend, mit farbigen Butzenscheiben. Ein beeindruckender Anblick, doch standen ihm die Nachbarhäuser kaum nach.

Eines der Häuser jedoch sah keineswegs herrschaftlich aus. Klingenthal wollte schon unverrichteter Dinge umkehren, weil die Leute durchweg abweisend waren und weder etwas gesehen noch gehört haben wollten, als ihm das altersschwache Fachwerkhaus ins Auge sprang. Seines schlechten Zustands wegen wurde es in der Gasse allgemein „Der Schandfleck" genannt. Ein paar Kinder saßen davor und spielten mit Murmeln. Er ging auf die Bande zu und fragte: „Ihr habt doch sicher davon gehört, dass der Braumeister Sutter gewaltsam zu Tode gekommen ist, hat jemand von euch mitgekriegt, wie es passierte?"

Die Kinder ließen sich in ihrem Spiel nicht stören.

Klingenthal merkte, dass er die Sache anders angehen musste. Er holte eines seiner roten Seidentücher hervor und stopfte es sich ins linke Ohr. Dann schüttelte er den Kopf und zog scheinbar dasselbe Tuch aus dem rechten Ohr wieder heraus. „Könnt ihr das auch?", fragte er.

„Nee, Meister Klingenthal", antwortete ein halbwüchsiger Junge.

Aha!, dachte Klingenthal, man hat mich also wenigstens erkannt. „Wenn ihr mir meine Frage beantwortet, zeige ich euch den Kniff, der dahintersteckt." Das war der Satz, der das Eis brach. Klingenthal hatte die Kleinen auf seiner Seite, und als er nochmals fragte: „Hat jemand etwas von dem Mord mitgekriegt?", antwortete ihm der halbwüchsige Junge: „Nee, ham wir nich."

„Schade." Klingenthal war enttäuscht. „Ihr seid die Letzten, die ich gefragt habe, bei allen anderen in der Nachbarschaft war ich schon." Er drehte sich um und wollte gehen, doch ein kleines Mädchen rief ihm nach:

„Bei allen bestimmt nich!“

Klingenthal kam zurück. „So? Bei wem war ich denn noch nicht?“

„Bei Jakob!“

„Wer ist Jakob?“

Ein anderer Junge antwortete: „Jakob is Hilfsmann auf der Werft.“

Das kleine Mädchen widersprach: „Nee, isser nich. Rausgeschmissen ham sie ihn! Sie ham gesacht, er kann nur raufen un saufen, nix sonst.“

„Wenn er besoffen is, haut er immer um sich, mich hat er auch schon gehaun“, sagte der andere Junge.

„Mich auch.“

„Wo wohnt denn Jakob?“

„Wie, das weißt du nich?“, wunderte sich das kleine Mädchen. „Na hier, im Schandfleck.“

„Lasst mich mal vorbei, Kinder“, sagte Klingenthal, „ich will mit Jakob reden.“ Er ging zur Haustür und klopfte kräftig, und als sich drinnen nichts rührte, betrat Klingenthal das Haus. Er gelangte in einen schmalen Flur, von dem drei Türen abgingen. „Jakob? Bist du zu Hause?“

Hinter der ersten Tür verbarg sich eine Küche. Die zweite Tür führte in einen Abstellraum. Die dritte Tür verschloss die Wohnstube, die durch ein blindes Fenster erhellt wurde. Das Fensterkreuz zeichnete sich als Schatten in dem wenigen hereinfallenden Licht ab, und in der Mitte des Kreuzes erkannte Klingenthal ein Gesicht. Es war ein Gesicht mit weit geöffnetem Mund, und in dem Mund steckte eine gezackte Kugel mit kräftigem Schaft.

Klingenthal stellte fest, dass er Jakob gefunden hatte, ihn aber nicht mehr befragen konnte. Denn Jakob war so tot, wie ein Mann nur tot sein kann. Klingenthal rang um Fassung. Er wollte die Kugel mit dem Schaft, von der er annahm, dass es sich um einen Morgenstern handelte, näher untersuchen, doch da merkte er, dass die Kinder hinter ihm standen und neugierig die Hälse reckten.

„Ihr habt hier nichts zu suchen“, sagte er und schob sie hinaus.

„Bitte“, sagte er draußen zu dem Halbwüchsigen, „lauf so schnell du kannst zum Rathaus und hol Dr. Beiss und Gerichtssekretär Vock her.“

Der Junge zögerte. „Jetzt is Mittagszeit, da sin die Herren alle wech.“

Klingenthal überlegte. Dann zog er die beiden roten Seidentücher hervor und ließ sie spielerisch durch die Finger gleiten. „Findet sich denn gar keiner unter euch, der mir helfen will?“

„Doch, ich!“, krähte das kleine Mädchen. „Ich lauf schnell los!“ Daraufhin schenkte Klingenthal der Kleinen die roten Tücher.

Wer Wind sät, wird Sturm ernten, seine Saat soll nicht aufgehen und sein Gewächs kein …

Das kleine Mädchen erwies sich als sehr findig, denn es gelang ihm, sowohl Beiss als auch Vock in überraschend kurzer Zeit aufzuspüren. Nun standen beide im Wohnraum des Schandflecks und starrten auf den toten Säufer Jakob.

„Ihr scheint die Toten zu sammeln, Meister Klingenthal“, keuchte Beiss, „überall, wo Ihr auftaucht, liegt eine Leiche.“

Vock meinte: „Das ist die Handschrift von Spinner-Franz, da bin ich mir ganz sicher. Der kann von Glück sagen, dass er mir noch nicht über den Weg gelaufen ist, aber ich schnappe ihn.“

Beiss wischte sich die Stirn. „Worauf wartet Ihr dann noch, Vock? Schwirrt los, Ihr könnt mir hier sowieso nicht helfen.“ Beiss ließ sich ächzend auf die Knie nieder. „Licht, wie soll ein Arzt ohne Licht arbeiten!“

Klingenthal entzündete eine Kerze.

„Ich schaue mir zunächst den Toten an, dann die Waffe“, entschied Beiss. „Bitte richtet ihm den Oberkörper auf und lehnt ihn an das Tischbein.“

Klingenthal gehorchte.

„Haltet die Kerze neben den Kopf, danke.“ Beiss hantierte schnell und geschickt. „Insgesamt sieben ringförmige Schlagverletzungen von geringem Durchmesser, aber offenbar tief, sicher von den Eisenspitzen der Waffe herrührend. Mehrere Impressionsfrakturen.“

„Was Ihr nicht sagt.“ Klingenthal gab sich ahnungslos. „Ich glaube, Jakob war betrunken, als er getötet wurde, dort liegt eine leere Kanne in einer Bierlache.“

Beiss schnupperte. „Richtig! Wahrscheinlich fiel dem Opfer nach dem Schlag das Gefäß aus der Hand. Womit ich zur Tatwaffe komme: Noch immer steckt sie tief im Mund des Opfers, der Täter muss sie mit brachialer Gewalt hineingerammt haben. Wenn meine Kenntnisse mich nicht trügen, handelt es sich um einen mittelalterlichen Morgenstern, ein blutrünstiges Instrument, mit dem die Schlagetots jener Zeit umherliefen.“

„Ihr scheint Euch gut mit Waffen auszukennen, Herr Doktor!“

„Ein Steckenpferd von mir, lieber Meister. Die Waffe steckt tief im Mund. Wir wollen einmal sehen, wie viele Dornen unser Morgenstern aufweist.“

Beiss zog das Mordwerkzeug vorsichtig aus Jakobs Mund. „Eine Kugel, so groß wie eine kräftige Männerfaust, gespickt mit, äh, fünfzehn Spitzen.“

„War das Opfer gleich beim ersten Schlag tot?“, wollte Klingenthal wissen.

„Ich denke schon, zumindest bewusstlos.“ Beiss, noch immer kniend, streckte seinen Arm aus. „Bitte, helft mir auf.“

Klingenthal musste seine ganze Kraft aufwenden, um Beiss in die Vertikale zu ziehen. „Ein Mittagsmahl täte mir jetzt gut. Kommt Ihr mit in den Roten Hirschen?“

„Nein, lieber nicht.“

„Dann einen guten Tag noch!“ Beiss hob seine Arzttasche an und watschelte aus dem Todeszimmer.

Klingenthal blieb zurück. Er betrachtete den Toten, einen vierschrötigen Mann Anfang zwanzig, und fragte sich, warum er sterben musste. Den einzigen Hinweis hatten die Kinder gegeben. Sie hatten erzählt, Jakob sei ein Raufbold gewesen und habe auch sie geschlagen. Was stand außerdem fest?

Der Mörder schien eine Art Rachefeldzug durchzuführen und alle Männer strafen zu wollen, die Kinder schlugen. War das richtig? Vielleicht. War der Mörder als Kind vielleicht selbst geschlagen worden? Möglich. Musste man deshalb zum Mörder werden? Wenn man verrückt war, ja. Oder?

Klingenthal pfiff sich zurück. Er wollte nur aufzählen, was an Tatsachen feststand, und keine Vermutungen anstellen.

Alle Opfer waren Männer. Alle waren nachts ermordet worden. Alle Mordwaffen stammten aus der Rüstkammer.

Als Klingenthal so weit mit seinen Gedanken war, packte ihn ein heißer Schreck. Wenn der Morgenstern wirklich aus der Rüstkammer stammte, warum war ihm sein Fehlen nicht aufgefallen, als er nach den Streitäxten gesucht hatte? Entweder hatte er es nicht bemerkt, weil er nur Augen für die Äxte gehabt hatte, oder der Mörder hatte alles auf einmal in der letzten Nacht erledigt: den Morgenstern geraubt und Jakob getötet. Genauso, wie er eine Nacht zuvor Sutter getötet hatte. Zwei Morde in zwei aufeinanderfolgenden Nächten! Was stand außerdem fest?

Die Sache mit dem Kichern. Alle Mörder hatten bisher gekichert. Die Überlegung ließ den Schluss zu, dass es sich immer um ein und denselben Täter handelte, einen Täter, der obendrein auch noch Waffennarr war.

Vielleicht gab es da noch etwas: Alle Ermordeten hatten auf dem Uhlenmarkt gewohnt oder gearbeitet. Lebte der Mörder hier?

Klingenthal rieb sich das Kinn. Er konnte doch nicht zu sämtlichen Männern in der Nachbarschaft gehen und sie fragen: „Züchtigt ihr eure Kinder?“

Sein Blick fiel auf den Morgenstern, der neben Jakob am Boden lag. Beiss hatte ihn dort liegen lassen. *Beiss.* Der Mann hatte großes Wissen über furchtbare Waffen. Und wie Beiss den Morgenstern in der Hand gehalten hatte! Als wäre die Waffe ihm sehr vertraut! Nein, Unsinn. Der Stadtphysikus kam als Täter nicht in Betracht, er hatte Gicht und konnte keine zehn Schritte tun, ohne dass ihm Schweißbäche in den Kragen liefen.

Da, neben dem Morgenstern, was war das? Klingenthal bückte sich und hob einen Knopf auf. Es war ein Westenknopf, klein, schwarz, aus Horn, mit zwei Löchern. War es ein Knopf des Mörders? Vielleicht, aber es konnte genauso gut Jakobs Knopf sein. Besaß Jakob eine Weste?

Klingenthal machte sich auf die Suche. Zunächst sah er sich genau die Kleidung des Toten an. Kein Knopf fehlte. Weiter ging es mit den wenigen Jacken, Hosen und Hemden, die an einem großen Nagel vom Deckenbalken herabhingen. Auch hier war das Ergebnis gleich. Kein Knopf glich dem gefundenen. Das ließ nur einen Schluss zu: Wenn es nicht einer von Beiss' Knöpfen war, dann musste es der Knopf des Mörders sein. Der Mörder hatte mit dem Morgenstern mehrmals zugeschlagen, und bei der Gelegenheit war ihm ein Knopf von der Weste gesprungen!

Der Mörder war also Westenträger. Und was half ihm diese Erkenntnis? Es gab kaum einen Mann in Steinfurth, der keine Weste besaß. Immerhin, es musste sich um einen Mann handeln, dem an diesem Kleidungsstück ein Knopf fehlte. Und dennoch: Diesen Mann finden zu wollen, das hieße, nach der Nadel im Heuhaufen zu suchen. Zwecklos. Wieder nichts.

Klingenthal steckte den Knopf ein und nahm den Morgenstern auf. Er wollte ihn in die Rüstkammer bringen. Alle Mordwaffen stammten aus der Rüstkammer! Plötzlich schoss Klingenthal diese Tatsache noch einmal durch den Kopf. Und brachte ihn auf eine Idee: Wahrscheinlich würde auch die nächste Mordwaffe dort gestohlen werden. Wenn dem so war, brauchte er sich nur in der Rüstkammer zu verstecken und auf den Mörder zu warten.

Aber wann würde der Mörder erscheinen? Alle Männer waren nachts ermordet worden! Also nachts. Doch in welcher Nacht? Wenn man bedachte, dass in den vergangenen zwei Nächten jeweils ein Mord geschehen war, lag es nahe, dass in der kommenden Nacht abermals eine Bluttat passieren würde. Aber das würde er verhindern!

JOHANNES, der Riese, fühlte sich unglücklich. Er hatte so gehofft, dass die doppelte Aufgabe seine letzte sein möge, schließlich hatte er sie erfolgreich beendet. Aber das Kind war ein Nimmersatt. Es gierte nach Blut und konnte sich deshalb nie genug Aufgaben ausdenken. Wieder hatte es ihn erobert und seinen Willen durchgesetzt. Kichernd, quälend, unnachgiebig. Er hatte sich im Schlaf gewehrt, hatte um sich geschlagen und zu fliehen versucht, aber wohin hätte er fliehen sollen, da das Kind überall war? Und ehe er sich's versah, auch in ihm.

Das Kind sagte ihm, was es wollte, und es freute sich schon auf das, was kommen würde. Es dirigierte ihn durch die nächtliche Stadt. Johannes ging wie eine Maschine, sein Blick war starr, seine Kiefer mahlten. Wenn sie doch nur nicht so schwer wären, die Aufgaben. Immer begannen sie damit, dass er sich ein Werkzeug holen musste. Immer am selben Ort. Unten in einem großen Haus. Der Weg dahin war gefährlich, und er wusste, dass niemand ihn sehen durfte. Wenn er doch nur schlafen könnte. Schlafen statt Werkzeuge holen zu müssen und damit schlimme Dinge zu tun. Das Kind führte ihm den Arm dabei, das Kind war sein Antrieb, sein Auge, sein Kopf, sein Meister.

Johannes gelangte zu dem großen Haus, und stieg die Treppen hinab zu dem Raum mit den vielen Werkzeugen. Heute sollte er ein ganz besonderes fortnehmen. Das Werkzeug war sehr kompliziert. Es hatte ein Radschloss, und daran war eine Feder, und die Feder brachte das Rad zum Drehen, und das drehende Rad erzeugte Funken. Dann würde das Werkzeug explodieren. Das Kind hatte ihn daran erinnert, dass bisher noch jede Aufgabe von ihm bewältigt worden war. Fünf Mal schon.

Johannes kannte den Weg. Er führte tief unter dem Haus durch Gänge, von denen viele Kammern abzweigten. Vor der Tür seines Ziels steckte eine brennende Fackel. In ihrem Schein nahm er das Schließwerkzeug und wollte die Tür öffnen. Aber es ging nicht, sosehr er sich auch mühte. Endlich merkte er, dass er die Tür nicht aufschließen konnte, weil sie schon aufgeschlossen war. Das verwirrte ihn. Johannes nahm die Fackel aus der Wand und betrat den Raum mit den vielen Werkzeugen. Er hielt Ausschau nach dem Werkzeug mit dem Radschloss. Und stolperte jählings. Worüber war er gestolpert? Es war eine Gestalt, die am Boden kauerte, den Kopf vornübergebeugt. Doch jetzt sprang sie auf und bedrohte ihn. Panik erfasste Johannes, was sollte er tun, wo war das Kind?

Da war es, tief in ihm. Es schrie vor Schreck, es plärrte und krähte, und Johannes verstand nicht, was es wollte. Da rief er selbst, dumpf, verzweifelt, während er seine Angst zu überwinden suchte, indem er mit aller Kraft zuschlug. So lange schlug er zu, bis die Gestalt sich nicht mehr rührte.

Was sollte er jetzt tun? Sollte er einfach das Werkzeug nehmen und die Aufgabe erfüllen? Er horchte nach dem Kind, doch es war verschwunden. Johannes war allein. Der andere war nicht da, das Kind war nicht da, niemand war da.

Als Klingenthal aufwachte, glaubte er, in seinem Kopf hause ein Hornissenschwarm. Er blinzelte mühsam und erkannte über sich drei Gesichter. Es waren die Gesichter von Pastor Matthies, Alena und Dr. Beiss.

„Gott sei gepriesen!“, rief Matthies. „Er ist zu sich gekommen.“

In Alenas Augen standen Tränen.

Beiss brummte: „Ihr habt Recht, Herr Pastor, hier scheint der liebe Gott seine Finger im Spiel gehabt zu haben, anderenfalls wäre unser Meister nicht mehr unter den Lebenden.“

„Wo bin ich?“, flüsterte Klingenthal.

„Ihr seid in meiner Schlafstube, auf meinem Bett“, sagte Matthies.

„Du warst viele Stunden bewusstlos“, sagte Alena und ergriff seine Hand. Klingenthal entzog sie ihr.

Beiss schnaufte: „Vock hat Euch heute Morgen in der Rüstkammer des Rathauses gefunden, als er einen Kontrollgang machte. Ihr werdet ihm einige Fragen beantworten müssen. Erst einmal will ich überprüfen, ob Ihr noch heil seid. Eine erste Abtastung Eures Schädels hat ergeben, dass Ihr wahrscheinlich keine Impressionsfraktur davongetragen habt. Allerdings verfügt Ihr über eine stattliche Anzahl an Beulen und Quetschungen. Derjenige, mit dem Ihr es zu tun hattet, muss Fäuste wie Schmiedehämmer haben. Welches Datum haben wir heute?“

„Vermutlich Dienstag, den sechsundzwanzigsten November.“

„Ihr vermutet richtig. Wie ist Euer Name?“

Er befühlte seinen schmerzenden Schädel. „Julius Klingenthal.“

„Gut. Dann kann ich Euch gratulieren. Ihr habt zwar eine starke Schwellung am linken Jochbein, und Euer linkes Auge nimmt langsam die Farbe eines Veilchens an, aber Euer Hirn scheint keinen Schaden genommen zu haben.“ Beiss ergriff seine Arzttasche. „Das Einzige, was ich mich frage, ist, was Ihr mitten in der Nacht in der Rüstkammer des Rathauses zu suchen hattet. Aber weil das medizinisch nicht von Bedeutung ist, geht es mich auch nichts an. Ich wünsche allerseits einen guten Tag.“

Als Beiss fort war, sagte Matthies: „Vielleicht geht es auch mich nichts an, dennoch würde ich gern wissen, wie es Euch gelungen ist, in die Rüstkammer zu kommen, wo Ihr mir den Generalschlüssel doch zurückgegeben hattet?“

„Ich habe mir ein Duplikat anfertigen lassen.“

Matthies schmunzelte. „Mein Schlüssel ist übrigens auch ein Duplikat. Aber nun verratet mir, was Euch mitten in der Nacht in die Rüstkammer getrieben hat.“

„Ich wollte den Mörder stellen.“

„Wie das? Sapperment, wisst Ihr etwa schon, wer es ist?“

„Nein.“ Klingenthal schilderte seine Überlegungen in allen Einzelheiten. Am Schluss fügte er an: „Gegen Morgen muss ich im Sitzen eingeschlafen sein. Ich schreckte auf, als jemand gegen mich trat. Ich wollte den Mörder stellen, doch ich kam nicht dazu, denn ein Hagel von Schlägen prasselte auf mich nieder. Bevor ich das Bewusstsein verlor, hörte ich noch Schreie. Es war das schrille Schreien eines Kindes und das dumpfe, unartikulierte Rufen eines Mannes, und beides kam seltsamerweise aus einem Mund.“

„Das ist ja furchtbar!“ Alena ergriff Klingenthals Hand. Diesmal überließ er sie ihr.

Matthies fragte: „Habt Ihr den Mann denn nicht erkennen können?“

„Nein, und das ärgert mich am meisten. Dabei hatte er eine Fackel in der Hand, doch ließ er sie sofort fallen, als ich aufspringen wollte. So konnte ich sein Gesicht nicht erkennen, nur seine Gestalt. Sie war von hohem Wuchs und dunkel gewandet. Mehr weiß ich nicht.“

„Das verstehe ich“, sagte Matthies väterlich. „Immerhin wissen wir jetzt, dass der Mörder eine weitere Schandtat plante. Doch Ihr müsst Euch erst einmal erholen. Zu diesem Zweck werde ich Euch Vock weiterhin vom Leibe halten. Allerdings muss ich Euch nun allein lassen, da meine Pflichten mich zur Witwe Erich Sutters rufen. Der Tag für die Beerdigung ihres Mannes muss festgelegt werden.“ Matthies verschwand.

Als er fort war, schwiegen Klingenthal und Alena eine Weile.

Endlich sagte Klingenthal: „Warum hast du dem Pastor erzählt, dass der Schultheiß eigentlich ein Arzt ist?“

Alena lachte verlegen. „Ach, deshalb warst du in letzter Zeit so spröde zu mir?“

„Wenn du es genau wissen willst, ja.“

„Sei nicht so empfindlich. Es war ja nicht böse gemeint. Der Pastor und ich sprachen über dich und deine Puppen, und da hat es sich so ergeben. Und bitte lass die Spioniererei nach dem Mörder. Du musst mir versprechen, nicht wieder nachts in die Rüstkammer zu gehen. Ich habe in den letzten Stunden Todesängste um dich ausgestanden.“

„Du hattest Angst um mich?“ Ein warmes Gefühl durchströmte ihn.

„Natürlich, was dachtest du denn! Und jetzt hole ich dir einen Becher frisches Brunnenwasser.“

Nachdem Klingenthal das kühle Nass getrunken hatte, sagte er: „Ich möchte zurück in meinen Schuppen. Hier in der Schlafstube des Pastors fühle ich mich nicht wohl.“

Mit Alenas Hilfe erhob er sich mühsam. Draußen auf dem Hof, den sie

Arm in Arm überquerten, schien die Sonne. Alena öffnete die Schuppentür und schob Klingenthal in den dämmrigen Raum. Er blickte sich um. Alles war noch so, wie er es verlassen hatte.

„Ahoi!“, rief der Schiffer. „Der Kapitän ist zurück.“

„Gott sei Dank!“, rief das Burgfräulein.

„Wie konntest du mir das nur antun. Ich habe in den letzten Stunden Todesängste um dich ausgestanden“, sagte die Magd.

„Moment mal.“ Alena stutzte. Mit genau denselben Worten hatte sie ihrer Sorge um Klingenthal Ausdruck verliehen. „Was hat die Magd da eben gesagt?“

„Du hast es doch gehört.“ Klingenthal schickte sich an, auf den Wagen zu klettern. „Bitte sei so gut und lass mich jetzt ein wenig allein.“

„Gut, dann gehe ich.“ Während Alena den Schuppen verließ, beschäftigten sie die Worte der Magd noch immer. Eine Puppe, die Todesängste ausgestanden haben wollte. Lächerlich! Und doch spürte sie den Stachel der Eifersucht.

Wer Wind sät, wird Sturm ernten, seine Saat soll nicht aufgehen und sein Gewächs kein Mehl …

Es war Mittwochnachmittag. Klingenthal hatte den restlichen Dienstag wie ein Stein geschlafen. Am Morgen dann war Alena mit einem heißen Tee aufgetaucht, einsilbig und abweisend, und auf seine Frage, was sie denn habe, hatte sie nur „Nichts!“ geantwortet und war wieder verschwunden.

Auf jeden Fall war es ihm am Morgen schon viel besser gegangen. Das hatte auch Vock festgestellt, der gegen elf gekommen war und ihn über die Geschehnisse in der Rüstkammer befragt hatte. Klingenthal hatte alles nach bestem Wissen und Gewissen beantwortet.

Vock war mehr oder weniger enttäuscht wieder abgezogen, jedoch nicht ohne vorher angekündigt zu haben, er werde fortan jede Nacht in der Rüstkammer Wache halten, bis der Übeltäter ihm ins Netz gegangen sei.

Nun stand Klingenthal auf dem Uhlenmarkt, seltsam aussehend, mit zwei veilchenblau geschminkten Augen, und freute sich über die große Kinderschar, die seiner Einladung zu einer Gratisvorstellung gefolgt war.

Die Kleinen wollten wissen, warum er heute so aussehe wie ein Possenreißer.

„Weil ich heute einmal Lust auf blaue Augen hatte.“

„Aber wieso?“ – „Du siehst blöd aus!“ – „Hihihi!“

Klingenthal zuckte theatralisch die Schultern. „Schade, dass euch meine blauen Augen nicht gefallen, gerade wollte ich vorschlagen, allen, die Lust darauf haben, ebenfalls die Augen blau zu schminken …“

Natürlich wollten die Kinder nun plötzlich doch.

„Na schön, Kinder.“ Jedes bekam von Klingenthal mit der Fingerspitze einen blauen Farbtupfer aufs Oberlid, wobei er sich die Augen, die Nase und das ganze Gesicht genau ansah. Keines der Kinder wies Spuren von Schlägen auf, mit Ausnahme eines kleinen Jungen, der sich scheu abseits hielt. Der Junge hatte ein verfärbtes linkes Auge und eine dicke Backe.

Klingenthal nahm ihn beiseite, als alle Kinder versorgt waren. „Willst du nicht auch so lustige blaue Augen wie die anderen haben?“

Der Junge schwieg und blickte zu Boden.

Die Magd mischte sich ein: „Ich sage dir was: Weißt du, warum Meister Klingenthal sich beide Augen geschminkt hat? Weil er geschlagen worden ist. Genau wie du. Aber jetzt sieht es ja keiner mehr, weil beide Augen wieder gleich sind. Das ist doch schlau von ihm, nicht?“

„Hm.“

„Ein bisschen Schminke ist noch da. Soll er’s nicht doch bei dir versuchen?“

„Hm. Weiß nich.“ Der Kleine taute ein wenig auf.

Das nahm Klingenthal als Einverständnis, und während er die Schminke auftrug, fragte die Magd behutsam weiter: „Leider weiß der Meister nicht, wer ihn geschlagen hat, weil es so dunkel war, aber du weißt doch sicher, wer es bei dir war?“

„N-Nein.“ Der Junge machte wieder ein verschlossenes Gesicht.

„Du weißt es bestimmt“, hakte die Magd freundlich nach, „aber natürlich mag niemand gern darüber reden, wenn der Vater ihn schlägt.“

Klingenthal brachte einen abschließenden Tupfer an. „Siehst du, jetzt sind beide Augen wieder gleich. Nun kann niemand mehr sehen, was dein Vater angerichtet hat.“

Die Magd meldete sich wieder. „Es war doch dein Vater?“

„Hm, ja, danke, Magd! Danke, Meister Klingenthal!“ Kaum hatte er das gesagt, nahm er die Beine in die Hand und lief davon.

Klingenthal rief einen der größeren Jungen zu sich. „Wie hieß der Kleine, den ich zuletzt geschminkt habe?“

„Hubert Krohn, warum?“

„Nur so. Du weißt nicht zufällig, wo er wohnt?“

„Doch. Mühlenweg drei.“

„Danke.“

Jetzt forderten die Kinder lautstark, er solle eine Gratisvorstellung geben. Klingenthal kletterte auf den Wagen, ließ den Blick über die Kinderschar schweifen und begann: „Es war einmal ein Pudding …"

NACH DER VORSTELLUNG verabschiedete Klingenthal sich von den Kindern und legte sich ins Geschirr. Rumpelnd setzte sich das Gefährt in Bewegung.

Klingenthal war tief in Gedanken, und in seine Gedanken hinein sagte der Schultheiß: „Ein Mann, der Krohn heißt, ist bisher nicht ermordet worden. Er könnte der nächste Kandidat auf der Liste des Mörders sein."

„Wir könnten uns nachts im Mühlenweg auf die Lauer legen und auf den Mörder warten", sagte der Landmann.

„Und was ist mit der Rüstkammer?", fragte die Magd. „Da besorgt er sich doch vorher immer sein Mordwerkzeug?"

„Auf die Rüstkammer wollte Vock aufpassen", sagte der Schultheiß.

„Und? Greifen wir heute Nacht an?", fragte der Söldner begierig.

Klingenthal räusperte sich. „Das kommt darauf an, wie wir abstimmen."

Sie stimmten ab, und es stellte sich heraus, dass alle dafür waren.

VOCK konnte sein Hochgefühl kaum verbergen. Spinner-Franz war vor wenigen Minuten von ihm verhaftet worden.

„Bist du verrückt?", hatte der dürre Kerl gekreischt.

Vock hatte ihn eisern festgehalten. „Ich bin es, der die Fragen stellt. Du hast mit jedem Mord irgendwie zu tun gehabt und kommst deshalb mit."

Nun saß Spinner-Franz in Vocks kleiner Bereitschaftsstube, die Hände gefesselt, den Blick voller Hass, und stieß pausenlos Verwünschungen aus.

„Das wird dir auch nichts nützen", sagte Vock mit wichtiger Miene. „Am besten, du gestehst jetzt gleich."

Spinner-Franz schnüffelte. „Pah! Wie kann ich etwas gestehen, was ich nicht getan habe. Halte dich an Krassmann und Rüterbusch, das sind die wahren Täter. Was meinst du, warum die seit Tagen verschwunden sind?"

„Ich weiß, warum", log er, „aber ich will es von dir wissen."

„Mach mir die Fesseln ab, dann sag ich's dir."

Vock zögerte. Einerseits wollte er gern erfahren, warum Krassmann und Rüterbusch seit Tagen vermisst wurden, andererseits befürchtete er, der dürre Mann könnte ihm entwischen. Schließlich nahm er seinem Gefangenen den Strick von den Handgelenken und fesselte ihn dafür an den Füßen. „Nun sag es mir, denn deine Hände sind frei."

Augenblicklich begann Spinner-Franz, heftig über seinen Unterarm zu reiben, dort, wo die eingeheilte Hostie saß. „Weil Krassmann und Rüterbusch die Fäden im Verborgenen ziehen. Sie sind die Mörder! Vielleicht gehört auch Klingenthal zu der Bande."

„Wieso Klingenthal? Der ist vorletzte Nacht dem Mörder in der Rüstkammer begegnet. Der Mörder hat ihn zu Boden geschlagen und ist geflüchtet. Klingenthal kann es nicht sein."

Spinner-Franz biss sich auf die Lippen. Das hatte er nicht gewusst. „Dann halt dich an die beiden anderen. Sie sind's!"

„Mag sein, aber du bist es auch. Ich bin mir schon länger sicher, dass eine ganze Bande hinter den Untaten steckt. Und du bist ihr Anführer, und nun sag mir, wo die beiden stecken, damit ich sie mir schnappen kann."

„Erst lässt du mich frei."

„Ich denke nicht daran. Ich werde dich foltern lassen, bis dir das Blut unter den Nägeln hervorspritzt und du deine Mordtaten zugibst!"

„Hähä!" Spinner-Franz lachte hämisch. „Von Krassmann, wie?"

„Unter der Folter wirst du mir sagen, wo er steckt!"

„So wie der Fisch in der Sonne verfault, so soll Vock verfaulen …"

Während Spinner-Franz den beschwörenden Schadenzauber sprach, packte Vock allmählich die Angst. Unwillkürlich tastete er unter den Armen nach seinen Zaubergroschen. „Foltern lassen werde ich dich!"

„Verfaulen sollst du!"

Beide rieben wie besessen an ihren Glücksbringern.

Am Abend dieses Tages kam Alena zu Klingenthal in den Geräteschuppen. „Einen Gruß vom Herrn Pastor soll ich ausrichten, ob du mal zu ihm rüberkommen könntest."

„Sicher. Aber, Alena, was machst du denn für ein Gesicht?"

„Was kümmert dich mein Gesicht!"

„Alena, wenn ich etwas Falsches gesagt habe, tut es mir leid …"

„Geh doch zu deiner Magd, die zieht immer das gleiche Gesicht!"

Klingenthal streckte die Hand aus, aber sie rannte vom Hof.

„Alena!" Warum war sie nur so eifersüchtig? Er ging über den Hof und betätigte den Türklopfer. Keine Reaktion. Wahrscheinlich war Matthies hinten in seiner Studierstube. Klingenthal trat ein, ging durch die Küche und steuerte das Allerheiligste an. „Pastor Matthies, seid Ihr da?"

„Jaja, kommt nur herein."

Klingenthal folgte der Aufforderung.

„Würdet Ihr im Schriftdeutsch von einem ‚Ermordeten' sprechen, lieber Meister, oder doch eher von einem ‚zu Tode Gekommenen'?" Matthies saß an seinem Schreibtisch, das schwere Kirchenbuch vor sich.

„Wie meint Ihr das, Herr Pastor?“

Matthies strich sich über die lange Nase. „Papierkrieg, lieber Meister! Aber ich habe Euch nicht herübergebeten, um mit Euch über Wortfindungen zu sprechen.“ Matthies klappte das Buch zu. „Ich wollte mit Euch über Alena reden.“

„Über Alena?“

„Nun, ich weiß nicht recht, wie ich anfangen soll. Ich habe Alena als eine sehr feinfühlige junge Frau kennen gelernt …“ Matthies tippte sinnend die Fingerspitzen gegeneinander. „… und da ist mir in den letzten Tagen aufgefallen, dass sie immer dann, wenn sie mit Euch zusammen war, einen verstörten Eindruck machte …“

„Was wollt Ihr damit sagen, Herr Pastor?“

„Nun, ich wollte Euch bitten, doch künftig ein wenig mehr darauf zu achten, ihre Gefühle nicht zu verletzen. Bedenkt, wie jung Alena noch ist. Sie braucht unser beider Schutz und Fürsorge.“

„Ich bin sicher, Ihr werdet Euch daran halten“, sagte Klingenthal trocken.

Matthies wirkte unbeirrt. „Genauso wie Ihr, mein lieber Meister! Doch nun tut mir den Gefallen und tragt das Kirchenbuch zurück ins Regal. Verstaut es bitte dort, wo sich die Lücke befindet.“

Während Klingenthal das schwere Buch forttrug, fragte er sich, was Matthies wohl mit seiner Rede bezweckt hatte. Wollte er Alena ganz für sich? Wahrscheinlich. Klingenthal drehte sich um, und zu seiner Überraschung hatte Matthies den Platz gewechselt und saß nun an dem kleinen Tisch neben dem Globus, ein aufgebautes Schachspiel vor sich.

„Der Schachspieler schlägt eine kleine Partie vor“, sagte er lächelnd.

„Was, so plötzlich?“, entfuhr es Klingenthal.

„Ich sitze nun einmal gern am Brett. Keiner kann sich dem Bann Caissas, der Schachgöttin, auf Dauer entziehen. Ich müsste mehr üben, aber Zeit und Gelegenheit stehen dem häufig im Wege. Und wenn ich dann spiele, spiele ich meistens gegen mich selbst. Habt Ihr schon einmal gegen Euch selbst gespielt?“

„Nein, wann hätte ich das tun sollen?“

Matthies lächelte. „Ich weiß es nicht. Ich weiß nur, dass es schwer ist, sich in die Lage des ‚Anderen‘ hineinzuversetzen, schließlich ist man ja selbst der ‚Andere‘, der ebenfalls gewinnen will.“

„Gewiss, gewiss.“

„Seht Ihr, vor Euch stehen die schwarzen Figuren, es sind die Euren. Die weißen hingegen sind die Eures Gegners. Und nun passt einmal auf.“

Mit einer schnellen Bewegung drehte Matthies das Brett. „Nun sind die weißen Figuren die Euren." Matthies' Gesicht leuchtete vor Eifer. „Ich will Euch damit demonstrieren, dass Ihr immer dann am besten Eure Figuren setzen könnt, wenn sie in vertrauter Anordnung vor Euch stehen. Stimmt's?"

„Stimmt."

„Was tut Ihr also, wenn Ihr der ‚Andere' seid, beispielsweise einer Eurer Puppenmänner, und bestmöglich für ihn ziehen wollt?"

Klingenthal antwortete: „Ich drehe das Brett zu mir."

„Richtig, Ihr habt gut aufgepasst. Aber wie behelft Ihr Euch, wenn das verboten ist?"

„Ich weiß es nicht."

„Ganz einfach: Ihr müsst lernen, in spiegelverkehrten Zügen dieselben Bedeutungen zu erkennen!"

„Wie bitte?"

„Ich erkläre es Euch gern ausführlicher: Wenn ich meinen Turm von links nach rechts bewege, sieht es für Euch so aus, als bewegte ich ihn genau umgekehrt, also von rechts nach links. Es ist ein und derselbe Vorgang, und dennoch stellt er sich für Euch anders dar – spiegelverkehrt eben."

„Ach so." Klingenthal sah in Matthies' Gesicht, und für einen Augenblick kam es ihm vor, als sei auch dieses spiegelverkehrt. Dann fragte er: „Aber gilt das nicht genauso für jede normale Partie gegen einen Gegner aus Fleisch und Blut?"

„Ja!" Matthies strahlte. „Aber die meisten Spieler versetzen sich nicht genügend in die Lage ihres Gegenübers."

Klingenthal seufzte. „Manchmal denke ich, ich versetze mich nicht genügend in die Lage des Mörders, sonst wäre ich ihm wohl schon längst auf die Schliche gekommen."

„Welchen Mörder meint Ihr?"

„Nun, den, der die Gräueltaten auf dem Gewissen hat."

„Ach ja." Matthies fuhr sich mit der Hand über die Augen und blinzelte ein paarmal. „Natürlich. Ich war eben noch beim Spiel der Könige. Es hat seinen ganz eigenen Reiz, findet Ihr nicht auch?"

„Sicher, sicher. Doch muss ich gestehen, dass alle meine Gedanken zurzeit beim letzten Mord weilen. Ich habe das Gefühl, wenn ich ihn aufkläre, habe ich alle aufgeklärt."

„Ach ja, Ihr meint die Bluttat an Jakob. Leider ist es mir bisher nicht gelungen, einen Verwandten von ihm ausfindig zu machen."

„Schade, ich hatte gehofft, vielleicht über die Familie oder die Verwandtschaft einen Hinweis auf den Mörder zu erhalten“, sagte Klingenthal.

„Die Hoffnung dürfte sich nicht erfüllen. Dr. Beiss erzählte mir, das Mordwerkzeug sei ein Morgenstern gewesen?“

„So ist es. Ein Morgenstern, der aus der Rüstkammer stammt, wie alle Mordwerkzeuge bisher.“ Vor seinem geistigen Auge sah Klingenthal die Kriegswaffe tief in Jakobs Mund stecken. Dann sah er Kokkert, in dessen Brust das Richtschwert gerammt worden war. Dann Sutter, dem das linke Bein fehlte. Die Art der Verletzungen, die den Opfern geschlagen wurden, hätten unterschiedlicher nicht sein können. Manche der Wunden waren tödlich gewesen, andere wiederum nicht. Klingenthal musste an die Nacht denken, als Alena die Vermutung geäußert hatte, der Mörder habe vielleicht gar nicht töten wollen, sondern nur strafen. Aber ihm musste doch klar sein, dass die meisten der von ihm geschlagenen Wunden zum Tode führten? Eine Impressionsfraktur des Schädeldaches stellte eine unheilbare Verletzung dar, *incurabilis*, wie die Mediziner sagten. Eine durchstoßene Brust, *incurabilis*. Ein abgetrenntes Bein, *incurabilis*. Anders dagegen eine abgeschlagene Hand, *curabilis*. Gleiches mochte für einen durchbohrten Hals gelten, *curabilis*.

Halt! In Klingenthals Hirn arbeitete es. Ein Bild trat vor seine Augen, ein ganz bestimmtes Bild. Das Abbild des Wundenmannes. Der Wundenmann war eine für die Feldärzte geschaffene künstliche Figur, ein Schaubild, das einen nackten männlichen Körper zeigte, der über und über mit Kriegswaffen gespickt war. Die Waffen steckten in Leib und Gliedmaßen und demonstrierten auf diese Weise die unterschiedlichsten Verletzungen. Anhand ihrer Art und Beschaffenheit diskutierten die Feldschere, ob eine Heilung möglich war oder nicht. *Curabilis, incurabilis.*

Der Wundenmann war alt, sehr alt. Er kam in vielerlei Abwandlungen vor, die berühmteste jedoch fand sich in einem medizinischen Werk von anno 1517, das vieltausendfach Verbreitung gefunden hatte: dem „Feldtbuch der Wundartzney“, dessen Verfasser der Anatom Hanns von Gersdorff war.

„Hanns von Gersdorff, ich danke Euch!“, schrie Klingenthal.

Matthies fuhr auf. „Wie, was? Sapperment, habt Ihr mich erschreckt! Was ist denn in Euch gefahren?“

Klingenthal strahlte. „Mir ist nur gerade etwas eingefallen!“

„Ach, und darf man erfahren was?“

Doch auf diese Frage sollte Matthies keine Antwort mehr bekommen, denn Klingenthal war schon halb aus der Tür. Draußen begegnete er Alena, die er ungestüm umarmte, hochhob und herumwirbelte. „Ich habe den Mörder durchschaut!“, rief er. Dann küsste er sie, ließ übergangslos von ihr ab und eilte in seinen Schuppen.

Alena sah ihm kopfschüttelnd nach. Klingenthal war und blieb ihr ein Rätsel.

UNGEFÄHR zur selben Zeit befand sich Vock auf dem Heimweg. Er hatte dafür gesorgt, dass Spinner-Franz hinter Schloss und Riegel kam. Nun saß er tief unten in einer Rathauszelle. Das Einzige, was zur vollständigen Aufklärung der Fälle noch fehlte, war Spinner-Franz' Geständnis. Aber würde er gestehen? Natürlich würde er das. Krassmann würde ihm notfalls die Zunge lösen. Allerdings: Krassmann war schon seit Tagen verschwunden.

Vock blieb stehen. Der Spinner-Franz hatte Krassmann der Mittäterschaft beschuldigt. Wahrscheinlich zu Recht. Ob er noch einmal zum Haus des Scharfrichters gehen sollte? Beim letzten Mal war Krassmann nicht da gewesen, aber durfte das ein Grund sein, ihn nicht ein zweites Mal aufzusuchen?

Vock kehrte um. Einem Straßenjungen, der ihm begegnete, trug er auf, seiner Frau auszurichten, sie solle nicht mit dem Essen auf ihn warten, er komme später. Eiligen Schrittes strebte er dem Obertor zu. Außerhalb der Stadt umfing ihn Düsternis, das Licht der letzten Laternen verblasste. Die Geräusche der Nacht begleiteten ihn auf seinem Weg bis hin zu Krassmanns Haus. Die weiß getünchten Wände leuchteten fahl im Dunkel. Vock stieß einen Grunzer der Enttäuschung aus. Nirgendwo das kleinste Licht. Krassmann war nicht da.

Krassmann nicht, aber seine Hunde. Ihr Geheul war wie immer zum Steinerweichen. Vock trat an die Tür und klopfte halbherzig. Wie erwartet meldete sich drinnen niemand. Die Tür war verschlossen. War sie beim letzten Mal nicht offen gewesen? Natürlich war sie das, anderenfalls hätte er sich im Haus nicht umsehen können. Wer hatte sie verschlossen? Krassmann? War Krassmann doch da? Und wenn ja, wo? Vock klopfte erneut, und obwohl er mit aller Macht gegen die Türbalken schlug, konnte er seine Faustschläge kaum hören, so laut heulten die Hunde. Doch was war das? Da war etwas noch lauter! Eine menschliche Stimme! „Hilfe! Hilf…!“

Der Schrei brach ab. Vock war wie elektrisiert. Der Aufschrei eines Mannes, der Hilfe brauchte! Woher war der Ruf gekommen? Von der Zwingerwiese, auf der die Hunde verrücktspielten. Waren die Bestien dabei, einen Mann zu töten?

Vock stürzte zum Tor der Umzäunung und blieb jählings stehen. Wenn er Hilfe leistete, würde er sich selbst in höchste Gefahr begeben. Er kämpfte mit sich, doch die Entscheidung wurde ihm abgenommen. Ein Schlag traf ihn von hinten, und er fiel um wie ein Baum.

Als Vock wieder aufwachte, dachte er, sein Kopf wäre ein Amboss, auf dem tausend Schmiedehämmer tanzten. Ein Röcheln entfuhr seinem Mund. „Wo bin ich?", keuchte er, denn er konnte kaum etwas sehen. Was er erkannte, glich einer Höhle, schattenhafte Konturen zeichneten sich vor ihm ab, Pfeiler mit seltsamen Geräten, die daran hingen. Am Fuße der Pfeiler ein unförmiger Klumpen. Er wollte sich aufrichten, aber er konnte es nicht. Er war gefesselt, saß auf dem Boden. Eine Kerze wurde hinter ihm entzündet. Vock erkannte, dass die Geräte an den Pfeilern Waffen waren und dass der Klumpen eine menschliche Gestalt war, die einen Knebel im Mund trug.

„Rüterbusch?", krächzte Vock. „Seid Ihr es?"

Aber Rüterbusch konnte nicht antworten, stattdessen sagte Krassmann: „Willkommen in meiner Höhle, Vock."

KLINGENTHAL fühlte sich wie gerädert. Es war Donnerstagmorgen, er hatte den größten Teil der vergangenen Nacht im Mühlenweg verbracht und das Haus des Sattlers Krohn beobachtet – immer hoffend, der Mörder würde kommen und von ihm gestellt werden können.

Doch er war nicht gekommen. So hatte Klingenthal reichlich Zeit gehabt, seine Erkenntnis, der Mörder morde nach dem Vorbild des Wundenmannes, zu überdenken. Ja, er hatte keinerlei Zweifel mehr daran, was gleichzeitig bedeutete, dass es keine Rolle spielte, ob der Unhold strafen oder töten wollte – er benutzte lediglich die in der Illustration vorkommenden Waffen.

Leider besaß Klingenthal kein Exemplar des „Feldtbuchs", aber er kannte das Werk noch aus seiner Studentenzeit. Die Strichzeichnung des Mannes stand ihm genau vor Augen. Nur wusste er nicht mehr, welche Waffen die verschiedenen Verletzungen demonstrierten, doch wenn er es herausfände, da war er sicher, würde er auch wissen, welches Tötungswerkzeug der Mordbube verwenden wollte.

Als Klingenthal so weit mit seinen Gedanken gediehen war, hatten bereits die Hähne gekräht, und er war nach Hause in seinen Schuppen geeilt, um noch eine Mütze voll Schlaf zu nehmen.

Mittlerweile war es heller Vormittag, und Klingenthal sagte zu seinen Puppen: „Ich gehe jetzt zum Rathaus und werde mich noch einmal in der Rüstkammer umsehen. Vielleicht finde ich da einen Hinweis."

„Gib Acht auf dich", sagte die Magd.

„Keine Sorge, mir passiert schon nichts", antwortete Klingenthal und machte sich auf den Weg.

Nach kurzer Zeit hatte er das Rathaus erreicht und stieg die Stufen hinab. Er ging die Gänge entlang und schreckte plötzlich zusammen, denn eine krächzende Stimme fuhr ihn von der Seite an: „So wie der Teufel die Virginen von der Jungfernschaft befreit, so sollst auch du mich befreien. Anderenfalls fahre zur Hölle. *Ita est* und *yes* und *oui*!“ Eine dürre Hand streckte sich zwischen Gitterstäben heraus.

„Bist du es, Spinner-Franz?“

„Julius?“

„Was geht hier vor?“ Ein Wärter kam herbeigelaufen.

„Nichts.“ Klingenthal fiel auf die Schnelle nichts anderes ein als die Wahrheit. „Ich, äh, ich wollte nur in die Rüstkammer.“

„Hol mich hier raus!“, krähte Spinner-Franz dazwischen.

„Um in die Rüstkammer zu dürfen, braucht Ihr die Genehmigung des Gerichtssekretärs Vock.“

„Ich weiß, ich soll für ihn etwas aus der Kammer holen.“ Klingenthal überlegte fieberhaft, wie er den Wärter loswerden konnte.

„Der Gerichtssekretär Vock ist noch nicht da.“

„Eben deshalb bat er mich ja darum, schon gestern Abend.“

„Ach so.“ Der Wärter gab seinen Widerstand auf. „Ich werde Euch aufschließen. Wenn Ihr fertig seid, gebt mir Bescheid, dann sperre ich wieder ab. Die Kammer darf keinen Augenblick unbeaufsichtigt sein. Befehl.“

„Natürlich, danke sehr.“ Klingenthal betrat mit einer Fackel den Raum und begann sich umzusehen. Alles schien noch so wie in jener Nacht, als der Mörder ihn niedergestreckt hatte. Lag das wirklich keine drei Tage zurück? Der Morgenstern jetzt neben den anderen Mordwerkzeugen auf dem Mauersims – und es stellte sich noch immer die Frage, welche Waffe der Mörder beim nächsten Mal wählen würde.

Klingenthal ließ seinen Blick schweifen. Speere, Piken, Hellebarden gab es da noch, sie alle waren als Mordinstrument denkbar. Auch eine der Pistolen, die … Augenblick mal! Da gab es eine leere Halterung an der Wand. War eine Pistole in der letzten Nacht entwendet worden? Doch nein, das war nicht möglich. Vock hatte angekündigt, jede Nacht in der Rüstkammer Wache halten zu wollen. In jedem Fall fehlte eine Pistole. Klingenthal seufzte. Es blieb ihm nichts anderes übrig, er musste so lange warten, bis der Mörder wieder zuschlug. Und er konnte nur hoffen, dass dies im Mühlenweg der Fall sein würde.

Klingenthal grübelte weiter, und dann erhellte sich sein Gesicht. Eines wenigstens durfte mit Sicherheit angenommen werden: Der Mörder besaß das „Feldtbuch der Wundartzney“. Wer alles besaß ein Exemplar? Er kramte in seinem Gedächtnis. Nur zwei Namen fielen ihm ein: Conatus und Krassmann. Conatus hatte ihm das Buch in die Hand gedrückt, damit er den Titel im zuckenden Licht seiner Elektrisiermaschine lese, und bei Krassmann hatte es auf dem Tisch in seiner Höhle gelegen. Conatus und Krassmann. Beide wollte Klingenthal unverzüglich aufsuchen.

ENTGEGEN seiner ursprünglichen Absicht hatte Klingenthal seine Schritte zunächst in eine andere Richtung gelenkt. Er hatte Vocks Frau einen Besuch abgestattet, denn er wollte wissen, warum der Gerichtssekretär am Morgen nicht im Rathaus erschienen war. Er hatte eine in Tränen aufgelöste Ehefrau vorgefunden, die seit dem vergangenen Abend auf ihren Mann wartete. Die einzige Nachricht, die sie erhalten hatte, stammte von einem Jungen, der ihr ausrichtete, ihr Mann komme später.

Die Kinder hatten ebenfalls geheult. Fünf Kinder waren es, sie hatten dagestanden wie die Orgelpfeifen, und der Kleinste hatte eine dicke Beule auf der Stirn gehabt. Aber das hatte Klingenthal nicht weiter beachtet. Zu sehr war er damit beschäftigt gewesen, die arme Frau zu trösten. Schließlich hatte er sich mit einigen lahmen Wünschen verabschiedet.

Nun war er auf dem Weg zu Conatus, und der Gedanke, wo Vock wohl steckte, ließ ihn nicht los. War der Mörder in der Rüstkammer gewesen? Hatte er die Pistole geraubt, war er dabei von Vock gestört worden? War Vock getötet worden? Vielleicht ja, vielleicht nein. Auch ihn, Klingenthal, hatte der Mörder niedergeschlagen, jedoch nicht getötet. Aber wenn Vock lebte, wo war er dann? Müßig, länger darüber nachzudenken. Vock war fort. Vock und die Pistole.

Was bedeutete das? Es konnte bedeuten, dass der Unhold in der kommenden Nacht wieder zuschlagen würde. Würde sein Opfer Krohn, der Sattler, sein? Klingenthal graute es bei dem Gedanken, sich eine weitere Nacht um die Ohren schlagen zu müssen, aber es half nichts. Es wurde höchste Zeit, dass dem Morden ein Ende bereitet wurde!

Unter diesen mehr oder weniger fruchtlosen Grübeleien erreichte Klingenthal Conatus' Anwesen. Er betätigte den Türklopfer und wartete. Nach einiger Zeit erschien Elsbeth und fragte, was er wolle.

„Ich möchte Dr. Conatus sprechen", antwortete Klingenthal.

„Das geht nicht."

„Es ist sehr dringend."

Elsbeth druckste ein wenig herum und bequemte sich dann zu den Worten: „Na gut, ich sag's Euch: Der Dr. Conatus ist verreist."

„Verreist?" Klingenthal konnte seine Überraschung nicht verbergen.

„Schon seit letztem Montag. Ich soll aufs Haus aufpassen, hat er gesagt, bevor er die Kutsche nahm."

„Die Kutsche wohin?"

„Weiß nicht. Es war die Kutsche nach Berlin."

„Aha. Hat der Doktor denn gesagt, was der Zweck der Reise ist?"

„Nee, nee, er hat nur gesagt, er wollt seine Kinder besuchen."

„Nanu, ich wusste gar nicht, dass er Kinder hat."

„Ich auch nicht."

Klingenthal kam eine Idee. Er wollte nach der Menge des Gepäcks fragen, vielleicht ließe sich daraus ableiten, wie lange der Gelehrte fortbleiben wollte. „Hatte der Doktor denn viele Taschen und Koffer dabei?"

„Nee, gar nix. Nur 'ne alte Teppichrolle."

Der Schultheiss sagte bedächtig: „Außer Krassmann gibt es noch jemanden, der das ‚Feldtbuch' besitzen dürfte: Dr. Beiss."

Klingenthal war bereits auf dem Weg zu Krassmann. „Stimmt, schließlich ist er Arzt. Aber wie ich dich kenne, war das noch nicht alles, was du mir sagen willst?"

„Richtig. Ich würde zunächst zu Beiss gehen, dann erst zu Krassmann. Wenn Beiss der Täter ist, hast du dir einen Weg gespart."

„Beiss? Das ist nicht dein Ernst!" Klingenthal setzte sich auf eine Bank. An Beiss hatte er überhaupt nicht mehr gedacht. Der war nur ein einziges Mal richtig verdächtig gewesen, und zwar in jener Nacht, als der Mörder Kokkert mit dem Schwert durchbohrt hatte und Beiss dem Ruf nach ärztlicher Hilfe nicht gefolgt war. Allerdings mit gutem Grund, denn er hatte einen Gichtanfall gehabt. Doch seitdem schien es ihm vergleichsweise gut zu gehen. Klingenthal erinnerte sich an die Geschehnisse im Schandfleck, wo Beiss mit bemerkenswerter Geschicklichkeit das Skalpell gehandhabt hatte.

Der Doktor schien keinerlei Schwierigkeiten mit seinen Fingern gehabt zu haben, und eine Verdickung der Gelenke, wie sie bei Gichtkranken typisch ist, war Klingenthal auch nicht aufgefallen. Und dann war da noch etwas: Ähnlich wie Krassmann hatte Beiss eine Vorliebe für Waffen. Mit welcher Hingabe er über die wikingische Doppelaxt und den Morgenstern referiert hatte! Wer Waffen so sehr schätzte, konnte gewiss auch mit ihnen umgehen.

„Gut, Schultheiß", sagte Klingenthal, „ich werde zum Rathaus gehen und Dr. Beiss befragen. Mal sehen, was dabei herauskommt."

Doch als Klingenthal im Rathaus nach dem Stadtphysikus fragte, erklärte man ihm, dieser sei überhaupt nicht gekommen an diesem Tag, ebenso wenig wie der Gerichtssekretär Vock.

Klingenthal machte sich auf den Weg zu Beiss' Privathaus. Weil niemand auf sein Klopfen reagierte, trat er unaufgefordert über die Schwelle.

„Dr. Beiss?"

„Ja?" Beiss' Stimme hörte sich leise und irgendwie verzerrt an.

Klingenthal öffnete die Tür, von der er glaubte, sie führe ihn zum Hausherrn, und gelangte in eine Schlafstube, in der nichts weiter stand als ein riesiges Pfostenbett. Beiss lag im Bett wie ein Fels, zugedeckt bis zum Kinn und jammervolle Töne ausstoßend.

„Sieh da, der Puppenkönig! Gestattet, dass ich liegen bleibe, das Zipperlein drückt mich mit Macht in die Kissen."

„Ihr habt einen Gichtanfall?"

„Wenn Ihr es gelinde ausdrücken wollt." Beiss stöhnte auf.

Klingenthal fragte sich, ob der Arzt ihm nur Theater vorspielte oder tatsächlich Schmerzen litt. Er musste Gewissheit haben, deshalb schlug er die dicke Daunendecke zurück. „Ihr erlaubt?"

Beiss lag da in einem leinenen Nachtgewand, die Hand am Herzen, röchelnd und verschwitzt. „Ein Herzanfall", keuchte er, „rasch, gebt mir die Digitalis-Tinktur, in meiner Arzttasche, rasch ..."

Die Tasche stand auf dem Boden am Kopfende des Bettes. Er fand die angegebene Arznei. „Hier ist die Tinktur."

Beiss griff danach wie ein Ertrinkender, setzte das Fläschchen an die fleischigen Lippen und nahm einen großen Schluck.

„Ich hätte Euch die Tropfen gern abgezählt", sagte Klingenthal tadelnd, „viel hilft nicht immer viel."

„Mir schon", japste Beiss. Seine Hand fuhr zum Herzen. „Oh, oh, oh, wenn nur das Rasen nicht wäre."

Klingenthal schlug die Decke ganz zurück und sah das dick geschwollene Grundgelenk der großen Zehe. Er berührte es und Beiss schrie auf: „Mann Gottes, wisst Ihr denn nicht, wie empfindlich das *podagra* ist!"

„Verzeihung." Klingenthal wusste das sehr wohl. Er nahm die Gelegenheit wahr und studierte die Hände des fettsüchtigen Mannes. Die Finger waren dick, aber nicht verdickt, wenn man vom rechten Ringfinger absah. Weiter ging sein Blick zum Ohr des Arztes: mehrere Knoten am Ohrknorpel. Nein, ein Zweifel bestand nicht mehr, Beiss kam als Mörder nicht in Betracht.

Klingenthal fühlte Enttäuschung. Er überlegte, ob er jetzt nach dem „Feldtbuch der Wundartzney" fragen sollte, unterließ es aber. Er wollte den

Kranken nicht mit seinen Sorgen belasten. Außerdem stand keinesfalls fest, dass Beiss das Buch wirklich besaß.

Klingenthal deutete eine Verbeugung an. „Braucht Ihr sonst noch etwas?“

„Nein, nur Schlaf.“

„Gute Besserung“, sagte Klingenthal und ging. Er wollte so schnell wie möglich zu Krassmann.

Wer Wind sät, wird Sturm ernten, seine Saat soll nicht aufgehen und sein Gewächs kein Mehl geben.

Hosea 8,7

D„Warum kommt Ihr?“, fragte Krassmann. Er stand am Tor zur Zwingerwiese, wo er Klingenthal abgefangen hatte.

„Habt Ihr mich erwartet?“, fragte Klingenthal zurück.

„Sagen wir mal so, ich hatte gehofft, Ihr würdet kommen. Ich habe keine Ruhe mehr und die Hunde auch nicht. Es wird immer schwerer, sie im Zaume zu halten. Wahrscheinlich spüren sie, dass etwas in der Luft liegt. Liegt etwas in der Luft?“ Krassmann blickte Klingenthal erwartungsvoll an.

„In gewisser Weise, ja. Ich habe Hinweise, dass der Täter im Besitz eines ganz bestimmten Buches ist. Oder anders ausgedrückt: Wer dieses Buch besitzt, ist in höchstem Maße der Morde verdächtig.“

„Und wie heißt es?“

„Das ‚Feldtbuch der Wundartzney‘.“ Während Klingenthal das sagte, beobachtete er Krassmann ganz genau.

„Das Buch nenne ich mein Eigen.“ Krassmanns Stimme klang ruhig. „Trotzdem bin ich nicht der Mörder. Ich habe es Euch schon mehrfach versichert.“

„Das war, bevor Jakob, der Hilfsmann von der Werft, der auch als ‚der Säufer‘ bekannt ist, gemeuchelt wurde.“

„Ein neuer Fall? Nun, wer auch immer diesen Jakob gemeuchelt hat, ich war es nicht.“

Klingenthal wunderte sich, mit welcher Entschiedenheit Krassmann sich äußerte. Auch schien ihn der letzte Mord, von dem er nichts wissen konnte, kaum zu überraschen. Aber wenn Krassmann es nicht war, wer war es dann? Conatus, der plötzlich mit einer Teppichrolle zu seinen Kindern verreist war? „Wenn Ihr das ‚Feldtbuch‘ kennt, ist Euch sicher der darin abgebildete Wundenmann ein Begriff. Ich muss die Illustration unbedingt sehen.“

„Warum?“

Es blieb Klingenthal nichts anderes übrig, als seine These, nach der die Morde geschehen waren, zu erklären. Er schloss mit den Worten: „Anhand des Wundenmannes will ich sehen, ob meine Vermutung, nach der die nächste Mordwaffe eine Pistole sein wird, richtig ist.“ Krassmann gab seinen Hunden einen Befehl und winkte Klingenthal in die Umzäunung. „Kommt mit in meine Höhle. Aber wundert Euch nicht zu sehr.“

Was die seltsame Bemerkung zu bedeuten hatte, sollte Klingenthal kurz darauf erfahren, als er nicht nur Rüterbusch gefesselt vorfand, sondern ebenso Vock. Beide Männer saßen am Boden und waren geknebelt.

„Um Eurer Frage zuvorzukommen“, sagte Krassmann, „Vock wollte mich wegen Mordes verhaften. Er denkt, ich würde mit Spinner-Franz unter einer Decke stecken. Welch ein Unsinn!“

Klingenthal schaute Krassmann direkt in die Augen. „Und wenn ich Euch nun auch verdächtigte, wäre ich dann der Dritte, der da gefesselt sitzt?“

Krassmann blickte zur Seite. „Ihr seid meine letzte Hoffnung. Wenn Ihr den Mörder nicht findet, dann keiner.“

„Wo ist das Buch?“

„Setzt Euch an den Tisch, ich hole es.“

Klingenthal schlug das Werk mit angehaltenem Atem auf, nachdem Krassmann es gebracht hatte. Da war sie schon, die Seite mit dem Wundenmann, genau so, wie er sie in Erinnerung hatte. Da waren Schwerter, Pfeile, Messer, die den gemarterten Körper durchbohrten, auch eine Keule, die zuschlug, dazu ein Geschoss, alles das und noch viel mehr war abgebildet. Aber keine Pistole. Es war nicht zu fassen. Sollte sich sein ganzes Gedankengebäude auf einmal als falsch erweisen?

„Eine Pistole ist nicht dabei“, sagte Krassmann und setzte sich ebenfalls. „Aber bei genauer Betrachtung findet Ihr ein Stück aufgeplatzte Haut am rechten Unterschenkel und ebenfalls am linken Unterarm. Eine Kugel steckt jeweils darin. Die beiden Kugeln stehen stellvertretend für die Pistole als Waffe.“

„Aber warum wird sie nicht abgebildet?“

Krassmann zuckte die Schultern. „Wer weiß? Die Armbrust, deren Bolzen im Hals steckt, wird ja auch nicht gezeigt.“

„Das stimmt.“ Klingenthal spürte Erleichterung. Er hatte doch Recht gehabt. „Die Pistole als Waffe kommt also vor. Meine Annahme, sie könne das nächste Mordwerkzeug sein, hat sich bewahrheitet. Ich werde doppelt vorsichtig sein müssen, wenn ich den Mörder stelle.“

„Ihr wollt ihn allein stellen?“

„Ja, ich habe Hinweise darauf, dass der Mörder in einer der nächsten Nächte erneut zuschlagen wird. Und ich habe einen bestimmten Verdacht, wer das Opfer sein könnte.“ Klingenthal schilderte seine Erkenntnisse in allen Einzelheiten, obwohl er es seltsam fand, sie einem Scharfrichter und seinen zwei Gefangenen, die mit großen Augen zuhörten, anzuvertrauen. Er schloss: „Der Sattler Krohn wohnt Mühlenweg drei.“

Krassmann nickte gedankenschwer. „Mit ein wenig Glück sind die Tage des Meuchlers gezählt. Ihr wollt den Mörder also wirklich allein stellen?“

Klingenthal stand auf. „Was bleibt mir anderes übrig. Oder würdet Ihr Vock freilassen, damit er mir zur Seite steht?“

„Nein.“ Krassmann erhob sich ebenfalls.

„Das dachte ich mir. Dann darf ich mich empfehlen. Ihr könnt mir viel Erfolg wünschen.“

„Das brauche ich nicht“, sagte Krassmann. „Weil ich mitkomme.“

JOHANNES, der Riese, war glücklich und traurig zugleich. Glücklich, weil das Kind ihm versprochen hatte, die Aufgabe im Mühlenweg sei die letzte für immer. Traurig, weil er das, was er tun sollte, nicht gern tat.

Seine Stirnmuskeln arbeiteten, seine Augen rollten, seine Kiefer mahlten, während er mit klopfendem Herzen durch die Stadt eilte. Niemand durfte ihn erkennen, sonst würde er sterben müssen, das hatte das Kind gesagt. Und sterben wollte Johannes nicht. Schon einmal war ein Johannes gestorben, jämmerlich ertrunken in der Elbe, vor vielen, vielen Jahren, und keiner hatte ihm geholfen, auch das hatte das Kind gesagt. Und dabei gekichert. Ganz tief in ihm.

Johannes umklammerte das komplizierte Werkzeug, mit dem er die Aufgabe bewältigen sollte, fester. Noch immer hatte er Angst, damit nicht umgehen zu können. Doch er wollte seine Sache gut machen. Ein letztes Mal.

DIE DUNKELHEIT hatte schon eingesetzt, als Klingenthal und Krassmann sich dem Haus Nummer drei im Mühlenweg näherten. Die Straße war an dieser Stelle dunkler als anderswo, da von den wenigen Laternen die meisten defekt waren. „Ihr müsst verrückt gewesen sein, letzte Nacht allein auf den Mörder gewartet zu haben“, sagte Krassmann. „Der Kerl schreckt doch vor nichts zurück!“

„Pst, seid nicht so laut.“ Klingenthals Augen glitten über Krohns Haus. Es war zweigeschossig, zwei Fenster wiesen zur Straße hin, von denen eines erleuchtet war. Ein schmaler Weg neben dem Haus führte nach hinten zum Garten. Klingenthal überlegte. „Wenn wir schon zu zweit sind, sollten wir uns aufteilen. Ihr beobachtet möglichst unauffällig die Straßenseite, während ich am Hinterhaus Wache halte. Wer von uns den Mörder als Erster sieht, gibt mit dem Pfeifton Laut, damit der andere ihm zu Hilfe eilen kann." Während Klingenthal das sagte, hielt er eine Lockpfeife für Enten hoch. Sie stammte aus der Jagdausrüstung von Krassmann, der über ein gleichartiges Instrument verfügte.

Beide Männer trennten sich. Klingenthal steckte die Lockpfeife fort und flüsterte: „Viel Glück."

„Und viel Geduld", brummte Krassmann und postierte sich hinter einem Mauervorsprung auf der gegenüberliegenden Seite der Straße.

Klingenthal schlich sich den schmalen Weg neben dem Haus entlang. Der Hinterhof war nahezu dunkel, das spärliche Licht, in dem ein Brunnen und ein Schuppen zu erkennen waren, stammte von der schwachen Außenlaterne. Unvermittelt spürte Klingenthal einen Schmerz in den Beinen. Er war in Buschwerk gelaufen. Es würde gut sein, sich in den Sträuchern zu verstecken und abzuwarten. Gesagt, getan. Klingenthal ließ sich behutsam nieder und begann zu warten.

Er wusste nicht, wie lange er gewartet hatte, aber es musste mindestens eine halbe Stunde gewesen sein, als er merkte, wie die Kälte ihm ins Gesäß kroch. Klingenthal beschloss, sich für eine Weile hinzuknien. Dann merkte er, wie ihm die Feuchtigkeit der Erde ins Beinkleid zog. Er setzte sich wieder. Der Stachelbeerstrauch raschelte. Er kniete sich wieder hin. Der Strauch raschelte. Abermals raschelte der Strauch. Aber er hatte sich nicht bewegt! War das …?

Klingenthal fuhr hoch – und zeitgleich mit ihm eine Gestalt auf der anderen Seite des Gesträuchs. Eine große Gestalt. Der Mörder! Klingenthal setzte die Lockpfeife an die Lippen und blies mit aller Kraft hinein, doch es erscholl kein Ton. Er hatte die Pfeife verkehrt herum angesetzt und merkte es in der Aufregung nicht. Ein gutturaler Laut drang an sein Ohr. Er warf sich nach vorn. Der Mörder durfte nicht entkommen! Er prallte gegen die große Gestalt. Abermals ein Laut wie der Kehllaut einer Katze! Klingenthal versuchte die Gestalt festzuhalten, doch sie riss sich los, wandte sich um und lief mit langen Sätzen davon. Klingenthal hetzte hinterher, ständig in die Lockpfeife blasend und ständig die falsche Seite benutzend. Da vorn im nächsten Garten verschwand der Kerl! Klingenthal verdoppelte seine Bemühungen. Doch der Mörder lief nun noch schneller. Er hatte das Ende der Straße erreicht, hetzte durch einen Stichweg und gelangte auf den Uhlenmarkt. Keuchend blieb Klingenthal stehen. Er war zu langsam. Er musste aufgeben.

Doch plötzlich kam ihm der Söldner zu Hilfe. Er war mitten auf dem Platz und rief vom Reiterdenkmal herab: „Halt, Hundsfott, lass die Waffe fallen!"

Und der Schiffer schrie vom Brunnen herüber: „Du sitzt in der Falle!"

Aus der Straße Beim Weber ertönte der Landmann: „Keinen Schritt weiter!"

Der Schultheiß rief aus der Cammergasse: „Ergib dich, du bist umzingelt!"

Für einen Moment verhielt die große Gestalt, doch hätte sie trotz allem sicher die Flucht fortgesetzt, wenn sie nicht über eine Marktkiste gestolpert wäre. Wieder der gutturale Laut, diesmal mit verzweifeltem Unterton! Klingenthal hastete heran. Da lag der Mörder auf dem Pflaster, gebeugt und wimmernd.

„Sieh mich an, Mörder!!", brüllte Klingenthal mit seiner eigenen Stimme.

Der Mörder gehorchte. Langsam, ganz langsam hob er sein Gesicht. Es war das Gesicht von Matthies.

Klingenthal prallte zurück. Er wusste nicht genau, wen er erwartet hatte, aber Matthies war es auf keinen Fall gewesen. „Herr Pastor? Seid Ihr es wirklich?"

Das Gesicht antwortete nicht. Tränen rannen aus seinen Augen. Klingenthal fühlte sich an das Gesicht erinnert, das Matthies beim Schachspielen gemacht hatte. Da hatte es für einen Augenblick spiegelverkehrt gewirkt, und auch hier war das der Fall, nur schien es noch fremdartiger, gröber, wie aus Stein gemeißelt. „Wer seid Ihr?"

Das Gesicht weinte weiter. Die Hände, die so unzählige Gebete verrichtet hatten, ließen die Pistole fallen. „Will schlafen …" Plötzlich sprach das Gesicht, doch nicht mit Matthies' Stimme, sondern mit einer anderen, nie zuvor gehörten: dunkler, rauer, tierhafter. „„… nur schlafen."

„Sag mir deinen Namen." Klingenthal bemühte sich, beruhigend zu wirken, während er die Pistole aufhob. „Dann kannst du schlafen. Ich heiße Julius Klingenthal, und wie heißt du?"

„Ich … bin Johannes … Johannes, der Riese."

Klingenthal lief ein Schauer über den Rücken, als er daran dachte, dass dieses seltsame Wesen in Matthies' Körper fünfmal ohne zu zögern getötet hatte. Wer oder was trieb es an, dieses Wesen, das da so verloren und verzweifelt auf den Pflastersteinen hockte?

„Nun wird alles gut!", hörte Klingenthal sich sagen.

„Gut?" Eine Veränderung ging mit dem Gesicht vor. Nun verhärteten seine Züge sich wieder. „Schlecht!" Ein boshaftes Kichern entrang sich seinen schmalen Lippen, ein Kichern wie das eines Kindes; das Wesen sprang auf, trat nach Klingenthal, wandte sich um und hüpfte davon.

Klingenthal blickte dem Wesen nach und konnte es noch immer nicht fassen. Matthies war der Mörder. Der Pastor! Und während der Gedanke sich langsam in ihm festigte, hörte er hinter sich eilige Schritte. Krassmann rief atemlos: „Großer Gott, was ist geschehen? Ich hörte ein paar seltsame Geräusche hinter dem Haus, dachte mir, es wäre der Mörder, aber Ihr habt ja nicht gepfiffen. Wieso habt Ihr nicht gepfiffen?"

Klingenthal zeigte ihm die Pistole. „Ich habe den Mörder wahrhaftig gestellt, aber er ist mir entwischt. Ich wollte Euch heranpfeifen, aber ich war wohl zu aufgeregt, das Instrument richtig zu benutzen."

„Ja, und? Wer ist es?"

„Es ist …" Klingenthal stockte, denn er merkte plötzlich, wie schwer es ihm fiel, den Namen des Pastors preiszugeben. Mit dem Namen, das war klar, sprach er ein Todesurteil aus.

„So redet doch!"

Klingenthal schüttelte den Kopf. „Ich werde Euch den Namen nicht sagen. Es muss Euch genügen, dass ich weiß, wer der Mörder ist. Er wird nie wieder meucheln, das verspreche ich Euch. Aller Verdacht ist von Euch genommen, und auch von mir. Dem Herrn sei Dank. Und nun geht nach Hause in Eure Höhle und lasst Rüterbusch und Vock frei."

Krassmann stand mit offenem Mund da. „Ich … aber … warum?", stotterte er.

„Geht nach Hause und lasst Rüterbusch und Vock frei", wiederholte Klingenthal.

Krassmann schluckte. „Ist wirklich alles vorbei?"

„Ich schwöre es bei meinem Gott."

„Nun, dann …" Langsam drehte Krassmann sich um und ging.

ALS KLINGENTHAL Minuten später das Pfarrhaus betrat, merkte er sofort, dass Matthies schon da war, denn der Türspalt zur Studierstube zeigte, dass dort Licht brannte. Klingenthal wusste, das kommende Gespräch würde das schwerste sein, das er jemals geführt hatte. Er nahm seinen ganzen Mut zusammen und klopfte.

„Nanu, wer beehrt mich noch zu so später Stunde? Herein!", erscholl es von drinnen.

Klingenthal stieß die Tür auf und erkannte auf den ersten Blick, dass Matthies wieder ganz der Alte war. Sein Gesicht wirkte freundlich und leutselig wie immer. Er saß an seinem Schreibtisch und schnitt mit einem

Federmesser Gänsekiele zu. „Was führt Euch zu mir, lieber Meister? Der Wunsch nach einer kleinen Partie? Ich muss Euch enttäuschen, der Schachspieler in mir hat sich schon zur Ruhe begeben."

Klingenthal rang sich ein Lächeln ab. „Das ist schade, aber vielleicht könntet Ihr ihn wecken, damit er einem anderen in Euch Bescheid sagt, ich wäre da?"

Matthies hielt mit dem Zuspitzen der Federn inne. „Das mit dem Schachspieler in mir, mein lieber Meister, war nur so eine Redensart. Versteht Ihr?"

„Ich verstehe sehr wohl", sagte Klingenthal, „dass ich deutlicher werden muss: Keine Viertelstunde ist es her, da habe ich mit Euch auf dem Uhlenmarkt geredet, genauer gesagt mit einem Wesen, das sich ‚der Riese Johannes' nennt und sämtliche Morde der vergangenen Zeit auf dem Gewissen hat."

Matthies schüttelte fast mitleidig den Kopf. „Lieber Meister, ich war keineswegs vor einer Viertelstunde auf dem Uhlenmarkt. Seid Ihr sicher, dass Ihr selbst in diesem Augenblick mit mir sprecht und nicht eine Eurer Puppen?"

Klingenthal schluckte seinen Unmut hinunter. „Ja, ich bin mir ganz sicher, denn ich weiß jederzeit, wann ich in eine Rolle schlüpfe, Ihr jedoch wisst es nicht. Ich will Euch zugutehalten, dass Ihr Euch wirklich nicht entsinnen könnt."

„Unmöglich! Ich weiß doch, wo ich bin und was ich tue."

„Eben das bezweifle ich, Herr Pastor." Klingenthal zog einen Brief hervor und faltete die Blätter auseinander. „Erinnert Ihr Euch, dass Ihr mich des Mordes verdächtigt habt, oder besser: den Söldner in mir? Ich fühlte mich dadurch so getroffen, dass ich noch am selben Tag einen Brief an einen Verwandten schrieb, einen Arzt. Ich fragte ihn, ob er es für möglich halte, dass ich der Mörder sei. Sein Antwortschreiben, das ich heute Morgen erhielt, ist lang, doch gestattet mir, dass ich Euch die wichtigste Passage vorlese:

> … Nun, lieber Neffe, ob Du ein Mörder bist, kannst letztlich nur Du selbst wissen. Horche in Dich hinein und bemühe Dein Gedächtnis, arbeite es lückenlos auf, sei ehrlich. Wenn Du danach ohne jede Abstriche sagen kannst: *Ich war es nicht*, dann warst Du es auch nicht. Allerdings gibt es Menschen, die tun Dinge, an die sie sich später nicht mehr erinnern können. Wenn man sie darauf anspricht, streiten sie alles ab, sie tun es so heftig und hartnäckig, dass der Gedanke naheliegt, nicht sie, sondern ein anderer habe die Dinge getan. Es wohnen dann mehrere Menschen im Körper eines einzelnen, und jeweils nur einer kann die Wirklichkeit um sich herum wahrnehmen. Die

> anderen wiederum wissen nichts oder nur wenig davon. Es ist, als schliefen sie. Bis vor gar nicht langer Zeit hat man diese armen Kreaturen als verrückt bezeichnet, im besten Fall nannte man sie krank. Ihre Persönlichkeit ist wie ein Krug in mehrere Scherben zersprungen. Über die Ursache der Krankheit ist man sich nicht einig, manche sagen, sie sei angeboren, andere vertreten die Auffassung, Schläge, Misshandlungen und geschlechtlicher Missbrauch in der Kindheit könnten der Auslöser sein. Ich befürchte, Dir mit meinen Auskünften nicht sonderlich dienlich zu sein, doch sei versichert, das wenige, was ich weiß, habe ich Dir gesagt …

Das mag genügen." Klingenthal faltete die Blätter zusammen und steckte sie wieder ein. „Glaubt Ihr jetzt, dass Ihr mit mir auf dem Uhlenmarkt gesprochen habt?"

„Nein, ich will davon auch nichts weiter hören."

„Ich fürchte, ich kann es Euch nicht ersparen." Klingenthal zog die Pistole hervor. „Diese Waffe hattet Ihr bei Euch."

Matthies lehnte sich zurück. Sein Gesichtsausdruck wurde hochmütig. „Dass Ihr diese Pistole in der Hand haltet, besagt gar nichts. Ihr könnt sie Euch irgendwo besorgt haben. Vielleicht um einen Mord zu begehen?"

Klingenthal biss die Zähne zusammen. Warum war der Pastor nur so uneinsichtig? „Ich nehme nicht an, dass Ihr auf Eure Frage eine Antwort erwartet. Fasst Euch doch einmal ans Knie, dann werdet Ihr feststellen, dass es schmerzt. Warum? Weil Ihr vorhin gegen eine Kiste gelaufen seid."

Matthies verzog keine Miene. „Ihr habt Recht, das Knie tut mir weh, warum auch nicht! Wisst Ihr immer so genau, wo Ihr Euch eine Schramme geholt habt? Eure Behauptungen entbehren jeglicher Grundlage. Und nun darf ich Euch bitten zu gehen."

„Einen Augenblick noch. Wisst Ihr, was das ist?" Klingenthal griff zum dritten Mal unter seinen Rock und präsentierte den Armbrustbolzen, der den Hals des armen Angerstein durchbohrt hatte.

„Der Bolzen einer Armbrust, na und?"

„Der Bolzen Eurer Armbrust."

„Lächerlich, ich besitze eine solche Waffe nicht."

Diese Antwort hatte Klingenthal erwartet. „Erlaubt mir, dass ich mich ein wenig umsehe, ich glaube nämlich doch, dass Ihr eine habt."

„Nein."

„Dann werde ich dafür sorgen, dass die Behörden sich darum kümmern."

„Nun, äh …" Zum ersten Mal schien Matthies ein wenig unsicher. Er knetete die Hände und sagte: „Da fällt mir ein, dass ich vor einigen Tagen eine Armbrust hinter dem Wäscheschrank in meiner Schlafstube entdeckt habe.

Es ist mir ein Rätsel, wie sie dorthin kommen konnte, vielleicht stammt sie noch von meinem Vorgänger."

Klingenthal ersparte sich eine Antwort auf die unsinnige Erklärung. „Diesen Knopf fand ich neben dem toten Jakob. Ich darf Euch bitten, mir Eure Weste zu zeigen, damit sich herausstellt, ob der Knopf dort fehlt."

„Ich … nun, ich glaube, es fehlt wirklich einer. Heute Morgen bemerkte ich es." Nervös fuhr Matthies sich über die lange Nase.

„Würdet Ihr das Kleidungsstück holen?"

„Warum nicht."

Während Matthies aus dem Raum ging, nutzte Klingenthal die Gelegenheit und schaute sich in den Bücherregalen nach dem „Feldtbuch der Wundartzney" um. Und tatsächlich: nach kurzer Suche hatte er es gefunden. Klingenthal nahm es und schlug es an der Stelle auf, wo ein Lesezeichen steckte. Es war die Seite mit dem Wundenmann. Wenn es noch eines letzten Beweises bedurft hätte, jetzt wäre er erbracht!, dachte er. Er atmete tief durch und wollte das Buch einstecken, aber in diesem Augenblick kam Matthies zurück – ohne Weste. Dafür mit einem strahlenden Lächeln.

„Das ist aber eine nette Überraschung", sagte der Schachspieler und trat heran, um Klingenthal die Hand zu schütteln. „Wie wäre es mit einer kleinen Partie?"

„Nein danke." Klingenthal wusste nicht, wie er auf die neue Situation reagieren sollte.

Der Schachspieler setzte sich an den Tisch und machte eine einladende Geste. „Aber, aber, vielleicht schenkt Caissa Euch gerade heute eine unsterbliche Partie? Ich nehme freiwillig Schwarz."

„Nein", sagte Klingenthal, „aber Ihr könnt mir einen anderen Gefallen tun. Ich nehme an, Ihr seid mit Johannes, dem Riesen, bekannt. Ob Ihr ihn für mich herbeiholen könntet?"

Der Schachspieler verlor für einen Augenblick seine Liebenswürdigkeit. „Nein, das ist unmöglich."

„Damit bestätigt Ihr, dass Johannes, der Riese, existiert."

Der Schachspieler gab sich zerstreut. „Ach, tat ich das? Kommt, lasst uns von etwas anderem reden. Was haltet Ihr von einer Reise um die Welt? Mit dem Finger auf dem Globus reist es sich wunderbar einfach und schnell."

„Eine Reise um die Welt?" Klingenthal schüttelte verwirrt den Kopf. „Nein, ich bitte Euch nochmals, Johannes, den Riesen, herbeizuholen."

Der Schachspieler faltete die Hände vor dem Bauch. „Wie ich bereits sagte, das ist nicht möglich. Woher kennt Ihr ihn überhaupt?"

„Ich möchte ihn sprechen. Es ist wichtig."

„Was kann wichtiger sein als eine Reise um die Welt? Kommt doch mit!"

„Nein." Klingenthal sah ein, dass er so nicht weiterkam. „Ich muss Euch bitten, mit mir aufs Rathaus zu kommen. Tut es freiwillig, denn anderenfalls müsste ich Euch mit der Pistole zwingen."

Der Schachspieler lächelte. „Ich verlasse nie das Haus. Wenn ich fortwollte, würde ich mich des Globus bedienen."

„Aber ich habe eine Pistole!"

„Und ich habe einen Globus! Ich bleibe hier."

Klingenthal überlegte, was in dieser vertrackten Situation zu tun sei. Überwältigen konnte er den Schachspieler nicht, und erschießen konnte er ihn auch nicht. „Nun gut, wie Ihr wollt." Rasch trat er vor die Tür der Studierstube und schloss sie von außen ab. Schnell verrammelte er die Tür mit ein paar schweren Möbelstücken. Dann ging er. Morgen früh würde er auf dem Rathaus um Verstärkung bitten.

Beim ersten Tageslicht, Klingenthal hatte bis dahin eine unruhige, von vielen Gedanken zerfurchte Nacht verbracht, wurde plötzlich an der Tür seines Schuppens gerüttelt. Es war Alena, die mit aufgeregter Stimme rief: „Julius, mach auf!"

„Was ist denn?", krächzte er, noch schlaftrunken.

„Komm heraus, schnell, die Kirche brennt!"

„Was?" Klingenthal sprang mit einem Satz vom Wagen und stieg in seine Hosen. Dann hastete er zur Tür. Er öffnete. „Woher weißt du das?"

„Riech doch selbst."

Jetzt roch Klingenthal es auch. Der Wind trieb schwere Rauchschwaden von Westen heran. „Komm mit, vielleicht können wir helfen!" Zusammen liefen sie den Koppelstieg hinauf und sahen schon von Weitem das Dach des Gotteshauses lichterloh brennen. Bürger von Steinfurth hatten eine Kette gebildet, reichten Wassereimer weiter und versuchten ihre Kirche zu retten, doch genauso gut hätten sie versuchen können, den Krater eines speienden Vulkans zu löschen. Alena keuchte und hustete. Klingenthal zerrte sie fort. „Wir kommen zu spät, das Gebäude ist verloren!"

Die Menschen ließen von ihrer Kirche ab und wandten sich den umliegenden Bauwerken zu, um ein Übergreifen der Flammen zu verhindern.

„Komm, wir reihen uns ein, je schneller das Feuer unter Kontrolle ist, desto besser!" Sie packten mit an und reichten Eimer um Eimer weiter. Es war eine schwere Arbeit. Klingenthal schuftete wie eine Maschine.

Plötzlich rief der gedrungene Kerl hinter ihm: „Du kannst jetzt aufhören! Die Feuergefahr ist gebannt."

Klingenthal schaute auf, blickte sich um und stellte fest, dass er Recht hatte, die Brandnester auf den angrenzenden Häusern waren gelöscht. Alena seufzte vor Erleichterung. Sie lehnte ihr rußgeschwärztes Gesicht an Klingenthals Schulter: „Julius, bring mich nach Hause."

„Das werde ich." Sanft strich er ihr über das schmutzige Haar, nahm sie bei der Hand und führte sie zurück zum Pfarrhaus. Da stand es schon, groß und unverrückbar wie immer – und doch war etwas anders an ihm. Klingenthal kniff die Augen zusammen, dann wusste er es: Das Fenster der Studierstube, es fehlte! Dort, wo es in der vergangenen Nacht noch gewesen war, gähnte eine dunkle Öffnung. Matthies! Er war ausgebrochen! Klingenthal ließ Alena los und stürmte ins Haus. Wie erwartet, war der Raum leer. Klingenthal fasste sich an den Kopf. Was war er nur für ein Narr gewesen, den kranken Mann unbeaufsichtigt zu lassen! Der Himmel mochte wissen, wo er sich herumtrieb! Doch jetzt war es zu spät.

„Was ist los?", fragte Alena, die Klingenthal gefolgt war.

„Matthies ist fort." In seinem Kopf wirbelten die Gedanken.

„Natürlich ist er fort, oder glaubst du, er bliebe zu Hause, wenn seine Kirche brennt?" Alena wies auf den Schreibtisch. „Da liegt ein Kuvert mit deinem Namen drauf."

Klingenthal erkannte Matthies' Schrift und öffnete mit klopfendem Herzen den Umschlag. Ein Brief fand sich darin mit folgendem Wortlaut:

> Euch, Meister Klingenthal, der Ihr diese Zeilen wahrscheinlich als Erster lest, will ich sagen: Ja, ich habe es erkannt, ich muss es gewesen sein! Verzeiht mein uneinsichtiges Verhalten, aber ich konnte nicht anders, auch wenn Ihr es vielleicht nicht glaubt.
>
> Ich bin Euch von ganzem Herzen dankbar dafür, dass Ihr mich vor der Ausführung einer sechsten Bluttat bewahrt habt. Doch auch so habe ich unsagbare Sünde auf mich geladen. Fünf Männer habe ich auf grauenvolle Weise getötet, Männer, die ihre Kinder schlugen, Männer, die ich Nachsicht und Güte hätte lehren müssen. Worte können nicht beschreiben, welchen Ekel ich vor mir empfinde, ich bin es nicht wert, weiterzuleben! Deshalb habe ich nach langer Zwiesprache mit dem Herrn beschlossen: Mein Leib soll brennen, und das, was von mir übrig bleibt, soll auf dem granitenen Altar meiner Kirche liegen, wo sich erweisen wird, ob die reinigende Kraft des Feuers mich geläutert hat, ob meine Seele von diesem Ort gen Himmel fährt oder in der alles verzehrenden Hölle landet.
>
> Es hat Gott dem Allmächtigen gefallen, mich anders zu machen als andere, es hat ihm gefallen, mir ein Alter Ego einzupflanzen, ein Wesen, das mir so vertraut ist wie kein zweites auf dieser Welt. Mein Alter Ego nennt sich Schachspieler, er schirmt mich ab gegen die anderen. Er lässt nicht zu, dass

ich Kontakt aufnehme zu ihnen, und alles, was ich über sie erahne, erahne ich über ihn. Nach unserem letzten Gespräch, lieber Meister, sah er sich gezwungen, das ganze Geheimnis um mein Inneres zu lüften: Ein Kind ist da, und das Kind bin ich, das Kind ist ganz tief in mir, viel tiefer noch als der Schachspieler, ich kenne es nicht, und doch kommt es mir sehr vertraut vor. Noch tiefer als das Kind in mir, so der Schachspieler, wohnt Johannes, Johannes, der Riese, der dem Kind hörig ist und dem Kind zuliebe die grauenvollen Morde ausgeführt hat. Der Schachspieler sagt, ich wäre das Kind, ich wäre häufig als kleiner Junge geschlagen worden und hätte deshalb meinen Vater ertränkt. Ich sei rachsüchtig, sagt der Schachspieler, und mein Vater hätte Johannes geheißen und sei Arzt gewesen. Ich selbst vermag das kaum zu glauben, und doch wird es so sein. Der Brief Eures Onkels spricht ebenfalls dafür.

Alles ist so dumpf und ungreifbar, und nur weniges taucht manchmal wie hinter Nebelschleiern aus der Vergangenheit auf. Ein großes Haus sehe ich dann und ein großes Fest und schöne Damen, eine der Damen heißt Hildegard von Ratorff, und ich verehre sie glühend.

Doch ich will Euch nicht mit Einzelheiten langweilen. Eines wenigstens scheint klar: Ich werde von den anderen in mir beherrscht, ein Umstand, der bei Euch und Euren Puppen, wie ich einräume, genau umgekehrt ist. O hätte ich das alles doch nur früher erahnt! Nun aber ist es zu spät, das Unfassbare ist geschehen, und meine Hände sind blutbesudelt.

Ich habe mit dem Schachspieler gesprochen. Er ist einverstanden, mit mir den letzten Gang zur Kirche anzutreten. Betet für mich, auch wenn Ihr, wie ich weiß, Jude seid …

Statt einer Unterschrift hatte Matthies nur einen Bibelvers hingekritzelt:

Der Herr zeigte mir ein Gesichte, und siehe, der Herr rief dem Feuer, damit zu strafen …

Klingenthal gab Alena den Brief zu lesen und beobachtete, wie sich in ihren Augen nacheinander Fassungslosigkeit, Entsetzen und Trauer abzeichneten. Dann füllten sie sich mit Tränen. Er nahm sie in die Arme.

„Seltsam“, sagte er, als ihr Schluchzen sich langsam beruhigte, „seltsam, dass auch Matthies das Burgfräulein kannte.“

„Das Burgfräulein?“ Alena wischte sich die Tränen aus den Augen.

„Demoiselle von Ratorff, sie war, wie du dich erinnerst, mein Vorbild für das Burgfräulein. Jetzt, wo wir darüber reden, fällt mir auch der Eklat ein, von dem seinerzeit die ganze Gegend noch Jahre sprach. Anfang der Vierziger muss das gewesen sein. Der Arzt Johannes Matthäus, ein sehr begüterter Mann, feierte seine Verlobung mit dem adligen Fräulein und ertrank noch in derselben Nacht unter nie geklärten Umständen.“

„Hatte der Arzt einen Sohn?“

„Soviel ich weiß, ja.“

„Das muss Matthies sein. Vielleicht kanntest du ihn sogar?"

„Nein, bestimmt nicht, daran würde ich mich erinnern. Doch wenn unser Pastor der Sohn von Matthäus ist, muss er irgendwann seinen Namen in Matthies, die norddeutsche Form von Matthäus, geändert haben. Die Welt ist klein und manchmal sogar kleiner, als man denkt."

„Das stimmt. Soll ich dir einen Tee machen?"

„Nein, erst muss ich zum Rathaus. Dort werde ich den Brief vorlegen, als Beweis, dass die Mordfälle endlich geklärt sind. Ich weiß nicht, wie lange es dauert, warte besser nicht auf mich."

ALS KLINGENTHAL mehrere Stunden später die Küche betrat, sah Alena ihm schon von Weitem an, wie abgespannt er war.

„Was ist passiert?", fragte sie.

Klingenthal fuhr sich über die Augen. „Eine Menge. Das Gesicht der Herren, als sie erfuhren, wer der Täter ist, kannst du dir vorstellen. Das Rathaus gleicht einem Ameisenhaufen, alles geht drunter und drüber, und der Bürgermeister hat für heute noch eine Sondersitzung des Rates einberufen. Nun ja, das alles geht mich nichts mehr an, Hauptsache, ich habe meinen Teil erledigt. Es wäre lieb von dir, wenn du uns einen Tee machen könntest." Er setzte sich.

Alena begann am Herd zu hantieren. Mit der Hellsichtigkeit, die manchen Frauen zu eigen ist, sagte sie: „Du willst noch heute fort, nicht wahr?"

Er schwieg. Nach einer Weile antwortete er: „Ich habe mit Dr. Beiss gesprochen. Er sagte mir, er könne sehr gut eine Haushaltshilfe brauchen."

Alena schoss herum, ihre Augen sprühten. „Heißt das, du willst fort und lässt mich hier?"

Klingenthal hielt ihrem Blick stand. „Alena, bitte, wir kennen einander schon viel zu lange, als dass wir weiter zusammenbleiben könnten."

„Wir kennen uns noch keine drei Wochen!"

„Du, der Pastor und ich, wir kennen uns noch keine drei Wochen. Offen gesagt, war ich eifersüchtig auf ihn, und du warst es auf meine Puppen."

„Pah, auf deine Puppen? Niemals! Die leblosen Dinger, die können mir gestohlen bleiben."

„Also doch." Klingenthal lächelte wehmütig. „Ich glaube wirklich, es ist besser, wenn ich meinen eigenen Weg gehe – so wie du den deinen. Wer weiß, vielleicht führen sie uns irgendwann wieder zusammen."

„Das glaubst du doch selbst nicht."

„Die Welt ist klein, ich sagte es."

„Wie klein die Welt ist, ist mir völlig egal! Ich will, dass du hierbleibst. Bei mir. Verstehst du das denn nicht? Versteh es, los, versteh es!"

Klingenthal machte eine hilflose Geste.

Alena begann hemmungslos zu weinen. Sie schlug die Hände vors Gesicht, und ihre Schultern zuckten heftig. Warum wollte der verdammte Kerl nur fort! Wie konnte er nur so unsensibel sein. Sie schluchzte weiter, geschüttelt von der Hoffnung, ihr Tränenausbruch möge ihn umstimmen.

Irgendwann spürte sie seine Lippen auf ihrem Haar, und Erleichterung durchströmte sie. Sein Herz war also doch nicht aus Stein. Sie tat ihm leid. Sie hatte erreicht, was sie sich ersehnte. Er würde bleiben! Das Glücksgefühl, das sie daraufhin spürte, ließ sie in einen weiteren Weinkrampf verfallen, der sich erst nach einer kleinen Ewigkeit auflöste. Alena schlug die Augen auf, lächelte befreit und erkannte, dass Klingenthal nicht mehr da war. Augenblicklich begriff sie, was das bedeutete. Sie konnte ihn also doch nicht halten. Wie hatte sie sich das nur einbilden können! Sie spülte die Becher, verstaute sie im Bord. Langsam kam sie wieder zu sich und fasste einen Entschluss. Sie wollte sich nicht verkriechen, wenn er ging. Sie wollte stark sein! Sie trat vor den Spiegel und richtete notdürftig ihr verquollenes Gesicht her. Dann schritt sie mit erhobenem Kopf hinaus auf den Hof.

Da stand er, der Bauchredner Julius Klingenthal, der Mann voller Geheimnisse, den sie bewunderte, den sie liebte. Er hatte bereits die Ledergurte um die Schultern geschlungen und war zum Abmarsch bereit. Seine Puppen saßen in Reih und Glied auf dem Wagen.

Klingenthal blickte zu ihr herüber und lächelte scheu. Er wollte etwas sagen, aber er konnte es nicht. Doch plötzlich, in die Stille hinein, erklang die Stimme des Schiffers:

„Die See ruft“, sagte er.

„Und die Ferne lockt“, sagte der Söldner.

„Aber dich wird er nie vergessen“, sagte die Magd.

Der Schultheiß fügte leise hinzu: „Verzeih ihm, er kann nicht anders.“

„Ich weiß“, sagte sie. Dann stiegen ihr erneut die Tränen in die Augen. Und diesmal waren sie ohne jeden Zweifel echt.

Epilog

Sofort nach der Sondersitzung des Rates wurden Nachforschungen angestellt, warum es ausgerechnet einem Bauchredner und nicht den Bütteln der Stadt gelungen war, den Mörder zu entlarven. Rüterbusch und Vock machten dabei keine gute Figur. Der untersuchende Beamte Koldwey kam zu dem Schluss, dass beide versagt hatten, und setzte ihre

Strafversetzung durch. Krassmann dagegen, auf dessen Dienste als Scharfrichter man nach wie vor angewiesen war, ging straffrei aus. Ihm wurde zugutegehalten, dass er sich nur seiner Haut erwehrt hatte.

Auch Spinner-Franz blieb ohne Strafe. Er kam noch am selben Tag aus dem Gefängnis frei. Wie nicht anders zu erwarten, führte er diese glückliche Entwicklung auf seinen Pakt mit dem Teufel und die Zauberkraft seiner eingeheilten Hostie zurück. „*Ita est* und *yes* und *oui*." Doch wollte er sich nicht dauerhaft auf seine Zauberkräfte verlassen und verließ deshalb nach ein paar Tagen die Stadt. Als er durchs Obertor ging, begleitet von Pocke, begegnete ihm Conatus, hoch zu Pferde. Er hatte von der Aufklärung der Morde gehört und strebte nun nach Hause zu seinen Elektrisiermaschinen – ohne Teppichrolle und ohne Sutters Bein, dessen Verbleib niemals aufgeklärt werden sollte.

Schonen konnte sich Dr. Beiss, der Stadtphysikus, denn Alena zog tatsächlich zu ihm und führte ihm den ganzen Winter über den Haushalt. Dabei lernte sie seine freundliche Art schätzen und kochte für ihn so manches schmackhafte Gericht. Doch als der Frühling ins Land zog, hielt es sie nicht länger in der Stadt, und als Beiss eines Tages aus dem Rathaus kam, fand er in der Küche nicht nur eine köstliche Eintopfmahlzeit vor, sondern auch eine Nachricht, in der Alena ihn um Verständnis dafür bat, dass sie ihn verlassen müsse. Sie wolle wieder auf eigenen Beinen stehen und sich durchs Leben schlagen – als Klagefrau.

So endete die Tragödie um die fünf Morde in Steinfurth, doch war das Ende vielleicht nur ein Anfang, denn unberechenbar, wie der Mensch in seinem Wahn ist, könnte sie sich jederzeit an einem anderen Ort wiederholen.

Foto: © FinePic, München / Helmut Henkensiefken

„Die Ideen sind mir noch nie ausgegangen …“

Sein Ideenreichtum führte Wolf Serno, der 1944 in Hamburg geboren wurde und mit Frau und drei Hunden noch immer dort lebt, nach seinem Studium der Kommunikationswissenschaften zunächst in die Werbebranche. Zwanzig Jahre lang war er als Texter und Creative Director in verschiedenen Agenturen tätig. Doch 1997 beschloss er, nicht mehr im Auftrag anderer zu schreiben, sondern über die Dinge, die ihm in besonderer Weise am Herzen liegen: seine Leidenschaft für die Seefahrt und die Medizingeschichte.

Weil er es selbst so spannend findet, vermittelt er in seinen Bestsellern neben der reinen Handlung „immer auch viel Wissenswertes über das Leben unserer Ahnen“. Und um seinen Lesern in allen historischen Disziplinen fundiertes Wissen weitergeben zu können, betreibt Serno einen gewaltigen Aufwand: er „wälzt Fachliteratur, Lexika, frischt sein Latein auf, kümmert sich um Geografie, Zoologie und natürlich um die Medizin von damals“. Seine Bücher sind entsprechend hieb- und stichfest recherchiert, die historischen Figuren und Ereignisse, die den Rahmen für seine Romane bilden, sind historisch verbürgt. „Die Handlungen allerdings sind reine Fantasie.“

Natürlich könnte Wolf Serno auch Geschichten schreiben, die in der Gegenwart spielen, doch er findet die Vergangenheit sehr viel reizvoller. Überdies, so Serno, hat es einen gewissen Verfremdungseffekt, wenn man dieselbe Geschichte in einen historischen Kontext stellt: „Ich finde es einfach spannender, die Ereignisse ein paar Hundert Jahre früher stattfinden zu lassen. Eine Kreuzfahrt von Tanger nach Venedig kann sich jeder vorstellen. Sonnenbäder, Müßiggang, Gähnen ... Die Fahrt auf einer Galeere dagegen sah ganz anders aus. Dazu gehörten Wagemut, Seemannschaft, Glück. Die Zeiten waren ungewisser – und nicht nur die Schiffe waren ganz anders.“

Unser Leben mit George

JUDITH SUMMERS

Vier Pfoten,
ein großes Herz und
jede Menge Unfug
im Sinn!

PROLOG

Es ist genau 6.30 Uhr, als mein Wecker mich aus dem Schlaf schreckt. Und damit meine ich nicht die Uhr auf dem Nachttisch, die auf 7.15 Uhr gestellt ist, sondern das durchdringende Gebell, das durch den Flur hallt.

Schnell ziehe ich mir das Kissen über den Kopf und versuche, noch einmal einzuschlafen. Aber davon kann keine Rede sein, denn dieser bellende Wecker hat keinen Knopf zum Abstellen. Das Kläffen wiederholt sich in Abständen von dreißig Sekunden, bis mich schließlich mein schlechtes Gewissen überwältigt. Schließlich ist George seit Mitternacht im Haus eingeschlossen und muss wahrscheinlich dringend pinkeln. Also rolle ich mich aus dem Bett, taumle durch den Flur und öffne die Tür zum Arbeitszimmer. Elf Kilo Cavalier King Charles Spaniel liegen startbereit neben dem Hundekorb, die Hinterbeine weit von sich gestreckt, der Schwanz saust wie eine Startflagge über den Boden. Im Bruchteil einer Sekunde ist er aufgesprungen und rast los. Doch statt sofort zur Hundeklappe zu springen, die hinaus in den Garten führt, rennt er nach oben in die Küche, wobei seine Augen siegessicher blitzen. Vielleicht muss George ja wirklich dringend pinkeln, aber was er im Moment noch dringender braucht, ist sein Frühstück.

Weil ich auf den gleichen Trick reingefallen bin wie gestern, vorgestern und auch den Tag davor, bin ich wütend auf mich und gehe zurück ins Bett. Aber eine Minute später erscheint eine feuchte schwarze Nase neben meinem Kopfkissen, dazu zwei weiße Pfoten mit langen, seidigen Haaren. „Hau ab!“, murmle ich unwirsch. Doch George, der nicht so leicht aufgibt, fährt beharrlich in seiner einseitigen Unterhaltung fort. Um diese Morgenstunde gibt es nur eine Möglichkeit, ihn loszuwerden: Man gibt nach.

Oben, im offenen Wohnbereich von Küche und Wohnzimmer, wirft er sich vor dem Kühlschrank auf den Boden und starrt mich unverwandt an. Ungerührt schütte ich eine großzügige Portion eines Allein-Trockenfutters in seinen Napf und stelle ihn auf die Schieferumrandung vor dem Kamin. Aber statt hinzurennen und sich sofort darüber herzumachen, rührt George sich nicht von der Stelle. Vielsagend rollt er seine Augen in Richtung Kühlschranktür, dann wieder zu mir. Das, was George will, ist dort drinnen in der summenden Metallkiste. Und damit ich es auch wirklich verstehe, wiederholt er das Augenrollen noch zweimal und leckt sich dabei lasziv das Maul. Für ein Tier, dessen Gehirn die Größe und die Konsistenz eines Pilzes hat, verfügt George über ziemlich effektive kommunikative Fähigkeiten.

Schließlich werde ich doch weich, öffne die Kühlschranktür und nehme das Brathähnchen von gestern Abend heraus. Während ich ein paar Fleischstückchen ablöse und in seinen Napf gebe, tanzt George voller Vorfreude einen Salsa, und als ich die Schüssel zum Kamin zurücktrage, rutscht er rückwärts vor mir her, entschlossen, sie nicht eine Sekunde aus den Augen zu lassen. Noch ehe der Napf auf dem Boden steht, hat George bereits seine Nase darin vergraben. Und bis ich mich umgedreht habe, hat George jedes auch noch so kleine Stück Huhn herausgepickt und bellt nach mehr.

„Tut mir leid, Freundchen“, erkläre ich nachdrücklich, „das reicht, mehr gibt's nicht.“ George ist etwas pummelig und deshalb auf Diät, und ich habe dafür zu sorgen, dass er sie einhält.

George jedoch nimmt wieder vor dem Kühlschrank Aufstellung und bellt die geschlossene Tür immer wieder hoffnungsvoll an. Tapfer versuche ich ihn zu ignorieren und fange an, das Chaos zu beseitigen, das mein 17-jähriger Sohn gestern Abend hinterlassen hat: den Pulli, den er zwischen die Sofakissen gestopft hat, das Handy auf der Abtropffläche der Spüle, die offene Milchtüte, die auf dem Couchtisch vor sich hin säuert, und die drei Turnschuhe (warum sind es immer drei?), die heimtückisch quer über dem Teppich verstreut liegen, genau dort, wo ich am wahrscheinlichsten darüberfalle. Endlich hört George auf zu kläffen, springt auf einen Sessel und sieht mich beleidigt an. Langsam, aber sicher sinkt sein Kopf nach unten. Offensichtlich hat er endlich eingesehen, dass er fürs Erste nicht mehr zu fressen bekommen wird, und wendet sich seiner liebsten Freizeitbeschäftigung zu: Er legt sich hin, um ein Nickerchen zu halten.

Um 8.15 Uhr, nachdem ich meinen Sohn aus seinem Tiefschlaf gerissen und in die Schule geschickt habe, wecke ich George. Da er weiß, was als Nächstes auf der Tagesordnung steht, hebt er den Kopf nur sehr widerwillig und sieht mich furchtsam an. Doch ich bin entschlossen, mich für das frühe Wecken zu rächen, und rufe „Gassi gehen!“, wobei ich so viel Begeisterung wie möglich in meine Stimme lege. Energisch befestige ich seine Leine am Halsband und zerre ihn zur Haustür hinaus. Mit einem sehnsüchtigen Blick zurück zum Haus trabt George neben mir die Straße entlang und wedelt bei jedem geparkten Auto mit dem Schwanz in der Hoffnung, dass wir vielleicht einsteigen würden. Gassi gehen im Auto ist Georges liebste Art der Fortbewegung.

Unser örtlicher Park, der Hampstead Heath-Park, dessen Name vom seltenen Lebensraum der Heide (*heath*) stammt, ist mit einer Fläche von 320 Hektar Londons älteste und größte Parklandschaft. Auf dem riesigen Gelände befinden sich 25 größere Teiche, Wälder mit neuem und altem Baumbestand, Sümpfe, Hecken, Grasflächen, Schwimmbäder und Spielplätze. Als George den Park vor sich auftauchen sieht, gräbt er seine Krallen ein und weigert sich, auch nur einen Schritt weiter zu gehen. Sanft ziehe ich an der fünf Meter langen Leine, die jetzt zwischen uns liegt, doch George rührt sich nicht. Also versuche ich ihn zu locken: „Nun komm schon, Schätzchen!“, doch als er sich immer noch nicht bewegt, werde ich langsam ungeduldig: „*Komm* jetzt! George! *Bei Fuß*, hab ich gesagt! Mach endlich mal, was ich sage!“

Doch George pflanzt sein breites Hinterteil fest auf den Gehweg. Was hatte noch gleich die Verhaltenstherapeutin, als ich sie um Rat fragte, gesagt? *Sie müssen George zeigen, wer der Boss ist, und Sie dürfen ihn niemals die Oberhand gewinnen lassen.* „Okay!“, befehle ich ihm so ruhig wie möglich. „Jetzt reicht's!“ Damit drehe ich mich um und gehe weiter. George, der offensichtlich seinen Sitzstreik nicht aufgeben will, wird mitgezogen und schlittert auf dem Hinterteil hinter mir her. Dabei rutscht sein Halsband nach oben über das eine Ohr, und da er ein großartiger Schauspieler ist, fängt er an zu husten und zu würgen, als würde ich ihn erdrosseln.

„Oh, sieh mal, der arme kleine Hund!“

Einige Kinder, die auf dem Weg zur Grundschule sind, umringen George. „Oh, ist der süß!“, rufen sie. George springt auf und schmiegt sich an die Schüler, als könne er kein Wässerchen trüben. Doch als die Mütter näher kommen, geht er zur Seite, macht den Rücken krumm und …

„Iiii!“ „Pfui!“

George setzt ein perfektes Häufchen auf den Gehweg. Während ich mich bücke und es mit einem Plastikbeutel aufnehme, haben die Mütter ihre kreischenden Sprösslinge eingeholt. Voller Abscheu starren sie George und mich an, als ob ich dadurch, dass ich meinen Hund auf den Gehweg sein Geschäft machen lasse, die gesamte Nachbarschaft in Misskredit bringen würde.

Wie ich da stehe, gedemütigt, mit dem baumelnden Plastikbeutel in der Hand, steigt in mir ein gewaltiger Ärger über George hoch. Solche Vorfälle wie dieser finden mit solcher Regelmäßigkeit statt, dass ich allmählich den Verdacht hege, dass George das vielleicht absichtlich so einrichtet, um mich vor meinen eigenen Artgenossen zu blamieren. Mit anderen Worten, er rächt sich dafür, dass er gegen seinen Willen Gassi gehen muss. Kann das möglich sein? Macht mein Hund seine Häufchen, weil er sich an mir rächen will – oder bin ich jetzt völlig verrückt geworden?

George macht eine Kehrtwende in Richtung Heimat – schließlich hat er seine Pflicht getan und will nicht einsehen, welchen weiteren Sinn es haben soll, den Spaziergang fortzusetzen –, aber da hat er sich in mir getäuscht. Energisch straffe ich die Leine und ziehe ihn über die Straße, die die Wohnviertel von Hampstead Village von der offenen Landschaft des Heath-Parks trennt. Lustlos und mit herabhängenden Lefzen trabt George hinter mir her. Vielleicht muss er Gassi gehen, aber Spaß machen wird es ihm auf keinen Fall!

Als wir von einer Allee auf eine große leicht abfallende Wiese abbiegen, lasse ich George von der Leine. Überall um uns herum sehe ich Labrador Retriever, Schäferhunde, Dalmatiner, Dackel, Jack-Russell-Terrier und verschiedene Promenadenmischungen, die durchs Gras tollen, hinter Bällen herrennen oder Stöckchen apportieren. Ganz anders mein Cavalier: Er bleibt wie angewurzelt stehen, während ich losgehe. Als ich die Hälfte der Wiese hinter mir habe, blicke ich verstohlen über die Schulter, um zu sehen, ob er mir folgt. Nein, er ist noch immer an genau derselben Stelle, an der ich ihn losgemacht habe. Wie immer protestiert George gegen das Spazierengehen, indem er sich nicht von der Stelle rührt.

Erst rufe ich ihm zu, er soll bei Fuß gehen. Dann schreie, pfeife und brülle ich. Doch George bleibt so bewegungslos sitzen wie einer dieser niedlichen Plüschhunde, denen er so ähnlich sieht.

Erst als ich hinter einem Baum verschwinde und er mich nicht mehr sehen kann, wird er lebendig. Jetzt bangt er um sein täglich Brot und macht ein paar zögernde Schritte in meine Richtung, fällt dann in einen Trab und schließlich in ein verzweifeltes Rennen.

Und während er spurtet, findet eine wunderbare Verwandlung statt: Georges missmutiger Ausdruck verschwindet. Selbst ein so fauler Hund wie er kann sich den Freuden eines Sprints im Freien an einem so herrlichen Frühlingsmorgen nicht verschließen.

Plötzlich ist George ein anderes Tier. Oder genauer gesagt, jetzt *ist* er ein Tier. Die Nase auf dem Boden wie die Jagdhunde, von denen er abstammt, folgt er den Fährten von Kaninchen, Eichhörnchen und Füchsen, die kreuz und quer durch den Heath-Park laufen. Dabei erschreckt er sonnenbadende Spechte und scheucht Elstern auf, jagt Eichhörnchen die Bäume hinauf und trinkt aus schlammigen Pfützen.

Schließlich hält er inne, schnüffelt mit der Nase am Boden und lässt sich dann auf den Rücken fallen, um sich begeistert zu wälzen, wobei er fröhlich mit den Beinen in der Luft strampelt.

Schnell setze ich mich auf eine Bank und sehe ihm zu, mein Ärger ist verflogen. Na gut, George ist schwierig, eigensinnig und dickköpfig und mag nicht draußen sein. Er jagt nicht hinter Bällen her wie andere Hunde, er hört nicht auf Befehle, apportiert keine Stöcke, gibt nicht Pfötchen und kann auch sonst keine Kunststücke. Eigentlich ist er zu gar nichts zu gebrauchen. Das Einzige, was er kann, ist Brathähnchen fressen, bellen, Papiertaschentücher zerreißen und sich von vorne bis hinten bedienen lassen. Aber ab und zu vergisst er, sich wie ein verwöhnter Pascha zu benehmen, und wird ein ganz normaler Hund voll reiner, überschäumender tierischer Lebensfreude. Und wenn ich ihm dann zusehe, erwachen meine Lebensgeister ebenfalls.

Anscheinend hat George sich jetzt lange genug gewälzt und sieht außerordentlich zufrieden mit sich aus. Er springt auf die Beine, entdeckt mich auf der Bank, rast über die Wiese auf mich zu und springt auf meinen Schoß. Mich erfasst Rührung über so viel Liebe, ich umarme ihn und gebe ihm einen Kuss mitten auf seinen entzückenden weißen Kopf. „Mein lieber Junge“, gurre ich, hundevernarrt, wie ich nun mal bin. „Du süßer Kerl! Ich hab dich lieb, mein Georgie-Porgie!“

Doch während wir so auf der Bank sitzen, Frauchen und Hund in glücklicher Eintracht, steigt langsam ein penetranter Gestank aus seinem warmen Fell in meine Nase. Als ich ihn genauer ansehe, entdecke ich, dass George sich nicht nur so zum Spaß am Boden gewälzt hat. Nein, er hat sich in irgendetwas mit üblem Geruch gewälzt.

Schnell schubse ich das stinkende Monster von meinem Schoß, befestige die Leine an seinem Halsband und mache mich mit ihm auf den Heimweg. George geht voran, den Schwanz hoch erhoben wie eine Siegesfahne. Und das zu Recht, denn er hat die Schlacht gewonnen: unser Morgenspaziergang, der eigentlich mindestens vierzig Minuten dauern sollte, ist nach zehn Minuten beendet.

Sowie ich durch die Haustür bin, setze ich George in die Badewanne. Schnell bade und shampooniere ich ihn, dann trockne ich ihn mit dem Föhn. Als Nächstes scheuere ich die Badewanne. Zum Schluss schrubbe ich mich, ziehe saubere Sachen an und werfe meine Jeans zusammen mit Georges schmutzigen Handtüchern in die Waschmaschine.

Es ist noch immer Morgen, aber ich bin schon erschöpft. Seit ich heute früh von ihm geweckt wurde, hat George fast die gesamte Zeit ganz allein für sich beansprucht.

Warum in aller Welt nur, frage ich mich, habe ich mir einen Hund angeschafft?

EINS

Es war 1998, die erste Woche im November. Die Uhren waren erst vor Kurzem zurückgestellt worden. Deshalb war es jetzt erst 16 Uhr statt 17 Uhr, als ich mit meinem neunjährigen Sohn Joshua aus der Schule nach Hause ging, und es wurde bereits dunkel.

Wenn wir in den vergangenen Jahren an Novembernachmittagen wie diesem nach Hause gekommen waren, war es immer hell erleuchtet gewesen. Bereits nachdem wir die Haustür geöffnet hatten, hörten wir gewöhnlich lauten Jazz oder Flamencomusik vom CD-Player, vermischt mit dem Klang einer anspruchsvollen BBC-Talkshow und der Tonspur eines Videos. Über diese Kakofonie erhob sich eine lebhafte und manchmal auch wütende Männerstimme: Udi Eichler, mein Lebensgefährte und Joshuas Vater, saß dann an seinem Stammplatz am Ende des Küchentischs und telefonierte.

Immer umgab ihn dabei ein Durcheinander aus Zeitungen, Tassen mit kalt gewordenem schwarzem Kaffee, bekritzelten Notizblöcken, Kugelschreibern ohne Kappe und offenen Tabaksbeuteln. Oft jonglierte er mit zwei Telefonaten gleichzeitig – eines im Festnetz, das andere auf seinem Handy, das er zwischen Schulter und Ohr geklemmt hatte. Zwischen den Fingern seiner rechten Hand hielt er stets eine selbst gedrehte Zigarette. Während Udi sie rauchte, ließ er die Asche überallhin fallen – nur nicht in den makellosen leeren Aschenbecher vor sich.

Während Joshua und ich in diesem November unsere Straße entlanggingen, fühlte ich mich bleiern und schwer. Unser Haus lag still und dunkel da. Während wir darauf zugingen, plauderte ich krampfhaft fröhlich mit Joshua, und hoffte, er würde es nicht merken, wie anders alles jetzt war im Gegensatz zu früher. Doch ich glaube nicht, dass er sich auch nur eine Minute lang täuschen ließ.

„Wie war's heute im Sportunterricht, Schatz?"

„Wir hatten nicht Sport, sondern *Fußball*. Und er ist ausgefallen, weil es geregnet hat."

„Ach. Wie schade! Und was habt ihr stattdessen gemacht?"

„Wir haben nur im Klassenzimmer gespielt."

„Das hat doch sicher auch Spaß gemacht. Hast du viele Hausaufgaben zu machen?"

„Bloß 'n bisschen Mathe. Warum fragst du das alles?"

„Weil es mich interessiert."

„Wieso? Es ist doch nur Schule, Mama. Außerdem fragst du jeden Tag das Gleiche."

Ich schloss die Tür auf, allerdings ohne jegliche Begeisterung. In den letzten fünf Monaten hatte ich festgestellt, dass es nicht viel gab, was noch trostloser war, als in ein leeres Haus zu kommen. Als Udi noch da war, war unser Heim fast aus den Nähten geplatzt. Aber statt des Wirbelsturms, den er stets um sich verbreitete, herrschte jetzt eine unheimliche Stille in unserer viktorianischen Maisonettewohnung. Deshalb schwatzte ich weiter und erzählte Joshua, was ich an diesem Tag alles gemacht hatte, während ich schnell alle Lichter einschaltete, im Radio einen Sender mit Rockmusik suchte und zusätzlich noch den Fernseher anmachte. Damit wollte ich Udis fast greifbare Abwesenheit überspielen – versinnbildlicht durch den leeren Stuhl am Ende des blanken Küchentischs.

Udi war vor fünf Monaten gestorben, mit 56 Jahren. Vor mehr als 13 Jahren war er wie ein menschlicher Tornado in mein Leben gefegt, in einem pelzbesetzten Mantel, den er in einem Oxfam-Laden gekauft hatte, dazu trug er einen schwarzen Hut, den ihm der amerikanische Schriftsteller Saul Bellow geschenkt hatte. Ein extrovertierter Mitteleuropäer, der geradezu vibrierte vor Lebensfreude, ein viel beachteter Produzent von Dokumentarsendungen fürs Fernsehen. Gleichzeitig machte er eine Ausbildung als Psychotherapeut, was er im Nebenberuf ausüben wollte. Udi war brillant, charismatisch und provokant, und er hatte eine große rednerische Begabung. Seine Interessen erstreckten sich von Kunst bis zum Windsurfen, und er konnte sich stundenlang über alle möglichen Themen unterhalten, egal ob es sich um Außenbordmotoren oder die Literatur der Postmoderne handelte. Wenn es ein Adjektiv gab, das auf ihn mit Sicherheit *nicht* zutraf, dann war es *langweilig*.

Dabei war Udi kein intellektueller Snob, sondern behandelte alle Menschen mit dem gleichen Respekt: von Schriftstellern wie Bellow, den er durch seine Arbeit als Fernsehproduzent kennen gelernt hatte, bis zu Joseph, den äthiopischen Taxifahrer, mit dem er befreundet war. Immer war er aufrichtig interessiert an allen Menschen, die er kennen lernte.

Vielleicht lebte Udi sein Leben mit einer solchen Begeisterung, weil seine eigene Kindheit sehr schwer gewesen war. Udi war 1942 im gerade von den Nazis annektierten Österreich geboren, und Gertie, seine selbstverliebte 17-jährige Mutter hatte in den darauffolgenden sechs Jahren ebenso viele Ehemänner verbraucht. Zu seinem leiblichen Vater hatte Udi wenig Kontakt. Und er hatte einen Klumpfuß.

Als er 13 Jahre alt war, schickte seine Mutter den pubertierenden Jungen für zwei Wochen nach England zu seinem Onkel Gus, der in London ein böhmisches Restaurant mit Jazzclub besaß. Gus war der Einzige ihrer Exmänner, der sich für Udi interessierte. Zu seinem Entsetzen verkündete Udi jedoch nach Ablauf der zwei Wochen seine Absicht, für immer in England zu bleiben, und weigerte sich, wieder in seine Heimat zurückzufahren. Nachdem Gus ihn mit fünf Pfund in der Tasche hinausgeworfen hatte, wandte sich Udi daher an das Innenministerium und erzählte den Entscheidungsträgern dort, er fühle sich als Engländer, nicht als Österreicher, und er wolle für immer hierbleiben.

Das Innenministerium war Mitte der Fünfzigerjahre noch ganz anders als die streng regulierte, bürokratische Maschinerie, die es heute ist. Perplex und vielleicht auch ein wenig amüsiert über die Entschlossenheit dieses 13-jährigen Österreichers, gewährte man ihm nicht nur die Erlaubnis zu bleiben, man besorgte ihm letztendlich sogar einen Platz in einem staatlichen Internat, einer wunderbaren Schule namens Woolverstone Hall in der Nähe von Ipswich. Nach seinem Schulabschluss studierte Udi Wirtschaftswissenschaften an der Universität, danach kam er zur BBC.

Anfangs war Udi nicht der perfekte Mann, den sich meine Eltern für ihre heißgeliebte jüngste Tochter erträumt hatten. Udi war elf Jahre älter als ich und hatte sich vor Kurzem nach 24-jähriger Ehe von seiner Frau Diana getrennt. Da er mit 19 Jahren geheiratet hatte, hatte er bereits zwei erwachsene Töchter, Tabby und Hannah. Er fuhr mit einem alten Motorrad herum, dabei trug er einen zerbeulten Sturzhelm, ein Hemd mit Blumenmuster und hautenge Motorradhosen, die mein Vater abfällig seine „Lederhosen" nannte, und grüne Schuhe. Er war Kettenraucher und nie ohne eine Selbstgedrehte zu sehen, und seine Gesprächsthemen reichten von Nietzsche und Liberalismus – einer politischen Philosophie, nach der jedes Individuum das Recht hat, mit seinem Leben und seinem Besitz zu tun, was immer es möchte, solange dadurch die Freiheit anderer Individuen nicht verletzt wird – bis zu den intimsten Fragen.

Aber ich war bereits in den Dreißigern und immer noch unverheiratet, also akzeptierten meine Eltern Udi schließlich. Und als ihr erstes Enkelkind Joshua geboren war, konnte Udi in ihren Augen sowieso nichts mehr falsch machen. Im Lauf der Zeit schlossen sie meinen exzentrischen und überaus gastfreundlichen Lebensgefährten richtig ins Herz und er sie ebenfalls.

Obwohl er übergewichtig war, wie ein Schornstein qualmte und literweise starken schwarzen Kaffee in sich hineinschüttete, schien Udi immer bei bester Gesundheit zu sein, folglich stießen meine ewigen Warnungen bezüglich Übergewicht, Herzinfarkt und Lungenkrebs auf taube Ohren. Doch im Mai 1997 fühlte er sich plötzlich sehr schlecht und sah auch so aus. Seine Haut hatte einen grauen Schimmer bekommen, und er klagte über Schmerzen in der Brust. Oft kam er von der Arbeit heim, fiel aufs Sofa und schlief sofort ein. Das war höchst ungewöhnlich für diesen menschlichen Dynamo, der gewöhnlich erst um drei Uhr morgens zu Bett ging und vier Stunden später frisch und voller Tatendrang wieder aufstand.

Damit er endlich einen Arzt aufsuchte, musste ich meine ganze Überredungskunst aufwenden. Als ausgebildeter Psychotherapeut konnte Udi problemlos die Probleme anderer diagnostizieren, aber ihm selbst fehlte natürlich nie etwas. Doch als er Anfang Juni plötzlich Schluckbeschwerden hatte, ließ sich der Arztbesuch nicht länger hinausschieben.

Die Ärztin überwies Udi sofort zu einer Endoskopie, einer Magenspiegelung, in unserem Krankenhaus, dem Royal Free in Hampstead. Einige Minuten nach der Untersuchung rief der Facharzt uns in sein Sprechzimmer, wo er uns mit den ernüchternden Worten begrüßte: „Es tut mir schrecklich leid.“ Udi habe Speiseröhrenkrebs, und die Prognose sei leider nicht gut. Kurzfristig stünde ihm eine schwere Operation bevor, um einen großen Teil seiner Speiseröhre zu entfernen, aber selbst damit seien seine Aussichten auf Heilung äußerst gering.

In Wirklichkeit war der kleine Tumor, den der Facharzt in Udis Speiseröhre gefunden hatte, nur die Spitze des Eisbergs oder vielmehr des großen Tumors, der wahrscheinlich schon seit Jahren in Udis Magenschleimhaut gewachsen war und die Magenwand bereits durchbrochen hatte. Wie Professor Marc Winslett, Udis hervorragender Chirurg, nach der Auswertung anschließender Kernspin-Aufnahmen abschließend diagnostizierte, hatte Udi einen *linitis plastica*, eine seltene Form von Magenkrebs, und zwar bereits Stufe IV. Die Aussichten hätten gar nicht schlimmer sein können.

Ende August entfernte Winslett in einer sechsstündigen Operation die bösartige Wucherung zusammen mit Udis gesamtem Magen. Dann formte er ihm aus einem Stück Darm einen kleinen falschen „Magen“. Von nun an würde Udi nur noch winzige Portionen auf einmal essen können und drastisch abnehmen. „Du wolltest doch immer einen schlanken Mann“, witzelte er, als er in den OP geschoben wurde. „Jetzt bekommst du endlich einen.“

Und weil er nie ein einfacher Patient gewesen war, begann mein freiheitsliebender Mann, sobald er auf der Intensivstation aufwachte, verrücktzuspielen, indem er im Namen der freien Persönlichkeitsentfaltung nach einer

Zigarette verlangte. Obwohl er nach seiner langen Narkose noch kaum bei Bewusstsein war und an unzählige Monitore und Infusionsgeräte angeschlossen war, piesackte er die Schwestern der Intensivstation so lange, bis sie es endlich nicht mehr ertragen konnten und ihn einen ganzen Tag früher als geplant auf die Magen-Darm-Station zurückschickten.

Dann, ein paar Nächte später, kurz nachdem ich mich von ihm verabschiedet hatte, verließ Udi spontan die Station, ohne dass es die Schwestern bemerkten. In seiner überschwänglichen Freude, die Operation überlebt zu haben, war er entschlossen, keine weitere Minute seiner verbleibenden Zeit mit dem Anstarren langweiliger Krankenhauswände zu verschwenden. Vom Brustbein bis zum Nabel von Metallklammern zusammengehalten und mit nichts weiter als einem Schlafanzug und einem Bademantel bekleidet, überredete er einen Besucher eines anderen Patienten, ihn mitzunehmen. Zu Hause angekommen, stellte er fest, dass niemand da war, und er hatte keinen Schlüssel. Da Udi vermutete, dass Joshua und ich bei meiner Schwester waren, die gleich um die Ecke wohnte – womit er richtig geraten hatte –, lief er barfuß dorthin und überraschte uns alle. Dabei lachte und scherzte er, als sei er in Topform. Udi schien unbesiegbar.

Zehn Monate später war er tot. Was der Onkologe als „aggressive Chemotherapie" beschrieben hatte, hatte weder die Wunderheilung erbracht, die er erhofft hatte, noch sein Leben um die zwei bis drei Jahre verlängert, mit denen er mindestens gerechnet hatte. Vielmehr hatte es nicht mehr bewirkt, als dass die Flut der winzigen Krebszellen für kurze Zeit aufgehalten wurden, wobei es Udi allerdings sehr schlecht ging.

Tödlich wie die Sporen eines Giftpilzes warteten sie in seinem Körper auf die nächste Gelegenheit, sich wieder auszubreiten. Und genau das taten sie sofort, als die dreimonatige Chemotherapie beendet war. Im Januar, als er mit der ganzen Familie nach Österreich zum Skilaufen ging, schien Udi wieder ganz der Alte zu sein, was aber nicht stimmte. Ende März musste er sich einer Notoperation unterziehen, um einen kleinen Darmverschluss zu beseitigen, und uns wurde gesagt, dass seine Lebenserwartung höchstens noch sechs Monate betrug. Anfang Mai, nach einer dritten Operation, war diese ohnehin sehr kurze Frist auf klägliche drei Wochen geschrumpft.

Das war ein unbeschreiblicher Schock, besonders da Udi anscheinend immer noch das alte Energiebündel war. Mithilfe eines Morphintropfes, um den sich ein Team der Palliativstation kümmerte (von ihm liebevoll „die Todesschwadron" genannt), konnte er sich weiterhin mit Freunden im Café treffen, bis er zu schwach dazu war. Danach hielt er auf dem Sofa im Wohnzimmer Hof, und später im Hospiz, wo ein ständiger Strom von Familienangehörigen, Freunden und Bekannten ihn besuchte, um sich von ihm zu verabschieden. Es kamen so viele, selbst aus Amerika, dass ich, wie die Assistentin eines viel beschäftigten Ministers, einen Terminkalender führen und die Zeit für die einzelnen Besuche begrenzen musste.

Ganz ehrlich, das Zubereiten von dreißig Tassen Kaffee am Tag und das Austeilen von Trost und Papiertaschentüchern an einen endlosen Besucherstrom, der bekümmert unser Haus verließ, war für mich nicht die Art, wie ich mir gewünscht hätte, die letzten Tage mit meinem Mann zu verbringen. Was alles noch schlimmer machte, war, dass mein Vater, der in Frankreich lebte, genau zur selben Zeit ebenfalls an einer tödlichen Krebserkrankung litt, und ich nicht wegkonnte, um ihn zu besuchen. Aber es war Udis Tod, nicht meiner. Und es war sein gutes Recht, ihn so zu begehen, wie er es für angebracht hielt, also biss ich die Zähne zusammen.

Viele sahen diese dauernde Geselligkeit und seine stoische Haltung angesichts des bevorstehenden Todes als heroisch an, fast schon eines Heiligen würdig. Doch ich deutete es anders: Weil Udi eine grauenhafte Angst vor dem Tod hatte, wollte er es vermeiden, mit denen, die er am meisten liebte, allein zu sein: mit mir, die während der letzten 13 Jahre seine Lebensgefährtin gewesen war; mit Tabby und Hannah, seinen erwachsenen Töchtern, die er so liebte und die während der letzten Phase seines Lebens bei uns wohnten, um bei seiner Pflege zu helfen; mit Nathaniel, seinem entzückenden vierjährigen Enkel; und vor allem mit dem achtjährigen Joshua, der jetzt bei seinem Vater auf dem Hospizbett saß und ihm die Zehennägel in knalligem Rosa lackierte. Stolz zeigte Udi allen Besuchern seine rosa Nägel und lachte, aber sein Lachen klang bitter. Udi liebte Joshua über alles, und der Gedanke, dass er ihn nicht würde aufwachsen sehen, bereitete ihm unerträgliche Schmerzen.

Joshua wusste von Anfang an, dass es ernst um seinen Vater stand. „Wird Dad wieder gesund?“, war eine Frage, die er mir deshalb oft stellte.

„Ja sicher, ganz bestimmt“, war meine Antwort, die ich immer in einem empörten Tonfall gab, damit sie klang, als sei das doch selbstverständlich. Und es war keine Lüge, denn trotz der verschwindend geringen Chancen glaubte ich immer noch daran, dass Udi überleben würde. Schließlich war er doch stets ein Glückspilz gewesen. Zwar flirtete er mit der Gefahr, entwischte ihr aber immer in letzter Minute.

Trotz meiner tapferen Bemühungen, ein möglichst fröhliches und normales Familienleben aufrechtzuerhalten, wurde Joshuas Gesicht im Lauf der Zeit genauso blass wie das seines Vaters, und die Frage, die er mir neuerdings am häufigsten stellte, war: „Muss Dad sterben?“

„Ich glaube nicht“, pflegte ich anfangs zu antworten, später sagte ich dann: „Ich hoffe nicht.“ Aber ich hatte Joshua versprechen müssen, ihn nicht anzulügen: Wenn Udi sterben musste, dann wollte er es vorher wissen. Deshalb, als ich es nicht länger vermeiden konnte, lautete meine Antwort auf die meistgestellte Frage schließlich: „Es ist schon möglich, dass er sterben wird“, und zuletzt: „Ja, wahrscheinlich.“

Als Joshua daraufhin eines Tages unschuldig fragte: „Wenn Dad stirbt, kriege ich dann schulfrei?“, wurde mir klar, wie wenig er von dem Ernst dessen verstand, was uns bevorstand.

Nachdem sein Arzt Udi verkündet hatte, er habe nur noch drei Wochen zu leben, wurde es unvermeidlich, Joshua die ganze Wahrheit zu sagen, denn mir war klar, dass Udi offen über seinen bevorstehenden Tod sprechen würde, und Joshua würde es bestimmt irgendwann mit anhören.

Also entschlossen wir uns, Joshua zu erzählen, dass Udi wahrscheinlich sterben würde, und das vermutlich schon sehr bald. Es war eine Entscheidung, die ich sofort bereute. Denn was bedeutete das Sterben für einen Achtjährigen? Der Gedanke, dass sein Vater *es* jeden Moment tun konnte – was immer *es* war –, bereitete ihm schreckliche Ängste. Udis Gegenwart verunsicherte Joshua und machte ihn nervös, und er entspannte sich nur langsam wieder.

Doch gegen Ende der drei Wochen entwarf er einen pyramidenförmigen Grabstein für Udi und half seiner Halbschwester Hannah, seinen Vater zu versorgen. „Ich bin so stolz auf dich, Dad“, erklärte er, als er an Udis letztem Lebenstag bei seiner Pflege half.

Udi starb im Morgengrauen des 3. Juni 1998. „So verdammt viel Leben, das noch nicht gelebt worden ist“, hatte er Professor Winslett einige Wochen zuvor geschrieben. „Obwohl ich in meiner Lebenszeit mindestens zwei Leben gelebt habe, es war noch nicht genug!“

Udis Feuerbestattung rund eine Woche später, an der mehr als 250 Personen teilnahmen, war eine weltliche Feier seiner charismatischen Persönlichkeit und seiner außergewöhnlichen Gabe der Freundschaft und des Verständnisses für andere. Alte Freunde und frühere Fernsehkollegen hielten Reden. Tabby und Hannah verlasen einen ergreifenden Nachruf auf ihren Vater, und Joshua trug ein selbst verfasstes Gedicht vor, in dem er Udi mit einem Blatt verglich, das der Sturm weggetragen hatte, und brachte damit alle zum Weinen.

Meine Musikwahl ganz zum Schluss war der große Klassiker der Dreißigerjahre von Irving Berlin, „Cheek to Cheek“. Es war immer „unser“ Lied gewesen. Gesungen von Fred Astaire hallte es durch den roten Ziegelbau des Krematoriums, während wir alle langsam hinausgingen.

Am folgenden Tag fuhren meine Schwester und ich mit den Kindern nach Frankreich, um unseren schwerkranken 79-jährigen Vater David zu besuchen, den ich monatelang nicht mehr gesehen hatte. Er war zu schwach, um zu stehen oder auch nur die Augen aufzumachen.

Als ich klein war, war mein Vater für mich der stärkste Mann des Universums gewesen. Um uns zu beeindrucken, spannte er die Muskeln in seinem rechten Arm an und ließ meine Schwester und mich daran schaukeln, außerdem konnte er eine Walnuss zwischen den Fingern zerdrücken und einen Apfel mit den bloßen Händen auseinanderbrechen. Aber bei aller physischen Kraft hatte er ein weiches Herz und den Charakter eines Gentlemans, außerdem war er ein äußerst großzügiger Mensch. Mein Vater war der Sohn eines Gemüsehändlers aus dem Londoner East End und hatte sich aus ärmlichen Verhältnisssen hochgearbeitet und sich selbst seine Bildung angeeignet. Und er hatte seiner Familie all das gegeben, was er selbst als Kind entbehrt hatte. Ich war seine Jüngste, und er hatte mich schrecklich verwöhnt.

Während der letzten Monate hatten mein Vater und Udi am Telefon oft darüber gewitzelt, wer zuerst durchs Ziel gehen würde, und schließlich hatte Udi gewonnen. Im Lauf der Jahre hatte mein Vater ein Vertrauen zu seinem Schwiegersohn entwickelt wie zu niemandem sonst. Er war tieftraurig über Udis Tod und machte sich große Sorgen um meine und Joshuas Zukunft. Jetzt saß ich an seinem Bett, hielt seine Hand und versuchte ihn zu beruhigen, indem ich ihm versicherte, dass Joshua und ich schon klarkommen würden.

Als hätte er nur noch darauf gewartet, dass er sich von seinen Töchtern und Enkeln verabschieden konnte, starb mein Vater nicht einmal 24 Stunden nach unserer Ankunft in Frankreich. Verständlicherweise war Joshua schrecklich verängstigt über diesen zweiten Tod, nur elf Tage nachdem er seinen Vater verloren hatte. „Alle Männer in unserer Familie sterben", klagte er verstört. Er hatte Angst, dass er der Nächste sein würde.

Mit dem Leichnam meines Vaters flogen wir nach England zurück, und einen Tag später saßen wir wieder im Krematorium von Golders Green, zum zweiten Mal in zwei Wochen.

Nach den beiden Beisetzungen wurstelte ich mich irgendwie durch den Juli und August, wobei mich ein wunderbares Netzwerk aus Verwandten und Freunden unterstützte.

Wie sehr man auch glaubt, sich innerlich darauf eingestellt zu haben – nichts kann einen auf die Trauer über den Verlust eines geliebten Menschen wirklich vorbereiten. Man kann nichts anderes machen, als einfach jeden Tag zu nehmen wie er kommt, und versuchen, irgendwie damit fertig zu werden. Und wenn der Mensch, der gestorben ist, dein Vertrauter und bester Freund war, dann ist das Schlimmste dabei, dass ausgerechnet der Mensch, mit dem man darüber sprechen möchte, was man gerade durchmacht, nicht mehr da ist.

Nach außen hin gab ich mich ruhig und schon fast unnatürlich gefasst. Innerlich aber war ich vom Schmerz überwältigt und panisch. Ich befand mich in einer Phase, in der ich die Augen vor meiner schmerzlichen Realität verschloss, und warf mich sofort wieder ins Leben. Niemand sollte mich bemitleiden oder sogar glauben, ich käme nicht zurecht. Bei Joshuas Schulsportfest, das knapp eine Woche nach Udis Tod stattfand, setzte ich ein Lächeln auf, zog die Schuhe aus, krempelte die Hosenbeine hoch und nahm am Sackhüpfen der Eltern teil. Es ging auch sehr gut bis kurz vor der Ziellinie, als ich mir den Knöchel verdrehte und hinfiel. Hinkend ging ich als Letzte durchs Ziel, was Joshua äußerst peinlich war.

Da meine Mutter noch immer im Ausland lebte, fuhren wir im August nach Frankreich, um zwei Wochen mit ihr zu verbringen. In den vergangenen Jahren hatte Joshua in den Ferien immer seinen Großvater und seinen Vater zum Spielen gehabt. Jetzt war er von ängstlichen Weibern umgeben. Als er mir unter Tränen anvertraute, dass Udi versprochen hatte, mit ihm Paraskiing auszuprobieren – ein Sport, bei dem man mit Wasserski an einem Fallschirm hinter einem schnellen Boot hergezogen wird, etwas, wofür Joshua viel zu klein war, um es allein zu machen –, war ich deshalb entschlossen, ihm dieses Erlebnis zu ermöglichen. Trotz meiner Furcht vor der Höhe und vor dem Wasserskilaufen ließ ich mir den Gurt mit dem Fallschirm anlegen und schwebte bald neben Joshua hoch über dem Meer. Dabei hatte ich eine solche Angst, dass ich mich kaum daran erinnere, ich glaube, ich rief immer nur „Sei vorsichtig!“ in Joshuas linkes Ohr.

„Mama, ich muss dir was gestehen“, erklärte mir ein begeisterter Joshua und grinste verlegen, als wir wieder festen Boden unter den Füßen hatten. „Dad hatte mir gar nichts versprochen. Ich wollte es nur so schrecklich gern mal ausprobieren.“

Doch ich war ihm nicht böse. Vielmehr sah ich diese krasse Art der emotionalen Erpressung als ein Zeichen, dass mein Sohn besser mit unserer Situation zurechtkam als ich. Dennoch war es unvermeidlich, dass der Verlust seines Vaters immer noch sehr schmerzhaft für ihn war. Joshua brach oft in Tränen aus und konnte einfach nicht begreifen, dass die Ärzte seinen Vater nicht hatten gesund machen können. Andere Leute hatten Herz- und Lungentransplantationen, warum konnte man seinem Vater nicht einfach einen neuen Magen implantieren? Dann gab es wieder Tage, an denen Joshua in meinem Schlafzimmer auf dem Boden lag und vor Zorn tobte, weil alle anderen Kinder ihren Vater noch hatten, nur er nicht. Ich hatte keine Antworten parat, die ihm ein Trost gewesen wären. Ich konnte ihm nur immer wieder sagen, dass dieser Abschnitt unseres Lebens ein schwerer Kampf sein würde – aber ich versprach ihm, dass wir ihn zusammen irgendwie durchstehen würden.

Doch noch im September hatte Joshua die Worte „Udi" und „Dad" aus seinem Wortschatz gestrichen, was ich ziemlich besorgniserregend fand. Daher konsultierte ich ein Buch über den Umgang mit trauernden Kindern. Eines Abends dann nahm ich ein Foto von Udi vom Kaminsims.

„Ist das nicht ein nettes Bild von Daddy?", begann ich ganz ruhig.

Aber noch ehe ich weiterreden konnte, fixierte mein Sohn mich mit einem kalten Blick und erklärte: „Du willst, dass ich mit dir darüber rede, stimmt's?"

Mir verschlug es die Sprache. War mein Sohn so klug, oder war das, was ich tat, so offensichtlich? „Nein! Na ja … Ich denke, eigentlich schon", gab ich errötend zu. „Aber weißt du, auch ich möchte gern über Udi sprechen."

Joshua stand auf, und mit einem nachdrücklichen „Aber ich nicht!" verließ er das Zimmer.

Ich war überrumpelt worden von einem Kind, dessen instinktives Verständnis für Psychotherapie offenbar genauso gut war wie das seines Vaters, und ganz offensichtlich besser als das meine. Also beschloss ich, dass Joshua seine Trauer in seinem Tempo bewältigen müsse, und ließ ihn in Ruhe.

Doch Joshua tat mir leid, und ich fühlte mich so machtlos, weil ich ihm nicht helfen konnte. Unser Leben hatte sich radikal verändert, und zwar überwiegend zum Negativen. Als Vater hatte Udi mit seiner optimistischen, fast schon tollkühnen Natur zu fast jedem Wunsch, jeder neuen Idee Ja gesagt, während ich die bei Weitem zögerlichere Hälfte unseres Duos war und eher dazu neigte, Nein zu sagen. Jetzt hatte dieser Mensch, der in Joshuas Leben für Action, Spontaneität und Spaß gesorgt hatte, schlicht aufgehört zu existieren, und Joshua hatte keine Wahl, er musste wohl oder übel die Wohnung mit seiner ruhigeren, meist besorgten Mutter teilen. Jetzt, wo Udi nicht mehr da war, hallte die Stille in allen Räumen wider, auch wenn wir zu Hause waren.

Als die Uhren am letzten Sonntag im Oktober zurückgestellt wurden, erschien mir das Haus noch einsamer. Die frühe Dunkelheit um fünf Uhr schien die Tatsache noch zu unterstreichen, dass Joshua und ich jetzt zusammen hier hausten, nur wir zwei, ganz allein. Wir saßen uns gegenüber am Küchentisch und aßen Hähnchen mit Pommes, und das Klappern des Bestecks auf den Tellern klang schrecklich laut. Angestrengt bemühte ich mich, ein Gespräch aufrechtzuerhalten.

Eines Abends unterbrach mich Joshua mit den schicksalsschweren Worten: „Mama, ich glaube, wir sollten uns einen Hund anschaffen."

„Einen Hund?" Ich war verblüfft. „Wie kommst du darauf?"

Joshua sah mich über den Tisch hinweg an. „Wenn wir einen Hund hätten, also, dann hätten wir jemanden, mit dem wir reden könnten, wenn wir nach Hause kommen."

„Aber wir können doch *miteinander* reden!"

Er sah weg. „Du weißt schon, *noch* jemanden zum Reden", erklärte er. „Jetzt, wo Dad nicht mehr da ist."

Natürlich merkte er genau wie ich, dass seit Udis Tod eine große Leere in unserem Leben war. Aber ein Hund war kein Ersatz für einen Vater. Und der Gedanke an die Verantwortung, die ein Tier mit sich bringen würde, erschreckte mich. Fünf Monate nachdem ich Udi und meinen Vater verloren hatte, fühlte ich mich kaum in der Lage, mich um Joshua zu kümmern.

„Ich werde mir die Sache überlegen", erwiderte ich so unverbindlich wie möglich.

Joshua schob seine Unterlippe vor. „Och, das heißt dann wahrscheinlich Nein."

„Es heißt lediglich, dass ich darüber nachdenken werde."

Mein Sohn legte den Kopf auf die Seite und sah mich an wie jemand, der mich nur zu gut kannte. Dann seufzte er tief. „Mama, weißt du noch, was Dad immer sagte?"

„Was?"

Seine Lippen zitterten, als würde er gleich anfangen zu weinen. Doch seine Augen fixierten mich ruhig, und ich hatte das merkwürdige Gefühl, dass ich, wie damals beim Paraskiing, mit großer Sicherheit wieder manipuliert werden sollte. Ich hatte Recht.

„Er meinte: ‚Sag immer Ja, wenn dich jemand fragt, ob er etwas machen kann, es sei denn, es gibt einen wirklich guten Grund, Nein zu sagen.' Also, Mama, jetzt wo Dad nicht mehr da ist, um Ja zu sagen, findest du nicht, dass *du* es stattdessen jetzt mal sagen solltest?"

ZWEI

Am folgenden Samstagmorgen machten Joshua und ich uns auf den Weg nach West-London, um die alljährliche Hundeausstellung „Discover Dogs“ (Entdecke Hunde) des Kennel Clubs, dem Dachverband der britischen Hundezüchtervereine, zu besuchen.

Trotz meiner Vorbehalte hatte ich Joshua versprochen, ernsthaft über die Anschaffung eines Welpen nachzudenken. Eigentlich war es gar keine schlechte Idee. Da ich selbst mit Haustieren aufgewachsen war, wusste ich, wie wichtig die Beziehung zu einem Tier für Kinder sein kann. Außerdem hatte ich erst kürzlich einen Artikel gelesen über die so genannte Tiertherapie. Haustiere wurden offenbar bereits seit dem 9. Jahrhundert eingesetzt, um Menschen in schwierigen Zeiten zur Seite zu stehen. Auch heutzutage ist Tiertherapie hochaktuell. Es ist erwiesen, dass das Spielen mit Katzen und Hunden den Blutdruck senkt, Patienten nach Schlaganfällen hilft und ganz allgemein die körperliche und geistige Gesundheit verbessert. Selbst Tiere ohne Fell haben diesen Effekt: In einer Studie der Universität von Leicester wurde festgestellt, dass das Schwimmen mit Delfinen bei der Überwindung von Depressionen hilft.

Dennoch – selbst wenn die Anschaffung eines Welpen gut für Joshua sein mochte, ich war nicht begeistert von der Idee. Unsere Wohnung war auf zwei Stockwerke verteilt, der offene Bereich von Küche und Wohnzimmer im Erdgeschoss, die Schlafzimmer im Souterrain, und keines der Zimmer verfügte über einen wasserdichten Fußboden, den man brauchte, bis ein junger Hund stubenrein war.

Aber was waren ein paar Flecken und Pfützen gegen die Freude an einem jungen Hund und gegen die hoffentlich heilende Wirkung, die das Tier auf meinen traurigen Sohn haben würde? Daran dachte ich, als ich mit Joshua die Ausstellungshalle von Discover Dogs betrat. Dies hier war eine Hundeausstellung „zum Anfassen“. Hier konnten Hundefreunde mit den Eigentümern über alle Vor- und Nachteile einer Rasse diskutieren und sie streicheln – die Hunde, nicht die Eigentümer. Obwohl man auf der Ausstellung keine Hunde kaufen konnte – zum Glück –, hatte man bei 180 verschiedenen Rassen reichlich Gelegenheit, sich den Hund auszusuchen, der einem am meisten zusagte. Discover Dogs war zweifellos die Veranstaltung im alljährlichen Hundekalender, auf der man unverbindlich schnuppern konnte, ehe man sich zum Kauf eines Hundes entschloss.

Joshua und ich kämpften uns durch die dicht bevölkerten Gänge und besuchten jeden Stand, angefangen von dem mit den eleganten Windhunden bis zu dem mit den hungrig aussehenden Huskys. Wir kamen an Bullterriern vorbei, die direkt aus einem Roman von Dickens zu kommen schienen, und waren hingerissen von den leicht verrückten Dandie Dinmont Terriern, die aussahen, als seien sie einem Disney-Zeichentrickfilm entsprungen. Von einem riesigen Neapolitanischen Mastiff, dessen faltigem Gesicht eine Botox-Behandlung gutgetan hätte, wurden wir fast erdrückt.

Zwar fuhren wir fort mit unserer Suche nach dem perfekten Hund, aber mit der Zeit wurden wir etwas realistischer – oder wenigstens wurde ich es. Joshua rannte noch immer von einem Zwinger zum anderen, verliebte sich in dem einen Augenblick in niedliche kleine Labradorwelpen und im nächsten in ausgewachsene Irische Setter. Ich lief hinter ihm her und versuchte, mit der Stimme der Vernunft seine Begeisterung für die verschiedenen Rassen etwas zu bremsen. Nein, wir konnten keinen Windhund halten, sie brauchten zu viel Auslauf. Möpse schnieften zu stark, ebenso Boxer und Pekinesen. Ein Irischer Wolfshund war zu groß für unsere Wohnung, und ein Pomeraner war so klein, dass man wahrscheinlich dauernd auf ihn treten würde. Nein, es war auch ganz bestimmt nicht fair, einen riesigen Neufundländer, dessen Pfoten mit Schwimmhäuten ausgestattet waren, in einer Stadtwohnung zu halten, da er eindeutig ein Hund war, der schwimmen wollte und nicht einmal in unsere Badewanne passte.

Nachdem ich abermals eine Rasse abgelehnt hatte (ich glaube, es war ein Dobermann), brach Joshua in Tränen aus, und auch ich war mit meiner Geduld am Ende. Es war Zeit zu gehen. Discover Dogs hatte mich eine wertvolle Lektion gelehrt: Eigentlich wollte ich keinen Hund. Energisch griff ich nach Joshuas Hand und zerrte ihn in Richtung Ausgang. Aber noch ehe wir dort angekommen waren, gerieten wir an einen Stand, der überquoll von den hübschesten Geschöpfen, die ich je gesehen hatte. Ihre Farben variierten zwischen Kastanienrot und Schwarz, Weiß und Hellbraun, sie hatten lange Ohren mit seidigen Haaren, entzückende runde Nasen und funkelnde, seelenvolle Augen. Joshua riss sich von mir los und rannte hinüber. Als die Hunde ihn kommen sahen, hüpften sie auf ihn zu, um ihn auf ihren zierlichen, mit langen Haaren versehenen Hinterpfoten zu begrüßen. „Kann ich einen streicheln?“, bettelte Joshua die beiden Züchter an.

Bereitwillig öffneten diese die Käfigtür und zogen Joshua in den Zwinger. Innerhalb von Sekunden war er von einer hüpfenden Schar Hunde mit glänzendem Fell umringt, von freudigen Hundegesichtern und hechelnden rosa Zungen. Ein kleiner Hund kletterte auf seinen Schoß, ein anderer warf sich ihm in die Arme. Ein dritter stellte sich auf die Hinterbeine und wusch eines von Joshuas Ohren. „Diese sind doch weder zu groß noch zu klein für uns, nicht wahr, Mama?“, fragte Joshua hoffnungsvoll.

Ich schüttelte den Kopf, denn ich musste zugeben, dass diese Hunde mit etwa dreißig Zentimeter Größe perfekt für uns waren. Also trat ich ebenfalls in den Käfig, wo einer der Züchter mich eine junge Hündin halten ließ. Sie hieß Darling und schmiegte sich an mich, genau wie Joshua, als er noch ein Baby war. Dabei drehte sie ihren Kopf, bis er unter meinem Kinn lag, und begann liebkosend meinen Hals zu lecken. Ich schmolz dahin.

Da ich merkte, dass ich weich wurde und mich auf jenem schlüpfrigen Pfad befand, der geradewegs dazu führte, dass ich meine Freiheit verlor, setzte ich Darling abrupt auf den Boden und bat die Züchter, mich ganz genau über die Nachteile dieser Rasse aufzuklären. Doch die beiden fingen an zu lachen und versicherten mir, es gäbe keine. Obwohl sie von Jagdhunden abstammten, brauchten diese süßen kleinen Dinger nicht viel Bewegung. Sie wurden nie aggressiv. Und trotz ihres ausgesprochen schmachtenden Gesichtsausdrucks waren sie keineswegs dumm, im Gegenteil, sie waren klug und leicht abzurichten. Diese Hunde waren treue, sanfte und anhängliche Tiere. Kurz, es waren die ultimativen Schoßhunde und ideale, unkomplizierte Haustiere.

Hingerissen betrachtete ich die Hunde mit ihren langen Schlappohren, den glänzenden Augen, den wedelnden Schwänzen. Wenn sie ihre niedlichen Mäulchen öffneten, sah es aus, als lachten sie. Joshua saß mitten unter ihnen und strahlte mich an. Plötzlich wurde mir bewusst, dass er nicht mehr so glücklich ausgesehen hatte, seit sein Vater gestorben war.

„Mama, Mama, kann ich so einen haben?“, bettelte er. „Bitte, bitte!“

Ich holte tief Luft. „Okay, Schatz“, hörte ich mich sagen. „Natürlich.“

Widerstand hatte keinen Zweck, ich wusste, wann ich besiegt war. Mein Schicksal – in Gestalt eines Cavalier King Charles Spaniels – hatte mich eingeholt.

IM NACHHINEIN stelle ich fest, dass es kein reiner Zufall war, dass ich mich zu den Cavalieren hingezogen fühlte: ich hatte diese Hunde schon kennen gelernt – oder vielmehr kannte ich eine Familie, in der es diese Hunde immer gab, nämlich die meiner Freundin Jenny Hanison. Bei den Hanisons liefen immer drei Cavalier King Charles Spaniels herum, herrliche Hunde, liebevoll, verschmust und niemals ungehorsam; wie konnten sie auch ungehorsam sein, wenn ihnen nichts verboten war? Das ganze Haus stand ihnen zur Verfügung, und sie wurden von allen Familienmitgliedern geliebt.

Obwohl es mir damals nicht bewusst war, wurden Jenny und ihre Hunde für mich zu einem Symbol. Sie waren die Verkörperung des idealen Familienlebens: freundlich und voller Wärme, vielseitig und großzügig – eigentlich genau die Atmosphäre, die auch Udi so mühelos verbreitet hatte. Es war die Lebensart, die ich jetzt, nach seinem Tod, so sehr vermisste, die selbst zu erschaffen ich aber nicht imstande war.

Als ich über die Geschichte des Cavalier King Charles Spaniels nachlas, merkte ich sehr bald, dass die Hansons und ich nicht die einzigen Menschen waren, die dem Charme dieser Hunderasse verfallen waren. Wir waren in bester Gesellschaft. Ursprünglich als King Charles Spaniel bekannt, waren diese Hunde wahrscheinlich das Ergebnis einer Kreuzung zwischen Spanischen Jagdhunden und winzigen orientalischen Schoßhündchen. Es waren Hunde, die mit den heutigen Cavalieren fast identisch waren, und sie waren seit dem 16. Jahrhundert die Lieblingshaustiere der europäischen Königshöfe. Man kann sie auf zahllosen Gemälden entdecken, wo sie fast so aristokratisch dreinschauen wie ihre Besitzer.

Es hatte seinen guten Grund, dass diese kleinen Tiere auch „Comforters" („Tröster" oder „Wärmer") genannt wurden. Sie wärmten ihre Besitzer, indem sie in kalten Palasthallen auf ihrem Schoß saßen oder auf langen Reisen in eiskalten Pferdekutschen unter ihren Füßen lagen. Und nachts schliefen sie zusammengerollt bei Herrchen oder Frauchen im Federbett.

Aber der Trost, den die Zwergspaniels ihren Besitzern brachten, ging über den körperlichen Aspekt weit hinaus. In einer Welt, in der man selbst seinem nächsten Angehörigen nicht trauen konnte, erwiesen sich diese Hunde mit ihren kleinen süßen Schnäuzchen und dem langen, seidigen Fell oft als die treuesten und zuverlässigsten Geschöpfe, die man um sich hatte.

Als die schottische Königin Maria Stuart auf Befehl ihrer Cousine Elizabeth I. am 8. Februar 1587 auf Schloss Fotheringhay hingerichtet wurde, begleitete sie ihr kleiner schwarz-weißer Spaniel zur Richtstätte. Sechzig Jahre später, als Marias unglückseliger Enkel König Charles I. von Oliver Cromwells *Roundheads*, wie die Anhänger des Englischen Parlaments während des Englischen Bürgerkriegs genannt wurden, verfolgt wurde, versteckte Charles sich mit Rogue, seinem King Charles Spaniel, auf der Isle of Wight. Im darauffolgenden Januar 1649 wurde Charles wegen Hochverrat zum Tode verurteilt, und am 30. desselben Monats ging er mit Rogue ein letztes Mal durch den Londoner Green Park – zum Schafott. Nach der Hinrichtung wurde Rogue von den siegreichen *Roundheads* eingefangen und im Triumph durch die Stadt getragen – ein ähnlich starkes Symbol für den Sturz der Monarchie wie der abgeschlagene Kopf seines Herrn.

Die Kinder von Charles I. waren im Exil in Frankreich, wo sie ihre Herzensbeziehung zu dieser Hunderasse fortsetzten. Der Erbe des hingerichteten Königs, Charles II., war so besessen von den Spaniels, dass man ihnen schließlich seinen Namen gab. Als der dreißigjährige Monarch im Mai 1660 aus dem Exil nach England zurückkehrte, wurde er von seinem King Charles Spaniel begleitet. Und von da an umringten den König, wohin er auch ging, stets ein ganzes Rudel dieser Hunde.

Nach 1688, nachdem James II. (der jüngere Bruder und Nachfolger von Charles) zugunsten seiner protestantischen Tochter Mary und ihres Mannes Wilhelm von Oranien abgesetzt worden war, verlor auch der King Charles Spaniel seinen Status als königlicher Lieblingshund. An seine Stelle trat ein Eindringling aus den Niederlanden mit eingedrückter Nase und hervorquellenden Augen: der Mops. Durch das Kreuzen des King Charles Spaniels mit dem Mops bekam man schließlich Mischlinge – mit hoher Kopfform, langen Ohren, vorstehenden Augen und kurzer Schnauze –, die aussahen, als seien sie im Palast gegen eine Tür gerannt. Das war der Vorfahr des heutigen King Charles Spaniels, wie die Hunderasse in den Vereinigten Staaten genannt wird, in Großbritannien heißt sie seit 1923 offiziell King Charles Spaniel.

Diese ersten King Charles Spaniels, die offiziell diesen Namen trugen, sahen jedoch ziemlich anders aus als jene, in die Charles II. so vernarrt war. Statt flacher Köpfe und langer Schnauzen hatten sie nun den typischen hohen Kopf und die platten Nasen der Mopskreuzungen, die man in Wilhelms und Marys Regierungszeit gezüchtet hatte. Die früheren Merkmale waren nicht mehr erwünscht, bis ein New Yorker Züchter namens Roswell Eldridge sich entschloss, sie wieder einzuführen. 1926 erschien im Katalog der jährlichen Hundeausstellung *Crufts* in Birmingham eine Annonce, in der ein Preis von 25 Pfund geboten wurde für „Blenheim Spaniels der alten Sorte, mit langen Schnauzen, wie sie auf Bildern aus der Zeit Charles II. zu sehen sind". Innerhalb von zwei Jahren hatte Eldridges Idee Früchte getragen, und die Spaniels der alten Sorte waren wieder da, jetzt unter dem Namen Cavalier King Charles Spaniel.

Zwar hat Königin Elizabeth II. die Hunderasse, die den Namen ihres gelockten Vorfahren trägt, zugunsten einer anderen aufgegeben, aber es gibt und gab viele andere berühmte Cavalier-Besitzer, darunter Frank Sinatra, Lauren Bacall, Sylvester Stallone oder Kirk Douglas.

Und an einem Sonntagmorgen gegen Ende November 1998 gesellte sich eine weitere Besitzerin zu dieser illustren Liste hinzu: ich.

EIN PAAR TAGE nachdem Joshua und ich die Ausstellung Discover Dogs besucht hatten, ging ich spontan zum Telefon, rief beim Kennel Club an und bat, mir eine Liste eingetragener Cavalierzüchter, die derzeit Welpen zu verkaufen hatten, zuzuschicken. Nach etlichen vergeblichen Anrufen erklärte mir eine Züchterin, eine Mrs Colman aus Henley, sie habe zwar vier Welpen, aber diese müssten noch sechs Wochen bei ihrer Mutter bleiben. Ach ja, fügte sie noch hinzu, sie habe auch noch einen fünf Monate alten Welpen, der vielleicht infrage käme. Aber möglicherweise auch nicht. Denn eigentlich würde sie ihn gern behalten, doch ihr Mann wolle ihn verkaufen.

Am darauffolgenden Samstag fuhren Joshua und ich nach Henley.

„Du weißt doch, dass wir uns heute die Hunde nur *ansehen* werden“, erinnerte ich ihn, als wir die Autobahn entlangfuhren. „Sie sind noch viel zu klein, um von ihrer Mutter getrennt zu werden. Das verstehst du doch, nicht wahr?“ Doch Joshua ignorierte mich. Als ich in den Rückspiegel sah, erkannte ich warum: Er hatte den Kopfhörer auf den Ohren und sah teilnahmslos aus dem Fenster. „Joshua? Nimm mal einen Moment die Kopfhörer ab, Schatz! *Joshua!*“

„Was?“

„Hör mal, du weißt doch hoffentlich, dass wir heute keinen jungen Hund mit nach Hause nehmen werden. Sei also nicht zu sehr enttäuscht, okay?“

Seine Lippen verzogen sich zu einem süffisanten Lächeln. „Keine Angst, Mama, bin ich schon nicht.“

Mrs Colmans Haus konnte man unmöglich verfehlen. Vor dem Gartentor hielt ein Cavalier King Charles Spaniel aus Stein Wache. An der Haustür war ein Willkommensschild mit dem lächelnden Gesicht eines Cavaliers. Die Fußmatte trug Bilder von vier Cavalieren. Mein Klingeln wurde von einer Sinfonie aus Bellen und Kläffen beantwortet, und als die Tür geöffnet wurde, schwappte eine Welle aus glänzenden Fellen, blitzenden Augen und wild wedelnden Schwänzen auf Joshua und mich zu.

Nachdem sie ihre Hunde, schätzungsweise so um die 25, zusammen mit ihrem Mann in die Küche bugsiert hatte, führte uns die zierliche Mrs Colman in ihr Wohnzimmer, wo auf dem Kaminsims mehrere Bilderrahmen in Form von Cavalieren standen, in denen natürlich Fotos von ihren Hunden steckten. Ölgemälde von preisgekrönten Siegern in Goldrahmen zierten die Wände, genauso wie eine Pinnwand voller Rosetten, die ihre Schützlinge bei diversen Turnieren gewonnen hatten.

Mrs Colman bewirtete uns mit Tee und Schokoladenkuchen und sang dabei ein Loblied auf die Rassereinheit ihrer Hunde. Anschließend wurde ich von ihr ins Kreuzverhör genommen. War ich jemals wegen Grausamkeit gegen Tiere angezeigt worden? Hatte ich einen eingezäunten Garten, der für Welpen sicher war? Hatten wir sonstige Haustiere? War ich den ganzen Tag außer Haus, um zu arbeiten? Was hielt ich von körperlicher Züchtigung? Als Nächstes gab sie mir eine Liste der notwendigsten Anschaffungen, für den Fall, dass sie sich herabließe, mir einen ihrer kostbaren Hunde zu verkaufen. Darauf befanden sich ein Transportkäfig, ein Spielgehege, ein Sicherheitsgitter für die Treppe, ein Schlafkorb, eine Auswahl an Spielzeug und Kauknochen, Kamm und Bürste, eine Hundezahnbürste, Shampoo, eine Nagelschere, Futter- und Wassernäpfe aus Edelstahl und eine Erste-Hilfe-Ausstattung mit mindestens einer Pinzette, kalten Kompressen, einem Durchfallmittel, einer Spritze und einem Rektalthermometer. „Ich nehme an, Sie möchten die Welpen jetzt sehen", schloss sie.

Noch etwas benommen von dem Gedanken an das Rektalthermometer stand ich auf, während Joshua bereits vor uns her nach oben lief, wo die Welpen eines der Schlafzimmer bewohnten. Die Mutter, eine rotbraun-weiße Blenheim Cavalierhündin, lag ausgestreckt und fest schlafend auf einem Bett, über das eine rosa Tagesdecke gebreitet war. Sie sah erschöpft aus, wie es einer Mutter von Vierlingen zustand. In einem Karton am Boden, der mit einer Wolldecke ausgelegt war, krochen ihre vier Sprösslinge mit noch fest geschlossenen Augen umher. Ihre Haut schimmerte rosa durch das dünne weiße Fell. Obwohl sie für mich alle gleich aussahen, deutete Mrs Colman auf zwei von ihnen und sagte, diese seien noch zu haben. Zwar müssten sie erst noch die Augen aufmachen, erklärte sie, und ihre Zeichnung müsste sich auch noch entwickeln, aber im Lauf der Zeit würden sie genauso hübsche Blenheims werden wie ihre Mutter.

Joshua kniete sich neben den Karton und streichelte die fiependen kleinen Tierchen. „Sind die schön!", flüsterte er. Leider kann ich nicht sagen, dass ich sie auch schön fand. Für mich waren es dicke weiße Ratten mit langen Ohren. „Sie sind sehr klein", bemerkte ich zweifelnd und sah sie an. „Irgendwie sehen sie noch ziemlich hilflos aus."

Mrs Colman musste herzlich lachen. „Welpen wachsen sehr schnell. Wenn sie erst so weit sind, dass Sie einen davon nach Hause nehmen können, rennt er überall herum, nagt alles an und pinkelt in jede Ecke. Aber wenn Sie auf seine Gewohnheiten achten, haben Sie ihn auch im Nu stubenrein."

Am liebsten wäre ich zum Auto zurückgerannt und hätte laut *Nein!* geschrien, als mir plötzlich der ältere Welpe einfiel, den Mrs Colman am Telefon erwähnt hatte. Wenn der fünf Monate alt war, war er dann nicht schon stubenrein? Mrs Colman machte ein zweifelndes Gesicht, als ich davon anfing. Ja, natürlich war er das, erklärte sie, bis auf einen kleinen Ausrutscher hin und wieder, aber eigentlich wollte sie sich nicht von ihm trennen, denn sie hatte eine Schwäche für ihn. Aber ihr Mann bestand darauf, ihn wegzugeben, weil sein Kopf viel zu groß geraten sei, weshalb er als Zuchthund ungeeignet war.

Dennoch fragte ich, ob wir dieses Ungeheuer wenigstens sehen dürften, ehe wir heimfuhren. „Ach, wahrscheinlich kann es nicht schaden, wenn Sie mal einen kurzen Blick auf ihn werfen", meinte Mrs Colman, und etwas widerwillig ging sie in die Küche hinunter, um ihn zu holen.

Also zog ich Joshua von dem Karton mit den Winzlingen weg und ging ebenfalls zur Treppe. Gerade als wir uns anschickten, nach unten zu gehen, erschien unten an der Treppe eine kleine engelsgleiche Gestalt und sprang uns entgegen, um uns zu begrüßen.

Wie angewurzelt blieben wir stehen. Dieser Blenheim Cavalier war kein großköpfiges Monster – er war ganz einfach der schönste Hund, den ich je gesehen hatte, mit riesigen weißen Pfoten, rotbraun und weiß gesprenkeltem Fell und einem wie verrückt wedelnden Schwanz aus langen seidigen Haaren. Seine Augen leuchteten wie zwei Scheinwerfer, und seine Stupsnase war von hellbraunen Schönheitsflecken übersät. Ich hätte schwören können, dass er uns anlachte, und sein süßer Gesichtsausdruck ließ einen glatt dahinschmelzen. Alle anderen Cavaliere, die ich bisher gesehen hatte, waren hübsche Hunde gewesen, aber verglichen mit diesem fünf Monate alten Welpen waren sie bestenfalls niedlich. Dieser junge Blenheim war einfach unglaublich schön.

Joshua und ich setzten uns nebeneinander auf die Treppe und machten uns mit George bekannt – denn das war sein Name, wie Mrs Colman erklärte, als sie wieder am Fuß der Treppe erschien. Er warf sich uns entgegen, als wären wir seine lange verloren geglaubten besten Freunde, leckte unsere Hände, trampelte über unsere Füße und japste eine begeisterte Begrüßung. Und ehe ich mich's versah, war er auf meinen Schoß geklettert, hatte die Pfoten auf meine Schultern gelegt und zielte mit der Zunge nach meinen Lippen. Wenn es ums Verführen ging, ließ George nichts anbrennen.

„Oh, ist er nicht wunderschön!", rief ich aus.

Zwar hatte ich schon einmal Liebe auf den ersten Blick erlebt, aber niemals bei einem Hund. Doch es dauerte nur Sekunden, nachdem ich diesen gesehen hatte, und ich erlebte, was die Franzosen *coup de foudre* nennen, also Liebe, die so plötzlich kommt wie ein Blitzschlag. Ich war vollkommen hingerissen.

Als ahnte er, dass er mich bereits erobert hatte, wandte George sich jetzt

Joshua zu. Er sprang auf seinen Schoß und leckte die Reste von Mrs Colmans Kuchen von seinem Kinn. „Iii!“, rief Joshua und drehte den Kopf weg, während er das strampelnde Hündchen noch immer fest im Arm hielt. Da es George nicht gestattet war, Joshuas Gesicht zu lecken, nahm er sich seinen Hals vor und wusch diesen so gründlich, wie es wahrscheinlich seit Jahren nicht mehr geschehen war. Mein kitzliger Sohn quietschte vor Lachen. Ein Ausdruck hellsten Entzückens lag auf seinem Gesicht.

Mrs Colman sah uns resigniert an. „Also, wenn Sie ihn wirklich, *wirklich* haben möchten … denke ich, ich könnte mich von ihm trennen“, seufzte sie. „Sie könnten ihn ja probeweise mitnehmen. Wenn Sie nicht mit ihm zurechtkommen, bringen Sie ihn einfach nächste Woche zurück.“

Erst sah ich sie an, wie sie mit Tränen in den Augen am Fuß der Treppe stand. Dann schaute ich Joshua an, dessen bittender Gesichtsausdruck so durchdringend war wie ein Scheinwerfer. Und schließlich blickte ich George an. Er war ein so perfekter Hund, wie man ihn sich nur wünschen konnte. Jedoch wusste ich, wenn George mit uns nach Hause kam, dann gab es kein Zurück. Nichts wäre grausamer, als ihn mitzunehmen und Joshua eine Woche später wieder von ihm zu trennen. Aber wollte ich wirklich auf lange Sicht die Verantwortung für einen Hund übernehmen? Jetzt war es ein bisschen spät, um darüber nachzudenken.

Jetzt wünschte ich, Udi wäre da, um ihn zu fragen, was ich machen sollte. Sein ganzes Leben lang war er ein Quell guter Ratschläge gewesen – besonders wenn ich nicht darum gebeten hatte –, aber jetzt, da ich seine Meinung wirklich einmal hören wollte, blieb er stumm. Ob es mir passte oder nicht, ich war jetzt der einzige Erwachsene in der Familie, und ich allein musste die schnelle Entscheidung treffen – eine Entscheidung, bei der es nicht nur um das Glück meines Sohnes ging, sondern auch um die nächsten 15 oder 16 Jahre meines Lebens. Sollte ich George nehmen oder nicht?

Es war allein meine Entscheidung.

Eine halbe Stunde später fuhr ich nach London zurück, wobei ich nervös die letzte Schokolade aus dem Handschuhfach verdrückte und immer noch nicht wusste, ob ich die richtige Entscheidung getroffen hatte.

Heimlich sah ich in den Rückspiegel. Joshua war in seinem Sitz festgeschnallt und hatte Kopfhörer auf den Ohren. Als ich an der nächsten Ampel halten musste, drehte ich mich um. Unser neuestes Familienmitglied lag quer über Joshuas Schoß und schlief fest, wobei es leise schnarchte. Dabei sah es aus wie der Inbegriff der Zufriedenheit. Genau wie mein Sohn – zum ersten Mal seit dem Tod seines Vaters.

DREI

„Joshua", erklärte ich ihm, als ich ihn aufweckte, nachdem wir am frühen Abend zu Hause angekommen waren, „bevor wir mit George reingehen, möchte ich zwei Dinge klarstellen. Erstens: Er darf nicht auf die Polstermöbel. Zweitens: Nachts darf er nicht, und ich wiederhole *nicht*, in unsere Schlafzimmer."

Joshua nickte verschlafen. Im Moment war er so glücklich, George im Arm zu haben, dass er alles versprochen hätte. Später fiel mir ein, dass ich gleich noch ein paar weitere Regeln hätte hinzufügen sollen – zum Beispiel dass Joshua in Zukunft niemals eine Erhöhung seines Taschengeldes verlangen dürfe und dass er für mich sorgen müsse, wenn ich alt bin.

Da ich heute früh bei der Abfahrt nicht geahnt hatte, dass wir mit einem Hund nach Hause kommen würden, war ich völlig unvorbereitet. Außer einem Säckchen Hundefutter, das Mrs Colman mir fürs Erste mitgegeben hatte, besaß ich keine von den absolut notwendigen Utensilien, die auf ihrer Liste standen.

Doch zum ersten Mal seit langer Zeit graute mir nicht davor, in das dunkle Haus zu kommen – ich war viel zu aufgeregt, genau wie Joshua. Und George. Bisher hatte seine Welt aus Haus und Garten der Colmans bestanden. Plötzlich jedoch gab es ein völlig neues Universum zu erforschen. Nachdem er neugierig einige Minuten im Küchenbereich herumgeschnüffelt hatte, wobei er den Brotkrümeln auf dem ungefegten Fußboden besondere Aufmerksamkeit widmete, trabte er in den Wohnbereich, wo er unter dem Couchtisch hindurchkroch, um sich dann dem Kamin zuzuwenden.

Dann sah George unser rotes Plüschsofa. Das Maul blieb ihm offen stehen, und er grinste erwartungsvoll. Sein Schwanz fegte hurtig hin und her, als er darauf zuging und es so sehnsüchtig ansah, als handle es sich um einen saftigen Knochen.

„Ich glaube, er will raufspringen, Mama", flüsterte Joshua atemlos.

„Nun, das kann er sich aus dem Kopf schlagen. Weißt du noch die Regel Nummer eins, Schatz? *Nein,* George! Nein, nicht auf die Möbel!"

George drehte sich um und sah mich an, dann wieder das Sofa, nur dass er diesmal die Hinterbeine zum Hochspringen anspannte.

„*Nein!*", knurrte ich, wobei ich auch noch mit dem Finger drohte. „*Nicht* auf die Möbel!"

„Mama, schrei ihn nicht so an!"

„Ich *schreie* ja gar nicht, Joshua, ich bin nur streng mit ihm."

Statt Fröhlichkeit im Haus zu verbreiten, sorgte George bereits dafür, dass Joshua und ich uns stritten. Aber das interessierte George nicht im Geringsten. Wie wir bald merkten, lebte er in seiner eigenen Welt, in der jeder ihn anbetete und in der er nichts falsch machen konnte. Außerdem war er noch immer auf das Sofa fixiert. Den Kopf fragend auf die Seite gelegt, pflanzte er sein Hinterteil auf den Teppich und sah mich wieder an. Seine Knopfaugen leuchteten. Ich hatte das Gefühl, dass er ganz genau verstand, was gemeint war. „Braver Hund!", gurrte ich. „So ist's lieb! *Nicht* aufs Sofa!" Es schien, dass George nicht nur klug, sondern auch gehorsam war.

George wandte sich von mir ab und sah das Sofa zum dritten Mal an. Im nächsten Moment spannte er die Muskeln seiner Hinterbeine an, genau wie ein olympischer Athlet an der Startlinie. Dann hoben sich seine Vorderpfoten, er sprang hoch und landete direkt auf dem Daunenkissen mitten auf dem Sofa. Er setzte sich und lachte uns an, als warte er auf ein Lob.

„Nein!", schrie ich.

Sofort sprang Joshua ihm bei, um ihn zu verteidigen. „Schimpf nicht mit ihm, Mama! Er ist doch gerade erst angekommen! Und wirf ihn nicht runter! George sieht so süß aus, wie er da sitzt!"

Das stimmte allerdings. Genau wie sein Namensvetter König Charles II., der vom Thron aus Hof gehalten hatte, so schien George, unser Cavalier, auf ein rotes Plüschsofa zu gehören. Es sah so selbstverständlich aus, dass ich es nicht übers Herz brachte, ihn hinunterzuwerfen. Stattdessen setzte ich mich neben ihn und umarmte ihn innig.

Die goldene Regel Nummer eins, die niemals gebrochen werden durfte, war bereits flöten, dabei war George noch keine fünf Minuten im Haus. Aber schließlich gab es ja immer noch Regel Nummer zwei, versuchte ich mich zu trösten.

Als es Schlafenszeit war, war George kein bisschen müde. Ich stellte das Lager, das wir für diese Nacht improvisiert hatten, einen Karton mit einer Decke darin, in das Badezimmer oben, einen warmen und gemütlichen Raum mit einem Fenster, durch das nicht nur etwas Licht von der Straße hereinschien, sondern auch die Sterne.

Jedoch hatte George als Mitglied eines großen Rudels noch nie allein geschlafen. Mrs Colman hatte mich gewarnt, dass er anfangs wahrscheinlich seine vielen Brüder, Schwestern, Tanten, Onkel sowie seine Eltern vermissen würde. Deshalb hatte sie vorgeschlagen, eine Wärmflasche zwischen die Decken zu schieben, um so die Körperwärme der anderen Hunde zu ersetzen. Also füllte ich um halb elf Joshuas alte „Pu der Bär"-Wärmflasche mit warmem Wasser, schob sie unter die Decken und versuchte George damit zuzudecken.

„Wird es ihm auch gut gehen, so ganz allein?“, fragte Joshua zweifelnd, nachdem George zum dritten Mal aus dem Karton geklettert war und Pu ebenfalls an den Ohren herauszerrte. „Was ist, wenn ihm etwas passiert?“

„Was soll ihm denn passieren? Er ist total zufrieden hier!“

Ja, George war zufrieden, solange er in seinen Karton hinein- und wieder herausspringen konnte. Und er blieb es, bis wir die Tür zumachten. Dreißig Sekunden lang war anschließend alles still. Dann stieß er ein durchdringendes Jaulen aus. Eine weitere Pause, gefolgt von erneutem Jaulen. Das wiederholte sich während der nächsten zehn Minuten mit der Regelmäßigkeit eines Metronoms. Joshua stand vor der Badezimmertür und wurde immer unglücklicher. „George ist einsam, Mama. Bestimmt vermisst er die anderen Hunde. Wir sollten ihn rauslassen. Nur diese eine Nacht.“

Doch ich blieb hart. „Nein. Wir müssen, wenn wir konsequent sein wollen, genauso anfangen, wie wir auch weitermachen wollen. Und George wird nicht in unseren Schlafzimmern übernachten. Schluss, aus.“

„Warum nicht?“

„Weil es eine Regel ist. Und weil es ungesund ist.“

„Warum?“

Ich versuchte mich an alle Gründe zu erinnern, warum es ungesund war, wenn Hunde in den Schlafzimmern ihrer Besitzer schliefen, aber mir fiel kein einziger ein. „Darum!“, erklärte ich schließlich mit Nachdruck.

„Das ist doch kein Grund!“

„Lass die Türklinke los! Du lässt ihn nicht heraus!“

„Dann schlafe ich bei ihm im Badezimmer!“

Nachdem ich die daraus folgende Debatte gewonnen hatte, wenn auch nur knapp, brachte ich Joshua in sein eigenes Bett und las ihm eine Geschichte vor, die begleitet wurde von Georges ununterbrochenem Winseln. Dann ging ich in unser anderes Badezimmer, um mich abzuschminken. Ich drehte das Radio an, aber selbst laute Rockmusik konnte Georges lautes Heulen, das immer erbärmlicher klang, nicht übertönen.

Mittlerweile total erschöpft, fiel ich ins Bett. Doch das Jaulen ging weiter. Schließlich erschien Joshua im Schlafanzug an meinem Bett. „Ich kann nicht schlafen“, erklärte er. „Georges Bellen hält mich wach.“

„Mir geht es genauso. Geh wieder ins Bett! Du wirst sehen, er hört bald auf“, erwiderte ich, wobei ich versuchte, überzeugter zu klingen, als ich es wirklich war. „Welpen sind wie Babys – wenn man sie lange genug schreien lässt, sind sie irgendwann so ermattet, dass sie von selber einschlafen.“

„Hast du das mit mir auch so gemacht, als ich klein war? Mich so lange weinen lassen, bis ich vor Erschöpfung eingeschlafen bin?“ Joshua sah mich misstrauisch an.

„Na ja … nicht oft“, gab ich zu. „Eigentlich nie.“ Entgegen einer Vielzahl von guten Ratschlägen war ich jedes Mal an Joshuas Bettchen gerannt, sobald ich auch nur das leiseste Wimmern hörte.

Etwas besänftigt kletterte mein neunjähriger Sohn neben mir ins Bett. Nach einiger Zeit hörte Georges Jaulen auf. „Siehst du?“, bemerkte ich zufrieden. „Ich wusste doch, dass er sich beruhigen würde.“

Stumm lagen wir nebeneinander und warteten darauf, dass der Protest wieder losging. Wir warteten und warteten, doch nichts passierte. Schließlich war die Stille noch schwerer zu ertragen als Georges Bellen davor.

„Ob wohl alles in Ordnung ist mit ihm?“, fragte Joshua schließlich. „Vielleicht ist ihm etwas passiert.“

„Zum Beispiel?“

„Vielleicht hat er sich totgebellt.“

„Hunde bellen sich nicht tot“, erklärte ich bestimmt.

„Mama? Mach was!“

„Was denn? Glaub mir, er schläft jetzt wahrscheinlich. Aber“, schlug ich vor, als ich plötzlich auch ängstlich wurde, „wenn du dir wirklich Sorgen machst, dann sehe ich mal schnell nach, damit du beruhigt bist.“

Auf Zehenspitzen ging ich nach oben, Joshua dicht hinter mir. So leise wie möglich legten wir das Ohr an die Badezimmertür. Von drinnen kam ein komisches Geräusch, so als ob George etwas fressen würde, darauf folgte ein würgender, keuchender Husten. Panikartig rissen wir die Tür auf und wurden von einem mächtigen Schneegestöber begrüßt. Mittendrin stand George, der gerade dabei war, die Reste der Klopapierrolle wieder herauszuwürgen, die er abgerollt und in winzige Schnipsel zerpflückt hatte. Entzückt, uns zu sehen, warf er sich uns entgegen, dann entwischte er durch die Tür. Als wir das Chaos endlich beseitigt hatten, war George spurlos verschwunden und kam auch nicht, als wir ihn riefen.

Schließlich fanden wir ihn in meinem Schlafzimmer, wo er auf dem Bauch ausgestreckt mitten auf dem Bett lag. Als wir hereinkamen, öffnete er kurz ein Auge, machte es dann aber schnell wieder zu. Doch dieser Blick sagte mir alles: George würde nirgendwo anders mehr hingehen.

Die goldene Regel Nummer zwei, die niemals gebrochen werden durfte, war also den gleichen Weg gegangen wie die goldene Regel Nummer eins. Und so was nannte sich in meinem Haus Disziplin. Doch an diesem Tag hatte ich nicht mehr die Energie, mit ihm zu kämpfen. Und schließlich war es die erste Nacht in seinem neuen Zuhause, überlegte ich, und getrennt von all den anderen Hunden, an die er gewöhnt war. Außerdem war er doch noch so klein, ein Welpe eben. Heute Nacht würde ich es ihm durchgehen lassen, aber morgen würde ich strengere Regeln aufstellen.

Vorsichtig, um ihn nicht zu stören, kletterten wir in mein Bett, einer rechts, der andere links von George. Wir spürten seine Wärme, und bald waren wir ebenfalls fest eingeschlafen.

Am nächsten Morgen wurde ich um sechs Uhr von einem Geräusch geweckt, das sich wie ein Zischen anhörte. Noch halb im Schlaf war mein erster Gedanke, das müsse eine lecke Gasleitung sein, aber als ich etwas wacher wurde, fiel mir ein, dass durch mein Schlafzimmer gar keine Gasleitung verlief. Und noch etwas fiel mir ein: Wir waren, ehe George bei uns eingezogen war, auch keine völlig haustierfreie Zone gewesen. Wir besaßen bereits eine Katze.

Schnell öffnete ich die Augen. Dort stand sie, am Ende meines Betts, mit rundem Buckel und steil erhobenem Schwanz, ihr tigerartig gestreiftes Katzenfell sträubte sich, als stünde sie unter Strom. Die Lippen hatte sie zurückgezogen, sodass man ihre spitzen Haifischzähne sehen konnte, ihr Gesicht war eine wütende Grimasse. Ihre Augen, gelb wie die eines Teufels, fixierten den Eindringling, der zwischen mir und Joshua eingeklemmt lag. Monster Mog war nach einem ihrer nächtlichen Raubzüge heimgekehrt, und gleich würde hier die Hölle losbrechen.

Sie wundern sich vielleicht, warum ich unsere Katze bisher nicht erwähnt habe. Also, um die Wahrheit zu sagen, ich bemühte mich nach Kräften, sie zu vergessen. Damit will ich nicht sagen, dass ich sie vernachlässigte. Nein, ich kümmerte mich gewissenhaft um sie. Aber Monster Mog war unberechenbar: sie konnte eine Zeit lang honigsüß sein, aber man wusste nie, wann ihre Laune umschlagen würde, also vermied man es am besten, sich unnötig mit ihr abzugeben. Manchmal rollte sie sich auf meinem Schoß zusammen, ließ sich streicheln und schnurrte zufrieden, um dann plötzlich ihre Krallen auszufahren und mir eins auszuwischen. Ein andermal sprang sie mir auf die Schulter und rieb zärtlich ihre Nase an meinen Ohren, und im nächsten Augenblick biss sie mir in den Hals.

Wir hatten Monster Mog, seit sie zwölf Wochen alt war. Jetzt war sie fünf Jahre alt und lebte überwiegend ihr eigenes Leben. Zwar tauchte sie regelmäßig zu den Mahlzeiten auf, verschwand aber sofort danach wieder durch die Katzenklappe, wobei sie die gleiche egoistische Gleichgültigkeit an den Tag legte wie ein Teenager, der die elterliche Wohnung nur noch als „Hotel

Mama" betrachtete. Bekannte hatten mir geraten, sie wegzugeben, da es ihr bei uns offenbar nicht gefiel, aber ich brachte es nicht über mich. Trotz ihrer wenig sympathischen Wesensart gehörte sie nun mal zur Familie, und wir mochten sie noch immer, besonders Joshua.

Natürlich hatte ich Mrs Colman gesagt, dass wir eine Katze hatten. Da sie das nicht weiter zu stören schien, hatte ich erwartet, dass George das genauso sehen würde. In den meisten Familien lebten Hunde und Katzen doch in glücklicher Koexistenz zusammen, und falls Monster Mog Ärger machen sollte, dann würde ein lautes Bellen von George sie auf ihren Platz verweisen, dessen war ich mir sicher. Schließlich war er größer als sie. Und er war ein Hund, traditionell der schlimmste Feind der Katze, also müsste er eigentlich in jedem Machtkampf locker die Oberhand behalten.

Wie konnte ich mich nur so irren? Leider hatte ich Monster Mogs Charakter nicht bedacht, genauso wenig wie ihre Auffassung von Gebietsansprüchen. Monster Mog war nicht nur ein Monster, sie hatte dieses Territorium auch als Erste in Besitz genommen. In letzter Zeit hatte sie es sich sogar angewöhnt, am Fußende meines Bettes zu schlafen. Auch wenn sie in wachem Zustand ziemlich unfreundlich sein konnte, so fühlte ich mich durch ihre Anwesenheit doch nicht ganz so allein. Denn obwohl mich Familie und Freunde weiterhin nach Kräften unterstützten, war ich doch schrecklich einsam. Es war nicht so schwer, die Tage mit Aktivität zu füllen, wenn man sich um ein Kind zu kümmern hatte, aber die Abende und Nächte waren schlimm. Sobald Joshua im Bett war, saß ich allein im Wohnzimmer und wusste nicht, was ich mit mir anfangen sollte.

Während dieser endlos langen Abende vermisste ich all das, was mich an Udi einst zur Verzweiflung getrieben hatte: sein Kettenrauchen, seine verblüffende Fähigkeit, ständig seinen Standpunkt zu wechseln, sobald wir etwas Wichtiges erörterten; selbst einen guten, alten Krach über meine Schlampigkeit. Obwohl ich von anderen Leuten hörte, wie glücklich und erfüllt Udis Leben mit mir gewesen war, machte ich mir auch Vorwürfe, vielleicht nicht liebevoll genug zu ihm gewesen zu sein. Glauben Sie mir, nichts treibt einen so sehr dazu wie der Tod des Ehegatten, das eigene Verhalten in der Vergangenheit unter die Lupe zu nehmen und es unzulänglich zu finden.

Wenn ich es dann wieder mal fertiggebracht hatte, mich durch und durch elend zu fühlen, knipste ich meist das Licht aus und ging nach unten ins Bett, wo ich weitergrübelte. Alle meine Sorgen – ob Joshua glücklich war, ob ich genug Geld hatte, wie es weitergehen sollte – schlugen dann über mir zusammen. Ich war im Geldverdienen noch nie besonders erfolgreich gewesen. Mein bisheriges Berufsleben war, gelinde ausgedrückt, bewegt gewesen. Seit ich mit Anfang zwanzig das Studium an der Kunstakademie hingeschmissen hatte, hatte ich abwechselnd als Verkäuferin, Sekretärin (eine, die weder Schreibmaschine noch Steno beherrschte) und ungelernte Verwalterin einer revolutionären Theatergruppe gearbeitet, ich hatte in der Filmredaktion der BBC volontiert, hatte als Fremdenführerin, freischaffende Journalistin und in letzter Zeit als Verfasserin von Büchern – vier Romanen und eines Geschichtsbuches –, von denen keines es auf die Bestsellerliste schaffte, mein Geld verdient. Als erfolgreicher Fernsehproduzent hatte Udi immer viel mehr verdient als ich. Wie konnte ich also mit meinem mageren Einkommen unseren angenehmen Lebensstandard aufrechterhalten?

Gedanken dieser Art hielten mich jede Nacht wach. Wenn ich dann schließlich einschlief, meist mithilfe eines Beruhigungsmittels, wachte ich beim leisesten Geräusch wieder auf. Oft, wenn ich ohne besonderen Grund schon früh um vier aufwachte, nachdem ich vielleicht zwei Stunden gedöst hatte, empfand ich die Stille um mich her als unheimlich und bedrückend. Ich kann auch nicht behaupten, dass es ein großer Trost war, wenn ich in solchen Situationen Monster Mog zusammengerollt am Fußende meines Bettes vorfand. Dennoch war ich froh, dass sie da war.

Aber heute war ich mir dessen nicht so sicher. Sie war heimgekommen und hatte zu ihrem großen Schrecken einen jungen Hund an ihrem Stammplatz vorgefunden. Ihr Fauchen wurde lauter, und Joshua, der wusste, wie bösartig sie sein konnte, saß kerzengerade im Bett und starrte sie angsterfüllt an. Inzwischen hob George nichtsahnend den Kopf und sah Monster Mog mit sanftem, freundlichem Gesichtsausdruck an wie ein kleines Kind eine bunte Rassel, auf die es unerwartet stößt. Es war klar, dass er noch nie so etwas wie Monster Mog gesehen hatte, und außerdem schien ihm die normale Aggression, die Hunde normalerweise gegenüber Katzen haben, komplett zu fehlen. Stattdessen streckte er ihr neugierig seine süße schwarze Nase entgegen und beschnupperte sie zart, fast muss man sagen höflich.

Monster Mog beeindruckte das nicht. Sie fauchte ihn an, dann fuhr sie zurück. George verstand immer noch nicht. Pfote um Pfote, mit vorsichtig wedelndem Schwanz, schob er sich auf die neue Freundin zu.

„Mach was, Mama!", flüsterte Joshua. „Monster Mog wird ihm bestimmt gleich wehtun!"

„Keine Sorge", entgegnete ich. „George ist ein Hund. Ich denke, er wird schon selbst mit ihr fertig."

In dem Moment sprang Monster Mog George an und fetzte mit ihrer rechten Vorderpfote über sein Ohr. Er jaulte auf, drehte sich um und tauchte zwischen Joshua und mir unter die Decke. Nach zwei Minuten erschien vorsichtig seine zitternde Nase. Er hatte schreckliche Angst.

Immer noch laut fauchend funkelte unsere Katze George an, als wollte sie ihn umbringen. Nach ein paar Minuten aber verzog sie angewidert das Gesicht und sprang mit einem verächtlichen Miauen vom Bett. Vielsagend drehte sie uns ihre Kehrseite zu und ging betont langsam aus dem Schlafzimmer, wobei ihr Schwanz ärgerlich hin und her peitschte.

Trotz dieses wenig verheißungsvollen Anfangs war ich so naiv zu glauben, dass es höchstens eine Frage von ein paar Wochen sein würde, bis sich unsere Katze und unser neuer Hund miteinander arrangiert hätten. Aber weit gefehlt.

Monster Mog war eifersüchtig auf George. Für sie war er ein frecher Eindringling, der ihr ihren Platz auf meinem Bett und in unseren Herzen streitig gemacht hatte. Joshua und ich schmusten und spielten dauernd mit George. Er wiederum sprang, sobald wir uns hinsetzten, auf unseren Schoß und ließ Monster Mog keine Chance. Doch obwohl sie mir auch leidtat, wusste ich, dass sie diese Situation zum größten Teil selbst verschuldet hatte, denn der Unterschied in den Charakteren zwischen ihr und George war einfach zu groß. Sie war launisch und schwierig, während George gutmütig und verschmust war. Man konnte nicht anders als Monster Mog fürchten, genau wie man George einfach lieben musste. Freundlich und verspielt, war George wie ein Kuscheltier, das von einer unbändigen Lebensfreude angetrieben wurde. Joshua ging mit ihm spazieren und verbrachte Stunden damit, hinter ihm herzujagen oder zu versuchen, ihm einfache Befehle wie „Sitz!" und „Komm her!" beizubringen. Oder er warf Tücher über George und kicherte, wenn er dabei zusah, wie es George Spaß machte, sich daraus zu befreien. Besonderen Spaß aber machte es Joshua, George zu beobachten, wenn er sein Spiegelbild in der Schranktür anbellte und dann versuchte dahinterzukommen, um diesen anderen Hund zu begrüßen.

Die quietschenden Gummitiere, die man in Tierhandlungen als Hundespielzeug kaufen konnte, ließen George kalt, aber Papier faszinierte ihn in jeder Form. Das schönste Geschenk, das George sich vorstellen konnte, war eine Schachtel Papiertaschentücher: Erst zerfetzte er mit Hingabe den Karton, dann zerriss er den Inhalt in winzige Schnipsel. George vernichtete auch mehr als einen Artikel, den ich gerade geschrieben hatte, aber er machte immer ein so zerknirschtes Gesicht, wenn ich mit ihm schimpfte, dass ich ihm sofort verzieh.

Sein allerliebstes Spielzeug war improvisiert und bestand aus einer alten Socke, die mit Zeitungspapier ausgestopft war. Wenn Joshua ihm eine davon vor die Nase hielt, jagte George durch die ganze Wohnung hinter ihm her, treppauf, treppab und über alles, was ihm im Weg stand – Sofas, Sessel, den Couchtisch, frisch gemachte Betten, sitzende Menschen, selbst die empörte Monster Mog – unbekümmert über das Chaos, das er hinterließ. Wenn er Joshua die Socke endlich abgejagt hatte, schüttelte er sie mit aller Kraft, wie ein Löwe, der sein Opfer tötet, um seine Beute zu zerlegen. Bis er ein Loch in die Socke gekaut und den Inhalt herausgezerrt hatte, war er meist so erledigt, dass er inmitten des aufgeweichten Zeitungspapiers einschlief. Es machte mir auch nichts aus, jegliches Chaos, das George verursachte, aufzuräumen, selbst über eine gelegentliche Pfütze konnte ich hinwegsehen, denn ich liebte ihn.

Aber auch wenn wir jetzt George hatten, bedeutete das natürlich nicht, dass wir Udi nicht mehr vermissten. Jedoch hatte George die Wirkung, die ich mir versprochen hatte, nämlich neuen Spaß in unser Leben zu bringen und uns das Gefühl zu geben, wieder ein bisschen mehr mit uns im Reinen zu sein. Jetzt brauchten Joshua und ich nicht mehr angestrengt nach einem Gesprächsthema zu suchen, wenn wir allein waren, wir hatten immer etwas, worüber wir reden konnten: George. Wenn Joshua aus der Schule kam, hatte er einen Spielgefährten, der auf ihn wartete: George. Am Wochenende hatten wir immer einen guten Grund für einen langen Spaziergang im Heath-Park: George musste sich austoben. Und wenn ich jetzt abends allein auf dem Sofa saß, während George ausgestreckt vor dem Kaminfeuer lag und schlief, dann kam mir das Haus nicht mehr wie ein Mausoleum vor, sondern wieder wie ein richtiges Zuhause. Und für all das war ich meinem Cavalier ewig dankbar. Deshalb konnte ich ihn gar nicht genug verwöhnen.

Und wie es schien, konnten andere ihm ebenfalls nicht widerstehen. Völlig fremde Menschen blieben auf der Straße stehen, um George zu bewundern, wenn ich mit ihm ausging. Kam ich an der Schule vorbei, war er sofort von Kindern umringt, die ihn streicheln wollten. Mitunter beugten sich erwachsene Männer und Frauen sogar hinunter, um ihn zu knuddeln, wobei sie in einer albernen Babysprache auf ihn einredeten.

Meine Verwandtschaft war ebenfalls völlig hingerissen von George, einschließlich meiner 94 Jahre alten Großmutter Laura und meiner Mutter Honey, die den Tod ihres Yorkshireterriers Freddy, der gestorben war, als ich noch ein Teenager war, nie ganz verwunden hatte.

Was Sue anbetraf … Nun, zwischen mir und meiner Schwester hatte es immer eine gesunde Rivalität gegeben, und meist behielt sie die Oberhand. Ihre glänzenden Schulzeugnisse hatten die meinen stets in den Schatten gestellt. Als wir in das Alter kamen, in dem Jungen eine Rolle spielten, standen diese bei meiner hübschen Schwester schon seit ihrem 13. Geburtstag Schlange, um sich mit ihr zu verabreden, während ich mich allein im stillen Kämmerlein nach irgendeinem langhaarigen Typen verzehrte, der nicht einmal bemerkte, dass ich überhaupt existierte. Später hatte Sue mit ihrer Karriere als Journalistin und Kulturredakteurin mich beruflich wieder überrundet, von ihrem Einkommen ganz zu schweigen. Jetzt hatte ich endlich etwas, was sie nicht hatte. „Wie *konntest* du?“, japste sie, als sie George das erste Mal sah. „Du *musst* doch wissen, dass das *genau* der Hund ist, den *ich* schon immer haben wollte!“

Wenigstens konnten Sue und ich unsere Rivalität in Worte fassen und darüber lachen. Anders als Monster Mog. Sie verzehrte sich vor Eifersucht über ihren neuen „Bruder“ und weigerte sich hartnäckig, ihn zu tolerieren. Ihr Verhalten veränderte sich praktisch über Nacht. Statt ständig draußen zu sein wie sonst immer, saß sie jetzt wie Zerberus an den Toren der griechischen Unterwelt mitten auf der Treppe und versperrte George den Weg nach oben und nach unten. Diese Strategie war äußerst wirkungsvoll, denn wir mussten nicht nur jedes Mal, wenn wir nach oben oder unten gingen, stehen bleiben und sie streicheln, sondern auch George, der uns meist folgte, musste an ihr vorbei. Bellte er sie an, fauchte sie ihn an. Versuchte er an ihr vorbeizukommen, boxte oder kratzte sie ihn. Ich wünschte, er würde ihr endlich einmal seine gebleckten Zähne zeigen, aber George erwies sich als Feigling durch und durch.

Obwohl ich eigentlich gerade versuchte, einen neuen Roman zu schreiben, war ich als Hunderettungsdienst quasi vollbeschäftigt und rannte mindestens fünfzigmal am Tag die Treppe rauf und wieder runter, während ich versuchte George zu überreden, an Monster Mog vorbeizugehen oder sie zur Seite zu schieben, sodass er sich an ihr vorbeiquetschen konnte, oder ihn schließlich, wenn es gar nicht anders ging, über sie hinweghob, während sie aus Rache nach meinen Knöcheln schlug.

Und während sie unseren Hund terrorisierte, versuchte sie gleichzeitig, uns Menschen für ihr schlechtes Benehmen in der Vergangenheit zu entschädigen. Versöhnungsgeschenke erschienen an ungewöhnlichen Stellen: quakende Frösche auf dem Teppich im Wohnzimmer, eine fette Schnecke im Bad und eine Auswahl an Mäusen, manche davon noch sehr lebendig, andere enthauptet. Obwohl ich wusste, dass Monster Mog es gut meinte, fiel es mir schwer, diese unerbetenen Geschenke zu würdigen. Wie sie wahrscheinlich ahnte, stand ich viel zu sehr unter Georges Einfluss.

Drei Monate nachdem er zu uns gekommen war, jaulte George immer noch kläglich, wenn ich ihn nachts im Badezimmer einschließen wollte.

Infolgedessen schlief er immer noch in meinem Schlafzimmer. Zwar hatte ich ihm ein gemütliches Hundebett aus Kunstpelz gekauft, aber er lehnte es ab, sich hineinzulegen. Wie einst seine Vorfahren zog mein Cavalier es vor, nachts in einem angemessenen Bett neben seinem Frauchen zu schlafen.

Aus alter Gewohnheit lag ich nach wie vor auf der rechten Seite des Bettes, wo ich geschlafen hatte, als Udi noch lebte. Seine Seite war immer noch unantastbar, genau wie der Stuhl am Ende des Küchentisches. Es wäre mir wie eine Übertretung vorgekommen, mich auf Udis Seite breitzumachen. Diese Skrupel hatte George nicht. Natürlich wollte Monster Mog nicht zurückstehen und tat es ihm nach, nur auf meiner anderen Seite. Obwohl das Bett fast zwei Meter breit war, blieb mir jetzt nur ein schmaler Streifen davon. Wie ein Streifen Niemandsland lag ich eingequetscht zwischen zwei feindlichen Parteien. Solange sie schliefen, herrschte Waffenstillstand, aber ich wagte kaum mich umzudrehen, damit nicht einer von beiden aufwachte und zum Angriff überging.

Eines Tages, früh am Morgen, erreichte die ganze bizarre Situation ihren blutigen Höhepunkt. Nachdem ich stundenlang schlaflos dagelegen hatte, eingeklemmt zwischen meine beiden Schlafgenossen, hatte ich es schließlich mithilfe einer Tablette geschafft einzuschlafen. Mir kam es so vor, als wäre es nur wenige Sekunden später gewesen, als mich ein merkwürdiges Rascheln ganz in meiner Nähe erschrocken hochfahren ließ.

Mein erster Gedanke war, dass ein Einbrecher in der Wohnung war. Vor Furcht wagte ich kaum zu atmen. Da war wieder dieses Rascheln! Ich versuchte, in der Dunkelheit etwas zu erkennen. George war wach und lag ausgestreckt neben meinem linken Bein. Monster Mog saß auf meiner rechten Seite. Beide sahen nicht zu mir, sondern in die entgegengesetzte Richtung, ihre Schwänze fegten aufgeregt hin und her, und in höchst ungewohnter Übereinstimmung schoben sich beide langsam, Pfote um Pfote, vorwärts.

Am Fußende meines Bettes war jemand – oder etwas.

Mit einer schnellen – und meiner Meinung nach unglaublich mutigen – Bewegung knipste ich das Licht an. Mir stockte fast der Atem, als ich den Eindringling, der am Fußende auf der Bettdecke saß, betrachtete: Es war eine blutende Maus. Das winzige Tier wirkte geschockt und halb tot vor Angst, was unter den Umständen kein Wunder war. Dennoch konnte es nicht halb so geschockt und entsetzt sein wie ich.

Mit einem Schrei sprang ich aus dem Bett. Voller Begeisterung sah Monster Mog mich an und leckte sich den Bart. Sie war offenbar auf die Jagd gegangen, hatte die Maus gefangen, durch die Katzenklappe ins Haus gebracht und auf mein Bett gelegt, zweifellos als Geschenk für mich.

Zu Tode erschrocken und von zwei hungrig aussehenden Riesen bedroht, torkelte die Maus in Richtung zum äußersten Bettrand in der Hoffnung, einen Fluchtweg zu finden, doch sie saß in der Falle. Irgendwie musste ich das blutende Nagetier retten, ehe Monster Mog es vollends umbrachte oder – was noch schlimmer wäre – ehe es das Weite suchte und sich irgendwo verkroch. Also griff ich nach dem nächsten Gegenstand in Reichweite – zufällig war es mein weißer Frottee-Bademantel –, schubste Monster Mog unsanft zur Seite und warf den Bademantel über das Opfer. Mein Plan war – soweit vorhanden –, den Bademantel durch die Katzenklappe zu schieben, draußen die Maus freizulassen und dann die Klappe von innen zu verschließen, sodass Monster Mog und George nicht hinauskonnten. Damit hätte das arme Tier wenigstens eine Überlebenschance gehabt.

Die Maus ahnte jedoch nicht, dass ich sie völlig selbstlos retten wollte, sie quiekte, und als ich vor der Katzenklappe auf die Knie ging, wand sie sich zwischen meinen hohlen Händen heraus und verschwand im Ärmel des Bademantels, um im nächsten Augenblick unter dem Saum hervorzuschießen. Blitzschnell huschte sie über den Flur und verschwand unter einer schweren viktorianischen Kommode.

„Zurück!“, schrie ich, als George und Monster Mog hinterherjagten und anfingen, wie wild unten an der Kommode zu kratzen. Ich lag neben ihnen, Nase an Nase, und entdeckte den Flüchtling, der ganz hinten unter der Kommode kauerte.

Plötzlich öffnete sich Joshuas Zimmertür, und eine verschlafene Gestalt erschien. „Was ist denn hier los?!“, rief Joshua, als er uns drei, die Nase auf den Boden gepresst, vor der Kommode liegen sah. Ich hatte mir so angewöhnt, ihn vor allem zu bewahren, was ihn ängstigen oder verunsichern konnte, dass ich mich auch jetzt wie selbstverständlich aufsetzte und automatisch sagte: „Nichts!“

Doch ich bin ein hoffnungsloser Fall, was das Lügen angeht. Die Wahrheit war bald heraus, aber statt sich zu ängstigen, zeigte sich Joshua der Sache glänzend gewachsen. Er legte ein Organisationstalent an den Tag, das seinem Vater alle Ehre gemacht hätte. Zuerst sperrte er George in mein Schlafzimmer und Monster Mog ins Arbeitszimmer. Dann rannte er in die Küche und holte unsere tierfreundliche Mausefalle. Mit einem Stückchen Schokolade als Köder schoben Joshua und ich die Falle mithilfe eines Lineals unter die Kommode. Immer noch auf dem Fußboden liegend, jetzt aber in einigem Abstand, warteten wir, bis die Invalidin, angezogen vom unwiderstehlichen Duft von Cadbury-Schokolade mit Haselnüssen und Rosinen, in die kleine Plastikröhre gehinkt war und die Tür zuschnappte.

Schnell nahm ich die Falle, zog mir den Mantel über den Schlafanzug, zwängte meine Füße in Turnschuhe und ging hinaus auf die dunkle, verregnete Straße, wo ich die Maus etwa fünfzig Meter von unserem Haus entfernt ihrem ungewissen Schicksal überließ. Wieder zu Hause, ließ ich den kläffenden Hund und die jaulende Katze aus ihren jeweiligen Gefängnissen, trieb meinen hellwachen Sohn energisch ins Bett zurück, zog mein blutverschmiertes Bett ab und steckte den Bezug samt meinem Bademantel in die Waschmaschine. Als ich endlich in mein frisch bezogenes Bett zurückkroch, war es nach fünf Uhr. Innerhalb von Minuten waren meine beiden vierbeinigen Schlafgenossen wieder da und fielen, erschöpft von der ganzen Aufregung, sofort in einen tiefen Schlaf. Morgen würde ich sie endgültig aus dem Schlafzimmer verbannen, nahm ich mir vor. Nur jetzt war ich für eine Auseinandersetzung zu müde.

Eigentlich hatte ich ja nichts gegen Tiere im Schlafzimmer – aber so hatte ich es mir nicht vorgestellt. Die Sache war mir entglitten. Tiere hatten die Macht in meinem Zuhause übernommen. Und besonders eines davon schickte sich an, mein Leben zu regieren.

VIER

Als Schriftstellerin und Journalistin wusste ich, wie wichtig es ist, sich zunächst gründlich über sein Thema zu informieren. Wenn man diese Recherche sorgsam durchführt, weiß man, wohin man will und wie man da hinkommt. Hat man sich jedoch über sein Thema nicht gründlich oder gar nicht informiert, gleicht man einem entgleisenden Zug. Man hat die Kontrolle verloren und nicht die leiseste Ahnung, in welche Richtung man fährt oder wie viel kostbare Zeit die Reise noch verschlingen wird.

Gerade weil ich das alles sehr genau wusste, scheint es merkwürdig, dass ich – obwohl ich mich bestens über die Geschichte dieser Rasse informiert hatte – keinerlei Erkundigungen darüber eingezogen hatte, welche Pflege ein Cavalier King Charles Spaniel benötigte, bis ich bereits einen besaß. Hund war Hund – soweit ich es beurteilen konnte. Man fütterte ihn, gab ihm frisches Wasser, ging häufig mit ihm ins Freie und überschüttete ihn mit Zuneigung. Ich hatte keine Ahnung, dass Cavaliere irgendwie anders waren: zum Beispiel wie wählerisch sie sein können, wenn es ums Futter geht, wie oft man mit ihnen beim Tierarzt landet, was für Schwierigkeiten sie mit den Zähnen haben können, kurz – wie mühsam das Halten eines Cavaliers sein kann.

Vielleicht hatten die Probleme, die wir bekamen, nachdem George in unsere Familie gekommen war, aber auch gar nichts mit Cavalieren im Allgemeinen zu tun. Vielleicht war George das Problem. Vielleicht lag es aber auch an mir.

Mrs Colman hatte mir eine Zusammenfassung über die wesentlichen Punkte zur Haltung eines Cavaliers gegeben. Er müsse x-mal in der Woche gebürstet werden, müsse x-mal am Tag Hundekuchen und Trockenfutter bekommen. Alle paar Tage habe dieses oder jenes zu geschehen: Immunisierungen, Impfungen, Krallenpflege, Stubenrein-Training, Zahnreinigung … Ich hatte versucht, mich auf das, was sie mir erzählte, zu konzentrieren, aber ich war damals so überwältigt von dem, was ich soeben getan hatte – ich hatte mir tatsächlich einen Hund zugelegt! –, dass alles zu einem Ohr hinein- und zum anderen wieder hinausging.

Erst nach einigen Wochen und nachdem ich in unserem Antiquariat ein altes Buch über Cavalier King Charles Spaniels gefunden hatte, dämmerte mir, was ich mir da aufgeladen hatte. Ich merkte, ein Cavalier war kein gewöhnlicher Hund. Es war ein sehr pflegeintensives Geschöpf – die Victoria Beckham aller Rassehunde. Damit spreche ich nicht von Einkaufsbummeln, nein, mit pflegeintensiv meine ich die tägliche persönliche Zuwendung, die George verlangte. In dieser Hinsicht war er durchaus mit einem neugeborenen Baby zu vergleichen. Mit einem Unterschied: Im Gegensatz zu einem Baby würde George nie erwachsen werden. Dreihundert Jahre königlicher Inzucht, so erfuhr ich, hatten bewirkt, dass die Zähne dieser Rasse stark zu Karies neigten. Also brauchte George, wie ein richtiger Prinz, Unterstützung bei der Zahnpflege. Und zwar nicht nur jemanden, der ihm die Zahnpasta auf die Bürste drücken musste, sondern auch jemanden, der ihm die Zähne putzte, jeden Tag, solange er lebte. Und wer würde das sein?

Die Augen eines Cavaliers tränen oft. Also muss der Eigentümer ihm einmal am Tag die Augen mit Watte und einem Pflegemittel für empfindliche Augen auswischen. Und da Cavaliere auch gern ein sauberes Gesicht haben, kann man das bei dieser Gelegenheit ebenfalls gleich waschen.

Und da wir gerade beim Thema Waschen sind: Im Buch steht, dass auch die langen Ohren eines Cavaliers mindestens einmal in der Woche von innen und außen gereinigt werden müssen. Ein gelegentliches Bad mit Hundeshampoo sei nicht verkehrt, ebenso wie das tägliche Bürsten.

Die Krallen eines Cavaliers wüchsen sehr schnell, hieß es weiterhin. Sie müssten mindestens alle zwei Wochen mit einer Spezialschere gekürzt werden. Das Fell an der Unterseite der Pfoten müsse ebenfalls regelmäßig gekürzt werden, damit der Hund auf Holzfußböden nicht ausrutschte. Nach jedem Spaziergang müsse der Hundehalter zwischen den Krallen seines Hundes nachsehen, ob dort nicht vielleicht Grassamen oder Eisklümpchen steckten, denn diese könnten die empfindliche Haut des Cavaliers reizen oder ein Ekzem hervorrufen.

Hatte ich vielleicht gesehen, dass mein Cavalier mit dem Hinterteil über den Boden rutschte oder sich dort leckte?, fragte die Verfasserin. Ja, ich musste gestehen, das hatte ich beobachtet. In dem Fall, belehrte sie mich, habe mein Hund vielleicht Würmer. Andererseits könnte es aber auch sein, dass seine Analdrüsen ihm Probleme bereiteten. Was, um Himmels willen, sind Analdrüsen?, fragte ich mich – unnötigerweise, wie sich herausstellte, denn auch das erfuhr ich jetzt genauer, als ich es eigentlich wissen wollte. Neben dem After hatte jeder Hund Analdrüsen, die sich normalerweise beim Koten entleerten. Beim Cavalier jedoch brauchten diese Drüsen manchmal – wie soll man sagen – etwas Nachhilfe. Es war also höchste Zeit, George mit dem Tierarzt bekanntzumachen.

Mit knapp fünf Kilo war George ein perfektes Exemplar eines schlanken, jungen Cavalier King Charles Spaniels, wie Greg, der Tierarzt, jung und fast zu gut aussehend mit seinen großen blauen Augen und dem braun gelockten Haar, bei unserem ersten Besuch feststellte. Zum Glück schien George kerngesund zu sein. Das einzige Problem, das der Tierarzt vorhersah, betraf seine Ernährung. Er schlug vor, dass ich George an eines der neuen, vorzüglichen Alleinfutter gewöhnte. Vielleicht würde es ein wenig dauern, bis George damit klarkam, aber langfristig sei es sicher das Beste für ihn.

Wir verabschiedeten uns, nachdem Georges Analdrüsen von einer Helferin ausgedrückt worden waren, irgendwo weit weg von mir. Ich selbst war beladen mit Schätzen, darunter Flohspray, Trockenfutter, Hundezahnpasta mit Geflügelgeschmack, eine Hundezahnbürste, eine Hundehaarbürste, Hundeshampoo, ein Hundesicherheitsgurt fürs Auto, ein paar Leckerlis und eine Tüte fluorhaltiger Hunde-Kaubonbons. Was es auch gab – solange es mit „Hunde-“ anfing, kaufte ich es.

Nach unserem Besuch beim Tierarzt war ich entschlossen, meine Verantwortung als Hundebesitzerin ernst zu nehmen. Die Pflege meines Cavaliers beherrschte jetzt mein Leben. Zwar hatte ich auch ein Kind und einen Beruf, aber jetzt war George mein Fulltime-Job geworden. Als Erstes ließ ich ihn jeden Morgen in den Garten hinaus. Dann ging ich in die Küche hinauf, füllte seinen Wassernapf auf und gab eine gute Portion des Trockenfutters, das der Tierarzt empfohlen hatte, in den Fressnapf. Natürlich weigerte George sich standhaft, es auch nur anzurühren. Als ich es ihm zum ersten Mal anbot, hatte er flüchtig daran gerochen und sich dann mit vorwurfsvollem Blick auf den Küchenboden geworfen. Seitdem befand er sich im Hungerstreik.

Selbstverständlich begleitete George Joshua und mich auf dem Schulweg, wobei Joshua die Leine so stolz wie ein Besitzer eines preisgekrönten Cavaliers in einer Hundeausstellung hielt. Nur leider benahm sich George nicht wie ein Vorzeigehund. Mindestens einmal auf jedem Gang zur Schule mussten wir ihm mit Gewalt das Maul öffnen, um ihm etwas Ungenießbares zu entwinden, sei es ein vergammelter alter Knochen oder etwas Klebriges, das er aus dem Rinnstein geholt hatte. Außerdem mussten wir auf jedem Weg fünf- bis sechsmal stehen bleiben, damit George Zeit hatte, die Straßenmöblierung zu bewässern. Als wir ihn von Mrs Colman mitgenommen hatten, war er mehr oder weniger stubenrein gewesen, aber während der ersten Wochen bei uns war das „Weniger" wieder in den Vordergrund getreten, und es gab ziemlich viele Pfützen. Da mein Handbuch empfahl, dem Hund viel positive Rückmeldung zu geben, lobten wir George jedes Mal, wenn er sein Hinterbein außerhalb der Wohnung hob, als hätte er den Nobelpreis gewonnen. Und George wurde gern gelobt, deshalb hörte er nun gar nicht mehr damit auf. Wahrscheinlich konnte er zwischen einer sinnvollen Handlung und einer leeren Geste noch nicht recht unterscheiden, denn er bestand darauf, sein Bein an jeder senkrechten Fläche zu heben, an der wir vorbeikamen, egal ob es notwendig war oder nicht. Jedes Mal wedelte er erfreut und grinste uns stolz und mit glänzenden Augen an.

Damit dauerte der Schulweg, für den wir früher zwanzig Minuten gebraucht hatten, jetzt also locker eine Dreiviertelstunde, da wir dauernd stehen bleiben, ab und zu Häufchen aufnehmen und George zwischendurch immer wieder loben mussten.

Da es unmöglich war, irgendwelche Erledigungen zu machen, wenn George dabei war, brachte ich ihn, nachdem ich Joshua in der Schule abgeliefert hatte, immer gleich nach Hause und ging dann allein in die Stadt zurück, um Lebensmittel einzukaufen. Wenn ich dann zum zweiten Mal nach Hause kam, nahm ich George wieder an die Leine, damit er sich im Heath-Park austoben konnte. Eine halbe Stunde später – und zum dritten Mal wieder zu Hause – setzte ich George in die Badewanne und spülte den Schmutz von seinen Pfoten, dann setzten wir uns hin und die Schönheitspflege konnte beginnen. Einmal in der Woche wurde er richtig gebadet und anschließend mit meinem Föhn getrocknet. An den anderen Tagen wischte ich ihm nur Augen und Gesicht ab. Danach wurde er gebürstet und gekämmt, wobei Monster Mog zusah und vor Eifersucht fauchte.

Wenn Georges Fell in Ordnung gebracht war, kam die Zahnhygiene an die Reihe. Sowie George sah, dass ich die Zahnbürste aus dem Badezimmerschrank holte, verschwand er hinter dem Sofa, presste die Lefzen zusammen und war durch nichts zu bewegen, das Maul aufzumachen. Ich zog ihn aus seinem Versteck hervor, hielt ihn fest und versuchte, die winzige Zahnbürste zwischen seine Zähne zu bekommen. Obwohl George niemals nach mir schnappte oder mich biss oder auch nur knurrte, weigerte er sich hartnäckig zu kooperieren. Bald musste ich einsehen, dass ich als Zahnpflegerin kein Glück hatte, und gab den Versuch auf.

Meist war es schon nach zwölf, ehe ich endlich mein Arbeitszimmer aufsuchen konnte und mich an meinen Schreibtisch setzte, um einen Beitrag für die eine oder andere Zeitschrift zu verfassen. Aber genau wie mit einem Neugeborenen war es auch mit George unmöglich, sich für längere Zeit auf etwas zu konzentrieren, wenn er dabei war. Zunächst gab es da meinen Haustierrettungsdienst auf der von Monster Mog besetzten Treppe. Und gleich darauf war es bereits wieder Zeit zum Gassigehen. Dann wollte er auf meinem Schoß sitzen, was mir das Schreiben auf der Tastatur so gut wie unmöglich machte. Und manchmal, wenn er eindöste, landete seine Nase auf der Taste *Entfernen* und machte alles, was nicht abgespeichert war, im Bruchteil einer Sekunde zunichte. Am meisten aber lenkte mich sein dauerndes Bellen ab. Stundenlang stand er neben meinem Schreibtisch und kläffte mit nervenzerrüttender Ausdauer. Er bellte und bellte und bellte. Warum? Weil er hungrig war. Nicht so hungrig, dass er das trockene Zeug in seinem Napf gefressen hätte, aber hungrig genug, um mir das Leben zu vergällen. Was beim ersten Mal, als ich ihm das Trockenfutter gegeben hatte, als Protest angefangen hatte, war jetzt zu einem ausgewachsenen Krieg eskaliert, bei dem es darum ging, wer seinen Willen letztlich durchsetzen würde.

Nach zwei Wochen auf Trockenfutter wurde George lethargisch und trübsinnig. Sein Gesicht fiel ein, und wenn ich ihn streichelte, konnte ich seine hervorstehenden Rippen ertasten. Ich hatte das Gefühl, als Hundebesitzerin versagt zu haben. Wieder ging ich mit ihm zum Tierarzt.

„Warum frisst er nichts?“, fragte ich, als ich das Häufchen Knochen, das George inzwischen geworden war, auf den Untersuchungstisch setzte. George wog jetzt nur noch knapp vier Kilo. „Was mache ich falsch?“

Greg lächelte beruhigend und, wie ich hoffte, leicht flirtend. „Ich glaube nicht, dass Sie etwas falsch machen.“

„Wenn ich ihm sein Futter hinstelle, sieht er so unglücklich aus, fast könnte man sagen, verstört. Vielleicht ist er krank, was meinen Sie?“

„Also, ich habe ihn untersucht, und soweit ich sehen kann, hat er keine Symptome, bis auf die Appetitlosigkeit.“

„Könnte er Depressionen haben, weil wir ihn aus seiner Familie herausgenommen haben?“

„Depressionen?“, wiederholte Greg irritiert, während Georges Schwanz eine Flasche Desinfektionsmittel umwarf und auf den Boden fegte.

Ich holte tief Luft und fragte ihn rundheraus: „Glauben Sie, er könnte magersüchtig sein?“

Um Gregs Mundwinkel zuckte es. „Soweit ich weiß, ist nichts darüber bekannt, dass ein Hund absichtlich hungert“, versicherte er mir, wobei er sich bemühte, ernst zu bleiben. „George ist wahrscheinlich nur wählerisch, wie Cavaliere es oft sind. Er verschmäht das Trockenfutter, weil er Sie dazu bringen will, ihm etwas anderes zu geben. Aber ich würde auf dem Trockenfutter bestehen, denn auf Dauer ist es wirklich das Beste für George. Versuchen Sie es mal mit einer anderen Geschmacksrichtung – vielleicht Lamm? Ich habe hier gerade ein paar Proben.“ Damit riss er ein Paket auf und bot George ein paar Brocken an. Mein Hund verschlang sie so schnell, dass ich Angst hatte, er könnte ersticken. „Na also! Vielleicht ist damit das Problem ja schon gelöst!“

Sofort kaufte ich einen großen Sack mit dem neuen Futter und schleppte ihn nach Hause. Mit 14 Pfund Sterling war es ganz zufällig das teuerste unter den Trockenfuttern. Aber sobald es in Georges Napf war, weigerte er sich natürlich, es auch nur anzusehen. Die Situation wurde immer schlimmer. Jedes Mal wenn es bei uns ein Hähnchen gab, wurde George hysterisch vor Aufregung und kläffte wie ein Wahnsinniger. Und wenn die Grenzen unserer Belastbarkeit überschritten waren, gaben wir ihm heimlich den einen oder anderen Bissen von unseren Tellern. Dem ersten Häppchen folgte ein zweites. Und das nächste. Und noch eins. Aber im Großen und Ganzen hielt ich daran fest: Die Schlacht um das Essen würde ich gewinnen, nicht George. Wenn ein hochwertiges Alleinfutter das Beste für unseren Cavalier war, dann würde George es fressen.

Zwei Wochen später hatte sich Georges Appetit immer noch nicht gebessert. Ich ging wieder mit ihm zum Tierarzt und bestand darauf, dass etwas geschehen müsse. Ich ließ George über Nacht dort, weil der eine oder andere Test gemacht werden sollte. Aber nicht nur die Ergebnisse waren alle höchst normal, sondern George hatte überdies auch alles gefressen, was man ihm in der Praxis vorgesetzt hatte.

„Ich frage mich … Haben Sie ihm vielleicht Essensreste bei Tisch gefüttert?“, meinte Greg, als ich George abholte und die Rechnung bezahlte

(157 Pfund inklusive der Übernachtung – dafür hätte ich ihm genauso gut ein Zimmer in einem Viersternehotel buchen können!).

„So gut wie nie!“, versicherte ich ihm.

„Tja, also, obwohl George immer noch sehr mager ist, hat er doch ein wenig zugenommen.“ Greg verengte die Augen zu Schlitzen wie ein Detektiv, der einen Verdächtigen zu überlisten versucht. „Er *muss* etwas fressen.“

„Ich kann mir nicht vorstellen, was das sein könnte.“

Eines Tages, etwa vier Monate nachdem er zu uns ins Haus kam, hörte George ganz und gar auf zu fressen. Also ließ ich das verhasste Trockenfutter sausen und bot ihm Rührei mit klein gehackter Biohähnchenbrust, aber er wollte nichts fressen, und das, obwohl ich stundenlang neben ihm auf dem Boden saß und versuchte, ihn zu füttern. Der arme Kerl lag einfach nur teilnahmslos da. Und dann fing er an zu erbrechen. Mein Gott, dachte ich, er ist nicht nur magersüchtig, jetzt leidet er auch noch unter Bulimie! Große Klumpen einer gelben Substanz durchsetzten das Erbrochene.

„Mum“, fragte Joshua, der gerade nach oben kam, als ich kniend eine weitere Pfütze Erbrochenes wegwischte, „weißt du, wo mein Ball ist? Du weißt schon, der gelbe, aus Schaumstoff?“

Daraufhin schnappten wir uns George, rannten zum Auto und fuhren zum Tierarzt. Als man ihn röntgte, zeigte es sich, dass seine ganzen Eingeweide mit einer flockigen, schaumstoffartigen Masse gefüllt waren. Doch anstatt sofort zu operieren, riet der Tierarzt, ihn sorgfältig zu beobachten und am nächsten Tag wiederzukommen.

Joshua und ich wachten die ganze Nacht bei George. Monster Mog leistete uns Gesellschaft und schnurrte zufrieden. Zu ihrem Leidwesen aber war ihr Rivale am nächsten Morgen schon wieder fast der Alte, und nachdem der Tierarzt seinen Verdauungstrakt noch zweimal geröntgt hatte, entschied er, dass eine Operation nicht nötig sei, aber auch ohne diese kostete mich Georges Behandlung weitere 120 Pfund.

George hatte uns auf höchst eindringliche Weise klargemacht, dass er alles andere lieber fraß als Trockenfutter. Genau wie beim Schlafen im Bett und beim Sitzen auf den Sofas, so hatte George auch hier die Schlacht darum, wer den stärkeren Willen hatte, gewonnen. Selbst der Tierarzt musste sich geschlagen geben: Nach der Sache mit dem Schaumgummiball verschrieb er George eine zeitweilige Hundeschonkost (zwei Pfund die Dose), die mein Cavalier mit Begeisterung verschlang. Danach stellte ich ihn wieder auf Brathähnchen um, gefolgt von weiteren Brathähnchen, und um etwas Abwechslung in seinen Speiseplan zu bringen, auch mal Brathähnchen vermischt mit Whiskas – aber nur wenn Monster Mog es nicht sah.

FÜNF

Vielleicht befürchtete meine Schwester, dass mein Leben zu sehr von einem Hund beherrscht wurde, jedenfalls beschloss sie im März 1999, mich mit einem Mann bekanntzumachen. Sie wusste, dass ich, genau wie Joshua, neun Monate nach Udis Tod an einem Tiefpunkt angekommen war. Auch wenn George und seine Possen unsere Dunkelheit die meiste Zeit etwas aufhellten, so konnte er sie natürlich nicht vertreiben.

Anthony, Sues Bekannter, war ein erfolgreicher Architekt und Anfang sechzig. Er war Witwer, seine Frau war vor acht Jahren an Brustkrebs gestorben. Vielleicht war es das gemeinsame Schicksal, den Partner verloren zu haben, dass wir uns zueinander hingezogen fühlten, denn entgegen meiner Erwartung verstanden wir uns auf Anhieb. Ich fand Anthony hinreißend, und ich glaube, er mochte mich auch ein wenig, denn er ergriff bei der Schilderung meiner häuslichen Verhältnisse nicht sofort die Flucht, obwohl er kein Hundefreund war und Katzen aus tiefstem Herzen hasste.

Man könnte der Ansicht sein, dass es neun Monate nach dem Tod des Partners viel zu früh für eine neue Beziehung ist. Für mich war es ein Segen, fast ein Wunder. Ich hatte die dreizehn Jahre, die ich mit Udi geteilt hatte, sehr genossen – sowohl das ganz normale Alltagsleben als auch die außergewöhnlichen Momente. Das Letzte, was ich gewollt hätte, war jemals wieder allein zu sein, aber das Schicksal hatte anders entschieden, und ich war nicht gefragt worden. Nun hatte ich Anthony kennen gelernt. Ich hatte auch keinerlei Schuldgefühle, denn Udi hatte mir vor seinem Tod klipp und klar erklärt, er hoffe, dass ich bald einen neuen Partner finden würde.

Doch ich hatte nicht erwartet, dass ich mich wieder verlieben würde, geschweige denn so bald nach Udis Tod, aber jetzt war es passiert. Anthony war wie ein frischer Frühlingswind in mein Leben geweht. Er war begabt, warmherzig und witzig, und er hatte die Gabe, mich zum Lachen zu bringen. Außerdem liebte er gutes Essen und ging gern ins Kino und sah zu alledem auch noch gut aus. Anthony war nicht nur elegant, er war auch noch ein Fitness-Freak, der Gewichte stemmte und jeden Morgen joggte, und ein Rugby-Fanatiker. Welche Frau hätte ihm widerstehen können?

Aber was noch wichtiger war: Da Anthony ein ähnliches Schicksal gehabt hatte wie ich, wusste er instinktiv viel von dem, was ich gerade durchmachte, ohne dass ich es ihm erklären musste. Und da er nicht wie ich gerade erst verwitwet war, zeigte er mir, dass es eine Welt jenseits der Trauer gab. Und – war es möglich? – dass diese Welt auch wieder schön sein konnte.

Anthony war einfach wunderbar. Auch mit seinen vier reizenden erwachsenen Töchtern verstand ich mich gut. Aber falls ich jemals Fantasien von einem gemeinsamen glücklichen Familienleben gehabt haben sollte, waren diese von kurzer Dauer. Denn Joshua konnte Anthony nicht ausstehen.

Selbst zu diesem Zeitpunkt war mir klar, dass man Joshuas ablehnende Haltung hätte vorhersagen können. Neun Monate waren eine viel zu kurze Zeit für meinen Sohn, auch nur in Betracht zu ziehen, einem anderen Mann den Aufenthalt in unserem Haus zu gestatten. Wer war dieser muskulöse Fremde, der einmal die Woche in sein Haus kam? Würde er sich zwischen uns drängen? Joshua hatte gerade seinen Vater verloren und große Angst, auch mich zu verlieren. Ich versuchte ihm klarzumachen, dass ich ihn mehr liebte als irgendeinen anderen Menschen, aber meine Worte erreichten ihn nicht.

Da Anthony jedoch ein unverbesserlicher Optimist war, hielt er es für möglich, Joshuas Herz zu gewinnen, auch wenn es nicht leicht sein würde. Eines Abends brachte er eine Truppe Miniaturroboter mit, spielte zusammen mit Joshua zwei Stunden damit auf dem Küchentisch und erklärte ihm, wie Roboter funktionierten. Für ganz kurze Zeit schien Joshuas Eispanzer etwas aufzutauen, aber nach diesem Abend gefror er sofort wieder.

Vielleicht hatte die heikle Situation uns übervorsichtig gemacht, jedenfalls achteten Anthony und ich darauf, in Joshuas Anwesenheit keine allzu große Nähe zu zeigen. Selbst wenn ich in der Küche einmal seine Hand hielt, ließ ich sie wie ein glühendes Stück Kohle fallen, sobald wir Joshua missmutig die Treppe heraufstapfen hörten; und wenn wir nebeneinander auf dem Sofa saßen, fuhren wir auseinander wie zwei gleichpolige Magnete, sobald mein Sohn argwöhnisch ins Wohnzimmer platzte. Aber alles das trug nicht dazu bei, unsere schwierige Situation zu verbessern. Wenn Anthony bei uns war, schlich Joshua im Haus herum wie Hamlet, Prinz von Dänemark, vor Schloss Elsinore. Fast erwarteten wir, ihn deklamieren zu hören: Schwachheit, dein Name ist Weib!

Armer Anthony! Nach einem schweren Arbeitstag kam er zu mir in der Hoffnung auf einen romantischen Abend. Stattdessen fand er sich einen halben Meter von mir entfernt auf dem Sofa wieder, George zusammengerollt zwischen uns und Monster Mog auf der Lehne neben ihm, wo sie den Bezugsstoff zerkratzte, während die Sittenpolizei (alias Joshua) darüber wachte, dass wir keinerlei Körperkontakt hatten. Es war wirklich ein Wunder, dass er es so lange mit mir aushielt.

Und armer Joshua! Er trauerte um seinen Vater, dessen Tod ihn wütend, furchtsam und verwirrt gemacht hatte. Er merkte, dass das Leben wieder etwas besser wurde, aber nur für mich, nicht für ihn. Hier lag das schreckliche, unvermeidliche Dilemma unserer Situation: Ich, seine Mutter, konnte eine neue Beziehung eingehen und vielleicht sogar wieder einen dauerhaften Partner finden, aber für ihn würde es nie einen neuen Vater geben. Und das bescherte mir schreckliche Schuldgefühle.

Deshalb überlegte ich, ob ich um Joshuas willen die Beziehung beenden sollte, aber eine innere Stimme riet mir, es nicht zu tun. Natürlich hatte mein Sohn oberste Priorität, er war der Sinn meines Daseins, aber ich wusste auch, dass ich ein Leben außerhalb des Hauses brauchte, wenn ich die nächsten Jahre überstehen wollte, ohne verrückt zu werden.

Der Verlust von Udi und meinem Vater hatte mir gezeigt, dass das Leben viel zu kurz und zerbrechlich war, um es zu verschwenden. Ich musste das Glück beim Schopf packen, wo ich nur konnte, um meiner selbst und um Joshuas willen. Denn wäre ich unglücklich, dann wäre das auch nicht gut für ihn.

Aber alle Rechtfertigungen der Welt halfen nichts, wenn ich Joshuas langes Gesicht sah. Besorgt darüber, dass mir die Situation entgleiten könnte, schleppte ich ihn zu einem Familientherapeuten. Dieser wunderbare Mann gab mir den vielleicht besten Rat, den man Eltern geben kann: „Vergessen Sie nicht, in Ihrer Beziehung ist er das Kind, Sie sind die Erwachsene. Sie müssen sagen, wo es langgeht. Das braucht er."

Von nun an saßen wir uns beim Essen nicht mehr gegenüber, sondern ich nahm Udis Stuhl am Ende des Tisches ein. So klein diese Geste auch war, sie verschaffte mir etwas mehr Autorität. Und statt Joshua bei jedem Problem, das unsere Familie betraf, um seine Meinung zu fragen, entschied ich nun einfach selbst und sagte ihm dann, was wir machen würden. Zuerst rebellierte Joshua, aber bald lernte er zu akzeptieren, dass ein Nein von mir wirklich Nein bedeutete und dass es Situationen gab, in denen eine Diskussion mit mir zwecklos war.

Was Anthony betraf, so hoffte ich sehr, dass Joshua ihn mit der Zeit doch noch akzeptieren würde. Aber selbst nach sechs Monaten zeigte Joshua ihm bestenfalls die kalte Schulter, im schlimmsten Fall zeigte er ihm gegenüber immer noch offene Feindseligkeit und ignorierte meine Bitte, er solle, auch wenn er Anthony nicht gernhabe, doch wenigstens höflich zu ihm sein. Joshua weigerte sich, Anthony auch nur zu begrüßen, wenn er zu uns kam. Er unterbrach ihn, sobald er etwas sagen wollte, und ignorierte ihn, wenn er ein Gespräch anfing. Das einzige Wort, das Joshua ihm gegenüber mit einiger Begeisterung sagen konnte, war „Tschüss!".

Es war durchaus normal, dass Joshua verärgert war wegen meiner neuen

Beziehung. Was ich allerdings nicht erwartet hatte, war, dass George ebenfalls Ärger machen würde. Im Sommer 1999 war auch George in der Pubertät. Im Mai hatten wir ihn für ein paar Tage zu einem Cavalier-Züchter gegeben, während Joshua und ich in Urlaub fuhren, und als er zurückkam, war er völlig verändert. Sein Testosteronspiegel war offenbar drastisch angestiegen, und das Funkeln in seinen Augen wirkte jetzt eher angriffslustig als süß, wie das bisher der Fall gewesen war. Von da an bewies er seine Männlichkeit auch im Haus durch häufiges Beinheben, besonders in Joshuas Zimmer. Er tobte wild über mein Bett, wobei er schmutzige Fußspuren hinterließ, und leerte jeden Papierkorb im Haus, zerkaute den Inhalt und verteilte die Fetzen auf dem Fußboden.

Im Sommer war ich auf die Idee gekommen, „Familien-Spaziergänge" mit George im Heath-Park könnten helfen, die zunehmenden Spannungen zwischen Joshua und Anthony und Anthony und George etwas zu mildern. Wie konnte ich nur so blöd sein! Joshua schlich neben uns her und schmollte. George dagegen hatte ein starkes Interesse am anderen Geschlecht entwickelt. Sowie er eine Hündin witterte, zerrte er an der Leine, und wenn ich ihn losmachte, verschwand er im Wald und kam auch nicht zurück, wenn wir ihn riefen. „So ist er normalerweise gar nicht", versicherte ich Anthony, aber der schien nicht überzeugt zu sein. Wenn dann Minute um Minute verging, ohne dass es eine Spur von George gab, wurde Joshua immer besorgter, meine Nerven waren angespannt, und Anthony wurde verständlicherweise ziemlich ungeduldig. Müsse man einen Hund nicht erziehen?, fragte er mich eines Abends, als es langsam dunkel wurde und George nach einer halben Stunde immer noch nicht aufgetaucht war.

Erziehen? War eine formale Hundeerziehung denn wirklich notwendig? In meiner Familie war nie jemand auf den Gedanken gekommen, einen Hund zu *erziehen*! In den Fünfzigerjahren hatten meine Großeltern mütterlicherseits einen schwarzen Cockerspaniel gehabt, der auf den fantasielosen Namen Blackie gehört hatte und der frei in Cricklewood, jenem Londoner Vorort, in dem wir alle zu der Zeit gewohnt hatten, herumgerannt war. Dann war da noch Freddy, der Yorkshire Terrier, dem meine Mutter zwanzig Jahre nach seinem Tod immer noch nachtrauerte. Obwohl er völlig ausgewachsen keine dreißig Zentimeter hoch war, hatte Freddy es fertiggebracht, 15 Jahre lang unser Leben zu dominieren.

War es überhaupt möglich, einen Hund zu erziehen?, fragte ich mich an jenem Abend im Heath-Park noch immer, als George zu meiner Erleichterung auftauchte und sich widerstrebend nach Hause ziehen ließ, wo er sofort in Joshuas Zimmer pinkelte. Es war zweifellos höchste Zeit, mit der

Erziehung anzufangen. Da alle Hundeschulen in unserer Gegend ausgebucht waren, rief ich einen Trainer an, der Einzelunterricht anbot und den meine Nachbarin empfohlen hatte.

So machten wir Bekanntschaft mit Pete und seinem Metallklicker. Eigentlich war er eher Hundetherapeut als Trainer. Mit einer Gebühr von fünfzig Pfund die Stunde war er zumindest so teuer. Mit seiner Schildpattbrille und dem Cordjackett mit Lederflecken an den Ellbogen war er jeder Zoll der altmodische Gelehrte, und so wählte er auch bei George den intellektuellen Ansatz.

Während George auf der Couch lag und sanft vor sich hin schnarchte, saßen Pete und ich uns am Küchentisch gegenüber, und ich schilderte ihm das Problem oder vielmehr die Probleme, die ich mit George hatte: Er war nicht stubenrein, gehorchte uns nicht, war dickköpfig und ungezogen und fürchtete sich immer noch jämmerlich vor Monster Mog. Während ich sprach, äußerte Pete sich mit verständnisvollen Lauten und nickte verstehend.

„Ich halte es einfach nicht mehr aus!“, sagte ich weinend und wischte mir die Träne weg, die über meine Wange lief.

Pete wartete, bis ich mich beruhigt hatte. „Als Erstes müssen Sie verstehen, dass die Pfützen, die George im Haus hinterlässt, absolut nichts damit zu tun haben, dass er seine Blase nicht kontrollieren kann. Meiner Meinung nach sucht er nur Ihre Aufmerksamkeit.“

„Okay“, nickte ich. Aber bekam George nicht bereits genug Aufmerksamkeit? Schließlich verbrachte ich sieben Tage die Woche von morgens bis abends damit, mich um ihn zu kümmern.

„Die Tatsache, dass er hauptsächlich im Zimmer Ihres Sohnes pinkelt, spricht Bände über Georges Motive. Da es ihm nicht gelungen ist, sich Ihre Katze zu unterwerfen, versucht er nun, die Herrschaft über Joshua zu bekommen. Er möchte ihn dominieren.“

Pete tat meine eigene Theorie, nämlich dass George einfach nur ungezogen war, mit einem Achselzucken ab. „Wissen Sie“, erklärte er, „es gibt keine ungezogenen Hunde. Es gibt nur unverstandene Hunde. George leidet unter mangelndem Selbstwertgefühl. Was er im Moment am dringendsten braucht, ist viel ‚positive Verstärkung‘. Loben Sie ihn für gutes Benehmen, und ignorieren Sie ihn, wenn er sich schlecht benimmt.“

„Ja.Gut. Aber was soll ich machen, wenn er in Joshuas Zimmer pinkelt?“

„Ignorieren Sie es. Sagen Sie gar nichts. Das Schlimmste, was Sie machen können, ist, ihn anzuschreien oder seine Nase in die Pfütze zu stecken. Damit würden Sie nur seinem Wunsch nach Aufmerksamkeit nachgeben.“

„Okay.“ Mein Glaube an Pete schwand schnell dahin, aber dann holte er eine Tüte Leckerlis und ein kleines Metallding hervor, das ein klickendes Geräusch machte. Mit den Leckerlis als Belohnung und dem Knipser als „akustisches Signal, um die gewünschte Reaktion zu unterstreichen“, brachte er es fertig, George das Sitzen, das Herkommen und das Hinlegen auf Kommando beizubringen, und alles innerhalb von zwei Minuten. Das allein war mir die fünfzig Pfund wert.

Begeistert von den neuen Möglichkeiten, George zu erziehen, versuchte ich es auch, sobald Pete das Haus verlassen hatte. „Sitz, George!“, befahl ich mit betont fester Stimme und klickte mit dem Metallding.

Zu meinem Entzücken setzte George sich sofort hin, wobei er grinste und mit dem Schwanz wedelte.

Das rief nach einer positiven Verstärkung. „Braver Junge! Kluger Junge!“, lobte ich ihn und langte nach den Leckerlis. Aber noch ehe ich ihm eins geben konnte, war George hochgesprungen, hatte mir die Tüte aus der Hand gerissen und war damit aus der Küche gerannt. Bis ich ihn eingeholt hatte, hatte er den gesamten Inhalt verschlungen, die Tüte zerfetzt, und neben Joshuas Bett war ein frischer nasser Fleck.

Im Gefühl, völlig versagt zu haben, rief ich Mrs Colman an und fragte sie, ob ich George wirklich ignorieren sollte, wenn er im Haus gepinkelt hatte. Sie lachte laut. Ein Klaps auf die Nase mit einer zusammengerollten Zeitung reichte meist bei jungen Hunden, und soweit sie wusste, hatte noch keiner von ihnen einen psychischen Schaden davongetragen.

Was Georges zunehmenden Freiheitsdrang im Heath-Park anbelangte, so riet mir der Tierarzt, ihn kastrieren zu lassen, ehe er bei der Verfolgung einer Hündin unter ein Auto geriet oder auf Nimmerwiedersehen verschwand. Nach eingehender Gewissensprüfung und einigen weiteren spannungsgeladenen Spaziergängen mit Joshua und Anthony fuhr ich also eines Tages schuldbewusst mit meinem armen Hund zur Praxis und ließ ihn dort, damit die grausame Tat vollbracht werden konnte.

SECHS

Das Weihnachtsfest 1999 war das zweite, das wir ohne Udi verbrachten, und auch diesmal sah ich den Feiertagen mit schwerem Herzen entgegen. Wie alle Eltern wünschte auch ich mir für mein Kind einen unvergesslichen Feiertag, den wir auf säkulare Art feierten, obwohl wir jüdischen Glaubens waren. Doch ohne seinen Vater würde für Joshua Weihnachten nie mehr so sein wie früher.

Für Udi war es immer eine ganz besondere Zeit gewesen. Vielleicht weil er während seiner eigenen Kindheit im Nachkriegs-Österreich ein Ausgestoßener war und viel entbehren musste, stürzte er sich mit der Begeisterung eines großen Kindes in das vorweihnachtliche Treiben. Mit dem Motorrad machte er sich auf zu ausgedehnten Einkaufsexpeditionen, und wenn er danach wieder in Hampstead auftauchte, fuhr er meist ganz langsam, weil Dutzende von Einkaufstaschen am Lenker hingen, sodass sein Motorrad aussah wie der Schlitten des Weihnachtsmanns. Da gab es silberne Armreifen für Hannah, Spielsachen für Nathaniel und Joshua, Luxuskosmetika und Gläser mit eingelegten Früchten für Tabby und für mich oft Schmuck.

Udi kaufte immer die schönsten und ausgefallensten Christbaumkugeln, die er finden konnte. Diese wurden der Sammlung hinzugefügt, die er im Lauf der Jahre zusammengetragen hatte. Damit schmückte er zusammen mit Joshua, der gefährlich oben auf der Trittleiter balancierte, unseren Weihnachtsbaum. Und wenn er und Joshua allen Schmuck aufgehängt hatten, war kein einziger leerer Zweig mehr an unserem immer riesigen Weihnachtsbaum zu sehen.

Was konnte man den Erinnerungen an unsere turbulenten Weihnachtsfeste der vergangenen Jahre entgegensetzen? Jetzt ging es mir wie allen anderen, die einen geliebten Menschen verloren hatten: Während der Vorweihnachtszeit waren Joshua und ich ständig von fröhlichen Familien umgeben, ob nun im Fernsehen oder in den Geschäften. In diesen Tagen dachte ich auch viel an meinen Vater. Deshalb mied ich bei meinen Weihnachtseinkäufen die Abteilungen für Herrenbekleidung, aber ich konnte nicht verhindern, dass mir in jeder Papierabteilung ausgerechnet immer zuerst die Karten mit der Aufschrift FROHE WEIHNACHTEN, DAD ins Auge fielen. Obwohl ich nie ein besonderes Geschick im Aussuchen von Geschenken für meinen Vater oder Udi bewiesen hatte, fand ich jetzt ständig Dinge, die ihnen Freude gemachte hätten. Ich kompensierte das, indem ich besonders großzügig bei Joshuas Geschenken war. Wenn ich wieder einmal meine schon ziemlich strapazierte Kreditkarte herauszog, sagte ich mir, Weihnachten sei definitiv nicht die Zeit, um zu sparen.

Aber wann war die eigentlich? Ich musste wirklich ernsthaft daran denken zu sparen, denn während das Jahr mit den drei Nullen immer näher rückte, wurden die Nullen auf meinem Bankkonto immer weniger. Bevor Udi krank wurde, hatte ich versucht, mir als Schriftstellerin humorvoller Romane für junge Frauen einen Namen zu machen, und seit seinem Tod hatte ich mehrmals probiert, ein neues Buch anzufangen, doch schon bald verlor ich den Schwung und gab wieder auf. Das Problem war, dass ich mich einfach nicht unbeschwert und fröhlich fühlte. Außerdem war ich selbst keine „junge Frau“ mehr, ich war Mitte vierzig und fühlte mich eher wie eine Matrone. Im letzten Jahr hatte ich kaum Einkommen gehabt, bis auf ein paar Tantiemen und Autorenhonorare hier und da, die auf wundersame Weise immer gerade dann eintrafen, wenn ich sie am dringendsten brauchte.

Vielleicht war jetzt die Zeit, meinen Beruf zu wechseln und einen „richtigen“ Job anzunehmen, wie meine Eltern es immer ausdrückten. Als jemand, der die Kunstakademie abgebrochen hatte und trotz der schriftstellerischen Tätigkeit weder Maschine schreiben konnte noch die Rechtschreibung fehlerlos beherrschte, war ich nicht gerade das, was ein Arbeitgeber als ein Geschenk des Himmels betrachtete. Aber irgendwo gab es vielleicht doch jemanden, der mich haben wollte. Wenn nicht, so sagte ich mir, konnte ich immer noch meine Besitztümer verkaufen – wenn ich denn welche hätte.

In den Monaten nach Udis Tod hatte ich mich von einem Finanzfachmann beraten lassen. „Ihre Immobilie ist Ihr wertvollster Besitz“, hatte er gesagt. „Sie sollten sie verkaufen und sich verkleinern, den Gewinn könnten wir dann anlegen, sodass Sie damit Ihr Einkommen maximieren können.“ Wahrscheinlich hatte er Recht, aber er sprach von meinem und Joshuas Zuhause. Und die Wohnung war immer noch eine stetige Verbindung zu Udi, der sie mit mir eingerichtet und so geliebt hatte. Alles, von der Handtuchstange im Bad bis zum Schuppen im Garten, erinnerte mich an ihn.

Als das 21. Jahrhundert näher rückte, wusste ich, dass es Zeit war, ein Stückchen weiterzugehen. Aber das war leichter gesagt als getan. Und wo ging ich überhaupt hin? Meine Beziehung mit Anthony gehörte seit kurzer Zeit der Vergangenheit an. Joshuas abweisendes Verhalten war nicht das Einzige, was zwischen uns gekommen war. Wir hatten uns zur falschen Zeit kennen gelernt – vielleicht zu bald nach Udis Tod, außerdem befanden wir uns auch beide in einer völlig anderen Lebensphase. Ich brauchte jemanden, mit dem ich noch einmal versuchen konnte, so etwas wie ein Familienleben aufzubauen, einen Mann, der gewillt war, sich nicht nur auf mich, sondern auch auf Joshua einzulassen.

Und Anthony hatte es wirklich mit Joshua versucht, aber als er merkte, dass seine Bemühungen zu nichts führten, hatte er es aufgegeben, was auch verständlich war. Und im Innersten seines Herzens wollte er auch nicht an eine Frau mit einem Kind gebunden sein. Seine jüngste Tochter war nun erwachsen wie ihre drei anderen Schwestern, und zum ersten Mal, seit er Anfang zwanzig war, führte Anthony wieder ein relativ ungebundenes Leben. Dazu gehörte, dass er fast jeden Abend ausging, oft verreiste und sich an den Wochenenden stundenlang Sportübertragungen im Fernsehen ansah. Der Gedanke, zusammen mit mir auch noch George, Monster Mog und Joshua übernehmen zu müssen – „die gesamte häusliche Bande“, wie er es nannte –, war ihm einfach zu viel. Und wer konnte es ihm verdenken?

Ich merkte, wie kompliziert die Logistik in einer neuen Beziehung zu bewerkstelligen war, wenn man als erste Priorität ein Kind hatte. Da ging jegliche Spontaneität flöten. Es war nicht möglich, einfach kurzfristig zu beschließen, ins Kino zu gehen oder ohne sorgfältige Vorbereitung länger als ein paar Stunden weg zu sein. Und von einem romantischen Wochenende konnte man nur noch träumen.

Obwohl Anthony und ich immer noch befreundet waren, würde ich Weihnachten und Neujahr allein feiern. Wohl mochte mein kleiner Hamlet ohne „Onkel Claudius“ glücklicher sein, aber ich war so deprimiert, dass ich es nicht fertigbrachte, den Weihnachtsbaum zu schmücken. Zum Glück kamen an Heiligabend Tabby, Hannah und mein Stiefenkel Nathaniel herüber und halfen uns dabei, während George seinen Teil dazu beitrug, indem er das Zeitungspapier zerfetzte, in das die Kugeln eingewickelt waren. Während ich zusah, wie viel Spaß sie zusammen hatten, wurde mir klar, dass zumindest eine wundervolle Sache in der Zeit nach Udis Tod entstanden war: Der Kontakt zu meinen Stieftöchtern war entgegen meiner Befürchtung noch enger geworden.

Als sie an diesem Abend nach Hause gegangen waren, kam mir die Wohnung wieder schrecklich leer vor. „Ich wünschte, Dad wäre da“, sagte Joshua plötzlich, als wir vor dem Fernseher nebeneinander auf dem Sofa saßen. George lag lang ausgestreckt quer über unseren Knien.

„Ich auch, Schatz“, erwiderte ich, „ich auch.“ Beide fingen wir an zu heulen. Aber inzwischen war unsere Trauer zu einer Achterbahn geworden, und eine Viertelstunde später lachten wir schon wieder laut über die Situationskomik des Films.

Später, als ich wach im Bett lag, mir über meine finanzielle Situation Gedanken machte und darauf wartete, dass Joshua einschlafen würde, damit ich den mit Geschenken gefüllten Weihnachtsstrumpf in seinem Zimmer aufhängen konnte, sprang George auf mein Bett. Er setzte sich schwer auf meinen Bauch und sah mich an, als ahnte er, dass ich niedergeschlagen war. Als ich seine lockigen Cavalierohren streichelte, legte er sich quer über mich und schlief mit einem zufriedenen Seufzer ein. Plötzlich ging es mir besser. Es war unmöglich, lange unglücklich zu sein, wenn George da war.

Während ich über die Haarbüschel strich, die seit seiner Kastration auf seinem Kopf steil nach oben wuchsen, blieben meine Augen auf einem alten Schwarz-Weiß-Stich hängen, der gegenüber meinem Bett an der Wand hing. Der Stich aus dem 18. Jahrhundert zeigte Soho Square, damals die exklusivste Adresse dieser eleganten Gegend. Es war auch der Wohnsitz einer außergewöhnlichen Frau gewesen, die mich immer fasziniert hatte. Sie hieß Teresa Cornelys.

Teresas Lebensgeschichte war wirklich außergewöhnlich. Sie wurde 1723 als Tochter einer Schauspielerin und eines Impresarios in Venedig geboren und war von Jugend an eine Femme fatale gewesen. Auch mit dem 15-jährigen Giacomo Casanova flirtete sie; einige Jahre später sollte ein kurzes Liebesabenteuer mit diesem berühmten Liebhaber die Geburt der Tochter Sophia zur Folge haben. Als sie Anfang zwanzig war, hatte sich die extravagante Teresa an den europäischen Königshöfen nicht nur als Sopran, sondern auch als Edelkurtisane einen Namen gemacht. Doch mit Mitte dreißig hatte sie alles, was sie verdient hatte, bereits wieder verloren. 1759 brachte Teresa die fünfjährige Sophia nach England. Obwohl sie keinen Penny besaß und kein Wort Englisch sprach, gelang es ihr, die Hilfe einiger der vornehmsten Londoner Adelsdamen für sich zu gewinnen, und sie eröffnete ein elegantes Gesellschaftshaus in Soho. „Carlisle House" wurde im Grunde genommen der erste Nachtklub der Welt. Hier trafen sich die Reichen, die Berühmten und die Berüchtigten. Bald waren die tollen Konzerte, allnächtlichen Bälle und eleganten Maskeraden dort berühmt. Auch Teresa wurde zur Berühmtheit und wurde sehr wahrscheinlich zur reichsten Geschäftsfrau in England. Dennoch hatte sie, als sie vierzig Jahre später starb, wieder alles verloren.

Teresas Schicksal hatte mich in seinen Bann gezogen, seit ich in einem staubigen alten Wälzer über Soho erstmals etwas über sie gelesen hatte. Ich bewunderte ihren Mut und ihre Zähigkeit, mehr aber noch ihren unverwüstlichen Lebenswillen. Immer wieder hatte sie Schicksalsschläge hinnehmen müssen, einschließlich mehrerer Bankrotte, das Scheitern ihrer Ehe, einige Gefängisaufenthalte und den Tod mindestens eines ihrer Kinder. Und doch hatte sie sich immer wieder aufgerappelt und aufs Neue angefangen, egal wie aussichtslos es schien. Seit Udis Tod war die unbeugsame Teresa so etwas wie ein Vorbild für mich. Wenn eine Frau des 18. Jahrhunderts ihr Leben aus den Trümmern vergangener Misserfolge wiederaufbauen konnte, dann konnte auch ich mich neu erfinden.

Ich suchte nach immer neuen Einzelheiten über Teresa und befürchtete im Stillen, dass jemand ihre Lebensgeschichte aufschreiben könnte, ehe ich dazu gekommen war. „Warum hörst du nicht auf, davon zu erzählen, und tust es endlich?", hatte mich Anthony ziemlich ungeduldig gerügt, als ich, kurz bevor wir uns trennten, wieder einmal von Teresa anfing.

Als die Glocken der nahe gelegenen Kirche an jenem Weihnachtsabend zur Mitternachtsmesse läuteten, stieg ich aus dem Bett und sah mir den Stich genauer an. Rechts im Bild war Teresas Haus. Ich fuhr mit dem Finger bis zu einem Hügel, neben dem in altertümlicher Schrift *Hampstead* stand. Dort oben war eine winzige Kirche eingezeichnet, dieselbe Kirche, deren Glocken ich jetzt hörte. Mir lief es kalt über den Rücken. Ich blickte auf die direkte Verbindung zwischen Teresa und mir. Plötzlich wusste ich, dass ich mich nicht weiter mit leichtgewichtigen Frauenromanen herumplagen würde. Stattdessen würde ich Teresas Biografie schreiben!

Sofort nach Weihnachten schrieb ich das wenige, was ich über Teresas Leben wusste, auf und schickte es an meine literarische Agentur. Als mein Exposé im neuen Jahr von einem Verlag angenommen wurde, war ich sprachlos. Ich war als Schriftstellerin wieder im Geschäft.

Es war wie ein herrliches Geschenk, dass ich Teresas Lebensgeschichte niederschreiben konnte und dafür auch noch bezahlt wurde. Es gab nur ein Problem: Wer würde sich um Joshua kümmern, während ich in oft weit entfernten Bibliotheken Material für mein Buch sammelte? Ich wollte nicht, dass er nach der Schule in ein leeres Haus kam, und noch weniger wollte ich, dass er in den Schulferien längere Zeit sich selbst überlassen blieb.

Dann gab es zusätzlich noch das Problem, was mit George passieren sollte, wenn ich arbeitete. Auch ihn konnte ich nicht die ganze Zeit allein zu Hause lassen – oder vielmehr nicht so sehr allein als der Gnade von Monster Mog ausgeliefert. Achtzehn Monate nachdem George ein Mitglied unserer Familie geworden war, führte sie noch immer Krieg gegen ihn und war nach wie vor entschlossen, diesen Krieg mit allen Mitteln zu gewinnen. Seit dem Tag seiner Ankunft hatte sie George schändlich behandelt, aber seit er kastriert war, benahm sie sich ihm gegenüber geradezu unerträglich.

„Knurr sie doch an, George! Komm, bell mal richtig!“, feuerte ich ihn an. Aber egal was ich sagte, George wollte oder konnte sich nicht zur Wehr setzen. In ihm war selbst vor der Kastration nur sehr wenig Aggression gewesen, und seitdem war er ein noch größerer Softie geworden.

Die Lösung meines Problems kam überraschend, als ich von Eva, einer tschechischen Freundin, erfuhr, dass ihre zwanzigjährige Nichte für ein paar Monate als Au-pair nach England kommen wollte. Sie fragte mich, ob ich eine Familie kannte, bei der sie unterkommen könne. Da dämmerte es mir: Wenn hier jemand ein Au-pair-Mädchen brauchte, dann war ich das.

Linda war einfach ein Traum – hübsch, intelligent und lebhaft. Sie sprach perfekt Englisch, schrubbte das Haus vom Dach bis zum Keller, mähte den Rasen und putzte sämtliche Schränke, und alles ganz ohne dass sie jemand darum gebeten hätte. Linda war so effizient, dass sie sogar für eine Nachfolgerin sorgte, als sie Ende des Sommers wieder nach Tschechien zurückkehrte: die hübsche, rehäugige Barbara. Linda und Barbara waren die ersten einer Reihe von jungen Mädchen aus Tschechien, die im Lauf der nächsten vier Jahre unser Zuhause mit uns teilten. Eine von ihnen, eine blonde Juristin namens Martina, blieb sogar insgesamt zweieinhalb Jahre.

Martina und ihre Landsmänninnen gingen nicht nur morgens mit George spazieren, sie spielten Babysitter, wenn ich abends ausging, und waren für Joshua da, wenn ich tagsüber nicht zu Hause war. Doch führten sie durchaus auch ein eigenes Leben. Ich genoss es, dass sie bei uns lebten, obwohl das bedeutete, dass ich mein Buch in einer Ecke des Schlafzimmers schreiben musste, weil mein Arbeitszimmer jetzt als Zimmer für sie diente. Der größte Vorteil aber war, dass das Haus nicht mehr zu groß oder zu ruhig für uns war. Das Gegenteil war der Fall: jetzt war es laut und voller Leben, denn zu den Bewohnern gesellten sich nun regelmäßig Gruppen von Joshuas Kumpels und ganze Schwärme tschechischer Freunde und Verwandter, die auf Besuch kamen.

Mit Martina, die mir viele Aufgaben im Haushalt abnahm, und meinem neuen Buchprojekt verlief mein Leben zum ersten Mal nach Udis Tod wieder in geordneteren Bahnen. Dass ich nicht mehr so angespannt war, schien auch Joshua gutzutun. Endlich war in unser Leben wieder Ruhe eingekehrt – nur leider nicht auch in das von George.

Vielleicht war es der Dauerstress, verursacht von seinem Erzfeind, Monster Mog, der seinen Tribut von seiner Gesundheit forderte, jedenfalls ging ich im Lauf der nächsten zwei Jahre so oft mit ihm zum Arzt, dass ich es kaum noch zählen kann. Okay, ich habe es gezählt, und so peinlich es ist – es waren 42 Mal. Allein seine Arztrechnungen dürften den neuen Anbau der Praxis finanziert haben. Gäbe es keine Krankenversicherung für Haustiere, wäre ich bankrott. Allergien, Rückenprobleme, Bindehautentzündung, Durchfall … Die Liste mit Georges gesundheitlichen Problemen las sich bald wie ein Lexikon der Hundekrankheiten. Ich war so sehr damit beschäftigt, ihn zu pflegen, dass ich kaum zum Arbeiten kam. Mit der Zeit fing ich an, die Schuld für Georges häufige Krankheiten bei mir zu suchen. Als wir ihn bekamen, war er schließlich kerngesund gewesen. Aber der Tierarzt versicherte mir, als wir zum vierzigsten Besuch erschienen (wegen Hautjucken), dass George eben nur Pech hatte. Solche Dinge passierten ihm einfach.

Aber im Frühjahr 2001 passierten auch immer häufiger gewisse andere Dinge im Haus. Joshua bemerkte es zuerst. Er war aus der Schule nach

Hause gekommen und hatte sich mit der Fernbedienung vor dem Fernseher aufs Sofa fallen lassen. Aber sofort sprang er wieder auf.

„Iiii!“, schrie er, „das Sofa ist ja ganz nass!“

Tatsächlich war auf einem der Sitzkissen ein großer nasser Fleck. Ein einziges flüchtiges Schnuppern genügte, um festzustellen, dass es Urin war. Und eine noch flüchtigere Berührung zeigte mir, dass der Fleck noch warm war. Welches Tier auch für diese Untat verantwortlich war, es hatte sie erst vor Kurzem begangen. Ich fuhr herum. Sowohl George als auch Monster Mog waren direkt hinter mir.

„Wer von euch beiden war das?“, fragte ich. Keiner von beiden gestand oder deutete mit der Pfote auf den anderen. Monster Mog blinzelte mich mit einem unerforschlichen Blick an und sprang aufs Sofa. Sie schnüffelte an dem nassen Kissen und verzog angeekelt das Näschen. Ich wandte mich an den anderen potenziellen Übeltäter. Den Kopf schief gelegt, lachte der dreijährige George mich mit seinen großen, feuchten, vertrauensvollen Augen an. Er war seit einer Ewigkeit stubenrein, und außerdem war er weniger als eine Stunde zuvor draußen gewesen. Ich konnte einfach nicht glauben, dass er verantwortlich war, zumal das Sofa eines seiner liebsten Schlafplätze war. Wieder sah ich Monster Mog an. Ruhig und mit gutem Gewissen hielt sie meinem Blick stand. Sie hatte gewiss ihre Fehler, aber das Pinkeln im Haus hatte nie dazugehört. Dann sah ich erneut George an, und als ich mich seinen Augen näherte, drehte er das Gesicht weg und ließ den Kopf hängen. Sein Schwanz, der ausnahmsweise einmal nach unten zeigte, zuckte mit kleinen, verstohlenen Bewegungen von einer Seite zur anderen.

„Warst du das?“, fragte ich misstrauisch, wobei ich ihn beim Halsband nahm, seine Vorderpfoten aufs Sofa hob und mit seiner Nase auf den nassen Fleck zeigte. Nach kurzem Schnuppern entwand er sich meinem Griff und wich mit schuldbewusstem Gesicht zurück.

Joshua nahm George sofort in Schutz. „Lass ihn in Ruhe! Du weißt doch noch, was der Hundetrainer gesagt hat – schlechtes Benehmen ignorieren und gutes Benehmen belohnen! Außerdem, am Ende hat er es ja vielleicht gar nicht getan! Und wenn, dann war es sicher nur ein Ausrutscher!“

Das musste die Erklärung sein. An etwas anderes zu denken wäre nur schwer erträglich gewesen. Schnell zog ich mir ein Paar Gummihandschuhe an und hob das große Polster vom Sofa, dann öffnete ich den Reißverschluss und zerrte das Kissen heraus. Ich stöhnte. Mitten auf dem weißen federgefüllten Polster prangte ein großer gelber Fleck. „Ich glaube, wir werden das waschen müssen“, sagte ich zu Joshua.

„Ja, Mum“, stimmte mein Sohn zu. „Vermutlich wirst *du* das müssen. Natürlich würde ich dir gern helfen, aber ich habe viel zu viele Hausaufgaben.“

„Aber du hattest dich doch gerade hingesetzt, um fernzusehen!“

„Ja, aber jetzt muss ich mich umziehen, ich habe doch auf dem nassen Kissen gesessen!“

Ich fragte mich, was für ein kleines Ungeheuer ich da großzog, und trug das Kissen ins Badezimmer. Dort warf ich es in die Wanne, drehte die Brause auf und fing an auf dem verfleckten Stoff herumzureiben. Wie ein riesiger Schwamm sog die Federfüllung literweise Wasser auf. Am Ende war das Kissen so schwer, dass Martina und ich alle Kräfte aufbieten mussten, um es aus der Badewanne zu hieven. Wir legten es auf einen Heizkörper, wo es tropfend liegen blieb, bis es eine Woche später endlich getrocknet war. Obwohl ich den Fleck mit allen möglichen Chemikalien behandelte, war er nicht herausgegangen. Ebenso wenig wie der Geruch.

Als der Überzug endlich aus der Reinigung zurück war, sah unser chaotisches Wohnzimmer wieder ganz ordentlich aus. Zumindest wirkte das Sofa wieder ansehnlich, wenn es auch etwas müffelte. Doch zwei Tage später, gerade als ich mich in meinem Schlafzimmer an die Arbeit setzen wollte, steckte Martina entschuldigend den Kopf zur Tür herein.

„Judith, bitte komm“, bat sie, „Sofa ist wieder nass.“

Der Phantom-Pinkler hatte erneut zugeschlagen. Wieder zeigte der anklagende Finger auf George. Diesmal war ich richtig wütend und ignorierte den Rat meines schlauen Hundepsychologen, über das Fehlverhalten meines Hundes stillschweigend hinwegzugehen. Ich schrie George an, rieb seine Nase in dem nassen Fleck und gab ihm mit einer zusammengerollten Zeitung einen Klaps auf sein Hinterteil. George sah mich ratlos und verwirrt an, trippelte weg und versteckte sich unter dem Küchentisch, den Schwanz traurig zwischen die Beine geklemmt.

Monster Mog sah vom Kaminsims aus zu und grinste hämisch. Ihr Blick schien zu sagen: „Ich hab’s ja gewusst.“

Von nun an wurde George jede Stunde ausgeführt. Trotzdem vergaß er sich abermals, diesmal auf meinem Bett. Bis ich es entdeckte, war der Urin bereits bis in die Matratze gesickert. Ich schrie ihn an, riss die Bettwäsche herunter, besprühte die Matratze mit Desinfektionsmittel und brachte den Matratzenüberzug in die Reinigung. Als ich zurückkam, hatte George – denn es war klar, dass er es war – schon wieder gepinkelt, und wieder aufs Sofa. So weit war es mit meinem Leben gekommen, überlegte ich, während ich das Sitzkissen herauszerrte, zurück in die Badewanne warf und dann begann, es wieder zu waschen. Es war ein Albtraum.

Ich rief Pete an, erzählte ihm alles und fragte ihn um Rat. Er wand sich und gab verständnisvolle Laute von sich, genau wie damals an meinem Küchentisch, fast konnte ich sehen, wie er an seiner Sigmund-Freud-Brille rückte und sich den Bart strich.

„Dadurch, dass George auf die Möbel uriniert, will er ganz offenbar auf einer sublimen, unbewusssten Ebene mit Ihnen kommunizieren", meinte er.

Pete schlug vor, dass ich ihn zu einem Intensiv-Therapiekurs für Hunde bringen sollte, zehn Termine zu je vierzig Pfund müssten genügen – aber stattdessen legte ich auf. Ich erklärte George, dass er sich für immer und ewig von den Polstermöbeln fernzuhalten habe, und ließ das Wort „Tierheim" in mein Gespräch mit einfließen, in der Hoffnung, dass die sublime Kommunikation in beide Richtungen funktionieren würde.

Leider verstand George die Botschaft nicht. Im Lauf der nächsten Woche ärgerte ich mich immer mehr über ihn, und er wurde immer verwirrter und ängstlicher. Gleichzeitig war Monster Mog so zärtlich wie seit Jahren nicht mehr. Vielleicht spürte sie, dass ich von ihrem Todfeind desillusioniert war, und kostete die Situation voll aus. Fassungslos schaute der arme George zu, als könne er nicht begreifen, was da eigentlich passierte. Meiner Mutter tat er leid. Aber schließlich musste sie auch nicht mit ihm leben. „Vielleicht ist der arme kleine Kerl krank", gab sie zu bedenken.

„O Gott, Mum, vielleicht hast du Recht!" Schuldbewusst fuhr ich also mit George zum Tierarzt. Greg steckte George ein Thermometer in den Po, drückte auf seine Rippen und horchte sein Herz ab. „Ihm scheint nichts zu fehlen", verkündete er. „Trotzdem, es ist möglich, dass er sich eine Blaseninfektion geholt hat und deshalb seinen Urin nicht mehr kontrollieren kann. Um ganz sicherzugehen, würde ich gern seinen Urin untersuchen."

Doch die Urinuntersuchung zeigte, dass ihm körperlich nichts fehlte. Es sah ganz danach aus, als sei George einfach nur ungezogen.

Am Ende der nächsten Woche war ich völlig verzweifelt. Der Hund, den ich liebte, verwüstete mein Heim. Ich wusste, dass ich diesen Gestank im Haus nicht mehr lange ertragen konnte. Und dennoch war der Gedanke, George wegzugeben, unvorstellbar. Doch was konnte ich unter diesen traurigen Umständen anderes machen als ein neues Zuhause für ihn zu finden? Aber das würde mir das Herz brechen, von Joshua ganz zu schweigen.

In Tränen aufgelöst und unfähig zu arbeiten, lief ich in unserer übelriechenden Wohnung herum, während George treu hinter mir hertrabte und nichts von meinen verräterischen Absichten ahnte. Es blieb mir nichts anderes übrig, entschied ich, als ich die übelriechende Treppe hinaufstieg, auf der ich am Abend zuvor wieder eine Pfütze entdeckt hatte: George musste gehen.

Genau in diesem Augenblick erwischte ich den Übeltäter in flagranti. George und ich kamen gerade ins Wohnzimmer, als sie mitten auf dem roten Plüschsofa kauerte und pinkelte. Mir stockte der Atem. Monster Mog! Sie war es die ganze Zeit schon gewesen! Und sie hatte nicht nur unsere Wohnung verwüstet, sie hatte es George auch noch büßen lassen. In mörderischer Wut stürzte ich auf sie los. „Wage es nicht!", schrie ich. Als ich sie vom Kissen zerrte, rann ein Strom heißen Urins über den Plüschbezug hinunter auf den Teppich. Wütend, dass sie auf frischer Tat ertappt worden war, versuchte Monster Mog mir mit den Krallen eins auszuwischen und funkelte mich hasserfüllt an. Du verdienst es nicht anders, schien ihr Blick zu sagen, schließlich hast du dieses Geschöpf in mein Haus gebracht!

Während der letzten acht Jahre hatte ich mir so viel von Monster Mog gefallen lassen, aber jetzt war ihre Schreckensherrschaft zu Ende. Es war Zeit, ein neues Zuhause für sie zu finden, in dem sie im Mittelpunkt stehen würde. Aber wer würde eine Katze mit solch abstoßenden Angewohnheiten haben wollen? Ich hätte sie niemandem wünschen mögen.

Schließlich überzeugte mich der Tierarzt davon, dass ich keine andere Wahl hatte, als Monster Mog ins Tierheim zu bringen. Dort versprach man mir hoch und heilig, ein neues Heim für sie zu finden, und tatsächlich gelang es. Das Letzte, was ich von ihr hörte, war, dass sie nun Tiddles hieß und zufrieden bei einem alten Herrn mit Garten in einem Vorort im Süden Londons lebte. Zum Glück zu weit weg von Hampstead, als dass sie den Weg zu uns zurück hätte finden können.

SIEBEN

Am 3. Juni 2001 begingen Tabby, Hannah, Joshua, Nathaniel und ich Udis dritten Todestag auf die gleiche Weise wie die beiden vorherigen Male: wir machten einen Spaziergang mit George. Unser Ziel war eine Holzbank im Heath-Park, die wir zu Udis Gedächtnis gestiftet hatten. Wir knipsten Fotos von uns, wie wir auf der Bank saßen, ließen ein paar Luftballons steigen und stießen mit Sekt auf Udi an.

Es war Udis Wunsch gewesen, eingeäschert zu werden, also fuhren wir einige Zeit nach der Trauerfeier nach Kimmeridge, der herrlichen Bucht in Dorset, wo er so viele glückliche Tage in Rennbooten oder auf dem Surfbrett verbracht hatte, und dort streuten wir seine Asche ins Meer. So gab es nun kein Grab, das wir hätten aufsuchen können. Deshalb machte mein Schwager Philip den fantasievollen Vorschlag, zu Udis Andenken eine Bank im Heath-Park zu stiften. Nach kurzer Suche fanden wir den idealen Platz dafür, gegenüber von zwei kleinen, ausladenden Eichen, wo er oft mit Joshua, Nathaniel und meiner Nichte Jessica zum Klettern hingegangen war. Es war ein herrlicher Fleck auf einer weiten, lichten Wiese, die im Sommer ein Paradies aus hohem Gras und Wildblumen war.

Jedes Mal wenn ich mit George dort spazieren ging, blieb ich an „Udis Bank" stehen, wie sie in der Familie hieß. Und bald rannte George schnurstracks darauf zu, sobald ich ihn von der Leine ließ, sprang auf den Sitz und wartete auf mich, damit ich mich neben ihn setzen konnte. In liebendem Gedenken an den einzigartigen Udi Eichler stand auf der kleinen Plakette. Das mag für Menschen, die Udi nicht gekannt hatten, komisch geklungen haben, aber ich wusste, er hätte es geschätzt. Schließlich war er ein Mensch gewesen, wie es ihn nur einmal im Leben gibt. Dass seit Udis Tod drei ganze Jahre vergangen waren, schien unglaublich. Es fiel mir schwer zu akzeptieren, dass jemand, der einst so lebendig war, jetzt tot sein sollte.

„Ich kann es einfach nicht glauben, dass ich Dad nie wiedersehen werde", erklärte Joshua ein ums andere Mal, selbst wenn er es immer schwerer fand, sich an seinen Vater zu erinnern, nachdem er ihn drei Jahre nicht mehr gesehen hatte – ein Viertel seines eigenen Lebens. Doch ich wusste genau, was er meinte. Denn mir war klar, dass ich ohne Udi überleben, vielleicht sogar wieder auf irgendeine Art glücklich werden würde, aber dennoch vermisste ich ihn mehr denn je. Doch genau wie Teresa Cornelys damals im 18. Jahrhundert musste ich mich zusammenreißen und weitermachen.

Joshua war inzwischen fast zwölf Jahre alt. Er wurde langsam flegelhaft und war überwiegend mit sich selbst beschäftigt. Je älter er wurde, desto mehr merkte ich, wie sehr ihm ein männliches Vorbild fehlte. Mir war es wichtiger denn je, einen Ersatzvater für ihn zu finden. Bisher war ich da nicht sehr erfolgreich gewesen. Ich hatte das Glück gehabt, Anthony kennen zu lernen, aber es hatte nicht geklappt mit uns. Es schien mir höchst unwahrscheinlich, dass ich mich jemals wieder verlieben würde.

Später in diesem Sommer stand ich mit George gerade an seinem Lieblingslaternenpfahl und genoss die frühe Abendsonne, als er ein Eichhörnchen entdeckte und sofort eine wilde Verfolgungsjagd aufnahm, wobei er mich an der Leine hinter sich herzog.

„Entschuldigung!", murmelte ich, als ich um die Ecke bog und mit einem großen, kräftigen dunkelhaarigen Mann in einem Trenchcoat zusammenstieß. Er war gerade aus einem Mercedes-Cabrio gestiegen, gefolgt von einem großen schwarzen Hund; mit den Armen umklammerte er mehrere volle Einkaufstüten, von denen jetzt eine aufs Trottoir fiel.

Zwei sehr runde, sehr dunkle und ziemlich verschmitzte Augen sahen mich an, als ich mich bückte, um ihm beim Einsammeln seiner verstreuten Sachen zu helfen. „Sehen Sie mal! Meine Flasche Champagner ist auch zerbrochen!“, sagte er, als es weiß aus der Plastiktüte tropfte.

„Sieht mir eher wie Milch aus!“

Während unsere Hunde die Milch aufleckten, kamen wir ins Gespräch. Alex war ein geschiedener Vater von vier Kindern und etwa sechs Monate nach Udis Tod in ein Haus gleich um die Ecke von uns gezogen. Es stellte sich auch heraus, dass unsere Herkunft sich auf bemerkenswerte Weise ähnelte: Wir gehörten beide zur gutbürgerlich-jüdischen Bevölkerung des Londoner Nordends, deren Familien eher weltlich als religiös waren, und wir waren nur wenige Straßen voneinander entfernt in Cricklewood aufgewachsen. Und wir hatten eine weitere Gemeinsamkeit: Wir waren beide alleinerziehende Eltern. Alex' Kinder, zwei Söhne und zwei Töchter im Alter zwischen acht und 15 Jahren, lebten die Hälfte der Zeit bei ihrer Mutter, die restliche Zeit waren sie bei ihrem Vater und *Rocket Ron*, einer Kreuzung zwischen Windhund und Collie, den er vor Kurzem aus dem Tierheim adoptiert hatte.

Auf Anhieb fühlte ich mich in Alex' Nähe wohl. Er war ein großherziger Mann, der Wärme und Humor ausstrahlte, und es war amüsant, sich mit ihm zu unterhalten. Ehe wir uns trennten, hörte ich mich plötzlich sagen: „Sie müssen mich mal besuchen. Ich könnte uns etwas kochen.“

„Okay“, erwiderte er, „wie wär's noch irgendwann diese Woche?“

Ich nannte einen Tag, aber nicht ganz ohne Bedenken. Mir war etwas beklommen zumute, wenn ich daran dachte, wie Joshua wohl auf einen neuen fremden Mann reagieren würde, den ich zu uns nach Hause eingeladen hatte – allerdings völlig unnötig, wie sich herausstellen sollte. Es dauerte nicht lange, da saß Joshua neben Alex auf der Armlehne des Sofas und unterhielt sich mit ihm über Arsenal, denn beide waren begeisterte Fans dieser Fußballmannschaft. George saß derweil auf Alex' Schoß.

Es wäre eine Untertreibung gewesen, Alex als kinderfreundlich zu bezeichnen. Er war so fröhlich, großzügig und duldsam, dass er selbst fast wie ein großes Kind wirkte. Aber gleichzeitig war er auch ein sehr väterlicher Mensch, bei dem Kinder sich sicher und geborgen fühlten. Joshua und er verstanden sich hervorragend und waren im Nu die besten Kumpels.

Alex und ich wurden Freunde. Wir telefonierten viel miteinander und sprachen stundenlang über unsere Kinder und unser Leben. Alex wünschte sich, dass unsere Beziehung über eine Freundschaft hinausginge, aber ich hatte Bedenken. Was wäre, wenn es wieder nicht funktionierte? Wenn sich Joshua inzwischen noch enger an Alex anschloss, dann würde es einen großen Verlust für ihn bedeuten.

Eines Abends gingen Alex und ich ins Kino und sahen „Bridget Jones – Schokolade zum Frühstück". Es war ein gutes Gefühl und schien so natürlich, mit ihm zusammen zu sein, dass ich alle Bedenken sausen ließ und wir ein Liebespaar wurden.

Joshua konnte sich mehr und mehr für Alex erwärmen und hatte ihn mit der Zeit richtig gern. Er genoss die leichte, unkomplizierte Art nach dem Motto „Erlaubt ist, was gefällt" und seine großzügigen Gesten, deren uns viele zuteilwurden. Da Alex erst kürzlich seine Computerfirma verkauft hatte, die er in jahrelanger Arbeit aufgebaut hatte, verfügte er jetzt über viel freie Zeit und Geld zum Ausgeben. In seinem Mercedes-Cabrio machten wir Ausflüge, um irgendwo Mittag zu essen oder um uns die Spiele von Arsenal anzusehen, oder wir speisten mit der ganzen Familie in irgendeinem eleganten Restaurant und hatten einen unvergesslichen Tag beim Konzert des „Princes Trust", der Wohltätigkeitsorganisation, die Prinz Charles 1976 gründete, um benachteiligte Jugendliche zu unterstützen. Das Konzert fand im Hydepark statt, und Alex ließ uns in einer weißen Stretchlimousine abholen. Wir hatten VIP-Plätze auf der Tribüne, nur eine Reihe unter Prinz Charles, der ein paar witzige Bemerkungen machte und Joshua die Hand schüttelte.

Was George betraf, so war er im Hundehimmel. Genau wie Rocket Ron durfte George in Alex' Haus auf sämtliche Polstermöbel springen und es sich auf jedem Schoß bequem machen. Der Weg zum Herzen eines Hundes geht durch seinen Magen, und in dieser Beziehung punktete Alex ganz gewaltig. Das chinesische Essen aus der Pappbox, das wir auf dem Couchtisch aßen, während die ganze Familie im Fernseher Fußball schaute, sorgte dafür, dass auch für einen Hund immer etwas Leckeres abfiel. Der Garten war noch ertragreicher, denn von Mai bis Oktober war der Grill ständig im Einsatz, und überall auf dem Rasen waren Überreste von Koteletts, Beefburgern und Bratwurst zu finden.

Wie es sich für einen edlen Hund, dessen Rasse nach einem König benannt wurde, gehörte, fand George diesen neuen, großzügigeren Lebensstil ganz und gar in Ordnung. Aber wie ein junger Rockstar, der zu schnell reich geworden ist, veränderte sich Georges Charakter, und leider nicht zum Positiven. Das gute Leben war ihm zu Kopf gestiegen, und auch an seinem Körper war es nicht spurlos vorbeigegangen.

Da ich George gegenüber immer noch ein schlechtes Gewissen hatte, weil ich ihn für Monster Mogs schändliches Benehmen auf meinen Polstermöbeln verantwortlich gemacht hatte, verwöhnte ich ihn ziemlich. Aber schon kurze Zeit nachdem wir Alex kennen gelernt hatten, war George nicht mehr nur verwöhnt, er war regelrecht verzogen. Ein Spaziergang als solcher wurde nicht mehr akzeptiert, wenn er nicht Alex und seine Leckerbissen mit einbezog. Jedes Mal wenn wir mit ihm nach draußen gingen, zog er mich sofort zu Alex' Gartentor und weigerte sich auch nur einen Schritt weiterzugehen. Es sei denn natürlich, er entdeckte den Mercedes. Dann rannte er sofort hin, drehte sich um und sah mich mit der Arroganz eines verwöhnten Stars an, der darauf wartet, dass sein Chauffeur ihm die Tür aufhält.

Um uns seine Wünsche mitzuteilen, entwickelte George ein ganz neues Vokabular. Wenn er etwas wollte, schnaubte er eindringlich, nach Leckerbissen kläffte er schrill. Und er ließ ein hohes Jaulen hören, wenn er unsere Aufmerksamkeit wollte, während Alex und ich uns unterhielten. Die vielen Sachen, die er zusätzlich zu seinen Mahlzeiten verputzte, sorgten für entsprechende Fettpolster, und er wurde von Tag zu Tag runder. Und während sein Bauch unter dem Fellmantel anschwoll, bekam er auch einen eindeutig rosigen Schimmer. Erst nach Wochen dämmerte mir, warum er so anders aussah: mein hübscher Hund verwandelte sich langsam in ein Schweinchen!

Oder doch nicht? „Schau mal, Mama! Ein Schaf!“, sagte ein vorlautes kleines Mädchen eines Morgens auf der Straße und zeigte auf George. Ich wollte gerade antworten: Was fällt dir ein, so was zu sagen?“, als mein Blick auf dieses Tier fiel, das da schwerfällig hinter mir herwatschelte. O Gott, George sah *tatsächlich* aus wie ein Schaf – ein wild aussehendes, zotteliges Hochlandschaf! Irgendwann im Laufe des vergangenen Jahres hatte sich sein Fell verändert. Aus den glatten, glänzenden Locken war eine dicke, krause, stumpfe Mähne geworden.

„Was ist bloß mit ihm passiert?“, fragte ich Greg, als ich ihm an diesem Nachmittag meine Kreuzung aus Hund und Schaf vorstellte. Ich hatte George auf den Untersuchungstisch gehoben, und meine Arme schmerzten von seinem Gewicht. „Er sieht ja aus wie ein gigantischer Bommel!“

„Ja, nun, das passiert manchmal bei Cavalieren, wenn man sie kastriert“, erwiderte Greg weise, und jetzt, nachdem die Kastration unwiderruflich geschehen war, war er plötzlich richtig freigiebig mit seinen Informationen über ihre Folgen. „Die Beschaffenheit ihres Fells verändert sich, und dagegen kann man nichts machen.“ Damit vergrub er seine Finger in dem Wust von Georges Fell und betastete seinen Körper. „Er hat auch ein bisschen zugenommen, was? Ich kann seine Rippen überhaupt nicht mehr ertasten.“

George wog erschreckende zehn Kilo. „Hmm." Der Tierarzt verglich das Ergebnis mit Georges früheren Einträgen in seinen Unterlagen. „Moment mal ... Das letzte Mal, als ich ihn wog, hatte er fünf Kilo. Und Sie machten sich Sorgen, er könne magersüchtig sein." Greg räusperte sich. „Na ja, diese Sorge sind Sie los. Klinisch gesehen ist George jetzt adipös. Das heißt, er hat die Fettsucht und muss eine Diät machen."

Armer George. Er konnte sich nicht erwärmen für sein Abendessen in Form des unverschämt teuren Diätfutters, das der Tierarzt ihm verordnet hatte. Widerwillig nahm er einen dieser Krümel von dem braunen Berg in seinem Napf in den Mund, kaute eine Weile misstrauisch darauf herum und spuckte ihn wieder aus. Und wie ein verwöhnter Prinz, der er ja auch war, warf er sich dann schmollend auf den Boden.

Als Alex an diesem Abend kam, um uns in ein chinesisches Lokal einzuladen, entschloss ich mich, George nicht mitzunehmen: die Versuchung wäre einfach zu viel für ihn gewesen. Als ihm klar wurde, dass wir ohne ihn gehen würden, protestierte er mit wütendem Gekläffe. Unter seinem zornigen Gebell gingen wir – ohne ihn. Als wir uns auf dem Gartenweg umsahen, stand er auf der Rückenlehne des Sofas, die Nase ans Fenster gedrückt, und machte ein Gesicht, als wollten wir ihn für immer verlassen.

„Wetten, er sitzt immer noch dort", meinte Joshua, als wir satt bis oben hin und mit schlechtem Gewissen zwei Stunden später nach Hause kamen. Aber als wir aufs Haus zugingen, war Georges Platz oben auf dem Sofa verdächtig leer.

„George? George!", riefen wir. Immer noch war kein begrüßendes Trappeln auf den Holzdielen zu hören, lediglich ein schwaches, aber wütendes Bellen aus dem Garten.

„Vielleicht schmollt er noch immer", mutmaßte ich.

Wir warteten, dass George hereinkommen und uns begrüßen würde. Doch er kam nicht. Und als Joshua vom Küchenfenster aus in den Garten sah, konnte er ihn nirgendwo entdecken.

„Wahrscheinlich ist ihm etwas passiert, Mum. Ich gehe ihn suchen!"

„Was soll ihm denn passiert sein?!", rief ich hinter ihm her.

Die Antwort auf meine Frage war ein verzweifelter Schrei. „Mum! Schnell, komm her!" Ich hetzte nach unten. Eine zerfetzte Schachtel Kleenex lag mitten im Flur, umgeben von einem Meer zerrissener Papiertaschentücher. Und der Übeltäter stand daneben an der Tür. Oder vielmehr, sein Hinterteil stand dort. Seine vordere Hälfte war draußen im Garten. George war auf halbem Weg in der Katzentür stecken geblieben.

„O George! Was ist denn mit dir passiert?" Als wir uns neben sein fettes

Hinterteil knieten, fing sein Schwanz wie verrückt an zu wedeln. Derweil bellte draußen im Garten sein Vorderteil weiter.

Joshua half mir bei dem Versuch, George durch die zwanzig Zentimeter breite Katzentür zu drücken, jedoch ohne Erfolg. George saß bombenfest, wie ein dicker, runder Pflock, der mit Gewalt in ein viel zu kleines viereckiges Loch geschlagen worden war. Und als ob das nicht schon schlimm genug gewesen wäre, hatten sich seine Haare auch noch in den Scharnieren der Klappe verfangen. „Hol mal eine Schere, Mum", befahl Joshua mit der Autorität eines Rettungsteamchefs. „Wir müssen ihn herausschneiden."

Nachdem wir eine halbe Stunde lang mit meiner Nagelschere an seinen Haaren herumgeschnippelt hatten, konnten wir George endlich durch die Katzenklappe nach draußen schieben. Er sah aus, als hätte ihm ein Punkerfriseur mit verbundenen Augen die Haare geschnitten.

Am nächsten Morgen ging ich mit George in den Hundesalon zum Haareschneiden und Föhnen. Mit 40 Pfund kostete seine neue Frisur fast so viel wie meine normalerweise. Gewaschen, geschnitten, manikürt und trocken geföhnt kam er heraus und war wieder so schön wie früher.

Als ich ihn am Nachmittag im Heath-Park ausführte, hüpfte George ausgelassen vor mir her. Begierig sog er die bewundernden Kommentare der Leute, denen wir begegneten, in sich auf. Ich war stolz, das Frauchen eines so prächtigen, sauberen Hundes zu sein. Bis wir zu den Teichen kamen.

Es war wirklich nicht Georges Schuld. Ich glaube, selbst ein Mensch hätte den dicken Teppich aus Algen, der auf der Wasseroberfläche schwamm, mit einer grünen Wiese verwechseln können. Ehe er sich in den Teich stürzte, war er ein Hund mit einem glänzenden, rotbraun-weißen Fell, und als er herauskrabbelte, war er smaragdgrün. Genau wie meine weiße Hose, nachdem ich ihn die steile Böschung hinaufgetragen hatte.

Angeregt durch sein unerwartet kaltes Bad, raste er in großen Kreisen wie wild umher, schüttelte sich und bespritzte alles in seiner Reichweite mit grünem Schleim. Dann warf er sich auf eine trockene, staubige Stelle am Boden und wälzte sich, als wolle er sich abtrocknen. Als er aufstand, war sein Fell dunkelbraun, sein pinkfarbener Mund war zu einem Grinsen verzogen und seine Augen blitzten vor Aufregung.

FÜR ZWEI MENSCHEN, die weniger als fünfzig Meter voneinander entfernt wohnten, war es geradezu lächerlich kompliziert, wenn Alex und ich zusammen sein wollten. Gemeinsam hatten wir fünf Kinder, die alle in verschiedene Schulen gingen und in unterschiedlichen Phasen ihrer Ausbildung steckten. Da wir beide Eltern waren, die ihre Kinder nach Kräften unterstützten, hielten wir es für unsere Pflicht, zur Verfügung zu stehen, um ihnen bei Vorbereitungen für Prüfungen, Hausaufgaben und sonstigen Projekten zu helfen. Außerdem gab es Schulaufführungen und Elternabende, zu denen man gehen musste, und jede Menge Geburtstage im jeweiligen Verwandtenkreis. Oder man wollte einmal einfach nur für seine Kinder da sein – um mit ihnen vor dem Fernseher rumzuhängen und dafür zu sorgen, dass sie zu einer halbwegs vernünftigen Zeit ins Bett gingen.

Wenn es Alex und mir wirklich einmal gelang, einen freien Abend zusammen zu verbringen, dann hatten wir nirgendwo ein Plätzchen, wo wir einfach mal allein sein konnten. Deshalb trafen wir uns oft auf einer öffentlichen Bank an der Ecke unserer beiden Straßen. „Jetzt sieh dir das an", bemerkte er eines Abends, als wir mit unseren Hunden dort saßen, Cola tranken und dazu Chips aßen. „Wir besitzen jeder ein Haus in dieser Straße und müssen uns draußen herumtreiben wie zwei Landstreicher!"

Die Lösung wäre natürlich gewesen, zusammenzuziehen. Aber dazu wäre von beiden Seiten ein großer Vertrauensvorschuss nötig gewesen, ganz abgesehen von einem noch größeren Haus als dem seinen.

Eigentlich schienen Alex und ich wie füreinander geschaffen. Aber aus irgendeinem Grund, der für uns beide unbegreiflich war, klappte es doch nicht so recht mit unserer Beziehung. Also einigten wir uns: statt Liebesbeziehung eine enge Freundschaft – ein wertvolles Gut mit einer eigenen Berechtigung.

Ich hatte große Bedenken, als ich Joshua erklären musste, dass Alex und ich uns nicht mehr trafen. Vielleicht weil es ihn beruhigte, dass Alex ihm versprochen hatte, immer für ihn da zu sein, reagierte er auf die Neuigkeit weitaus gefasster, als ich erwartet hatte. Mit seinen zwölf Jahren war Joshua emotional gefestigter und selbstsicherer, als ich es bei einem Jungen seines Alters für möglich gehalten hätte, noch dazu bei einem Jungen, der seinen Vater verloren hatte.

Nein, es war George, der über unsere Trennung untröstlich war. Er konnte es einfach nicht verstehen, warum wir Alex nicht mehr besuchten. Jedes Mal wenn wir an Alex' Gartentür vorbeikamen, blieb er schnuppernd stehen, sah mich flehend an und wedelte versuchsweise mit dem Schwanz, als wollte er sagen: Können wir nicht doch reingehen? Wenn ich weiterging und er sich widerwillig mitziehen ließ, wurden seine Augen ganz traurig bei der Erinnerung an die Grillfeste im Garten und die Fahrten im silberfarbenen Mercedes.

Auch ich war sehr traurig, dass meine Beziehung zu Alex nicht so gut gelaufen war, wie wir uns das erhofft hatten. Doch ich wusste, dass ich mich unglaublich glücklich schätzen konnte, einen so netten Mann kennen gelernt zu haben – noch dazu jemanden, der sich so gut mit Joshua verstand –, und ich fühlte mich wie ein Versager, weil ich mich vielleicht nicht genügend bemüht hatte, die Schwierigkeiten zwischen uns zu überwinden und die Beziehung aufrechtzuerhalten. Was war los mit mir? Was wollte ich denn noch, in meiner Situation und in meinem Alter?

ACHT

Im Frühjahr 2003 war ich zu dem Schluss gekommen, dass es an der Zeit sei, alle Gedanken an eine neue Beziehung erst mal zu vergessen und zur Abwechslung mein Alleinsein zu genießen. Schließlich war ich gerade 49 geworden, und in meinem Alter war es fast ungehörig – ganz abgesehen davon, dass es unglaublich unreif war –, wie ein verrückter Teenager auf der Suche nach einem zweiten Traummann herumzurennen.

Dabei hatte ich im vergangenen Jahr nicht aufgehört, Udi zu vermissen, ganz im Gegenteil, aber statt des scharfen Dauerschmerzes, den ich bisher empfunden hatte, hatte sich die Trauer in eine Art dumpfen Schmerz verwandelt, der periodisch wiederkam und dann wieder abklang. Im Grunde genommen ging es mir gut, weil es Joshua gut ging. Eigentlich war er förmlich aufgeblüht. An Udis viertem Todestag erklärte er: „Ich vermisse Dad noch immer, aber ich bin auch so nicht unglücklich. Ich finde unser gemeinsames Leben gut, Mum." Das war nicht nur einfach Musik in meinen Ohren, das war eine ganze Mozart-Sinfonie. Ich hatte wirklich allen Grund, dankbar zu sein.

Anfang August winkte ich am Bahnhof Paddington Joshua hinterher, der mit ein paar Schulfreunden in ein Ferienlager fuhr. Als er mit seinen Freunden im Zug verschwand, ohne einen Blick zurückzuwerfen, ergriff mich einen Moment lang Panik, denn es war das erste Mal seit Udis Tod, dass wir getrennt waren. Was mein Gefühl, allein zurückzubleiben, noch verstärkte, war die Tatsache, dass meine Schwester Sue gerade mit ihrer Familie Urlaub in Frankreich machte und Martina ihre Familie in Tschechien besuchte.

Doch obwohl ich mich im Vorfeld davor gefürchtet hatte, allein in London zurückzubleiben, fühlte ich mich, als sie dann alle weg waren, im Gegenteil regelrecht frei. George war mein ständiger Begleiter. Ich hätte mir keinen besseren wünschen können, überlegte ich, als er neben mir auf der Gartenbank saß und bei der Korrektur des Manuskripts zu meinem fast fertigen Buch über Teresa Cornelys half, indem er alle Seiten zerfetzte, von denen ich der Meinung war, dass sie nichts taugten.

Hunde waren so viel einfacher als Freunde. Sie erinnerten sich nie an die hässlichen Dinge, die man zu ihnen gesagt hatte, noch nahmen sie es einem übel, wenn man ohne sie ausging; das Schlimmste, was man zu erwarten hatte, waren ein paar zerfetzte Papiertaschentücher auf dem Boden, wenn man nach Hause kam. Hunde beschwerten sich nie. Anders als Freunde liebten und akzeptierten sie einen, selbst mit Kind, ohne Vorbedingungen. Bindungsangst kannten sie ebenfalls nicht. Egal, was man von ihnen verlangte, ein Hund würde einen nie verlassen – es sei denn, es käme jemand mit einer Tüte Leckerlis daher. Dann war man abgemeldet, was allerdings verständlich war. Um einen Hund zu beeindrucken, musste sich eine Frau keine Sorgen um ihr Aussehen machen. Ob sie superelegant gekleidet war oder sich morgens noch in einem alten Morgenrock herumrekelte, machte für die Liebe eines Hundes keinen Unterschied; wahrscheinlich bevorzugte er sogar die zweite Aufmachung mit ungewaschenem Gesicht und einem Atem, der ein bisschen nach Hund roch. Hunden war es egal, ob die Unterhaltung geistreich oder langweilig war, es war ihnen auch einerlei, wenn man gar nichts sagte. Hunde stöhnten nicht, wenn man jeden Tag das Gleiche kochte. Auch quengelten sie nicht, weil sie abends ins Kino gehen wollten, denn sie mochten es sowieso lieber, neben Frauchen auf dem Sofa zu relaxen, wenn dieses fernsah – selbst wenn sie keine besondere Vorliebe für eine ernsthafte Dokumentarsendung über Umweltverschmutzung oder eine Wiederholung von „Sex and the City" hegten. Ihnen war nur eines wichtig – nämlich dass man mit ihnen zusammen war.

Zum ersten Mal seit vier Jahren war ich alle häuslichen Verpflichtungen los, deshalb fasste ich zwei Vorsätze: Solange Joshua weg war, würde ich überhaupt nicht kochen, außerdem würde ich jeden Abend ausgehen, selbst wenn ich allein etwas unternehmen müsste. Doch ehe Joshua abgereist war, hatte ich meinen Terminkalender gefüllt: mit Einladungen zum Essen bei alten Bekannten und dem Besuchen von Kunstgalerien, Theatern und Kinos.

Es gab nur noch einen Abend in meinem Kalender – Mittwoch, den 7. August –, an dem ich noch keine Pläne hatte. Also verabredete ich mich auf einen Drink mit einem Professor für Kunstgeschichte, mit dem ich ein paar historische Fakten in meinem Manuskript abklären wollte.

Ich hatte Professor O'Neill, der an der Londoner Universität lehrte, noch nie gesehen. Vor sechs Monaten jedoch, als ich in allen möglichen Archiven nach einem Porträt von Teresa Cornelys gesucht hatte, hatte ein Freund eines Freundes vorgeschlagen, ihn zu fragen, wo ich möglicherweise noch danach suchen könnte. Zachary O'Neill, ein Amerikaner aus Boston, der mit tiefer, sonorer Stimme sprach, war am Telefon ein angenehmer Gesprächspartner. Er schlug eine Reihe von Museen und privaten Sammlern vor, die mir vielleicht weiterhelfen könnten. Wie sich später herausstellte, konnte mir niemand weiterhelfen; es sah aus, als existierte kein Porträt von Teresa – oder es war mir nicht möglich, es aufzuspüren. Am Ende unseres Gesprächs hatte Professor O'Neill mir freundlicherweise angeboten, ich könne mich wieder an ihn wenden, wenn ich Hilfe brauchte. Zwar hatte ich mich bereits eingehend mit britischer Geschichte beschäftigt, dennoch war ich äußerst besorgt, dass mir womöglich grobe Schnitzer unterlaufen könnten. Daher hoffte ich, der Professor könne mir helfen, ein paar Unklarheiten bezüglich der Kunst und Architektur zur Zeit Teresas auszuräumen.

Wir verabredeten uns per E-Mail auf 19 Uhr in der Bar des „St George's Hotel" in der Regent Street. Im Nachhinein erschien mir die Wahl eines Hotels mit dem Namen „George's" als eine Ironie des Schicksals, aber ich hatte es gewählt, weil man von der Bar im 15. Stock einen herrlichen Blick auf London hatte, außerdem war es hier ruhig genug für eine Unterhaltung.

Ich saß bereits in der Hotelbar und wartete auf den Professor, als die Tür aufging und ein Mann von etwa Mitte fünfzig hereinkam. Er war von mittlerer Größe und schlankem Körperbau, hatte durchdringende dunkle Augen und ein interessantes Gesicht mit etwas unregelmäßigen Zügen, darüber silbergraues gewelltes Haar. Da er allein war und sich neugierig umsah, vermutete ich, es sei Professor O'Neill, und stand auf, um mich vorzustellen.

Der Fremde zog die Augenbrauen hoch. „Sie sind Judith?"

„Ja, das bin ich. Sie scheinen überrascht zu sein?"

„Ehrlich gesagt, ja. Es ist vielleicht verrückt, aber nach dem formellen Ton Ihrer E-Mail hatte ich Sie mir ein bisschen mehr wie Miss Marple vorgestellt – Sie wissen schon, dreißig Jahre älter als Sie, in dickem Tweed, Stützstrümpfen und Halbschuhen!"

„O nein, so was trage ich nur zu besonderen Anlässen."

Er lachte und setzte sich mir gegenüber. Nachdem ich Getränke bestellt hatte – Wodka on the rocks für ihn und, da ich mit einer langen Liste von Fragen gekommen war und einen klaren Kopf behalten wollte, Mineralwasser für mich –, setzte ich mich neben ihn und wir fingen zu reden an.

Zwei Stunden später unterhielten wir uns immer noch. Ich war bereits bei meinem zweiten Glas Chardonnay angekommen, und wir hatten das Thema 18. Jahrhundert noch immer nicht berührt. Doch störte mich das? Professor O'Neill – Zach – war nett, sogar sehr nett: höflich, amüsant und interessant. Und gut aussehend. Er war Amerikaner irischer Abstammung und war in Boston, Massachusetts, aufgewachsen. Vor dreißig Jahren war er nach England gekommen, als er die Engländerin kennen gelernt hatte, die später seine Frau wurde. Seit 15 Jahren waren sie geschieden, und da er vor Kurzem eine langjährige Beziehung beendet hatte, war Zach jetzt solo, genau wie ich.

Besonders faszinierend für mich war es, dass Zach alles über mich wissen wollte. Als der Wein seine Wirkung zeigte – ich hatte noch nie viel vertragen können –, merkte ich plötzlich, dass ich ziemlich unverblümt mit ihm flirtete. Warum tat ich das?, fragte ich mich. Ich hatte es doch aufgegeben, meinen Traummann zu finden, und mich gerade erst daran gewöhnt, ein glücklicher Single zu sein.

Schnell sprang ich auf und griff nach meinem Mantel. „O Gott, schauen Sie nur, wie spät es ist! Zach, ich habe Sie lange genug aufgehalten, ich muss wirklich gehen." Dabei ergriff ich die Rechnung, die der Kellner auf den Tisch gelegt hatte. „Das übernehme ich."

Doch er streckte ebenfalls die Hand danach aus. „Bitte …"

„Nein, ich bestehe darauf. Vielen Dank, dass Sie gekommen sind, und für Ihre guten Ratschläge für das Buch und überhaupt für alles."

Verwirrt sah er mich an. „Aber ich habe Ihnen doch gar keine gegeben! Sie haben mich ja bisher noch gar nichts gefragt."

„Ach so, nein, das stimmt wohl. Ich wusste, dass das zweite Glas Wein keine gute Idee war." Wir mussten beide lachen. „Vielleicht könnte ich Ihnen meine Fragen per E-Mail schicken?"

„Okay …" Er sah mich mit seinen dunklen Augen an. „Müssen Sie wirklich schon gehen? Was ich meine, ist … Haben Sie noch etwas vor? Ich habe nämlich schrecklichen Hunger. Vielleicht darf ich Sie zum Essen einladen? Dann könnten Sie mich dabei über das 18. Jahrhundert ausfragen."

Was ich dann aber doch nicht tat. In einem Diner im amerikanischen Stil in der Nähe aßen wir eine wunderbare Bratwurst mit Kartoffelpüree, und die Liste mit den Fragen war vergessen. Zach schien sich wirklich für alles zu interessieren, was ich sagte, und ich lachte über jeden seiner Witze. Wir schienen genau den gleichen Humor zu haben.

Als wir uns zwei Stunden später an einer Ecke der Regent Street trennten, gab ich ihm meine Hand, die er festhielt. Er sah mir direkt in die Augen. „Würden Sie wieder mit mir essen gehen?", fragte er.

Am darauffolgenden Samstag führte er mich in ein Restaurant in dem alten, aber jetzt sehr angesagten Londoner Stadtteil Clerkenwell, gleich hinter Smithfield Market, dem Londoner Fleischmarkt in einer schönen viktorianischen Gusseisenhalle. Nach dem Essen nahm ich ihn mit auf eine Besichtigungstour durch das umliegende Straßenlabyrinth. Obwohl Zach, wie viele Amerikaner, die ich als Fremdenführerin betreut hatte, eine

Leidenschaft für die Geschichte Londons hatte, wusste er so gut wie nichts über diese spezielle Gegend.

Zach sah mich amüsiert an. „Ich weiß nicht, warum du ausgerechnet mich in geschichtlichen Dingen um Rat fragen wolltest. Du kennst dich doch bestens aus.“ Dann nahm er mich in seine Arme.

Einen Monat später saßen wir uns in einem italienischen Restaurant in Süd-Kensington gegenüber. Während der letzten Wochen hatte mir mein Professor der Kunstgeschichte mit großer Hartnäckigkeit den Hof gemacht. Dies war das fünfte Mal, dass wir uns getroffen hatten, und immer noch hatte ich ihm keine einzige Frage über das 18. Jahrhundert gestellt. Zwischen unseren Verabredungen führten wir unzählige, stundenlange Telefongespräche. Ich konnte nicht umhin, mich über so viel Aufmerksamkeit zu freuen und mich geschmeichelt zu fühlen. Es war einfach unglaublich romantisch, von diesem weltgewandten Amerikaner umworben zu werden, als sei ich eine verführerische Schönheit statt einer Mutter von 49 Jahren. Zach machte, dass ich mich jung und begehrenswert fühlte.

Da Zach gerade die Beziehung zu seiner Partnerin beendet hatte, wohnte er bei Freunden, während er sich nach einer Eigentumswohnung umsah. Und weil ich ihn nicht mit Joshua bekanntmachen wollte, ehe ich genauer wusste, wie sich die Dinge zwischen uns entwickeln würden, hatte ich ihn bewusst noch nicht zu mir nach Hampstead eingeladen. Infolgedessen hatten wir uns bisher ausschließlich in Bars und Restaurants getroffen – auf neutralem Boden, weit weg von den Komplikationen unseres Alltagslebens.

„Was erwartest du wirklich von einer Beziehung?“, fragte er mich jetzt, als wir uns über unsere Pizza hinweg in die Augen sahen.

Ich dachte einen Augenblick nach. „Liebe und Gemeinsamkeit vermutlich. Jemand, mit dem ich mein Leben teilen kann. Und du?“

„Liebe und Gemeinsamkeit. Jemand, mit dem ich mein Leben teile. Und vermutlich wäre etwas Leidenschaft auch nicht schlecht.“

Wir hielten uns über den Tisch hinweg an den Händen. Unsere Finger waren ineinander verschlungen, und in diesem Moment fühlten wir es instinktiv: Das, was hier passierte, war ernst und auf lange Zeit angelegt.

Zach und ich waren so begeistert von diesem Augenblick der Vollkommenheit, dass wir beide nicht hinterfragten, was wir unter den Begriffen „Gemeinsamkeit“ und „mit jemandem das Leben teilen“ wirklich verstanden. Das sollte uns später noch allzu klar werden.

Und noch etwas anderes gab es, über das wir gewöhnlich nicht sprachen: Zach kannte Joshua noch nicht. Und er hatte George noch nicht erlebt.

JOSHUA war vor Kurzem dreizehn geworden und schon lange nicht mehr der zornige „Hamlet“ von damals. Er ging jetzt seinen eigenen Interessen nach, vor allem das Skateboardfahren hatte es ihm angetan. Seine Freunde und er hatten inzwischen von der ruhigen Straße vor unserem Haus Besitz ergriffen. Mit Höchstgeschwindigkeit bretterten sie diese entlang, sprangen vor unserem Haus in die Luft, wobei sie blitzschnell ihre Skateboards um einhundertachtzig Grad drehten. Oft riss mir die Geduld, und ich rannte hinaus und verlangte, sie sollten sofort aufhören, sonst würden sie mich noch völlig verrückt machen, ganz zu schweigen von unseren bewundernswert toleranten Nachbarn.

Als Joshua und Zach sich schließlich an einem Samstagnachmittag kennen lernten, legte Joshua eine Höflichkeit an den Tag, die Anthony sprachlos gemacht hätte, und verschwand dann mit seinem Skateboard. Offenbar sah er es nicht mehr als bedrohlich an, wenn seine Mutter einen Freund hatte, falls ein graumelierter 55-jähriger Professor so bezeichnet werden konnte. Stattdessen verließ sich Joshua offensichtlich darauf, dass meine männlichen Begleiter mein Leben lediglich am Rande tangierten, während er im Mittelpunkt blieb. Überdies konnten Freunde der Mutter bestenfalls Vorteile mit sich bringen wie zum Beispiel Karten für Fußballspiele oder mehr Weihnachtsgeschenke für ihn; schlimmstenfalls konnte es höchstens ziemlich peinlich sein, wenn die Mutter ein Rendezvous hatte. Aber Joshua war sich jetzt ganz sicher, wer der wichtigste Mann in meinem Leben war: nämlich er. Selbst George kam erst an zweiter Stelle.

Während des ersten Jahres unserer Beziehung sah Joshua Zach nicht sehr oft. Mein neuer Partner wollte mich ganz für sich allein haben. Da Martina noch bei uns war, nutzte ich den Vorteil aus, eine Babysitterin im Haus zu haben, um es unserer noch jungen Beziehung zu ermöglichen, sich außerhalb meiner häuslichen Sphäre zu entwickeln. Da Zach gerade an einem Buch über französische Künstler des frühen 19. Jahrhunderts arbeitete, war er oft im Ausland, um für sein Buch zu recherchieren – oder um an den vielen Konferenzen teilzunehmen, zu denen er eingeladen wurde. Manchmal kamen Tabby oder meine Mutter für ein paar Tage, um bei Joshua zu bleiben, und ich konnte mich übers Wochenende in Paris oder Rom mit Zach treffen.

Im Sommer 2003 jedoch änderte sich dieser idyllische Zustand, als Martina nach Tschechien zurückkehrte, wo sie hoffte, in ihrem Beruf als Juristin Fuß zu fassen. In den zweieinhalb Jahren bei uns war sie mir fast zu einer Tochter geworden, und ich war untröstlich, als sie uns verließ. Ich sprach mit Joshua darüber, und wir waren uns einig, dass wir kein neues Au-pair-Mädchen haben wollten, weil wir das Haus nicht länger mit einer Fremden teilen wollten. Überdies war er jetzt in einem Alter, wo er weder einen Babysitter brauchte noch wollte, wenn ich für ein paar Stunden abends ausging.

Als Joshua und ich wieder allein waren, merkte ich jedoch, dass das Ausgehen am Abend doch problematischer war, als ich gedacht hatte. Obwohl es Joshua nichts ausmachte, ließ ich ihn nicht gern über Nacht allein, besonders nicht unter der Woche, und ich kam auch nicht gern sehr spät zurück. Deshalb wünschte ich mir, Zach würde öfter zu uns kommen.

Aber wie mir immer deutlicher wurde, war das ganz und gar nicht das, was Zach vorgeschwebt hatte, als wir anfangs im italienischen Restaurant so romantisch darüber gesprochen hatten, unser Leben mit einem anderen Menschen zu teilen. Er wollte jemanden, der ihn auch unter der Woche zu endlosen Einladungen begleiten konnte, der Zeit hatte, mit ihm zu reisen und bei ihm in seiner neuen Wohnung im Osten von London zu sein. Woran ich dagegen beim Teilen meines Lebens gedacht hatte, war, zusammen ein Leben aufzubauen, das selbstverständlich Joshua und George einschloss.

Zach mochte Joshua sehr, war jedoch im Grunde seines Herzens ein Intellektueller, der keinerlei Interesse an Skateboards und Fußball und eine regelrechte Abscheu vor Fernsehsendungen wie „Big Brother“ oder „Die Simpsons“ hatte. Daher gab es nur wenige Gemeinsamkeiten zwischen Zach und Joshua. Obwohl er seine eigene Tochter vergötterte, die jetzt Ende zwanzig war, hatte Zach keinerlei Erfahrung im Umgang mit halbwüchsigen Jungen, die selbst im günstigsten Fall nicht besonders mitteilsam sind. Was die ganze Sache noch schwieriger machte, war, dass niemand aus seinem Bekanntenkreis Kinder hatte, oder höchstens Kinder, die das Nest schon lange verlassen hatten. Sie alle hatten längst keine häuslichen Verpflichtungen mehr, und auch Zach wollte das nicht mehr. Und am allerwenigsten wollte er irgendwie angebunden sein wegen eines Hundes. Mein neuer Freund entpuppte sich vielmehr sogar als jemand, der eine krankhafte Angst vor Hunden hatte.

„Ich habe *keine* Hundephobie“, beharrte Zach eines Abends, als ich ihn dessen beschuldigte.

„Hast du doch! Ich hab doch eben gesehen, wie du zurückgeschreckt bist, als George dich begrüßen wollte.“

„Glaub mir, Schatz, ich habe keine Angst vor Hunden, ich mag sie nur nicht in meiner Nähe haben.“

George spürte wohl, dass der neue Freund seines Frauchens den vierbeinigen besten Freund verdrängen wollte, also war er entschlossen, Zach für sich zu gewinnen. Er sprang ihm auf den Schoß, sobald wir zusammen auf dem Sofa saßen, worauf Zach seinerseits aufsprang, mit den Händen wedelte und rief: „Runter, hau ab!“, als hätte ihn eine menschenfressende Bestie angegriffen. George folgte Zach sklavisch auf Schritt und Tritt durch die Wohnung, wobei er ihn ein paarmal versehentlich zum Stolpern brachte. Und zu allem Überfluss fand George Zachs Kleidung fast so anziehend wie ihren Eigentümer, also kuschelte er sich in seine Jacke, wenn Zach sie auf einem Sessel liegen gelassen hatte. Zach hielt sie dann immer auf Armlänge von sich weg und suchte sie misstrauisch nach Flöhen ab.

Man kann durchaus der Meinung sein, dass es angemessen sei, wenn ein Mann verlangt, ein paar Stunden mit seiner Freundin allein zu sein. Zach war dieser Meinung. George war es nicht. Wenn Zach über Nacht blieb, wurde mein Hund mit der Begründung, dass Georges schiere Anwesenheit ihm ein Einschlafen unmöglich machte, aus dem Schlafzimmer verbannt – was George überhaupt nicht verstand. Einsam und traurig strich er dann nachts durch die Wohnung, und ich hörte seine Krallen oben über den Holzfußboden trappeln. Deshalb wurde er bald in mein Arbeitszimmer gesperrt.

Das war das Zimmer, in dem George einst zufrieden mit Martina das Bett geteilt hatte und wo er nun zufrieden den ganzen Tag saß, oder vielmehr döste, wenn ich an meinem nächsten Buch arbeitete – einer Biografie des Liebhabers und Abenteurers Giacomo Casanova und der Frauen in seinem Leben. Hier stand George nicht nur die bequeme Liege zur Verfügung, sondern auch sein gemütlicher Hundekorb. Aber dem Theater nach zu urteilen, das er jeden Abend machte, wenn ich ihn hier einschloss, hätte man meinen können, ich steckte ihn in eine Gefängniszelle. Er wollte diese Einzelhaft einfach nicht hinnehmen und protestierte in regelmäßigem Abstand von jeweils zwei Minuten, genau wie er es die erste Nacht bei uns im Badezimmer gemacht hatte. Ihn jenes erste Mal herauszulassen, war ein großer Fehler gewesen, wie ich jetzt erkannte.

Das ging die nächsten Monate so. George bellte und bellte, bis Zach, Joshua und ich es nicht mehr aushielten. Joshua versuchte immer wieder, ihn in sein Zimmer zu nehmen, aber das genügte George nicht. Er wollte mich.

„Kann ich ihn nicht reinlassen? Bitte!“, bettelte ich Zach um zwei Uhr morgens an, als wir alle drei immer noch hellwach im Bett lagen.

„Auf keinen Fall“, knurrte er. „Er schnarcht. Und er grunzt. Du weißt doch, ich kann nicht schlafen, wenn er hier drin ist.“

„Du kannst jetzt auch nicht schlafen, Schatz.“ Jetzt versuchte ich es mit dem pragmatischen Ansatz. „Niemand kann schlafen. Wenn er die ganze Nacht so weitermacht, wird Joshua morgen zu müde für die Schule sein und ich werde zu müde sein, um zu arbeiten.“

„Und ich? Ich muss morgen zwei Vorlesungen halten! Oder vielmehr heute. Du musst ihn erziehen, Judith."

„Ich versuche es ja."

„Das sagst du schon seit einem Jahr."

„Kann ich es nicht ab morgen noch einmal versuchen? Er bellt jetzt schon seit Mitternacht."

„Dann geh und sag ihm, dass er aufhören soll."

Also stand ich auf, trottete den Flur entlang und öffnete die Tür zum Arbeitszimmer. George warf sich mir entgegen wie ein Kind, das zehn Jahre lang von seiner Mutter getrennt gewesen war. „Ruhig, George!", zischte ich, während er völlig überreizt um mich herumtanzte. „Schlaf jetzt, okay? Tut mir leid, aber du kannst nicht rauskommen!"

Wieder im Bett, wartete ich darauf, dass George erneut zu bellen anfing. Es dauerte auch wirklich nur einige Minuten, bis es wieder losging. Ich schlüpfte hinaus, schimpfte mit ihm und kam wieder ins Bett. Als er das nächste Mal bellte, war es Zach, der aus dem Bett sprang. „Okay! Mir reicht's jetzt!", zischte er und wandte sich zur Tür.

„Wo gehst du hin?"

„Jetzt kümmere ich mich darum!"

Die Tür zum Arbeitszimmer wurde geöffnet, und ich hörte ihn martialisch schreien: „Halt's Maul, George! Sonst landest du im Tierheim!" Mir stockte der Atem. Und auch George musste es den Atem verschlagen haben, denn er war still. „Na, siehst du, man muss nur streng mit ihm sein", erklärte Zach zufrieden, als er wieder neben mir im Bett lag.

„Vielen Dank", murmelte ich lahm.

„Keine Ursache." Er vergrub den Kopf unter der Decke. „Das nächste Mal bringe ich Ohrstöpsel mit!"

Dann war Zach wohl eingeschlafen. Doch ich konnte nicht schlafen. George ebenfalls nicht. Nach zehn Minuten ging es schon wieder los – nur war es diesmal weniger ein Protestgebell als ein mitleiderregendes Gewinsel. Aus Angst, er könne Joshua und Zach wieder wecken, sprang ich aus dem Bett, schlich mich auf Zehenspitzen aus dem Zimmer und huschte ins Arbeitszimmer. George saß winselnd auf der Liege. Er sah so verstört aus, dass es mir unmöglich war, ihm böse zu sein. Stattdessen setzte ich mich neben ihn, streichelte den kleinen runden Kopf und versuchte, ihm gut zuzureden. Schließlich waren Cavaliere angeblich intelligente Hunde.

„Sieh mal, George, Liebling, warum schläfst du jetzt nicht einfach, okay? Du willst doch auch, dass der nette Onkel Zach dich mag, oder? Komm, sei ein braver Junge!" Ich legte mich einen Augenblick neben ihn, und allmählich begann er sich zu beruhigen. Genau wie ich. Sein Kopf sank langsam auf die Kissen. Meiner auch. Seine Augen fielen zu. Meine auch. Als ich sie wieder aufmachte, schien die Morgendämmerung durch die Vorhänge, und Zach stand im Bademantel über mir. „Hmm“, bemerkte er spöttisch, „wie ich sehe, verbringst du die Nacht lieber mit deinem Hund als mit mir.“

Vorüber war die berauschende Zeit, als Zach und ich glaubten, nichts würde je zwischen uns kommen. Es war bereits etwas zwischen uns gekommen, in Gestalt eines niedlichen King Charles Cavalier Spaniels.

NEUN

Mit 135 Metern über dem Meeresspiegel ist Heampstead einer der höchsten Punkte in London. Die malerische grüne Ortschaft war seit dem 18. Jahrhundert beliebt, als die Mittelklasse in Scharen aus der Metropole dorthin pilgerte, um das gesundheitsspendende eisenhaltige Quellwasser aus dem örtlichen Heilbad zu trinken.

Über viele Jahre hinweg fühlten sich Schriftsteller, Musiker und Künstler von diesem Ort angezogen. Als Udi und ich uns 1990 dort niederließen, fühlten wir uns auf Anhieb in Hampstead wohl, und natürlich wussten wir auch die Nähe zum Heath-Park zu schätzen. Doch eigentlich ist mir der Park erst so richtig ans Herz gewachsen, seit ich mir nach Udis Tod George angeschafft habe.

Dreihundertdreiundfünfzig Tage im Jahr ist der Heath-Park ein Paradies der Stille. Wenn es nicht das ferne Summen des Verkehrs gäbe, könnte man glauben, man befinde sich in der ländlichsten Region Englands. Dreimal im Jahr jedoch – an Ostern, Pfingstsonntag und an einem gesetzlichen Feiertag im August – ist es aus mit dem Frieden im Heath-Park. Man wacht eines Morgens auf und sieht, dass ein paar Wohnwagen auf dem Parkplatz bei den Teichen angekommen sind. Anschließend füllt sich auch der andere Parkplatz mit Wohnwagen, und bald rollt eine ganze Karawane von Lkws die Straße entlang, jeder beladen mit einem Generator und anderen Ausrüstungsgegenständen.

Am nächsten Tag ist der Heath-Park wie verwandelt. Statt Bäumen sieht man Autoscooter, eine Achterbahn, ein Riesenrad und ein Karussell für Kinder, das wie eine Raupe aussieht, eine Hüpfburg und eine riesige Rutschbahn. Der Jahrmarkt, der dreimal im Jahr in Hampstead stattfindet, ist angekommen. Und vier Tage lang wird nichts so sein wie sonst.

Das Kreischen der Vergnügungssuchenden, zusammen mit dem lauten Wummern der Verstärker, lässt die Bewohner von Hampstead an solchen Wochenenden den Park meiden, es sei denn natürlich, man hat Kinder, die einen zum Jahrmarkt schleppen, wie Joshua, als er noch klein war, es mit Udi und mir getan hatte. Aber selbst wenn man zu Hause bleibt, ist es unmöglich, sich dem Lärm zu entziehen.

Also beschloss ich am Ostermontag, dem 28. März 2005 – ein Datum, das ich nie vergessen werde –, Georges Morgenspaziergang ausnahmsweise ausfallen zu lassen. Um ehrlich zu sein, der Jahrmarkt war nicht der einzige Grund dafür. Ich war sehr böse auf George und hatte mich auch über Zach aufgeregt. Zwischen uns stand es nicht gut, und George war nicht das einzige Problem. Es war jetzt zweieinhalb Jahre her, dass Zach und ich uns kennen gelernt hatten, aber unsere Beziehung entwickelte sich irgendwie nicht weiter, und wir waren in einen Trott verfallen, aus dem wir nicht mehr herauskamen. Ich sehnte mich immer noch danach, dass Zach alle Höhen und Tiefen meines Familienlebens mit mir teilte. Er andererseits wollte mit dem gewöhnlichen Alltagsleben möglichst wenig zu tun haben. Ihm schwebte eine immerwährende Idylle vor, wie wir sie während der ersten gemeinsamen Monate erlebt hatten – ein romantischer, aber unmöglicher Wunsch.

Seit Martina nach Tschechien zurückgekehrt war, jonglierte ich mit zwei im Grunde völlig verschiedenen Existenzen – der einen als Joshuas Mutter, der anderen als Zachs Partnerin –, und ich fühlte mich immer unwohler damit. Ich arbeitete sehr fleißig an meinem neuen Buch. Gleichzeitig bereitete Joshua sich auf seine Schulprüfungen vor. Er hatte eine Unmenge Hausaufgaben, und die Examensangst zerrte an seinen Nerven. Der Kühlschrank durfte nicht leer werden, ich musste für regelmäßige Mahlzeiten sorgen, und natürlich verlangte George nach seinem Recht. Er musste gebadet werden, man musste sich mit ihm beschäftigen und ihn mehrmals am Tag ausführen. Ab und zu wollte ich auch für meine Mutter, meine Schwester und für meine Freundinnen Zeit haben. Es gab einfach nicht genug Stunden am Tag, um alles zu schaffen. Wenn ich in letzter Zeit abends zwischen Hackney und Hampstead hin- und herhetzte, fühlte ich mich ganz zerrissen und unglücklich.

Vielleicht näherte sich unsere Beziehung tatsächlich ihrem Verfallsdatum, obwohl ich hoffte, es möge nicht so sein. Trotz der wachsenden Spannungen zwischen uns hatte ich meinen schrulligen amerikanischen Professor immer noch sehr gern. Und ich muss gestehen, ich hatte mich so an ihn gewöhnt, dass ich mich davor fürchtete, ihn zu verlieren. Schließlich war ich jetzt Anfang fünfzig und hatte die letzten zweieinhalb Jahre meines Lebens in unsere Beziehung investiert, und ich wollte sie nicht wegwerfen. Und Zach wollte es auch nicht.

Am Tag vor den Osterfeiertagen war Joshua mit der Schule für eine Woche zum Skilaufen gefahren, und ich hatte vor, meine Freiheit zu nutzen, um möglichst viel mit Zach zusammen zu sein. Den Sonntag wollte ich bei Zach verbringen, und da ich niemanden hatte, der sich hätte um George kümmern können, nahm ich ihn natürlich mit.

Wie immer freute sich George wahnsinnig, dass er Auto fahren durfte. Mit hoch erhobener Nase saß er auf dem Beifahrersitz, während ich in den Osten Londons fuhr, und besah sich durch die Windschutzscheibe die vorbeiziehenden Häuser. Sowie wir ankamen, sprang er aus dem Wagen und rannte den langen Flur des großen Hauses im viktorianischen Stil entlang, in dem Zach wohnte, und machte sich dann daran, jeden Gegenstand in der Wohnung zu beschnüffeln. Offensichtlich fühlte er sich sofort wie zu Hause, sprang auf Zachs geliebten alten Ledersessel, wo er sich zusammenrollte und hoffte, ein ausgiebiges Nickerchen zu halten. Aber das, wozu er im Haus eines anderen Freundes – nämlich bei Alex – sogar noch ausdrücklich ermuntert worden war, war hier strengstens verboten.

„Nein, nein!“, stöhnte mein pingeliger Freund, indem er herbeieilte und George vom Sessel jagte. „Nicht auf die Polstermöbel!“

Als wir uns zu dem besonderen Menü hinsetzten, das Zach für uns gekocht hatte, saß George unter dem Glastisch, starrte uns zwischen den Tellern hindurch mit seinen Scheinwerferaugen an und jaulte nach Leckerbissen. Und dann war da plötzlich ein entsetzlicher Geruch: George ließ einen seiner ganz unverkennbaren Fürze.

„Puh! O George!“, stöhnte ich und wedelte mit den Händen.

„Dieser Hund ist einfach widerlich!“, murmelte Zach unter der Hand hervor, mit der er sich die Nase zuhielt. „Kannst du nicht etwas unternehmen?“

„Was schlägst du vor?“, seufzte ich. „Soll ich ihm einen Korken in den Hintern stecken? Er ist doch nur ein kleiner Hund, er kann nichts dafür!“

„Bitte, bring ihn aus dem Zimmer, ja?“

„Okay. Aber nur solange wir essen.“

Also brachte ich George in Zachs sehr aufgeräumtes Arbeits- und Gästezimmer und erwartete lautstarken Protest. Stattdessen blieb er unheimlich still. Als ich zehn Minuten später zurückkam, um ihn wieder herauszulassen, entdeckte ich warum. George hatte sich die Zeit damit vertrieben, Zachs Aktenvernichter umzuwerfen, die spaghettidünnen Papierstreifen herauszuzerren und nochmals selbst zu zerpflücken. Schnell kniete ich mich hin und stopfte die feuchte Schweinerei in den Behälter zurück, ehe Zach es sah.

Ganz schlimm wurde es, als wir zu Bett gehen wollten. Zu diesem Zweck hatte ich Georges Korb mitgebracht und in eine Ecke des Arbeitszimmers gestellt. Als ich schließlich die Tür zumachte, betete ich darum, dass er sich darauf niederlassen und zum Schlafen hinlegen würde, aber vergebens.

„Kannst du ihn nicht dazu bringen, still zu sein?“, stöhnte Zach gereizt kurz nach Mitternacht, als wir versuchten, das jämmerliche Jaulen zu ignorieren, das durch die Wand am Kopfende des Bettes drang.

„Wie kann man einen Hund dazu bringen, still zu sein, Schatz?“

Jetzt hörte man das Kratzen von Klauen im Zimmer nebenan. Wie der Blitz fuhr Zach hoch und saß kerzengerade im Bett. „Moment, was ist das? George kratzt an der Tür, nicht wahr? Er ruiniert den neuen Anstrich!“

„Dann streiche ich die Tür eben wieder! Der arme Kerl hat Angst, weil er ganz allein ist dort. Er fürchtet, dass ich ihn verlassen habe.“

„Also wirklich! Wann wirst du endlich aufhören, alles, was dieses verdammte Vieh tut, zu vermenschlichen?“ Wütend funkelte Zach mich an. Wenn der Blick, mit dem er mich bei unserem Kennenlernen bedachte, auf der Zuneigungsskala 99 von 100 Punkten erreicht hätte, so hätte dieser jetzt bei minus zehn gelegen.

„Du weißt doch genau, dass er sofort aufhören würde zu bellen, wenn er hier rein dürfte, er würde sich ganz still zusammenrollen, also warum bist du so schwierig?“, fragte ich.

„*Ich* soll schwierig sein?“

„Kann er nicht wenigstens *dieses eine Mal* hier bei uns schlafen? George fürchtet sich. Er versteht nicht, was los ist.“

Zach drehte mir den Rücken zu und zog sich ein Kissen über den Kopf. „Ich wünschte, ich könnte mir nur die Hälfte von dem erlauben, was George sich leistet! Können wir nicht eine Nacht zusammen verbringen, ohne dass er uns in die Quere kommt?“

Natürlich wusste ich, dass Zach Recht hatte. Aber dennoch war ich ihm böse. Überdies beschlich mich das ungute Gefühl, dass George für Zach nicht einfach nur ein Hund war, sondern ein Symbol für meine Familie. Warum konnte mein so genannter Partner einfach nicht akzeptieren, dass es mich nur im Paket gab? Warum wollte er mit dem Rest meines Lebens nichts zu tun haben? „Lass uns jetzt praktisch denken, okay?“, schlug ich ganz sachlich vor. „Wir wissen beide, dass George nicht still ist, wenn wir ihn nicht hier hereinlassen. Oder wenn ich nicht bei ihm im Arbeitszimmer schlafe.“

„Warum machst du das dann nicht?"

„In Ordnung!"

Und ich tat es. George war genauso froh, mich zu sehen, wie Zach inzwischen froh war, mich loszuwerden. Also legte ich mich auf die Couch, zog mir die Decke über den Kopf und versuchte zu schlafen, aber George war genauso ruhelos, wie ich aufgebracht war.

Als wir an diesem Morgen aufstanden, waren Zach und ich sehr kurz angebunden miteinander. Anstatt den Tag bei Zach zu verbringen, wie ich es ursprünglich vorgehabt hatte, setzte ich George ins Auto und fuhr nach dem Frühstück mit ihm nach Hampstead zurück. Ich war völlig erschöpft. Was ich jetzt brauchte, war Abstand, ein bisschen Frieden und vor allem Ruhe. Dass Jahrmarkt war, hatte ich völlig vergessen.

Es ist nicht verwunderlich, dass ich an diesem Tag nicht gut auf George zu sprechen war. Natürlich begriff er das nicht. Jetzt, da er wieder auf vertrautem Territorium war, trabte er lammfromm und süß wie immer hinter mir her. Ich wusste, dass ich einen Spaziergang mit ihm machen sollte, aber ausnahmsweise hatte ich einfach keine Lust dazu. Obwohl es ein herrlicher Frühlingstag war, war ich einfach zu müde, um mich in das Menschengewühl im Heath-Park zu stürzen. Doch als meine Schwester mit ihrem Mann und ihrer Tochter am Nachmittag vorbeikam, überredete ich sie, mit George spazieren zu gehen.

Als Sue, Philip und Jessica mit George losgezogen waren, machte ich mir einen Tee und ging barfuß in den Garten, setzte mich auf die Bank, schloss die Augen und ließ die warme Sonne auf mein Gesicht scheinen. Fast im selben Augenblick klingelte das Telefon. Ich ging hinein, um den Anruf entgegenzunehmen, insgeheim hoffte ich, es sei Zach, der sich mit mir versöhnen wollte.

Er war es nicht. Es war meine Schwester, die mich von ihrem Handy aus anrief. Sie schluchzte so laut und hysterisch, dass es fast ein Schreien war. „Beeil dich! O Judith! Komm schnell! Es ist schrecklich!"

„Sue? Was um Himmels willen ist passiert?"

„George … er ist angegriffen worden! Dieser Hund – er hat ihn in Stücke gerissen!"

„Was?!"

„Bitte komm! Komm ganz schnell! Ich glaube, er stirbt!"

ALS SUE das Gespräch beendet hatte, rannte ich ins Haus und stand im Flur im Erdgeschoss, unfähig, einen klaren Gedanken zu fassen. Doch dann setzte mein Verstand wieder ein, und meine praktische Veranlagung gewann die

Oberhand. Ich nahm mir gerade noch Zeit, die Telefonnummer des Tierarztes aufzuschreiben, dann ergriff ich meine Schlüssel, steckte die Füße in das erste Paar Schuhe, das ich fand – zufällig Joshuas Turnschuhe –, und rannte aus dem Haus und in Richtung Park. Auf halbem Weg entdeckte ich Sue, Philip und Jessica, die mir auf der Straße entgegenkamen. Sue hatte ihr Telefon am Ohr und versuchte, ein Taxi zu rufen. Jessicas Gesicht war blass und spitz. Philip trug George in den Armen.

Ich sah George an. Sein Blick war leer, die Augen glasig. Er stand unter Schock. Sein Hinterteil war voller kleiner, tiefer Einstichstellen, als habe jemand wiederholt mit einem schweren Schraubenzieher auf ihn eingestochen. Aus den Wunden sickerte Blut, das in Philips Jackett einzog und auf den Weg tropfte. George starb gerade vor meinen Augen.

Schnell holte ich mein Handy heraus und wählte mit zitternden Fingern die Nummer des Tierarztes. Ein Anrufbeantworter – natürlich, es war Ostermontag und die Praxis war geschlossen. Aber die Stimme auf dem Band nannte die Nummer eines Notdienstes. Während ich wählte, sah Philip ein Taxi, das – Wunder über Wunder – gerade ein paar Leute am Jahrmarkt abgesetzt hatte. Obwohl George stark blutete, ließ uns der Fahrer einsteigen.

Während wir uns in den Wagen quetschten, beantwortete jemand meinen Anruf und gab mir die Adresse einer Tierklinik, die ungefähr fünf Kilometer entfernt war. Ich warf einen zweifelnden Blick auf George und fragte mich, ob er es bis dahin schaffen würde. Er war benommen, völlig verstört und zitterte am ganzen Körper. Dunkel erinnerte ich mich an einen Tageskurs in Erster Hilfe, den ich einmal gemacht hatte. Da war doch auch von Schock die Rede gewesen. Ein Schock konnte so gefährlich sein wie eine körperliche Verletzung, erinnerte ich mich vage. Nach einem Unfall war es wichtig, Verletzte warm zu halten – vielleicht galt das ja auch für Hunde. Schnell zog ich also meine Jacke aus und wickelte George darin ein, dann setzte ich mich im Taxi auf den Boden und hielt meinen verletzten Hund in den Armen, während der Fahrer uns zum tierärztlichen Notdienst fuhr.

„Was ist denn eigentlich passiert?“, fragte ich.

Sue war völlig aufgelöst. „Es war furchtbar. Wir waren gerade über die Straße und hatten den Park erreicht, als ich George von der Leine ließ. Die Hauptwege waren sehr voll, also gingen wir nach links auf das kleine Wäldchen zu – du weißt schon, dort, wo der umgestürzte Baum liegt. Ein paar Leute saßen auf diesem Stamm und machten ein Picknick. Sie sahen aus wie … wie Hippies oder Leute, die man auf Demos gegen den Kapitalismus sieht, so mit langen Röcken und Zöpfen und Strickmützen. Als George vor uns her auf sie zurannte, raste plötzlich ein Hund direkt vor uns hinter den Bäumen hervor."

„Er kam von nirgendwo", bestätigte Philip. „Ein braun-gelb geflecktes Ungeheuer. Ein Staffordshire Bullterrier. Sowie er George sah, stellte er sich ihm in den Weg."

„Der arme kleine Kerl war wie erstarrt vor Angst", fuhr Sue fort. „Ich rannte hin und wollte ihn hochnehmen, aber ehe ich ihn erreicht hatte, war dieses Vieh schon auf ihn losgegangen! Es schlug ihm die Zähne in den Leib und schüttelte ihn wie eine Stoffpuppe!"

„Mama war sehr mutig", ergänzte Jessica. „Sie rannte hin und schlug mit ihrer Handtasche auf den Hund ein. Aber der ließ einfach nicht los …"

„Eine Frau, die auch auf dem Baumstamm gesessen hatte, rannte herüber und begann ebenfalls, den Staffordshire anzuschreien. Es stellte sich heraus, dass sie die Eigentümerin war. Sie versuchte ihn wegzuzerren, aber es gelang ihr nicht. Denn er war nicht nur *nicht angeleint*, er trug auch nicht einmal ein Halsband! Er war völlig außer Kontrolle. Also fing sie an, ihn auf den Kopf zu schlagen."

„Und dann kamen all diese anderen Leute angerannt, die überhaupt nichts damit zu tun hatten, und schrien sie an, sie solle aufhören, ihren Hund zu schlagen, obwohl der sich immer noch in George verbissen hatte! Ich dachte wirklich, das war's jetzt – er bringt ihn um!", schluchzte Sue. „Und dann ließ der Terrier George plötzlich los. Philip trug George weg, dabei traf er zufällig einen der diensthabenden Polizisten im Park. Und der kam dann zu mir herübergerannt. Ich schrie noch immer die Frau an. Der Polizist sagte, sie solle aufhören, ihren Hund zu schlagen. Dann nahm er ihre Personalien auf und sagte, sie müsse mit einer Anzeige rechnen." Sue wischte sich die Tränen ab. „Es tut mir so schrecklich leid!"

„Warum denn? Es war doch nicht deine Schuld!"

„Wenn wir George nicht mitgenommen hätten, dann wäre das nicht passiert!"

„Ich habe euch doch gebeten, ihn mitzunehmen! Wenn hier einer die Schuld hat, dann bin ich es!"

Inzwischen waren wir bei der tierärztlichen Notfallpraxis angekommen. Sue, Jessica und ich rannten mit George hinein, während Philip den Taxifahrer bezahlte. Drinnen nahm mir eine Schwester George ab und brachte ihn sofort ins Sprechzimmer, während wir in der Rezeption warten mussten. Es kam uns wie eine Ewigkeit vor.

Schließlich rief mich der Tierarzt ins Sprechzimmer. George schien nicht nur schwer verletzt zu sein, erklärte er, er habe offensichtlich auch einen Schock erlitten. „Schock ist die Antwort des Körpers auf ein Trauma", erklärte er mir. „Die beiden wichtigsten Körperorgane sind das Herz und das Gehirn, und um diese während eines Schocks zu schützen und eine ausreichende Sauerstoffversorgung sicherzustellen, stellt der Körper die Blutzufuhr für alle anderen Organe ein, also für die Leber, die Nieren und den Verdauungstrakt zum Beispiel. Wenn Sie so wollen, stellt der Körper sozusagen seinen eigenen Betrieb ein. Es ist ein Selbstschutz-Mechanismus."

„Aber ist das nicht gut?"

„Ja und nein. Schwierigkeiten gibt es, wenn die anderen Organe zu lange ohne Sauerstoffzufuhr bleiben. Dann fallen sie möglicherweise ebenfalls in einen Schockzustand, und das ist dann sehr gefährlich. Es kann zu allen möglichen Problemen führen, wie etwa Leber- oder Nierenversagen. Aber wir wissen noch nicht, ob das passieren wird. Ganz ehrlich, im Moment steht es auf Messers Schneide. Wir haben Ihrem Hund starke Schmerzmittel gegeben und ihm eine intravenöse Tropfinfusion gelegt, um seinen Blutverlust auszugleichen. Wenn wir seinen Zustand stabilisiert haben, können wir operieren und seine Wunden säubern. Soweit wir sehen, hat er mehrere Bisswunden am rechten Hinterbein, aber wir wissen noch gar nicht, ob er innere Verletzungen hat. Da könnte es auch Blutungen geben."

Ich nickte benommen, aber ich konnte das alles kaum aufnehmen.

„Das Beste ist, Sie gehen jetzt nach Hause", erklärte der Arzt behutsam. „Wir rufen Sie an, sobald es etwas Neues gibt."

„Könnte ich George erst noch sehen?"

Als ich hinter dem Tierarzt her über den kurzen Korridor ging, erzählte er mir, dass George bereits der zweite Hund sei, der heute nach einem Angriff durch einen Staffordshire Bullterrier im Heath-Park zu ihm gebracht wurde. Wer weiß, womöglich handelte es sich bei dem Angreifer im Park beide Male um dasselbe wahnsinnige Tier.

Wir schoben uns durch eine Tür und betraten die makellos saubere Station, wo zwei oder drei Pfleger in grünen Kitteln arbeiteten. Eine Reihe von Scheinwerfern hing über einem Tisch aus Edelstahl – es sah aus wie ein Operationstisch –, und die hintere Wand des Raumes war von oben bis unten mit vergitterten Käfigen bedeckt. Nur zwei von ihnen waren belegt. In dem einen lag ein Jack-Russell-Terrier, der erste Hund, der heute Nachmittag angefallen worden war. In dem anderen lag George.

Wie der Jack Russell lag auch George in einem Käfig, dessen Tür offen stand. Er schien den Kopf heben zu wollen, schaffte es aber nicht. Sein Maul stand offen und er keuchte – flache, schnelle Atemzüge. An einer Pfote, die zum Teil rasiert war, war eine Kanüle angebracht, in die ein intravenöser Tropf mündete. Auf seinen Verletzungen klebten Druckverbände.

Ich streichelte ihm über die Schnauze, die mit getrocknetem Blut verklebt war. Als George merkte, dass ich es war, wurde er unruhig und versuchte aufzustehen, brach aber mit einem Stöhnen sofort wieder zusammen und landete auf seinen verletzten Hinterbacken. Benommen starrte er mich an. Ich fühlte mich schrecklich hilflos. „Du wirst wieder gesund, George. Ganz bestimmt. Du musst gesund werden!", war alles, was ich herausbrachte.

Eigentlich wollte ich ihn nicht allein lassen, aber ich konnte ja schlecht die ganze Nacht über neben ihm auf dem Boden sitzen und den Pflegerinnen im Weg sein. Hier wäre ich nur ein Hindernis. Es war Zeit zu gehen. Also steckte ich den Kopf in den Käfig und gab ihm einen Kuss auf den weichen, flauschigen Flaum auf seinem Kopf. Dann ging ich. Ich wusste nicht, ob ich ihn lebend wiedersehen würde.

Nachdem ich in mein leeres Haus zurückgekehrt war, ließ ich mich auf das rote Plüschsofa fallen, gleich neben der Delle im Kissen, die Georges Körper, der noch vor Kurzem dort gelegen hatte, hinterlassen hatte.

Bis auf den Lärm vom Jahrmarkt schien die Stille im Haus widerzuhallen. Ich dachte an die Freude, die George uns im Laufe dieser Jahre gebracht hatte. Sollte das alles jetzt zu Ende sein? Ein schrecklicher Gedanke ging mir wie eine Endlosschleife durch den Kopf: Wenn George sterben sollte, müsste ich Joshua die Nachricht überbringen, wenn er von seiner Skifreizeit nach Hause kam. Dabei musste ich an jenen schrecklichen Morgen vor sieben Jahren denken, als ich ihm sagen musste, dass sein Vater gestorben war. Nichts konnte schlimmer sein als ein solcher Augenblick. George war doch nur ein Hund, sagte ich mir immer wieder. Trotzdem, es war nicht fair, wenn mein Sohn jetzt wieder mit dem Tod konfrontiert werden würde.

Im Untergeschoss schien das Haus noch stiller. Beim Anblick von Georges leerem Korb in meinem Arbeitszimmer traten mir wieder die Tränen in die Augen, aber auch mein Zorn wallte wieder auf. Und genau wie der Staffordshire Bullterrier brauchte auch ich ein Opfer, an dem ich meine Aggression abreagieren konnte.

Ich nahm das Telefon und wählte Zachs Nummer. Er meldete sich mit einem knappen „Hallo?".

„George ist überfallen worden", sagte ich anklagend.

„Wovon redest du?"

„George ist im Heath-Park von einem wahnsinnigen Hund angegriffen worden! Er ist in der Tierklinik, Zach! Er stirbt vielleicht!"

„Aber das ist ja schrecklich! Wo bist du jetzt?"

„Zu Hause!", schrie ich ihn an.

„Warte. Ich komme."

„Du wärst wahrscheinlich froh, wenn George nicht überleben würde!", schimpfte ich in meiner Verzweiflung, als er vierzig Minuten später auftauchte und mich mit rot geweinten Augen inmitten eines Berges nasser Papiertaschentücher vorfand.

Er machte ein entsetztes Gesicht. „Wie kannst du so etwas sagen? Das ist sehr unfair. Du hältst mich wohl für ein Ungeheuer."

„Ja! Das tue ich! Du hasst George!"

Mit einem fast traurigen Lächeln tupfte Zach mir die Tränen ab. „Sieh mal, Schatz, ich liebe ihn wahrscheinlich nicht so sehr wie du, aber ich hasse ihn nicht. Und ich würde mir ganz bestimmt nicht wünschen, dass ihm etwas zustößt!"

Als der Tierarzt George am nächsten Morgen operierte, stellte er fest, dass George sehr schwerwiegende Verletzungen erlitten hatte. Mit seinen scharfen Zähnen hatte der Bullterrier siebenmal in das linke Hinterbein und die linke Hinterbacke gebissen. Obwohl die Zähne der Bestie Georges lebenswichtige Organe zum Glück knapp verfehlt hatten, war es sehr wahrscheinlich, dass sie Tausende von lebensbedrohlichen Bakterien in seinen Blutkreislauf eingeschleust hatten. Zwar hatte George fürs Erste überlebt, doch die Gefahr war noch nicht gebannt.

Als ich an diesem Abend in der Tierklinik anrief, sagte man mir, es ginge George den Umständen entsprechend gut. Nach einer Nacht, in der ich wie auf glühenden Kohlen saß, rief ich am folgenden Morgen wieder an und erfuhr, dass er weiterhin Fortschritte mache. Und fast musste man es ein Wunder nennen, denn bereits am selben Abend hatte er sich aufgerappelt und stand wieder auf den Beinen. Man erklärte mir, wenn er sich weiterhin so gut erhole, könne ich ihn am nächsten Tag mit nach Hause nehmen.

Sue und ich konnten unser Glück kaum fassen, als wir George am folgenden Tag abholten. Doch noch immer sah er furchtbar aus. Sein linkes Hinterbein war ein Flickenteppich aus Nähten und Verbänden, und aus seinen Hinterbacken ragten mehrere dünne Plastikschläuche in höchst merkwürdigen Winkeln heraus, die *Penrose*-Dränagen hießen und zum Abfließen von Wundflüssigkeit gelegt worden waren. Georges Körper war voller Blutergüsse, er sah übel zugerichtet und verschwollen aus. Noch musste er Antibiotika und Methadon bekommen und war nicht über den Berg, aber er war auf dem Weg der Besserung. Wer hätte unserem Schoßhündchen so viel Lebenswillen zugetraut?

Obwohl er weder mit dem Schwanz wedeln noch mehr als zwei Schritte gehen konnte, sah man George deutlich an, dass er sich freute, wieder zu Hause zu sein. Immer wenn Familie und Freunde ihn besuchen kamen, was sie sehr zahlreich taten, humpelte er langsam und unter Schmerzen auf sie zu, wobei er sein verletztes Bein nachzog.

Die Rechnung für die hervorragende Behandlung in der Tierklinik betrug knapp tausend Pfund. Mit Freuden hätte ich das Doppelte gezahlt. Mir war zumute wie einem zu lebenslänglicher Freiheitsstrafe Verurteilten, der überraschend begnadigt wurde. Ich hatte noch immer ein schlechtes Gewissen, weil ich kurz vor dem Überfall so wütend auf George gewesen war, deshalb wurde ich jetzt zu seiner ergebenen Pflegerin und Sklavin. Doch war das etwas Neues?

Obwohl ich von Natur aus eigentlich ziemlich zimperlich bin, verabreichte ich George jetzt seine Medizin, wechselte Verbände, pochierte Hühnerbrust und kochte viele Näpfe voll Reis für ihn, Krankenkost, die ich ihm von Hand verabreichte. Ich stellte auch seinen Korb in mein Schlafzimmer, damit er nachts in meiner Nähe schlief.

Zu meinem grenzenlosen Erstaunen machte Zach keinerlei Theater deswegen. Er akzeptierte, dass George zu krank sei, um nachts allein zu bleiben, und mit Ohrstöpseln in den Ohren nahm er tapfer das Seufzen, Schnarchen und Schniefen, das aus dem Korb kam, in Kauf. Während ich mich um meinen Cavalier kümmerte, kümmerte Zach sich um mich. Langsam kam ich zu dem Schluss, dass wir vielleicht eine heikle Klippe umschifft hatten und mein Partner seine Hundephobie endlich überwunden haben könnte.

Als Joshua am Wochenende von seinem Skiurlaub nach Hause kam, ragten die Plastikröhrchen immer noch aus Georges Hinterteil, und er humpelte stark, was er auch noch weitere sechs Monate lang tun sollte. Mein Sohn war völlig außer sich, aber wenigstens konnte ich ihm versichern, dass unser Hund nun ganz bestimmt auf dem Weg der Besserung war.

Doch George würde nie mehr der Hund sein, der er vorher war. Der Staffordshire hatte ihm auch neurologische Schäden zugefügt. Von nun an zitterten seine Beine manchmal unkontrollierbar, selbst wenn er saß. Psychologisch war er ein Häufchen Elend – nervös, unsicher und klammernd. Und er konnte es nicht ertragen, auch nur eine Sekunde von mir getrennt zu sein.

Zuerst war ich geschmeichelt – schließlich ist es immer ein schönes Gefühl, wenn es jemanden gibt, der nicht ohne einen leben kann –, aber nach ein paar Monaten begann ich mich zu fühlen, als würde ich keine Luft mehr bekommen. George beanspruchte mich rund um die Uhr. Irgendwie war er zu abhängig von mir geworden, um nicht zu sagen völlig vereinnahmend. Aus dem liebevollen, wenn auch herrischen König war ein eifersüchtiger Diktator geworden.

Wenn Zach abends herüberkam, empfing George ihn mit eisigem Blick. Wenn wir uns aufs Sofa setzten, drängte er sich vorwurfsvoll zwischen uns, steckte misstrauisch den Kopf durch jede Tür, hinter der wir uns gerade befanden, und bellte wie ein Wahnsinniger, wenn Zach versuchte, mich zu küssen. Selbst ich wusste, dass es Zeit war, meinem Hund ein paar Grenzen zu setzen.

„Also, jetzt reicht's aber langsam", schimpfte Zach eines Sonntagmorgens, als George neben dem Bett saß und ihn leise, aber beharrlich anknurrte, während er versuchte, die Zeitung zu lesen.

Ich legte meine Zeitung beiseite. „Ich weiß", gab ich zu. „Hör auf damit, George!" Doch mein Hund ignorierte mich. „Hör auf und *komm her*! Oh, es hat überhaupt keinen Sinn. Das Problem ist, Liebling, er weiß, dass du ihn nicht leiden kannst."

„Somit ist es meine Schuld, dass er sich unmöglich benimmt, also bitte!"

„Aber was sollen wir denn bloß mit ihm machen?"

Zach warf seine Zeitung hin und blitzte mich an. „Die Frage ist eher, was gedenkst *du* zu machen? Was weiß ich denn über Hundeerziehung?"

„Vielleicht ist George einfach nur einsam. Wenn ich einen zweiten kleinen Hund hätte, weißt du, einen Freund für George, der ihm Gesellschaft leistet, vielleicht wäre er dann nicht so anhänglich?"

„*Noch einen kleinen Hund?*" Zach sah mich an, als wäre ich eine Außerirdische. „Das ist eine tolle Idee. Einfach genial, Judith. Warum schaffst du dir dann nicht auch gleich einen neuen kleinen *Mann* an?"

„Vielleicht tue ich das!"

Zach schüttelte den Kopf. „Sieh mal, Schatz, ich weiß ja, dass George angegriffen und schwer verletzt wurde, aber jetzt geht es ihm wieder einigermaßen gut. Doch er beherrscht dein Leben und das von Joshua. Und er versaut mir meins! Er hat dich völlig unter seiner Pfote. Das ertrage ich einfach nicht mehr!"

Ich brach in hysterische Tränen aus. „Dann geh doch, wenn es das ist, was du willst!"

Mit einem traurigen Lächeln streichelte er meine Wange. „Ich *will* es *nicht*. Das ist ja das Problem. Aber du musst den Tatsachen ins Auge sehen. Unsere Beziehung ist im Moment untragbar. Manchmal habe ich wirklich das Gefühl, ich komme auf der Liste deiner Prioritäten an allerletzter Stelle.

Ganz bestimmt rangiere ich doch hinter diesem Köter. Und das ist dein Problem. Darum musst du dich kümmern. Vielleicht solltest du noch mal mit ihm zum Tierarzt gehen. Ihr scheint ja ohnehin dort zu wohnen. Vielleicht solltest du einfach dort einziehen."

„Wo? Bei Greg?"

Zach zuckte die Achseln. „Das wäre doch der perfekte Mann für dich. Immerhin liebt er Tiere, du könntest Strom und Gas sparen und du müsstest seine astronomischen Rechnungen nicht mehr bezahlen."

ZEHN

Der Tierarzt warf einen Blick auf mein erschöpftes Gesicht und die dunklen Ringe unter meinen Augen und meinte: „Wenn Sie mich fragen, ist das ein typischer Fall von posttraumatischem Stresssyndrom."

Ich hatte mich in den Monaten seit Georges Verletzung müde und abgespannt gefühlt, aber ich hätte nicht sagen können, was mit mir los war. Nun endlich hatte dieser Fremde es erkannt. Ich war so erleichtert, dass ich ihm am liebsten um den Hals gefallen wäre. Vielleicht hatte Zach ja Recht – ich sollte mit Greg ausgehen.

„Vielen Dank", seufzte ich und versuchte, nicht schon wieder zu heulen. „Wissen Sie, durch diese ganze Sache mit dem Angriff auf George ist so vieles in mir hochgekommen – auch so viele Gefühle, die ich seit dem Tod meines Mannes verdrängt hatte. Gefühle der Trauer. Und des Verlustes. Ich kann nicht schlafen, und mir kommen dauernd die Tränen. Denken Sie, ich sollte einen Arzt konsultieren?"

Greg räusperte sich. „Eigentlich hatte ich George gemeint. *Er* leidet unter einem posttraumatischen Stresssyndrom. Der brutale Überfall durch den anderen Hund hat offenbar schwerwiegende psychische Schäden bei ihm hinterlassen. Ich schlage vor, dass Sie einen Tierpsychologen hinzuziehen." Er gab mir eine Visitenkarte. „Versuchen Sie es mal mit Janine Grey", schlug er vor, indem er mich praktisch zur Tür hinausschob. „Sie kann Ihnen sicher sagen, was man da machen kann."

Janine Grey, Tierpsychologin und Verhaltensforscherin, rauschte zwei Tage später mit der gleichen forschen Autorität in unser Haus wie früher meine alte Rektorin, Miss Kynaston, zum Morgengebet in die Aula gerauscht war. Aber während Miss Kynaston ein eisiger Drache mit verkniffenem Mund, betonierter weißer Dauerwelle und kalten blauen Augen war,

war Janine eine hübsche junge Frau mit langem dunklem Haar und großen braunen Augen, und sie strahlte Wärme und Vernunft aus.

George, der es gewohnt war, dass jeder, der ins Haus kam, sehr viel Aufhebens um ihn machte, humpelte sofort auf unsere neue Besucherin zu, die sich auch hinhockte und ihn begrüßte. „Hallo George“, sagte sie fröhlich und kraulte seine Ohren. „Wie ich höre, warst du ganz schön angeschlagen?“ Als Antwort stellte er seine Vorderpfoten auf ihre gebeugten Knie und versuchte, ihr das Gesicht zu lecken – seine übliche Begrüßung. „Okay, Schluss jetzt, das ist genug“, erklärte Janine freundlich, aber bestimmt.

„Keine Chance“, lachte ich. „Dieses Begrüßungsritual ist seine ganze Leidenschaft!“

„Oh, das ist aber nicht sehr schön, George“, erklärte Janine mit Bestimmtheit. „Du hörst jetzt damit auf, nicht wahr? Genug jetzt!“ Zu meinem Erstaunen verschwand Georges Zunge. „Brav!“ Janine stand auf und deutete in die Ecke der Küche. „Und jetzt geh und setz dich dort hin! Dein Frauchen und ich müssen miteinander reden.“ Mit wedelndem Schwanz humpelte George gehorsam in die Ecke und legte sich hin, die Nase zwischen den Pfoten. „Brav!“, sagte Janine wieder. Dann setzte sie sich an den Tisch und bedeutete mir, mich ebenfalls zu setzen. Sie schenkte mir ein strahlendes Lächeln. „Also, wo liegt das Problem?“

„Ja, also …“ Ich sah auf das gehorsame flauschige Bündel, das dort in der Ecke lag. „Im Grunde genommen, äh, ist George nahezu unkontrollierbar geworden.“

„Tatsächlich?“, erwiderte Janine mit einem Tonfall, der verriet, dass ihr das völlig unverständlich war.

„Sehen Sie, wie ich am Telefon bereits sagte, er ist vor ein paar Monaten angefallen und fast umgebracht worden. Und seitdem ist er unsicher und bedarf großer emotionaler Aufmerksamkeit. Er erträgt es einfach nicht, von mir getrennt zu sein. Nicht mal eine Minute.“

Janine Grey nickte kaum merklich. „*Er* kann es nicht ertragen? Nicht einmal eine Minute. Tatsächlich?“

„Ja, so ist es. Ich kann kaum ohne ihn ausgehen. Er macht ein solches Theater, dass ich ihn mitnehmen muss. Aber manchmal ist es einfach nicht möglich. Und dabei bin ich doch fast immer bei ihm! Und wenn ich ihn nicht ansehe, versucht er, meine Aufmerksamkeit zu erregen. Nachts ist es am schlimmsten.“

„Nachts?“, wiederholte Janine.

„Ja. George bellt ununterbrochen und weckt alle auf. Einschließlich meines Sohnes Joshua und Zach.“

„Und das ist – Zach, meine ich – der Vater Ihres Sohnes?"

„Nein. Zach ist mein Freund. Besser gesagt, mein Partner. Aber leider haben wir wegen George sehr viel Ärger miteinander."

„*Ärger*? Wegen *George*?" Janine sah mich ungläubig an.

„Na ja. George will immer bei uns im Schlafzimmer sein. Eigentlich wäre er am liebsten auf dem Bett. Ich selbst hätte auch nichts dagegen. Aber Zach kann es nicht ertragen. Er ist kein Hundefreund. Ein Familienmensch ist er übrigens auch nicht."

„Ach, *kein* Familienmensch? Wirklich?"

Wollte sie etwa die einhundertzwanzig Minuten unserer Konsultation alles wiederholen, was ich sagte, gefolgt von „Wirklich"?

„Völlig richtig", fuhr ich deshalb mit Nachdruck fort. „Er mag jetzt ruhig sein, doch schließlich schläft er momentan. Aber glauben Sie mir, Zach ist wirklich schwierig und besitzergreifend. Manchmal habe ich das Gefühl, ich halte es nicht länger aus mit ihm."

Janine hob ihre perfekt geformten Augenbrauen. „*Zach* ist schwierig?", wiederholte sie. „Mit *ihm* halten Sie es nicht länger aus?"

„Ja, er ist …"

„*Zach* ist so schwierig?"

Jetzt sah ich die Tierpsychologin an, als sei sie verrückt geworden. „Wie bitte? Warum sagen Sie das?"

„*Ich* habe es nicht gesagt, Judith, sondern *Sie.*"

„Habe ich das wirklich gesagt? Ach, das war natürlich nur ein Versprecher. Selbstverständlich habe ich George gemeint. Er treibt Zach zum Wahnsinn. Und mich auch."

Janine drehte sich nach dem friedlichen Hund um, der in der Ecke lag. Ich tat es ihr nach. George hatte ein Auge offen. Und sowie er sah, dass ich ihn ansah, kläffte er.

„Sehen Sie, jetzt fängt er wieder an. Ich hab's ja gesagt! Ruhe, George!" Immer noch kläffend stand er auf, kam zu mir gehumpelt und begann an meinen Knien zu kratzen, um aufgehoben zu werden. Doch ich schob ihn weg. „Geh weg, Liebling!"

„Sehen Sie ihn nicht an, Judith", sagte Janine mit ihrer ruhigen Stimme.

„Wie bitte?"

„Unterbrechen Sie den Blickkontakt. Jetzt. Sofort. Ja, gut gemacht. Sehen Sie, wenn Sie George ansehen, sobald er bellt, dann bestärken Sie ihn noch in seinem Wunsch nach Aufmerksamkeit. Und wenn Sie weiter mit ihm sprechen, wenn er etwas tut, was er nicht soll, dann ist das ebenfalls kontraproduktiv. Sie belohnen damit sein forderndes Benehmen, und somit versucht er es immer wieder. Sehen Sie, jetzt hat er aufgehört zu bellen."

George hatte es auch aufgegeben, auf meinen Schoß zu kommen. Er hinkte zum Sofa, und mit einiger Schwierigkeit sprang er hinauf. Dunkel erinnerte ich mich an etwas. „Gutes Verhalten belohnen", murmelte ich. „Schlechtes ignorieren." Im Lauf der Jahre war das zu einem von Joshuas liebsten Mantras geworden, besonders wenn es ihn selbst betraf.

Janine lächelte. „Wie ich sehe, waren Sie doch in einer Hundeschule!"

„Ja, ich habe einen Trainer gehabt. Ein Mal. Es ist schon lange her."

„Und wie sind Sie mit der Erziehung zurechtgekommen?"

„Ich, äh … na ja, ich hab's wieder aufgegeben."

„Aha!" Meine Rektorin kam mir wieder in den Sinn, und die missbilligende Art, wie sie mit mir gesprochen hatte, als ich dabei ertappt worden war, wie ich in Gedanken versunken mit der Spitze meines Zirkels die Worte *I love the Beatles* in einen Tisch des Chemieraumes ritzte.

Mit verlegenem Lächeln sah ich Janine an. „Vermutlich war es nicht gut aufzugeben, nicht wahr?"

„Vermutlich nicht!" Janine lächelte und legte ihre Hand auf meine. „Verstehen Sie mich nicht falsch, Judith. Aber wissen Sie, ich habe die Erfahrung gemacht, dass Hunde sehr sensible Tiere sind. Sie haben ein sehr feines Gespür für die Gefühle ihrer Besitzer. Hunde merken sofort, wenn etwas nicht stimmt. Spannungen in der Familie – solche Sachen. Schauen Sie, ich kann Ihnen alles Mögliche empfehlen, wie man George beruhigen könnte, und Ihnen auch viele Tipps geben, wie Sie ihn behandeln sollten …"

„Genau das brauche ich!"

„Aber Sie sind seine Besitzerin. Und damit sind Sie für sein Benehmen verantwortlich. Ihre Befindlichkeit beeinflusst ihn. Fühlen Sie sich zum Beispiel unsicher oder sind Sie unglücklich, dann wird er es auch sein. Und ich muss mich einfach fragen, ob George hier wirklich der Einzige ist, bei dem sich etwas ändern muss."

Es war ein herrlicher Sonntagmorgen an einem dieser prächtigen Altweibersommertage, wie es sie nur Anfang Oktober gibt. Die Luft war mild, und die Sonne sorgte für ein ganz besonderes Licht. Alles, was von ihren Strahlen erfasst wurde – die Häuser, die Bäume, die Hummeln und selbst das Unkraut, das sich in meinem Garten breitgemacht hatte –, sah aus wie in flüssiges Gold getaucht.

In meiner Wohnung dagegen schien die Unterhaltung vor Säure zu triefen. Dank den Scherereien wegen meines Hundes hatten Zach und ich uns mal wieder die Nacht um die Ohren geschlagen und waren bereits dabei, uns an die Gurgel zu gehen.

„Lass uns rausgehen“, schlug Zach in gereiztem Tonfall vor. Wir saßen am Küchentisch und versuchten, uns mit Unmengen von starkem Kaffee wach zu kriegen. „Warum fahren wir heute nicht mal aufs Land und machen eine schöne, ausgedehnte Wanderung?“

„Okay“, erwiderte ich, und fügte nach einer kurzen Pause hinzu: „Vielleicht möchte Joshua auch mitkommen.“

„Joshua? Du weißt doch ganz genau, dass er nicht mitkommen würde!“

„Und was ist mit George?“

„Was soll mit ihm sein?“

„Na ja, wenn wir eine Wanderung machen, dann können wir ihn doch sicher mitnehmen, oder?“

Zachs Seufzer war der eines schwer geprüften Mannes. „Wir wollen doch auch irgendwo essen, nicht wahr? Und er wird nicht mit hineindürfen. Außerdem möchte ich richtig wandern, eine ordentliche Strecke von ein paar Kilometern. Ich brauche Bewegung. Das wäre zu viel für Georges schwaches Hinterbein.“

Ich wollte noch etwas sagen, besann mich aber gleich darauf anders. Wozu? Was ergab das für einen Sinn, es würde doch nur wieder einen Streit provozieren, und den hatten Zach und ich in letzter Zeit oft genug. Aber zum Teufel, warum eigentlich nicht? Ein Streit mehr oder weniger fiel jetzt auch nicht mehr ins Gewicht. „Zach, der ganze Sinn eines Ausflugs sollte doch wohl sein, dass es uns *beiden* Spaß macht, oder?“

„Natürlich.“

„Aber eine Wanderung macht mir keinen Spaß, wenn ich weiß, dass George hier eingeschlossen ist!“

„Er ist ein *Hund*!“

„Genau!“

„Also, wenn er mitkommt, können wir es auch gleich bleiben lassen.“

„Ist gut. Dann gehen wir eben nicht!“

Schließlich einigten wir uns, wie so oft, auf einen Kompromiss: Zach würde einen langen Spaziergang im Heath-Park-Gelände machen – allein. Inzwischen würde ich ein Picknick vorbereiten und dann mit George zum Kenwood House gehen, wo wir uns treffen würden.

Als Zach weg war, war ich irgendwie erleichtert. Ich schaltete das Radio ein und machte mich daran, das Picknick zusammenzustellen. Während ich das Brot schnitt, wuselte George mir zwischen den Füßen herum und putzte die heruntergefallenen Krümel auf.

„Morgen!“, sagte Joshua aufgeräumt, der im Bademantel an der Tür erschien. „Was machst du denn?“

„Wir wollen ein wenig wandern und bei Kenwood House mit Zach ein Picknick machen. Willst du mit?“

Mein Sohn machte ein entsetztes Gesicht. „Bloß nicht! Wandern?“

Zach hatte also Recht gehabt.

Also machte ich mich allein auf den Weg über den Heath-Park. Nur George trabte schwanzwedelnd an der Flexileine neben mir her. Bei dem schönen Wetter waren viele Spaziergänger unterwegs. Eltern mit kleinen Kindern, die am Teich im Vale of Heath, einer Ansammlung alter Cottages, Enten und Schwäne fütterten, Leute mit Hunden, wie ich, und ältere Ehepaare, die Arm in Arm flanierten. Neidisch und ehrfürchtig sah ich sie an: Wie schafften Ehepaare es heutzutage nur, zusammen alt zu werden, wo es doch so schwer war zusammenzubleiben? Ich dachte daran, mit welcher Freude ich früher immer losgegangen war, um mich mit Zach zu treffen, vor gerade mal drei Jahren. Damals hatte ich es kaum erwarten können, ihn wiederzusehen; ich hatte große Hoffnungen in unsere Zukunft gesetzt, und die Vorfreude ließ mich strahlend und glücklich aussehen, wenn ich auf dem Weg zu ihm war. Und jetzt? In letzter Zeit, erkannte ich, lächelte ich eigentlich gar nicht mehr, und schon gar nicht, wenn ich mit Zach zusammen war.

Plötzlich fiel mir Janine Grey ein. Seit die Tierpsychologin vor einigen Monaten bei mir gewesen war und mich ausgelaugt und erschöpft auf dem Sofa neben meinem Hund zurückgelassen hatte, hatte ich mich sehr bemüht, das, worüber wir gesprochen hatten, zu verdrängen. Nicht nur bei George musste sich etwas verändern, hatte sie mehr als nur angedeutet, sondern auch bei mir, oder besser, bei meiner Beziehung zu Zach.

Zach und ich hatten immer wieder versucht, unsere Differenzen unter den Teppich zu kehren. Doch nach drei Jahren war der Kehrichthaufen dort zu einem stattlichen Berg angewachsen, der sich immer weniger ignorieren ließ und über den wir immer öfter stolperten. Inzwischen waren wir voller Groll aufeinander – eine furchtbare Situation.

Der Weg durch den Wald war an seinem Rand von einem Labyrinth von eingezäunten Gebieten umgeben, in denen hohe Bäume, abgefallene bemooste Baumstämme und dichtes Unterholz zu sehen waren. Hier musste es Hunderte von Kaninchen und Eichhörnchen geben, zweifellos auch Füchse, denn George hatte ununterbrochen die Nase am Boden und schnüffelte aufgeregt herum. Es dauerte nicht lange, da sah ich die Fassade von Kenwood House durch das Geäst schimmern. Sofort fühlte ich mich besser, wie immer bei diesem Anblick. Das ehemalige Schloss war ein Meisterwerk des Architekten Robert Adams aus dem 18. Jahrhundert.

Der Palast ist ein wahres Schmuckstück. Das in klassischem Stil erbaute Gebäude steht auf einem Hügel am nördlichen Rand des Parks und ist mit blendend weißem Stuck verputzt. Ein späterer Eigentümer vermachte es 1927 dem Staat, und heute ist es ein Museum voll wertvoller Gemälde. Oft wird es auch als Drehort gewählt, am besten bekannt vielleicht aus dem Film „Notting Hill“, wo es die Kulisse für eine Szene mit Hugh Grant und Julia Roberts bildet, in der ein schwerwiegendes Missverständnis zwischen beiden entsteht. Vielleicht hätte mir das eine Warnung sein sollen.

Ich ging an dem kleinen See vorbei und den grasbewachsenen Hügel hinauf, auf dem das Haus steht. An den oberen Hängen wartete Zach schon auf mich. Er begrüßte mich mit einem so herzlichen Lächeln, dass ich plötzlich wieder eine große Liebe für ihn empfand.

Aber als wir die Decke, die er mitgenommen hatte, ausgebreitet und das Picknick ausgepackt hatten, war dieser Moment bereits wieder verflogen. Am klaren blauen Himmel über uns zogen Wolken auf. George bemerkte es nicht. Er war viel zu sehr damit beschäftigt herauszufinden, womit die Sandwiches belegt waren.

„Kannst du ihn denn nicht unter Kontrolle halten?!“, rief Zach, als mein Hund über die Decke lief, um sich ein heruntergefallenes Stück Hähnchen zu sichern.

Ich tat, was ich konnte. „Runter, George! Sitz! Runter! So ist’s brav!“ Und mit etwas Bestechung – dem halben Belag von meinem Sandwich – gehorchte George auch. Bis das Essen alle war.

Wir nahmen uns die Sonntagszeitungen vor und versuchten zu lesen. Ich sagte, wir „versuchten“ es, denn jedes Mal wenn ich die Zeitung öffnete, erschien Georges Kopf entweder darunter oder er trampelte darüber. Zach seufzte gereizt. Da es hier wenige Hunde gab, ließ ich George schließlich von der Leine. Ich wusste, er würde nicht weit weglaufen, das tat er jetzt nie mehr. Seitdem er damals angefallen worden war, hatte er eine schreckliche Angst vor anderen Hunden. Aber als er einen weiteren Cavalier entdeckte, der unten am See herumtobte, stellte er die Ohren auf und rannte hin, um ihn zu begrüßen. Wie alle Hunde seiner Rasse erkannte er Artgenossen sofort und begrüßte sie jedes Mal.

„Ich glaube, ich gehe lieber hinterher“, erklärte ich. „Vermutlich dürfte er hier gar nicht frei herumlaufen.“

„Warum entspannst du dich nicht endlich und liest die Zeitung, solange wir mal Ruhe haben?“, mahnte Zach.

Also setzte ich mich hin und las, sah aber immer wieder auf, um George im Auge zu behalten, der unten am See war, ganz in der Nähe des Wäldchens, durch das wir gekommen waren. Inzwischen hatten sich die Wolken dicht zusammengeballt, die Sonne war weg und Wind kam auf. Ich fröstelte.

„Bestimmt wird es gleich regnen", meinte ich.

„Wieder etwas, worüber du dir Sorgen machen kannst", murmelte Zach.

Ich biss die Zähne zusammen.

Und dann fing es an zu regnen – ganz plötzlich und monsunartig. Wir sprangen auf und verstauten die Reste des Picknicks und unsere verstreuten Zeitungen in den Taschen. Dann sah ich den Hügel hinab zum See, konnte George aber nicht sehen. Ich konnte ihn überhaupt nirgendwo entdecken.

„Wo ist George?", rief ich. „Zach, ich sehe ihn nicht!"

„Er wird schon irgendwo sein! Hier, hilf mir doch mal, das Zeug zusammenzupacken, ja?"

„Aber wo ist er?" Ich sammelte die verstreut herumliegenden Zeitungen auf, die überallhin flogen, und rief immer wieder seinen Namen, aber meine Stimme war in dem Regen kaum zu hören. Während der Boden sich unter uns in Matsch zu verwandeln begann, nahm Zach die Taschen und mühte sich den Hügel hinauf bis zum Kiesweg.

„Komm schon, Judith!", rief er. „Er wird schon wieder auftauchen!"

„Ich muss ihn suchen!" Jetzt verwünschte ich mich, dass ich nicht immer ein Auge auf George gehabt hatte. Warum war ich auch so dumm gewesen, ihn überhaupt von der Leine zu lassen? „Wetten, er ist in den Wald gelaufen? Dort finden wir ihn bestimmt!"

Zach hatte unter einem efeubewachsenen Torbogen Schutz gefunden. *„Wir?!"*, rief er. „Nein. Der findet schon nach Hause!"

„Nein, das wird er nicht, Zach." Ich kletterte die Böschung hinauf zu ihm. „George ist nicht wie andere Hunde! Vielleicht wird er von einem Fuchs gefressen! Er wird … auf eine Straße geraten und überfahren werden! Wie der Tierarzt immer sagt – solche Sachen passieren George immer wieder!"

Verzweifelt schüttelte Zach den Kopf. Seine Kleider klebten ihm am Körper, genau wie meine. „Ich gehe jetzt ins Haus, ehe ich ersaufe", grollte er. „Und ich schlage vor, du tust es ebenfalls. Wenn es aufgehört hat zu regnen, helfe ich dir, dieses verdammte Tier zu finden."

„Nein, ich gehe ihn *jetzt* suchen."

„Wie du willst."

„Du könntest mitkommen und mir helfen!"

„Ja, ich sagte es dir bereits, ich komme mit, sobald es aufhört zu regnen."

Wir funkelten einander wütend an. Plötzlich schien sehr viel mehr auf dem Spiel zu stehen als Georges Sicherheit. Ich ergriff Zachs Hand. „Bitte, komm mit!"

Doch Zach zog seine Hand weg und hob die Taschen auf. „George kann auf sich selbst aufpassen. Er ist nur ein Hund, Judith! Obwohl man manchmal daran zweifeln könnte, so wie du ihn behandelst!"

„Für dich mag er nur ein Hund sein. Aber für mich gehört er zur Familie."

„Und ich vielleicht nicht?"

Der Regen prasselte jetzt auf den Kiesweg wie ein Trommelwirbel.

„Du willst es ja nicht", sagte ich. „Du hast es nie gewollt, nicht wahr?"

Zach antwortete nicht.

„Also, ich muss jetzt gehen. George ist mir wichtig!"

„Offensichtlich wichtiger, als ich dir bin."

Was hatte es noch für einen Sinn zu antworten? „Bis später."

„Vielleicht."

Ich drehte mich um und rannte im glitschigen Gras in Richtung Wald. Auf halbem Weg blieb ich stehen und sah mich um in der Hoffnung, Zach würde mir folgen. Doch er stand noch immer unter dem Torbogen, und sein nasses weißes Hemd klebte ihm am Körper. Ich winkte ihm, er solle nachkommen. Aber er blieb, wo er war.

In aller Deutlichkeit wurde mir klar, dass unsere Beziehung an einem Ende angekommen war. Ich bekam darin kaum noch Luft, und diesmal war der Schaden nicht mehr zu reparieren. Schweren Herzens nahm ich innerlich Abschied davon und rannte auf den Wald zu, um George zu suchen.

Zach behielt übrigens Recht damit, dass George schon wieder nach Hause finden würde. Allerdings schaffte er es nicht aus eigener Kraft. Er *hatte* sich verlaufen und wanderte ziellos im Heath-Park herum. Als es wie aus Kübeln zu schütten begann, rannte er zu einer Frau, die unter den Bäumen Schutz gesucht hatte. Sie fand meine Handynummer, die auf Georges Hundemarke eingraviert war, und rief mich mit ihrem Mobiltelefon an. Da wir uns in dem weitläufigen Park nicht finden konnten, bot sie mir an, George mit ihrem Auto zu unserer Wohnung zu bringen. Eine halbe Stunde später wurde mein überglücklicher Cavalier in einem Porsche bis vor die Haustür gefahren, wo Joshua ihn dankbar in Empfang nahm.

In der Zwischenzeit lief ich im strömenden Regen heim. Allein.

MEIN SOHN brauchte eine Woche, bis er merkte, dass der Mann, mit dem ich dreieinhalb Jahre zusammen gewesen war, nicht mehr kam.

„Wo ist Zach?", fragte er eines Abends, als wir uns auf den Sofas rekelten und im Fernsehen eine Folge von „Desperate Housewives" ansahen.

„Keine Ahnung", erwiderte ich.

Joshua sah mich an, die Brauen misstrauisch zusammengezogen. „Habt ihr euch getrennt?"

„Ja, so könnte man es wohl nennen!"

„Wann?"

„Letzten Sonntag."

„Das hast du mir gar nicht gesagt!"

„Vielleicht wollte ich nicht darüber reden."

„Ist das denn für dich okay, Mum?"

„Vollkommen", antwortete ich mit mehr Überzeugung, als ich empfand. „Es ist genau das, was ich wollte."

„Oh. Na dann ist es ja gut." Joshua wandte sich wieder dem Fernseher zu. „Trotzdem finde ich es schade."

Erstaunt sah ich ihn an. „Willst du damit etwa sagen, dass du Zach *mochtest*?"

„Ja. Er war ganz okay."

„Okay? Was soll das heißen?"

Erstaunt sah ich meinen Sohn an, der sich auf dem anderen Sofa rekelte. Seine Füße in den weißen Socken ragten über die Armlehne hinaus, und auf seinem Schoß lag George lang ausgestreckt und schlief. Vielleicht hatte ich ihn mir eine Zeit lang nicht mehr richtig angesehen, denn plötzlich bemerkte ich, wie unglaublich lang seine Beine geworden waren, und als er mich wieder ansah, fiel mir auf, wie hübsch und erwachsen sein Gesicht aussah.

„Er erzählt gute Witze", erwiderte er. „Und er drängt sich mir nicht dauernd auf. Außerdem erinnert er dich daran, dass du aufhören sollst, so viel Wirbel um mich zu machen, und das spricht sehr für ihn. Natürlich mag ich ihn. Aber es ist dein Leben, Mum", fügte er hinzu, indem er George vorsichtig von seinem Schoß beförderte. „Hauptsache, du bist glücklich!"

Und mit dieser Feststellung stand mein 1,80 großer 16-jähriger Sohn auf, tätschelte mir gönnerhaft die Schulter, als sei ich eine alte gebrechliche Dame, zu der man nett sein muss, und ging hinunter in sein Zimmer, wo er die Tür hinter sich schloss. Ich war sprachlos.

Aber wenigstens einer im Haus war sehr zufrieden, dass Zach nicht mehr da war. Er kam noch in derselben Nacht, nachdem Zach und ich uns getrennt hatten, in mein Schlafzimmer geschlichen und sprang zufrieden auf seinen Platz am Fußende meines Bettes, ein glückseliges Lächeln auf dem Gesicht. Und dazu hatte George allen Grund. Seine Beharrlichkeit hatte sich ausgezahlt. Jetzt hatte er mich wieder ganz für sich allein. Der König der Hunde hatte sich wieder einmal durchgesetzt.

IM JANUAR 2007 ging ich mit George zu seiner alljährlichen Routineuntersuchung. Obwohl er seit sechs Monaten auf strenge Diät gesetzt war, wog mein einst „magersüchtiger" Hund jetzt stolze elfeinhalb Kilo, was deutlich über der Obergrenze für seine Rasse lag.

Gegen Ende der Untersuchung setzte Kirstie, eine noch ziemlich junge neue Tierärztin in der Gemeinschaftspraxis, das Stethoskop auf seine Brust. „Auch wenn er ein bisschen übergewichtig ist, scheint er dennoch in guter Form zu sein", sagte sie danach, „bis auf seine abnormalen Herzgeräusche."

„Aber George hat doch keine abnormalen Herzgeräusche!", sagte ich schnell.

Kirstie hörte abermals seine Brust ab, dann sah sie mich mit ihren großen blauen Augen mitleidig an. „Es tut mir leid, Ihnen das sagen zu müssen, aber die hat er. Ich fürchte, es könnte die Mitralklappe sein."

Ich nickte. Von der gefürchteten Mitralklappeninsuffizienz hatte ich bereits gehört, wusste aber wenig darüber. Kirstie erklärte es mir nun so schonend wie möglich. Es war eine ernste Krankheit der Mitralklappe im Herzen, die allmählich ihre Elastizität verliert und dann nicht mehr richtig schließt. Wenn die Krankheit schlimm verläuft, versagt die Mitralklappe schließlich ihren Dienst ganz, was zum Herzstillstand führt. Und damit zum Tod. Diese Krankheit tritt bei Cavalier King Charles Spaniels 21-mal häufiger auf als bei jeder anderen Rasse. Praktisch jeder Cavalier, der älter als zehn Jahre wird, ist davon betroffen. Wahrscheinlich ist es ein Ergebnis der aristokratischen Inzucht.

Draußen auf dem Parkplatz öffnete ich die Autotür. George sprang ins Fahrzeug und setzte sich wie gewöhnlich neben mich auf den Beifahrersitz. Er war glücklich, Auto zu fahren, vier Räder statt vier Beine waren schon immer die liebste Form der Fortbewegung für ihn gewesen. Wir fuhren heim, wie wir es seit mehr als acht Jahren taten, wobei er aufrecht neben mir saß, die schwarze Nase hoch erhoben, sodass er durch die Scheibe sehen konnte, damit ihm bloß nichts entging. Verstohlen sah ich ihn an, und als ich an der Ampel anhalten musste, streckte ich die Hand aus und kraulte sein rechtes Ohr. George drehte sich zu mir um, sah mir in die Augen und stieß einen tiefen, zufriedenen Seufzer aus. Plötzlich hatte ich einen Kloß im Hals.

Als wir zu Hause waren, lag ein Paket vor der Tür mit den ersten gedruckten Ausgaben meines neuen Buches, „Casanovas Frauen". Ich nahm eines und blätterte es schnell durch, allerdings ohne große Emotionen, jetzt hatte ich wichtigere Dinge im Kopf. Ich ging, George auf den Fersen, in mein Arbeitszimmer, setzte mich an den Computer, und sowie George eingeschlafen war, googelte ich die Begriffe „Mitralklappe" und „Cavalier".

Was ich fand, war äußerst deprimierend. Das späte Auftreten einer Mitralklappeninsuffizienz bei Cavalier King Charles Spaniels bedeutete meist einen schnelleren Krankheitsverlauf über die folgenden zwei Jahre.

Als ich in dem Artikel an dem Punkt angekommen war, an dem es hieß, die Krankheit führe rasch zum Tod, fuhr ich den PC schnell herunter und ging wieder nach oben. George wachte auf und folgte mir. Ich gab ihm sein gesundes Mittagessen, und nachdem George alles weggeputzt hatte, legte er sich vor den Kühlschrank, streckte sich aus und gab sich seiner liebsten Freizeitbeschäftigung hin: dem Schlafen.

Es dauerte nicht lange, bis er laut schnarchte. Aber ein Auge blieb immer etwas offen und folgte mir, wohin ich auch ging. Und jedes Mal wenn ich an George vorbeikam, klopfte sein Schwanz auf den Boden. Ich sah ihn an, wie er so friedlich dalag und sich sogar noch im Schlaf freute, in meiner Nähe zu sein, und es rührte mich so, dass mir die Tränen kamen. Sollte er tatsächlich diese Herzkrankheit haben, dann war es wahrscheinlich, dass er innerhalb der nächsten zwei Jahre sterben würde. Und selbst wenn er ungehorsam, dickköpfig und verzogen war und im Unterhalt so teuer wie ein Ferrari, ich wollte George nicht verlieren. Niemals.

Der Gedanke, dass ich mich morgens wieder an einen Wecker gewöhnen müsste oder dass ich eine Zeitung von Anfang bis Ende lesen könnte, ohne dass sie zerfetzt würde, oder dass niemand im Haus mehr der Meinung sein könnte, meine miserablen Kochkünste verdienten mindestens drei Michelin-Sterne – alle diese Dinge waren so unvorstellbar, dass ich einfach nicht daran denken wollte.

Energisch sagte ich mir, ich könne von Glück sagen, dass ich George überhaupt so lange gehabt hatte. Schließlich hätte ich ihn schon am Ostermontag 2005 verlieren können. Der Polizist Gary Dodswell von der Polizeiwache im Heath-Park hatte übrigens gegen die Eigentümer des Staffordshire Bullterriers Anzeige erstattet. Der Fall kam im folgenden Juli vor Gericht. Der Polizist, Sue und Philip sagten in der Verhandlung als Zeugen aus. Nur die Eigentümer des Staffordshire Bullterriers waren nicht erschienen. Sie wurden in Abwesenheit verurteilt und bekamen die Auflage, den Hund stets unter Kontrolle zu halten. Außerdem bestand für den Bullterrier fortan in der Öffentlichkeit Maulkorbpflicht. Natürlich konnte man nicht wissen, ob die Besitzer das Urteil befolgten. Auf Dodswells Rat hin führte ich aber George jetzt nach Möglichkeit an der Leine.

Seitdem Zach und ich uns im Oktober 2005 getrennt hatten, war ich eine sehr gewissenhafte Mutter und Hundehalterin geworden. Zu Georges Entsetzen ging ich endlos lange mit ihm spazieren. Und zu Joshuas Leidwesen blieb ich jeden Abend zu Hause und kochte nahrhafte und meiner Meinung nach wohlschmeckende Mahlzeiten, die er unweigerlich mit dem Kommentar quittierte: „Ach Mum, doch nicht schon wieder Hähnchen/Spaghetti bolognese? Kann ich mir nicht 'ne Pizza bestellen?"

Es stellte sich heraus, dass mein Sohn, während ich Gewissensbisse hatte, ihn abends so oft allein zu lassen, ganz gern das Haus für sich hatte und seine nörgelnde Mama keineswegs vermisste. Dass ich Freitag- und Samstagabend zu Hause war, war eine besondere Enttäuschung für ihn, denn da hatte er sich sonst oft Freunde eingeladen. Sie sahen sich dann DVDs an, hörten laute Musik und blieben meist bis in die frühen Morgenstunden beisammen, wobei sie so viel Unordnung und Lärm machen konnten, wie sie wollten. Jetzt war der Spaß zu Ende. Die Spielverderberin war wieder da.

In diesem Jahr beobachtete ich Joshua immer öfter mit Staunen. Als Udi starb, war mein Sohn ein kleiner, verängstigter Junge von acht Jahren gewesen. Und plötzlich war er ein selbstbewusster, kluger und origineller junger Mann und fast erwachsen. Wo war die Zeit geblieben? Und was war mit dem Stiefvater, den ich mir so für ihn gewünscht hatte? Joshua war jetzt nicht mehr in dem Alter, in dem er einen Stiefvater brauchte oder wollte. Aber ich erkannte, es war nicht alles umsonst gewesen. Denn statt eines starken Mannes, der ihm ein Vorbild gewesen wäre, hatte Joshua mehrere gehabt, und jeder war auf seine Art wertvoll für ihn. Da war Alex, der ihn noch immer zu den Spielen von Arsenal mitnahm, und sein Onkel Philip, der immer für ihn da sein würde. Da war sogar noch Joshuas alter Erzfeind, Anthony. Jetzt, da Anthony und ich nur noch Freunde waren, waren Anthony und Joshua ebenfalls gute Kumpel geworden, und Anthony zog ihn oft damit auf, was für eine Nervensäge er damals gewesen war.

Fast ein Jahr nach unserer Trennung war auch Zach wieder da. Obwohl unser Leben in mancher Hinsicht einfacher war, solange Zach und ich uns nicht sahen, hatten wir uns gegenseitig sehr vermisst. Und diesmal schworen wir beide, unser Möglichstes zu tun, um auch zusammenzubleiben. Ich versuchte, von Zach nicht mehr an der häuslichen Front zu erwarten, als er mir vernünftigerweise anbot, und im Gegenzug kam er öfter nach Hampstead, verbündete sich mit Joshua gegen mich und ging sogar ab und zu spätabends mit George noch hinaus.

Zach war noch immer weit davon entfernt, ein Hundeliebhaber oder ein Familienvater zu werden, aber ich gab die Hoffnung nicht auf. Es geschahen ja Wunder. Man konnte nie wissen, was das Leben einem als Nächstes bescherte. Im einen Augenblick ging man seines Weges, mit erhobenem Kopf, selbstzufrieden und unschlagbar. Und im nächsten Moment lag man auf der

Nase, verletzt und überzeugt, man würde nie wieder aufstehen. Man braucht Zeit, bis die körperlichen und seelischen Wunden geheilt sind, aber mit der Zeit schafft man es. Und irgendwann kommt jemand und holt einen aus der Verzweiflung heraus und man ist wieder glücklich.

Mein Vater sagte oft: „Die glücklichsten Menschen auf der Welt sind die, die am wenigsten erwarten.“ Ich glaube, damit meinte er, das Glück bestehe darin, das zu schätzen, was man hat, statt sich nach Dingen zu sehnen, die man nicht hat. Und wenn ich etwas daraus gelernt habe, dass ich meinen Vater und Udi so kurz hintereinander verlor, dann ist es, die einfachen Dinge des Lebens zu genießen. Wie beispielsweise einen vertraulichen Scherz mit meiner Mutter oder meiner Schwester. Oder mit Tabby und Hannah bis spätabends zu tratschen. Oder mit George an einem kalten Wintermorgen spazieren zu gehen, wenn das Gras im Park so dick mit Reif bedeckt ist, dass es glitzert, als wäre es mit tausend Pailletten bestickt. Und Joshuas Gelächter zu hören, das von oben kommt, wo er auf dem Sofa herumlümmelt und Hausaufgaben macht, während er gleichzeitig im Fernsehen ein Fußballspiel verfolgt, ein Kartenspiel auf dem Laptop spielt und seinem Freund eine SMS schickt. Ach ja, und daneben noch eine Pizza isst.

Multitasking nennt man das. Genau wie sein Vater.

EPILOG

Vor vielen Jahren hatte ich zu Joshua gesagt, es würde zwar schwer sein, ohne seinen toten Vater zurechtzukommen, aber wir würden es irgendwie schaffen. Und wenn ich jetzt meinen Sohn ansehe – der so erwachsen, selbstbewusst und eine so individuelle Persönlichkeit ist –, dann merke ich, dass wir es auf eine wunderbare Weise tatsächlich geschafft haben.

Ich nehme an, wir hätten es auch ohne George geschafft, aber es wäre viel, viel schwieriger gewesen. Während ich dies schreibe, beherrscht er nach wie vor unser tägliches Leben. Seit achteinhalb Jahren ist er unser treuer Freund, der Joshua und mich in unserer schwersten Zeit begleitet hat. Er kam zu uns, als wir ziemlich verloren waren, und er hat unser ziellos treibendes Boot wieder fest verankert. Sowie er ins Haus kam, bekam unser Zuhause wieder seine Wärme zurück. George hat unsere Herzen gewärmt, er hat uns auf Trab gehalten und uns so oft zum Lachen gebracht. Er hat uns auch zahllose Nächte um den Schlaf gebracht, hat mindestens einen meiner Freunde vertrieben und mich manchmal fast wahnsinnig gemacht. Und dennoch wollten Joshua und ich ihn um keinen Preis der Welt missen.

In Hundejahren nähert George sich jetzt dem sechzigsten, und je älter er wird, desto höher werden die Wartungskosten. Bis heute hat er mich etwa 15 000 Pfund an Tierarztrechnungen, Hundesalon-Rechnungen, Futter und Krankenversicherung gekostet, und die Zeit, die ich für seine Pflege aufgewendet habe, lässt sich gar nicht beziffern. Aber wozu sind Zeit und Geld schließlich da, wenn nicht, um für Menschen und Dinge ausgegeben zu werden, die wir lieben?

Nächste Woche gehen wir zu einem tierärztlichen Kardiologen. Zweifellos wird man mir teure Medikamente, eine Gefäßplastik oder sogar eine Herzoperation vorschlagen. Von der Reha hinterher, wahrscheinlich in einem teuren Hundekurort, ganz zu schweigen. Es ist schwer zu akzeptieren, dass George wirklich krank ist, weil er immer noch so gesund aussieht.

Vielleicht bin ich ja oberflächlich, aber ich werde nie aufhören, Georges Aussehen zu bewundern. Zum Beispiel wenn er zusammengerollt vor dem Kamin schläft, die sommersprossige Nase zwischen seinen Pfoten. Oder wenn er über die Wiese auf mich zugerannt kommt und seine langen Ohren im Wind flattern. Oder wenn er im Wald ein Eichhörnchen belauert und mit erhobener Pfote, wie die Jagdhunde, von denen er abstammt, reglos dasteht und darauf wartet, dass die Verfolgungsjagd losgeht. In solchen Momenten kann mein pummeliger Hund immer noch wunderschön, aristokratisch und sogar zierlich aussehen, und mein Herz schlägt dann unweigerlich höher.

Vom Charakter her ist George so zärtlich, unwiderstehlich und treu ergeben wie eh und je. Kein Mann hat mich jemals so bedingungslos geliebt wie er, und ich bin ziemlich überzeugt, niemand wird es je tun. Er ist tolerant bis zur Passivität und ruhig bis zur schieren Bewusstlosigkeit. Aber er ist auch schrecklich eigensinnig. Er hat immer noch nicht begriffen, dass man hinter Bällen herlaufen soll, also ist er wahrscheinlich nicht der intelligenteste Hund der Welt. Oder vielleicht ist es gerade umgekehrt? Für jemanden, der die Sprache der Menschen nicht spricht, weiß George immer, wie er bekommen kann, was er will: Liebkosung, Aufmerksamkeit, Fressen.

Zum Glück habe ich mir im Laufe des letzten Jahres George gegenüber etwas mehr Autorität verschafft. Ich habe meinem alten Hund sogar ein paar neue Dinge beigebracht, wie zum Beispiel sich auf Kommando hinzulegen oder nachts allein zu schlafen. Doch ich glaube, ihm gefällt das jetzt sogar besser als mir. In manchen Nächten, wenn Zach nicht da ist, schleiche ich mich ins Arbeitszimmer, hebe George hoch und trage ihn in mein Zimmer, wo ich ihn auf die Bettdecke zu meinen Füßen plumpsen lasse. Dort liegt er dann eine Weile und leistet mir Gesellschaft. Aber irgendwann gleitet er leise vom Bett und trottet wieder in sein Zimmer, wo er sich in seinem bequemen Korb mit dem Futter aus Kunstfell zusammenrollt. Auch er schätzt inzwischen seine Unabhängigkeit.

Moment – ich höre oben in der Küche ein Bellen. Jetzt hat es aufgehört. Nun fängt es wieder an. Dann ist es wieder still. Und in diesem Moment höre ich das Trappeln von Pfoten, die die Treppe herunterkommen. Mit der schwarzen Knopfnase stößt George die Tür zum Arbeitszimmer auf, marschiert geradewegs auf mich zu und legt seine großen Vorderpfoten fest auf meine Knie. Er streckt sich und wölbt dabei den Rücken, dann schiebt er sich ganz allmählich weiter vor, während er kleine Tanzschritte macht.

„Hallo Georgie-Porgie!“, gurre ich, wobei ich mich hinunterbeuge, um ihm einen Kuss auf den weißen Flaum zu drücken, der auf seinem Kopf steil nach oben wächst.

Georgie-Porgie lächelt mich liebevoll an. Ich erwidere sein Lächeln. Seine dunklen Augen, flehend wie die eines Seehundes und strahlend wie Autoscheinwerfer, sehen mich vielsagend an. Ach so, ich verstehe. Es handelt sich hier nicht nur um einen Höflichkeitsbesuch.

George leckt sich die Schnauze. Ich sehe auf die Uhr. Es ist fünf, Zeit für sein Abendessen.

„Warte noch einen Moment“, bitte ich und schiebe seine Pfoten von meinem Schoß. „Ich habe noch zu arbeiten.“

Doch George sieht das nicht ein. Er will sein Abendessen, und zwar jetzt. Sein Lächeln weicht einem entschlossenen Gesichtsausdruck. Er springt auf die Liege neben mir, und um so nahe wie möglich an mich heranzukommen, balanciert er wie ein Papagei am äußersten Rand, wobei seine Krallen über die Kante ragen. Ich spüre seinen bohrenden Blick, doch ich drehe mich nicht um. Da fängt er leise an zu winseln. Doch ich erinnere mich, was Janine Grey gesagt hat, also ignoriere ich ihn. Nein, ich werde sein Betteln um Aufmerksamkeit nicht belohnen. Es wird Zeit, dass er lernt, wer hier das Sagen hat! Aber obwohl ich ihn ignoriere, wird Georges Winseln lauter und eindringlicher und immer nervender, bis …

Entschuldigung, aber ich muss jetzt gehen. Der König aller Hunde befiehlt mich in die Küche.

JUDITH SUMMERS

Foto: privat

„George hat mich im Lauf der Jahre ein Vermögen gekostet – aber er war jeden Cent davon wert."

Judith Summers, geboren und aufgewachsen in London, studierte in Bristol und Manchester bildende Künste und absolvierte danach bei der BBC eine Ausbildung zur Filmredakteurin. Bei ihr er Tätigkeit als Touristenführerin in London entdeckte sie ihre Leidenschaft für Geschichte. So schrieb sie ein preisgekröntes Buch über Londons Stadtteil Soho, das 1989 publiziert wurde. Im Lauf der Jahre folgten heitere Liebesromane sowie mehrere Sachbücher, darunter auch ein Werk über die Frauen Casanovas. Zu Judith Summers' größtem Erfolg als Autorin entwickelte sich jedoch *Unser Leben mit George*, das in zahlreiche Sprachen übersetzt wurde.

Der Bericht über Georges liebenswerte Eigenheiten und Eskapaden begann zunächst als Zeitungsartikel, bis Judiths Schwager Philip die Autorin auf die Idee brachte, daraus ein Buch zu machen. Im Nachwort ihres Buches würdigt Judith Summers ihren Schwager für diesen entscheidenden Anstoß und fährt fort: „Mein ganz besonderer Dank gilt natürlich George, der mich immer wieder aufs Neue inspirierte und vollkommen selbstlos die Stunden verschlief, während deren das Buch über ihn entstand. Und zu allergrößtem Dank bin ich meinem Sohn Joshua verpflichtet, der mir mutigerweise erlaubte, unser Leben zu Papier zu bringen."

Übersetzer:
Das Grab im Wald: Gunnar Kwisinski
Am Ende des Weges: Ruth Sander
Unser Leben mit George: Christine Naegele

Illustrationen und Fotos:
Das Grab im Wald: S. 4 (oben), 6/7/8: Fotosearch
Der Puppenkönig: S. 5 (oben): Marionette: National Geographic/Getty Images, Planwagen: ullstein bild/histopics; 314: National Geographic/Getty Images; 315: picture-alliance/dpa/dpaweb
Unser Leben mit George: S. 5 (unten): RF company, 468/469: RF company

Umschlag: *Das Grab im Wald:* Fotosearch; *Der Puppenkönig:* Marionette: National Geographic/Getty Images, Planwagen: ullstein bild/histopics; *Unser Leben mit George:* RF company

Die ungekürzten Ausgaben von „Das Grab im Wald“, „Am Ende des Weges“, „Der Puppenkönig“ und „Unser Leben mit George“ sind im Buchhandel erhältlich.